牡丹花开二十年

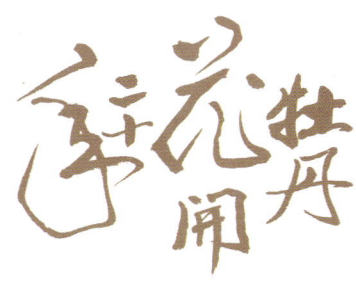

青春版《牡丹亭》
与昆曲复兴

白先勇

总策划

作家出版社

（京权）图字：01-2024-4660

图书在版编目（CIP）数据

牡丹花开二十年：青春版《牡丹亭》与昆曲复兴 / 白先勇策划.
-- 北京：作家出版社，2024.9. -- ISBN 978-7-5212-3062-8

I．I267

中国国家版本馆 CIP 数据核字第 2024Y2S487 号

本著作物经北京时代墨客文化传媒有限公司代理，由联合文学出版社股份有限公司独家授权作家出版社有限公司，在中国大陆出版、发行中文简体字版本。

牡丹花开二十年：青春版《牡丹亭》与昆曲复兴

策　　划：白先勇
责任编辑：省登宇
装帧设计：好谢翔
内文排版：TT Studio
封面题字：董阳孜
剧照摄影：许培鸿
出版发行：作家出版社有限公司
社　　址：北京农展馆南里 10 号　　邮　　编：100125
电话传真：86-10-65067186（发行中心及邮购部）
　　　　　86-10-65004079（总编室）
E-mail:zuojia @ zuojia.net.cn
http://www.zuojiachubanshe.com
印　　刷：北京博海升彩色印刷有限公司
成品尺寸：170×240
字　　数：920 千
印　　张：52
印　　数：001—5 000
版　　次：2024 年 9 月第 1 版
印　　次：2024 年 9 月第 1 次印刷
ISBN 978-7-5212-3062-8
定　　价：198.00 元

作家版图书，版权所有，侵权必究。
作家版图书，印装错误可随时退换。

目录

· 辑一 · **三生路上** ——— 叙言

牡丹花开二十年——青春版《牡丹亭》与昆曲复兴 / 白先勇　003
独立东风看牡丹
　　——谈青春版《牡丹亭》二十年之成就 / 赵天为 / 韦胤奇　133

· 辑二 · **主创美学** ——— 制作团队

青春版《牡丹亭》简约淡雅的美学 / 王童　155
书法与舞台的结合 / 董阳孜　160
我成了他的"御用书法家"——董阳孜访谈录 / 董阳孜　163
昆曲中的观音化身
　　——从青春版《牡丹亭》到新版《玉簪记》 / 奚淞　166
我与昆曲的半生缘 / 樊曼侬　173
借服装跨进昆曲的门槛，看见不一样的春色 / 曾咏霓　179
飘花无声——青春版《牡丹亭》中的花神舞蹈编创 / 吴素君　184
青春的回响——走进通识教育与全球网络的昆曲 / 华玮　191
走过青春版《牡丹亭》的几个起点 / 张淑香　197
赏心乐事谁家院——白老师的绝美游园 / 王孟超　204
二十年青春梦——见证海峡两岸剧场的变迁与发展 / 黄祖延　208

白先勇与昆曲复兴影像见证 / 许培鸿　213
永恒的旋律——青春版《牡丹亭》缘起的点点滴滴 / 辛意云　220
永远的初心——写在青春版《牡丹亭》首演二十周年 / 蔡少华　233
此曲只应天上有——周友良访谈录 / 周友良　241

· 辑三 ·　**舞台春秋**——　导演　艺术指导　演员

青春版《牡丹亭》舞台总体构想 / 汪世瑜　251
文曲星竞芳菲——白先勇 vs 张继青　272
把好每一场演出——张继青访谈录 / 张继青　280
青春梦·忆青春版昆曲《牡丹亭》创演二十年
　　——"白先勇昆曲新美学"二十年岁月延续和拓展 / 翁国生　289
时光渐渐春如许——青春版《牡丹亭》的这二十年 / 俞玖林　313
两位恩师 / 沈丰英　335
牡丹之后——和梁谷音大师的师徒缘 / 吕佳　345
校园传承版《牡丹亭》的经历与反思 / 吕佳　352
似水流年，风规自远——青春版《牡丹亭》廿年之际 / 沈国芳　357
意到笔不到——张继青老师的教学要求 / 沈国芳　365
这些年，那些事 / 唐荣　371
我与蔡正仁老师 / 周雪峰　380
薪尽火传，生生不息
　　——《牡丹亭》后"生行"的传承 / 屈斌斌　390
人的一生会遇到多少人呢？ / 陈玲玲　398
我与刘异龙老师 / 柳春林　404
青春版《牡丹亭》二十年感悟 / 曹健　409
一个普通大学生与青春版《牡丹亭》的缘分 / 杨越溪　413

· 辑四 ·　**天使赞助**——　赞助者

我与白先勇的君子之交 / 曾繁城　423
我的青春救赎 / 陈怡蓁　427

如果不是因为热爱，你不可能把它做到极致 / 辜怀箴　431
青春版《牡丹亭》演出二十年感言 / 余志明　438
甚法儿点活心苗 / 沈秉和　452
伯克利打响加大四校巡演第一炮——刘尚俭访谈录 / 刘尚俭　455
有幸和青春版《牡丹亭》结缘 / 莫卫斌　457
青春版《牡丹亭》校园惊艳 / 邵卢善　460
我曾陪她（他）们走过一段青春岁月 / 沙曼莹　464
让彩旗在圣芭芭拉飘扬——张菊华访谈录 / 张菊华　468

·辑五·

学术研讨 ——— 学者专家

昆曲复兴，青春何在 / 王安祈　475
白先勇对昆曲复兴的贡献 / 季国平　493
白先勇和青春版《牡丹亭》 / 刘梦溪　499
古典昆曲的青春之歌 / 叶长海　503
传承与传播
　　——青春版《牡丹亭》与昆曲复兴国际学术研讨会闭幕式致辞 / 叶长海　505
汤显祖与莎士比亚的全球传播
　　——兼谈青春版《牡丹亭》的现代魅力 / 郑培凯　509
昆曲复兴与白先勇的愿景 / 黎湘萍　515
"白先勇时间"与中华文化复兴 / 黎湘萍　519
姹紫嫣红牡丹开，良辰美景新秀来
　　——写在青春版《牡丹亭》四百场公演前夕 / 周秦　531
论青春版《牡丹亭》现象 / 朱栋霖　538
"白牡丹"的香港情缘 / 金圣华　552
青春版《牡丹亭》新版《玉簪记》对昆曲艺术的传承与发展 / 邹红　559
昆曲与青春同舞，雅音共校园齐鸣
　　——青春版《牡丹亭》的"青春"之路 / 刘俊　566
再看牡丹——谈白先勇青春版《牡丹亭》纽约演出 / 汪班　577
昆曲进校园大有可为 / 周育德　584
校园传承版《牡丹亭》的实践及其意义 / 陈均　587
"白牡丹"与当代戏曲的价值导向 / 傅谨　600
承与传之思考和实践 / 刘静　609

昆曲《牡丹亭》：从青春版到校园版
　　——兼忆张继青老师 / 何华　631
白先勇"昆曲新美学"之意义 / 王悦阳　641
属于我们的《牡丹亭》
　　——校园传承版《牡丹亭》排演实践的探索 / 侯君梅　645
礼花与兰花——评说全本《牡丹亭》和青春版《牡丹亭》 / 孙玫　672
昆曲《牡丹亭》——从青春版到校园版 / 费泳　678
论青春版《牡丹亭》创制的"文人义工制作人"范例 / 邹元江　692
汤显祖剧作的当代阐释
　　——缘起于青春版昆曲《牡丹亭》 / 邹自振　713
论服饰图案在青春版《牡丹亭》审美意象建构中的作用 / 邹璐　722
传统复兴与中国经验
　　——白先勇青春版《牡丹亭》海外改编与传播 / 张娟 / 赵博雅　735

· 辑六 ·　**重要文献**──── 学者专家

守护 / 余秋雨　753
以纯美表现纯情 / 许倬云　759
中国和美国——全球化时代昆曲的发展 / 白先勇 / 吴新雷　763
传统与现代的审美对接
　　——论白先勇青春版《牡丹亭》的成功演出及其意义 / 何西来　784
重新接上传统的慧命
　　——从古典版《牡丹亭》到青春版《牡丹亭》 / 宁宗一　794
青春版《牡丹亭》的三重意义——在"白先勇的文学与文化实践暨两岸
　　艺文合作学术研讨会"上的致辞 / 王文章　802
昆剧生态环境的重建——青春版《牡丹亭》的珍贵经验 / 古兆申　805
戏曲美学的传承与超越——青春版《牡丹亭》演出的启示 / 黄天骥　816

辑一·三生路上——叙言

牡丹花开二十年
——青春版《牡丹亭》与昆曲复兴

· 白先勇

青春版《牡丹亭》总制作人暨艺术总监

缘起

我与昆曲结了一辈子的缘,自从抗战胜利后在上海随着家人到美琪大戏院看到梅兰芳、俞振飞演出《牡丹亭》一折《游园惊梦》,第一次接触昆曲就好像冥冥中有一条情索把我跟昆曲绑在一起,分不开来了。其实我那时才九岁,什么也不懂,只知道大家争着去看梅兰芳,因为抗战八年,他没有上台唱戏,他本是京戏名角,可是那次在美琪他却唱了四天昆曲,也是我的奇遇。当时年纪虽小,可是不知为什么,《游园》里那段《皂罗袍》的曲牌音乐却像一张七十八转的唱片深深刻在我的脑海里,直到今天,我一听到那段美得凄凉的昆曲,就不由得怦然心动。

一九六六年,我已经到加州大学圣芭芭拉分校当讲师的第二年暑假,我去湾区伯克利住在朋友家,便开始写《游园惊梦》的小说,其实前一年还在爱荷华大学念书的时候,我已经着手写《台北人》系列的第一篇《永远的尹雪艳》,一开始我便选了刘禹锡的《乌衣巷》诗点题,《台北人》是以文学来写民国史的兴亡。事实上《游园惊梦》是《台北人》系列的第三篇,我当时把它排到第十二篇去了。那时我从台湾带了一些七十八转的唱片到美国,其中便有一张橘色女王唱片是梅兰芳的《游园惊梦》,

我一边写小说《游园惊梦》一边聆听梅兰芳的唱片。唱到《皂罗袍》那一段："原来姹紫嫣红开遍，似这般都付与断井颓垣。良辰美景奈何天，赏心乐事谁家院。"笙箫管笛，婉转缠绵，幽幽扬起，听得我整个心又浮了起来，一时魂飞天外，越过南京，越过秦淮河，我幼年去过的地方，于是便写下《游园惊梦》，描述秦淮河畔昆曲名伶蓝田玉一生起伏的命运。一九八二年，我把《游园惊梦》小说改编成舞台剧在台北"国父纪念馆"演出，盛况空前，轰动一时，在剧里女主角蓝田玉（卢燕饰）唱了《游园》中几段曲牌，我们把昆曲文武场也搬上舞台，锣鼓笙箫奏了起来，在中国话剧史上，这是头一次把昆曲溶入了话剧在舞台上演出。那时候两岸还未开始交流，台湾昆曲演出的机会极少，只靠一些曲社曲友把昆曲传承下去。

一九八七年两岸开放交流，我受邀到复旦大学去做访问教授，隔了三十九年重回上海，最叫人难忘的是看到一场上海昆剧院推出的全本《长生殿》。经过"文革"十年冰封，昆曲被禁，我以为昆曲的血脉从此被斩断了，没料到在上海还能看到一出如此璀璨辉煌的昆曲，由上昆生、旦台柱蔡正仁、华文漪扮演唐明皇与杨贵妃。两人表演艺术正值高峰，一身的戏，蔡正仁气度不凡，派头很大；华文漪体态婀娜，尽得风流，一出戏把大唐盛世、天宝兴衰一时搬上舞台，落幕时我跳起身鼓掌喝彩，我不仅为那晚的戏喝彩，而且深为感动，我们民族的文化瑰宝"百戏之祖"昆曲居然重返舞台大放光芒。这样了不起的艺术一定不能任由其衰微下去，我当时心中如此思索。佛家动心起念，隐隐间我已起了扶持昆曲兴灭继绝的念头。

离开上海我去了南京，重返故都，我又看到一堂精彩无比的昆曲表演，张继青的"三梦"：《惊梦》《寻梦》《痴梦》。张继青在昆曲界享有至高地位，她的旦角行当具有"祭酒"的身份，她擅演三梦，有"张三梦"之称。张继青在江苏省昆剧院朝天宫的舞台特别为我表演"三梦"，她的《寻梦》师承姚传芗，半个小时的独角戏，把昆曲艺术推上了最高峰。离开南京前，我在美龄宫宴请张继青，报答她特别为我演出的厚意。结识张继青对我日后参与昆曲复兴有极大关联。

二〇〇〇年，我在圣芭芭拉家中心脏病发，命悬一丝，幸亏紧急开刀，得以存活，我写信给张淑香教授，她正在纽约哥伦比亚大学访问，我信中写道上天留我下来，或许还有事情要我完成，比如说昆曲复兴大业未竟，尚待努力。其实那时候我对如何复兴昆曲还完全没谱，可是在生死交关的时刻，我一心悬念的竟还是昆曲。

青春版《牡丹亭》成形的来龙去脉

"文革"后昆曲在中国大陆逐渐复苏，虽然各地频有演出，但一直没有一飞冲天欣欣向荣的势头，青年观众对昆曲还是冷漠无感。进入二十一世纪后，昆曲又有式微下坠的危机，第一线的大师已届退休年龄，演员接班有断层的危险；而观众老化，表演方式、舞台美学都过于陈旧，昆曲的处境的确艰难，关心昆曲前途的有心人士莫不忧心忡忡，总在设法要抢救昆曲。

二〇〇二年十二月初，香港康文署邀请我到香港作四场昆曲演讲，我拟定讲题：《昆曲中的男欢女爱》。昆曲文本明清传奇多以爱情为主题，有"十部传奇九相思"之说。有一场演讲对象是中学生，四十多所中学，学生上千，那是我教书生涯的最大挑战，要一群讲广东话孩子听我讲有六百年历史的古老剧种昆曲，而不交头接耳，难上加难。我与香港曲家古兆申商量，请他去找几位美女俊男青年昆剧演员来我的讲座示范演出。古兆申推荐苏州昆剧院"小兰花班"，来了四位演员，其中俞玖林、吕佳便是我们日后青春版《牡丹亭》的主要成员。俞玖林演《惊梦》，吕佳演《下山》，中学生反应热烈，笑声不绝，当时我心里暗忖：昆曲连中学生都能打动，培养青年观众不应该太难。俞玖林扮柳梦梅，颇有古代书生的形象，丰神俊朗。他的小生嗓子清脆干净十分悦耳，那时虽然基本功还不足，我直觉认为他是一块可以琢磨成器的璞玉。在香港我首次接触到苏昆的"小兰花班"，没想到从此后二十年来，我跟"小兰花班"的几位青年演员千丝万缕系在一起，结下一段罕有的昆曲良缘。

二〇〇二年十二月底我到上海，上海文艺出版社出版我的小说集，我去参加新书发表会，当时苏州昆剧院院长蔡少华到上海把我拉到苏州，在忠王府古戏台上，蔡院长命院里的青年演员一一扮上，演了一晚上的折子戏给我观赏。第二天在寒风凛凛冷雨蒙蒙中，又到了周庄去看"小兰花班"的野台戏。在饭馆里，地湿滑了一跤，把腰摔伤，可是还是硬撑着看完了一天的戏。在"小兰花班"中我发掘了闺门旦沈丰英，她是苏州姑娘，一身水秀，顾盼之间，眼角传情，她唱了一段《游园》里的《皂罗袍》，这就是杜丽娘，我心中认定。短短期间，我就遇到了未来青春版《牡丹亭》的男女主角俞玖林、沈丰英，这不能说不是天意。

很长一段时间我和一批有心推广昆曲的朋友，新象樊曼侬、香港古兆申等几个人讨论如何纾解当前昆曲危机。我们认为第一，演员传承是当务之急，制作一出经典大戏，培养一批青年演员接班，将大师们的艺术绝活赶紧传承下来。其次，以青年演员吸引青年观众，尤其是高校学生，没有青年观众，一种表演艺术不会有前途。我们选中《牡丹亭》，因为这出戏本身就歌颂青春，歌颂爱情，歌颂生命，容易被青年观众接受。《牡丹亭》是汤显祖的扛鼎之作，明传奇中的翘首，几个世纪以来在舞台上搬演不辍。《牡丹亭》的男女主角都找到了，我们很快便开始动手制作起来。我们把这出戏定名为："青春版《牡丹亭》"，其实也象征着昆曲生命，青春永存。

原来蔡少华把我弄到苏州看戏是有算计的。苏州昆剧院比起其他北京、上海、南京的昆剧院资源人才不足，是个小六子。蔡少华看我在台湾、香港到处推广昆曲，便把我拉到苏昆，希望我能帮他们一把，合作项目，拉抬声势。我也正在寻找制作昆曲的对象，而且发现了"小兰花班"的青年演员，于是我跟苏昆一拍即合，随即集合两岸三地的戏曲专家、文化精英，共同打造出一出经典大戏。当时苏州市宣传部部长是周向群，她拍板定案全力支持这个项目。为了补贴演员训练费，她竟亲自去昆山募款，因为苏州市政府的预算日期已过，她对青春版《牡丹亭》这份心意至今难忘。

我选定的男女主角俞玖林、沈丰英只是两块未经打磨的璞玉，必须经过名师严格训练才能担纲。我做了两项关键性的决定：最关紧要的是我邀汪世瑜出来担任总导演，并硬把俞玖林塞给他拜他为师。我在台湾看过汪世瑜的《牡丹亭》，知道他有"巾生魁首"之称，是浙江昆剧院的院长，师承周传瑛。他在台湾演戏时，我到他旅馆去会他，极力劝说，磨到凌晨四点，搬出复兴昆曲的大道理来，终于说服汪世瑜，扛起"青春版"总导演的大任。其次是我煞费功夫又把张继青请了出来，专门教导沈丰英，青春版《牡丹亭》中的杜丽娘。我要求两位昆曲大师收徒弟举行传统的拜师礼。两位大师开始还有些疑虑，拜师礼的仪式是否有点封建，我说就是要恢复封建古礼，才显得隆重庄严。二〇〇三年十一月，在院里举行了拜师大礼，汪世瑜、张继青，还把上昆蔡正仁也请了来，俞玖林、沈丰英、周雪峰几个"小兰花"演员，下跪磕头行拜师古礼，成为几位大师的入室弟子。那天中央电视台特地来录像。张继青发言，眼眶都红了，她深受这场典礼所感动。此后老师傅们倾囊相授，把一生的绝活都传给了众弟子。

剧本、服装、舞美、灯光

这段期间，我把台湾的创作团队也组织起来。我自己担任青春版《牡丹亭》的总制作人兼剧本小组召集人。剧本改编小组的成员有张淑香（哈佛大学文学博士）、华玮（加州大学伯克利文学博士）、辛意云（北艺大古典文学教授）、新象樊曼侬也常参加意见。剧本是一出戏的灵魂，有一个扎实的剧本奠基，一出戏才立得起来。《牡丹亭》是昆曲经典之经典。编剧小组虽然都是专家，可是大家都持着兢兢业业虔诚的心来改编汤显祖这部名著。我们一个大原则是：只删不改。汤显祖《牡丹亭》的曲牌唱词太美不能改动，但原著五十五折，我们大刀阔斧把枝蔓删掉，浓缩成二十七折，循着主题一个"情"字分成上本《梦中情》、中本《人鬼情》、下本《人间情》。像电影剪接一样在删减上下了大功夫，曲牌唱词的取舍，折子秩序的重组，冷热场的搭配，都仔细考虑过；而且一折一折还去请教总导演汪世瑜，经他修正才能定案。我们的剧本结合了"案头"与"场上"，是一个顺畅完整的演出本，把汤显祖《牡丹亭》的精髓都留了下来。专家们聚在一起，脑力智慧激荡，有时不免激出硝烟，各持己见，这时调和鼎鼐便是我的工作了，剧本磨了五个月终于成形。

戏曲服装是个重要标志，标明角色的身份、个性、剧情悲喜，尤其是昆曲，属于雅部，服装更须精致讲究。服装设计由王童、曾咏霓夫妇档担任。王童是大导演，但有美术设计的根基，他们两人为青春版《牡丹亭》精心设计了两百多套戏服。他们亲自到苏州去挑选绸缎，寻找老绣娘，所有戏服都是由这些世代相传的老绣娘一针一针扎出来的，手绣的花朵才有层次，车绣的花是扁平的。我们精益求精，所费不赀，青春版《牡丹亭》的服装雅致亮丽，满堂生辉，是这出戏的大亮点，连大行家香港著名服装设计师张叔平看了也称赞：美！

几十年来，世界顶级表演团体都来过台湾演出，同时也培养了一批优秀的舞台工作者。我们第一版的舞美灯光设计就是林克华，第二版是王孟超和黄祖延，他们都是杰出的设计家。昆曲的美学：抽象、写意、抒情、诗化。舞美灯光便沿着这个方向进行，舞台极简，聚焦于演员表演，背景只用抽象画面及书法水墨，很谨慎地融入现代舞台元素，但仍保持一桌二椅，桌围椅披的传统。灯光则用现代舞台的气氛灯及追光。这出戏既传统又现代，是在传统的根基上，合度地加入现代，传统为体，现代为用，我们的大原则：尊重传统但不因循传统，利用现代但不滥用现代。昆曲的四功五法，念、唱、作、打，我们谨守传统，但剧本改编、服装、舞美、灯光，则往二十一世纪舞台美学方向调整，我们相信，一出戏如果不适合当下观众的审美观，无法被观众接受，尤其是青年观众。

魔鬼营式的训练

二〇〇三年四月，在我敦促之下，青春版《牡丹亭》正式开排。汪世瑜本来是浙昆的院长，张继青是省昆的台柱，幸亏天意垂成，二〇〇三年两人同时退休，才有可能跨省跨团进驻苏州一年，展开早上九点至下午五点魔鬼营式的强力训练，有时还加夜班，挑灯夜战。汪世瑜组织了一支坚强的导演团队，除了两位大师外，又从浙昆带来了翁国生（武生）、马佩玲（武旦），还有几位教基本功的老师傅。除了男女主角俞玖林、沈丰英是我指定的以外，汪世瑜从"小兰花班"挑选了唐荣（地府判官、溜金王）、吕佳（溜金娘娘）、沈国芳（春香）、周雪峰（汤显祖、皇帝）、陈玲玲（杜母）、屈斌斌（杜父）、柳春林（店小二）、曹健（花神、中军），这一批演员二十出头，汪世瑜嫌他们根底不足，必需从头严格练起，俞玖林自称二〇〇三年的魔鬼营式训练使得他"肌肉燃烧""骨骼撕裂"，他走跪步，膝盖磨出血来，染在裤子上。沈丰英跑圆场，跑破了十几双鞋子，这是一场血泪斑斑的过程，但也就是这一年的魔鬼营式训练，替"小兰花班"演员扎下坚实根基，使得青春版《牡丹亭》扬帆远行，连演二十年近五百场而历久不衰，而且主要演员还是原班人马。苏昆几位资深演员也加入了，陶红珍（石道姑）、吕福海（郭驼）、沈志明（陈最良）、方建国（完颜亮、金使）这几个硬里子演员都是"戏包袱"，各称其职。

二〇〇四年二月，排练到了后半阶段，我飞到苏州去盯场，参加排演。为了配合台北"国家戏剧院"舞台尺寸，需要一个一比一的排练场，苏昆蔡院长找到一家新盖旅馆，只有水泥龙骨架子，门窗尚未装上，在旅馆一层空间，搭了一个排练舞台。苏州二月，天气冰寒，冷风从窗洞灌进来，演员抖瑟瑟穿着单衣排演，我每天去盯场，穿了鸭绒大衣还缩成一团，我跟演员一样天天吃大肉包子，足足吃了一个月。戏是渐渐成形了，可是汪世瑜却嫌演员进展太慢，他很着急，常常厉声呵斥，演员紧张，但三本九个钟头的大戏不是一下子吃得下的。最后阶段一天三本一齐排练，直至晚

上：苏绣是中国十大名绣之一，被列为国家级非物质文化遗产。青春版《牡丹亭》所有戏服都是由世代相传的老绣娘一针一针扎出来的。苏州。二〇〇四年十月。

下：王童为青春版《牡丹亭》设计了两百多套服装。苏州昆剧院。二〇〇四年三月。

上：董阳孜题写"牡丹亭"三字有镇台之效，王孟超别出心裁，配以汝窑冰裂纹作为舞台背景。台中"国家歌剧院"。二〇一七年四月。

下：《牡丹亭·旅寄》抽象画舞台背景。香港文化中心。二〇〇六年六月。

上：《牡丹亭·言怀》。因柳梦梅为柳宗元后代，舞台背景搭以董阳孜书柳宗元《袁家渴记》。香港文化中心。二〇〇六年六月。

下：《牡丹亭·游园》。背景衬以宋画。香港文化中心。二〇〇六年六月。

上深更。

虽然青春版《牡丹亭》打出的旗号是一出正统、正宗、正派的经典昆曲，但《牡丹亭》多年来舞台上的演出总偏向女主角杜丽娘，男主角柳梦梅沦为次要，这不合汤显祖的原意。我跟汪世瑜讨论商量，改正过来，生旦并重；有些经典折子戏，演来演去一成不变，如《惊梦》，演到两情相悦，鱼水交欢的时候，仍旧十分收敛拘谨，轻轻带过，我建议"青春版"不妨放宽一些，让青年男女的热情表现出来，汪世瑜赞成我的想法，在《惊梦》里设计了许多缠绵厮磨的水袖动作，配合着优美的舞蹈，把一对梦中相会青年恋人的炽热爱情释放出来。汪世瑜到底是行家，他新编出来的水袖舞蹈完全合乎昆曲的唯美原则，连维护传统的观众也默然接受了，因为太美。《拾画·叫画》也改了，加重《拾画》，多唱了一曲《锦缠道》，把这一折提升为《男游园》，并且把《叫画》的场景搬到园中，与《拾画》并为一体，于是新编的《拾画·叫画》一气呵成，三十分钟的独角戏成为全本的大亮点之一。这样改排经典折子当然冒了一定的风险，容易招来保守人士的攻击，但我们成功了，"青春版"对于《牡丹亭》展示了新典范，而且大受观众欢迎。汪世瑜又把舞台辍演多年的几折重头戏《幽媾》《如杭》等重排活化，而且不着痕迹溶入全本中，一点不显突兀。二十七折中也有好几折群戏、武戏，武生出身的导演翁国生发挥了他的长才，翁国生善于在舞台上调度人马队形，节奏掌握得体，高度发挥昆曲武术特长。他排演了九折戏，占全体三分之一，其中《冥判》最是惊心动魄，已经成为经典折子。

青春版《牡丹亭》另一个亮点是花神的处理，传统演出花神只出现两次，我们设计出场五次，《惊梦》中歌颂庆祝男女主角梦中相悦，《离魂》护送杜丽娘入冥府，《冥判》替杜丽娘鬼魂辩护，《回生》迎护杜丽娘重返人间，《圆驾》庆祝男女主角终成眷属。花神共有十二位女花神三位男花神，舞蹈是台湾现代舞蹈家吴素君编的，她曾跟昆曲大师华文漪学过昆曲身段。我们的花神穿上王童设计亮丽的服装，翩翩起舞，满台姹紫嫣红，提醒观众：《牡丹亭》是一则最美丽的爱情神话。

音乐也是这出戏成功的要素之一。九个钟头的音乐是资深作曲家周友良整编的。他以叶堂的《纳书楹曲谱》为蓝本进行整理，按照青春版《牡丹亭》的美学大方向在传统的基础上加入创新理念。因为是九个钟头的大戏，音乐不能单调沉闷，周友良用了二十人的大乐队编制，并且加了多样配器，使得音乐丰富而多变化。最令人注目的是设计出主题乐音的两股旋律，柳梦梅的主题音乐从《山桃红》曲牌化出来，杜丽娘

上：左起沈丰英、王童、白先勇、吴素君，在苏州当时尚未完工的万豪酒店临时排练场。二〇〇四年三月。
左下：白先勇与曾咏霓（左）在万豪酒店临时排练场看妆。二〇〇四年三月。
右下：白先勇与王孟超在广东佛山讨论舞美。二〇〇五年十一月。

上：俞玖林在万豪酒店临时排练场排演《牡丹亭·拾画》。二〇〇四年三月。
下：沈丰英在苏州昆剧院进行排演。二〇〇四年二月。

上：左起白先勇、吴素君、辛意云、樊曼侬、古兆申在苏州临时排练场。二〇〇四年三月。
下：翁国生在加州大学伯克利分校 Zellerbach Hall 指导武生。二〇〇六年九月。

左：《牡丹亭·拾画》。美国旧金山加州大学伯克利分校 Zellerbach Hall。二〇〇六年九月。
上：汪世瑜导演在苏州昆剧院亲自示范《牡丹亭·回生》。二〇〇四年二月。
下：左起白先勇、汪世瑜、周友良与乐队。北京。二〇〇四年十月。

《牡丹亭·惊梦》，为传媒大学学生专场演出。
北京大学百年纪念讲堂，二〇〇六年四月。

上：《牡丹亭·离魂》。希腊雅典音乐厅。二〇〇八年六月。
右上：《牡丹亭·幽媾》。苏州昆剧院。二〇一四年十二月。
右下：《牡丹亭·如杭》。英国伦敦赛德勒维尔斯剧院。二〇〇八年六月。

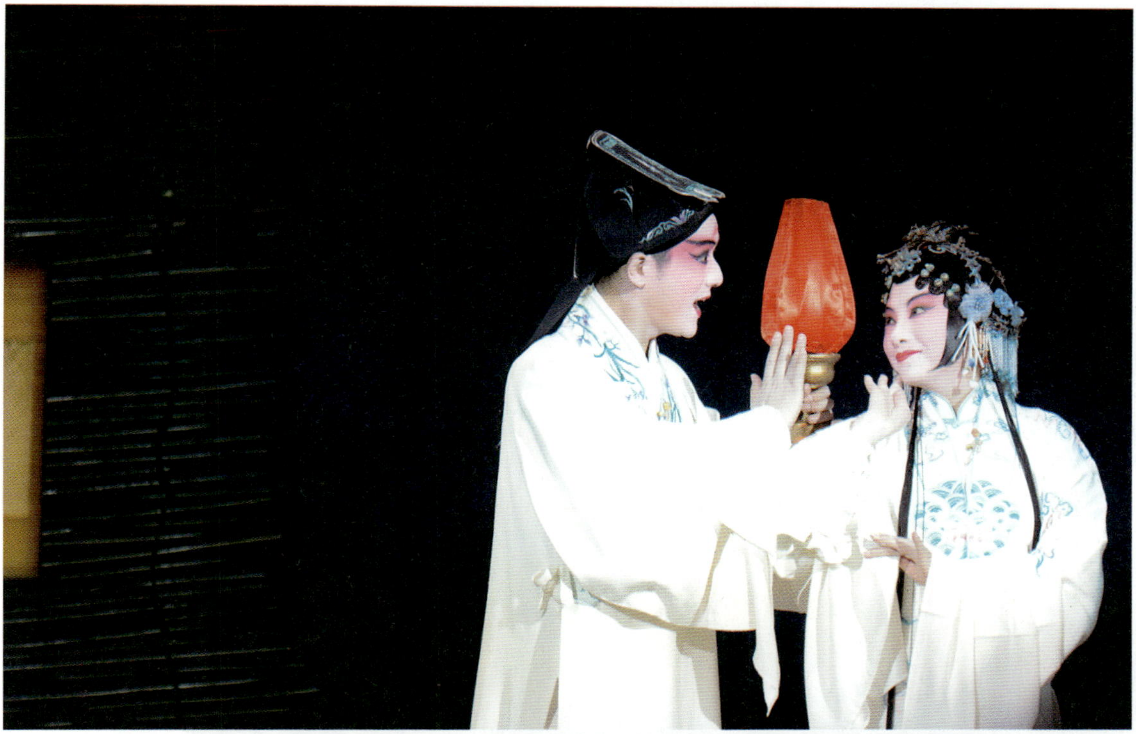

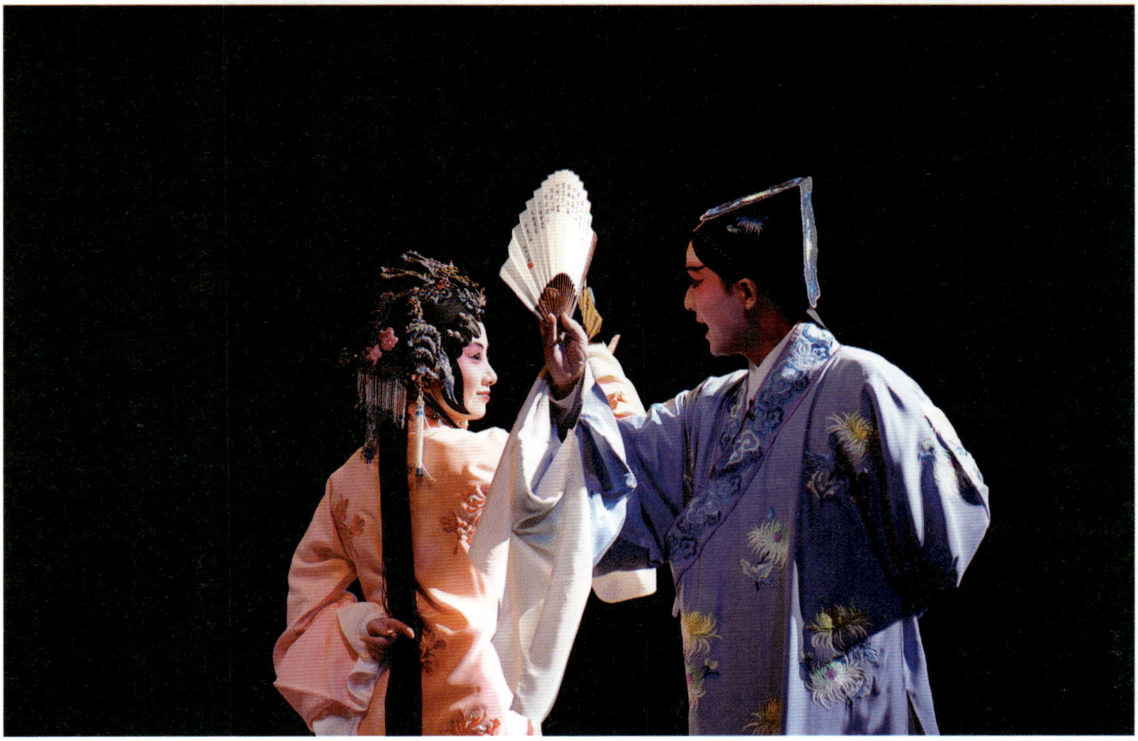

《牡丹亭·冥判》。北京国家大剧院。二〇〇七年十月。

上：《牡丹亭·冥判》。加州大学尔湾分校 Barclay 剧院。二〇〇六年九月。
下：《牡丹亭·回生》。加州大学圣塔芭芭拉分校 Lobero Theatre。二〇〇六年十月。
右：《牡丹亭·惊梦》。希腊雅典音乐厅。二〇〇八年六月。

《牡丹亭·圆驾》。香港西九文化区戏曲中心。二〇二三年七月。

的主题音乐从《皂罗袍》曲牌化出来，两道主题音乐巧妙地穿插在三本戏中，婉转缠绵，抒情悦耳，引导着观众的情绪起伏不平。青春版《牡丹亭》的音乐受到许多专家的赞扬。

台北首演

二〇〇四年四月二十九、三十日；五月一、二日，两轮青春版《牡丹亭》终于登上台北"国家戏剧院"的舞台，中、下本一天两场。演前的几个月宣传已经排山倒海在各处涌现了，旗帜在台北几条主要街道上到处飞扬，"国家戏剧院"外墙挂上一张三层楼高的巨幅海报。Page One 书店举行了一个盛大的青春版《牡丹亭》剧照展，展出摄影师许培鸿精心拍摄的照片，那些精美的照片出现在各地的媒体上，替青春版《牡丹亭》的宣传立了大功。四月二十九日"国家戏剧院"首演的当天，台湾最大报刊《联合报》头版头条登出演出消息，并附一张许培鸿拍摄的女主角沈丰英《写真》的剧照，这在台湾新闻报刊是破天荒的。台湾观众对这出戏的期望拉拔到顶点，两轮九千张票一售而空。我们当然也感到沉重如山的压力，苏昆的青年演员只在中小型的戏院演过一些折子戏，骤然挪到"国家戏剧院"这种国际水平的大舞台，连唱三天九个钟头的全本大戏，他们能扛得起吗？老实说，我心中是忐忑不安的。万一演砸了，不仅毁了青春版《牡丹亭》这出戏，昆曲复兴之路也当堪忧。

台北首演幕后的故事也很多。首先是演出费用，青春版《牡丹亭》是"国家戏剧院"艺术季的开锣戏，场租是免费的。但苏昆团员八十人一行浩浩荡荡飞来台湾，交通食宿都需一大笔钱，光靠卖票还是不够的。于是我只好到处募款。首先台积电曾繁城先生捐助了我们第一桶金，此后二十年曾先生一直关注青春版《牡丹亭》的动向，数度出手相助，让我们渡过难关，他对中国文化的推广，对昆曲复兴的挹注，尽心尽力，令人感动。统一集团、富邦集团，都有资助，最关键的是"文建会"主委陈郁秀拨给我们的五百万台币，解除了我们的困境。陈主委不顾下属阻挠，亲自跑批文，盖了十几个章才通关。这笔款项，是我们的及时雨。

二〇〇四年台湾"总统大选"，国民党败选，群众游行示威，聚集于中正纪念堂广场，抗议民进党"总统候选人"陈水扁两颗子弹疑案，政治气氛突然紧张，大陆国台办放行批文迟迟没有发放下来，我们演期逼近，急如星火。我与新象主办单位负责人樊曼侬已经驱车开往桃园机场预备飞北京亲自去"抢"批文，抵达机场前一刻，北京国台办通知批文刚下来。我们即刻令苏昆直飞北京去拿取，即使如此，苏昆的货柜还是迟到，我们四天搭台的工作日减掉一半，我们只好雇用加倍工作人员，四十八小时不眠不休赶工。哪晓得货柜起开，苏昆制作《拾画》的吊片完全不能用，于是又连夜加工，督促工厂把一张植栽吊片赶了出来，在中本《拾画》开演前两个钟头才吊了上去。

四月二十九日晚上七点三十分，青春版《牡丹亭》上本终于在"国家戏剧院"登场。全场满座，人气沸腾，我坐在第五排，却神经紧绷，生怕演员出错，漏辞闪失。第一折《训女》女主角沈丰英穿着一袭粉红的绸袍，千娇百媚出场，一亮相，台下就是一阵碰头彩，演到上本重头戏《惊梦》，第一天的戏才稳住了，迎来观众阵阵的笑声和掌声，台上台下演员和观众内心交流起来。《寻梦》一折是张继青"三梦"绝活之一，这是一折高难度的戏，半个钟头的独角戏都是抒情片段，而且是空台，要抓住观众的注意，全靠表演，沈丰英初试啼声居然身段沉稳，节奏分明，唱作俱佳，颇有她老师张继青的风格。直到头本最后一折《离魂》，杜丽娘的鬼魂身披几丈长的大红披风，一步一步走上阶梯趋向冥府，最后杜丽娘手执梅枝回眸嫣然一笑，追光骤灭，台下观众掌声雷动，纷纷起立喝彩，一直延续十几分钟，这时我一颗忐忑的心才放了下来，不禁暗喜：我们成功了！

第二天中本"人鬼情"重心倾向生角，重头戏在于《拾画》一折，又是个三十分钟的独角戏。演出前我把沈丰英跟俞玖林找来，谆谆告诫："《寻梦》《拾画》是上、中本的两根柱子，是考验演员功夫的两折戏，你们两人一定要铆上去演！"俞玖林在《拾画》中竟出人意外的成功，满台水袖翩飞，把个痴憨的柳生活脱脱地演了出来，一曲《锦缠道》，高遏行云。俞玖林的《拾画》与沈丰英的《寻梦》分庭抗礼，替青春版《牡丹亭》垫高了厚度。中本的戏都很好看。我们有个原则，过场戏也要精打细磨，绝不敷衍。我们的过场戏每折都有看头；《幽媾》汪世瑜把这折对子戏编得十分出众，男女主角水袖齐飞舞蹈翩跹，昆曲的生旦戏在此发挥尽致。中本演完，观众的情绪比第一晚更加高昂，都被《牡丹亭》的美迷住了。

第二天的戏热闹，节奏加快。上本"梦中情"由生入死，中本"人鬼情"由死回生，下本"人间情"返回人世。《如杭》一折，美不胜收。这出戏是汪世瑜新捏出来的，又是一出对子戏，汪世瑜采用对称手法，两把一式的扇子做道具，把历劫后男女主角新婚宴尔的旖旎风情细细地敷演出来。这是一折意境近乎完美的昆曲。我是看到汪世瑜排演《如杭》才深深折服他导演的本事。第二天下本演完落幕，我牵着男女主角俞玖林和沈丰英的手在台上向台下一千五百位观众谢幕，在掌声雷动中，在满堂喝彩中，我感觉到观众的热情像浪潮般向台上涌过来。我意识到一个新的昆曲时代已经来临，一对新的柳梦梅、杜丽娘从汤显祖的玉茗堂中款款走了出来。

台北首演成功意义重大，影响到两岸三地的文化圈，开启了昆曲复兴之路。同时在台北举办了一场"汤显祖与《牡丹亭》"的国际会议，由"中央研究院"文哲所研究员华玮主持，邀请海内外各地学者专家参加，从美国、加拿大、中国大陆、中国香港，纷纷来到台北开会观剧，这是一场高规格高素质的国际会议。学术与演出的结合便成为日后的常规，往往在重大演出后会召开一个学术会议，聚集各地戏曲专家，一同检讨得失。学术界对青春版《牡丹亭》特别重视关注，是罕见的现象。

青春版《牡丹亭》踏上征程——各地巡演

青春版《牡丹亭》巡演的第二站是香港，夹着台北首演轰动的余威，香港沙田大会堂，也是三天爆满。香港学术、文化、企业界来了不少重要人士。香港企业家余志明及陈丽娥伉俪，自从那次看过青春版《牡丹亭》以后，便变成了我们昆曲复兴的忠诚支持者，参加我们的昆曲义工团队，他们对苏昆的青年演员爱护有加，鼓励他们，给他们红包。他们不但资助青春版《牡丹亭》的演出，这出戏重要的场次如一百场、二百场，他们都飞到北京去看戏。二〇〇五年的校园巡演，他们也跟了好几场。二〇〇七年第一百场前夕，余志明属下的迪志文化出版社出资录制了高清版青春版《牡丹亭》的DVD，在苏昆演员技艺已经成熟而青春美貌仍在的时刻记下一个永久的纪录。在一个寒冷的冬天，我们租下了杭州大戏院，由导演王童领队台湾工作人员用五台摄影机拍摄了一个星期，余氏夫妇全程参与。这套DVD并转成了蓝光盘，高清画质精致地呈现出青春版《牡丹亭》之美。台北首演我们录制一套DVD，这是第二套。

香港演出还牵动另外一位企业家的投入，澳门集诚公司的沈秉和先生。沈先生对推动传统文化一向有极大的热忱，他尤其醉心于戏曲，曾下功夫大力研究并推广粤剧，他看了我们的青春版《牡丹亭》后，深深地被这出戏打动了。这些年来，我们遇到资金困难，他每次都慷慨地伸出援助之手。

中国大陆首演，理所当然落在苏州。这次演出的重要性不亚于台北首演，青春版《牡丹亭》在台北、香港演出成功，并不表示大陆观众一定买账，尤其是年轻观众。这年世界"口述非物质文化遗产"大会夏天在苏州开幕，主办单位选了十台表演艺术享娱嘉宾，头一出是昆曲《长生殿》，却偏偏把青春版《牡丹亭》压到最后第十台。我考量这样的首演绝对无法出头，到了第十天观众媒体都走得差不多了，湿炮仗，放不响。于是我去与苏州大学商量，把青春版《牡丹亭》的大陆首演放在苏大举行，主事者是朱栋霖教授，我们一拍即合。当时苏大只有一个存菊堂礼堂，是个五〇年代的旧建筑，有两千个座位。这次演出苏大全面配合，特别搭出一个后台，电源不足，又特别拉出一条电缆接电。我把首演的新闻发布会挪到上海去举行。我认识上海《文汇报》的高层主管萧关鸿，在《文汇报》的四十楼，我们开了青春版《牡丹亭》苏州首演的新闻发布会。那天来了二十多家媒体，消息一下子便发散到全国去了。六月十一至十三日，青春版《牡丹亭》抢在"非遗"大会前一个礼拜在苏大存菊堂登场。开始朱栋霖教授还担心观众不够，哪晓得消息一出，除了苏大学生积极抢票外，上海、南京、杭州各地高校学生也纷纷来索票，演出时两千座位全满，连两侧走廊也挤满了人。礼堂设备不足，舞美道具很多都装不上去，这样朴素演出，居然也得到青年观众火爆反应，如同热门音乐演唱会一般，学生之热烈胜过台北首演。各地媒体蜂拥而至，中央电视台、东方卫视、浙江卫视、昆山电视台、苏州电视台，苏大首演，青春版《牡丹亭》抢尽了媒体风头。苏大演出成功，证明针对青年观众的策略是正确的，并启动了"昆曲进校园"的计划。苏大首演的效应，经过媒体竞相报道，外溢到全国。

二〇〇四第一年青春版《牡丹亭》还在披荆斩棘的阶段，每一场的演出都不能闪失。苏州首演完毕接着参加在杭州举行的第七届中国艺术节，同时又到浙江大学巡演一轮。两场都满座，浙大学生的反应与苏大同出一辙。青春版《牡丹亭》掳获了高校学子的"春心"。是《牡丹亭》中的"情"与"美"感动了他们。十月参加第七届北京国际音乐节，在有一千七百座位的二十一世纪剧院演出，三天座无虚席，北京过关了，十一月的上海演出又是一大关键。当时上海大剧院是上海最高档的演出场所，是法国人设计现代化的剧院，建筑美轮美奂，是上海的地标。上海大剧院开张六年，多演一些西方音乐剧、歌剧，以及本地大型的歌舞剧。而昆曲却不得其门而入。青春版

上：白先勇与曾繁城（右）在亚都丽致饭店庆功宴。二〇〇五年十月。
下：《玉簪记》记者会上白先勇与时任两厅院董事长陈郁秀。二〇〇九年五月。

上：左起施叔青、古兆申、黄铭昌、张继青、汪世瑜、奚淞、李昂、金庆云合影于首演场。二〇〇四年四月。（黄铭昌/提供）
中：白先勇手持《联合报》报道给张继青看。万豪酒店临时排练场。二〇〇四年三月。
下：台北首演时在 Page One 书店举行摄影展。二〇〇四年四月。

《牡丹亭·离魂》。四女交通大学宣怀堂。二〇〇七年九月。

《牡丹亭·训女》。北京大学百年纪念讲堂。二〇〇六年四月。

《牡丹亭·寻梦》。北京大学百年纪念讲堂。二〇〇六年四月。

《牡丹亭·寻梦》。台北"国家戏剧院"。
二〇〇四年四月。

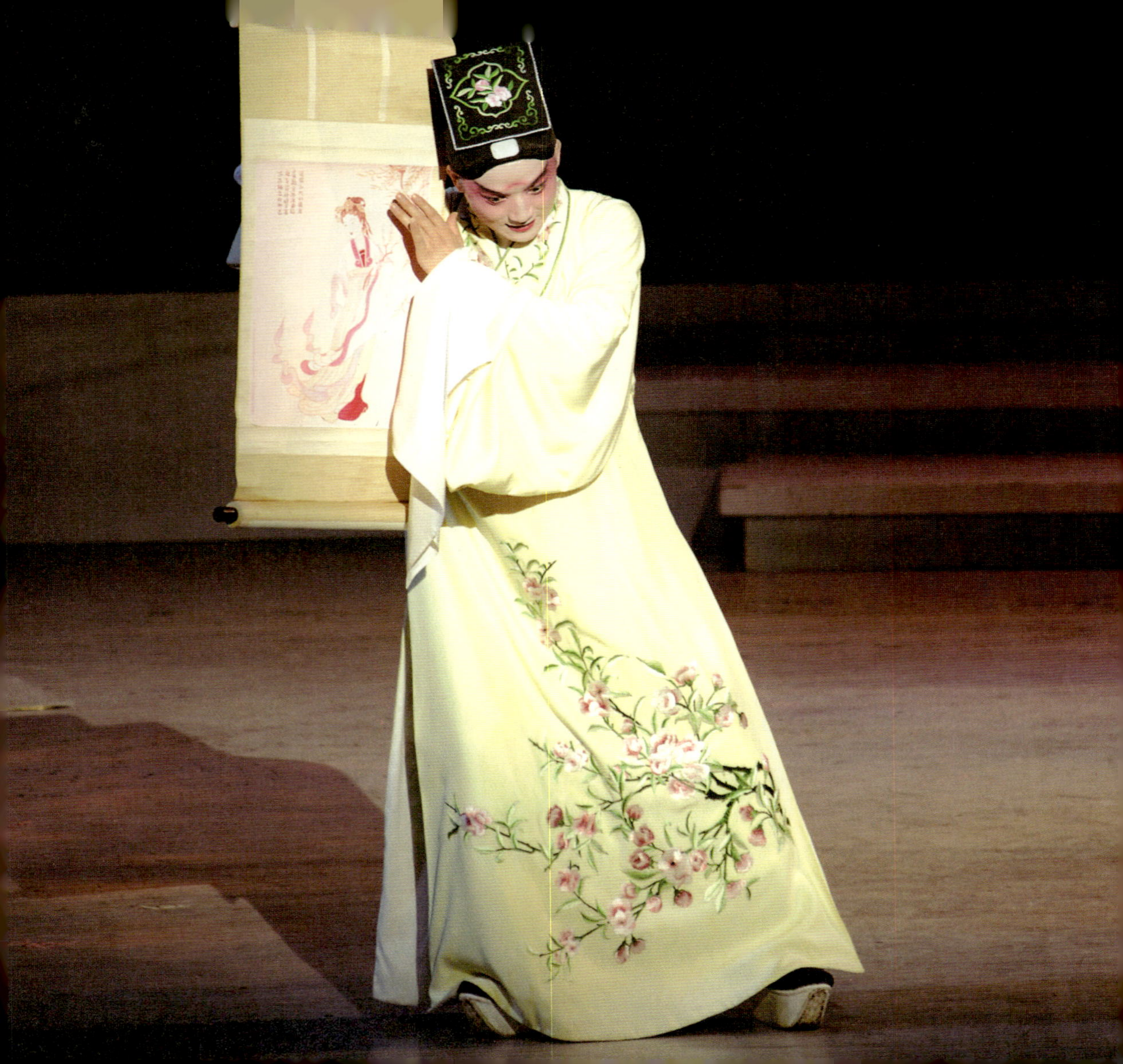

左：《牡丹亭·拾画》。加州大学尔湾分校 Barclay Theatre。二〇〇六年九月。
上：《牡丹亭·寻梦》。西安交通大学宪梓堂。二〇〇七年九月。
下：《牡丹亭·拾画》。北京二十一世纪剧院。二〇〇四年十月。

上：《牡丹亭·如杭》。北京国家大剧院。二〇〇七年十月。
下：《牡丹亭·幽媾》。北京国家大剧院。二〇〇七年十月。
右：《牡丹亭·拾画》。台中"国家歌剧院"。二〇一七年四月。

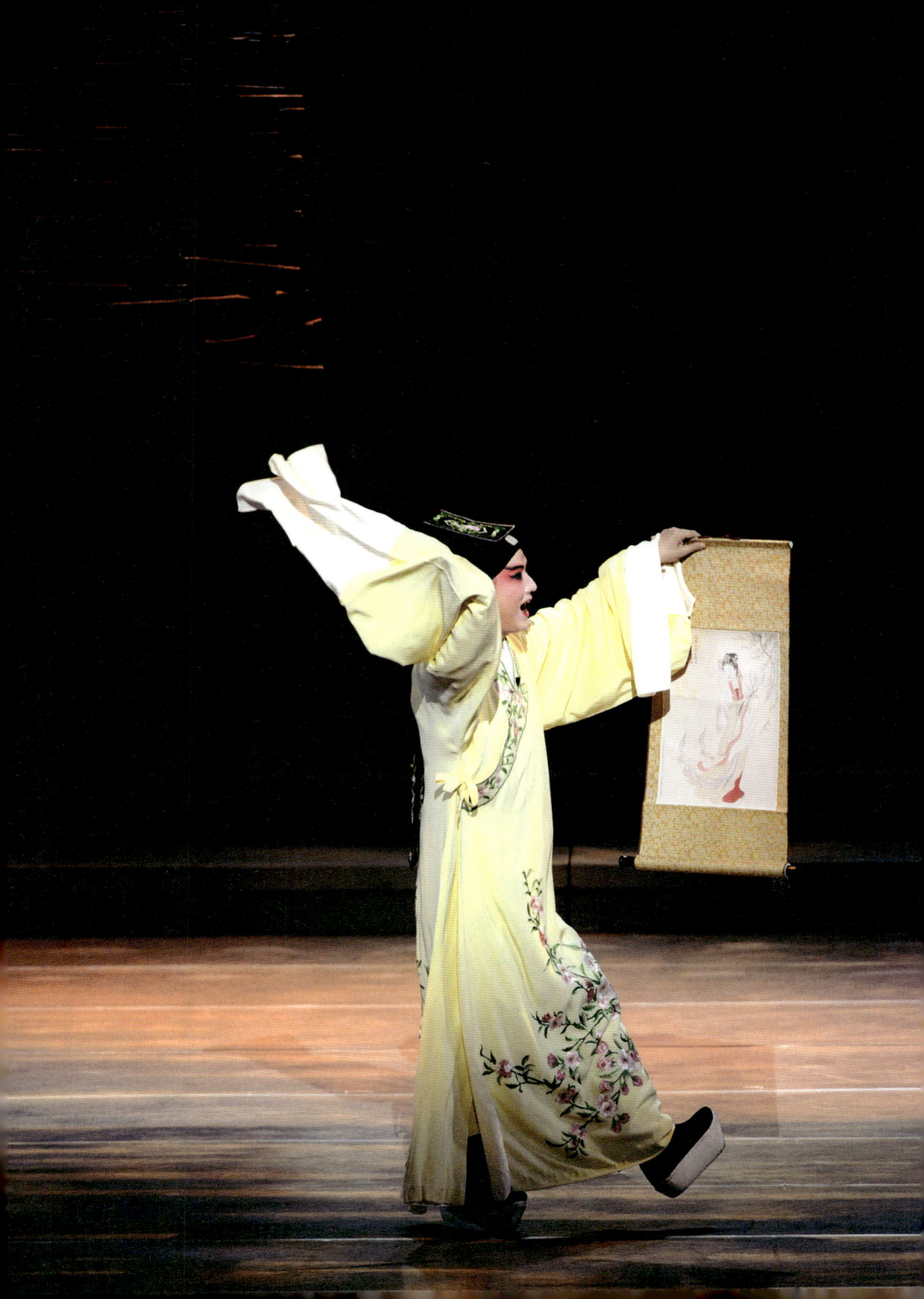

《牡丹亭·幽媾》。天津南开大学。二〇〇六年四月。

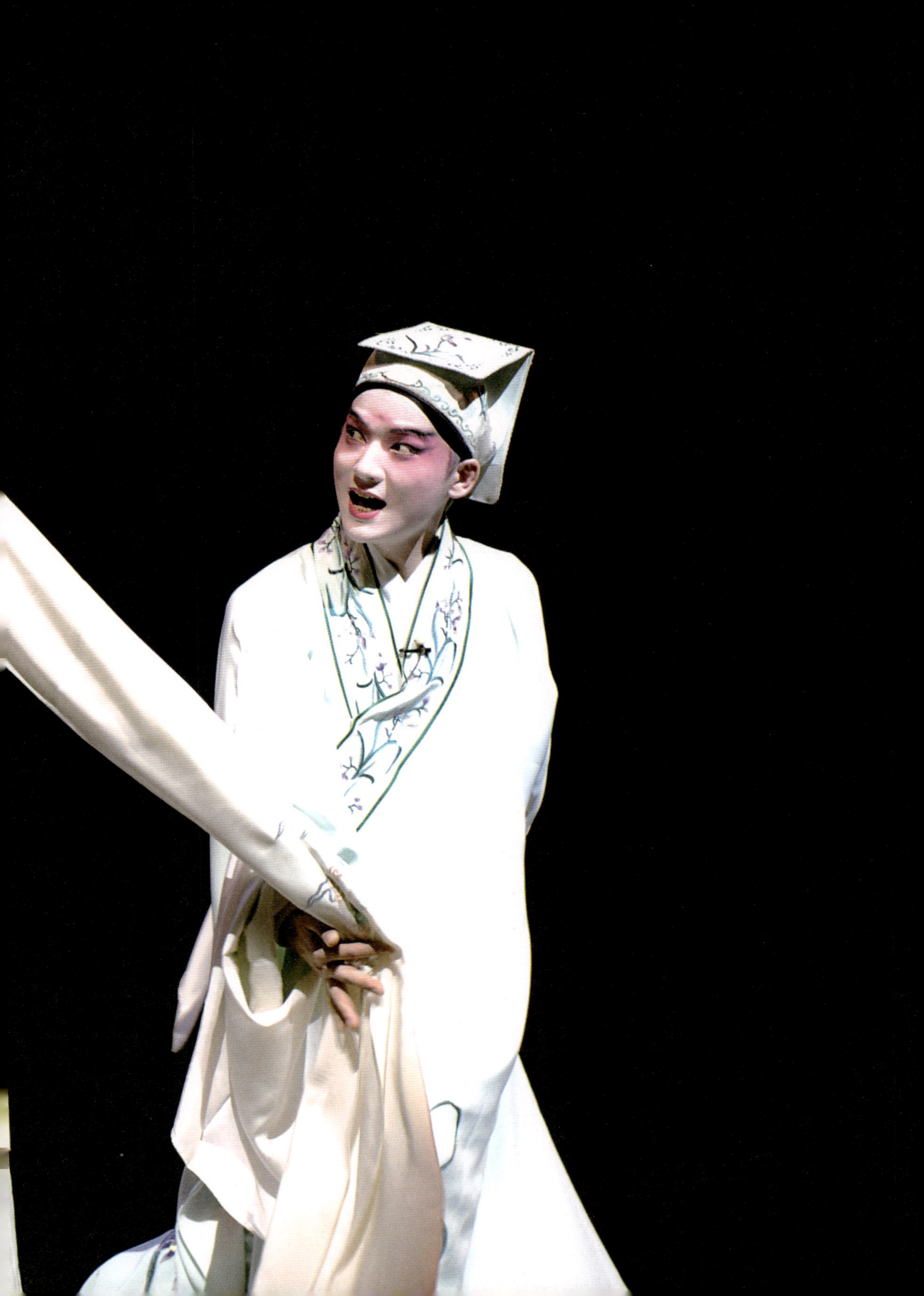

《牡丹亭》在上海大剧院演出是破天荒头一遭。主办单位是香港邵氏红星何莉莉的基金会。何莉莉与大剧院有商业来往，她在大剧院音乐厅开了一家法式餐厅，于是取得了主办权。可是主办单位把票价调得太高了，最高票价一晚一千二百人民币，那是戏曲界从没有过的价钱，一般观众望之却步，这违反了我培养青年观众的初衷。于是我跟主办单位商量，让给我几百套打折的学生票，我去向澳门、台湾的企业家募款，买下这些学生票，然后到复旦大学、上海音乐学院去演讲，把票分发给听讲的学生，同时我邀请了上海戏曲学院四十个昆班小学生来看戏，学生们欢天喜地地进到上海大剧院去看青春版《牡丹亭》的盛大演出。大剧院居然三天满座，创下纪录。这次演出，我们又遇见一位从天而降的救星，薇阁文教公益基金会董事长李传洪，他亲自去向何莉莉说项，让出折扣票，并捐款购票每天三百张，让上海歌剧院成员看戏。

　　二〇〇四年这一年我领着青春版《牡丹亭》团队南征北讨，从台北、香港、苏州、杭州、北京、上海，两岸三地几个重要城市一路演下来，过关斩将，场场客满，奠下日后青春版《牡丹亭》一飞冲天、平步青云的根基。我觉得自己像个草台班的班主领着一群"小兰花班"青年演员跑码头、闯江湖。我跟我的助理秘书郑幸燕一同打拼，我自喻是个光杆司令带着一个小兵直往前冲。有学生讥讽我是堂吉诃德，那么郑幸燕便是桑丘了。我执着长矛，主随二人直往风车刺去。老实说，我开始拼命推动青春版《牡丹亭》时，是在摸着石头过河。

"昆曲进校园"——校园巡演

　　"昆曲进校园"是我们推广昆曲的核心策略，一种表演艺术不能吸引青年观众，没有未来前途，昆曲文本文雅，唱词皆是诗句，观众需有一定文化水平，才能欣赏。于是现代高校学生便是我们最需培养的观众了。除了二〇〇四年在苏大、浙大演出取得初步的成果外，二〇〇五、二〇〇六、二〇〇七、二〇〇八年遍至两岸三地甚至国外多所重点大学巡演，所到校园，莫不风起云涌，无论场地大小，场场满座，受到各地学生热烈欢迎。

　　二〇〇五年四月八至十日在北京大学百年纪念讲堂演出是我们校园行的重中之重。北大是全国高校的龙头，自"五四"运动以来，任何在北大发生的文化事件都会

上：白先勇与苏州大学教授朱栋霖。苏州。二〇〇七年二月。
下：白先勇与李传洪董事长在苏州吴江太湖大学堂。二〇一八年三月。

左：白先勇与余志明伉俪合影于百场庆演。北京。二〇〇七年五月。
右：白先勇与沈秉和伉俪合影于澳门。二〇〇五年三月。

影响全国。青春版《牡丹亭》是由艺术学院院长叶朗引进北大的。叶朗教授自己重视昆曲，有心发扬昆曲艺术。百年纪念讲堂有两千多座位，三天的戏本来校方有点担心观众不够，经过我们演前强力宣传，北大学生社团努力串联，四月八日开演，第一天全满，观众情绪高昂，演到第三天《圆驾》大团圆，学生观众热情已经沸腾，满堂彩声，久久不歇。事后有一位北大生在网上写道："现在世界上只有两种人，一种是看过青春版《牡丹亭》的，一种是没看过的。"还有一位学生这样写："我宁愿醉死在《牡丹亭》里，永远也不要醒过来。"青春版《牡丹亭》能在北大引起如此大的回响意义非凡。一个六百年历史的剧种，一出四百年的戏曲，能够穿越时间，勾引起现代青年这样热烈反应，可见得昆曲艺术本身美学之高、魅力之大，《牡丹亭》中情与美的普世价值之感动人心。有鉴于昆曲这种古老传统艺术，经过打磨注入现代精神后，能在二十一世纪的舞台上大放光芒，也启发我们反省深思，我们衰落已久的中国传统文化有没有可能在二十一世纪启动一场欧洲式的"文艺复兴"？英国的"文艺复兴"也是由莎士比亚的戏剧领头的呢。欧洲的"文艺复兴"孕育于古希腊罗马文化，中国未来的"文艺复兴"也必然起源于我们自己几千年的传统文化。昆曲复兴先种下一枚火种。

青春版《牡丹亭》在北京大学的百年纪念讲堂先后演出四次：二〇〇五、二〇〇六、二〇〇九、二〇一六年。二〇〇六年演两轮，第二轮是演给传媒大学的学生看的，四十辆巴士把一千多位传媒的学生浩浩荡荡载到北大去看戏。日后这些受过洗礼的学生任职于新闻界，正好是推广昆曲的种子。

二〇〇五年，青春版《牡丹亭》继续校园巡演：北京师范大学、天津南开大学、南京大学、上海复旦大学、同济大学，回到台湾又在新竹交通大学、台南成功大学演出。南开大学的演出最为火爆。天津传统上是戏曲的重镇，民国时期，京剧演员一定要到天津登台受过天津行家观众的认可才得出头。南开演出由天津可口可乐公司总经理莫卫斌支持引进。南开礼堂只有一千四百个座位，可是索票者众，开演时连阶梯上也坐满学生，还有数百位学生挤在礼堂门口不肯离去，校长紧张，命令校警在礼堂门前一字排开，阻拦学生，怕他们擅自冲进礼堂。南开学生太过热情，最后一天演完把我团团围住不放人走，还亏得四位高壮学生把我从人群中架起，闪进汽车离去。第二年又到南开演出一次，还是一样轰动。南京大学本身没有可演戏的礼堂，借到南京人民大会堂去演出，大会堂有两千多座位，民国时期是国民大会堂，一九四八年蒋介石、李宗仁选正副总统就在那里举行，父亲白崇禧将军也是两千多国大代表之一。那次选

上海大剧院观众席。二〇〇四年十一月。

副总统，父亲卷入了政治风波。没料到五十七年后，我自己领着青春版《牡丹亭》来到大会堂演戏。人世变迁，沧海桑田。为了要填满大会堂，我到南大、南京师范大学、河海大学去演讲介绍昆曲，鼓动学生看戏，大会堂三天满座，南京的各大学学生都抢着来看戏。中国的大学生大概百分之九十五以上从来没看过昆曲，青春版《牡丹亭》是他们一生的第一次，有的学生从此爱上昆曲。上海同济大学的大礼堂是个旧建筑，但却容得下三千人，三天的戏也居然满座，上海其他大学的学生闻风而来，连前排地上坐满了人，同济的场子十分火热。

头一年的校园巡演其实相当辛苦。演出大多是公益性质，戏团动辄七八十人，交通食宿就是一大笔费用。那时演员收入菲薄，演出劳累，绝对不能亏待他们，多少也要凑出一笔演出费给演员。钱从哪里来呢？又只好去募款，我这样"奋不顾身"为了推广昆曲东奔西跑，却也感动了不少朋友及企业家。其实大家心中都有一股文化使命感的，中华传统文化衰落已久，这是我们整个民族的隐痛。昆曲复兴运动恰恰给了大家一个寄望，所以大力支持。我在美国圣芭芭拉的朋友张菊华资助北大演出，台北首演，她特别飞去看戏。另一位Susan Tai支持复旦演出，苏州台商协会会长李云政、沙曼莹夫妇是青春版《牡丹亭》的死忠义工，跟着这台戏到处跑码头，他们对青春版《牡丹亭》的热爱，二十年不衰。我为了青春版《牡丹亭》人情支票开得精光。

二〇〇六年的校园巡演，又是从北大开始，可是这次演出，我们有基金支持了。我一直认为青春版《牡丹亭》的成功是天意垂成。正当我们山穷水尽，后继无力的时候，上天便会派来天兵天将扶助我们一把，让我们顺利走下去。我在北京正在筹备北大演出，邵卢善先生从香港飞到北京来找我。邵先生是香港何鸿毅家族基金的顾问，这项基金以推动中国传统文化为宗旨。基金会选中了青春版《牡丹亭》的校园行，资助我们三年，每年一百多万人民币。何鸿毅的祖父是香港何东爵士，他的父亲何世礼曾参加国军多年，升至中将，出任联合国军事代表团团长，何世礼在大陆及台湾与父亲都有往来。我们有了何家基金会的支援，青春版《牡丹亭》便乘风破浪，扬帆千里，到全国重点大学巡演起来，从北大启航，二〇〇六年南下至桂林广西师范大学、广州中山大学、北京师范大学珠海分校、厦门大学。二〇〇四年，我回桂林参加在桂林全国书展举行新书发布会，因为驻北京广西师范大学出版社出版了我策划的《姹紫嫣红〈牡丹亭〉》，那是我们第一本有关青春版《牡丹亭》的书，由广西师范大学出版社总经理刘瑞琳主导。此后刘瑞琳以及出版社同仁对青春版《牡丹亭》都曾经给予莫大

白先勇于苏州大学存菊堂。二〇一三年十一月。

支持，后来陆陆续续我们一共出版了十四本有关这出戏各类的书籍、论文集、访问、画册，有几本两岸三地同时出版，一出戏衍生出这么多文字图像纪录，也是少有。我在广西师范大学做了一场演讲，我答应学生们会将青春版《牡丹亭》带到桂林演给家乡子弟看。桂林从来没有演过昆曲，二〇〇六年十一月我如愿带到广西师大王城校区演出，正好也是替广西师大出版社二十周年庆演，学校的礼堂古旧，容纳不到一千人，学生们争先恐后抢进礼堂，有的没分到票，便从厕所的窗户爬进去。看到自己家乡的孩子看我们的戏如此踊跃，心里是安慰的。厦门也从来没有昆曲，厦门大学的建南大会堂有四千座位，大概名声在各地校园里已经传开了，厦大的三天演出，也是全满，场子里人气热腾腾。

前几年无论商演还是校园巡演，艺术指导汪世瑜、张继青两位昆曲大师都会跟随，汪世瑜在演前总会督导演员走台排练一次。演出时两位老师坐在台下全程紧盯，演员表演有闪失，中场或者演完戏，马上到后台纠正示范，这出戏是经过不停的打磨，精益求精，累积成形的。终场谢幕，我一定要请两位大师上台，这如同向外宣示，青春版《牡丹亭》师出名门，继承了最纯正的昆曲传统。

二〇〇七年，青春版《牡丹亭》远征西北，西安交通大学、兰州大学、兰州交通大学、陕西师范大学，下到西南成都四川大学，然后再下到福建师范大学、福州大学，这些地方大概都没有昆曲表演过的。四川大学在江安校区体育馆内搭了一个戏台，体育馆挤满了五千人，坐得远的学生恐怕连台上演员都看不清楚，也跟着凑热闹。二〇〇八年武汉大学、合肥中国科技大学，两校的学生反应都极热烈。尤其中科大，大礼堂的座位有一千八百，但蜂涌进来的学生竟有三千，朱清时校长非常紧张，向学生喊话，要同学守纪律。中科大的学生素质高，没有座位的学生规规矩矩携着小板凳静坐在两旁走廊上观剧。这些理工科的学生看昆曲看得如此入迷，也是一番奇景。安徽流行地方戏黄梅调，昆曲不曾到合肥演出过。

我默察校园巡演造成的轰动效应，得出一些结论：这出戏之所以如此打动高校学生，固然由于昆曲本身美学高妙，《牡丹亭》故事动人，但时机也是一个重要因素，二十一世纪初"文革"过后改革开放已经历二十多年，中国经济起飞，社会安定下来，同时西方文化大量闯入中国，中国文化正来到了十字路口，这批在安定环境成长的青年学子也正在寻找自己的文化认同（Cultural Identity），作为中华民族的一分子内心的文化构成到底是什么，这些高校学生不禁疑惑。中国传统文化自十九世纪衰落以后，二十世纪也没有起色，我们民族的文化认同是混乱的。青春版《牡丹亭》突然出现在这些青年学子的眼前，鲁殿灵光，让他们猛然发觉原来自己的传统文化竟然有这样精美的艺术，这样动人的情感，所以才如此反应热烈，我觉得这是一种集体的文化觉醒，向中华传统文化的皈依。

青春版《牡丹亭》西游记

二〇〇一年联合国教科文组织（UNESCO）宣布"人类口述非物质文化遗产代表作"，这是第一次"非遗"选项，中国昆曲在世界十九项代表作中被列为第一名。从此昆曲不仅是中国的文化瑰宝，也是全人类的文化遗产。二〇〇六年，青春版《牡丹亭》美国行便是一场昆曲是否能在世界立足的大考验了。这关系着美国人西方人是否能接受一种有六百年历史完全不同传统的一种表演艺术，而且还是三天九个钟头的大戏。这次美国行前前后后我们大费周章。首先当然又是经费，八十多人的团体飞往美国，交通食宿所费不赀。预估下来，需要一百万美金，这笔数目不容易筹得。这时上天又派遣天兵天将下来援助我们了。趋势科技的文化长陈怡蓁便是我们的天将之一。二〇〇五年赴南京演出的前夕，我在台北"国家剧院"看赖声川的《如梦之梦》话剧，陈怡蓁跟她先生张明正恰巧坐在我旁边，之前我与陈怡蓁只有一面之缘，她是我台大中文系的学妹，更巧的是她第二天也要飞南京，因为趋势科技在南京有分公司，我邀请她去看戏，她率领趋势科技一百多位工程师去人民大会堂看青春版《牡丹亭》的演出，从此陈怡蓁便迷上了昆曲，而且变成支持青春版《牡丹亭》一往无悔的大义工。二〇〇六年美国行陈怡蓁承诺了一半的费用，并且亲身参加筹备部署，她派遣她的手下大将秘书刘姿恋领队，趋势科技的工作人员协助，携带八十多人的戏团浩浩荡荡从旧金山演到洛杉矶。我们决定在美国西岸加州大学的几个校园演出。我在加大圣芭芭拉校区执教二十九年，有了人脉，我们校长杨祖佑便是这次加大校园演出的推手。杨校长协调其他三个校区：伯克利校区（UC Berkley）、尔湾校区（UC Irvine）、洛杉矶校区（UCLA），最后到我执教的圣芭芭拉校区（UC Santa Barbara）。如果不是杨校长大力推动，根本不可能在加大四个校区连接串演下去。加大的演艺中心规矩不少，要我们雇用两位经纪人，一个在纽约，一个在旧金山，一个处理团员签证，一个管宣传。

陈怡蓁便奋不顾身东西两岸飞来飞去与经纪人洽商。陈怡蓁是狮子星座，这回让我看到她散发出狮子般的能量来。我们并肩作战，把青春版《牡丹亭》在美国演得火热。

另一半演出的费用，由另一位天将来承担，香港宝业集团的董事长刘尚俭也是我台大学弟，商学院毕业，在校时刘尚俭是名"文艺青年"，写诗，阅读我们的《现代文学》。他热心文化，在香港的大学内时常资助文艺活动。在中文大学翻译系金圣华教授的新书发表会上，刘尚俭又恰巧坐在我旁边，他听闻我正在替青春版《牡丹亭》美国行募款，他问："还缺多少？"我说："五十万美金。"他说："我来出。"于是我们的资金问题便迎刃而解了。

演出前两个月我们开始大动员，台大同学会、北一女同学会、北大同学会都替我们拉票，旧金山中国领事馆、洛杉矶中国领事馆也积极加入，洛杉矶领事馆还买了上百张戏票请中国留学生看戏。我们的宣传队伍有一群女教授娘子军，他们热心，不辞劳苦，动员能力强，伯克利东语系讲师朱宝雍是伯克利演出总提调，安排日程事务；加州州立大学李林德教授是昆曲行家，会吹昆笛、唱曲，她开了多场英文演讲让美国观众熟悉昆曲的来龙去脉，她优美的字幕英译使得美国观众很容易入戏。我自己也没有停过，到处演讲，开新闻发布会，上电视、上广播、接受媒体访问。美国第一大华文报纸《世界日报》，大篇幅报道我们的消息，香港《星岛日报》《国际日报》《明报》也跟进。英文媒体报刊如《纽约时报》（*New York Times*）、《旧金山纪事报》（*San Francisco Chronicle*）、《洛杉矶时报》（*Los Angels Times*）这些主流报刊多有报道，并有剧评，其他地方报刊则多不胜数了，连美国之音也有报道。演前宣传我们已经做到足。编剧华玮在加大伯克利校区又召开了一次研讨会，招来多位美国戏曲专家，中国大陆南京大学昆曲专家吴新雷教授也飞到美国参加。最后我们把纽约昆曲行家汪班请来参加研讨会并担任演前导聆。

万事俱备，九月十五日青春版《牡丹亭》终于在加大伯克利校区登场。伯克利的演艺中心（Cal Performances）是美国西岸的演艺重镇，长年有世界顶级的艺术家及表演团体在此演出。演艺中心的剧场 Zellerbach Hal 有两千一百个座位，设备完善。我们三天的票都卖光了，演艺中心当然高兴，因为我们有企业资助、售票收入完全归校方，这样我才能获得加大四个校区的演出权。

首演那晚，观众大约有六成是非华裔的美国人，除了加大师生外，湾区来观剧的人士各行各业都有，但以学界及文化界为多。满满的场子里感觉到观众的兴奋与期待。

我的心情跟台北首演相似，还是紧张，这是青春版《牡丹亭》出国首演，不知美国观众接受的程度如何。那天女主角沈丰英的妆化得特别美，姗姗出场，风情万种，台下又是一个碰头彩，等到《离魂》落幕，在掌声暴起中，全场观众起立喝彩，一阵又一阵，十几分钟不歇，尤其是四成的华裔观众激动到不行，有的热泪盈眶，大概看到自己的文化艺术在异国舞台上大放光芒，民族情绪牵动起来。没料到美国观众反应比国内观众有过之而无不及。我们在美国伯克利首演旗开得胜，影响了下面三个校区。第三天星期天是下午戏，晚上庆功宴包下滨海的东海海鲜酒家，二百多人参加，席开二十六桌，还在奋亢当中的观众追过来庆功，这是一场情绪高昂的欢宴。大家流连忘返，不愿曲终人散。男女主角俞玖林、沈丰英在庆功宴上大出风头，他们这次在伯克利超水平的演出，迷倒了华侨观众，大家都围着他们赞不绝口。纽约华美协会（China Institute）颁给张继青终身成就奖，由协会主席汪班授奖。

《世界日报》九月十六日报道：

> 青春版《牡丹亭》美国首演美不胜收
> 词美、舞美、乐美、人美、腔美、台美
> 中西观众赞不绝口

《世界日报》一连几天专刊报道，多家英文报刊也纷纷登出剧评，一面倒地称赞青春版《牡丹亭》在美国一举成功，惊艳演出。其中以《旧金山纪事报》史蒂芬·韦恩（Steven Winn）的剧评为代表，这篇占大半版篇幅的剧评写得相当内行用心，观剧时韦恩坐在我前排，我看见他一边看戏一边做笔记。这篇剧评的标题：

> 从一个少女的春梦演幻出一出令人销魂的戏曲，九个钟头一晃而逝

他称赞沈丰英与俞玖林色艺俱佳，也赞赏青春版《牡丹亭》的舞美、服装、音乐。他把汤显祖的《牡丹亭》与莎士比亚的《罗密欧与朱丽叶》相比，东西方在同一时代出现了两出以刻骨铭心的爱情为主题的经典戏剧。中英媒体都认为二〇〇六青春版《牡丹亭》美国行是自七十年前伶界大王梅兰芳访美后，中国传统戏曲对美国文化界产生最大的冲击。

上：天津南开大学演出海报。二〇〇六年四月。

下：天津南开大学演出。二〇〇六年四月。

上：白先勇受颁中华之光年度人物，与北京大学艺术学院院长叶朗在CCTV颁奖典礼。二〇一三年一月。
下：传媒大学学生专场演出。北京大学百年纪念讲堂。二〇〇六年四月。

上：白先勇与李云政（左二起）、沙曼莹、蔡少华在美国旧金山。二〇〇六年九月。
下：白先勇与何鸿毅在香港何鸿毅基金会。二〇〇八年十一月。

左：白先勇与邵卢善在北京百场庆功宴。二〇〇七年五月。
右：白先勇与张菊华（左二）、许博允（左一）在北京北展中心。二〇〇七年五月。

接下来三个加大校区的演出，重复了伯克利的盛况，场场满座，场场观众反应无比热烈。尔湾在 Berklay Theater 上演，有一位在加大圣地亚哥（UC San Diego）校区戏剧系的教授玛丽亚·麦唐诺（Marianne Mcdonald）每天开两小时的车赶到尔湾来看戏，记者访问她，她毫不保留地说："这是我看过，不，这是我一生看过最美的一出歌剧，能看到这出戏是我的荣幸！"麦唐诺教授是蜚声国际的希腊悲剧专家，著作等身，她对青春版《牡丹亭》如此评价很不容易。西方人对于中国戏曲的了解止于京剧，他们没想到比京剧早三四百年，中国已有像昆曲这样精致成熟的剧种了。加大尔湾校区戏剧系主任罗伯·孔恩（Robert Cohen）看了青春版《牡丹亭》，即刻把这出戏写进他编的大学教科书《剧场》（*Theater*）里。我相信一种表演艺术美学达到一定标准就会超越文化、语言、国族各种阻隔为世人接受，昆曲的美学就是达到这种标准。加大洛杉矶校区的剧院 Royce Hall 有一千八百座位，三天全满，洛杉矶郡县颁给青春版《牡丹亭》奖状一张。最后一站到达加大圣芭芭拉校区，我曾执教的学校。在城中 Lobero Theater 演出，那是一个精美古雅的小戏院，只有六百多座位，其实昆曲在中小型剧院表演，舞台效果更佳。因为最后一轮，演员都铆上演出。圣芭芭拉市市长 Marty Blum 宣布演出那一周是"《牡丹亭》周"，市内主干马路上，挂满了青春版《牡丹亭》的旗帜。十月八日，演完最后一场，在华贵的 Montecito Club 召开了一场盛大的庆功宴，青春版《牡丹亭》美国行轰轰烈烈落幕。

二〇〇八年，青春版《牡丹亭》欧洲行，又是我们另外一个大挑战。首站英国伦敦。伦敦是世界演艺中心，每天有一百场各种表演艺术在进行，培养出一群高水平眼光挑剔的英国观众，英国报刊的剧评有名的严苛，批评起来毫不留情。我们去伦敦演出，当然诚惶诚恐，兢兢业业，不敢掉以轻心。伦敦演出场所在赛德勒·韦尔斯剧院（Sadler's Wells），这是个十七世纪古老有传统的演艺场所，英国皇家芭蕾舞团常在此演出。原来在美国加大圣芭芭拉校区演出的时候，Sadler's Wells 的负责人已经亲自去看过了，他马上选中了青春版《牡丹亭》二〇〇八年到 Sadler's Wells 剧院连演两轮，并安排赴希腊雅典参加艺术节。剧院很重视这次演出，二〇〇七年在北京国家大剧院演出时，剧院派遣《金融时报》（*Financial Times*）、《卫报》（*The Guardian*）、《邮电报》（*The Telegraph*）几家报纸的记者到北京国家大剧院观看，并跟我做深度采访，预备二〇〇八年在伦敦上演前大幅宣传，这几家都是英国主要报纸，宣传力量当然够大。二〇〇八年赴英演出一切准备妥当，哪晓得五月十二日突然发生四川汶川八级大地震，有六万多人遇难，中国发生如此严重的灾难，政府下令停止一切公众娱乐，连同演艺团体出国也禁止了。这一急，非同小可，伦敦方面报纸宣传已经登出，剧院亦开始卖票，如果苏昆无法依约赴英表演，恐怕会造成国际事件。我们向有关单位再三申请，可是没有人敢负责。我逼得没有办法，最后只好写信给国务院温家宝总理，幸亏温家宝总理批示文化部放行，我们才得顺利抵达伦敦。因为这次剧院包办演出费用，我们不必担心资金问题。但两轮六千张票，票房压力相当大。中国驻英大使馆给我们相当大支持，替苏昆开了一个新闻发布会，驻英大使傅莹携带朋友连看了三天戏，傅莹很认真，看戏前还用心研读《牡丹亭》剧本。我到牛津大学、伦敦大学亚非学院作了两场演讲敦促两校师生去观剧，亚非学院教授杨佳玲积极催票，帮了大忙。牛津大学著名汉学家、《红楼梦》英译者霍克斯（David Hawkes）以及牛津大学邵逸夫汉学讲座教授卜正民（Timothy Brook）两人从牛津联袂到伦敦来看戏。我对霍克斯说："我在加大教《红楼梦》就是用您的译本。"霍克斯颇为高兴，他说："《红楼梦》里也有《牡丹亭》呀。"他是指《红楼梦》第二十三回《〈西厢记〉妙词通戏语　〈牡丹亭〉艳曲警芳心》，林黛玉走过梨香院听到十二个小伶人唱戏，正好唱到《惊梦》中"原来是姹紫嫣红开遍，似这般都付与断井颓垣"那一段，黛玉听得"心痛神驰，眼中落泪。"。霍克斯说他欣赏沈丰英演的杜丽娘，卜正民却说他独钟沈国芳的小春香，活泼伶俐。著名旅英钢琴家傅聪带领全家人到 Sadler's Wells 看戏，他身着唐装短袄，标明民族身份。趋势科技陈怡蓁也参加这次欧洲行，趋势科技在伦敦召开大会，在欧洲各国分部的计算机工程师、各级主管都来与会，有数十人，陈怡蓁把这些不同国籍的欧洲人都请来观剧，中国昆曲对这些欧洲人来说是彻头彻尾的异国歌剧传统，可是他们都看得十分起劲，就如同美国观众一样，西方人也懂得欣赏昆曲，昆曲之美直击到西方观众的心灵。Sadler's Wells 两轮的戏最终还是满座。这次在伦敦演出成功的大功臣要属亚非学院杨佳玲教授，杨佳玲教中国艺术史，嗜好戏曲，她是我们的超级催票手。她不仅在亚非学院发动师生买票、看戏，亲自带领几个助教在校园里不惮其烦向学生解说，她还跨校到伦敦大学政经学院去宣传，政经学院也来了一大批学生。英国媒体宣传很大，《泰晤士报》《卫报》《邮电报》等都有剧评，第一大报《泰晤士报》一周破格连着两篇剧评，一面倒称赞，给四颗星；其他报纸也是好评，青春版《牡丹亭》在欧洲算是通过考验了。二〇一六年又到英国伦敦 Troxy 剧院演了一轮，纪念汤显祖与莎士比亚逝世四百周年。东西方两位戏剧巨擘同在一六一六年逝世，他们隔

左：白先勇与李林德在美国旧金山。二〇〇六年九月。
右：白先勇与陈怡蓁在加州大学圣塔芭芭拉 Lobero Theater。二〇〇六年十月。

加州大学伯克利分校 Zellerbach Hall。二〇〇六年九月。

上：圣塔芭芭拉主街 State Street 演出旗帜飘扬。二〇〇六年十月。
下：加州大学圣塔芭芭拉 Lobero Theater 剧院。二〇〇六年十月。

上：加大演出后在东海海鲜酒家举行庆功宴。左起沈丰英、张继青、汪世瑜、李萱颐、华文漪、白先勇、俞玖林。二〇〇六年九月。

下：白先勇与加大圣塔芭芭拉分校校长杨祖佑（左二起）、校长夫人崔德林、沈丰英。二〇〇六年十月。

上：白先勇与《红楼梦》翻译家霍克斯（David Hawkes）（左）、牛津大学中国研究院主任卜正名（Timothy Brook）（中）在英国伦敦。二〇〇八年六月。
下：钢琴家傅聪全家前来观剧。英国伦敦。二〇〇八年六月。

上：左起 Alan 冯、白先勇、金圣华、刘尚俭在北京一百场庆功宴。二〇〇七年五月。
下：加大演出后庆功宴汪班颁奖给张继青。美国旧金山。二〇〇六年九月。

英国伦敦赛德勒维尔斯剧院外的演出宣传海报。二〇〇八年六月。

英国伦敦赛德勒维尔斯剧院内的观众。
二〇〇八年六月。

上：白先勇与英国亚非学院艺术考古系杨佳玲教授。英国伦敦。二〇〇八年六月。
下：白先勇与南京大学吴新雷教授在美国洛杉矶大使馆。二〇〇六年九月。

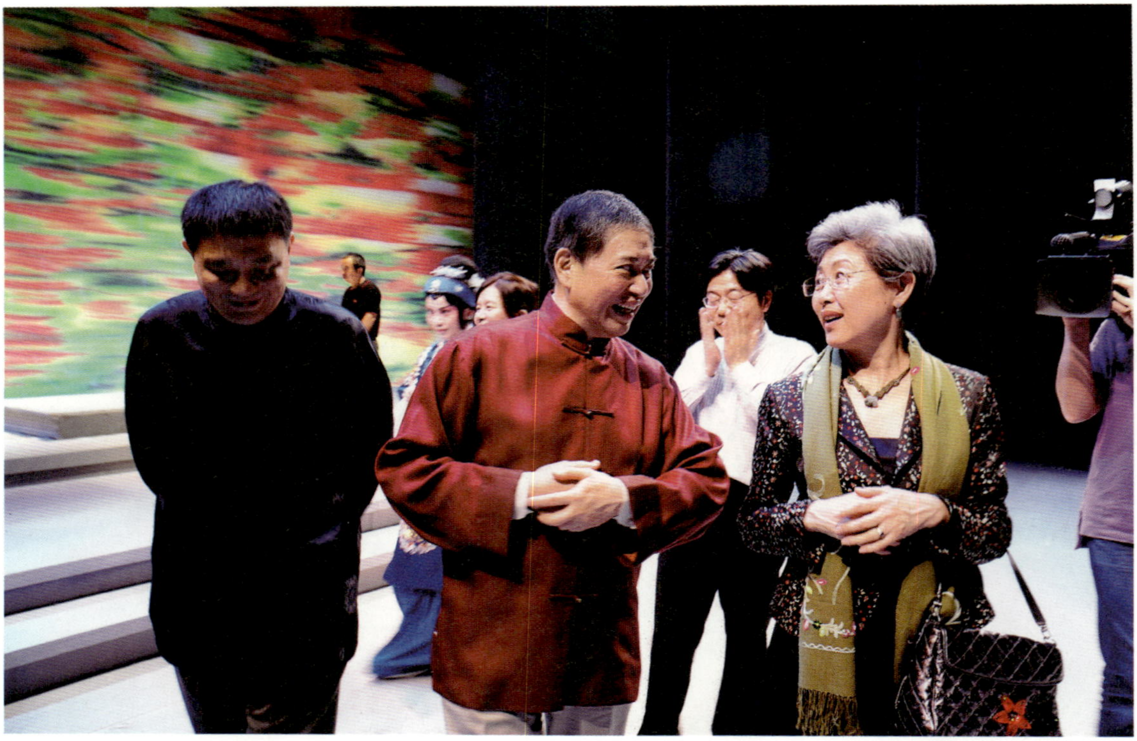

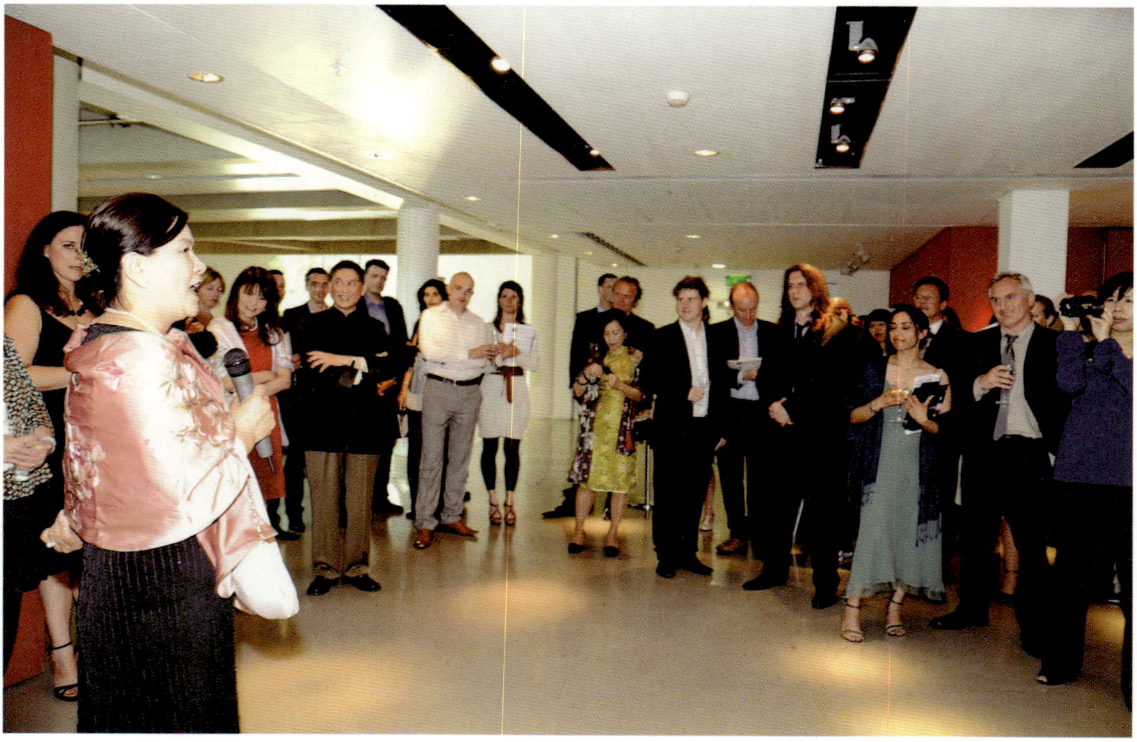

左上：演出前白先勇与时任中国驻英大使傅莹交谈。英国伦敦。二〇〇八年六月。
左下：陈怡蓁邀请一批趋势科技欧洲成员观剧。英国伦敦。二〇〇八年六月。
上：加州大学伯克利分校研讨会，左起王孟超、华玮、郭安瑞（Andrea Goldman）、白先勇。二〇〇六年九月。

希腊雅典阿迪库斯露天剧场。二〇一七年七月。（苏州昆剧院／提供）

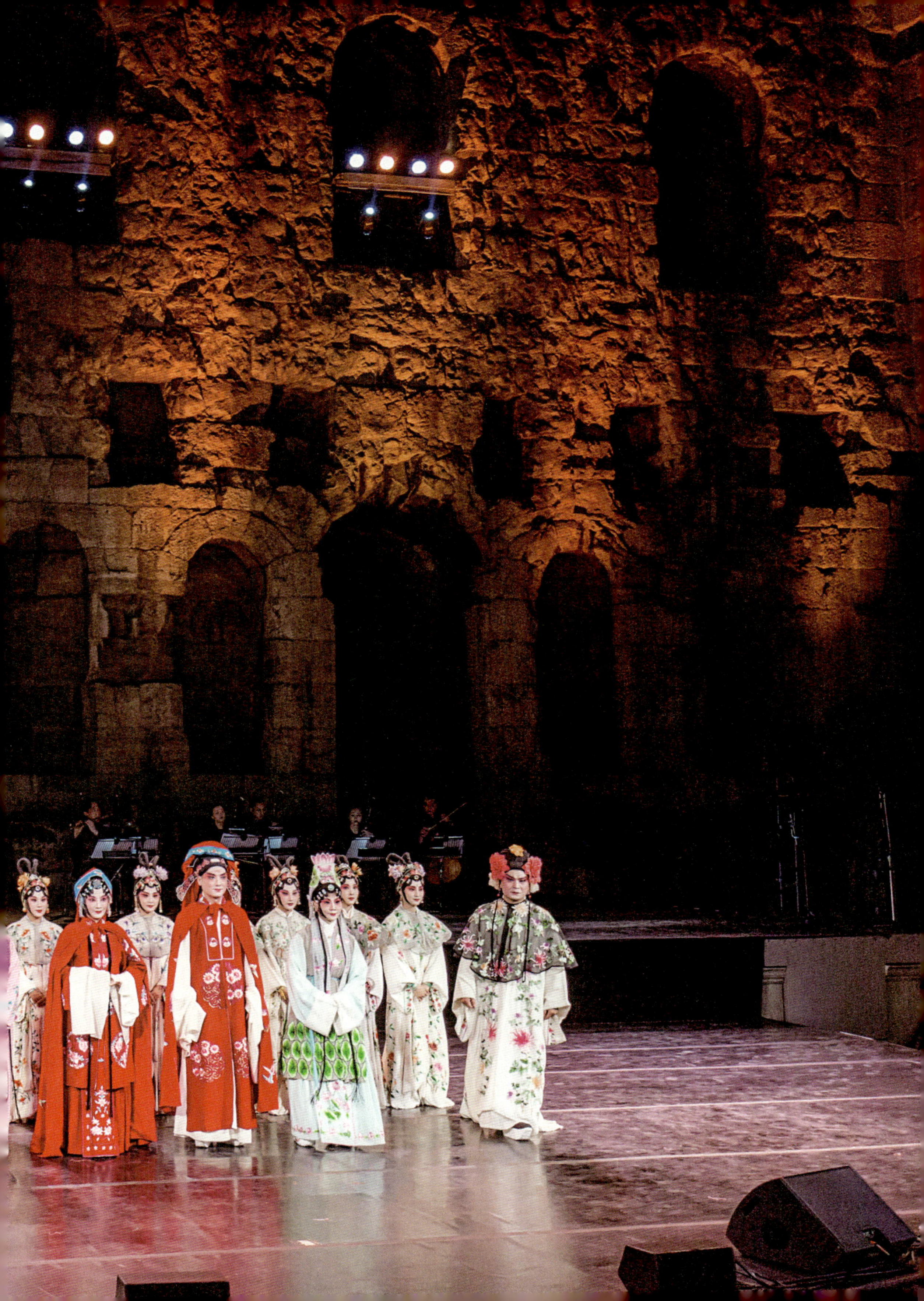

白先勇在加州大学伯克利分校 Zellerbach Hall 演出谢幕。二〇〇六年九月。

两年前后各自写下脍炙人口的爱情故事：《罗密欧与朱丽叶》（一五九六）、《牡丹亭》（一五九八）。

接着移驾到希腊去参加雅典艺术节，雅典从来没有昆曲演出，这次算是破冰之旅。希腊人是懂戏的，他们自己有几千年的戏剧史，青春版《牡丹亭》在雅典受到欢迎也是意料之中，在雅典演出比较轻松，没有在伦敦紧张。二〇一六年又去雅典演出一轮，这次在雅典神庙附近的 Theater of Dionysus 登台，这是个古老露天剧场，建于公元前六世纪，现在只剩下一排高耸的"断井颓垣"，演到《离魂》一折，杜丽娘披着大红曳地数丈长的披风，一步一步走向古希腊的历史废墟，那是一幅惊心动魄的景象，两千多年前，就在这个古剧场，一出出惊天动地的希腊悲剧曾经上演过。青春版《牡丹亭》到英国，那是莎士比亚的故乡；到希腊，那是希腊悲剧的发源地，在这些有丰富戏剧历史的国度表演，仍能光芒四射，屹立不坠，很不容易。

第一百场庆演

二〇〇七年青春版《牡丹亭》在北京第一百场庆演，由文化部主办。三年间青春版《牡丹亭》商演、校园巡演、美国演出，来到第一百场，这当然是指标性的演出。我们选中北京，因为在北京演出，消息效果才能外溢到全国，演出地点是北展剧场，有两千七百座位。演前我们又做足了宣传，连地铁站、公交车，都贴上海报，我上了中央电视台"面对面"的节目，上凤凰卫视的直播，接受北京各大报的访问，有时候一天连着三四波记者来访，忙得不可开交。在重大演出前，这样强力宣传几乎成了常态。我上过十次以上中央电视台的节目，其他如东方卫视、浙江卫视、阳光电视，通通上过，我觉得自己好像变成了"电视布道家"，在向全世界传播昆曲之美的福音。百场庆演这样大规模的宣传，当然需要一笔庞大资金，这次又是香港宝业集团董事长刘尚俭出手，资助我们两百万人民币。这笔钱我们除了用在宣传上，还以低价格购进一批学生票，让北京的学生买得起这些廉价票，有机会进剧场看青春版《牡丹亭》。培养青年观众一直是我们的主要目标。百场庆演，北展剧场三天满座，六成是年轻人。

经过近百场的磨炼，演员们的演技都纯熟了，他们知道百场庆演的重大意义，不敢掉以轻心，五月十一至十三在北展剧场有超水平的表演，尤其男女主角特别出彩，这是自他们二〇〇四年在台北首演以来表现最佳的一次。两人精神状态都达到饱和，沈丰英的《寻梦》抒情诗意的调子，节奏分秒不差，举手投足尽得乃师张继青张派风范，这一折张继青师承"传字辈"老师傅姚传芗，现由沈丰英继承下来，是隔代相传，"姑苏风范"。那天俞玖林的《拾画》也演得特别好，一出场玉树临风，挥洒自如，这是一折做派戏，只见俞玖林的水袖满台飞舞，各种身段都极好看。坐在我旁边的文化部副部长王文章看得脱口而出："这个小生演得简直旁若无人！"王文章懂戏，爱好昆曲，他被俞玖林的《拾画》唱服了。日后《拾画》便变成了俞玖林的代表作。二〇二三年文化部举行全国戏曲比赛，俞玖林表演《拾画》获得"生行"冠军。俞玖林的《拾画》是汪世瑜细细磨出来的，汪世瑜当年就以《拾画》《叫画》出名，他的师傅是周传瑛，俞玖林也是隔代传承，得到"姑苏风范"。

北京百场演出，台湾的主创人员也去了一大批，王童、曾咏霓、张淑香、吴素君、王孟超、陈怡蓁、董阳孜等人，香港余志明夫妇、金圣华教授夫妇，美国有旧金山中艺协会长李萱颐夫妇，青春版《牡丹亭》在伯克利演出前夕，李萱颐设家宴招待剧组。好莱坞华裔明星卢燕从洛杉矶飞来北京看戏，卢燕是我的舞台剧《游园惊梦》女主角，青春版《牡丹亭》在洛杉矶加大演出时，卢燕发红包给演员。加州州立圣地亚哥大学教授卓以玉也飞北京观剧，她曾在洛杉矶海鲜饭馆宴请苏昆剧组。五月十三日下午百场庆演落幕。香港何鸿毅家族文化基金会替青春版《牡丹亭》举办了一场风光十足的庆功宴，设在故宫博物院的建福宫，是当年老佛爷慈禧太后宴客的地方。何氏家族基金会当时正在捐助北京故宫博物院展出大英博物馆收藏清代运往欧洲的瓷器，所以取得在建福宫设宴庆功宴的许可。那晚两岸三地加上美国文化界的知名人士冠盖云集，台湾著名舞蹈家林怀民也到了。卢燕在意大利导演贝托鲁奇拍摄的《末代皇帝》中饰演慈禧太后，那晚我们笑称：慈禧太后回建福宫家宴了。建福宫庆功宴替北京百场庆演画下完美句点。

新加坡演出

二〇〇九年五月八至十日在新加坡滨海艺术中心盛大演出，庆祝新加坡和中国合作新加坡工业园区成立十五周年。这是青春版《牡丹亭》第一次下东南亚巡演，因为新加坡、马来西亚华裔人口多，来看戏的人多以华裔观众为主，艺术中心戏院有近两千座位，三天的套票不容易消掉。联合早报连日大幅宣传，我也做了电视采访等宣传工作，但主办单位把几百张最好的位置票锁起来预备做公关，但无法消化最后才吐出来，我们这一急非同小可，只剩几天如何能填满这样大的剧场，幸亏我们在新加坡有几位人脉甚广的朋友：女诗人淡莹，我加州大学的同事；何华，我在复旦的学生，彻夜到处拉票，我到南洋理工大学去演讲，带动了一大批学生来看戏。最后总算把大剧院填满了，要不然，在新加坡就会摔一大跤。我们在海内外巡演，常常碰到不可预测的危机，但最终靠天佑，总能过关。

第二百场庆演

二〇一一年，百场庆演后，青春版《牡丹亭》来到二百场，这又是一道里程碑。一开始我们便锁定北京国家大剧院为演出场所。剧院有几个演艺厅，中间歌剧厅最大可容纳两千多人，设备一流，金碧辉煌，派头最大，但歌剧厅平常只演大型歌剧、舞剧或音乐剧，从来不让传统戏曲进场。在旁边有一个一千座位的中型剧场，传统戏曲便在这个中型剧场演出。二〇〇九年国家大剧院开幕时曾邀请青春版《牡丹亭》去试演，那个厅的舞台效果并不理想。二百场庆演何等隆重，我坚持要到歌剧厅去演出。我们向大剧院申请，不得其门而入，大剧院归北京市管辖，我们去市政府交涉，也不得要领，逼得我们走投无路，我又只好写信给国务院刘延东主任委员，刘延东掌管全国教育文化，我信上主要论点是中国昆曲已被世界最高文化机构联合国教科文组织认定为"人类口述非物质文化遗产代表作"，已经是全人类的文化财产了，大剧院的歌剧厅可以演唱西方歌剧，中国昆曲也应该可以登台。刘延东批示下来，大剧院大门大开。一下子各处都来抢票了，三天六千多张票又一售而罄。一如既往，我们保留了三百套低价票，送给高校学生，让他们能进大剧院看戏，高校学生才是我们最重要的观众。这三百套学生票是北京王淑琪女士认捐的，王淑琪在北大看过青春版《牡丹亭》后，变成了这出戏的死忠粉丝。二百场庆演因为戏院设备一流，舞美灯光效果特别好，观众热烈，无以复加。头一晚刘延东亲自来看戏，大加赞赏，于是文化部的领导层、苏州市市长也都纷纷赶着来观看了。观众从各地而来，有一位观众告诉我，他带领全家

第一百场演出后,在北京故宫建福宫庆功宴。第一排右起:陈丽娥、林怀民、董阳孜、卢燕、白先勇、卓以玉、邵卢善(左一);第二排陈怡蓁(左八)、张菊华(左十)、郑培凯(左十二)、金圣华(左十三);第三排辛意云(右四)、王童(右五)、曾咏霓(右六)、吴素君(右七)、张淑香(右八)、何作如(左五)。二〇〇七年五月。

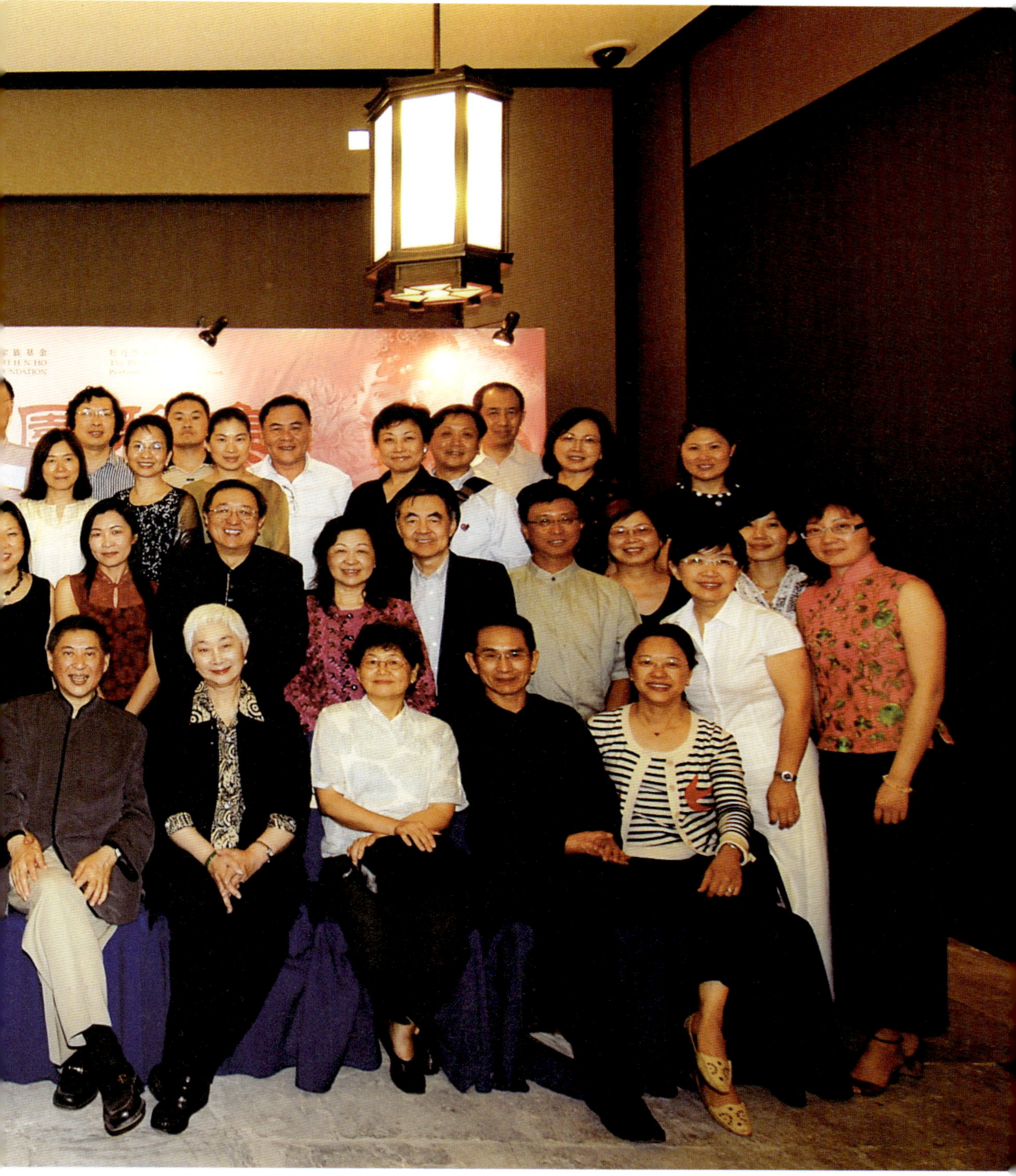

一百场庆演，预备入场的人潮。北京北展中心。二〇〇七年五月。

影星好友卢燕来加州大学洛杉矶分校看戏。二〇〇六年九月。

一百场庆演座无虚席。北京北展中心。二〇〇七年五月。

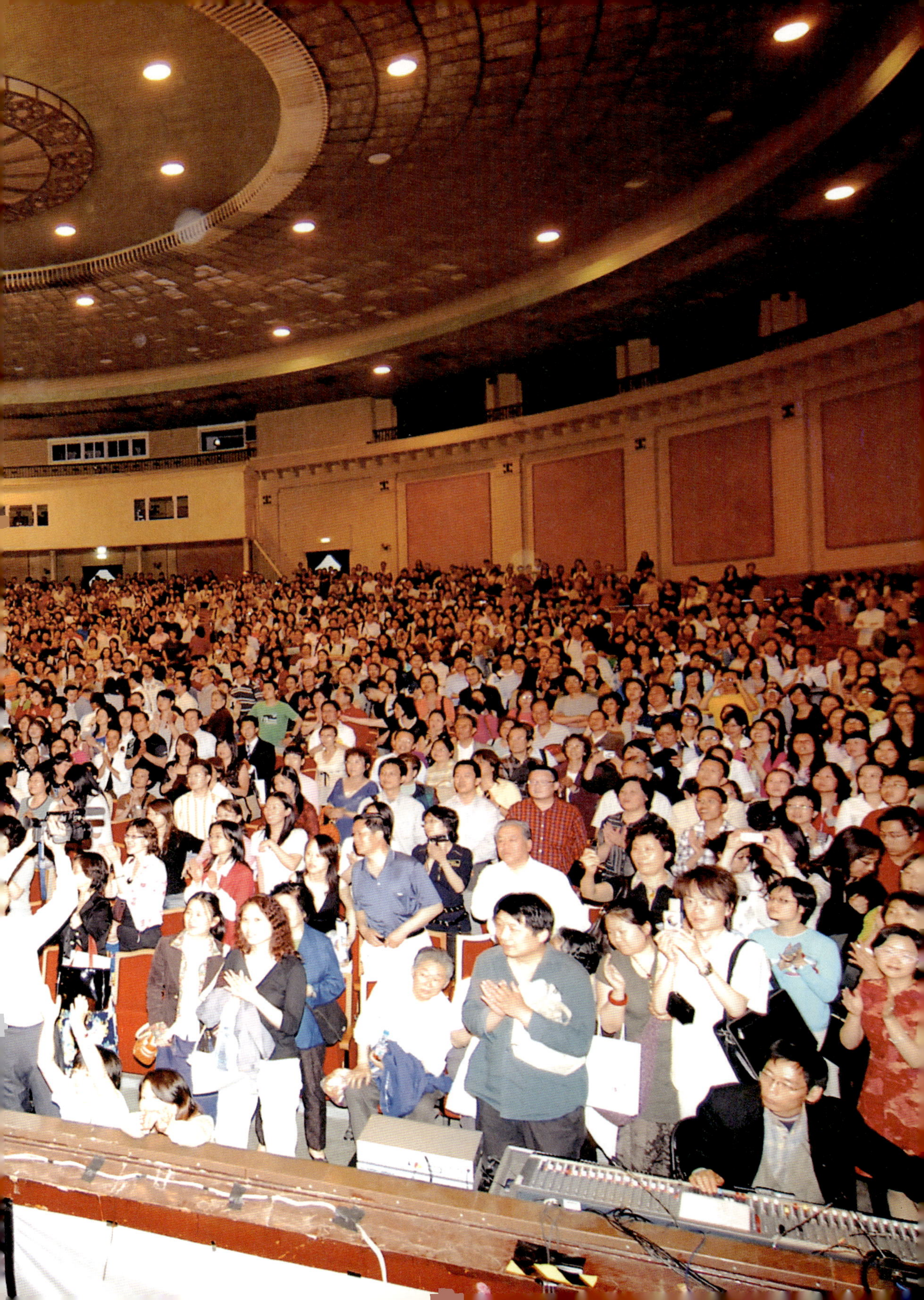

从东北千里迢迢开了车子到北京,就为着要看青春版《牡丹亭》。第三天两百场演毕,我正赶着要去参加大剧院四楼的庆功宴,饰演小春香的演员沈国芳跑过来,叫了一声"白老师——"两行眼泪簌簌而下,我了解小春香沈国芳的心情,青春版《牡丹亭》南征北讨演了二百场,演员们对这出戏已经产生感情了,他们心中害怕万一有一天曲终人散,会多么的失落,小春香不禁伤感起来,当然她没有料到青春版《牡丹亭》的生命力如此旺盛,还有十几年近五百场好演。沈国芳是好演员,她的春香与沈丰英的杜丽娘搭配得天衣无缝,丝丝入扣。庆功宴亦是王淑琪资助的,她订了一个大蛋糕,插满了红蜡烛,在一片喜庆声中,二百场庆演圆满落幕。

演出期间,我们在大剧院举行了一个青春版《牡丹亭》幕前幕后摄影展,展出场地在大剧院的东展览厅,占地四百坪的空间,竖立了两面大荧幕光墙,荧幕动态加上墙上静态的照片有七百多张。摄影师许培鸿这些年一直跟拍,幕前幕后的照片累积了二十多万张,一出戏有这么多摄影纪录恐怕亦是空前的。精美的剧照在两面大光墙上缓缓流动起来,色彩缤纷,鲜艳夺目。摄影展展出长达一个月,由台湾台达电资助,花费了两千多万台币,董事长郑崇华先生亲临北京国家大剧院剪彩开幕。

二百场庆演,我们也下足了功夫筹备,主要演员与花神的服装更新就所费不赀,我们讲究,戏服都是苏州老绣娘手绣。庆演前,我们到上海、杭州作暖身演出,这些都需要一笔相当可观的经费,我们正感到拮据时,另一批天兵天将又降下来解危了。二〇〇六年在美西演完后,我受到居住在休斯敦(Houston)赵廷箴文教基金会负责人赵元修、辜怀箴伉俪的邀请到休斯敦去作一场介绍青春版《牡丹亭》的演讲。赵廷箴是赵元修的尊翁,台塑的创办人之一。赵廷箴文教基金会主旨侧重中国传统文化的推广。演讲场地设在休斯敦佛光山中美寺,赵元修、辜怀箴两人是虔诚的佛教徒,热心推广教育文化。赵元修在美国自己有庞大的石化企业,他与辜怀箴却到中国大陆推动希望工程慈善事业,帮助贫穷孩子上大学。难得他们每年亲身去大陆一一接见他们帮助的学生,鼓励他们向上,发扬佛陀普度众生的精神。我与赵元修、辜怀箴结缘后,大概他们看到我一个人推动中华文化的辛苦,一直默默在幕后帮助我,让我在崎岖的文化路上走得平顺。这次二百场庆演,赵廷箴文教基金会捐助了二十万美金,使得这场庆演风光完成。

"昆曲进校园"——在大学设立昆曲课程

自从二〇〇四年在苏州大学大陆首演以来,青春版《牡丹亭》前几年以校园演出为主,商演次之,培养了大批高校学生观众,从两岸三地延到美国,有数十万之众。但要进一步让昆曲在校园内扎根,长期培养学生观众,那就必须得在大学里开设昆曲课,有计划地熏陶教诲青年学子,灌输学生昆曲历史背景、艺术美学的知识,启发他们对昆曲的兴趣,对中华传统文化的认知。第一所大学我们又选中了北大,我曾经说过北大是高校的龙头,自来人文底蕴深厚,在北大的"文化事件"可以影响全国,如"五四"运动。民国初年,蔡元培当北大校长的时候,提倡昆曲,他亲自带领北大学生去观赏韩世昌、白云生的北昆表演,学校里有国学大师俞平伯、名曲家吴梅在教昆曲课程。北大有昆曲教学的传统,不过中断了七十年,我们把这个传统又继续下去。

二〇〇九年,天津可口可乐总经理莫卫斌调职到北京,他一向支持昆曲推广,我们商量之下,由北京可口可乐公司资助在北大开设昆曲讲座课程,每年出资一百万人民币,一共五年,得到周其凤校长的许可,讲座挂在艺术学院名下,院长叶朗教授大力支持,我们把这个讲座定名为"北京大学昆曲传承计划",二〇一〇年春季开课,二〇〇九年十二月为了昆曲讲座暖身宣传,特别在北大百年纪念讲堂十五至十六日公映两轮新版《玉簪记》,十八至二十日三本青春版《牡丹亭》。新版《玉簪记》头一次在北京亮相。基本上以上昆华文漪、岳美缇的版本为底本,张淑香改编加了开场《投庵》一折,这出戏还是由华文漪、岳美缇指导,但导演是翁国生。他加了十二位小道姑,在《投庵》及《催试》中小道姑翩翩起舞,甚是好看。他把最后《秋江》一折放大放开导得满台江波汹涌,与江心舟上两个情人送别心情起伏相对应,有强烈的舞台效果。我们在设计上把《玉簪记》回归"雅部",舞美采用书法家董阳孜的字画,画家奚淞的观音佛像,佛手莲花,创造出充满禅意的水墨世界。音乐以古琴为主旋律,古雅空灵又具有现代感。中国艺术研究院的戏曲专家刘梦溪看完新版《玉簪记》对我说道:"你们又成功了!"新版《玉簪记》是在我们的"昆曲新美学"引导下制作既传统又现代的第二出昆曲。三本青春版《牡丹亭》上演,满堂学生观众依旧热烈,北京寒冬零下九度,最后一场演完我裹着羽绒衣,预备回旅馆休息,可是一大群学生围着不让我走。我看见他们那一张张年轻的面孔好像经过一场中华文化的洗礼一般,都在发光。学生热切地对我说:"白老师,谢谢您,把这么美的昆曲艺术带到北大来!"

我听了学生这番话，一切的辛劳也就可以放下了。

北大的昆曲课采用讲座形式，是公选课，开放给全校学生，课程内容经过磋商考量，决定"案头""场上"同时进行。我们一面聘请昆曲学者专家来讲授昆曲的历史演变，文化背景，传奇作者，文本研究，昆曲中的爱情主题，儒、释、道的哲学思想等各种课题。另一面我们敦请当今昆曲大师出山参加我们昆曲课程，现身说法，讲解昆曲表演艺术：四功五法，念唱作打，生、旦、净、末、丑各种行当，大师们示范讲解。我们昆曲课取名为"昆曲经典欣赏"，每年春季一学期共十六节课，这门讲座在北大开了十年，头五年由北京可口可乐支持，后五年赵廷箴文教基金会跟进，也是每年一百万人民币。胡芝风（中国艺术研究院）、刘静（北昆、中国艺术研究院）、陈均（北大）都曾担任过这个讲座的主持人。十年下来，选昆曲课的学生达数千人，是个热门的公选课。北大开办昆曲课，重新给美学成就最高的表演艺术昆曲一个学术上的定位。"五四"以来，中国高校教育偏废传统文化课程，后遗症甚大。北大设立昆曲课程是一个良好的示范，其效果外溢到北京其他大学以至全国。

十年间，北大昆曲课聘请了两岸三地为数甚众的昆曲学者专家来讲学：王安祈（台大）、郑培凯（香港城市大学）、辛意云（台北艺术大学）、华玮（中研院、香港中文大学）、周秦（苏州大学）、叶朗（北大）、陈均（北大）、叶长海（上海戏剧学院）、邹红（北师大）、宁宗一（南开大学）、吴新雷（南京大学）、赵天为（东南大学）、傅谨（中国戏曲学院）。这份名单，挂一漏万，我自己也每年到北大参加讲座一次，连续十年。每次去我都带领苏昆"小兰花班"的青年演员到北大示范演出，两天的折子戏每天四折，都是昆曲经典，展示各类行当，让学生亲自体验昆曲之美，课程"案头""场上"同时进行，学生看戏，兴致勃勃。我以二〇一二年为例，我们在北大百年纪念讲堂多功能厅演出下列折子戏：

四月七日：《牡丹亭·游园》沈丰英、沈国芳；《烂柯山·逼休》陶红珍、屈斌斌；《千里送京娘》唐荣、沈国芳；《玉簪记·偷诗》俞玖林、沈丰英。

四月八日：《水浒记·情勾》吕佳、柳春林；《钗钏记·相约·讨钗》沈国芳、陈玲玲；《长生殿·闻铃》周雪峰、屈斌斌、柳春林；《牡丹亭·幽媾》俞玖林、沈丰英。

如此丰富的示范演出持续了十年，有时也移到北师大的礼堂演出，也有校外的学生来旁听、观剧。最大的特点是能够请到全国南北当今昆曲大师来示范讲学，北大学生有幸，能够目睹这些大师们身上的真功夫：蔡正仁（上昆、生角）、华文漪（上昆、

二百场庆演摄影展。北京国家大剧院东展览馆。
二〇一一年十一月。

二百场庆演，容纳两千人的北京国家大剧院歌剧厅第一次有昆曲在此演出。二〇一一年十二月。

上：二百场庆功宴，白先勇与演员们，前排左二为吴新雷。北京国家大剧院四楼。二〇一一年十二月。
下：左起俞玖林、汪世瑜、白先勇、张继青、沈丰英庆祝二百场演出。

上：白先勇与台达电董事长郑崇华（右）在两百场庆演记者招待会。北京国家大剧院。二〇一一年十一月。
下：白先勇与王淑琪在北京马会招待所。二〇一三年一月。

上：白先勇与赵元修、辜怀箴夫妇在高雄佛光山。二○二○年十一月。
下：白先勇与赵元修、辜怀箴夫妇在苏州昆剧院。二○一○年四月。

旦角）、刘异龙（上昆、丑角）、岳美缇（上昆、小生）、梁谷音（上昆、旦角）、张静娴（上昆、旦角）、计镇华（上昆、老生）、张继青（江苏省昆、旦角）、姚继焜（江苏省昆、老生）、侯少奎（北昆、武生）、刘静（北昆、旦角）、汪世瑜（浙昆、生角）、翁国生（浙昆、武生）、王芝泉（上昆、武旦）。

二〇一〇年我们在苏州大学设立了一年的昆曲讲座课程，由赵廷箴文教基金会赞助，周秦教授主持，周秦本来在苏大便开有昆曲课，苏大昆曲讲座由他精心策划。苏大的昆曲讲座进一步加重"场上"的分量。因为地缘之便，苏昆院团就在苏州，讲座期间，周秦策划"小兰花班"加上资深演员陶红珍每个演员演三折戏专场，一共在苏大演了十场。这对"小兰花"青年演员有很大提升作用，也让苏大学生看戏大饱眼福。

二〇一二年，香港中文大学聘我为博文讲座教授（Professor at Large），校长沈祖尧是香港名医，抗 SARS 英雄。沈校长祖籍苏州，他知道我在推广昆曲，在北大设有昆曲讲座，有一次召唤我去商量，他认为中文大学顾名思义应该侧重中国文化的教育，他希望我在中大设立昆曲课程，按照北大的规模。他向我保证，不必担心讲座经费，他会想办法筹募，他找到中大校友，香港企业家余志明，余先生本来就长期支持我们推广昆曲的活动，这次赞助中大昆曲讲座，他慷慨捐献两百万港币，中文大学由校方补助相对基金两百万，还有其他捐款二百万，共六百万港币，有了这笔充沛资金，中大昆曲讲座"昆曲之美"课程一连持续了六年，那时期正好华玮在中大中文系执教。昆曲讲座顺理成章便由华玮主持这门课程。华玮热爱昆曲，她在加大伯克利的论文便是研究汤显祖。六年间华玮把"昆曲之美"办得有声有色，大受学生欢迎。中大的昆曲课几乎是北大的复制，同样是昆曲学者专家与昆曲大师分庭抗礼，共同承担。"案头""场上"照样同时进行。我到中大参加昆曲讲座自二〇一二年起一共五年，每年我照旧把苏昆"小兰花"演员带到中大演两天昆曲经典折子，学生反应热烈。中大昆曲课有最良好的资料保存，每节课都有录像，五年累积下来，留下非常完整的昆曲教学资料，并且上了国际网络课程平台 Coursera，我们的课"昆曲之美"便称为"*The Beauty of Kunqu Opera*"，华玮又与大陆出版社接洽出版了五本"香港中文大学昆曲研究推广丛书"，例如《昆曲·春三二月天——面对世界的昆曲与〈牡丹亭〉》由上海古籍出版社出版。

由趋势科技赞助，台湾大学文学院设立"白先勇文学讲座"共五年，一百万美金。二〇一一年春季昆曲讲座开讲，因为是通识课，全校各系学生均可报名，网上报名学生居然超过两千人，台大最大的教室只能坐四百五十位学生，只好用电脑抽签。台大昆曲课青春版《牡丹亭》的主创人员也亲自说法，王童、曾咏霓（服装）、王孟超（舞美）、许培鸿（摄影）；台湾本地推广昆曲专家学者也加入台大昆曲讲座，洪惟助（中央大学）、曾永义（中研院）、樊曼侬（新象）。我自己主讲开场第一节课，讲青春版《牡丹亭》的来龙去脉，并把苏昆演员请来在城市舞台演三天折子戏。二〇一五年，台大昆曲讲座重新开设，这次挂名在文学院戏剧研究所上，由赵廷箴文教基金会捐助，每年三百万台币，一共三年，由戏剧系教授王安祈主持。王安祈对推广传统戏曲有极大热忱，本身编写京剧剧本，每有创意。在王安祈的主持下，台大昆曲讲座稳健进行，可与北大、香港中大比美，也是由学者专家、昆曲大师分担。二〇一五春季开课，我们请来中国大陆知名学者散文大家余秋雨讲授昆曲在中国文化中之地位，演讲精彩，学生受益匪浅，台湾报纸也大幅报道。台大昆曲讲座一如北大、中大，"案头""场上"齐头并进，每年轮到我开讲时，我就会邀请苏昆"小兰花"演员到台湾来示范演出三天，演出场所在中山堂，有一千个位子，除了经典折子，也演小全本戏，如《长生殿》《西厢记》《烂柯山》等。观众除了大学生外，我们更进一步到台北几家著名中学去招揽中学生观众。一女中、中山女高、建国中学、薇阁中学，老师带着一班一班的学生到中山堂看戏，中学生观众看得兴高采烈。台大的昆曲讲座在台湾也产生了相当大的影响，培养了一大批学生观众。

培养演员

二〇〇三年，我促使苏昆"小兰花班"青年演员向几位昆曲大师行拜师古礼，汪世瑜、张继青、蔡正仁收俞玖林、沈丰英、周雪峰为入室弟子。引介青年演员向昆曲大师学艺是我们昆曲复兴计划的重要课程，昆曲大师们逐渐老去，他们身上的绝活如不赶紧传承下来便有失传的危险，苏昆"小兰花班"演员虽然青春版《牡丹亭》磨炼了几百场，但要成角独当一面一出戏是不够的。我鼓励他们把大师们的经典戏码学下来，替自己打根基。二〇一二年，中国"太极传统音乐奖"因制作青春版《牡丹亭》推广昆曲音乐颁奖给我，这是一个国际大奖，只颁世界四个项目，印度著名西塔尔琴大师拉维·香卡（Ravi Shanka）也获奖，奖金五万美金。我也把这笔钱加上一些稿费替苏昆"小兰花班"演员设立奖学金，鼓励他们向各院团的昆曲大师学戏，奖学金作为拜师的学费。六旦吕佳拜上昆梁谷音为师，把梁谷音的绝活几乎全部传承下来，全本戏《西厢记》（红娘）、《义侠记》（潘金莲）、经典折子《孽海记·思凡下山》《水浒记·情勾》《渔家乐·藏舟》，吕佳聪慧敏捷，向上进取，真正成为梁派六旦艺术的衣钵传人。俞玖林转益多师，转拜上昆岳美缇为师，一连传承三出全本大戏《玉簪记》《白罗衫》《占花魁》，俞玖林的小生艺术因此大为精进。周雪峰努力用功，他紧跟着老师蔡正仁不倦不怠，把蔡正仁重要戏码大多传承下来，《长生殿》《琵琶记》《铁冠图》这些是大冠生的重头戏，周雪峰都扛住了，蔡门弟子中恐怕周雪峰最得老师的认可。沈丰英也转益多师，除由张继青传授《牡丹亭》，也继承了张继青另一出绝活《烂柯山》，又拜华文漪为师，学到了《玉簪记》，《长生殿》师承张静娴，沈丰英得天独厚，从三位昆曲大师手中传下三大出常演不辍的昆曲经典。在青春版《牡丹亭》饰演小春香的六旦沈国芳不甘受拘，进取心强。她尝试转型闺门旦、正旦，她与唐荣（净角）到北昆取经，跟北昆名角侯少奎及董萍学会北昆经典《千里送京娘》，这是折闺门旦戏，沈国芳及唐荣表演优异，极受观众喜爱，沈国芳又跑到杭州浙昆跟王奉梅学了《疗妒羹》中的《题曲》《浇墓》两则闺门旦戏，这两折是姚传芗传下来的功夫戏。沈国芳再到南京的省昆剧院跟张继青学《芦林》，这折正旦戏，沈国芳居然演得有模有样。二〇一九年，俞玖林跟岳美缇、张静娴排演《占花魁》，我推举沈国芳，得到张静娴的认可，出任女主角花魁女王美娘。花魁女是介于五旦跟六旦之间的角色。这个角色是沈国芳自己力争得来的。老旦陈玲玲天生条件好，有一副宽嗓子，她拜师省昆老旦名角王维艰，王维艰对这个徒弟爱护备至，倾囊相授。陈玲玲在青春版《牡丹亭》、新版《玉簪记》《西厢记》中的表演可圈可点，在《义侠记·潘金莲》饰演歹毒角色王婆，成功转型。"小兰花班"这群青年演员，他们成长的路上其实并不完全顺风顺水，时常各自也有这样那样的挫折打击，陈玲玲一度曾经感到消沉，我安慰她："你是个好演员，老旦角色可以演到很老的年纪，你这样努力下去，将来一定可以成为昆曲界的名角。"陈玲玲听了我的话，又积极起来。现在陈玲玲已经成为很出色的昆曲老旦。常常在演出完毕，我会把"小兰花班"九个青年演员一一叫到我旅馆的房间，单独跟他们谈话，聆听他们的心声，有困难我设法帮助。每次我都提醒他们复兴昆曲的使命，鼓励他们将昆曲艺术传承下去。俞玖林有一段时间嗓子出了问题，他十分焦虑，怕自己无法演唱。我向赵廷箴文教基金会赵元修、辜怀箴求援，把

上：白先勇在北京大学讲授昆曲课程，邀请演员现场示范。二〇一四年三月。
下：白先勇在北京大学讲授昆曲课程，听众爆满需席地而坐。二〇一七年三月。

左：白先勇与周秦教授在北京大学。二〇〇九年十二月。
右：赵元修（后排右四）、辜怀箴（左四）夫妇捐助苏州大学白先勇昆曲传承计划。苏州大学。二〇一〇年四月。

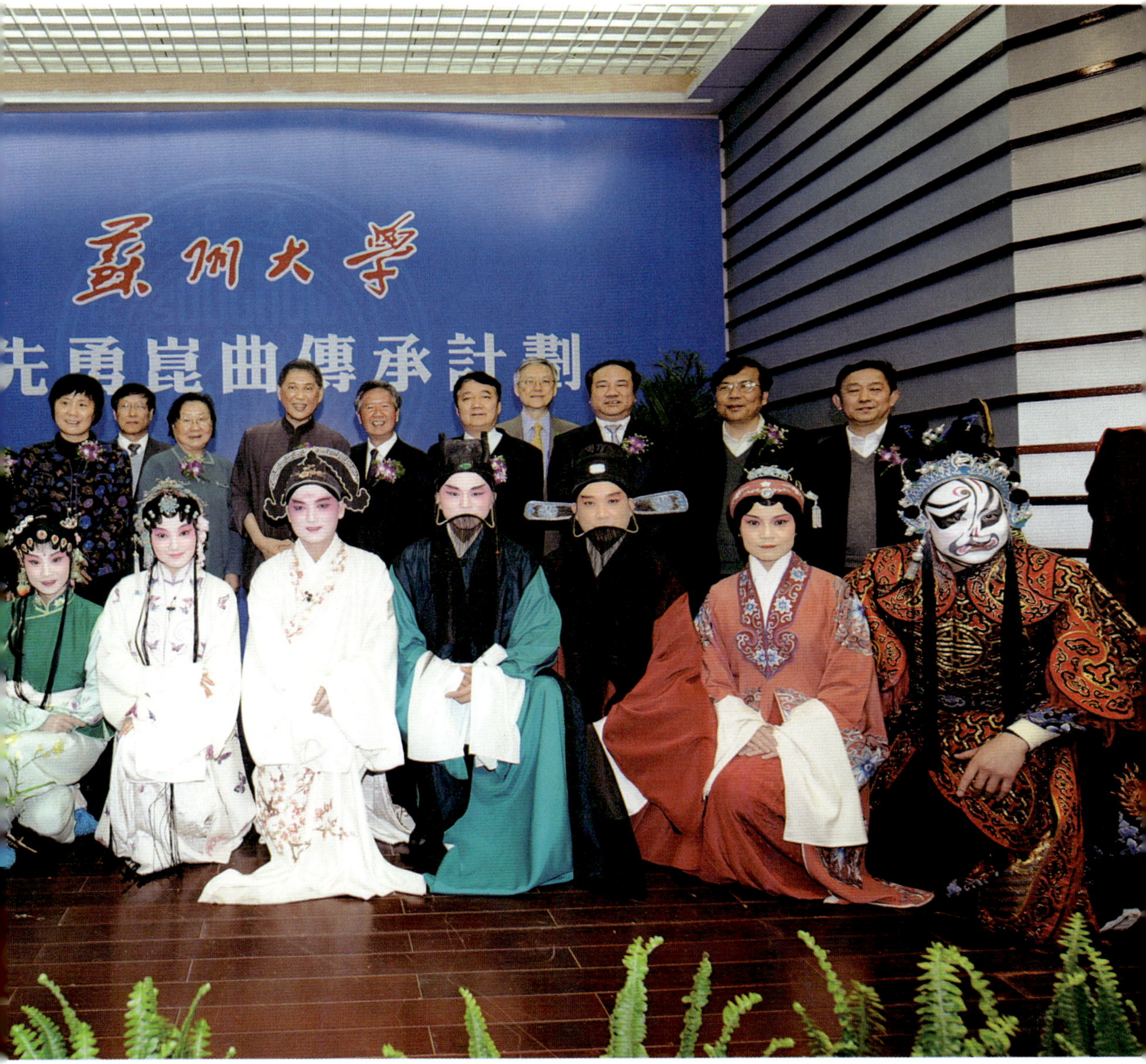
蘇州大學
先勇崑曲傳承計劃

左上：《玉簪记·秋江》。香港文化中心。二〇一〇年三月。
左下：《玉簪记·投庵》。香港文化中心。二〇一〇年三月。
右：《玉簪记·偷诗》。北京大学百年纪念讲堂。二〇〇九年十二月。

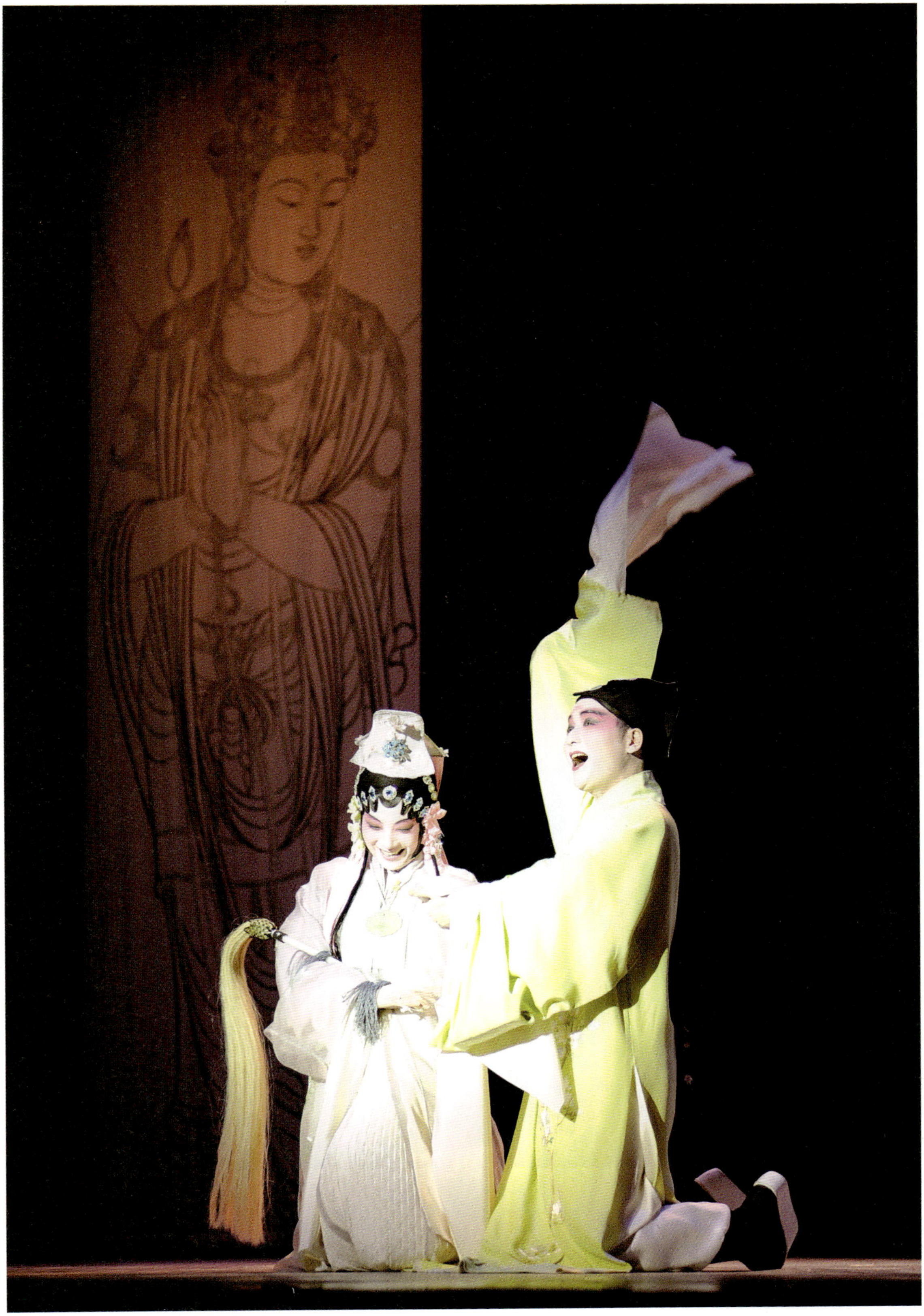

上：右起白先勇、张静娴、蔡正仁、周美青、王安祈在台湾大学昆曲课程。二〇一七年三月。
下：在北京电影学院放映纪录片《姹紫嫣红开遍》，白先勇与余秋雨（左）对谈，右为刘瑞琳。二〇一七年三月。
右：《玉簪记·投庵》。香港文化中心。二〇一〇年三月。

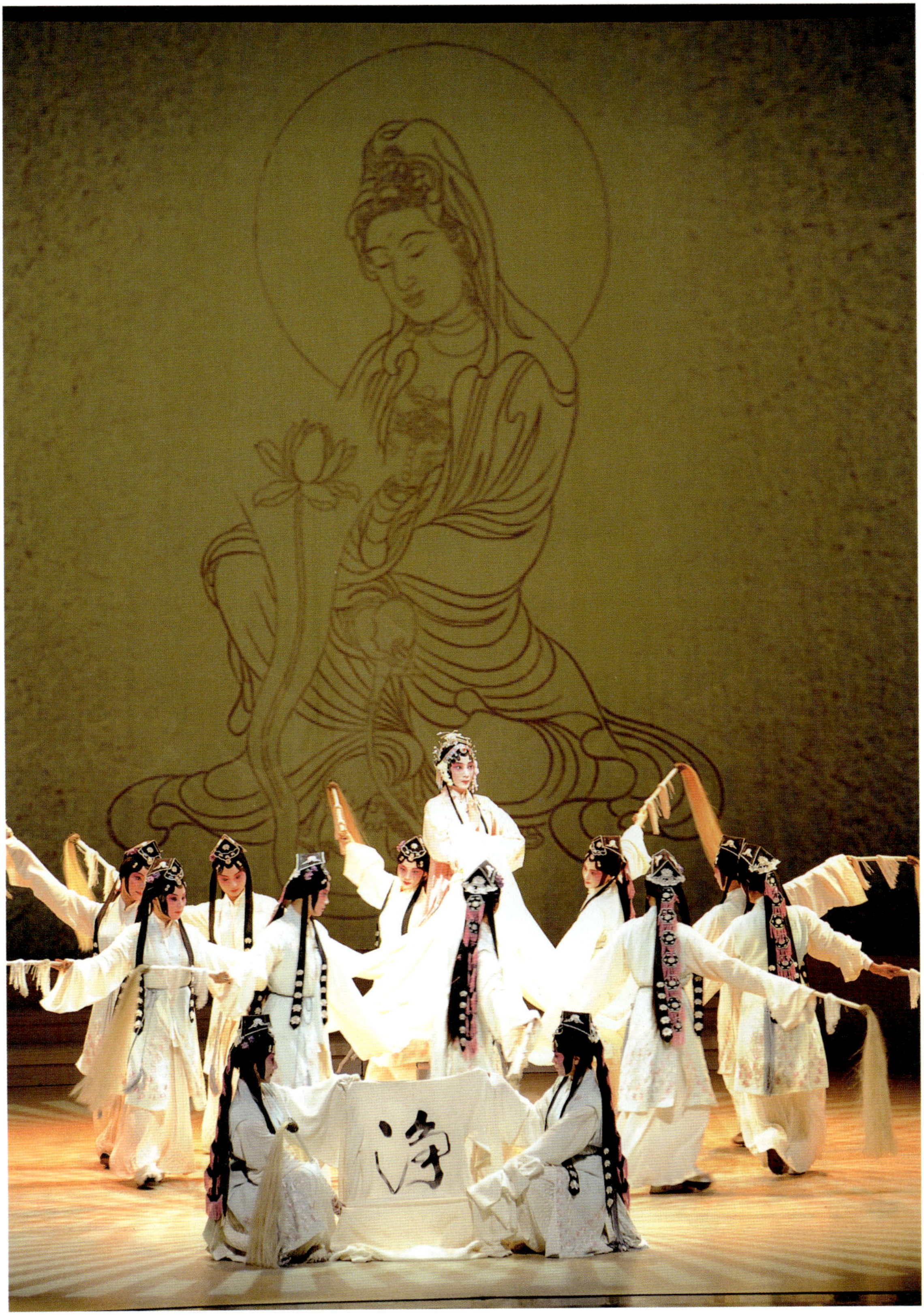
净

上：《烂柯山》。台北政治大学。二〇〇九年五月。
下：《千里送京娘》。台北中山堂。二〇一五年四月。

上：《西厢记》。台北中山堂。二〇一五年四月。
下：《西厢记》。台北中山堂。二〇一五年四月。

上：左起陶红珍、姚继焜、白先勇、张继青、屈斌斌。台北。二〇〇九年五月。
下：中山堂演出后白先勇被学生热情包围。台北。二〇一五年四月。

上：《长生殿》。台北中山堂。二〇一五年四月。
下：《长生殿》。台北中山堂。二〇一七年五月。

俞玖林送到美国得州休斯敦有名的专治声带嗓音中心去治疗，后来俞玖林的嗓子完全恢复。

花脸唐荣在青春版《牡丹亭》《冥判》一折饰演判官，十分出彩，他在新版《白罗衫》中饰演大盗徐能一角，有突破性的成就。省昆名师黄小午指导唐荣。丑角柳春林得到上昆名丑刘异龙的赏识收为徒弟，这是十分难得的机缘，刘异龙并不轻易教授徒弟的。《义侠记》刘异龙指导柳春林饰演武大郎，柳春林完全传到刘异龙的功夫，把武大郎演得惟妙惟肖。老生、武生屈斌斌拜过省昆姚继焜、上昆计镇华为师，他在《烂柯山·逼休》中的朱买臣、《义侠记》中的武松均有出色的表演。姚继焜对屈斌斌这个徒弟无微不至，爱护备加。

我目睹苏昆青年演员的艰辛成长，从二十出头的"草台班"，经过二十年的磨炼，数百场的世界巡演，在世界一流的剧院登过台，有过素养最高的观众，这群演员生、旦、净、末、丑都可以独当一面了。这群演员有几点特色，他们都师出名门，起步甚高。跟他们同辈昆曲演员比起来，他们的舞台经验最丰富，难得这一班演员经过二十年同台演出，居然还没有散掉，因此他们演戏彼此间的默契也是天衣无缝的。我曾经跟这批演员为了青春版《牡丹亭》一齐打拼，同甘苦，共患难，我对他们的期望是高的，我相信，如果这批演员能获得民间及政府的大力支持，他们可以撑起复兴昆曲的大业来。培养出一位杰出的昆曲演员实在不容易，苏昆这些演员大家应该珍惜。

"昆曲进校园"——校园传承版《牡丹亭》

"昆曲进校园"计划经过校园巡演，在大学设立昆曲讲座，第三步便是组织学生粉墨登场，让学生亲身体验舞台经验。二〇一一年北大、北师大两校学生合成一个小组，在北京及上海演出两折《牡丹亭》，学生演员表现不俗。二〇一七年七月一日校园传承版《牡丹亭》学生团体正式成立，此项目由北京文化艺术基金资助，由艺术学院教授陈均策划，侯君梅统筹执行。我们以北大学生为主体但公开向全北京所有高校学生进行海选，评审团张继青也参加，苏昆青春版《牡丹亭》演员积极参与，担任指导教师。我推举六旦吕佳为总教练。经过两轮选拔，最后确定演员二十四人，乐队十四人，共三十八人组成校园版《牡丹亭》团，学员来自十六所大学、一所中学，分别为北京大学、北京师范大学、中国剧曲学院、中国科学院大学、第二外国语大学、清华大学、中央民族大学、北京科技大学、中央音乐学院、北京理工大学、北京化工大学、中央戏剧学院、中国政法大学、中国石油大学、首都师范大学、外交学院，以及北京师范大学附属中学，其中选出四个杜丽娘：杨越溪（北大）、陈越扬（北师大）、张云起（北大）、汪静之（北大）。三个柳梦梅：席中海（北大）、王道骏（北大）、饶骞（中国戏曲学院）。最出人意料的是十四人的乐队也由几家大学的学生拼凑而成。青春版《牡丹亭》的教师，手把手教导学生成员，俞玖林、唐荣、刘煜、屈斌斌、陈玲玲各行当都有，学生学习非常认真，虽然他们没有练过昆曲基本功，可是这些大学生天资聪敏，领悟力极高，趁着寒暑假，大队人马由北大昆曲讲座助理侯君梅领队从北京远征苏州，从二〇一七年至二〇一八年一月，一共四次，在苏州昆剧院接受严格集训，经过八个月炎夏寒冬的训练，"校园版"的学生成员脱胎换骨，二〇一八年四月最后一次彩排，青春版《牡丹亭》总导演汪世瑜亲临北京对"校园版"学员做最后的点拨修正。汪世瑜对这些学生演员大为赞赏，他说他没料到学生的素质这样高，汪世瑜教学严苛，不轻易称赞徒弟。"校园版"学员得他肯定，十分难得。二〇一八年四月十日校园版《牡丹亭》终于在北大有两千多座位的百年纪念讲堂上演。这是一出两个半钟头小全本《牡丹亭》，一共九折：《游园》《惊梦》《言怀》《道觋》《离魂》《冥判》《忆女》《幽媾》《回生》。"校园版"完全承袭"青春版"的风格，服装、舞美、道具一律由苏昆供应，连灯光师也是"青春版"的黄祖延特地由台湾飞往北京。纪念堂里坐得满满的观众，场子热浪朝天，北京各个高校的学生都来替自己的同学捧场。第一个杜丽娘杨越溪出场，扮相亮丽，台风沉稳，与春香（汪晓宇，北大）翩跹起舞，乐队冒起"青春版"的旋律，猛一眼看去好像"青春版"的场景在纪念堂的舞台上重演了。接下来席中海（北大）与陈越扬（北师大）的《惊梦》、饶骞（戏曲学院）与汪静之（北大）的《幽媾》、张云起（北大）的《离魂》，四个杜丽娘各有千秋，两个柳梦梅也搭配得当。《惊梦》《幽媾》繁复的身段舞蹈，学生演员居然表演得挥洒自如，近乎专业水平。张云起唱《离魂》中《集贤宾》曲牌，如泣如诉，大有张继青的韵味，原来她九岁就私自学唱昆曲了，第一出学的就是《游园》。《冥判》中胡艳彬（戏曲学院）表现突出，大花脸的角色不容易演，胡艳彬嗓音宽厚，先声夺人，身段滑溜，颇有架势。校园版《牡丹亭》在北大百年纪念堂落幕时，全场掌声雷动，彩声震天，学生观众嗨翻了。演员们出来谢幕，一个个得意扬扬，因为他们知道

上：华文漪、蔡正仁在台北城市舞台演出《长生殿》。二〇一五年四月。
下：汪世瑜指导俞玖林《牡丹亭·拾画》一折。苏州昆剧院。二〇〇四年二月。

上：右起吕佳、屈斌斌、陈玲玲、俞玖林、柳春林、白先勇、沈丰英、唐荣、沈国芳、周雪峰在忠王府古剧台。苏州。二〇一三年十一月。

下：《白罗衫》新闻发布会，左起王维艰、黄小午、岳美缇、白先勇。北京。二〇一七年三月。

上：白先勇与吕福海（中）、张继青（右）讨论演出事宜。美国洛杉矶。二〇〇六年九月。
下：《玉簪记》排演现场白先勇与男女主角谈话。北京。二〇〇九年十二月。

演出后白先勇与所有演员个别深谈，给予评点与鼓励。苏州。二〇一〇年四月。

表演成功了，八个月来的努力没有白费。戏曲专家章诒和也到北大观剧，她本来认为我花这么多的时间这么大的精力来抢救一种早已衰微的文化十分不值。那晚她看完校园版《牡丹亭》后激动得握住我的手说道："先勇，我收回我的话，你去搞你的昆曲去，你去！"中央电视台当晚《新闻联播》便报道了校园版《牡丹亭》在北大上演的新闻。江西汤显祖故乡抚州市市长来看戏，马上邀请校园版《牡丹亭》到抚州市汤显祖大剧院去演出。一夕间，北京校园版《牡丹亭》在全国校园爆红起来。七月，我带领校园版《牡丹亭》到天津南开大学，庆祝国学大师叶嘉莹先生九十四岁大寿演出，南开师生反应热烈，演毕叶先生在戏院中起立发言："我原以为同学们只表演几个折子戏，没料到竟是全本《牡丹亭》，这简直是空前的。"二〇一八年校园版《牡丹亭》继续在北京几个大学如北京理工大学等巡演，同时又受邀参加苏州"昆曲艺术节"演出，全国昆戏院皆出团登台。校园版《牡丹亭》夹在众多职业昆班团体中表现毫不逊色，得到观众好评。校园版《牡丹亭》南下在南京大学也公演一场。二〇一八年十二月香港中文大学邀请北京校园版《牡丹亭》到香港演出，二日在中大邵逸夫戏院公演，这次定名为"京港联合会演"，因为中文大学传播学院学生张静文、台湾大学戏曲研究所的学生袁学慧也参加演出，多了两个杜丽娘，增加了一折《寻梦》，由袁学慧扮演。张静文师承香港昆曲名票友邓宛霞，袁学慧跟过省昆孔爱萍、苏昆沈丰英学昆曲。中大非常重视此次演出，由校长段崇智致欢迎辞，并敲锣隆重开幕。此次中大行，由香港企业家余志明赞助。余志明对我们昆曲复兴运动鼎力相助。香港中大演出甚为轰动，香港媒体《明报》《明报月刊》都大幅报道。最后二〇一九年校园版《牡丹亭》终于来到台湾，由趋势科技赞助，在高雄文化中心公演一场，高雄市长韩国瑜及夫人李佳芬两人莅临观剧，台湾观众以热烈掌声反馈了北京学生演员的精彩表演。我曾经许诺"校园版"的同学们，我一定要设法把校园版《牡丹亭》带到香港、台湾去演出，他们初听还有点半信半疑，后来都实现了，他们到香港、台湾一个个兴高采烈，情绪高昂，表演也很出彩。校园版《牡丹亭》三年间共演十五场，在两岸三地出尽风头。

二〇〇五年我们把青春版《牡丹亭》带到北大演出，当时的学生起码有百分之九十五以上从来没看过昆曲表演。十二年后二〇一七年北京十六所高校三十八位学生居然组成校园版《牡丹亭》的戏团到处巡演。最特别的是乐队也是由十四位学生组成，中国戏曲学院孙亦晨领队指挥。孙亦晨指挥若定，有大将之风，笙箫管笛，锣鼓声扬，完全是青春版《牡丹亭》音乐的格调。他们四次到苏州集训，由青春版《牡丹亭》的乐师严格苦练是有效的，学生乐队演奏得有模有样，得到普遍夸奖。昆曲音乐可不是容易学得会的。

我观看"校园传承版"，深为感动，台上的学生演员是那么年轻，才二十出头，他们身上洋溢出来的青春活力，感染了所有的观众，他们也许青涩，唱腔台步有时也许还不到位，可是这无伤大雅，他们在台上演得如此认真，士气高昂，把汤显祖的爱情神话演绎得如此纯真、唯美——这就是学生演员最动人的地方。这些北京高校的青年学生在台上表演时，脸上绽发出一种遮掩不住的骄傲、自信、喜悦，因为他们知道他们正在表演一种高难度有"百戏之祖"之称的昆曲，他们正在传承中国文化中的瑰宝，他们沉醉在纯粹的中国美学中，他们在以中国含蓄的方式来传递中国人的"情"。中国传统文化中的"情"与"美"似乎失传了很长一段日子，被北京的大学生突然找回来了，他们这种文化上的自觉与醒悟，发射出一则重要讯息：二十一世纪的中国"文艺复兴"已有可能，因为中国的青年知识精英北京的大学生已有了文化的觉悟，产生了复兴中国文化的使命感了。北大十年的昆曲讲座对北京其他大学甚至全国高校都产生了"蝴蝶效应"。"校园版"的青年成员其中不少是理工、政法专业的，我们"昆曲进校园"的计划奏效，校园版《牡丹亭》就是我们最丰硕的成果。

结论

青春版《牡丹亭》自二〇〇四年台北首演迄今快二十年，两岸三地世界巡演亦近五百场，八十万观众，其中六成是年轻人，以高校学生为主，可以毫不夸大地说：青春版《牡丹亭》一出戏启动了昆曲复兴。青春版《牡丹亭》生命力强韧，二十年来演出不辍，这出戏的成功因素可以分下列几点来讨论。

一、传统与现代的结合

青春版《牡丹亭》结合了两岸三地顶尖的文化精英、戏曲精英共同打造出一项巨大的文化工程。这些艺术家、设计家、戏曲专家，每个人的专业贡献通通到位，一流的人才，才能够产生一流的艺术作品。我们一开始便定调青春版《牡丹亭》是一出"正统、正宗、正派"的昆曲，我们"尊重古典，但不因循古典，利用现代，而不滥用现代"，在古典传统的基础上谨慎地注入现代舞台的美学，是一出既传统又现代的昆曲，既遵守昆曲"抒情、写意、象征、诗化"的基本法则，然而在舞美、灯光、服装、设计上却适应二十一世纪观众的审美观。我认为最成功的亮点在于精确的掌握了"传统"与"现代"相融合的"度"上，"传统"与"现代"在这出戏里完全不违和。这并不容易做到，每步都经过精心考虑。

二、"青春"的诠释

青春版《牡丹亭》是一出青春活力洋溢的戏曲。我们选中汤显祖《牡丹亭》，除了它系昆曲经典中之经典外，《牡丹亭》本身歌颂青春、歌颂爱情、歌颂生命，是一则最美丽的爱情神话，我们破格甄选两位形象俊美亮丽的青年演员做男女主角，并借一出经典大戏训练一拨"小兰花班"青年演员来接班，因为"文革"，昆曲传承有青黄不接断层的危险。我们以年轻演员吸引年轻观众，"昆曲进校园"是我们的主要策略，首先我们到两岸三地以至国外四十所著名高校巡演，大部分都是公益演出，培养了数十万高校学生观众，"昆曲进校园"计划的进一步便是在中国大陆、香港、台湾的龙头大学北大、中大、台大设立昆曲讲座，让高校学生深入了解昆曲艺术，而昆曲也因此取得了学术上的定位。我们培养青年演员，培养青年观众的策略是成功的，青春版《牡丹亭》在北京演出时，《北京晨报》的标题：

青春版《牡丹亭》令戏迷年龄普降三十岁

三、企业家的支持

我们制作青春版《牡丹亭》是在抢救一种衰落的文化，并非以营利为目的，校园巡演全是公益性质，需自筹大量经费，即使商演，常常也需补贴。且不说制作首先就需要一大笔费用，如果加上在高校设立长年昆曲讲座，铆算一下，这些年我们在推广昆曲复兴的花费大概超过五千万人民币，两亿多台币，这样庞大的一笔经费，全靠许多企业家无私无条件的奉献资助。我在前面说过十九、二十世纪中国文化的衰落，是我们中华民族心中的隐痛，中国文化的复兴，也是我们全民族的愿望。这些企业家心中当然也有文化复兴的使命感，当他们看到我们如此努力在推动昆曲复兴，对我们投下了信任一票，帮助我们渡过重重难关，如果没有这些企业家的大力扶持，我们的昆曲复兴运动寸步难行，他们的善心诚意，令我深深感动。企业家对我们的高度期望，当然也令我感到任重道远，责无旁贷。

二〇〇七年北京国家大剧院落成开幕，第一出戏便邀请青春版《牡丹亭》去登演，谁知临时大剧院却要我们出一笔为数不小的场租费，一下子筹不出来，我便和香港中大金圣华教授求援，她常常帮助我们应急，她向中文大学董事会长周文轩募款，周文轩先生是苏州人，热心戏曲，他一口答应，而且六月天顶着大太阳，当下便亲自到银行汇给我们四十万港币，一刻也没有耽搁，他怕我们有急用。我们邀请他到北京看戏，谁知他汇款后没有几天便一病不起，周文轩先生对我们的体贴呵护，迄今铭感于心。

四、媒体的推波助澜

各地媒体对青春版《牡丹亭》不惜篇幅广泛报道，也是我们推广昆曲复兴的成功要素之一，而且包括各类媒体：

电视：中央电视台（各个频道都曾报道访问）、东方卫视（最早第一家报道青春版《牡丹亭》）、浙江卫视、苏州电视台、昆山电视台、阳光卫视、香港凤凰卫视、吉林卫视、台湾 TVBS，这些电视节目有的是报道，有的却是专题访问，如二〇〇七年 CCTV 的"面对面"长达一小时的专访。我们到美国演出，美国的 CBS 以及 Voice of America 都有报道。

报刊：两岸四地、美国、欧洲、新加坡，各地大大小小的报纸报道不计其数，重要的报刊都报道过青春版《牡丹亭》的消息。中国大陆全国性的报纸：《人民日报》《光明日报》《新华日报》《中国文化报》《文艺报》等；地方重要报刊：《北京日报》《北京晚报》《北京晨报》《北京青年报》，上海《文汇报》《新民晚报》，《苏州日报》《姑苏晚报》，广州《南方周末》《南方都市报》《广州日报》，《金陵晚报》《杭州日报》《天津日报》，武汉《长江日报》《武汉晚报》，《安徽日报》；香港《明报》《星岛日报》《信报》《大公报》《文汇报》；台湾《联合报》《中国时报》《自由时报》《民生报》；美国华文报纸《世界日报》《星岛日报》《国际日

上：校园版《牡丹亭·幽媾》。汪静之（右，杜丽娘）、饶骞（柳梦梅）。北京大学百年纪念讲堂。二〇一九年六月。
下：校园版《牡丹亭·惊梦》。陈越扬（左，杜丽娘）、席中海（柳梦梅）。北京大学百年纪念讲堂。二〇一八年四月。

上：校园版《牡丹亭》北京大学发布会。二〇一八年四月。
下：校园版《牡丹亭》谢幕。北京大学百年纪念讲堂。二〇一八年四月。

校园版《牡丹亭·离魂》。左起：何诗田（杜母）、张云起（杜丽娘）、谢璐阳（春香）。北京大学百年纪念讲堂。二〇一八年四月。

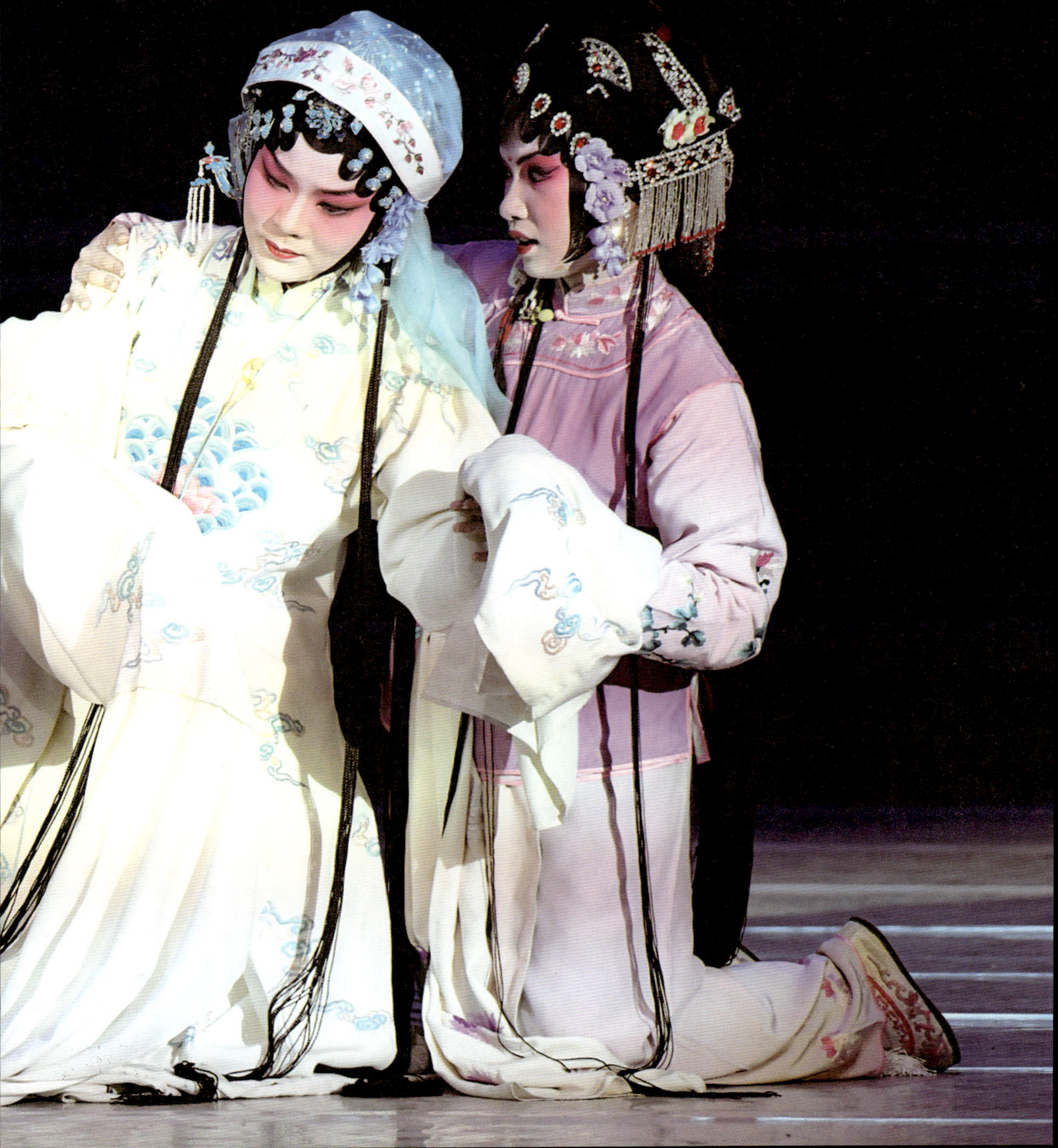

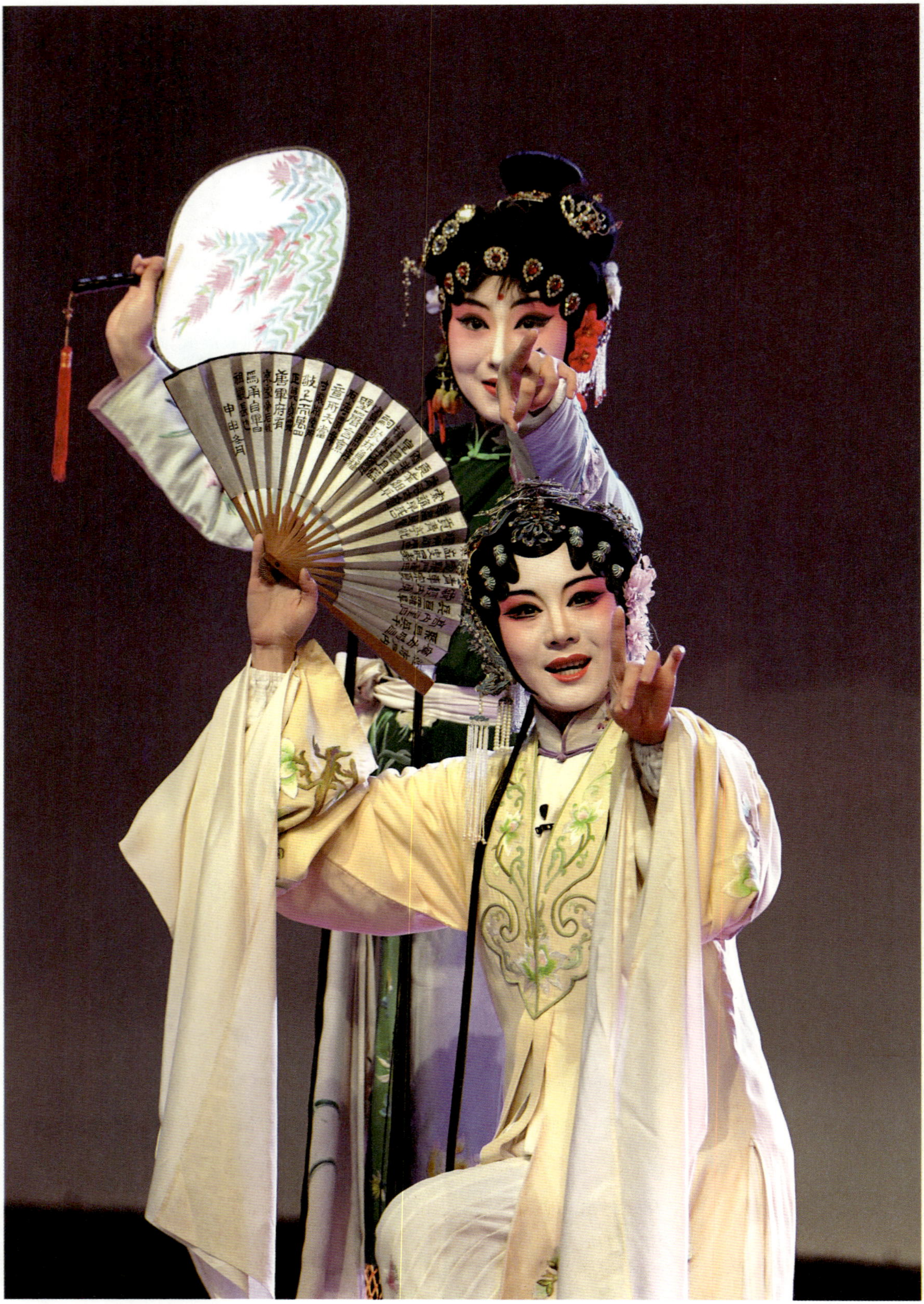

左：校园版《牡丹亭·惊梦》。陈越扬（左，杜丽娘）、席中海（柳梦梅）。北京大学百年纪念讲堂。二〇一八年四月。
上：白先勇与"校园版"演员们合影。左二起张云起、汪静之、杨越溪、白先勇、张静文、袁学慧（右四）、陈越扬、汪晓宇、谢璐阳。香港中文大学。二〇一八年十二月。
下：校园版《牡丹亭》演出前白先勇与演员们及乐团合影。高雄社教馆演艺厅。二〇一九年六月。

校园版《牡丹亭·冥判》中的判官胡艳斌。北京大学百年纪念讲堂。二〇一八年四月。

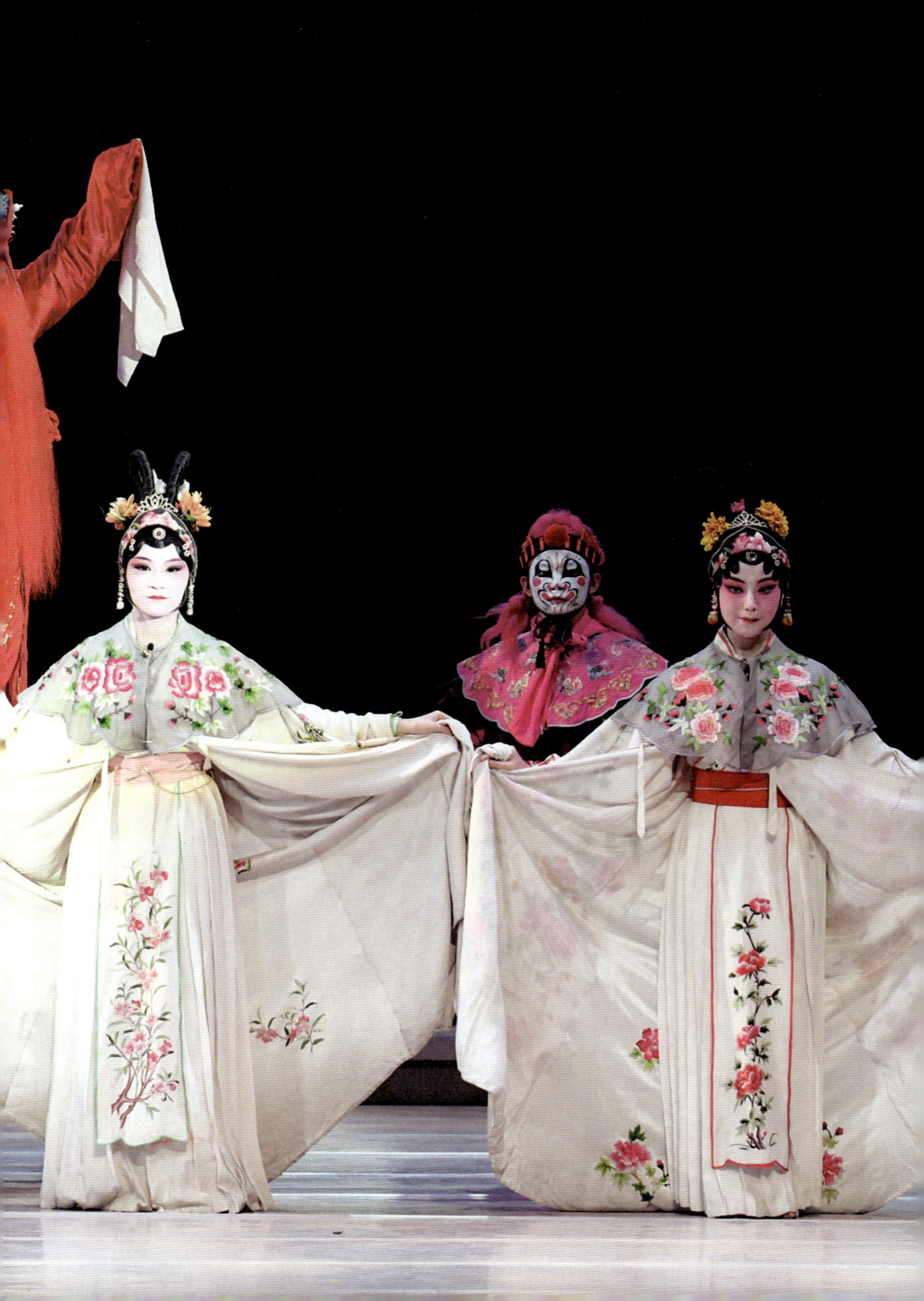

上：白先勇与章诒和在北京合影。二〇一九年四月。
下：校园版《牡丹亭》演出后合影。香港中文大学。二〇一八年十二月。

上：叶嘉莹、白先勇、宁宗一起立鼓掌。天津南开大学。二〇一七年三月。
下：叶嘉莹先生起立发言。天津南开大学。二〇一七年三月。

报》《台湾时报》。美国、英国主要英文媒体已前述，不再重复。

出版：前后我们出版有关青春版《牡丹亭》的书籍共有十四部之多——

《姹紫嫣红〈牡丹亭〉》（二〇〇四，远流，广西师大）

《白先勇说昆曲》（二〇〇四，联经，广西师大）

《姹紫嫣红开遍》（二〇〇五，天下文化）

《曲高和众》（二〇〇五，天下文化）

《惊梦·寻梦·圆梦》（二〇〇五，天下文化）

《牡丹还魂》（二〇〇四，时报文化，文汇）

《圆梦》（二〇〇六，广东花城）

《牡丹亦白》（二〇〇七，相映文化）

《春色如许：青春版昆曲〈牡丹亭〉人物访谈录》（二〇〇七，八方）

《昆曲·春三二月天》（二〇〇九，上海古籍）

《迷影惊梦》（二〇一二，同里湖大饭店）

《白先勇与青春版〈牡丹亭〉》（二〇一四，中央编译）

《牡丹情缘——白先勇的昆曲之旅》（二〇一五，时报文化，天地图书，商务）

《牡丹花开二十年——青春版〈牡丹亭〉与昆曲复兴》（二〇二四，联合文学）

我们出版了两套DVD，二〇〇四年台北首演、二〇〇七年北京百场；同时二〇二一年拍摄《牡丹还魂——白先勇与昆曲复兴》纪录片（二〇二一，目宿），由和硕集团董事长童子贤鼎力相助，邓勇星导演，林文琪监制。《牡丹还魂》同时受邀参加上海国际影展、北京国际影展。青春版《牡丹亭》与昆曲复兴在各地各样媒体推波助澜的传播之下，影响力无远弗届，从国内辐射到国外欧美、新加坡，一出戏一出昆曲，能受到媒体如此长年不懈的报道关注，恐怕亦是空前的。我们出版的十四部"牡丹书"让文化界、学术界深一步了解青春版《牡丹亭》及昆曲复兴的意义。我们的DVD、纪录片、照片，把青春版《牡丹亭》精美亮丽的形象深深刻入民众的心中。有学者特别撰文研究从传播学的角度看青春版《牡丹亭》成功之道。

五、学者专家的肯定

国内外学者专家对青春版《牡丹亭》一面倒的赞扬与肯定亦是一种罕见的现象，

曾经撰文或接受访问谈论青春版《牡丹亭》的学者专家：

余秋雨（上海戏剧学院）、许倬云（中研院）、叶朗（北大）、张淑香（台大）、华玮（中文大学）、吴新雷（南京大学）、郑培凯（城市大学）、古兆申（香港大学）、金圣华（中文大学）、刘俊（南京大学）、何西来（中国社科院）、黎湘萍（中国社科院）、李娜（中国社科院）、宁宗一（南开大学）、叶长海（上海戏剧学院）、周秦（苏大）、朱栋霖（苏大）、江巨荣（复旦）、邹红（北师大）、陈均（北大）、黄天骥（广州中山大学）、王蒙（作家，文化部）、王安祈（台大）、李惠绵（台大）、林鹤宜（台大）、李林德（加州州立大学）、朱宝雍（加大伯克利校区）、赵山林（华师大）、林萃青（密歇根大学）、季国平（戏剧协会）、曾永义（中研院）、胡芝风（中国艺术研究院）、朱恒夫（同济大学）、向勇（北大）、傅谨（中国戏曲学院）、曹树均（上海戏剧学院）、辛意云（北艺大）、桂迎（浙江大学）、陶慕宁（南开）、陆士清（复旦）、张平（海南师大）、洪惟助（中央大学）、张明达（北师大）、赵天为（东南大学）、商伟（哥伦比亚大学）、张福海（上海戏剧学院）、胡志毅（浙大）、俞虹（北大）、翁敏华（上海师范大学）、吴书荫（北京语言大学）。

总观这些学者专家的论点，他们一致肯定青春版《牡丹亭》"传统"与"现代"融合恰当，剧本整编保存汤显祖原著的精髓与精神，上海戏剧学院资深教授叶长海甚至称青春版《牡丹亭》是他看过所有版本中最接近汤显祖原著的一出。学者专家们也赞美青春版《牡丹亭》的服装、舞美、音乐，他们对青春版《牡丹亭》能引起各地高校青年学生如此强烈的反应印象深刻，认为意义重大。青春版《牡丹亭》能让这么多学者专家折服，实在难得。

我自己本非昆曲界人，因缘际会，却让我闯入了这个圈子里，好像陡然间踏入了大观园，只见得姹紫嫣红开遍，从此迷上昆曲。我一直觉得有一只命运的大手推着我朝往制作青春版《牡丹亭》昆曲复兴路上一步一步走去，青春版《牡丹亭》能够走到现在，二十年来开花结果，绝对是天意垂成，是天时、地利、人和各种条件的凑合，感动了一大批有心人士纷纷投入，出钱出力，让这场昆曲复兴运动生生不息，往前迈进。在此，我要特别为苏州昆剧院青春版《牡丹亭》的演员们，尤其是"小兰花班"，说几句话。青春版《牡丹亭》世界巡演近五百场，启动昆曲复兴，这场硬仗苏昆演员都站在第一线冲锋陷阵，难得二十年来还是原班人马，他们在台上努力并肩作战，不一定意识到原来在干一场惊天动地的文化大事业——复兴昆曲，中华民族的文化瑰宝。

台北首演时《联合报》头版报道。

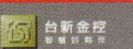

青春版牡丹亭特別報導

世界日報 2006年8月3日星期四 THURSDAY, AUGUST 3, 2006 S1

爲什麼要製作青春版牡丹亭

記者 陳青報導

由著名作家白先勇領軍製作的崑曲青春版「牡丹亭」9月就要來南加州演出，世界日報社29日爲白先勇主辦了一個專題演講。白先勇在會上就他與崑曲的淵源、崑曲如何成爲中國文化瑰寶和世界文化遺產、他爲何推動製作青春版「牡丹亭」、以及21世紀是中華文明重燃青春重要轉捩點等主題，向世界日報讀者做精彩演講。演講內容如下：

台下看戲的小觀衆，變成台上劇目的製作人

剛剛與來賓寒暄一下，令我驚喜的是，很多是我的同鄉、台大建中與以前在台北的鄰居，還有小學空軍子弟小學的成員，來此與很多人會面，這些都是上世紀以前的人，此外還有很多讀者，我很感動今天有很多機會與大家會面。

製作青春版牡丹亭三年的來龍去脈，爲什麼要製作這齣戲？

我的前半生與寫作有關，但這是一種個人事業，好不好一人負責，非常自足又孤寂。沒有人可以幫忙，完全靠自己一枝筆創作出來的作品。我與讀者交流也是藉由作品，固有很多神交的朋友。在我來說，前幾十年，大都是引退的生活。

絕對沒想到爲青春版「牡丹亭」，帶著戲班到處跑江湖。從台北到中國，北京、天津、南京、上海、蘇州、杭州、廣州到香港、跑遍了中國的大江南北。這些不是我的生活常態。大家說，怎麼帶個戲班子演戲呢。

我從小喜歡看戲，從家鄉的桂林地方戲、京戲、廣東大戲，我都看；這是享受的生活，在台下看台上人生悲歡離合，一點都不費勁。但九歲看過的一場戲，卻改變了我一生。就是1945年11月在上海美琪大戲院看梅蘭芳和俞振飛合演的崑曲「遊園驚夢」。

梅蘭芳本是京劇大腕，對崑曲也有很深厚功夫，抗戰八年，留了鬍鬚。那次是抗戰勝利後，梅蘭芳回國重登舞台，舉行首次公演，與俞振飛搭檔。爲了看梅蘭芳的裝扮，當時是萬人空巷，黑市票價是一根金條。剛好媽媽來接我們家，母親帶我們去看戲，那次的戲票正好就是崑曲「牡丹亭」的「遊園驚夢」。

當時我只是小觀衆，只覺得梅蘭芳，但「遊園驚夢」中梅蘭芳演的杜麗娘和俞振飛演的柳夢梅，極盡漱情纏綿，優美的音樂、優雅的舞姿，婉轉的歌喉，就如同唱片，此後一生不斷在我腦海中旋轉。

後來，我的小說「遊園驚夢」，靈感也是從那裡來的，再後來把小說改成舞台劇，在台北公演，一直到現在，當年九歲的在台下看戲的小觀衆，竟變成了「牡丹亭」的製作人，是萬沒想到的事情。

崑曲之美，被聯合國選爲世界文化遺產

人家問我說，你是寫作的人，爲什麼不務正業？我說，崑曲我不來就寄歌，喜歡的原因，就是一個「美」字。

崑曲的文辭美沒話講，唱的是詞，音樂美，蕭羅管笛，纏綿俳惻，非常美，舞的美，舞蹈之美，決不低於西方的芭蕾。人的肢體語言美，西方芭蕾可說到頂了。但中國的崑曲，是另一高峰，融合了舞蹈、文學、音樂、戲服、劇本之美。無數文人雅士的投入，創作了大量傳奇文本，集合了當時最高雅藝術成就而成。

廿多年來，我一直有機會就講崑曲之美，希望將崑曲的美告訴大家。

但事實上，儘管我說崑曲多美，相信我的不多，很多人以爲這是我自己的個人偏好。

一直到2001年5月18日，聯合國教科文組織在巴黎評選人類口述文化遺產。過去該組織評定的文化遺產，都是物質的、靜態的，如長城等。

那次是第一次評選「人類口述非物質的文化遺產」的文化（Oral and Intangible Heritage of Humanity），委員會很多行家，主席是日本人，沒有偏見選出19項世界上最有成就的口人類文化財產，在中國幾百種地方戲曲中，單挑崑曲。其他入選的還包括日本的能劇、印度梵劇，被選入的，都是蒼古老文化的精髓。

而在19項中，崑曲列爲首項，也代表第一名。這就是說，世界上最權威的文化機構獨具慧眼，看到了我們這個民族曾經產生如此偉大的文化瑰寶，這是很大的殊榮，也表示說，崑曲從當天開始，不僅是中華民族文化財富，也是全人類、全世界性的文化財富。

之前，我就認爲，崑曲藝術成就已經超越地域性、文化阻隔，超過語言阻隔，成爲世界性的藝術。凡是一種表演藝術，高到一定層次境界，就會超越地域性和文化阻隔。就如同看西方的芭蕾和古典音樂。人們看芭蕾，也許不完全了解故事，但光看姿態也就夠了。聽西方古典音樂，也許不了解它的背景，但仍會引起心靈強烈共鳴。具有一種超越性的文化價值，崑曲就達到了這個層次境界。

行動起來，拯救崑曲

崑曲被定爲世界文化遺產的消息傳出，我很興奮，期待很深，心想這下可好，聯合國宣布，我們就應該來做崑曲的保護發揚，但到處開會，卻沒有動作。

我覺得，崑曲危機很大，即使聯合國宣布它成爲世界文化遺產，但崑曲老一輩老師傳們已經六十多歲，這些表演藝術，只能口傳身授，一定要手把手一代代教下去。若老師傅不在，就可能失傳。很多地方戲曲，就是這樣失傳的。

全中國不過只有六個崑曲劇院，從事崑曲的只有六百多人，包括很多退休的。真正的活躍在劇壇上的，只有兩三百人。聯合國雖把崑曲列爲世界文化遺產，但他們沒有人，也沒有義務替我們保護，他們只負看影，如果這些年來，我們自己什麼都不做，任其流失，也許會被取消。崑曲既是精緻高雅的藝術，就特別脆弱，必須靠我們自己，靠所有中國人共同維護這個彌臨絕的文化瑰寶。

集合兩岸三地精英，一打造青春版

製作青春版「牡丹亭」，集合兩岸三地文化藝術、美術設計、曲表演的精英，都是絕到頂的。文化方面的包括學者、專家、舞台等。

台灣最有名的書法家董陽孜的，一字千金平日都不肯輕易動的。這次爲「牡丹亭」，一寫寫。大導演王童、忙得很，這次計服裝，一套套都是用手畫出、是退了二百多套。

此外，我們更了很大勁，把中國令第一把交椅得崑曲名旦張繼青請出來教授青春版演旦踢桃杜的主角沈豐英；也把當今最有名的角汪世瑜請出來教授扮演柳夢梅的男主角俞玖林，使青春版的主要演員，都跟出名門。

可以說，爲了製作青春版牡丹亭，我的人情支票開光光，親朋好友起動員，不好計較酬勞，一追是興，大家都有共識，這是文化大業，這是兩岸三地文化戲曲精英共同打造的文化工程，搶救我們的民族文化瑰寶。

（文轉S:）

《世界日报》报道。

上：《国际日报》报道。
下：《洛杉矶时报》报道。

上：《纽约时报》报道。
下：《旧金山纪事报》报道。

在此，我们要向这群演员拍手喝彩，感谢他们的辛劳。二十年来，飞逝而过，回想我自己参加这场盛大的文化复兴事业，点滴在心，百感丛生。不过偶尔跟参加过这场昆曲复兴的志友相聚时，大家还是感到欣慰的，因为众志成城，完成了一件大事。当然，昆曲复兴的前途还是困难重重，阻碍甚多，我们只是启动了第一步，接下来还是希望更多有心人士出来，佑护我们文化中最精致的表演艺术昆曲，不能任其衰微坠落。

二〇二三年十二月十一日于台北

独立东风看牡丹
——谈青春版《牡丹亭》二十年之成就

· 赵天为

东南大学艺术学院教授

· 韦胤奇

东南大学艺术学院科研助理

二〇〇四年,白先勇制作的青春版《牡丹亭》横空出世,二十年来常演不衰,所到之处一票难求,万人空巷,可谓昆曲"入遗"以来令人最为振奋的"现象级"作品。回眸二十年,青春版《牡丹亭》创造了太多耀眼的成绩,甚至深远地影响了整个戏曲生态,这些成就值得梳理和关注,成就背后的因素值得分析和借鉴。复盘青春版《牡丹亭》的行径道路,便如同见证一幅工笔《牡丹图》的绘成:历经起稿、勾线、敷色、传香,终于得以绽放,花香四溢,万里流芳。

起稿:昆曲复兴之愿景

"起稿"是青春版《牡丹亭》的创作初期,如同在画纸上谋篇布局,轻轻勾勒出牡丹花的大致轮廓,包括方案设计、统筹规划、资源整合、团队组建等。这需先从青春版《牡丹亭》的创作背景和创作缘起说起。本世纪之交的昆曲,观众寥落,市场衰微。即使在二〇〇一年昆曲被联合国教科文组织授予"人类口头和非物质遗产代表作"后,仍有曲高和寡甚至被"锁"进博物馆的危机。面对昆曲这样的境遇,白先勇曾惜叹："昆曲演员老了，昆曲观众老化了，昆曲本身也愈演愈老，渐渐脱离了现代观众的审美观。"[1]因此，"兴灭继绝""振衰起疲"[2]便成为了当时昆曲从业者和文化各界人士一致的认识和使命。白先勇等一众"义工"也正是怀揣着复兴昆曲的美好愿景，孜孜不倦、甘之如饴地投身到这一事业中来。因此，在"起稿"阶段，青春版《牡丹亭》开创了崭新的生产模式，并提出了准确的主题定位。

崭新的生产模式

从历史上看，戏曲生产的模式是在不断变化的，明清传奇生产以文人为主导，创作之余，有的还会蓄养家班，如李开先、屠隆、吴炳、李渔等；到了清中末期和近代则主要是以演员为生产主体，运营班社，如全福班、仙霓社等；一九四九年以后则以国营院团为主，剧目生产时多以导演为主导。而青春版《牡丹亭》的生产是超出常规的，是在国有院团的基础上，以文化学者来主导制作，集结海峡两岸文化界、学术界的多方力量，共同创作和运营。虽然这样崭新的生产模式还未获得明确界定，但多次实践的成功经验已充分说明其价值。我们可以从以下两个方面来理解。

左起赵天为、白先勇、吴新雷。

一方面，青春版《牡丹亭》的生产离不开"昆曲义工"白先勇。无论是在生产、呈现还是传播活动中，"青春版《牡丹亭》"和"白先勇"这两个词条总是高度捆绑在一起的，因此有时媒体也会称这版《牡丹亭》为"白牡丹"。名义上，白先勇是青春版《牡丹亭》的制作人，但他所承担的工作却又远超一般制作人的工作范畴。邹元江教授曾提出青春版《牡丹亭》创制了"文人义工制作人"的范式[3]。诚然，在青春版《牡丹亭》制作中，"文人"和"义工"是白先勇身上最重要的两个符号——"文人"上承昆曲传统，"义工"心系昆曲未来。

首先，昆曲的发展离不开文人。自明代魏良辅改良昆山腔起，昆曲便成为中国文人生活的一部分，文人成为昆曲生产与传播的重要群体，他们精研创作、提升格调，令昆曲不断雅化，创作出大量的昆曲经典作品；昆曲也因名家辈出、佳作云集而进入宫廷，成为独霸剧坛两三百年的全国性剧种。清代"花雅之争"以后，昆曲日渐衰微，而昆曲作为中国戏曲形态之"雅部"，其艺术发展精益求精，仍旧离不开文人的参与和引导。因此当代白先勇等文人对昆曲的关注、向昆曲的回归，对于昆曲艺术提升和审美引导有着重要意义。

其次，白先勇投入昆曲生产体现了当代文人的文化自觉。昆曲在白先勇的文艺人生也频频出现：他自幼与昆曲结缘，后来又在小说《游园惊梦》中对昆曲有所涉及，再到后来自发地去传播昆曲和制作昆曲……昆曲被他视为"民族文化精髓的代表"[4]，复兴昆曲便是复兴中华文化，这体现出当代文人的文化自觉。因此，为了救昆曲，白先勇四处奔走，调动了他所能调动的一切资源，组团队、拉赞助、找门路……付出了常人难以想象的苦心。而对于自己的身份，他说："我只是一个昆曲义工，我完成了一个 mission impossible（不可能的任务）。"[5] 可见，在青春版《牡丹亭》的制作中，白先勇将自己的身份放得很低，却把昆曲复兴的理想高高捧起。

另一方面，青春版《牡丹亭》的生产集合了两岸三地多方力量，是众多文化精英对中华优秀传统文化传承和创新的集体贡献。除了苏州昆剧院的演员、乐队和舞美班底外，青春版《牡丹亭》还集合了一大批文化精英共同参与创作。白先勇邀请了有着丰富演艺制作经验的樊曼侬共同担任制作人，与著名学者华玮、张淑香和辛意云组成剧本整理小组，请大学教授古兆申、郑培凯和周秦等担任顾问，请顶级昆曲表演艺术家汪世瑜、张继青和著名导演翁国生来执导剧目、调教演员，还邀请知名影视导演王童担任美术总监，著名舞蹈教授吴素君进行舞蹈设计，书法家董阳孜、画家奚淞提供舞美支援，著名摄影师许培鸿负责拍摄剧照……每一处细节均由名家把关，此例不胜枚举。这般制作阵容是史无前例的，是"一次学术界、文化界和戏曲界的大结合"，也是白先勇自述青春版《牡丹亭》成功因素之首。[6]同时，剧目的制作离不开资金，青春版《牡丹亭》得到了政府部门的扶持，又受到了刘尚俭、陈怡蓁等赞助人们无私的资助，这才得以面世，并各处巡演传播开来。

因此，青春版《牡丹亭》开创了一种不同以往的生产模式：一位有才华、有觉知、有影响力的"昆曲义工"——白先勇，率领着一个顶尖的精英团队共襄盛举，参与各方都具有顶级的专业水平，和强大的包容心、协作性，具有为着共同理想而奋斗的精神。这样的生产模式是全新的、高效的，令人向往的，却是难以完全复制的。

准确的主题定位

制作青春版《牡丹亭》的出发点是昆曲复兴之愿景，而达成这一理想需要更具体的主题方向来统领创作。叶长海先生曾指出青春版《牡丹亭》："着眼于'青春'，立足于'美'。"[7]这两方面正是青春版《牡丹亭》的主题定位，即在呼应汤显祖原作精神的同时，以"青春"力量彰显"美"。

青春版《牡丹亭》追求的"美"，包括三个层面：《牡丹亭》之美、昆曲之美和中华文化之美。首先，《牡丹亭》是美的经典，美在其曲折离奇的故事情节，在其美满幽香的青春之梦，更在其惊世骇俗的"至情"精神。其次，昆曲是美的艺术，其文辞典雅、曲调清雅、表演优雅、格调高雅，载歌载舞，美轮美奂，是高度综合、成熟精致一种戏曲形态，也是戏曲百花园中高贵优雅的"兰花"。再次，美是中华文化的重要课题，通过对美的追求，中华文化形成了独特的审美理念和文化价值观，展现了精益求精的工匠精神、锲而不舍的传统美德、积极向上的人文情怀。青春版《牡丹亭》以"美"为追求，体现着青春之美、艺术之美、文化之美，突显出丰富的艺术自觉和文化自信。

在"起稿"阶段，生产模式是物质层面的经营，主题定位是则精神层面的指引。前者为艺术创作提供了实际的支援，后者则保证了艺术作品的深度和内涵，两者的有机结合为青春版《牡丹亭》的成功和昆曲的复兴奠定了坚实的基础。

勾线：昆曲传统之继承

当进入正式创作阶段后，要考虑到更多具体的问题。其中一个很重要的部分便是如何对待既有的传统昆曲《牡丹亭》。作为昆曲经典的代表，《牡丹亭》本身就是高度精美的存在，创作者若是冒失地大展拳脚可能会适得其反，须把握合适的尺度。好在青春版《牡丹亭》主创团队在面对传统时是谦虚的，是谨慎的，因此被不少学者誉为继承传统的典范。[8]他们犹如工笔画的"勾线"一般，一笔一笔、扎扎实实地描摹传统，既彰显了汤显祖经典原作之精神，又延续了数百年来昆曲表演艺术的精华。青春版《牡丹亭》对于昆曲经典的继承可以从案头和场上两个方面来看。

忠实的剧本整编

明末汤显祖的《牡丹亭》一经问世便掀起一轮热潮，"家传户诵，几令'西厢'减价"，而众多戏班竞相搬演足见其"场上之盛"。原著之伟大体现在执着的精神和奇丽的曲辞：汤显祖通过杜丽娘为情而死、又死而复生的故事，展现其"至情"的精神理念；同时，《牡丹亭》之曲辞体现了汤显祖高超的语言艺术造诣，被誉为"灵奇高妙""词曲之最工者"。面对这样一个剧坛巨擘的经典之作，后人在整编之时是要小心谨慎、如履薄冰的，稍有不慎就会遭到诟病。因此，在编剧工作上，白先勇亲自掌舵，邀请华玮、张淑香、辛意云三位著名学者组成编剧小组，公演一年前就开始准备，不断打磨了五个月才完成整编。在剧本整编上，青春版《牡丹亭》可谓是对汤显祖原作的忠实回归。我们可以从"全本"和"原本"两个方面来理解。

"全本"涉及的是《牡丹亭》的完整性问题。汤显祖原作多达五十五出，到了"传字辈"那时，所传的就只有九出折子戏。[9]场上所传的这些折子，显然无法敷演原作的完整故事。因此，二十世纪后半叶开始，一部分昆曲创作者开始改编能够一日演毕的《牡丹亭》"全本"，大多致力于恢复折子戏串演，通过重排、新编场次，讲述杜丽娘从《游园》到《离魂》，或者到《回生》的故事情节。前者如胡忌整理本，江苏省昆剧团一九八二年编演，张继青饰杜丽娘；周传瑛改编，周世瑞、王奉梅整理本，浙江昆剧团一九九三年编演，王奉梅饰杜丽娘。后者如苏雪安改编本，上海市戏曲学校一九五七年编演，言慧珠饰杜丽娘；陆兼之、刘明今改编本，上海昆剧团一九八二年首演,华文漪饰杜丽娘。也有演到《圆驾》的,如华粹深改编本,京昆曲研习社一九五九年编演,周铨庵饰杜丽娘。但是整场演出最多十一出,压缩了很多剧情和表演,难以称为"全本"。千禧年左右,多本上演的形式出现,如张弘改编的江苏省昆"精华"版、古兆申改编的"浙昆"版,两个版本容量都在十余场左右,分上下本、用两个晚上敷演了为情而死和死而复生的内容,到杜丽娘回生后结束,但是舍弃了后面的三分之一情节。第一个可以称为"全本"的演出是王仁杰缩编本,上海昆剧团一九九九年首演,导演郭小男,全剧共三十五出,分上、中、下三本敷演《惊梦》《回生》《圆驾》等内容,在昆曲"全本"《牡丹亭》的呈现上进行了首次尝试。青春版《牡丹亭》则希望实现对汤显祖原作更完整的展示,充分呈现其伟大的剧作精神。对此,编剧华玮谈道:"这次'青春版'制作的目的之一就是要'完整'呈现汤氏原著对'情'的上下求索的旨趣,所以第三本不仅十分重要、而且是必要的,没有了它,不能称之为'全本'《牡丹亭》。"[10] 另一位编剧张淑香也强调:"汤显祖的爱情演义,最后必须将根植入现实,才能彰显他文化改造的本意。"[11]

单纯搬演三本的内容并非难事,调和好三本之间的运作逻辑才能实现"全本"的价值。青春版《牡丹亭》的剧本整编高度袭承、回归了汤显祖的"至情"观,以"梦中情""人鬼情"和"人间情"为三本的主题,将《牡丹亭》定位为一则"爱情神话"。[12] 这三个"情"不单是爱情处境的变化,更是爱情浓度从"真情""深情"到"情至"的逐步升华,以及爱情关系从"情与自我""情与他者"到"情与社会"的外扩。[13] 可见,"情"不单是青春版《牡丹亭》对于汤显祖原作精神的守护,更是青春版《牡丹亭》现代表达的运作密码。

"原本"则是要保留汤显祖《牡丹亭》之精华,即"只删不改"[14] 的整编原则。这里的"不改"是针对其他的一些"改编本""新编本"而言的,不是完全不动,而是在保留汤显祖的文学精华和价值取向的基础上,"删并调换场次以利情节推演"[15],如将原第一出《言怀》移至《惊梦》之后,以突出杜丽娘之梦和柳梦梅之梦的呼应。同时,编剧小组也考虑到"案头本"和"舞台本"之间的客观差异,保留了现在场上流传的、虽经改动但被广泛认可的经典折子戏,如《拾画·叫画》《离魂》等。

这样的剧本整编方式可谓是对汤显祖《牡丹亭》及一些出色表演本的忠实继承,最大限度地回归了原作精神。这样的一剧之本由资深学者们来操刀,也保证了极高的文学水平,为青春版《牡丹亭》的排演奠定了坚实的基础。

守正的艺术传承

昆曲的价值不单在案头，更是在场上；剧本的整编可以通过文本细读等方式实现与前人的跨时空对话，但昆曲的表演却极其依赖口传心授、守正传承。要想呈现出《牡丹亭》应有的样貌，呈现出"原汁原味"的昆曲《牡丹亭》，就需要尊重昆曲的表演传统。虽然青春版《牡丹亭》已集齐一群青春靓丽的"小兰花"，但他们的功力尚浅，还无法支撑起这一台大戏。为此，白先勇和蔡少华院长特意邀请了"巾生魁首"汪世瑜和"旦角祭酒"张继青前来坐镇，还有姚继焜、蔡正仁、周秦等名家前来指导，并请汪世瑜和京昆小生、新锐导演翁国生担任导演。可见在昆曲艺术方面，青春版《牡丹亭》首先是尊重传统、传承有自的。

从院团角度出发，制作青春版《牡丹亭》还有一个"以戏带功"[16]的目的，实时任"苏昆"院长蔡少华谈到的："抢救和保护昆曲，传承是关键，培养年轻演员是关键。"[17] 在新人演员为期一年的传承学习过程中，青春版《牡丹亭》实施了两个特殊的举措，即"魔鬼训练营"和拜师仪式。在确定选角之前，先安排了长达三个月的"魔鬼式训练"。由汪世瑜等七位老师教九个学生，每天从早到晚苦练基本功，并学习、排练《牡丹亭》的经典折子戏。同时，也邀请许倬云等知名学者前来讲课，以加深演员们对角色、对经典的理解。虽然"魔鬼训练"让年轻演员们吃尽了苦头，但大家都看到了自身的显著进步，由衷地感恩老师们的苦心。主演沈丰英就感慨道："我们每个成员都像经历了一次洗礼，身体强健了，精神饱满了，特别在专业上，唱腔、形体都规范化了，改掉了以前的很多缺点。"[18]

在"魔鬼训练营"结束后，白先勇又特意安排了隆重的拜师仪式。尽管张继青和汪世瑜都表明过，昆曲演员转益多师，没有门户之见，这般拜师是没有必要的。[19] 但白先勇的坚持有其良苦用心："有了这么正式的仪式，老师和学生的心态都会发生变化，学生会觉得我把自己交给老师了，老师会觉得学生真的是我的入门弟子了。这样才会倾囊相授。"[20] 于是，在二〇〇三年，"小兰花班"的沈丰英、顾卫英和陶红珍拜张继青为师，俞玖林拜汪世瑜为师，周雪峰拜蔡正仁为师。几人拜师之后，又学习、传承了老师的许多表演艺术和拿手剧目，此为后话。至于影响，这一次的拜师仪式，不但为青春版《牡丹亭》的推出进行了有力造势，还掀起了昆曲界的拜师风潮，后来出现了一系列官方推动或个人主动的拜师活动，开启了昆曲大师传承的新生态。

无论是案头还是场上，青春版《牡丹亭》都是继承传统的典范。它忠实地回归了汤显祖原作之精神，尊重了曲辞之精华，同时也扎实地继承了昆曲的表演传统。白先勇在接受中央电视台"台湾万象"采访时曾说："我们是按照正宗、正派、正统的演做方法。"对待昆曲经典正该如此，先要能悉心地传承和守正，才能去大胆地改造和创新。就如同绘制工笔画，先要一笔一笔仔细"勾线"，把基本造型确立，才可以去"敷色"，赋予物件生机和活力。

敷色：昆曲美学之创新

若说"勾线"是描摹形态、继承传统，那"敷色"便是焕新传统。如同"敷色"要在"勾线"的基础上进行，昆曲的创新也需要在守正传承的基础上进行。对此，白先勇提出了"昆曲新美学"的追求，其总的原则便是"尊重传统，但不因循传统；利用现代，但不滥用现代"。[21] 由于青春版《牡丹亭》是在继承传统的基础上进行的创新，本质上并没有脱离昆曲美学的范围，故其"昆曲新美学"本质上是一种"场上"之美学，是"从创作实践中提炼出来的一种创作观念"[22]，服务于现代剧场与现代审美。青春版《牡丹亭》舞台上的创新主要反映在音乐、表演、调度和舞美四个方面。

音乐

音乐是昆曲"最重要的艺术构成和抒情的重要手段"[23]，也是昆曲"声律传统"[24]的反映，涉及音律、腔律、套数、宫调和伴奏等范畴[25]。正因昆曲有着一套相对完整封闭的音乐系统，当代创作者往往无从下手，莽撞的音乐创新屡屡受到严厉的批评。不过青春版《牡丹亭》作曲周友良相信："昆曲严谨的格律，是其形，是其理性部分；创作者的才情，是其魂，是其感性部分。两者的完美结合，是昆曲编创剧目得以成功的要素。"[26] 对于现代演出条件和观众审美习惯而言，传统的昆曲音乐之魅力难以彰显，使得昆曲沦为"困曲"。尤其是青春版《牡丹亭》这般演出时间长、故事情节有高低起伏、情感浓度不断抬升的作品。因此，昆曲音乐的"现代化"也是"昆曲新美学"重要的一面。

在唱腔设计方面，周友良先是根据剧本要求和所传曲谱进行了细致的整理，经典唱段基本不动，再根据情节和表情需要酌情创作、改编和润色，尽可能从场上所传《牡丹亭》的音乐风格出发，保持原有的"南昆"特色。同时，周友良在青春版《牡丹亭》中对于音乐主题有着出色的运用。如，新作曲的《蝶恋花》就成为了贯穿三本的主题，通过独唱或合唱出现在各本的开场或结尾，升华、彰显了原作之精神——但是相思莫相负，牡丹亭上三生路。又如，周友良从《皂罗袍》《山桃红》中提取音乐要素，为杜丽娘、柳梦梅各作了两个音乐主题，可谓是西方作曲法与昆曲音乐传统的巧妙融合。这四个音乐主题在各出之间或是重要情节点，以不同的变奏形式反复出现，起到渲染氛围、推动剧情、辅助表情之作用。此外，在青春版《牡丹亭》的乐队编制和配器方面，也针对当代演出环境和现代音乐审美进行了一些有益的调整。

虽然周友良在音乐上进行了许多创新，但仍是在继承昆曲音乐传统的基础上进行的。尽管也受到了一些钟情传统昆曲音乐者的质疑，但更多的是褒奖，赞赏其"使古典昆剧焕发出了新时代的勃勃生机"。[27]

表演

上文谈到，青春版《牡丹亭》是对传统昆曲表演继承的典范。不过为了彰显"青春"主题，主创们对于表演的设计也进行了许多出色的创新。下面以对传统折子戏表演的改造为例，从独角戏、对手戏和群戏三个方面简要谈谈。

独角戏《拾画·叫画》在汤显祖原作中本为分开的《拾画》和《玩真》两折，在清代梨园改本中合并为一折并广泛流传，敷演柳梦梅在花园中拾得杜丽娘之春容图，后带回房间赏玩之情节。传统的折子戏中，《拾画》的部分比较少，往往只唱两支曲子。但编剧和导演认为这一折是柳生之重点戏，等同于"男游园""男寻梦"，是其情愫觉醒的一幕，因此必须设置足够精彩的表演。故而青春版《拾画》将四支曲牌都唱足，汪世瑜也为俞玖林设计了层次丰富的舞蹈身段，将巾生的表演艺术发挥到极致。同时，柳生也没有将画带回房中去赏玩，而是迫不及待地在园中展开，真真切切声声呼唤，充分展现其"情痴"。通过对《拾画·叫画》独角戏表演的重新设计，柳生形象被充分地提升。这样生、旦双方的爱情才能更般配，也更能为现代观众所接受。

《惊梦》中的"梦会"是杜丽娘和柳梦梅二人最重要的对手戏，表现二人相会幽欢之事。传统的"梦会"表演风格倾向于收敛，彼此水袖的触碰已是极致。但白先勇一再要求这段戏要表现出"情"与"性"的交织，因此，导演汪世瑜在教授表演时，特意拉近了生、旦二人的动作距离，同时加强了水袖的舞动力，使其又时不时地绞缠在一起，充分反映了一对梦中恋人狂热的爱。这样的改动是写意的，同时也是符合青春审美的。在《幽媾》中也设计了不同的生旦对手戏表演层次：从相互试探的距离感，到逐步接受的松弛感，最后发展为激情流露的亲近感。对手戏的不同表演状态，反映着杜丽娘和柳梦梅二人的情感逻辑，使得人物更加立体、情节更加可信。

群戏的代表有众花神的表演。在汤显祖原著中，花神只有一位，是束发冠、红衣插花的男性角色。在传统折子戏中，一位花神逐渐演变为十二月花神，再后来变为多位女性花神。但众花神只在《惊梦》中登场，上演载歌载舞的"堆花"，多是清一色手持假花变换各种队形后亮相。而青春版《牡丹亭》将花神提升到了一个相当重要的位置，在《惊梦》《离魂》《冥判》《回生》《圆驾》中均有出现，承担了渲染剧情、强化主题、突出主人公的作用。值得一提的是，花神中专设了三位男花神，以示阴阳平衡，也让群戏表演变得更灵动。台北艺术大学舞蹈学院教授、"云门舞集"创团舞者吴素君受邀来为众花神设计舞蹈，她将现代舞的理念融入传统戏曲中来，主张以"流动"取代"定格"[28]，让"情"通过舞蹈的张力铺满整个舞台。同时，她也强调花神"是在'演戏'而不是'跳舞'"[29]，且舞蹈动作多撷取自昆曲身段程序之精华。故这样的群戏表演改编不但不会破坏昆曲本来的写意之美，甚至更添了几分浪漫色彩和深远韵味。

调度

昆曲本无"调度"之说，场面安排全凭经验，仰赖"说戏"传承。[30] "导演制"引入之后，调度作为戏曲导演的主要创作方法，涉及场面安排各方面内容。青春版《牡丹亭》的导演汪世瑜、翁国生虽是京昆演员出身，但并不守旧。他们敢于用创新性的剧场手法，呈现焕然一新的审美体验，让古老的《牡丹亭》散发出"青春"的气息。

首先，青春版《牡丹亭》对一些传统调度进行了更改。在《离魂》一出杜丽娘离世的情节中，张继青的经典调度设计为：春香与杜母给杜丽娘披上白色斗篷挡住观众视线，此时杜丽娘急忙转身蹲下，在背后穿上大红斗篷，手持柳枝，转身背向观众半圆场云步亮相，最后大幕徐徐闭上。[31] 然而，在青春版《牡丹亭》中，汪世瑜导演创新性的舞台调度呈现了一场视觉盛宴：众花神出现，一边"掩护"杜母和春香下场，一边引领杜丽娘缓缓登上舞台后区的阶梯；杜丽娘披着一件长长的红披风，形成一种无限向上延伸的视觉效果；随着演员手持梅花转身、定格，让观众感觉到杜丽娘对追求理想的无限渴望。对于这一独特的舞台设计，导演汪世瑜谈道："杜丽娘的故事还没有结束，接下来是她在另一个世界继续寻梦。"[32] 这样对于传统调度的创新，既很好地诠释了经典内涵，又为中、下本的故事埋下了伏笔，引人入胜。

其次，青春版《牡丹亭》还创造了一些新的调度，翁国生执导的《冥判》《折寇》《移镇》等折子中的群场调度，不乏出色的设计。比如《冥判》中以各种高低错落的肢体语汇和舞台动态造型，搭配演员的各种特技，营造出了极具吸引力的冥府视觉奇观；《折寇》中通过一张椅子的不断变化，重构了不同的戏剧空间，顺利承托了多次对话情节的进行；《移镇》中基于传统戏曲以桨代船的程序，安排了十几个龙套一同表演，通过不同的队形变化显示行船的方向、状态乃至人物心境。这些调度不论如何设计，审美上都仍然没有脱离昆曲的程序性和虚拟性，承接传统而变化新意，令人赞赏。

舞美

从技术上说，昆曲现代剧场的华丽舞美创造并不难实现。但从美学上说，创新的同时还不损昆曲的本色，这个度是很难把握的。青春版《牡丹亭》在舞美上的创新是最直观的，体现在人物造型和舞台空间两个方面。

青春版《牡丹亭》的人物造型风格首先是淡雅简约的。传统戏曲造型偏向浓艳繁复，已经不符合现代观众的审美倾向，因此要做"减法"。以杜丽娘的造型为例，头面上去除了色彩跳跃的绸带，只保留了点翠、水钻等硬头面，以少量颜色淡雅的花朵配饰，呈现整一性；妆容上不施重彩，也摒弃现代感太强的假睫毛和眼线，追求恬淡自然；服装上降低色彩的饱和度和明度，同时版型也修改为稍稍修身的状态，再在绸缎上绣最好的苏绣，显示出精致飘逸的风范。人物整体造型简约淡雅而又不失浪漫，既保留了传统妆扮之特色，又迎合了现代的"青春"审美。其次，青春版《牡丹亭》人物造型又是写意的，造型装饰往往是具有"能指"意义的符号。如《惊梦》一折中，杜丽娘在入梦后迅速换了一件白色的帔，上绣蝴蝶图案，以此指涉"庄周梦蝶"之典故，以示杜丽娘"梦会"柳梦梅。而众花神则着白袍登场，袍上绣着不同月份盛开的花卉，这样既能清晰表明其身份，又能提升整体的舞美效果，每次出场总能赢得观众的惊叹与掌声。其中男性大花神手持长杆，杆上挂着长长的幡，这一设计来源于楚文化中招魂的"幡"[33]，以示引领。随着剧情的推进，幡的颜色呈现三种变化：在《惊梦》中为绿色，《离魂》中为白色，《回生》中为红色，分别表现男女梦中之爱、伊人逝去的伤痛，和还魂团圆的喜悦。三种颜色的幡与花神舞蹈相配合，更好地渲染出剧中不同的情绪和气氛。

在舞台空间方面，青春版《牡丹亭》的装置、背景、灯光和道具等方面都有新创。舞台最后方是一个高台，与前方主舞台间以台阶相连，丰富了舞台的纵向视觉层次，在《离魂》《移镇》等出都有延伸戏剧空间的妙用。同时，在高台的左边设置了一个弧形坡道，如莫比乌斯带一般丝滑地连接了不同的意象空间，增加了舞台的流动感，同时也衬托了演员表演，如在《惊梦》中与众花神舞蹈相配合，效果极好。舞台背景采用写意表达，一抹微云、一处远山、数枝花卉，甚至铺满颜色的意象，构成了雅致的中国意境，留给观众无限遐想。值得一提的是，在《惊梦》中当杜丽娘和春香踏入花园的那一刻，灯光亮起，背景由空白转为一幅色彩缤纷的抽象画，同时"杜丽娘音乐主题"响起，声、光、电的完美配合将观众霎时带入了姹紫嫣红的大花园。此处音乐表明了人物的聚焦，灯光提示了空间的变化，抽象的背景既写意描绘了花园中如梦如幻的景致，又外化了杜丽娘内心之欣喜澎湃，令人眼前一亮。另外，白先勇还将与昆曲同属文人"雅"趣的书法、绘画引入舞美中，请著名书法家董阳孜来题"牡丹亭汤显祖"开场以及一些书斋背景等，又请画家奚淞来绘那幅重要的春容图，其以观音造型笔触入画，更增杜丽娘之神韵。这种结合传统文人意趣的做法在后来的新版《玉簪记》中有着更为丰富、更为成熟的实践，也收获了诸多好评。

综上，继承传统为青春版《牡丹亭》打下了坚实的底子，"昆曲新美学"的实践则为这幅"白牡丹"敷上了缤纷的色彩，让其在"场上"焕发出了耀眼的光辉。从根本上说，青春版《牡丹亭》开启的这种"昆曲新美学"仍是一种守正的创新，旨在平衡古典与现代审美的差异，为戏曲经典的现代表达提供了出色的模板。

传香：昆曲传播与复兴

"玉在椟中求善价，钗于奁内待时飞"，一幅好画若是藏在匣中，则默默无闻；一出好戏若是锁在仓库里，则枉费心血。白先勇深知这一点，所以在青春版《牡丹亭》成功上演后，制作团队乘胜追击，开展了大量的巡演活动，足迹遍布两岸三地乃至世界多个国家。同时，也充分利用多渠道、多元化的途径来进行传承与传播，并由此持续开展了一系列的衍生活动。对此，傅谨教授直言："与其说这是艺术领域的一个成功个案，还不如说它是传播学领域的一个成功个案。"[34] 由于青春版《牡丹亭》的演出成为新世纪以来中国戏剧界最引人关注的事件，其在各文化层面引起巨大的反响，故而这一文化现象又被称为"青春版《牡丹亭》现象"[35]。以下从四个方面简要谈谈。

走向世界

自二〇〇一年昆曲成为世界级非遗，这一门古老的艺术开始被全世界重视。白先勇始终认为昆曲是"民族文化精髓的代表"和"世界性的艺术"[36]，他有志带领昆曲和青春版《牡丹亭》"走出去"，介绍给全世界的人们共赏。二〇〇六年，在有心人士的帮助下，青春版《牡丹亭》开启了一场声势浩大的访美之旅。为了建立观众群，白先勇等人提前两个月赴加州进行了一系列的社会运作，希望以此辐射全美国，具体举措包括在加州高校开设昆曲选修课和讲座、在华人社区做昆曲导赏、演出前举办新闻发布会等等。这些造势活动得到了媒体的响应，各大媒体争相报道，引起了广泛的社会关注。随后青春版《牡丹亭》在伯克利成功首演，又巡演至尔湾、洛杉矶和圣巴巴拉，处处受到热烈追捧，席间半数都是非华裔观众。评论家伊丽莎白·史怀特谈道："这个戏压倒性的成功，具有重大历史意义：一则它将中国文化遗产中几乎忘却了的奇珍再度重现，并令四百年之久的作品在国际上大受欢迎。"另一位评论家泰德·缪斯更是大呼："二〇〇六年是属于《牡丹亭》的。"[37] 青春版《牡丹亭》的此次美西巡演可谓是戏曲跨文化传播历史上的大事件，其传播模式不断被讨论和学习，有人甚至将其与上世纪梅兰芳的访美相提并论。之后的十余年，青春版《牡丹亭》的足迹又陆续去到了英国、希腊、新加坡等地，成为了中国文化的一张世界名片。

聚焦校园

在制作青春版《牡丹亭》之初，白先勇就明确了复兴昆曲的一个当务之急在于青年观众的培养："没有观众，戏演不下去。"[38] 古兆申教授也多次强调文人土壤对于昆曲发展的意义，重建昆曲生态环境的第一步就是年轻人的昆曲教育[39]。因此，高校成为青春版《牡丹亭》的一个重要传播方向，同时昆曲也开始成为校园文化的重要组成部分。

首先，青春版《牡丹亭》进行了一系列的校园巡演。二〇〇四年六月的大陆首演便安排在苏州大学举行，全国各地学生闻风而来，连过道上都挤满了人。同年又到了浙江大学，次年正式开始"校园巡回演出"至北京大学、北京师范大学、南开大学、南京大学、复旦大学、同济大学等。这一波名校展演活动，让青春版《牡丹亭》的名气和口碑在高校学生之中快速攀升。至今为止，青春版《牡丹亭》演出涉及海内外高校数十所，其受欢迎之热烈程度堪比明星演唱会。

其次，白先勇在多个高校中推动建设了高质量的昆曲课程。二〇〇九年白先勇推动的"北京大学昆曲传承计划"启动，二〇一〇年《经典昆曲欣赏》课程在北京大学举办，此后香港中文大学、台湾大学、苏州大学等高校的相关课程也先后落地。如香港中文大学于二〇一二年开设了《昆曲之美》课程，由白先勇、华玮教授和其他知名昆曲学者，以及张继青、岳美缇、蔡正仁等国宝级昆曲艺术家共同讲授，涵盖知识讲授、经验分享和表演示范、演出欣赏等方面内容。线下通识课程大获成功后，香港中文大学又于二〇一四年将其制作为网络"慕课"，并于二〇一六年上线英文版。[40] 昆曲课程的推出不但为昆曲艺术培养了年轻观众，更是让昆曲成为高校美育的重要组成部分。

再次，青春版《牡丹亭》开创性地实现了校园传承。作为"北京大学昆曲传承计划"的一部分，二〇一〇年北大校园版《牡丹亭》开始选拔，二〇一一年北大校园版《牡丹亭》成功首演，这一活动成功激励了青年学子们对学习昆曲的极大兴趣。在此基础上，二〇一七年，校园传承版《牡丹亭》在北京大学启动，该项目以北大原先丰富的校园昆曲活动为基础，以青春版《牡丹亭》作为依托，聘请原班人马进行艺术指导，完整经历了演员海选、表演培训、剧目联排等环节，旨在制作一台演员和乐队完全由学生构成的《牡丹亭》。最后，校园传承版《牡丹亭》于二〇一八年成功首演，并有模有样地在两岸三地进行了长达一年多的巡演。这一举措可谓又一次拓展了青春版《牡丹亭》的传播维度，并实现了校园昆曲活动从观看参与到演出实践的突破。

品牌打造

无论白先勇还是蔡少华院长，都是带着一定的品牌意识来制作这一出戏的[41]，青春版《牡丹亭》作为一个剧目产品自不必说，其成功排演和传播的背后还可以看到的是昆曲、《牡丹亭》和"苏昆"三大品牌的兴盛。昆曲作为一个品牌近可从二〇〇一年"入遗"讲起，远可以追溯到一九五六年《十五贯》"一出戏救活一个剧种"。而青春版《牡丹亭》的成功一下子把昆曲又一次推到了聚光灯之下，可谓是"一出戏传播了一个剧种"。随之而来的是《牡丹亭》的大繁荣，剧场上出现了琳琅满目的《牡丹亭》版本，其中影响巨大的有二〇〇八年阪东玉三郎与苏昆合作的中日版、二〇一四年的大师版和全国七大院团会演版、二〇一七年"昆曲回家"大师传承版等等。《牡丹亭》在二十一世纪的这般场上之盛，是其他戏曲经典望尘莫及的。随之，各个昆曲院团也效仿青春版《牡丹亭》的新模式，推出了一系列"青春"昆曲，如江苏省昆剧院《1699·桃花扇》、北方昆曲剧院青春版《长生殿》《红楼梦》、永嘉昆剧团青春版《张协状元》、上海昆剧团青春版《长生殿》等，这些剧作演员青春靓丽，舞美赏心悦目，总体制作精良，也为昆剧舞台增添了一批优秀剧目。最后，青春版《牡丹亭》的出品方苏州昆剧院也因这部戏重获新生，演员队伍得以培养壮大，艺术的香火得以延续，业内地位也显著提升。后来，白先勇又同苏昆联合打造了新版《玉簪记》《白罗衫》《义侠记》等剧目，都可谓是青春版《牡丹亭》创作观念的继承和发展。

学术总结

青春版《牡丹亭》演出后，还出现了一个非比寻常的现象，就是受到学界的高度关注。当然，青春版《牡丹亭》的创作本身就与学界有着亲密联系——白先勇本身就是学者，剧本整编工作也由学者进行（甚至一定程度融入了学者自己对于经典研究后的理解），主创之中也不乏资深的昆曲研究专家。剧目成功上演后，更是吸引了大量学者和评论家进行解读点评、分析研究、经验总结。与青春版《牡丹亭》相关的学术研讨会多次召开，专家学者们从昆曲传承、模式探索、昆曲创新、经典传播等诸多角度展开学术交流。如二〇〇六年中国艺术研究院举办"昆曲青春版《牡丹亭》文化现象研讨会"，二〇〇七年中国艺术研究院、苏州昆剧院、国家大剧院和香港大学共同举办"面对世界——昆曲与《牡丹亭》"国际学术研讨会，二〇一二年"白先勇的文学与文化实践暨两岸艺文合作学术研讨会"，二〇二二年东南大学和南京大学白先勇文化基金联合主办"传承与传播：青春版《牡丹亭》与昆曲复兴"国际学术研讨会等。二十年来，大大小小的学术研讨会在两岸三地开展，学者们用行动确认了青春版《牡丹亭》的历史地位和学术史意义，而青春版《牡丹亭》创作者们也热衷于参与到学界的讨论中来，常常是专家学者与艺术家们济济一堂，共同探讨昆曲的传承与未来。在学术出版方面，白先勇及主创团队出版了一系列著作和特刊，记录了青春版《牡丹亭》的制作过程、创作心得、演出和传播经验。如《姹紫嫣红〈牡丹亭〉：四百年青春之梦》《牡丹还魂》《姹紫嫣红开遍——青春版〈牡丹亭〉巡演纪实》《曲高和众——青春版〈牡丹亭〉的文化现象》《圆梦：白先勇与青春版〈牡丹亭〉》《春色如许：青春版〈牡丹亭〉人物访谈录》《白先勇与青春版〈牡丹亭〉》《牡丹情缘：白先勇的昆曲之旅》《白先勇说昆曲》等，也有多本纪念特刊、人物访谈录和研究文集相继出版，学术总结可谓丰富。同时，还出版了一些非学术性但同样具有重要价值的影像资料，例如邓勇星导演两部纪录片《他们在岛屿写作：姹紫嫣红开遍》（二〇一五）和《牡丹还魂——白先勇与昆曲复兴》（二〇二一），尤其后者以昆曲曲牌联缀体的结构，细致讲述了白先勇一系列的昆曲活动，以及为昆曲复兴所做的巨大贡献，曾在上海国际电影节、北京国际电影节上放映，引起强烈反响。此外还有青春版《牡丹亭》"专属"摄影师许培鸿二十年来跟随演出拍摄的大量照片，集结为《牡丹亦白》图册以及多个主题展览，这些都是重要的影像见证和史料留存。

可见，有效的艺术传播确可视为青春版《牡丹亭》成功的重要因素，不过仍要综合地来看待这一问题。没有统领性的主题定位，就无法确定正确的传播方向和方式；而没有足够出色的作品，再浩大的声势也是徒劳。青春版《牡丹亭》的制作秉持着复兴昆曲之初心，其传播活动亦是服务于这一长远目标，因此能够更为精准地触达目标受众。笔者就亲自见过一个陕西的男生，因为看了青春版《牡丹亭》喜欢上昆曲，从此多年痴迷于此，并千里迢迢跑到上海来看大师版《牡丹亭》演出。也正是因为青春版《牡丹亭》在艺术上的卓越表现，吸引着众多现代观众自发地为其摇旗呐喊，形成了良性的艺术传播循环。至此最终，这朵"白牡丹"跃然纸上，活色生香，香传万里。

结语

从制作到传播、从传承到创新，青春版《牡丹亭》展现了许多令人惊叹的创举，无论是观念还是手段，始终走在时代的前沿：它久违地让文人重回了昆曲制作的中心，并组建了前所未有的文化精英团队；它忠实地回归了经典剧作之精神，并认真传承了昆曲艺术之精华；它准确地把握了传统与现代的关系，实现了古典剧种在"场上"的现代性转化；它彰显了传播的力量，拓宽了传播的边界，丰富了传播的层级，突破了以往传播的深度。这二十年，我们仿佛见证了一朵工笔"白牡丹"的绽放和流芳，从铺纸展毫、起稿勾线、设色渲染，到完稿展现，无不小心翼翼、精益求精。白先勇说"尊重传统，但不因循传统；利用现代，但不滥用现代"[42]，正是这样对传统与现代的精准把握，加上二十年不懈的坚持努力，才有了今天昆曲复兴的累累硕果和勃勃生机。青春版《牡丹亭》的成功让我们深刻领悟到，传统艺术并非只能在历史的陈迹中凋零，只要我们用心保护、精心培育，定能在当代焕发新的生机。汤显祖曾说："一生四梦，得意处惟在牡丹。"我们可以说：昆曲复兴，得意处唯在"白牡丹"！

注释

1. 白先勇：《牡丹情缘：白先勇的昆曲之旅》，北京：商务印书馆，二〇一六年，一三二页。
2. 白先勇：《牡丹情缘：白先勇的昆曲之旅》，北京：商务印书馆，二〇一六年，一三三页。
3. 二〇二二年九月十八日邹元江在"传承与传播：青春版《牡丹亭》与昆曲复兴"国际学术研讨会上的发言。
4. 白先勇：《牡丹情缘：白先勇的昆曲之旅》，北京：商务印书馆，二〇一六年，二三九页。
5. 白先勇：《牡丹情缘：白先勇的昆曲之旅》，北京：商务印书馆，二〇一六年，二三四页。
6. 白先勇：《牡丹情缘：白先勇的昆曲之旅》，北京：商务印书馆，二〇一六年，一四页。
7. 叶长海：《历史的机缘，华玮主编〈昆曲·春三二月天：面对世界的昆曲与《牡丹亭》〉》，上海：上海古籍出版社，二〇〇九年，二一页。
8. 傅谨：《青春版〈牡丹亭〉的成功之道——在"白先勇的文学创作与文化实践"学术研讨会上的发言》，《文艺争鸣》，二〇一三年第七期。
9. 《劝农》《学堂》《游园·堆花·惊梦》《寻梦》《花判·咏花》《拾画·叫画》《问路》《吊打》《圆驾》。见周传瑛口述，洛地整理：《昆剧生涯六十年》，上海：上海文艺出版社，一九八八年，二〇三页。
10. 华玮：《情的坚持——青春版〈牡丹亭〉第三本的现实主义精神》，白先勇编著：《牡丹还魂》，上海：文汇出版社，二〇〇四年，一三一页。
11. 张淑香：《为情作使》，白先勇编著：《牡丹还魂》，上海：文汇出版社，二〇〇四年，一四〇页。
12. 白先勇：《牡丹情缘：白先勇的昆曲之旅》，北京：商务印书馆，二〇一六年，一三三页。
13. 华玮：《情的坚持——谈青春版〈牡丹亭〉的整编》，傅谨主编：《白先勇与青春版〈牡丹亭〉》，北京：中央编译出版社，二〇一四年，二七六页。
14. 白先勇：《牡丹情缘：白先勇的昆曲之旅》，北京：商务印书馆，二〇一六年，四页。

15. 华玮：《情的坚持——谈青春版〈牡丹亭〉的整编》，傅谨主编：《白先勇与青春版〈牡丹亭〉》，北京：中央编译出版社，二〇一四年，二八〇页。

16. 引自《蔡少华访谈》，傅谨主编：《白先勇与青春版〈牡丹亭〉》，北京：中央编译出版社，二〇一四年，六五页。

17. 潘星华：《春色如许：青春版昆曲〈牡丹亭〉人物访谈录》，新加坡：八方文化创作室，二〇〇七年，一七页。

18. 沈丰英：《青春起跑线》，白先勇编著：《牡丹还魂》，上海：文汇出版社，二〇〇四年，一一八页。

19. 参见潘星华：《春色如许：青春版昆曲〈牡丹亭〉人物访谈录》，新加坡：八方文化创作室，二〇〇七年，五九页、六四页。

20. 白先勇：《牡丹情缘：白先勇的昆曲之旅》，北京：商务印书馆，二〇一六年，二四三页。

21. 白先勇：《昆曲新美学——从青春版〈牡丹亭〉到新版〈玉簪记〉》，《艺术评论》，二〇一〇年第三期。

22. 丁盛：《当代昆剧创作研究：1949—2021》上海，上海人民出版社，二〇二三年，三〇九页。

23. 吴新雷、朱栋霖主编：《中国昆曲艺术》，南京：江苏教育出版，二〇〇四年，二九四页。

24. 丁盛：《当代昆剧创作研究：1949-2021》上海，上海人民出版社，二〇二三年，一七页—一八页。

25. 顾聆森：《昆曲音乐概述》，太原：山西教育出版社，二〇二〇年，七页。

26. 周友良：《青春版〈牡丹亭〉全谱》，苏州：苏州大学出版社，二〇一五年，二四〇页。

27. 周友良：《青春版〈牡丹亭〉全谱》，苏州：苏州大学出版社，二〇一五年，一〇页。

28. 参见吴素君：《流动的美感》，白先勇编著：《牡丹还魂》，上海：文汇出版社，二〇〇四年，一四九页。

29. 潘星华：《春色如许：青春版昆曲〈牡丹亭〉人物访谈录》，新加坡：八方文化创作室，二〇〇七年，一〇六页。

30. 参见丁修询：《昆曲表演学》，南京：江苏凤凰教育出版社，二〇一五年，六五页。

31. 朱禧、姚继焜编著：《青出于蓝：张继青昆曲五十五年》，北京：文化艺术出版社，一九八页。

32. 汪世瑜：《导演青春版〈牡丹亭〉的心得》，《文化艺术研究》，二〇一〇年第S1期。

33. 白先勇：《昆曲新美学——从青春版〈牡丹亭〉到新版〈玉簪记〉》，《艺术评论》，二〇一〇年第三期。

34. 傅谨：《青春版〈牡丹亭〉的成功之道——在"白先勇的文学创作与文化实践"学术研讨会上的发言》，《文艺争鸣》，二〇一三年第七期。

35. 朱栋霖：《论青春版〈牡丹亭〉现象》，《文学评论》，二〇〇六年第六期。

36. 白先勇：《牡丹情缘：白先勇的昆曲之旅》，北京：商务印书馆，二〇一六年，二三九页。

37. 转引自吴新雷：《昆剧青春版〈牡丹亭〉访美巡演的重大意义》，华玮主编《昆曲·春三二月天：面对世界的昆曲与〈牡丹亭〉》，上海：上海古籍出版社，二〇〇九年，八二页—八三页。

38. 白先勇：《姹紫嫣红开遍——青春版〈牡丹亭〉八大名校巡演盛况纪实》，白先勇主编：《圆梦：白先勇先生与青春版〈牡丹亭〉》，广州：花城出版社，二〇〇六年，九二页。

39. 古兆申：《昆剧生态环境的重建：青春版〈牡丹亭〉的珍贵经验》，傅谨主编：《白先勇与青春版〈牡丹亭〉》，北京：中央编译出版社，二〇一四年，二九四页。

40. 参见二〇二二年九月十七日华玮在"传承与传播：青春版《牡丹亭》与昆曲复兴"国际学术研讨会上的发言。

41. 参见白先勇：《牡丹情缘：白先勇的昆曲之旅》，北京：商务印书馆，二〇一六年，第二五九页；潘星华：《春色如许：青春版昆曲〈牡丹亭〉人物访谈录》，新加坡：八方文化创作室，二〇〇七年，一六页。

42. 白先勇：《昆曲新美学——从青春版〈牡丹亭〉到新版〈玉簪记〉》，《艺术评论》，二〇一〇年第三期。

· 辑二 ·

主创美学——

制作团队

青春版《牡丹亭》简约淡雅的美学

· 王童

电影导演，青春版《牡丹亭》美术总监

青春版《牡丹亭》二十岁了。

我是个不太喜欢回忆的人，要从记忆的匣子里捞出二十年前的陈年往事，实在不是一件容易的事。

加入"青春版"制作团队担任美术总监暨服装设计，全是冲着老同学——新象活动推展中心创办人樊曼侬的面子，我们是艺专校友，虽然不同科系，但学校不大，彼此都有耳闻，并不陌生。一九六〇——一九七〇年代的台湾非常有意思，充满着活力，那是文艺复兴的辉煌时刻，一群狂热的文青在各种艺文聚会碰到面，聊天的话题都围绕着艺术，也是在那个时候我和樊曼侬及她的先生许博允开始熟稔。

之后，大家各忙各的，我在电影圈，樊曼侬和许博允创立新象，为着各自的事业打拼，碰面的机会少了，直到一九八一年我执导的电影《假如我是真的》提名金马奖，樊曼侬刚好是当届评审，在入围名单看到"王中和"（我的本名），才知道老同学第一次导戏就入围，那年，《假如我是真的》获得最佳剧情片、最佳男主角、最佳改编剧本三项大奖，我们就此又联系上。

一九八六年新象邀请电影名导胡金铨执导舞台剧《蝴蝶梦》，胡导演找我做服装设计，促成我和新象的第一次合作，樊曼侬对我的设计留下深刻印象，二〇〇三年作家白先勇筹制青春版《牡丹亭》，她第一个就想到我，白老师也是《蝴蝶梦》制作人之一，我们已共事过，他也认为，我是"青春版"美术总监暨服装设计最佳人选，随即提出邀约。当时，我除了忙电影，还在学校兼课，又接金马奖、台北电影节主席，实在分身乏术，几次推辞，碍于老同学再三请托，最后还是接下了。

我自认是色彩及服装的专家，很有自信，主观也强，作为"青春版"美术总监，最重要的任务就是实践白老师"青春"的想象，对布景、灯光、服装等所有舞台视觉提出全方位意见，不妥的，舍弃；好的，留下。白老师虽不是剧场专家，不得不佩服他是个"高人"，不论在演员选角或是舞台制作，总是眼光精准，很会挑人，对艺术很敏锐，有品位，并充分信任我，合作起来默契十足。

"青春版"的美学概括为"简约淡雅"四个字。传统戏曲的颜色浓烈，这是有时代背景的，古时候，戏曲在戏园子或是野台演出，从服装到化妆，颜色都要重，观众才看得见。随着科技的进步，布料的染色从天然染料到化学染料，能做出更细微的变化，不再只有大红大绿，加上现代剧场灯光的帮忙，戏曲已可跳脱传统，大胆走优雅的路线。"青春版"诉求："找回年轻观众。"太浓艳的色彩，现代人看来会觉得俗气，尤其是昆曲，淡雅才能衬托出优雅细致的余韵。

"青春版""简约"的美学则来自传统。明朝的家具线条简单，没有华丽的雕刻，但就是美。中国戏剧也是一样，戏台上只有一桌二椅，其他全靠演员的唱念做打，开门，几个手势；进出门，脚一抬就跨过门槛；上下楼梯，几个脚步就完成……所谓"场随人移，景随口出"，象征意义强烈，中国老祖先早就走到"无为的自由"，有这么好的传统，"青春版"的舞台视觉根本不需要堆砌，不需要为美术而美术，搞得花花哨哨的，只是画蛇添足而已。

我不是昆曲行家，做"青春版"设计时最常挂在嘴边的话："瞎子不怕枪！"但"瞎子"也是有思想的，没有传统包袱不代表可以恣意而为。什么是"时尚"？老古董变成符合现代人需要的新模样就是时尚，时尚是有渊源，有脉络，不能乱搞。创新来自传统，有了根才不会浮在表面，才经得起时间的考验。伟大的艺术家不会原地踏步，模仿的技巧再好，如果没有自己的看法，充其量只能称为匠人，传统必须与时俱进，不改变只有死路一条。

美学是主观的，毕加索的画一看就知道是毕加索，这就是毕加索的美学，那是长年积累才养成一位伟大艺术家独特的"眼睛"。"青春版""简约淡雅"的美学观，不是白先勇的美学，也不是美术总监王童的美学，而是整个团队透过集体创作，在二〇〇四年提出对于昆曲新美学的看法。二十年前，大陆戏曲的表现形式还很传统，"青春版"发表后让各界眼睛为之一亮，那是因为"青春版"根基于传统，又不拘泥于传统，做了不同的尝试，提出新的看法，把现代观念带进戏曲中。

"青春版"的服装是我和太太曾咏霓共同设计，外界好奇："夫妻一起工作不会吵架吗？"好像一定要有冲突或是矛盾才有"看头"。这出戏上百套服装从画服装设计图，到苏州、杭州选布料，找苏绣的刺绣师傅、在剧装厂盯制作，采买配饰……是夫妻俩从无到有一起完成的，过程中当然会存在问题，但不是因为我们是夫妻，和团队其他设计者也会有意见不同的时候，需要讨论、磨合，这是辩证，不是吵架，过程的曲曲折折并不重要，有了好的结果才是最重要的。

青春版《牡丹亭》跨出昆曲新美学的第一步，五年后，原班人马又做出青春梦第二部曲《玉簪记》，将董阳孜书法、奚淞白描画与舞台结合做了更多的实验，向更"简"、更"雅"的目标迈进。《玉簪记》虽不是一出大部头的剧作，但我对这个作品的满意程度不在《牡丹亭》之下，如果说《牡丹亭》是交响乐，《玉簪记》就是室内乐，需要静下心来细细品味。

我的个性不喜欢重复，做完青春版《牡丹亭》《玉簪记》及《白罗衫》之后，想做的都做了，我与昆曲的关系就此打住。白老师不一样，二十年来为"青春版"竭尽心力，将这个制作推向海内外，推向两岸校园，又在大陆的大学发展出校园传承版《牡丹亭》，他对复兴昆曲以及社会美育的提升的确贡献卓著。一个国家社会不是有钱就伟大，国民素质才是国家强大的根本，作为一位文学家、昆曲爱好者，白老师没有独善其身，而是以他的影响力为下一代美学教育打基础，令人敬佩。

人到了一个年纪渐渐体会：要过减法的生活。财富、荣耀……所有的一切都不再累积，不累积活得才不累，我把过去拍电影的所有奖座、分镜表等资料都捐给"国家电影中心"，减法的生活让我更轻松自在。不累积，也包括情感，二〇〇四年"青春版"在台首演后，前面几次巡演盯了一段时间，之后就把"舞台"交了出去，不再过问。二十年了，"青春版"从幕前到幕后，或许更成熟了，也或许有了些许习气，人生不就是随时都在变化中？毕竟当年呱呱坠地的婴儿已经长大成人，不能老抓着不放，跟前跟后的担忧与揪心，也就大可不必。

若问：二〇二四年青春版《牡丹亭》二十周年再度来台，我会带着什么样的心情？

上：王童（右）观察服装上身、调整。苏州。二〇〇四年三月。
下：右起王童、董阳孜、白先勇进行舞美制作会议。台北。二〇〇五年十月。

或许"她"存在白老师的青春里，存在很多曾经参与创作的人的青春里，值得一再回味，但对我来说，"青春版"二〇〇四年创作完成后，就已圆满了，所有的荣耀、勋章都与我无关，我就是一个普通的观众。

（李玉玲／采访·整理）

书法与舞台的结合

· 董阳孜

书法艺术家，青春版《牡丹亭》书法

我认识白先勇老师很早了。高中时他是我弟弟的家教老师，教了三个月他就出国了。后来他回国制作《游园惊梦》舞台剧，聂光炎先生为他设计舞台，找我写字，我们因此有机会合作，才又谈起的。现在我尽心尽力为他的青春版《牡丹亭》做义工，写了好多字。因为我被他的热忱感动。世界上没有第二个人能像白老师这样把昆曲做到最高艺术境界，唤起年轻观众的热情，并且把它推到全世界。他是个万人迷，我再怎么倦累也愿意配合，写"牡丹亭"三字写了好多次，这原本是我自己写字的习惯，但是白老师尤其特别挑剔，他看了就："哎呀！是不是这样，是不是那样的。"我当然知道，就说："好了，好了，我给你重写。"一写又写了十几幅给他挑。

以字入景

除了题目"牡丹亭"这三个字磨人，还有剧里边背景用的好几幅字呢！比如上本第一折的《训女》，原先挂的是隶书写的杜甫的诗。因为杜丽娘之父杜宝是杜甫后代，所以选用了杜甫的诗。为了表示家教严谨，便用隶书写就。哪里知道在台湾公演完毕，

右起董阳孜、郑幸燕、白先勇在舞美制作会议中。台北。二〇〇五年十月。

白老师又改了主意，要我重新用行草写那首诗，到了第三次公演，又说是得换一首杜甫的诗。于是我再用行草写"锦城丝管日纷纷，半入江风半入云。此曲只应天上有，人间能得几回闻"一诗。我为配合他，也就重写了。

《言怀》那一折戏，因为柳梦梅是柳宗元后代，当然就用柳宗元的文章来当背景。我用比较潇洒放开的行草来书写的。

前一阵子他的书《孽子》要重新设计出版时，也要我为他写封面的字。就那两个字写了好多遍，白老师左看右看都不满意，等他回到加州又打电话给我，期期艾艾告诉我他要的感觉，我又写了好几张，就用他挑中的去当封面。

后来公视演《孽子》连续剧时，也来找我题字，我就说我可不给你们挑，写了就算。结果公视一播出，片头那两个字，人人说好，白老师又打电话来了："你怎么给公视写得那么好！"

我说："白老师，公视那两个字本来也是为你写，你不要用，我不过把直的改成横写给他们用而已啊！"

所以这下他反过头来服了我了，所有《孽子》书的封面字，都改回公视那两个字了，这是我最得意的事。

书法和昆曲都是中国文化的瑰宝

去年青春版《牡丹亭》舞台设计制作，我并未直接参与。这次白老师决定重新整体性的修正，邀我参加。他想加入一些我的书法创作作品，他一直认为中国美学中的至宝——书法和昆曲的华美辞藻、水袖舞蹈、优美的旋律等，都有异曲同工之美，都是中国文化的瑰宝。我绝对同意他的看法。数年前《游园惊梦》他已经想到将书法以多媒体方式来呈现，而这次用书法简约的线条做特殊场景的需要。当然我也认为现代书法艺术是可以做多种形式来呈现中国文字之美，所以这是一次崭新大胆的创举，也是一出白老师以现代诠释的白先勇的青春版《牡丹亭》。

（陈怡蓁／采访·整理）

我成了他的"御用书法家"
——董阳孜访谈录

·董阳孜

书法艺术家，青春版《牡丹亭》书法

潘：请问你是怎样和白先勇结缘？

董：我和白老师认识超过五十年。弟弟考高中，白老师到我们家来补习英文。当时他是台大外文系毕业生，来教了三个月，就出国了。所以，我们叫了他一辈子的"白老师"。我常开玩笑说这不公平，人家可以叫他白先勇，我们却要一辈子叫他"白老师"，没有办法，"一日为师，终身为师"嘛。我们有很长的时间没有联络，后来他从美国回来制作《游园惊梦》舞台剧，我也从美国读书回来。聂光炎先生为他设计舞台，来找我写字，我们又联系上了。

潘：听说你也非常喜欢昆曲。

董：是的。我也和朋友在台湾推昆曲，所以我常主动和白老师联络。有一年我和朋友去南京请张继青老师到台湾表演，去请了两次，才把她请到。台湾观众看了张继青老师的表演，才知道什么是第一流。当时，我在新舞台安排了一个"文曲星竞芳菲"文学与戏曲的座谈会，我请白老师和张继青老师对谈。后来贾馨园的雅韵再请张继青和南京江苏省昆剧院到台湾演出，为了张老师，我再去请白老师、郑培凯老师、汪其楣老师一起来讲昆曲。后来，上海昆剧团的蔡正仁老师到台湾示范，我也请白老师来演讲。我就是这样一直为昆曲做义工。

《牡丹亭·训女》。背景为董阳孜书杜甫七言绝句《赠花卿》。台中,"国家歌剧院"。二〇一七年四月。

潘：你也是青春版《牡丹亭》的义工。

董：从白老师制作《游园惊梦》开始，我就为白老师的制作写字，后来变成是他嘴里的"御用书法家"，他所有的书，书名都要我写。现在，我尽心尽力为青春版《牡丹亭》做义工，写了好多字任他挑。我被白老师对昆曲的热忱所感动，世界上再没有第二个人能像白老师那样，把昆曲做到最高艺术境界，唤起年轻观众的热情。他是个"万人迷"，我再怎么累，也愿意和他配合。

潘：你是如何透过书法，来表达昆曲《牡丹亭》的意境呢？开幕你写的"牡丹亭汤显祖"六个大字，就那么浑厚，既表达出昆曲的典雅气派，又有震慑人的气势，白老师就说它有"镇台"的威力。

董：中国书法的美，可以表达各种意境。"牡丹亭"三个字，我写了很多，来配合不同情景的需要。我还为背景写了好几幅大字。杜丽娘是杜甫的后代，我选了杜甫的诗；柳梦梅是柳宗元后代，我选了柳宗元的文章。最早我用隶书写，效果不好，后来再用行草来写，白老师认为潇洒的行草还是比较好。

潘：白老师要用你的书法，可能也是为了要年轻人来看戏，除了欣赏演员的美、服装的美，还能欣赏书法的美，你同意吗？

董：是的，这正是白老师的想法。他认为书法和昆曲的华美辞藻、水袖舞蹈、优美旋律，都有异曲同工之美，都是中国文化的瑰宝。书法、绘画、昆曲，都是中国美学，都互有关系，在舞台上呈现出来是一致的，是全面的，他的想法是好的。我能参与青春版《牡丹亭》的制作，是我的荣幸，我很乐意在这个文化盛事上，贡献力量。

（潘星华／采访·整理）

——本文原载《春色如许——青春版昆曲〈牡丹亭〉人物访谈录》，八方文化创作室，二〇〇七年

昆曲中的观音化身
——从青春版《牡丹亭》到新版《玉簪记》

· 奚淞

手艺人，青春版《牡丹亭》绘画

我爱用毛笔白描观音，没想到手艺结缘，以此为昆曲做了两回义工。首先是青春版《牡丹亭》，而后又有新版《玉簪记》。为昆曲成功演出而兴奋之外，曾经参加多次民俗田野调查工作的我，也因此对民族悠久儒道释文明融入地方戏曲所造成小传统化育有了深一层体会，是最开心的事。

犹记当初受筹划青春版《牡丹亭》朋友之托，要我画一幅供作表演道具的杜丽娘画像。起初觉得意外，我从来也没画过彩妆的古装仕女图。赶紧研读《牡丹亭》剧本，才明白在相对于前段"女游园"之后，"男游园"段落《拾画》《叫画》情节，乃是一段由误以为拾到观音画像而带起的好戏……这下子，我便放心大胆，认真依剧本描写既是观音，也是美少女的"春容"来了。

二〇〇四年青春版《牡丹亭》上、中、下本、在台北"国家剧院"连三天的盛大首演，满场观众为之沸腾。

中本那天散戏人潮里，一位老友拍我肩膀："可被我逮着了，这下子你把杜丽娘画成观音菩萨喽！"我得意地回嘴："一点也不错。你没听到吗，柳梦梅在园子里拾到画匣，展卷便叫道：'呀，原来是幅观音佛像。善哉呀、善哉！'"老友听着也就笑了。

说真的，我也没想到一幅仕女图可以在舞台上那样抢眼、出风头。但见柳梦梅待要将画"过炉香"祭拜，唱道："俺头纳地、添灯火，照得他慈悲我……"旋即发现画中人并非观音，而是如花美女。此际小生持一幅仕女图左看右看、着了迷，连唱带作，简直把画中女郎当作活人对待，呈现大段独角扮双簧的调情戏，煞是谐趣动人。

这一段有观音意象介入的昆曲表演，引动我对传统"家家弥陀、户户观音"民间文化的寻思。千百年来，佛教潜移默化地深入民间信仰，印度传来原本有蝌蚪小胡子的男性观音菩萨，由于具备强大的慈悲性格，人们辨识出其中女性本质，遂于唐宋之后，转为护卫人间一切苦难、如地母般的女菩萨，她于是无障碍地进入包括道教在内的各民俗崇拜、成为送子娘娘等神祇。

在大乘佛教领域，人们喜诵《普门品》，经文描述观音菩萨以三十三变化身、进入世间不同形貌身份、平等救度各种苦难。"三"意味"多"，三十三即"多而又多"。这也就是"千处呼唤千处应"，俯临人间、千手千眼观音意象的全体显现。

有观音民间文化为底蕴，《牡丹亭》作者写世间男女由生入死、由死返生，抵达情之极致。从神话角度检视：经历游园而得一段梦中情缘的杜丽娘，浑然不知世界上正有一书生与她同梦。《言怀》一折中，落魄书生柳梦梅自述：梦见一梅树下美人，向他晓以婚姻及科考发迹的预告。这当然是菩萨显灵，预为一梦而亡的杜丽娘铺排重生之路，也是观音化身杜丽娘女体以助成柳梦梅命运；而阳间穷途书生，于荒园里拾得美人画像，居然发展出掘墓、拯救杜丽娘由阴间返回阳世的情节；这段传奇中、柳梦梅就也变身成为拯救杜丽娘的男观音了……

愿天下有情人皆成眷属，若一一分析《牡丹亭》中生、旦、净、末、丑诸多角色，其实也都符合传统民间百姓所喜闻乐见：不断从对比中相互照应、从变化中寻找平衡、从缺陷中达成圆满，形成一般地方戏曲所惯有、所谓"大团圆"的结局；其中自然蕴藏着《普门品》观音菩萨无穷化身度世的百姓愿望。

青春版《牡丹亭》出现造成的轰动，是传统民间艺术在现代重新发热发光的奇迹。为接续濒临断绝的昆曲传承，以白先勇为首所组织起的专业加义工团队，有钱的出钱、有力的出力，达成空前成功、近二十年来连演不绝，赢得世界性赞誉。这一群为昆曲而协力工作的人，不也正就是千手千眼观音菩萨化现的奇迹？

《牡丹亭》昆曲令人一生难忘，汤显祖犹如站在民族文化巨人肩上，以剧作传达一份通天彻地、超凡脱俗视野。二〇一四年，白先勇与我受邀《联合报·联合副刊》

白先勇与奚淞合影于香港文化中心。二〇一〇年三月。

"文学相对论"系列座谈,在此节录相关汤显祖和《牡丹亭》的数句对话:

……

奚:《牡丹亭》不只是一出言情剧,它背后反映了深受礼教束缚的明代社会,汤显祖应运而出,以真情至性破除社会普遍的麻木状态,乃至于政治的昏聩。在四百多年前,《牡丹亭》《惊梦》折子里,大胆的花园做爱,居然表现得庄严堂皇,像一场宗教仪式,这恐怕是举世所无的。

白:它是宇宙性的做爱。

奚:盛装少女走到庭园,开始唱"袅晴丝,吹来闲庭院"。春光大好时节,神秘的蜘蛛爬到高处,吐出透明蛛丝,趁风而飞。汤显祖开宗明义道:"情不知所起,一往而深。"这肉眼不见,却可以心灵感触的晴天之丝,会突然让你生起莫名情愫。

杜丽娘与柳梦梅在太湖石旁做爱的戏,作者以极尽优雅华美文辞,借十二月花神上场的合唱和巡舞,来传达这段梦中大胆露骨的性爱历程……

白:这是一个宗教的象征、仪式。它把《牡丹亭》从言情戏拉高层次,成为神话和寓言——对生命和情爱的寓言。大家都能从中找到共鸣。

……

先勇说得好。这宇宙性的做爱,绝不可能只是文学家凭一时灵感,就创造出来的,必得悠久文明积淀,才有如此高度的美学视野。

且看汤显祖《牡丹亭》创作自序,一起手便是千古天问——"情不知所起",其所谓"不知"直指大自然无上奥秘。相对于人情,这是人类文明不可轻忽的"天心"。于此,两千五百年来儒家怀莫大虔敬、制礼作乐以祭天,乃得有尊严地建构地上层迭升高的人伦。

《牡丹亭》幕启未久,便以《闺塾》(《春香闹学》)表陈"情"的主题。这段戏表面看来,只是老学究为小姐上儒学基础课程《诗经》,丫头春香趁背诵男女情诗——《关雎》之际,故意调笑捣蛋。这段诙谐戏最后由塾师陈最良引孔子的教诲为结,却成为后面《惊梦》戏段画龙点睛之语,他捻须摇头晃脑吟道:"《诗》三百,一言以蔽之。没多些,只这'无邪'两字,付于儿家。"

"无邪"意谓"无斜曲"、不失赤子纯真之心。而后《惊梦》戏起，杜丽娘为游园而对镜梳妆，唱出了芳心自许的名句："……可知我常一生儿爱好是天然，恰三春好处无人见。"

如此，汤显祖的剧本文字层层深入，由序言"情不知所起"，到塾师指示"无邪"，乃至于杜丽娘自剖心情"一生爱好是天然"……三段堆栈，从天心奥秘，通抵少女私情；纯然是纳须弥于芥子、收无穷奥秘于寸心，天人合一境界；如此得以在《惊梦》中演出如祭典、如众神护持的男女交媾情境，便是先勇所说"宇宙性做爱"了。放眼古今东西方，这是哪一位剧作家才能写得出来的？

二〇〇四年青春版《牡丹亭》盛大成功，于是"姹紫嫣红开遍"公演邀约不断。到了二〇〇八年，先勇衔领的"牡丹帮"成员，筹划昆曲再度出发，这回准备重新打造的是明代高濂作的《玉簪记》。

这回，又找上我。听说要为新版《玉簪记》创造极简而高雅的舞台氛围，以传递明代文人的生活美学。在舞台背景部分，希望我直接提供白描观音、佛手、莲花等极素净的绘画做设计。接到指派，我又纳闷了。《玉簪记》故事发生在道观中，是一出关于寄宿书生潘必正爱上道姑陈妙嫦而受阻的调情戏。既是道观，如何用得上观音造型？我又赶紧读剧本……读到剧本中唱词念白多有佛、菩萨等字眼，我才意会：在明代社会中佛道已交融难分，若再加上剧中人伦情爱及科举功名等内容元素，又是一出典型儒道释三家合流的文化风貌。

记得四十年前从俞大纲先生学诗词。他常提醒我们，作为一个现代人，莫忘失由传统汲取滋养；要尊重传统——"倾听祖先的脚步"。他也笑谈做华夏子民的好处——"入世为儒家，待欲出世则可以是道家"，更加上佛法的东来和融汇，其由俗谛入于真谛、超脱物我尘累的机制，使中华文化环境格外丰富。民间戏曲如明代昆曲之优雅动人，实为人文社会成熟的自然流露。

我常想：若非长期熏染于道家放旷自然的胸怀，怎可能有《牡丹亭·游园》中，但凭演员口唱与身段，便可以把空荡荡舞台幻化成姹紫嫣红大花园的本事。又如《玉簪记·秋江》，只靠演员跑场就表现出一片天阔云低、江流苍茫的景色。如此用抒情道出自然风景；以人为天地之本、以人情为天地立心，演活了生命在宇宙的处境。这种天人合一的戏剧形式，在人类史上少见。

新版《玉簪记》二〇〇九年于台北"国家剧院"演出时，其表演与舞台美术的结

近睹分明似儼然
遠觀自在若飛仙
他年得傍蟾宮客
不在梅邊在柳邊

奚淞特別繪製杜麗娘寫真，勾勒細膩，栩栩如生。

合交融完善，先勇高兴地说："琴、曲、书、画的表达恰到好处，《玉簪记》做出昆曲美学的新里程碑！"而我，也对白描观音化入昆曲满意极了。

　　从序幕的莲池、道观厅堂全景涌莲观音佛像，到净室中顶天立地持莲苞观音立像，以及背景上随男女主角心情而变化的护花菩萨手投影……特别是在《偷诗》一折中，书生潘必正夜里潜入道姑陈妙嫦净室，演出一出色胆包天的偷情剧。如果是在一般无美术背景的传统舞台表演，可能只是一场调情的笑闹剧而已。然而就在潘必正与陈妙嫦以为神不知鬼不觉互动的当下，怎想到：正有高高在上的菩萨低眉、垂眼相看；并以双手捧着含苞待放的好花，正护持它开放？确实是因为有观音菩萨默默化身人间，才能把如《玉簪记》这样的精致小品，放大成对天地造化的清供。

　　高兴自己有机缘，从青春版《牡丹亭》到新版《玉簪记》，借手艺对昆曲有所贡献。记得那时为《玉簪记》布景作图稿，当我勾描护花菩萨手，以及从含苞、待开、半开乃至盛放的莲花白描时，我不时想到爱昆曲、竭力护持昆曲，助成昆曲技艺传承的好友们，他们都是护花使者，也都是为华夏民族传统点灯的菩萨。

　　我把这份爱花、惜花的感动，写成"世界莲池"联句，以此与先勇等为昆曲努力的朋友们所共享。

　　联句如下：

　　　　智慧无碍导引心泉灌溉大地土，
　　　　慈悲为怀护持情根助成最高花。

我与昆曲的半生缘

· 樊曼侬

音乐家，青春版《牡丹亭》制作人

我学的是西方古典音乐，但和中国戏曲的缘分儿时即已结下。

父亲是首任"国防部"示范乐队队长兼指挥，我时逢三岁从大陆迁台后，我们的住处是在台北中华路一百七十四号"国台交"（省立交响乐团），团址所在的大杂院终日交响乐、地方戏曲不辍，练就出中西交融的耳力。及长，学成后，一手长笛的演奏、教学，一手与先生许博允创办新象，投入艺术活动推展四十多个年头，策划了全世界无数精彩的演出，其中，昆曲就持续了三十多年。套句《牡丹亭》唱词："牡丹亭上三生路……"虽不知前世、来生如何？今生，我和昆曲就结了半生缘分。

一九八〇年代，两岸尚未开放交流，唯一能接触中国传统戏曲的管道是香港，到香港艺术节朝圣，结识古兆申等文化界人士，熟门熟路带着我去图书馆、录像带店欣赏中国电影、昆曲，一看就忘了时间，回过神来店已经要打烊。那时，我对昆曲的认识有限，看到一代"昆曲皇后"张继青的演出录像，只觉得，身段、曲风（后来才知道是曲牌）丰富而典雅，太迷人了。

一九八七年冬日两岸开放探亲，我立马回河南老家省亲祭祖，顺道去北京看表演，这才发现：传统戏曲历经"文革"早已衰微没落，心里惦记着：将来有机会一定要把如此精致的艺术带到台湾。等了五年，终于等到一九九二年两岸开放文化交流，新象引进承袭苏联体系，以西方芭蕾演绎中国题材的北京中央芭蕾舞团；上海昆剧团则揭开大陆昆剧团来台序幕，连演九场欲罢不能。两岸隔绝四十年，以前只能从盗版录像带一窥其貌的大陆顶尖表演团体，首度登台引发极大的回响。

同年底，云门舞集创办人林怀民、艺术家蒋勋与香港曲友又吆喝我去大陆看戏，从上海昆剧团、南京的江苏省昆剧院到杭州的浙江昆剧团。那时，昆曲百废待兴，港台的曲友包场创造一些演出机会，我们则有幸享受近距离看戏的贵宾级待遇。到了南京，满是期待：终于能见到张继青的庐山真面目，香港曲友介绍认识时，眼前站着一位中年女士，这就是张继青？她一上了台，光芒四射，如果以西方歌剧来比喻：张继青就是东方的卡拉丝，声音具穿透力，有磁性，天生是个金嗓子。

誉为"张三梦"的张继青，那回没唱《牡丹亭》的两个梦，而是排出《烂柯山·痴梦》，上昆是男版《烂柯山·朱买臣休妻》，看的是老生计镇华；江苏省昆剧院则是女版《烂柯山》，张继青把崔氏的悔恨痴想演得丝丝入扣，是位戏剧女高音。

旅途到了杭州，重头戏当然是"巾生魁首"汪世瑜，台上的他风流倜傥，含情脉脉，果然名不虚传。白天旅游，晚上看戏，身体疲累，看演出时精神不济，昏昏欲睡，这时，耳边响起一缕幽幽的声音，整个人突然醒了，睁开眼是当家旦角王奉梅在唱《题曲》，每个戏迷都有心仪的典范，王奉梅正是我喜欢的闺门旦类型，清丽脱俗，是位抒情女高音。

拜会汪世瑜时，香港曲友介绍：我刚办过上昆在台演出，反应非常热烈，我也当面邀请浙昆来台，汪世瑜打量着我，也许心里想："随便说说的客套话？"这时，一通来自台湾的电话响起，那几年往返大陆进行昆曲录像保存的洪惟助教授正巧来电，我告诉汪世瑜：洪惟助曾向我学过钢琴，是我的学生，首次碰面就在半信半疑中结束。

后来，浙昆向大陆文化部打听，上昆来台确有其事，邀访一事才有了谱。讨论戏码时，我提出要王奉梅演《牡丹亭》杜丽娘的经典折子，团里有些担心："这戏一唱，观众可能跑光？"我拍胸脯保证："不会！"一九九三年，浙昆成为来台第二昆团，果真验证我说的话。

从一九八○年代到香港看大陆南北昆团演出，一九九二年起引进大陆昆剧，这四十年，我和《牡丹亭》的缘分特别深，很多回忆都和好友白先勇一起。我们的革命情感始自他的小说《游园惊梦》，一九八二年新象制作改编成舞台剧，由卢燕、胡锦、归亚蕾等人主演，制作团队也是一时之选，在"国父纪念馆"连演十场一票难求，成为当年的文化盛事。

一九九八年，纽约林肯中心邀请大陆旅美导演陈士争执导足本五十五折《牡丹亭》，由上昆演出。赴美前夕突然喊卡，原因众说纷纭，隔年，陈士争重起炉灶找来北昆温宇航、上昆钱熠等青年演员，花了半年时间在美国集训，一九九九年七月终于在林肯中心首演。足本《牡丹亭》是昆曲界大事，我和先勇一从台湾、一从美国西岸飞到纽约会合，从白天到晚上连看了三天三夜，演出结束，偶遇先勇的外国学生，她感动到泪流满面："四百年前的昆曲太伟大了！尤胜于西方的莎士比亚。"

上昆因故未能演出陈士争导演的《牡丹亭》，后来重新自制上昆版在北京演出三天，我和先勇当然不能错过。表演极尽华丽之能事，"风雅的昆曲怎么不见了？"看完戏我们相视无语，当晚先勇就生病，我虽然有些失落感，还是坚持了三天把戏看完。

青春版《牡丹亭》的青春大梦，来自汪世瑜一句"粉都上不了脸"的感慨。二〇〇一年年初，新象办完"跨世纪千禧昆剧精英大会演"，庆功宴上我和汪世瑜商量：下回要演什么戏码？汪世瑜用江浙口音的普通话："樊老师，我的粉都上不了脸！该退休了。"我说："只要你的眼睛一挑，扇子一耍，观众就忘了你的年纪。"汪世瑜回："那是你，年轻人不会这么想。"汪世瑜打定主意要退休，我只好说："即使退休，你的一身功夫一定要传承下来。"

和汪世瑜的"青春之约"，我和先勇都放在心上。二〇〇二年十月，先勇应邀到香港举办"昆曲中的男欢女爱"讲座，由苏州"小兰花班"青年演员担任示范，演讲结束，先勇兴冲冲打电话给我，邀我一同去苏州看看。大年初二隆冬时节，一行人飞到苏州，看完"小兰花班"演出，先勇不安地望向我，期盼得到认同。"这批苗子虽然还很青涩，确实能让牡丹回春。"我点了点头，先勇笑开怀，立即启动青春版《牡丹亭》计划。我们两人一同扛下制作人重担，他负责与华玮、张淑香、辛意云共同盯剧本修编、找名师（汪世瑜、张继青）、盯排练、"盯钱"（寻找赞助）；我则统筹制作事宜、筹组台湾的制作团队，并随时提供实务意见。首先寻到两厅院的大家长朱宗庆，在他大力的支持下，由两厅院主办首演。

"在春天里观看春天"的"青春版"，美学一定要有很好的掌握才有说服力，我第一个想到：邀请电影界大导演王童担任美术总监。我们是艺专不同系的校友，学生时期就景仰他的才华，一九八六年，新象邀请导演胡金铨执导舞台剧《蝴蝶梦》，指定找王童设计服装。胡金铨有深厚的文化底蕴，讲究细节，曾与他共事的王童也受其

白先勇与樊曼侬合影于旧金山。二〇〇六年九月。

影响，《蝴蝶梦》庄周一袭蓝灰色袍子背后一只白鹤，胡锦饰演的煽坟小寡妇，白色孝服的内里却是鲜艳的桃红色，服装替角色说了话，高明！我终于明白胡金铨的用心。"青春版"再邀王童，他忙于哥哥的动画公司设计工作，分身乏术，我和先勇几番游说，终于说动王童接下"青春版"美术总监一职，并与夫人曾咏霓携手服装设计。

话说一九八〇年第一届新象国际艺术节邀请京剧名伶徐露演出《牡丹亭》，三军剧队动员百人花神队伍，场面浩大。我思考："青春版"如何再造新的花神意象？云门舞集《红楼梦》十二金钗给了我灵感，"青春版"有了代表不同月令的十二花神，特邀云门舞者中的主干吴素君设计舞蹈；首演版舞台、灯光则由林克华操刀设计。

先勇是这支青春大队的"白元帅""白将军"，总是以满腔热情感动周遭的人，当年的"文建会"主委陈郁秀和台积电文教基金会董事长曾繁城的大力赞助，跟着他一同投入昆曲复兴大业。历经年余呕心沥血打造，青春版《牡丹亭》二〇〇四年四月在台北"国家戏剧院"首演，一战成名；同年十月，我把这出戏推荐给北京国际音乐节总监余隆，他欣然允诺，资历尚浅的"小兰花班"终于有机会站上大陆重要的表演舞台。

首演后，我忙于新象表演事务，继续拓展大陆各大昆剧院团的演出，先勇则是把"青春版"当成一生的宝贝，专心一意地灌溉，从台湾演回大陆，从剧场走进校园，从海峡两岸到国际，还发展出"校园传承版"，创造了生生不息的《牡丹亭》文化现象。

一九九二年上昆写下大陆昆团来台序曲，从此流传着："最好的演员在大陆，最好的观众在台湾。"上昆演出之后，我带台湾文化媒体去北京参访，与当时的国台办副主任唐树备见面，聊起上昆来台一事，他有些吃惊：昆曲还有这么多观众？

昆曲的传统不在台湾，却有为数众多的昆迷，绝非凭空起高楼，而是文人影响文人、老师影响学生……徐炎之老师在各曲社留下的一点一滴累积而成。一九九〇年代，台大教授曾永义、中央大学教授洪惟助往返大陆进行昆曲剧目录影保存及传习计划；戏曲爱好者策划昆曲之旅，成立曲社，引进大陆昆剧；大学中文系昆曲社团，则由老师带领学生研习昆曲；早在"青春版"之前，从京剧到昆曲就已走进校园推广。《琵琶记·吃糠遗嘱》曲文曾写进高中国文课本，一九九五年，曾永义教授向"教育厅"主管机关建议，促成"昆曲美之旅"巡演计划，由上昆名角巡回全台高中演出这出折子戏，让课本故事活了起来。台湾昆曲鉴赏能够扎根并发扬光大，要归功于太多默默奉献的爱昆人士。

二○二四年青春版《牡丹亭》届满二十周年，走过二十年并非易事，但也绝非空前绝后，昆曲四百多年历史留下多少立基于传统、再创新局的演出纪录，历史还在书写中。青春版《牡丹亭》二○一七年到台中"国家歌剧院"演出，看着一手拉拔的青年演员迈入壮年，不禁感慨：岁月荏苒。"青春版"或许青春不再，但我并不伤逝，因为，有爱昆人士接力耕耘，继往开来，姹紫嫣红将再继续开遍在新的世纪中。

（李玉玲／采访・整理）

借服装跨进昆曲的门槛，看见不一样的春色

· 曾咏霓

视觉设计师，青春版《牡丹亭》服装设计

我从未想过会为传统戏曲做服装设计。

新象樊曼侬老师和我的先生王童是艺专不同系的同学，有着数十年情谊，筹组青春版《牡丹亭》制作团队时，樊老师点名希望王童担任美术总监暨服装设计。当时，王童身兼数职的确很忙，却也不好断然回绝，打算参加第一次会议后再说。我曾经在新象的视觉设计部工作过三年时间，理所当然领路陪王童前去开会，借机探望樊老师与许博允先生。

会议上，第一次见到白先勇老师、台大张淑香教授，以及其他几位成员。开完会，制作小组决定：服装设计这块需要找个助手帮王童，先后面谈了两位人选最后都没下文。缺了助手帮忙，王童手边的事实在太多，加上不懂昆曲，他说："那就帮我回绝吧。"

我打电话转达给白老师的秘书郑幸燕，以为事情就此结束，没过半个钟头，樊老师和郑幸燕直奔王童办公室再次游说，面对老友的请托，王童不好意思再回绝，心想：总会有办法挪出时间。既然找不到助手，他对我说："干脆由你来吧。"这下子他倒省事了，压力立刻一半转嫁到我身上，我是硬着头皮接下任务的。

白老师对"青春版"的要求很高，男女主角每场戏服装都要不一样。"青春版"

分为上、中、下三本二十七折戏，我们原本以为每个角色一件戏服走到底，结果瞬间变成不知多少倍的扩增，近四十位演员，有人重复担当不同角色，到底设计了多少套服装？这出戏演了快二十年，至今没细算过，总有上百套吧！

我对戏曲的认识仅止于小时候跟着母亲去看京剧。小孩子不懂戏，看到戴着亮晶晶头饰的漂亮女生，马上被吸引，但很快就开始打瞌睡。在新象工作那几年，接触的大都是国外表演节目，偶尔听说樊老师去大陆看昆曲，昆曲是什么？毫无认识。突然从一张白纸落下"青春版"服装设计工作，不知从何着手，压力确实很大，王童安慰我说："没关系，瞎子不怕枪。既然答应了，就一定要做到最好，我们丢不起这个脸。"他要我先做功课搜集资料，樊老师也寄来好多昆曲DVD，至少先要了解昆曲是个什么样子。

王童给了几个原则：一，再怎么创新，传统不能抛弃；二，资料看完就"丢掉"，不要紧抱着不放，会被框住。"瞎子不怕枪！"这是他最常挂在嘴边的话，正因为不懂昆曲，没有传统包袱，反而有更自由的发想空间，现在我这么认为。我们花了非常多时间在"配色"下功夫，王童认为，颜色用对了，放什么图案、怎么放都是其次。

我们开始频繁往返台北、苏州两地。记忆中第一次去苏州，已经是大闸蟹的季节，天气还有点热，"小兰花班"演员穿着简单戏服排演《牡丹亭》，即便素着一张脸，唱作还显青涩，但青春无敌，年轻的柳梦梅、年轻的杜丽娘、年轻的"小兰花班"成员，就是这出浪漫爱情故事最佳代言人。刚开始他们称我们是"台湾来的老师"，现在他们喊我"咏霓老师"，这二十年培养出互相信赖的珍贵情谊。

一开始我连昆曲行头都搞不清楚，边做边学，一点一滴进入昆曲世界。为了打造这些服装，只得把工作室本业暂时搁下，专心看剧本研究合适剧情的服装。前制期一张张服装图画好后开始配色，工作室的长桌上摆满色票，主要角色服装颜色优先考虑，配角次之，再来是龙套，还有桌围椅披、舞台、投影、灯光……所有颜色凑在一起是否协调？一层层来回思考，很是繁琐。

王童是抓大不抓小，我则是注重细节，他老说我没必要浪费时间在没用的地方，我认为细节成就完美，不能妥协，为此经常口角，那段时间少不了冷战，深夜在回家路上一句话也没说，如果开口肯定是"老娘不干了"。

气归气，事情还是得做，我们经常忙到半夜两三点，隔天一早又拖着装满手稿图纸，及从台北大街小巷采买回来的各种头花、配饰的行李箱，搭机去苏州，到剧装厂下制作。《惊梦》使用的两把扇子，则是王童亲手绘制，因为买不到理想的。就这样，我俩"校长兼撞钟"，完成了数十位演员的庞大服装造型。

"青春版"服装设计重点：不再沿袭宽大戏服的传统，每件都是根据演员身形、角色量身定做，这样，一来演员饰演的角色会更鲜明，二来精致的做工才能被看见。衣服上的花草枝叶图腾不能一色到底，要求同色系三、四组渐层变化。观众或许看不清这些细节，但正因对细节的要求，才能成就丰富的视觉。

青春，是这出戏最高原则。担纲男女主角的俞玖林、沈丰英二十多岁，青春正茂，不必浓妆，只需淡抹，首先刷淡他们脸上依循传统的浓妆，才能彻底展现青春的气息。服装颜色以淡雅的粉红、鹅黄、水蓝、湖水绿为主，配合剧情在图案上做变化。《训女》杜丽娘初亮相，身上的牡丹揭示了大家闺秀的身份；《寻梦》杜丽娘对梦中书生念念不忘，水蓝色的戏服传达了淡淡哀伤；设计《写真》时，我请教艺术总监张继青老师：什么颜色适合这折戏？她回：湖水绿。最后定版湖水绿的衣服绣着米黄色的梨花，对应受了风寒日渐消瘦杜丽娘的心境；《离魂》杜丽娘香消玉殒，犹如衣服上的云彩随风飘逝。

上本经典折子《惊梦》柳梦梅登场，身上的梅花刺绣为他自报家门。杜丽娘的蝴蝶刺绣，则隐喻缱绻春情只是一场虚幻的美梦，蝴蝶会飞走，梦会醒。柳梦梅、杜丽娘在百花盛开的花园相遇，有缠绵的互动，两人的服装以白色为底，舞动时白色线条无限延伸，让视觉更加流畅优美。

《言怀》柳梦梅为求功名，决定进京赴试，绿色衣服绣着竹子，昭示他胸怀大志；中本经典折子《拾画》，柳梦梅大病初愈，到后花园散心拾得描绘杜丽娘春容的画轴，则以绣有杜鹃的鹅黄色服装呼应寒冬已过万物复苏；我和王童最喜欢《旅寄》柳梦梅的衣服，简简单单没有任何图案。暮冬时节，柳梦梅进京赶考，一袭灰色长衫外罩米白色纱，风雪中颠仆前行，寒风吹着白纱飘起，更显萧瑟，我们非常满意，也是最省心的一件。

花神，是推动剧情流动的重要配角。其中，十二位女花神最初的构思是绣上代表不同月令的花卉，但发现有些花过于西洋味，经过几次调整，留下梅花、菊花、牡丹、月季花、玉兰花等，再以不同颜色、不同花型加以变化，丰富视觉效果。传统戏曲道姑穿的菱形道服，总让我联想到罗马瓷砖，难道不能有其他表现方式？"青春版"石道姑的道服绣上荷花不失庄严，大胆艳丽的色彩则是配合她在戏中诙谐的对白与表演。

上：曾咏霓（右）在苏州剧装厂查验戏服制作。二〇〇四年十一月。
下：曾咏霓（右）与马佩玲（中）观察服装上身、调整。上海大剧院。二〇〇四年十一月。

我的本业是空间及平面设计，这次的机缘能为昆曲设计服装，也为我的职场生涯增添一道彩虹，后续又为"小兰花班"演员担纲新版《玉簪记》《红娘》《白罗衫》《潘金莲》《占花魁》，以及张争耀、沈国芳主演的园林版《浮生六记》等昆曲设计服装。虽说三者是不同领域，但观念是相通的，设计的道理很简单，就是站在题目的立场去发想，这是我的习惯，最终目的是完成任务，满足服务对象，而不是自我表现。饰演柳梦梅的俞玖林穿上新戏服时说："感觉表演功力增加了百分之二十。"这对设计者来说是最开心的事。

如果说"青春版"的服装是成功的，一定要感谢一个人，就是郑幸燕。因为有她打点一切琐事，如订机票、食宿、舟车来往、联络接洽等等，好让我们能专心工作，要不然一个老兵，带着一个菜鸟卒子，能有多大本事过河？幸燕全程陪伴，有事提供笑话纾压，没事气气你提神，功不可没。

二〇二四年青春版《牡丹亭》二十周年，即将回到首演地台湾重演，白老师的高标准二十年如一日："'青春版'已是经典，不能走样。"为此，二〇二三年七月'青春版'到香港演出，制作小组专程飞去香港看戏，为二十周年重制作准备。二十年了，这些演员已从青年走向壮年，表演更成熟，数不清看了多少回"我们"的《牡丹亭》，依然百看不厌，每次看都感动。

"青春版"总导演汪世瑜老师说，昆曲的门槛很高，许多人门口望望就走了。我很幸运因为参与"青春版"制作，被一群厉害的人领进门，跨过那道高高的门槛，走进一座大花园，看见了不一样的春色。

（李玉玲／采访·整理）

· 吴素君

台北艺术大学舞蹈学院教授，青春版《牡丹亭》舞蹈设计

飘花无声
——青春版《牡丹亭》中的花神舞蹈编创

二〇〇三年中，一通来自美国的长途电话，白先勇老师在电话中邀我为花神编舞。从此，我们就经常在电话上讨论构想，每回一聊总超过一小时，当时还真为他的国际长途电话费用担心啊！这电话也把我拉进《牡丹亭》的世界，这青春梦一晃二十年，至今余韵犹长。

我本人出身舞蹈科班，曾在云门舞集及台北越界舞团担任现代舞舞者，并为许多当代跨领域舞台表演担任编导。但基于对传统戏曲的热爱，早年曾拜师于京剧名家梁秀娟先生门下学习旦角身段，亦承华文漪老师亲授昆曲《游园惊梦》，上台演出杜丽娘一角。华老师自身在台湾演出《牡丹亭》时，也委由我编排花神舞蹈，再加上我曾在台北"国家剧院"表演香港编舞家梅卓燕改编自白先勇小说《游园惊梦》的现代独舞，我与《牡丹亭》的缘分，真可谓没完没了。

剧本的理解

白老师在二〇〇三年秋季回到台湾，开始密集筹划演出制作，制作初期我就参与

了编剧组的讨论，决定花神主要将出现在《惊梦》《离魂》《回生》三大段落。

白老师曾说，昆曲无他，唯一"美"字，"青春版"集合了许多文化人的智慧，是追求美的过程与结晶。有幸能作为舞蹈编导，当然要尽其所能地创造极致之美。

在深入了解青春版《牡丹亭》的创作意图之后，我认为之所以要为众花神编舞，有几个原因：

一方面，就演出场所而言，青春版《牡丹亭》的表演设定在大型剧场的表演空间，传统昆曲的表演场所一般为中小型舞台，与观众的距离较为接近，因此演员的身段，尤其是旦行的身段一般多趋于精致内敛。而青春版《牡丹亭》是针对大型剧场编创的舞台制作，有必要在各方面根据实际情况进行适切的调整。在高耸空旷的剧院大舞台，需要有众花神的群舞来烘云托月，塑造氛围情境，传达大场面繁花纷飞的美感。

另一方面，就剧情而言，花神专掌惜玉怜香，即是花园中百花之神祇，又可托为作者汤显祖化身，从戏份上来说，众花神虽只是边配角色，但因为它们带领并见证了柳梦梅和杜丽娘在现实及梦境中所发生的一切，是推动剧情发展极其重要的角色。所以，在众花神的舞台塑造及表现上，我跟其他主创者一起花费了极大的心思。

"以歌舞演故事"是戏曲的本质特征，为戏曲编舞，与其说是用舞蹈手段来增强戏曲的舞台表现力，不如说是深入了解和发掘戏曲自身程序的特色，加以运用并将民族特征与世界趋势相结合的过程。

服装造型设计的沟通

这次的任务，我先舍弃了以往按照梅兰芳先生所创造的手持各色花束之花神形象，设定了由一位男主花神、两位男花神和十二位女花神组成的花神团队。

在与服装设计王童先生进行服装质料与样式商议后决定：

1. 利用大斗篷的张弛飘动，来衬托舞台上飘花行云的流动感。
2. 以服装斗篷上不同的花绣，来传达十二月份各色花神的身份代表。
3. 女花神采用披帛长巾代替水袖，以利舞蹈动作设计。

经王童先生敏锐而细致的服装设计及监督制作，让众花神在舞台上夺目而出来，实在功不可没。

吴素君指导《牡丹亭·惊梦》花神表演。苏州昆剧院。二〇二三年九月。

舞台布景的运用

首演的舞台及灯光设计林克华,是我长期合作的工作伙伴。舞蹈编排之初,我就要求在不影响戏剧进行的原则下,需要有舞台层次与花道的设置。舞台深处的高台及向观众席延伸的花道,可为花神的降临,展现高低、深浅不同的层次,更能制造空间能量转换的效果,并勾勒出浓淡不同的情感反应。

感谢舞台布景简约而雅致的设计,规划出花神从天而降又飞升而去的行进轨迹,让花神舞蹈的意象能更清晰地展现。

道具的选择

面对高耸宽阔的舞台空间,我选择以高大的男演员扮演主花神。更期待能有适当的道具可划破空气、带动气流、捎来神迹。

一开始着眼于柳梦梅的柳枝意象,请道具组制作长柳枝进行排练,但送来的道具长度不足,又粗糙俗气效果不佳。于是我设定了长度,请他们就长幡的意象重新设计,因此细长竿加长条丝绸飘带,三个回目的舞蹈主要道具就此定调。

《惊梦》——绿幡

代表嫩柳春萌,男女欢爱。

舞蹈的任务是要协助丽娘更衣及隐蔽桌椅出入,带出柳梦梅,引双人入梦。

《离魂》——白幡

呈现苦离丧殇,生命离逝。

舞蹈任务要让母亲及春香离场,为杜丽娘穿上红色曳地披风,当魂魄渐行渐远时,回眸顾盼人间。

《回生》——红幡

表达魂兮归来,团圆喜庆。

舞蹈任务为让柳梦梅入场更衣,显示开坟还魂之意象,展现因至情死而不亡,爱侣终于相逢之喜。

这些不同色彩的长幡切合了"梦中情""人鬼情"和"人间情"的剧本设定,帮

吴素君指导《牡丹亭·惊梦》花神舞蹈。苏州昆剧院。二〇二三年九月。

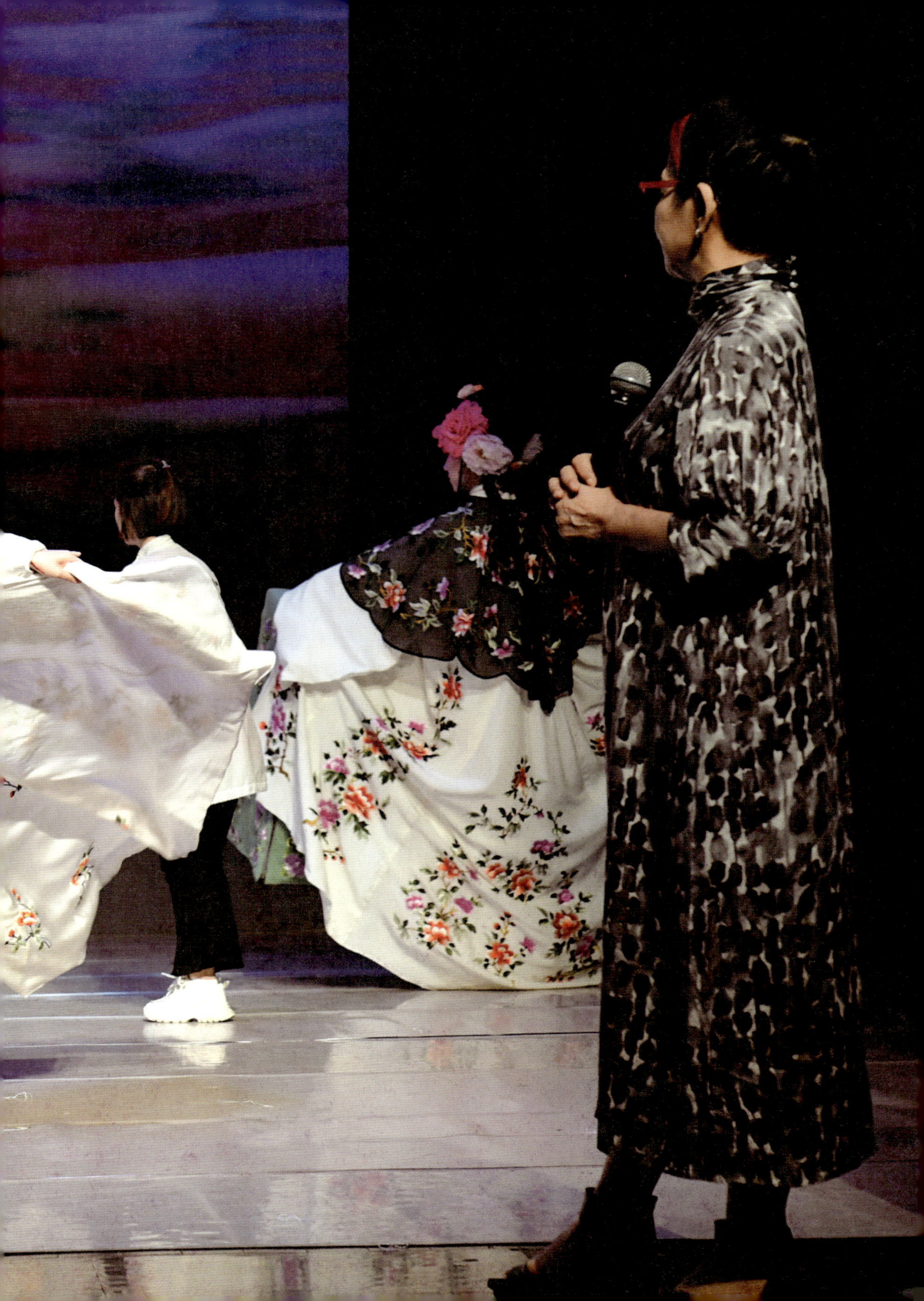

助杜丽娘完成了由生入死、由死回生的生命轮回，且为整个舞台空间制造了更多的层次，增添了炫目的线条及色彩。

三大段的花神主要段落，排练逐渐成熟后，进入全剧整排阶段。白老师综观全剧的完整性，又要求在《冥判》及《圆驾》中，亦需要有花神加以帮衬烘托。所以，众花神在全本三天的演出中，可谓上天入地、飘入飘出，游走于虚实交错的幻梦空间，为这出经典剧作的神话及浪漫氛围，作足了不露凿痕且最圆满的诠释。

舞蹈编作之风格与形式

首演前半年，我在台北及苏州间往返穿梭，因为我以全剧肢体语汇统一的原则考量，决定不采用舞蹈演员而全以戏曲演员担任花神舞蹈，我期待花神能融入剧情之中，完全不希望在戏曲中突然冒出一段现代舞来。所以只好密集地到苏州，为昆剧院的演员们进行肢体训练及舞蹈排练。为了增加演员在大型剧场的表演投射能力，我特别在基本动作练习中，加重了西方现代舞的核心肌力及芭蕾舞的延展训练，希望演员在既有的戏曲根基上，能有更扎实、修长且延伸、流动的肢体能力，不被大舞台所淹没。

为使昆曲的古典美学与现代剧场完美结合，白老师坚持"古典为体、现代为用"的创作原则。我也认为，艺术的表现，须具备对民族特征的认知能力，和对世界趋势的把握能力。经典的艺术形式须以漫长的时间来累积，以辽阔的空间来浇灌，使其更为丰厚。

我既然采用了戏曲演员扮演花神，在动作取材的切入点上，则是以"撷取戏曲程序化的精髓，还原为舞蹈表演之用"为最高原则。剧中的花神并非为舞蹈而舞蹈，而是需要把"情"的氛围流动起来。在力求优雅精致的舞作中，配合音乐与唱词，运用精力流转、节奏变化及舞台空间构图，来烘托剧情、描情写意并塑造情境。

当花神翩翩从天而降，引出满园的姹紫嫣红，俩人浓艳旖旎之时；当杜丽娘披着艳红披风黯然离魂，独拈梅枝回眸顾盼之时；当众花神簇拥眷侣成双、超越生死缠绵团圆之时；若观众们能体会众花神以舞蹈为"情"引路的作用，作为青春版《牡丹亭》创作团队的一员，也就功德圆满了。

青春的回响
——走进通识教育与全球网络的昆曲

· 华玮

香港中文大学中文系荣休教授，青春版《牡丹亭》剧本整理

一、昆曲进校园

自二〇〇四年以来，白先勇青春版《牡丹亭》在海内外年轻人中掀起一股意料之外的狂热与风潮，并且形成涟漪效应，如今海内外知名大学已纷纷开设昆曲课程。这不但证实了汤显祖超越时代的文学经典与昆曲艺术的魅力，日渐衰微的戏曲传统与中国文化，也找到更多知音。

二〇一一年，白老师应香港中文大学文学院之邀，莅校演讲，当时的校长沈祖尧希望他能替中大开设昆曲课程。他深为沈校长重视人文教育的热忱所感动，义不容辞，就为中大设计了"昆曲之美"的讲座课程，于二〇一二年春季开课。同年三月，"昆曲研究推广计划"成立，香港企业家余志明先生及夫人陈丽娥女士慷慨捐助二百万港币，支持"昆曲研究推广计划"及"昆曲之美"课程。于是香港中文大学有了"昆曲之美"，先是文学院专属课程，经申请审核通过，于二〇一四年春首次以大学通识"中华文化传承"的选修课身份亮相。

"昆曲之美"由白先勇、我及知名学者、艺术家共同讲授。我们先后邀请了岳美缇、蔡正仁、张继青、姚继焜、侯少奎、梁谷音、刘异龙、王芝泉、张静娴、计镇华、

张铭荣、华文漪、裴艳玲、邓宛霞、邢金沙等昆曲表演艺术家，以及周秦、曾永义、王安祈、郑培凯、张丽真、李林德等专家学者，围绕昆曲的历史、音乐、文学、表演、美学等主题，解说、欣赏、分析、讨论昆曲艺术。配合每年课程的教学内容，我们还邀请江苏省苏州昆剧院莅校演出，透过课堂与剧场的双重熏陶，加深青年学子对中国人文艺术精神的感知。由过去的教育经验可见，戏曲文化的丰富多彩与昆曲表演的艺术魅力，足以直接打动学生，为他们提供非正规的艺术教育，而其意义还不止于戏曲推广而已。以昆曲经典《牡丹亭·游园惊梦》为例，从文本细读到演出赏析，青年学子涵泳其中，不仅丰富了审美体验，更可滋润情感，变化气质，开阔视野，甚至解放心灵都有可能。

二、昆曲与大学通识教育

通识教育正日渐成为现代高等教育的重要组成部分。它被认为是所有大学生都应接受的广泛、非专业性、非功利性的基本知识、技能和态度的教育，旨在培养积极参与社会生活、有社会责任感、全面发展的社会人和国家公民。其根源可远溯至希腊古典时期、中世纪乃至文艺复兴时期"全人"理想的博雅教育（liberal education，或译"自由教育"）。

既然大学通识教育揭橥完整的"人"的主体性，及"通""识"理想（按："通"为"达"；"识"为"博闻，择其善者而从之"），培育心灵的昆曲艺术，在此点上的适当性与意义可谓不证自明。事实上，早在民国初年，蔡元培即已看到"美育"对培养青年的重要性，将吴梅聘请至北京大学教授戏曲，并鼓励学生在校园内成立昆曲社团等等。昆曲的综合性艺术特质，可融汇不同学科与文艺门类分野。

昆曲一般被认为是古典戏剧文学、音乐文化及戏剧表演相融合的极佳代表。就文学性而言，有许多昆曲文本出自明清文人士大夫之手，其中不乏诗文或词曲名家，可说是量多质精。其次，就古典音乐文化而言，昆曲经明代音乐大师魏良辅在传统昆山腔的基础上加以改良，于是有了"水磨调"之称，它以笛主奏，流丽悠远，反映出昆曲音乐追求雅致及厅堂演唱的特性。最能说明这一点的，莫过于昆曲一直以来存在着与舞台演出（"戏工"）并行的"清工"传统。因此即使在昆曲舞台演出没落之后，

白先勇与华玮（左一）、余志明（左三）、奚淞（左四）合影于香港文化中心。二〇一〇年三月。

昆曲依然以这种纯清唱的音乐艺术形式在曲社及爱好者中传承不绝。今存之多种昆曲曲谱可为明证。而在古典戏剧表演上，昆曲的表演本质是载歌载舞，以形写神，细致入微，对演员的"四功五法"，即"唱念作打""手眼身法步"有很严谨的规范和要求，且自成一完整体系。昆曲艺术大师俞振飞曾解释，昆曲载歌载舞的繁复身段动作呈线性的流动结构：起始是"点"，进程是"线"，动作过程中的转折与顿挫是"角"，流动的场形是"面"，进行准确和巧妙的综合，形成一个完整优美的"体"。在线性的流动中还讲究"圆"的法则。俞先生还指出很重要的一点：昆曲表演的审美效果来源于"外形结构之美"和"内涵意境之美"的结合，二者互为表里，达到"圆融浑成"的境界。

昆曲，其所蕴含的文化与文艺特质，使其天然地成为大学通识教育所应涵盖的绝佳内容，亦可充分激发来自不同专业学生的不同兴趣点。作为具有古老传统的戏曲，昆曲的历史文化底蕴及其发展演变，也可刺激学生思考传统艺术在现代社会的位置。

三、"昆曲之美"：香港中文大学的通识课程

香港中文大学的通识课程"昆曲之美"包含以下五个单元：（一）历史文化视野中的昆曲，（二）昆曲的音乐，（三）昆曲与古典文学，（四）昆曲的表演艺术，以及（五）昆曲美学与现代世界。课程的目标是希望让学生通过"昆曲之美"，学会（一）分析昆曲经典文本的意义与表演的特质；（二）反省中国文化传统与现代社会的关系；（三）结合传统的文化资源与当代的审美经验，创作新的艺术作品。

特别值得一提的是，这门课的期末功课相当自由，既允许学生写作一般学期论文，也开放他们发挥创造性，以任何方式展现他们在课程中所学所思，以及他们对昆曲的理解体会。每一年，由个人或小组呈现的作品内容丰富，形式多样，包括诗、小说、戏曲、摄影、绘画、乐曲演奏、自编舞蹈、自制短片、自创计算机游戏、桌上游戏，甚至实用的童书、泥人、灯饰、月历、漫画、环保袋等，充分展现了同学们源源不绝的创意，与推广昆曲进入年轻人生活世界的用心。学生在期末教学评鉴及调查访问中的反馈，则充分显示这门课对他们个人的教育启发意义。课程设置的"分析、反省、创作"这三层目标可算已经达成。

四、"昆曲之美"作为网络课程的发展

"昆曲之美"大获成功后,香港中文大学在二〇一四年决定将它列入首波参与Coursera国际网络平台的"慕课"。因此我们将过去三年的"昆曲之美"课程录像,加以剪辑制作、配上字幕、剪选配合课程的折子戏演出片段,再搭配相关网络设计,成为开放式的、可以供世界各地有学习动机的人士自主学习的网络课程。"昆曲进校园"遂发展成为"昆曲网络校园"。

中文版网络课程的总体设计以校园课程的框架为依归。剪辑的首要重点是对课堂录像进行系统合理的分段切剪,每节影片遵从Coursera的建议维持在十分钟左右。除分节剪辑外,我们也尽量配合讲课内容,寻求合适的文本资料、图像、剧照、昆曲音乐与演出影片,以提高视听观赏度、丰富观者的昆曲知识与体验。字幕也是制作加工的重头戏。考虑到昆曲曲目、戏文内容、表演术语与相关知识的专业性,准确清晰的字幕必不可少。另外,在每一节课完成之后,我们也设计了若干选择题,以供学习者自我检测。在课程的讨论区中,我们发现同学自发提问、讨论、分享学习资源,更组织共同学习小组,定期交换学习心得,积极参与的热忱令人倍感欣慰。

由于中文版课程极受选修者肯定,二〇一五年我们开始制作英文版课程,希望将昆曲进一步介绍给海外有心认识昆曲,但苦于语言隔阂的人士。二〇一六年四月,英文版(*The Beauty of Kunqu Opera*)正式上线。英文版的制作重点在于字幕翻译,我们有幸请到了青春版《牡丹亭》的英文翻译者李林德教授专责其事。身为民族音乐学家,她还特别用英语录制了关于昆曲音乐的专讲影片,并针对不同的昆曲行当与折子戏,录制了补充介绍以助外国观者理解。

昆曲网络课程的优越性在于它不受限于时间、地点或修读者的教育背景、选修名额,因此具有受众多且遍布全球的特点。以"昆曲之美"英文版慕课(MOOC)为例,从二〇一六年三月至今,已累积了来自亚洲、北美洲、欧洲、南美洲、大洋洲和非洲一共超过一百个国家的学员,其中有超过四成是全职工作者。

五、经验总结与反思

回顾青春版《牡丹亭》从二〇〇四年在台北首演至今二十年,影响方方面面,并不局限于剧坛或艺术界。昆曲成功走进香港中文大学校园成为通识课,再经由"昆曲之美"中英文版慕课,跨出香港、走向国际、走进全球,而且出版"香港中文大学昆曲研究推广计划丛书"论史谈艺,这恰是青春版《牡丹亭》文化影响的又一具体明证。

白先勇在"香港中文大学昆曲研究推广计划丛书"的总序中写道:"这些年我致力于推广昆曲、振兴昆曲,其中重要目标之一是'昆曲进校园'。"这包括"在大学里开设昆曲课程,建立昆曲中心"。他认为如此才可以"长期不断地培养大学生观众,以及一些热心于研究推广昆曲的种子"。他的理念在其坚持不懈的努力下,在香港中文大学实现了。过去十年的推广经验让我清楚看到,只要提供合适机会,越来越多年轻人也能成为传统戏曲的知音。昆曲进校园改变了青年学子"戏曲是老一辈的爱好"的偏见,让这门古老而丰富的艺术不再游离于现代教育体制之外。网络教学平台则可进一步延伸影响力,"昆曲之美"慕课得到各国学习者的好评,充分显示昆曲艺术在现代世界的可能位置。

从"昆曲之美"学生的热烈回响来看,昆曲作为大学通识课具有深刻的教育启发意义。因为从这样的通识课中,青年学子所学到的不是占人生一部分的"工作"所必需的技能,而是可以持续一生的爱好与审美,能够丰富生命的情感教育。有个学生在期末调查中写道:"我来自基层家庭,看重金钱,觉得追求温饱,是人生最重要目标。上了昆曲课,听了多位老师如何身体力行,追求形而上的美,不是俗世强调的物质,无用之用,却令这世界有了颜色。"

汤显祖在《牡丹亭·题词》中,曾语重心长地表示:"梦中之情,何必非真!"文学与艺术有时看似离现实很远,却反而是生命中最真实的表达与寄托。白老师与我作为教育者,我们都希望把有意义、有价值,能够促进学生情感教育、全人教育的东西给大家分享,成为大学内教育的选择,同时拾回在快步调的、分工化的现代社会中,一种让人慢下来、沉淀下来的文化传统。借由昆曲通识及网络课程,我们期望海内外学子得以领略古典戏曲之美,从而对传统中国文化的精粹感到由衷的钦佩,或者骄傲。

走过青春版《牡丹亭》的几个起点

·张淑香

台湾大学中文系荣休教授，青春版《牡丹亭》剧本整理

真的，我们在开始的时候，从来没想过青春版《牡丹亭》会在昆曲历史上创下如此前所未见的惊人纪录，震动世人耳目。当时大家只是投心倾力单纯要把这戏做好，埋首千端万绪，无暇想及后果如何，而一切就这样不可思议地发生了。从二○○四年自台北首演出发，这出戏到现在已演过四百多场了。不但在大陆演遍各大城市与众多大学，甚至远征美国欧洲，凡是看过的观众，莫不狂热着迷，又惊又喜，如痴如醉，人人争说《牡丹亭》。还夸张到说从此人分两种，一种是看过青春版《牡丹亭》的，另一种是没看过的。谁会想到，仿如平地一声雷响，漫天烟火，随着"牡丹还魂"，竟把沉睡已久的古典文化艺术之美的精魂也唤醒回来了。人心所向，这是千千万万人共同创造的文化奇迹。

*

常言做戏的是疯子，看戏的是傻子。其实无论做戏或看戏，都须是既疯且傻，再加上一个痴字，才能得其三昧。我们之中，说到疯痴傻，自是要算白先勇第一人了。这一点，特别让我戚戚有感。记得二○○○年下半年我在纽约哥伦比亚大学访问时，有一天打电话给白先勇，电话中传来的竟是一个气若游丝说不出话的声音，把我吓了一跳，以为打错了号码。原来他刚动过心脏的手术，尚未康复。大约过了一个多星期，

上：白先勇与张淑香、俞玖林合影于百场演出庆功宴。北京北展中心。二〇〇七年五月。
下：张淑香即兴票戏一段。台北阳明山。二〇〇九年七月。

我们再通电话，这次他可以发声了。除了说到幸好他自己警觉救回自己一命，去看医生时，发现原来心血管已堵塞98%，当下就必须马上住院进行手术，在毫无准备之下，连家也不能回了。我听起来真是惊险万分，但他竟然说上天留他下来，大概是为了振兴昆曲的未了之业。他的这个想法令我心里为之一动，想不到他危急生死之感余悸尚在，一心悬念的居然是昆曲，他的临危发愿俨若认定这是他天启的使命，好像从此要将他的余生奉献给昆曲大业了。过了不久，我又收到他寄来一卡片，写得满满密密，通篇是昆曲迷的梦话。不但再度提起推动昆曲的未竟之业，未了之缘，而且这时就已经兴奋地在期待欣赏年底将在台北演出的昆曲大会串将会多过瘾了，而事实却是他身体尚未复原，还在担心到时候医生是否许可，所以这不是梦话是什么呢？他这个样子，又让我想到在前一年他寄给我的一封长达八页的信，从第三页开始到结束都满满是"哈昆族"的话，既为昆曲的失传担忧，又为昆曲在台湾的开花欣喜，是那么热切要为昆曲请命，他对昆曲情深如此，真是稀奇。记得当时我读了他病后的那封来信心里就想，这回真的是昆曲让白先勇活回来了，他病里回生，是不是会像杜丽娘还魂一样，登高一呼，向世人证验他昆曲之爱的宏愿呢？

*

好个出身将门的白先勇，人如其名，又是狮子座的，不仅敢做大梦，做美梦，还会为世人造梦，使梦境成真。他常开玩笑自嘲好大喜功，不过我看这特点正是他能成就很多美事大事的活力、动力与魄力。于是在二〇〇二年，他的昆曲大业就在两岸正式开始启动了。在苏州那边，已安排了让演员接受一年体能与表演技艺的魔鬼训练。在台北这边则开始剧本的研讨整编。我记得二〇〇三年我们在进行每周剧本讨论的时候，SARS爆发了。那时候，疫情规模虽然不像Covid-19一般笼罩全球，但多少年来台湾首次遭遇瘟疫来袭，发生封院、死亡事件，人心扰乱惴恐，惶惶不安。我记得每次硬着头皮坐上出租车去樊曼侬老师的新象开会，我都很担心害怕染疫，但到了现场，面对如何从《牡丹亭》五十五出的织锦，裁剪出一袭华丽又时尚的合身奇服的挑战，大家各抒己见，聚论纷纷，好不兴奋闹热，不知不觉，就完全忘却什么是SARS了，《牡丹亭》的魅力还是战胜了疫情的威力。剧本是一个戏的起点，戏剧的情节结构又是成败的关键。剧本的创作从无生有自然难度最高，而《牡丹亭》是古典戏剧的艺术奇葩，必须将其五十五出的情节浓缩为可以演出的上中下三本系列场次，这是一种不同的高难度。如果枝干花叶取舍衡量不当，破坏了原著的精神、意境与艺术性，势将失败。所幸我们争相喧哗的结果，吵出了"梦中情""人鬼情""人间情"三段充满情趣又情节发展井然统贯的有机结构，奠定了全剧坚实的基础。至此大家颇觉满意，才松了一口气，相信汤显祖知道他的案头曲本竟能如此瘦身变为舞台上的连场大戏，也会喜不自胜的。常听人说好的剧本是成功的一半，从剧本出发，首开得利，站在这个青春版《牡丹亭》的起点，我们开始充满了期待。果然，在青春版《牡丹亭》台北首演之后，有一次在学校碰到曾永义教授，他对我说，你们的剧本剪裁得太好了。下次碰到他，他似乎忘记了已经告诉过我，同样的话又对我说了一遍，他对我们的剧本印象竟如此深刻。看戏的有各行各色，有的看热闹，有的看门道。在舞台视觉上隐形的剧本，不易意识到，尤其需要诉诸懂门道者的品鉴。

*

我想在历史上，应该没有一个昆曲的戏能像青春版《牡丹亭》二十年续演四百多场次了，但也没有像这个戏背后充满那么多曲折阻难离奇的故事了。不过无论什么难题困阻，都抵挡不住使命必达的白先勇先前在病中与老天爷之间的默契。二〇〇四年四月，青春版《牡丹亭》终于在紧要关头排除万难，要在台北首演了。提起那次首演，真是惊险万分，台北这边已诸事准备就绪，"汤显祖与《牡丹亭》"国际会议也开始要进行了。但距离演出还没几天，千盼万盼，却没有剧团到来的消息。这种火烧眉毛的状况，简直让人吓破胆。听说白先勇和樊老师已经要冲去机场亲自飞去交涉事情了。结果弄清楚这是卡在大陆文化部放行那一关，几经周折斡旋，才终于使苏州昆剧团成行。只是经过这番磨蹭，时间紧急，忙成一团，不免或有一些临时状况的发生。譬如在察视舞美搭台时，发现《拾画·叫画》那一折需要用来挂画的树枝，苏昆院带来的竟然是一金属制品，这只是一个细节，在审美上却是致命伤，足以完全摧毁这一弥满浪漫诗意与情趣的灵魂折子。当时简直把在场的我们几个人急坏了，幸好负责舞台的王童导演临时做了危机处理。原来他当时为了让自己冷静下来想办法，跑出场外去抽烟，不意从"国家剧院"看到对面爱国东路几间婚纱店的不知什么东西，竟使他顿生灵感，才有了舞台上完全融和花园情景氛围的设计。第一次世界首演，台前台后各方面不免有类此意外的发生，但制作人白先勇与舞台总监王童在艺术上目光如炬，一丝不苟，全力以赴，千头万绪都能综摄一归于美学的原则，结果呈现出来的总是使人惊喜惊艳。其实背后不知有多少事故，花了多少心力劳瘁，哪像如人所言剥了一层皮而已。至此我这个来自学院只在纸上玩耍的书呆，才真正体会到做一出戏是多可喜又多可怖的事，不疯不傻不痴，肯定是做不出好戏来的。

　　一出戏的成败，终归必须到了台上的演出才能说准，首演对我来说，印象简直是如火的烙印，像所有观众一样，这是我与青春版《牡丹亭》的第一次谋面。本来在筹备这个戏的期间，制作组的主要成员都曾出动到苏州去考察。只有我没有随行。而到了台北首演，由于我参加"汤显祖与《牡丹亭》"国际会议，不曾去看彩排。所以戏开演之前，心情都悬荡着一种紧张，那种紧张似乎要一戳就破的饱胀着，真是不安。幸而一开场，看了两三折之后，我心里就安定下来了。看完三场之后，虽然知道世界上没有一个戏是绝对完美的，但我确信自己所看到的，见始知终，首演即已如此超绝凡响，再厉再磨，青春版《牡丹亭》无疑将会是昆曲永远的传奇了，它更新了过去昆曲与所有传统戏剧的视听，不啻是现代古典戏剧的里程碑。青春的演员，使全本的《牡丹亭》复活了。男女主角的绝配，沈丰英古典美的少女娇颜，熠熠耀艳，欣见她初挑大梁，充满诗意的《游园》《寻梦》演来已得张继青真传。俞玖林气宇不凡，俊逸潇洒，难得集英气、书卷气、痴气、憨气于一身，在《拾画·叫画》一折，只见他在台上歌舞翩飞，如风之流，身段优美，气韵生动，神采清扬，可惊可喜又可爱，直叫人看傻看呆了，全得乃师汪世瑜绝活。翁国生编排的《冥判》《魂游》，以简约的动线与流畅的空间调度突显众鬼活灵活现律动的姿势情态，境象优美，颠覆了阴司地狱与鬼魂的阴森想象，契应汤显祖情至无所不竟其极的信念，更是寓目动心情趣满溢的焦点戏码。其他角色的搭配，如被誉为宇宙第一的春香、充满谐喜的李全与杨婆、杜父杜母、石道姑、陈最良，人人有戏，无不称贴。而且连过场戏都处理得别致而趣味盎然，使人印象深刻。但最最独突惊绝的，要是王童、曾咏霓的戏服设计了，这些戏服在设计上每件色彩与绣样都讲求配合人物与情境，充满巧思，整体色泽绮丽淡净又高雅，焕发清新脱俗的奇彩，美得叫人惊愕，真是前所未见，出于传统又超越传统，真正塑造提升了整出戏的风格表现与艺术意境，为戏定调，诚是传统戏服的新典范。难怪随后在戏服界造成观念与形式有形无形莫大的影响，只要看青春版《牡丹亭》演出后，众多剧团、电视剧与电影的传统戏服的改良，前后相较，就一目了然了。而如此精雅典丽的戏服，在舞美上又融入董阳孜的书法艺术与奚淞的绘画元素，以为人物与情境的示意形塑，风格情致清雅，流漾着诗情画意。这样注入丰沛艺术精神的戏，面面俱到，通体无处不美，体现了高远深阔的艺术境界与文化内蕴，四百多年前的《牡丹亭》回到现代，恢复青春了，怎不叫人看了喜极而叹息，礼颂青春的魅力。原来看到真正的好戏，竟会如此狂喜幸福。但好戏可遇不可求，同一出戏，每场都不一样。我在台北看新版《玉簪记》，在南京看新版《白罗衫》，这三场戏都让我深夜昆话恋恋难眠，终生难忘。看了青春版《牡丹亭》在台北的首演，我知道，这个青春的传奇要走向各方，风靡千千万万的人了。

*

　　制作戏剧，须先有了制作的人，才会有戏的产生。所以另一个重要的起点是我们这些制作组同伴的聚集。参与讨论剧本时除了白先勇，有樊曼侬、华玮、辛意云，不久加入了王童和曾咏霓；之后舞美也进来了，董阳孜与奚淞的书画，吴素君负责舞蹈设计，林克华与王孟超、黄祖延是先后的舞台设计与灯光。幕后还有另一位灵魂人物郑幸燕，她是少见的精明能干，机灵智巧，似有三头六臂。她的工作特别重要，既是白先勇的秘书，又是制作组的总务。而每逢青春版《牡丹亭》在大陆的重大表演，都是她随白先勇出征飞来飞去，到处推广宣传，奔走协助总理四方八面的大小事情，处理各种临时危机。白先勇常说他和幸燕是"光杆司令带个小兵"去为昆曲冲锋陷阵，司令无兵难成事，可见这个小兵的角色多么要紧，我看他们两人真是将勇兵强的绝配。总之制作组的这些人各有专长，都是白先勇熟知的人，大多是拔刀相助，与他一起做昆曲义工，却并非彼此全都认识。尤其是我，长年生活在学院，少与外界接触，多位都是久闻其名而不相识的，但结果共事下来却无比和谐愉快，并与几位成为相见恨晚的至交好友。这是由于大家的美学眼光接近，心思单纯，只为艺术而艺术，在审美感性与认知判断上乃容易产生共鸣。其实此又不得不归功于白先勇真有得人之能与知人之明，他把每个人摆放在切合其专长的位置，各适其适，各尽所能，而由于彼此都是追求完美，不惜全力以赴，会为艺术着魔拼命的同类人。所以即使各司其事，各有主见，但事事群商共议，乃容易磨合，达成共识，特有团队精神。且领队主事的白先勇，本身为小说家，又是将军之后，所以不但艺术感性锐敏，更特善于运筹帷幄，眼光独到，部署切当，判断精准，所见所谋，无事不谐不达，他对文化与艺术的真诚与热情，更是凝聚众志成事的魅力。这种种人和的因素，形成坚实的制作团队，大家的同心同梦，终于实现了《牡丹亭》这场青春梦的成功，而且这个梦越做越长，又后续完成了新版《玉簪记》与新版《白罗衫》等戏。这些年来，白先勇制作的昆曲几乎变成一个时尚的文化品牌。从青春版《牡丹亭》开始，他到处奔波宣传，逆转了昆曲在大陆无人问津的颓势，深耕校园，在学院掀起昆曲的热浪，使无数的年轻人，纷纷涌入剧院看昆剧，带动社会风潮，甚至领军推广到欧美的表演。不但在两岸三地的大学设立昆曲课程，更扶植了足以公开表演的大学生版《牡丹亭》。另一方面，又顾虑昆曲传承的重要，大力资助鼓励苏昆"小兰花班"年轻演员向老演员学戏，成果斐然，要使昆曲不失传。白先勇以一昆曲义工自居，他之能成就如此恢宏惊人的昆曲大业，少不了外界人力财力的资助捐献。人助天助，他常说每当他走到水穷处，说来奇怪，此时总是有人突然出现解他之困，没有这些有力者的支持付出，与他同行，他也无从出力，他认为这都是因为大家对文化怀有一种共同的价值与理想，才会走在一起。我认为这也是人们对他人格与理想的信任与敬重产生的共鸣，愿意与他一起为昆曲创造前所未见的文化传奇。如此如此，有如杜丽娘死而复活，白先勇果然也使濒临消失的昆曲回生，完成了如此奇迹般的昆曲大业，终于圆了当年发下奉献余生推展振兴昆曲的宏愿，我们大家与千千万万人也都随着他做了一个昆曲最美的好梦。

*

而我，从第一个起点走来，感觉当初在电话中听到的那个气若游丝喑哑的声音，突然变成剧院里谢幕掌声哗然的轰响。抬头一看，原来是白先勇现身舞台，满脸笑容，接受观众的喝彩。

赏心乐事谁家院
——白老师的绝美游园

· 王孟超

台北表演艺术中心前执行长，青春版《牡丹亭》舞台设计

我和白老师结缘甚早。

一九八二年刚结束预官服役后，找到第一个工作是许博允先生创办的新象活动推展中心，在国际事务组，负责写信探询二三年后国际表演艺术作品来台演出的意愿。国际事务组的办公室直接和许先生一起，是个封闭的小房间。当时国际联络最实时的，只能靠隔壁公司分租的TELEX（简讯打字传真机），写完信，只能没事枯坐。小房间空气不好，不时打瞌睡，许先生看在眼里，觉得此人不来劲，就想把我FIRE（解雇）掉，但是新象女多男寡，好不容易来个可以使唤出力的男生，公司同仁全体一致反对。刚好新象要和白先勇老师制作一出大戏，是改编自《台北人》短篇小说集中的《游园惊梦》，剧中集合当时海内外影视名角，卢燕、胡锦、归亚蕾、刘德凯，及曹健、钱璐夫妇等人，另外也对外试演招募几位新人，其中一位就是演副官，如今是鼎鼎大名的天文学家、前自然科学博物馆馆长孙维新。新象为此跨部门成立项目小组，由樊曼侬、白老师担任制作人，我在大学话剧社的同学李慧娜，领头担任执行制作，许先生正好把我丢在这小组担任总务，负责打杂、追着大明星们发车马费。深夜带着一桶浆糊、海报，骑着机车，把忠孝东路两边柱子贴满（第二天就等着接罚单，当时根本没有太多合法可张贴的城市规划）。

这出戏后台制作更是集结当时剧场一时精英，聂光炎老师精致且深含韵味的舞台，由国内唯一剧场技术团队，林克华、詹惠登带领的云门实验剧场负责，也开启我踏入剧场幕后的契机。后来辞掉工作，全心投入云门实验剧场的训练班。

在制作过程，白老师对任何人都是十足热情，不会因为我只是一个初入社会的小毛头就不太理会，他对剧场演出的热情是全面且真心，那时就领教到白老师如何用无比的毅力坚持，温柔地推动所有团队完成这出在台湾表演艺术史，堪称里程碑的演出。几十年后，新象重制《游园惊梦》，聂老师已经完全淡出舞台，因此我居然可以狗尾续貂担任舞台设计，人生奇妙如此，又完成一个圆。

二〇〇四年，白老师率领苏州昆剧团两岸合作的青春版《牡丹亭》来台世界首演，造成前所未有的轰动，我有幸也观看首演，被昆曲之美震慑不已。服装、舞美等，让现代剧场空间及回归传统精致美学，两者结合几近完美。一年后，突然接到白老师的邀约，第一版已近至美的舞台，他仍然未觉满足，想要力求精进，三天数十折的场景，再三讨论检视，为此我也特地顺道拜访苏州。除了造访苏州昆剧院，也踏访苏州遍地名园，很多都曾在纸上浏览过，实地造访更领略到方寸园中，妙法自然。导演汪世瑜见到我，只说一句提醒："不要太写实。"

名园中，最一致的景观，是白墙及无尽变化的花窗，这也是第一版左右舞台两边高耸白墙花窗的设计由来。

来回讨论中，我大胆地提出取消写实的白墙，而将现代剧场黑色的沿幕、翼幕换成全新定做的灰色布幕，如此即保留中国园林或是瓷器天青色谱，也兼用现代剧场空间运用。

昆曲往往一景，偌大舞台仅一二人表演，古时借园林中的楼台亭阁作为演出空间，十分合理，但是放在现代大型镜框舞台，以写实布景处理，固然可以解决空间场景。但是原来一步一山水的想象空间，韵味就丧失殆尽。第一版设计一些大型屏风摆设，固然写意不少，但物件上下，仍然笨重，不够流畅。我采用古画花草，和董阳孜老师的书法，用布幕呈现，场上以屏风概念去隔出厅堂、闺房等空间，借由现代剧场的悬吊系统升降，使众多场景变化更为顺畅。

《拾画》一场原来也是一写实的屏风作为挂画，及女魂躲在屏风之用，我改以用藤编的吊景，即可写意表达屏风，且女主角躲藏，更容易被观众观看。

大量的投影取代传统绘景幕，除了保留第一版精美可用的画面外，另外也大量截

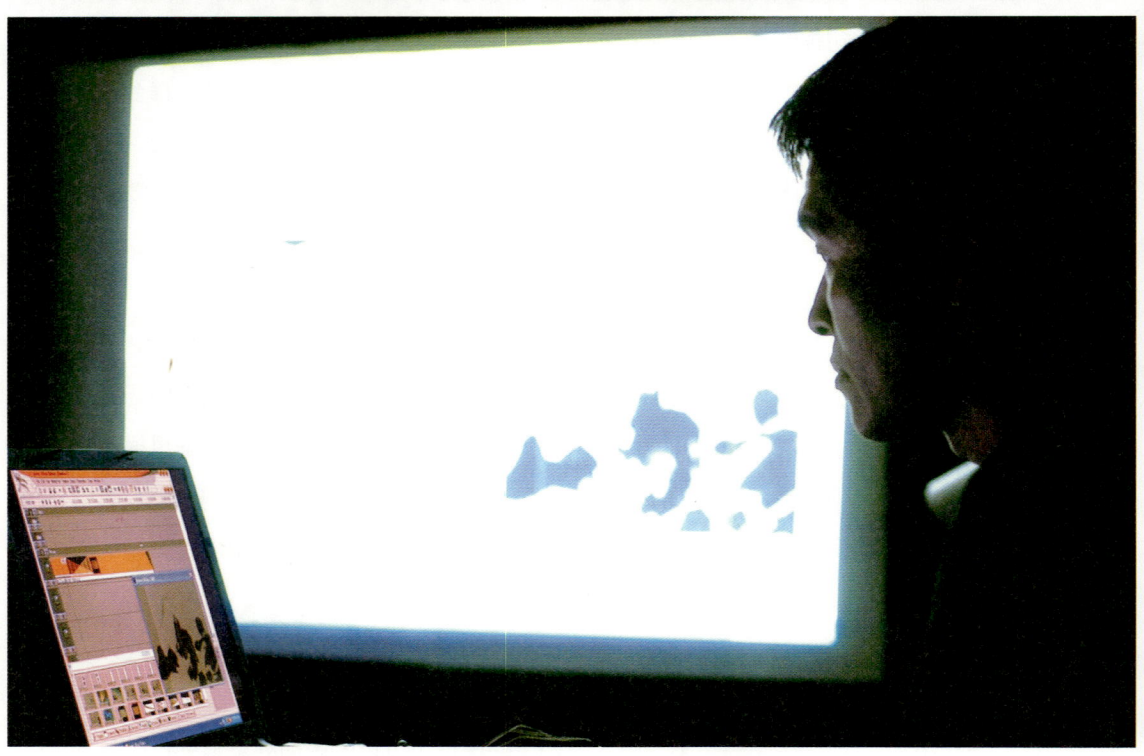

上：白先勇与王孟超（戴帽者）讨论舞台设计。北京。二〇一一年十二月。
下：王孟超调整舞台背景画面。台北。二〇〇五年十月。

取古代水墨精华处，重新构图，以近乎极简的墨色斑纹，去呈现或山或水，或战乱，或庭园。

《游园》一场，如何表达杜丽娘首次踏入后花园，满园春景，眼睛为之一亮的情境，我们也舍去假山假水的布景布置，王童老师找到一个抽象的红绿图面，透过计算机制作出两个不同彩度画面，投影配合音乐、动作，刹那间转换，观众反而可以更感受到入园惊喜之感。

三天数十幕的场景，就在和白老师集众人讨论之下，一幕幕修正，定版，最后是序幕有董老师的"牡丹亭·汤显祖"的书法，我找汝窑冰裂纹的放大画面衬底，定调整出青春版《牡丹亭》，成为白老师所追求的极雅绝美的境界。

转眼二十年，青春版《牡丹亭》两岸三地，美国、英国、希腊各地巡演不止数回，造成轰动影响，堪称一出戏救昆曲。昆曲王子张军也曾提及初次目睹青春版《牡丹亭》的现场演出，也为之震撼不已，他那时才理解昆曲之雅是如此境界。

我在剧场职涯中已超过四十年，居间有幸能和不世出的艺术大师如林怀民老师、白老师，不断砥砺互动出一些好作品，如此福分，世上能有几人？我何其幸可以赏心乐事于白老师的家院，窥其堂奥。

二十年青春梦
——见证海峡两岸剧场的变迁与发展

· 黄祖延

中国文化大学戏剧系兼任教授，青春版《牡丹亭》灯光设计

    由作家白先勇集结海峡两岸艺术界共同打造的昆曲大戏——青春版《牡丹亭》，二〇〇四年四月二十九日在台北"国家戏剧院"首演。抱着观摩的心情欣赏这出受到各界瞩目的新制作。那时的我只是全场一千五百位观众之一，没想到戏看完了，我和"青春版"的缘分才要开始，隔年加入团队担任灯光设计，一做就是十九个年头，不止参与这出戏从青春到盛年，也见证海峡两岸剧场的变迁与发展。

    这个制作的庞大在于：幕前是大陆昆曲名家汪世瑜、张继青一手调教的苏州昆剧院"小兰花班"青年演员，幕后则是台湾的制作团队，因为白先勇老师的号召，不止集结剧场著名设计者，还有电影界（导演王童担任美术总监暨服装设计）、学界（华玮、辛意云、张淑香参与剧本修编）、书画界（董阳孜题字、奚淞绘画）各领域大咖一同加入。"众星云集"的阵容不逊于台前的明星。然而，如果没有一个有决断力的领航者，很容易沦为各说各话的纷杂局面。

    因为有"白元帅"（白先勇）坐镇，"青春版"不曾出现这样的问题。过去参与过的剧场制作，设计者对应窗口通常只有导演，"青春版"则是团队的行动，集体创作，所有想法摊在会议上讨论，白老师只提出原则性大方向，遇到意见难以统合时才做裁断，不会"会而不议，议而不决"，运作起来很有效率。

虽然是中途加入制作团队，对我而言，第二版就是从零开始的全新创作，不过，还是得感谢首演版的实验与碰撞，让后继者不必再重复同样的问题。光影，是很虚幻的存在，灯光的变化通常不会直接刺激到观众，设计的考量都是围绕着剧本走，包括：一，场景：户外或室内、白天或黑夜、春夏或秋冬……二，戏剧的情绪：欢乐、缠绵、悲伤、孤独……借由灯光导引观众进入剧中人的情绪，同悲同喜。

灯光设计不能只考虑自己的想法，必须因应布景的形式、颜色、舞台陈设、投影、服装、演员走位各个面相，同步思考，通盘考量。传统戏曲的演出，灯光通亮，台上一举一动一览无遗，演员永远站在中间的C位，就是看戏、听戏。随着现代剧场的发展，戏曲开始导入新的表现手法，借由灯光明暗将舞台收紧成不同的小区，创造出更多的表演空间及C位，戏的流动更加丰富而有变化。

灯光语汇必须因应剧种或是剧团特色做调整。我做过一些新编戏曲，演员一个亮相、音乐一个重拍、武戏一打……灯光都要跟着变化，以"重口味"声光营造舞台效果。昆曲是很优雅的，灯光如果变化得太快，对戏是一种干扰，必须知所节制。

二〇〇五年参与"青春版"时，海峡两岸剧场灯光系统以传统灯为主，计算机灯刚开始应用，还不普及。传统灯是模仿太阳光的卤素灯泡，以色纸来调色，色温温暖偏黄，缺点是必须经过精密的设计，灯具上了吊杆很难修改；计算机灯的光源则是高亮度金属卤化物灯泡，以色盘混光，灯光颜色偏白，较为亮丽。科技的日新月异，计算机灯可迅速转换图案、颜色，以及调光、聚焦、光斑水平、垂直移动的机械操作，工作起来更方便。构思"青春版"时，曾想过是否采用计算机灯，后来考量到成本，以及昆曲更适合色温温暖的传统灯，最后作罢。观众可能很难想象：传统灯要制造满台树影效果，就需要四或六个灯具，台前演得精彩，舞台上方也热闹滚滚，悬吊系统不只吊布景，还有上百具的灯，双方人马不时上演枪杆大战。

灯光设计不是做完设计就完事，每次演出要因应剧场条件、灯光厂牌的不同做调整，"青春版"分为上、中、下三本，每演一轮就是三出戏的工作量，第一天的戏落幕了，得上紧发条做第二天的灯光，经常是大白天进场工作，忙到凌晨才走出剧院。

二〇〇五年十二月，重制版的青春版《牡丹亭》回到首演地台北"国家剧院"发表，接着展开两岸三地及欧亚美洲的长征之旅。五十场、一百场、二百场、三百场、四百场……不断累积的演出场次，标示着我和"青春版"走南闯北的印记。记不清参与了多少场"青春版"的灯光工作，中国大陆、中国香港、中国台湾，新加坡、美国、英国、希腊……不同的城市、不同的剧场、不同的工作伙伴，数十年设计生涯很难碰上同一出戏做了近二十年，以至于灯具的位置、颜色及画面都深深烙印在脑海中，那是由灯光谱写出的《牡丹亭》。

"青春版"受到白老师百般呵护，演到哪盯到哪，深怕一个不注意就走了样。尤其，这出戏发表的头十年演出非常密集，一年我总要出门十多趟，当制作团队其他成员无法随团时，不止要管灯光、服装、布景、音响……舞台大小事有了状况，都要应变处理。早年，大陆老一辈剧场工作者对于现代剧场没有太多认识，"灯光放上去就好了，还需要调整？"因为不理解，配合度不高，但吵架解决不了问题，需要耐心沟通，除非真的动不了，才会把白老师搬出来当令箭。为了拉近昆曲与年轻人的距离，"青春版"走进两岸校园，大学礼堂设备不足，要想办法在有限的条件下做出剧场级的灯光效果，记得在安徽合肥大学演出时，吊杆不够，临时以竹竿绑绳子吊灯具。我为苏昆"小兰花班"设计灯光的第二出戏《玉簪记》在大陆巡演时，装台才发现部分景片黏在一起，十万火急重做，幸好没耽误到演出。

"青春版"一演近二十年，见证了两岸，特别是大陆剧场的变迁与发展。大陆不止一线城市，二、三线城市新的剧场如雨后春笋建成，接受现代剧场训练的年轻新血接棒加入，二十年来有了长足的进步。二〇〇〇年以后舞台灯光系统也缓慢起了变化，计算机灯、LED灯已成主流趋势，两岸剧场不论是人才或环境都已经世代交替，"青春版"的灯光设计也必须与时俱进，加入新的思考及工作模式。

作为"青春版"一分子，最让我感动的是：白老师锲而不舍的毅力，这个庞大的制作才能走下去，而且一走就是二十个年头。复兴昆曲的口号喊得再响，没有坚强的意志力与执行力，一切都是空谈。外界看来，以白老师在文学界的地位应该可以轻松成事，事实不然，第一笔赞助金容易谈，数百场巡演每出一趟门就是"食指浩繁"的花费，都得从零开始，白老师举着大旗从六十多岁领军到八十多岁，永远精神奕奕，从不喊累，身为后辈的我们怎么能不提醒自己："要跟上白老师的脚步，不能鬼混。"

Covid-19三年疫情难得停下忙碌的脚步，不免怀念起青春版《牡丹亭》在各地巡演的点点滴滴，有时因工作时间撞期而烦恼；有时因倦怠而心烦；有时因为工作理念不同发生争执；有时完成不可能的任务而自嗨；有时拖着疲惫身体走出剧场，一顿可口的消夜疲劳顿消，二十年的情感交织着酸甜苦辣各种滋味，最终化为满足

上：黄祖延在《牡丹亭·游园》舞台现场调整灯控。深圳。二〇〇六年一月。
下：黄祖延（右）、王耀崇讨论舞台灯光。英国伦敦。二〇〇八年六月。

与开心。

心里明白：以后或许不会再有这种机会；但也庆幸：至少曾经青春。二〇二四年，青春版《牡丹亭》即将迎来双十年华，期许：这场青春美梦还会继续下去。

（李玉玲／采访·整理）

白先勇与昆曲复兴的影像见证

·许培鸿

摄影师，青春版《牡丹亭》影像创作

二〇〇四年四月二十九日青春版《牡丹亭》在台北"国家戏剧院"首演，制作人白先勇老师对剧照的呈现非常重视，一张海报在演出前带给观众第一印象很重要，两岸的媒体已陆续报道宣传中，剧照的进行必须尽快完成。二月七日出发苏州，此行剧照拍摄时间非常有限，距离演出已不到三个月，作业上不容许有任何差错，一个不能失败的任务。抵达苏州第一个面对的问题是拍摄场地选定，摄影棚、昆剧院，还是外景，最后选择了困难度较高的外景作业。外景有许多迷人之处，也有复杂的因素挑战，如气候变化、人群的干扰、光线的掌握处理等，尤其冬季的日照时间短气温低，这些因素都会影响拍摄的成果，尤其低温环境容易影响被拍者的状态，拍摄过程中一个误判都可能造成团队做白工。基于主题与背景的考虑评估，《牡丹亭》以苏州园林来作为背景元素最贴切不过，第二天前往一些知名园林勘景，最后选择了艺圃，艺圃对外地游客来说陌生了些，好处是游客少没有人群干扰。拍摄前一天苏州下了整夜的大雨，让大家心情很忐忑，尤其我压力最大，不得不在半夜里准备第二个应对拍摄方案，没想到老天爷给了大礼物，一早醒来虽然低温却是艳阳天，阳光让园林充满了春色，二月的苏州未必下雪但寒气逼人，只能用一个"冻"字来形容。为了画面雅致动人，在拍照时演员只穿着单薄的戏服，不能让演员受风寒为前提，拍摄节奏上得快中求稳，掌握住人物的"情与美"是《牡丹亭》的灵魂。饰演柳梦梅的俞玖林、杜丽娘的沈丰英、丫鬟的沈国芳，三位演员不畏风寒在低温气候中完成拍摄，青春版《牡丹亭》第一张剧照在艺圃诞生，这一刻也与昆曲结了缘。从事音乐、舞蹈、人文、戏曲等人物系列拍摄，昆曲属于我后期的创作，青春版《牡丹亭》一拍就是二十年，累积昆曲系列将近二十万张影像，投入时间与作品数量几乎超越之前的一切。从二〇〇四至二〇二四年期间，纪录的不仅是一出戏，演员的传承，戏的传承，观众的传承，一个剧种文化的生命，一部昆曲史，而白先勇老师正写着历史。

二〇〇四年三月上旬，创作组与白先勇老师专程从台北前往苏州，等待验收一年多来演员们魔鬼式训练成果，总导演汪世瑜，导演组有张继青、马佩玲、翁国生，美术总监王童，服装设计曾咏霓，花神编舞吴素君，书法艺术董阳孜，剧本成员有华玮、张淑香、辛意云，舞美设计林克华、王孟超，灯光设计黄祖延，编曲指挥周友良等，各项制作细节过程白老师都相当重视，与制作群密集开会，进行过无数次的电话会议。在苏州一栋未完工的大楼（现在的苏州万豪酒店）进行青春版《牡丹亭》全本三天的彩排，寒风从墙面四处窜流，每个人都穿裹着厚重的羽绒服继续彩排工作，辛苦的演员只能穿着单薄的戏服挨着冷风。看着舞台上演员彩排的制作群，每一位老师虽然脸上表情肃穆严谨，但内心是兴奋、紧张与期待多重情绪的交替。这是我第二度拜访苏州，主要任务是纪录演员的排练与彩排，额外收获是拍摄到制作群与演员们在后台非常难得的互动，在往后的巡回演出中这些珍贵的画面不再出现。初期苏州昆剧院的"小兰花"，他们充满着青春气息，大家都想要把最好的自己表现出来，一路走来二十年的光景，犹如一部缩时影像纪录片，看见一位昆曲演员的成长蜕变，从青涩期到稳健的台风，继而成为独撑大戏的名角。

后台，是演员们休憩与准备工作的空间，也是私人情绪最丰富放松的地方，外人或访客是不可能随意探访。与演员们长时间相处彼此也都熟悉，深怕影响演员的准备工作，后台的我总静默着在周边观察记录着。化妆阶段是演员最专注的状态，戏曲的妆不比一般时尚彩妆，如果分心上错了色，画岔了眼线都很难再改妆，除非卸妆重画但时间上是不允许。旦角头上功夫更是繁琐，完成脸上的妆扮，接着是勒头、吊眉、贴片、发髻、发簪、发钗，如此费工的头上功夫处理好，最后才穿上戏服，每个阶段都分秒必争，当演员走出服装间一切心情才稍微放宽心，前往侧舞台的走廊时，戏里的角色已经开始上身。在幕后，每一位成员都是我镜头里的主角，每一帧照片，都是戏曲人生的万花筒。

从二〇〇四至二〇二四年间，共策展二十一场关于青春版《牡丹亭》的摄影展，借影像以不同形式来传达昆曲艺术之美。二〇〇四年第一场摄影展，在台北一〇一大楼的 Page One 举办，为青春版《牡丹亭》世界首演前的祝贺。二〇〇七年第四场摄影展，在北京大学百周年纪念讲堂举办，将讲堂大厅空间设计为一个简约的现代园林，与《牡丹亭》剧照相互辉映，为青春版《牡丹亭》第一百场庆演的祝贺。第七、八、九场摄影展于二〇一一同年举办，分别于台北的台湾大学、华山 1914 文化创意园区以及北京的国家大剧院东展览厅。国家大剧院东展览厅的影像展"姹紫嫣红开遍"，为青春版《牡丹亭》第二百场庆演的祝贺，场地有一千两百平方米的面积，在十八场影像展中最具规模且盛大。展览区分为传统媒材与科技视觉两大主轴，每个主轴有四个主题区，全场共策展八个主题区，从庞大作品中挑出近一千张影像，在四个科技主题区运用了台达电子高清投影技术：第一个主题区《牡丹亭》，投影荧幕面积为 12×2.5 米动态影像。第二个主题区为《玉簪记》，投影荧幕面积为 9×2.5 米的动态影像。第三个主题区是 3D 视觉体验。第四个主题为色块艺术的新视觉，将摄影作品制作为现代色块艺术，以动态影像搭配四种不同风格音乐，四幅直立高清荧幕组合为一幅作品，让昆曲融合现代不同元素大胆结合，为昆曲美学拓展新视界。

台北、香港演出轰动后，二〇〇四年六月，在苏州大学存菊堂演出，也是青春版《牡丹亭》大陆首演，存菊堂两千七百个座位，九千张票一抢而光，这样的盛况氛围半年后，讯息已沸沸扬扬传到各处，来自各界邀演，白老师挂在心上的"昆曲进校园"期盼也渐渐实现，许多年轻人接触了昆曲之美受到了感动，因此爱上昆曲艺术。昆曲进入校园，这股旋风在海内外掀起年轻人一股昆曲狂热，相继在北大、北师大、南开、南京大学、复旦、同济、兰州大学、西安交通大学、四川大学、武汉大学、广西师范、中山大学、厦门大学、香港中文大学，台湾的交通大学、成功大学、政治大学。在西安交通大学有一幕我亲眼目睹，当演出下本谢幕后，演员们正在后台卸妆更衣，后台出入口处已经有许多学生们等待，渴望一份签名或拍照，期盼遇见他们心目中的男女主角，这一幕不就是时尚下的"粉丝"狂热潮。以往在戏台前的观众大都是银发族，热爱戏曲的忠实观众，年轻的族群总是寥寥可数，如今，从青春版《牡丹亭》的演出盛况，让年轻人主动走进剧院也呼朋引伴来观赏，许多大学生甚至高中生都是第一次接触昆曲，看完演出后学生们非常感动，在大厅遇见白老师，激动地说："白老师，谢谢您。"更有观众说："曲终人散，空气中还飘荡着昆曲的旋律。"

二〇〇六年九月青春版《牡丹亭》远征到美国加州大学四个分校，旧金山伯克利、尔湾、洛杉矶、圣塔芭芭拉，在没有官方的补助下，全靠白老师向外募款，解决了全团将近百人的机票费、交通费与一个月的食宿，出发前一切事务筹备过程庞大又繁杂，在白老师周边许多友人与海外华人群策群力的协助，最后关关难过关关过。美国第一站抵达旧金山，在伯克利 Zellerbach Hall 第一场成功演出，全场观众起立鼓掌喝彩，白老师一颗忐忑的心才定了下来，毕竟这场演出攸关昆曲在国际的地位，美国许多媒体报道青春版《牡丹亭》在美国演出成功，是继一九三〇年梅兰芳访美以来，中国戏曲对美国文化界最大的冲击。我在美西加州大学四个分校的纪录观察中，每一场的谢幕，如雷贯耳的掌声热情了全场，有些观众之前没接触过昆曲艺术，只买了上本的戏票，隔天想要再购买中本与下本的票早已售罄一空，对观众而言，当下的感动是一辈子的印记。

继昆曲进校园后，白老师继续推动"昆曲传承计划"，在北京大学、台湾大学、香港中文大学成立昆曲中心，开授昆曲课程，特地聘请昆曲学者、昆曲大师，以讲座方式来进行，并请来苏州昆剧院"小兰花班"来做示范演出，生动丰富的课程让选课的学生们莫不惊喜，记得有一幕画面，二〇一四年三月，气温接近零度的北京，白老师远从美国来到北大授课，当天昆曲课程是晚上六点开始，白老师抵达前教室内已经挤得满满学生们的期待，座无虚席外，走道上也挤满着学生，连门口、讲台前的地板上都坐满着学生聆听讲课，纪录现场的我想移动方位也动不了，在寒冻的季节里，教室内充满着暖暖的昆曲气息。

青春版《牡丹亭》培养了苏州昆剧院"小兰花"青年演员接班，白老师推动昆曲文化让《牡丹亭》到达新的里程碑相当不容易，然而一位专业演员一生不能只有一出戏，必须有其他拿手作品的绝活，于是白老师动心起念，为了让"小兰花"的专业更上一层楼，再度募款资助"小兰花"学戏，向老一辈的昆曲大师拜师，特地请来汪世瑜、张继青、蔡正仁、岳美缇、梁谷音、刘异龙、王维艰、黄小午等，把大师们的绝活继承下来。生、旦、净、末、丑的行当都齐备，接着就是制作新的大戏，如《玉簪记》《白罗衫》《西厢记》《义侠记》。同时栽培演员每个行当都有自己的折子戏，如《长生殿》《吟凤阁·罢宴》《贩马记·写状》《疗妒羹·题曲》《水浒记·情勾》《荆钗记·见娘》《千里送京娘》《天下乐·钟馗嫁妹》《绣襦记·打子》《烂柯山》。

上：许培鸿与白先勇合影于"牡丹亭的后花园"摄影展开幕。台中"国家歌剧院"。二〇一七年四月。
下：北京二百场演出摄影展。二〇一一年十一月。

学戏这段历程的磨炼必定辛苦，但也有了成长，是"小兰花"一辈子珍贵的礼物。

二〇一七年白先勇老师制作了校园传承版《牡丹亭》，由苏州昆剧院的"小兰花"们来执行教学任务，总导演为汪世瑜老师，吕佳担任总教头，参加演出的学员全来自北京各所大学，非戏曲专科的大学生，持续将近一年的学戏，学员们从呼吸、唱腔、神态到身段，一点一滴从头学起，每位行当的老师都是手把手地教，勤练与用心是学员的不二法则，"水磨调"的功底也就逐渐地积累成长。二〇一八年四月十日，校园传承版《牡丹亭》在北大百周年纪念讲堂首演，接着二〇一八年十二月香港中文大学演出，全场爆满，二〇一九年六月受邀演出于高雄，也受到高雄的观众盛情的欢迎。令人惊讶的是演出中的学员们唱腔与台风都相当稳健，包括由学生所组成的乐团都表现出专业的水平，众多专家与观众们观赏后惊呼连连，赢得满堂喝彩。校园传承版《牡丹亭》在校园扎根，传承更进一步的传播，热爱昆曲的观众也成为昆曲表演者，昆曲注入新生命。看见这一切的成长，影像的纪录见证这一切。

白先勇老师的无私大我风范，感动了许多人，也包括我，谢谢白老师。

美的传递，昆曲系列摄影展：
二〇〇四年四月，《牡丹亭》剧照展，台北 101 Page One
二〇〇六年五月，《牡丹亭》剧照展，香港九龙联合书店
二〇〇七年四月，牡丹亦白摄影展，北京第三极书店
二〇〇七年四月，牡丹亦白摄影展，北大百年纪念讲堂
二〇〇九年三月，四百年的款款情丝，香港城市大学中国文化中心
二〇〇九年四月，《玉簪记》剧照展，台北两厅院艺文空间
二〇一一年三月，昆曲新美学——许培鸿的摄影见证，台湾大学典藏馆
二〇一一年六月，迷影、惊梦、新视界，台北华山 1914 文化创意园区
二〇一一年十一月，姹紫嫣红开遍，北京国家大剧院东展览厅
二〇一二年四月，迷影惊梦影像展，苏州同里湖大饭店达观园
二〇一三年五月，牡丹亦白，广州方所文化
二〇一三年十一月，姹紫嫣红开遍，苏州王小慧艺术馆
二〇一四年十二月，姹紫嫣红开遍，苏州昆剧院展览厅
二〇一五年四月，拾年如画，台北敦南诚品艺廊

二〇一五年七月，《牡丹亭》，台北观想艺廊

二〇一七年三月，《牡丹亭》的后花园，台中"国家歌剧院"大厅

二〇一八年一月，《牡丹亭》，新加坡艺术年展 Art Stage Singapore

二〇一八年四月，《义侠记》，8K 科技影像首发会，北大百年纪念讲堂

二〇二三年七月，妆点·影像，研华艺廊，台北市

二〇二三年十月，惊春谁似我，戏曲博物馆，昆山市

二〇二四年，风神俊雅至情人，正仪古镇，昆山市

永恒的旋律
——青春版《牡丹亭》缘起的点点滴滴

· 辛意云

台北艺术大学荣誉教授，青春版《牡丹亭》剧本整理

二〇〇四年青春版《牡丹亭》在台北首演，至今已将近二十年了。据说此剧已演出近五百场，这真是一个令人高兴的数字，也是在当时制作时没有想到的成果。当时参与白先勇老师的工作团队，只是一心想将昆曲——中国传统以来这么优美的艺术，也是中国文化思想上如同彩虹般的结晶，如何重新让世人看到，因昆曲其实是最美的表演艺术，是人类世界表演艺术的瑰宝。

回想一九八九年香港文化中心正式启用，邀请全世界顶尖的艺术团体前往表演，我参加台湾的参访团，前往观看。那次看到了大陆当年的六大昆班的演出，为之惊艳极了！我甚至觉得整个昆剧的演出如同人间故事的百科全书，它也让我想起十九世纪法国著名作家巴尔扎克的人类戏剧。昆剧非常细致地把人类社会在生活上各种层次的心理、事件，好好坏坏，都做了极其细腻的表达；再加上音乐美，唱做念打舞也美，整个戏剧的表演透过程序性的艺术模拟，在真实与虚幻之间穿梭，让我久久不能忘怀。

二〇〇〇年，好友樊曼侬力邀大陆六大昆班来台湾演出。台湾掀起一股昆曲的旋风。而这时白先勇老师也正好常常回台，每次回台也都会和大伙一起观赏昆剧的演出，并常评点、讲解，尤其讲他小时看梅兰芳演出的种种经验，告诉大伙昆剧之美；还常

提出：该怎么发扬这优美的艺术呢？同时要如何让它传承下去呢？也就是在这些聊天讨论中，大伙也说："汤显祖的《牡丹亭》女主角杜丽娘十六岁，男主角柳梦梅二十岁，都是青春年少者。有没有可能寻找到年轻演员来演，让我们看到真正属于青春的《牡丹亭》呢？"

白老师说："是啊！应当这么做，不过先要寻找演员才行啊！昆曲演出那角儿可一定要对，不对是不行的。"

二〇〇二年白老师兴奋地从香港打电话回来说："有人了！有人了！我在香港推广昆曲，苏州昆剧院的'小兰花班'来示范，班里有一位年轻演员，那型真好，上好妆，活脱脱的就如明代书生一样！"两个月后，白老师被苏昆蔡院长专程请到苏州，看见"小兰花班"里还有一女角也极好，上了妆以后，就像从明人仇英画卷中走出来的人，是个传统古典美人，形体就像线条拉出来般的纤丽有致。白老师说："有人、有角色就好了！青春版《牡丹亭》有谱了！"

就在二十世纪、二十一世纪交接之际，联合国通过昆曲是人类非物质文化遗产，并且评为世界最美的表演艺术。二〇〇二年年尾，大伙一起与白老师聚餐，大家并开心地聊着不久才看的昆曲《白罗衫》，讨论到其结尾似乎有些迂腐，不合常情，也不太合现代人的感受。白老师说："是啊！有些戏在演出时微调，让它既有传统的美，又合乎现代人的审美性，一定会更有说服人的力量！"而后白老师低下头，沉吟一会儿，用力拍下桌子，大声说："昆曲'申遗'都成功了，外国人都重视了，我们中国人怎可不重视呢？中国人要再不重视，就太对不起祖宗了！我先前看的那两位苏州'小兰花班'的男女演员俞玖林、沈丰英扮相真好，就是不折不扣的柳梦梅和杜丽娘了！只可惜唱得普普通通，因为还没有人真正地教导嘛！昆曲要演得动人心弦，可得有好老师、得有真正的传承呀！不过现在已经有人、有角色，青春版《牡丹亭》就有谱了。"

有人问说："张继青老师与汪世瑜老师都刚退休，能请他们来教吗？汪老师教俞玖林，张老师教沈丰英，那就好了！"又有人说："这不可能吧？大陆的师承系统是极清楚和严格的，这两个孩子都是苏昆的，而张老师是南京那边省昆剧院的，汪老师是浙江昆剧院的，他们要擅自教授，会被院里视为离经叛道！大陆行规是很严格的，不容易动呀！或许张老师还好一些，因为她是江苏省昆剧院的，而苏昆也是江苏的。不过苏昆只是地方小昆剧院，张老师会接受吗？"

樊曼侬说："我想只要我们白大师出马说说，一定会成功的！您和他们的交情这么好，又与各方面都说得上话，文学界、学术界的朋友都支持您，您一定说得成的！再说，汪老师仍非常在意自己的戏剧生涯，您说他也是个极好的导演，那要不要建议他：退休了，试着转换个跑道，先担任青春版《牡丹亭》的导演吧！"

白老师两手一拍，眼睛一亮，霍然站起来，说："就这么办吧！我们后天就去杭州拜访汪老师吧！汪老师说定了，张老师那里大概也就没问题了！"

记得是那年的冬天，白老师拉着樊曼侬、我，还有几个工作伙伴，就启程，在细雪霏霏的中午到了杭州。叩开汪老师家门，汪老师还在与家人、朋友过年聚餐。白老师一坐定，开门见山就邀请汪老师做青春版《牡丹亭》的总导演。

汪老师推辞说："我只是个演员，演了一辈子戏，怎么有能力做导演呢？"白老师斩钉截铁地说："有的！"汪老师愣了一下，问："怎么说？"白老师说："听过汪老师说戏，把剧中每一个角色的心理、时空背景、社会环境都拿捏得极有分寸；也在这情景下，才更见昆曲演员身段的生命性、生活性以及功力性，那隐藏在衣服、水袖底下的动作表达出来的情意才更具美感与动人的力量。汪老师是'见情''知情'的人呀！是真正懂得戏曲文学之人呀！是能挑起青春版《牡丹亭》这一新时代戏曲契机的人哪！"

汪老师闻言，开心了，如遇到知己般，畅快地说起他对戏曲、人物、各角色的深入看法，以及这古老戏曲在当今时代如何既传统又现代的展现。我们在旁也七嘴八舌说出各自的看法，并表达对汪老师戏曲艺术的全然欣赏、理解与佩服，同时说："汪老师是唯一能担下这份重责的人了！再说这是有时代性与历史性的，甚至于带着划时代性。"

当时汪老师的夫人马老师在旁颔首点头，并附和建议汪老师不妨考虑看看。

白老师接着说："昆曲的历史传承现在也是首要之务呀！汪老师若肯打破行界规矩，跨界出来扩大教导后辈，中国昆曲的传承就一定有希望！苏昆'小兰花班'的俞玖林是可教之才，您就收他为徒，这不只在昆曲界，在整个中国戏曲界都会是崭新的时代开展。"

汪老师问："张老师有些什么看法呢？"白老师说："只要您这边答应了，张老师那边就没问题了。"汪老师说："我再想想！"酒过三巡，汪老师和马老师进到后面，说去拿水果请大家吃。夫妇俩回来后，汪老师点头说好。白老师即刻打电话给张老师，说："汪老师答应了！我会马上飞南京去拜望您，再进一步说明一些计划，请您指导。"

我小时候，因家里的关系，能常见到白老师的老太爷、老夫人，也就是白崇禧将军及白夫人，当然更听过白将军战无不克的神勇还有如同诸葛亮般善于作大战略的规划；甚至于治理广西仅十年，就使得一个当时中国最穷之省成为中国抗日的重要力量与基地。不过小时见到的白将军毕竟有了年纪，白发皑皑，是位极其可亲又庄严的长者。当时无法想象这样一位慈祥、和蔼可亲的长者，他如何练兵？如何极其有效地治理广西？

当汪老师点头答应接下总导演的大任，白老师就即刻飞赴南京，去拜望张继青老师，请张老师担任艺术总监。而我们则立即回台，白老师请樊老师即刻拟定基本工作人员名单。等到白老师回台，就开第一次工作会议，分配工作，似乎一分一秒都没有耽搁到。我想，这大概就是白将军治事之风吧！

我们剧本整理小组，白老师、张淑香教授、华玮教授及我，每周都在新象办公室研讨。有的时候白老师出去忙，我们三人一定按时交出功课讨论。我们首先收集历来演出的剧本，比较其中的不同，最后决定将原本的五十五折，以"情"为中心，拉出主轴，选出二十七折，分上、中、下三本，从第一出《标目》演到最后一出《圆驾》，基本上维持原本《牡丹亭》完整的剧情。并且面对这伟大的文学剧本，确定整编原则：只能减，不可增；也不可为迁就现实而随意改动；如果有任何因演出的必要，只能做些许微调。

例如原本柳梦梅非常重要的《拾画》《叫画》，是独立的两出，各有其独立性，但为了演出的需要，为了使整部戏更加流畅、一气呵成，于是将其合为一出，把原本从院中进入屋中，呼唤画中之美人——杜丽娘的剧情，都安排在花园里完成。白老师带着我们讨论、检视其中有没有任何不合人的心理逻辑、生活逻辑的地方。白老师说："这就如同杜丽娘的女《游园》，柳梦梅的《拾画·叫画》等同男《游园》，这样男女演员的戏份在这部戏中也就更显平衡了！"

在处理《回生》时，杜丽娘从墓中苏醒，复生；石道姑带着柳梦梅，依旧本，要做些礼拜的仪式，甚至于要拿香祭拜。这时大伙产生激烈的讨论：需不需要依照原本的方式演出。当时有人坚决反对，认为绝不可以，因为这是过去的迷信，这时代如此演出，如同提倡迷信。张教授和我则认为有些古老仪式，会增加戏曲本身的情趣。尤

辛意云（右二）于北京学术研讨会。二〇一二年十一月。

其是要不要举香、引导杜丽娘还魂。最后，白老师想想，决定把戏中的仪式简化，用口白述说，但得保留一些古老的民俗趣味，以增添戏剧效果，也显现出它的古老性。

至于最后的《圆驾》要保留吗？也是有一番争论。因为民国以来许多大学者都觉得中国戏剧不如西方戏剧，其中重要的一点就是结尾都是"大团圆"，并认为大团圆太落入世俗的俗套了。外界许多好友也都力谏我们一定要删除《圆驾》，尤其不可以让皇帝出来，说什么"愿天下有情人终成眷属"，这太八股、守旧了。

我们慎重思考，并从深沉的文化意识中去看。我们认为，西方戏剧之所以崇尚悲剧，是因在西方文化上，"人"面对的是"神"。人的命运不操之在人自己，而操之在神。是以人面对神及命运，有其不可言说的莫可奈何！但中国传统文化是"人本"的，一切以"人"为主，情爱是人生命的核心。看看《诗经·国风》中人们对"情"的呼唤与渴望，对现实生命中的幸福追求在中国是天经地义的。

西方悲剧展现的是，在神不可知意志下，人无可奈何地面对死亡，这是西方哲学"人"的终极性命题，如同薛西弗斯、普罗米修斯的不幸。可是在中国，在以"人"为生命主体的人本思想下，人如何在真实世界获得幸福、达成"生生"的理想，进而取得天下人们的认同，乃是人的生命终极追求，它也是一个高度而普遍的哲学命题。是以我们一致认为，大团圆是否俗套，端看戏剧艺术形式的表现，并不是大团圆就一定庸俗。

白老师闭着眼睛想了一下，睁开眼，张开双手说："我们要让舞台金光灿亮，展现普天同庆的欢乐景象！我们要皇帝亲自说：'愿普天之下有情人终成眷属。'这是全世界有情人的共同愿望，我们可以借着这部戏祝福世界的有情人。"

如同此带有强烈文化性的问题还有许多，我们都从中西文化性的特异处来作探讨、比较与检视，以彰显出传统中国文化的特殊处。例如在处理《离魂》时，许多关心与爱护这件事的朋友们也都建议戏演到这里就好了，因为这才是《牡丹亭》的核心，合乎西方悲剧精神，这才展现杜丽娘性格的精彩处，也是中国戏剧具有悲剧性的重要处。

但是白老师说："戏只演到这里，怎么看呢？还需要我们这么劳师动众地整理、演出这部戏吗？"

是以我们还是从古老文化的深层处来看。西方人认为"死亡"是个终极，永恒只在"上帝"处，在"神"那里。而中国自古"生"与"死"是一体，"死亡"是"生"

的另一面而已。孔子说:"未知生,焉知死?"这话的意思是:不能知道生命的意义,怎能知道死亡的价值呢?孔子又说:"朝闻道,夕死可矣!"当我们获得了真理,在精神上展现了真理的生命,就算晚上身体死亡,那又怎么样呢?

庄子更说:"人们之害怕死亡,其实是对死亡太陌生了。"于是庄子还举了历史上骊姬的故事:当晋献公打败了骊戎,取得了公主骊姬,骊姬非常恐惧,天天以泪洗面,不过等到嫁进了晋国,天天吃香喝辣,睡龙床,坐龙椅,骊姬开心地大笑,说:"早知道就不哭了!早点嫁过来就更好了!"庄子说:"人焉知死后不如此呢?"

人们一致认为杜丽娘的死,只是一种爱的坚持与不动摇的信念。然而"死"在《牡丹亭》中,在杜丽娘身上,不是结束,不是绝望,不是灭绝,而是情爱的高峰,是理想生命在生命自觉中追求到极致的表现。是以在杜丽娘去世、离去时,披上一身长长的红披肩,手拈着梅花,走到舞台的最高处,回眸向观众深情的微笑。这时花神们护佑着杜丽娘,在群舞中唱起:"但愿那月落重生灯再红,但愿那月落重生灯再红",说明杜丽娘的死亡是走向再生的过程而已。当时演出的场景,在商讨时似乎已是大伙所共见的场景。白老师斜着身、伸出手,指向远方,大声地说道:"那披肩一定要红、要长,要给观众一个惊喜!"

诚如张教授的记述:我们当时整编小组,除了关注二十七折的剧本在结构上要通体连贯、得合乎现代人心理上基本具有的逻辑认知外,还要重视每一折的独立内容和效果的经营,并考虑到三场都必须达成连台好戏的结果。因此第一场戏"梦中情",主要就是继承传统,这里的重要剧本已经千锤百炼了,剧本与演出都必须精彩,所以一开场走入《游园》,就令人为之《惊梦》。本来在上本中,有人建议把《闺塾》拿掉,可是我们考虑,《闺塾》一开场唱出《诗经》"关关雎鸠",并说:"论六经,《诗经》最葩。"这已点出剧中的中心宗旨就是一个"情"字了得!是以绝不可删除。

而到了第二场"人鬼情"的罗曼史,一定得充满情趣,从《拾画》《叫画》就必须充满真实的生之喜悦,把有明一代在王阳明"致良知"学说的影响下,人们崇尚率真、天真,要充分表现"真性情""童趣"的美感经验,以展现当时知识分子最真纯的一面。同时在人鬼恋的虚情及真情中,要出人意外的幽默而有情趣,将鬼魅的神秘性完全去除,充分展露情的真诚与喜悦,带给人们希望。

到了第三场"人间情",则要加强新婚宴尔和真实的人世间团圆之情,不要让它流俗了，而要呈现出除了爱情之外的亲情、友情、社会之情，以及生命的责任，让人感受到"爱"的承担性，而柳梦梅完全承担了，由此呼应第二场的第二折《旅寄》中，柳梦梅说他是擎天柱，以展现真爱乃是宇宙天地之心。

张教授还要求，为了达成这效果，这部戏从部分到整体都需要形成有机的联系，使每一出剧都展现出主从、轻重、浓淡、冷热、显隐、远近、高低的调配与应和，使得整出戏都能够玲珑有致、气韵生动。

至今让我印象深刻的是，在剧目中，除了标目，当大家决定以《训女》开始，这出戏是较为静态的表现；是以第二出则安排《闺塾》，这乃是春香闹学、活泼动态的演出；第三出就由《惊梦》，带大家进入戏中深邃的内外心理情境之中，也就是春之最迷人处；接下来《言怀》，就让真实人生中的柳梦梅出现，好让观众们看到人生真实的一面，梦境与真实在这里相互串联。

记得几十年前瑞典的一位大导演，名叫英格玛·伯格曼，他最精彩的地方就是把真实与虚幻、鬼魂与现实人生、神话与魔术，穿插而成人生戏剧，他说这才是完整而真实的人生。

其实汤显祖的《牡丹亭》已展现这样真实而完整的人生了。是以当《言怀》柳梦梅真实地出现在观众眼前，第五出就安排了《寻梦》，进入女主角梦与真实的恍惚世界；因此第六出《虏谍》，让大家看到一个真实动荡的大社会、大时代；然后第七出《写真》再回到安静，只是女主角再一次自我认识的个人世界；接着安排《道觋》由石道姑登场点题；最后《离魂》，这生命的终结，却是下一生命的开始，也代表自觉后真实生命的开始。

这动静、内外、大小等等的安排，一方面是为了戏剧更活泼且具有生命力。这有机的藕断丝连的安排，也考虑到现代人的美感经验、审美需要。而且更深入的是，这也是我们参考了中国古代典籍的基本编排方式。

中国传统典籍的编排不同于西方的数理性逻辑编排，因为传统中国是以"人"为真理的主体、知识的主题。人一旦概念化、逻辑化，就远离了人有机生命的真实。是以古代典籍的编辑，要如何展现这有机的生命性，展现一个活泼泼的生命体，这生命体也有其客观性、真实性，这就从人的心理逻辑、情感逻辑、生态逻辑、生命逻辑，做藕断丝连的联系。如《论语》第一篇《学而》篇，这是谈人的生命觉醒与自我个体的建立。第二篇《为政》，谈人的群体性生活的重要性。第三篇《八佾》则谈礼，在群体生活中，生命的秩序是以合情合理、合礼的方式，与人适当的交往与相处，而不是只有政治、法律。第四篇《里仁》，谈人与人能和谐相处的核心，能建立人与人共同合作的关系，就在仁，在爱，在人的情谊。青春版《牡丹亭》中本、下本也都在此"生之秩序"下编成。

我们在做剧本总体整编时，张教授、华教授还常常唱、作，比出身段，比较曲子是否重复，或需要增加更美的曲子，使舞蹈的视觉形象更为优美、丰富。白老师一再强调，演出一定要美，美才能使这剧本达到传承的效果。

说到音乐，白老师要樊老师做监制。樊老师接受香港古兆申先生的建议，一切恢复到古典时代，绝不要现代大型乐器的合奏演出；甚至连低音大提琴都不能用，如果要用，就用传统音乐中的大革胡、胡琴。当时苏昆说："我们大型乐队是编制好的，不能分割舍弃。"白老师、樊老师说："不是舍弃，只是暂时不用，大家仍是一起参与这次演出的。我们只是先恢复古典性的演出，看看真实的效果如何？并请他们的音乐指挥周友良作曲。"

白老师说："这么大出戏，也得有些伴奏作为过场暖身，带动或维持人们观戏的热烈情绪，不然太单一了，不丰厚了。这选曲必须带动、支撑戏曲及人们热烈期待的心理。"不过白老师、樊老师坚持就从原本的曲牌音乐中，选出优美的旋律作主旋律，使观众在三天的整出戏中，都沉浸在同样一致的旋律里。周友良先生后来完成了选曲，真让人耳目一新，音乐的旋律徘徊不去，使得戏剧本身更为优雅、清幽，而后整部戏就结束在这充满优美旋律的欢乐中，特别是在花神群舞出现时，随着音乐的伴奏，让所有观众情绪饱满，成为这次戏剧最亮眼的亮点之一。

在现代剧场中如何维持传统性？这也是此次演出的重要讨论之一。同样有许多爱好昆曲的朋友，他们强烈建议要恢复传统，要恢复明清以至民国时的小剧场，甚至就在同时有许多古典剧场都走向恢复小剧场，并以小剧场的形式演出，尤其在台湾。

面对这问题，我们同样回到文化最根本的探讨上，问：什么是传统？传统就是在历史过程中，不断有所演变，这就是"传"；而在演变中，有其不变性，这就是"统"。所谓"传统"，就是既有变化，又有其统一性，它不是固守不变的。

而中国传统剧场，原先大约是国家性祭典，而后成为祭典后歌舞娱神乐人的表演，这很可能是在太庙之中，或在山野大自然中，或在人群市集里，重要在于它的形式是可以包纳天地自然，又便于人的观赏。待到道家思想成熟，为古代人们提出了天地的无限性、"有""无"的变化性，人乃是穿梭在这无限宇宙及有无变化之中。人的一切故事就发生在这宇宙万象的虚实、有无相应之间，而又一切以人为主。这是说在人有意识的认知后，世界才展现出它有意义的存在性，而不再是一个单纯的事实而已。世界因人，开展出合乎人的实然性。

就这大自然与"人"的哲学观点下，形成了中国舞台的开放性。在一个一无所有的空间中，就能因人而幻化出一切。因此中国传统性舞台，顶多一桌、两椅，而其时间、空间、人、环境、故事以及大自然的一切，都可自由进出其间，与人共生共荣的发展。宇宙万象、人类社会，亘古几千年，所谓上天下地的大千世界，都在这空间中自由地出入，由人的演出一一展现。

我们就此舞台特征，认为不必把舞台缩小到明清时的舞台形式，反而是要利用现代剧场的巨大空间性，展现传统中国美学上的无限性、空灵性、变化性、飘逸性、虚实相应性。由此更引动出传统中国人文的抒情性，以及带着知识性的典雅和斯文。这都是传统中国特有的美感经验及审美性。

当时创意小组在讨论舞台设计时，提出"大舞台"的观念。名设计家林克华告诉白老师说："从大舞台的观念出发是对的，特别是传统中国的时空观与大舞台的空间观是可以相融、相弥合的。再说，现代大剧场的一切科技设施，更能表现出传统中那些抽象精致的美感元素。"

我们提出传统中国美学的无限性以及"似有似无"的飘逸性的美学特质，而这也是汤显祖的美学要求，他所谓的"诗乎，机与禅言通，趣与游道合……要皆以若有若无为美。通乎此，方是风雅之事"。林克华说："没问题！只要你们制作人、导演、设计者、演员清晰提出你们要的传统美，依现代剧场的科技，大体都可以实现。就怕你们没有 idea！"

至此，青春版《牡丹亭》的演出基本美学定案。青春稚嫩的美，似乎真的在此人世间似有似无地绽放。而服装更增添了春的气息。

记得亚洲大导演王童夫妇前去苏州，看汪老师、张老师初次调教的杜丽娘与柳梦梅，夫妇俩感动地流泪。王大导说："我感受到昆曲表演中的细致与深情，特别是《牡丹亭》这出戏中展现的空灵与细致。我会从服装、颜色、绣上的花卉，甚至舞台布景，做精心的设计，将这出戏特有的美感提炼出来，使它化为整个舞台的场景氛围，使人迷醉。"

樊老师笑着说:"太好了!衣服颜色太重要了!一定要美,美得让人不得不爱,不得不发出一往情深的爱。杜丽娘的衣服就如同不断呼唤着柳梦梅对她的爱。"

白老师非常慎重地强调着说:"一切以春天的色调为主,要娇,要淡,要清,要净。如同宋瓷,有如春天的颜色,又有如雨过天晴的颜色。衣服服色不要浓。旧式戏服颜色太浓、太强烈了,那反显得老气。"大伙笑着说:"大概那时灯光昏暗,衣服颜色必须浓艳吧!"大设计家林克华说:"大家别忘了我们'国家剧院'的灯光设计非常好,什么心理性的因素也都可以用灯光做深入的表现!"

白老师立刻调派工作。各工作小组每周见面,做工作汇报。没隔多久,不到一个月,所有的工作小组集合,做总体的工作汇报。只要白老师在台湾,他一定主持、解决各种难题。他也带着我们飞苏州,参与大陆工作小组的会商。我们在台湾只是做文本的剧本规划,再将剧本寄给汪老师,汪老师看了,有时候说:"这不适合演出,演员连换衣服的时间都没有,演员演出后,从右边进后台,再跑到左边调整衣服出场,这些时间你们必须把它算进去、调整出来。"这时我们才知道文本和演出间的时间差距、空间距离及其他的许多舞台演出细节。白老师说,这一切都必须做整体、适当的考量,精准的拿捏。这或许又是白将军之风了。

白老师还要我们抽空去苏州,为苏昆年轻的演员们说戏、说故事,谈文化,讲思想,一起去苏州庭园散步,教导青年演员们感受苏州庭园之美。有时他也亲自带着他们一起去园林中,并一路为他们说戏,讲小说,讲演员角色的各种心理状态。白老师常说:"这群'小兰花班'的青年演员真好,将来一定要为他们个个找到好老师教导,使整个昆曲传承下去。"

在我们工作过程中,事务繁杂,两岸常须不断沟通。我们一得空,就随白老师飞到苏州,与苏州昆剧院的各组人员会商讨论。有一次连开几天会,讨论舞台上的种种问题,大伙身心确实有些疲倦。那天开完会,大约夜晚十点了,白老师说:"明天我可以睡晚一点了!重大事件都告一个段落了。"我们几个人推想,按以往白老师的习惯,通常会睡到近午时分才起来,第二天的讨论会可能下午才开了。

于是待白老师在大厅大声地宣布:散会!上了右边的楼梯,走远了,我们几个人就商量清晨七点随古兆申前往太湖西山观赏白梅园的白梅,中午十一点再赶回来,不误事。刚一说定,突然白老师站在楼梯顶端,大叫一声:"不准去!明天还有好几件事要谈,去玩了,心一散,如何积极做事啊?我们做事就要集中精力,片刻不得松散,把大关键的事弄定了再说！"我们应声说："你明天会晚起呀！我们一早去玩，再赶回来，不误事的。"白老师说："我改变主意了。我明天会一早起来，我们九点开会，把事情弄定。这关键时刻，心绝不能散。等事做好了，我请你们去玩！"

直到今天白老师还常说："我欠你们一次白梅园，我们一定要去，说定了！"不过我们大伙至今一直好奇的是，他走那么远，怎么听到的呢？我们问他，他总笑着说："我就是听到了。"而我想，他就如同汉初张良的英明吧！看到我们三三两两聚在一起的情况，就能推想、判断一二了。这可真是白将军料事如神的遗传吧！

我们大伙都只是各自处理自己分内之事，而白老师兼做大总管，里里外外可有他忙的。后来幸燕来帮忙，但他还是得到处募款，并拜访各界人士，参加各学校、地方举办的学术讨论会，可总是谈笑风生的处理。有一次因为苏州当地安排不够周到，白老师出其不意地就去上海开了一场极其盛大的记者招待会，获得极大的反响，震动了全中国大陆，为青春版《牡丹亭》做了极大的宣传。白老师处理各种难题，似乎都是在谈笑间难事灰飞烟灭。只是白老师总说："天意啊！天意啊！天要助成这件事情成功呀！不然怎么这么奇怪？每到行不通时，就会有意想不到的奇遇啊，结果总是柳暗花明又一村，一次比一次好。真是天助啊！"

白老师所要担负的事可不止如此，在"小兰花班"训练的初期，他还随时去"了解""开导""讲解""鼓励"。其中还常带着好酒，陪汪老师喝酒、吃饭。有一次，戏就要彩排了，突然传出："汪老师不见了！"大伙一起去找，遍寻不着。白老师于是找来两瓶极好的酒，到汪老师心情不好时常去隐藏起来、做他自己静静思考的地方，果然找到汪老师了，而后陪他喝酒，听他叙述自己对戏的种种看法，不断表示对他看法的支持与赞美，成为他最有力的支持者。

我真有幸参与这次盛会，这也可说是一次具有时代性的创作尝试，在白老师的带领下，与同道们共同努力，闪出如彩虹般的亮丽彩光。尤其近年来看到大陆古典艺术界，因受青春版《牡丹亭》的影响，在舞台艺术上、表演艺术上都更为细腻与典雅。同时大陆近来许多戏剧表演，包括电视剧中的古装连续剧，还有一些舞蹈表演如"敦煌飞天""洛神水赋"，及宋徽宗时的名画《千里江山》改编的"只此青绿"舞等等，都是将传统中国文化中特有的美感元素提炼出来而惊艳世人。这或许也就是我们那时一点点努力的结果吧！

我就借着沙曼莹老师这次所写的纪念文章最后的话：二〇二四年是青春版《牡丹

亭》演出的二十周年大庆，祝愿伟大的昆曲艺术向世界继续绽放它的不朽及美丽的生命吧！

最后我仍忍不住说："我真何其有幸，能与白老师及同道们参加了这场生命的盛筵与盛会！合奏出如音乐般的主旋律。我太高兴也太感谢了！"

辛意云写于人学斋　二〇二三年七月六日

永远的初心
——写在青春版《牡丹亭》首演二十周年

· 蔡少华

苏州昆剧院前院长，青春版《牡丹亭》策划、制作人

自二〇〇四年四月台湾首演以来，青春版《牡丹亭》相继启动了全国名校行、海外行，在中国内地三十个城市和港澳台地区以及美国、英国、希腊、新加坡等国巡演四百余场，累计入场观众约直接入场观众超过八十万，其中百分之七十是青年观众。青春版《牡丹亭》让古老与青春相遇，开启了昆曲复兴的旅程，为昆曲的传承和发展撒播了文化的种子，创下了昆曲演出史的奇迹。如今，青春版《牡丹亭》已经演了快二十年，魅力依旧，热度不减，更难得的是主要演员依然还是原班人马。从二〇〇二年到二〇一九年，我担任苏州昆剧院院长十八年。作为青春版《牡丹亭》的创意、策划、制作人，我全程参与、陪伴、见证了青春版《牡丹亭》团队成长全过程。

一、"牡丹"缘起

二〇〇〇年我在苏州市文化局任艺术处处长，全程策划参与了首届中国昆剧艺术节。这届昆剧节上让我领略到什么是昆曲的艺术，也感受到原来全世界有这么多专家学者在关注昆曲，还让我与古兆申、曾永义等老师形成了良好的沟通和信任关系。二

〇〇一年五月十八日昆曲被联合国教科文组织列为"人类口述和非物质遗产代表作"，如何更好传承这门艺术受到政府的特别重视。二〇〇二年，联合国教科文组织出面在苏州举行昆曲中青年演员传承比赛，并且表彰在昆曲界有突出贡献的艺术家。苏州作为昆剧正宗发源地，苏昆剧团在这个表彰活动里，竟然连一个有突出贡献的艺术家也没有。同时苏昆在出人出戏方面位列全国六大昆班之末，成为名副其实的小六子，地位尴尬！为了抢救昆曲，苏州市决定把苏剧和昆剧合在一起的江苏省苏昆剧团，改为苏州昆剧院，全心打造昆剧。同年四月，一纸调任书，我由市文化局艺术处处长成为苏州昆剧院的首任院长，从此开始了与昆曲剪不断的缘分。

在局里担任艺术处处长之前，我在局文化交流处工作过，主要是把苏州文化推广到国外，把外国文化介绍到苏州。"引进来、走出去"的方法，是我接手苏州昆剧院后的首要思路。之前参赛也好，出访也好，大都是官方性质，虽然不错，但机会不多，对大众的实际影响力也不够。如何另开辟一条新的路子呢？我想起昆剧艺术节上结识的古兆申老师。古兆申一直在香港参与传统文化的传承与推广工作，是个一谈起昆曲，两眼就会放光的人。二〇〇二年夏末古兆申老师应我之邀来到苏州，冒着酷暑我们一起到周庄看了"小兰花"们的演出，我说："古老师，台上这些是我们苏昆的未来，也是中国昆曲的未来，还请您多费心指导。如果有机会，也把他们带出去走走，锻炼一下。"古老师说："传承昆曲，培养年轻演员，我责无旁贷，但要想真正带这批小朋友走到港台昆曲界，你需要找到两个人，一个是白先勇，另一个是樊曼侬。"古老师不图名利，甘做幕后牵线人，就像俞玖林后来回忆的："是古老师发现了在昆山周庄古戏台演出的'小兰花班'，是古老师带着我们去了香港，白先勇先生才看到了我演的《牡丹亭·惊梦》，才有了'青春版'，才有了后来的一切一切……""谦谦君子德，磬折欲何求？"我非常怀念这位儒雅的君子，感谢他对昆曲的诸多贡献。

在古兆申老师的帮助下我们与白先勇老师建立了联系，最初争取的是"小兰花"们在白老师讲座"昆曲中的男欢女爱"中做示范演出的机会。我还记得白老师最初拒绝："影响我的讲座事小，影响了昆曲事大。"在古兆申老师和我的多次争取、沟通之后白老师说"那就试试吧"。二〇〇二年十二月初，我委托杨晓勇副院长带着俞玖林、吕佳等四位演员来到香港，从这次讲座中，白老师第一次感受到年轻演员和年轻观众间奇妙的联系。同年年底白先勇老师来上海，我收到古兆申老师的消息后立刻买了一大束鲜花开车直接去上海将白老师请到苏州乐香饭店。第二天一起冒着雨赶到周庄看戏，又回剧院看了两天戏，沈丰英就是这次唱了《皂罗袍》。三天大戏四晚长谈，我们达成了"昆曲要抢救，演员要培养，苏昆要请名师来教戏"的共识。"白老师，我们想做一出大戏。""我想请您牵头来做这出戏。""您运筹帷幄，我去前面冲锋陷阵。"在多次沟通中我努力让白老师了解到了"昆曲发源地"苏昆剧团、正值青春年华的"小兰花"，还有苏州市委、市政府，江苏省委省政府对于以昆曲为代表的传统文化保护、传承的殷殷盼望与支持。为此我们还达成了口头君子协定："不离开苏昆，这件事只要一开始，就得连续做好多年。"

苏州市委宣传部宴请各位专家，一向关注昆曲发展的周向群部长与白先勇谈得很投机。她认为苏州精神中的"崇文"并不只是崇尚地方文化，昆曲是苏州的文化之宝，但并不是说苏州之外别人就不可以来做，"崇文"的目的是为了"融合"，以开放包容的姿态汇聚天下文化名家，融汇古今内外文化资源，从而"创新"，从而"致远"。白先勇带着台港团队前来，联合大陆最优秀的一批昆曲艺术家为苏昆打造一出大戏，这是周向群最期待看到的事情。白老师也信心十足，饭桌上向周部长提出：马上筹备排演《牡丹亭》，来年春天到台湾首演！组织专家，确定排戏，确定排一台青春版《牡丹亭》……一个个想法，最终都要到我手上来落实。摆在眼前的首要困难，是钱的问题。请老师来训练演员，三四个月周期，至少要四十万经费，钱从哪里来？当时，安排财政预算的时间已经过去，而且，苏州昆剧院与台湾合作的另外一个剧目《长生殿》剧组已经开排，很难挤出资金来排《牡丹亭》。我跟时任苏州市委常委、宣传部长周向群汇报后，周部长同意先划拨二十万经费，把队伍组织起来，把演员训练起来，后面再想办法筹集。

折子戏排演全部完成，已经是二〇〇三年冬天，要在来年四月到台北"国家戏剧院"首演，需要找一块足够大的舞台，把折子戏做一个合成，而苏州昆剧院的场地达不到一比一的面积要求。为了寻一块合适的场地，我又找到了周部长，向市里打报告、借场地。找来找去，最终决定借用还未竣工的会展中心，当作临时排练场所，市委领导专门批示通水通电，做好排练的后勤保障工作。剧组在水泥地上搭好舞台，把漏风的地方用塑料布、胶带封好，寒冬中紧密开排。到了最后开排阶段，团队预算又开始吃紧，光制作戏服就是一项不小的开支。周部长说："没别的办法了，我们现在就开车去昆山，去'化缘'。"我是既惊诧又感慨，身为市委常委，为了苏昆排《牡丹亭》，竟能放下身段去"化缘"。为了这出戏，该做的、能做的，还有本不应该由他做的，

蔡少华（右）与白先勇合影于圣塔芭芭拉市政厅。二〇〇六年十月。

周部长都做了，而且都做到了，这是让我由衷感佩的一点。

我作为制作人，负责主持、协调苏州昆剧院大局，处理戏里戏外各种复杂事务和人员关系；我们苏昆团队也非常给力，我依然记得我和王芳一起第一次带着俞玖林去杭州拜访汪世瑜老师；也清楚记得和王芳、杨晓勇、尹建民作为昆剧院领导陪同白先勇、汪世瑜、张继青、古兆申、樊曼侬一起去苏州国画院听枫园拜访了顾笃璜先生；还有行政业务"双肩挑"，一直温和、坚定、有担当的吕福海书记，全身心投入魔鬼训练的"小兰花"们……

二、"青春"缘聚

选择《牡丹亭》是因为它当时留下的折子戏最多，最适合传承；同时思想境界上、文学境界上、审美追求上都达到了追求至情的巅峰境界，超越生死，是艺术超越现实，昆曲复兴本身也是中国表演艺术审美想象的极致，它为中国人找到了安身立命之所，发现了文化认同的契机。从文学价值和艺术表达感染力都最适合"出人""出戏"。最终，白老师"举旗"组建了青春版《牡丹亭》团队。

为了把这些璞玉打磨得光彩照人，白先勇出面将昆曲艺术家"巾生魁首"汪世瑜和"旦角祭酒"张继青请到了苏州，并极力促成了中青年演员集体拜师，这在传承向来不立门户的中国昆曲界是件大事。这种正统、正宗、正派的传承，保证了青春版《牡丹亭》的原汁原味。汪世瑜和张继青老师不求名不求利，以传承昆剧艺术、培养昆剧传人为己任，更希望昆剧艺术薪火相传走向盛世，对这批青年演员身传言教、倾囊相授；严格要求，长期关心。他们驻苏教习，手把手地将各自压箱底宝贝拿出来交给青年演员，同时也将他们的精神传给了青年演员。

白先勇担任总制作人和艺术总监，在整体上把控《牡丹亭》的艺术水平。在青春版《牡丹亭》的创排过程中我最佩服他的有几点：首先，他不是为了做戏而做戏。我和白老师最初在乐香饭店四天四夜的彻夜长谈中始终秉持着救赎昆曲的"文化仪式"这一崇高的理想，如何"抢救""保护""传承"才能让昆曲艺术的生存状态与其在世界文化中的地位相匹配。他曾经不无感慨地说："看看我们的历史，从十九世纪末以来，到现在二十一世纪，我们的传统文化，一直处于弱势，有时候几乎快崩溃。比起西方文化，他们十九世纪、二十世纪完全是强势文化，可以说在文化上几乎是他们西方人的发言权，他们说的算数……中华民族每个人的内心中，都有一种伤痛，我们辉煌了几千年，怎么会落到今天？怎么会衰退下去？……中国文化这种衰退的状况，的确需要一种救赎。……昆曲的'美'与'情'这两个元素就是我们现代心灵救赎的力量。""昆曲是最能表现中国传统美学抒情、写意、象征、诗化的艺术。能够把歌、舞、诗、戏糅合成那样精致优美的一种表演形式，在别的表演艺术里，我还没有看到过。"……如果我把我们的昆曲"回春"，恢复它的青春生命；如果我能借昆曲为例把我们的传统跟现代结合起来，给我们的传统文化复兴一个启蒙范例，这是我的梦想。我也希望二十一世纪我们再来一次文艺复兴。"第二是他对传统艺术"口传心授"的尊重，始终坚持传承为排戏核心。不启用专业导演，而是非常有魄力地请汪世瑜老师做总导演，首先要"传承好一台戏"，重造一个昆曲的舞台新形象，在适当运用现代舞台表现手段的同时，保持昆曲传承的正宗、正派、正统。第三是他整个过程中的细致与无私。他可以舍弃一切一般常人的名利羁绊，甚至不仅他到处做宣传"基本上全免费"，拿出了自己的全部稿酬培养学生、投入制作，前前后后筹措了大约四千万元经费，为苏昆的发展、为昆剧的传承雪中送炭，这一笔笔在我脑中依然清清楚楚！为了海外演出以及更多对青春版《牡丹亭》的包装、宣传、推广和出版事宜，他把"所有的人情都用光了"，以他的感召力、亲和力、凝聚力、汇聚力将海内外热爱昆曲的文化精英两岸整合在一起，大家从各自的专业切入为昆曲贡献力量，所以才有了昆剧传承、传播中琴曲书画的跨界融合，昆曲大美意境的完美呈现。白先生真的是最大的昆曲义工，心甘情愿、不求回报地来实现传承剧目、传承人才、传承观众的梦想，我一直想正是有了白老师的这些心血付出才奠定了这支二十年基本不变的稳固团队基础。

  周友良担任音乐总监，耗费了巨大心力。依据白先勇先生等改编好的青春版《牡丹亭》剧本和总导演汪世瑜先生的初步构想，以《纳书楹曲谱》《昆曲传世演出珍本全编》以及各种唱腔版本为基础，对上本中那些千锤百炼、脍炙人口的经典唱段，做了"微调""润色"补充和延伸唱段所表达的情感。在周友良的坚持下确定了加指挥共二十一人的乐队编制，把之前很少在昆曲舞台上露面的高胡、箫、笙、古筝、编钟、中国提琴、埙、琵琶等传统乐器搬进了《牡丹亭》音乐中，清淡的抒情调性为主，偶有浓重之处，只在中、下本结尾处以乐队合奏方式奏响主题音乐，引出"但是相思莫相负，牡丹亭上三生路"的动情合唱。

制作过程中，我们团队始终秉承：昆曲是一门高雅艺术，是阳春白雪，它的精粹就是"雅"和"美"，我们要去引导现代人，而非迎合；同时还要沉下心来，敬畏地去发现，从原点到现在，在开放包容、守正创新中寻找昆曲可以表达的更多可能。昆曲以前是在家庭厅堂，所以有了它细腻的艺术表现形态，而现在是在大的剧院，必须用现代人的审美去表现，从灯光、音乐、舞蹈、服装、摄影等把昆曲最能打动当代人的"美"和"雅"发挥到极致。反复打磨和排演后，二〇〇四年四月，青春版《牡丹亭》在台湾首演取得了巨大的成功。六月十一日到十三日，苏州大学存菊堂大陆首演掀起青春风暴，"昆曲进校园"成了青春版《牡丹亭》推行多年的核心策略。

三、"牡丹"缘续

青春版《牡丹亭》是"动心起念"的一次昆曲传承与复兴实践，作为非物质文化遗产的昆曲，不应沦为博物馆艺术，而应该是与时俱进、生生不息的艺术，昆曲必须坚持守正创新与活态传承并重。所以，我们的初心并不是只排一个戏，而是对传统文化的自觉和担当，为"抢救、保护、传承"昆曲这个全人类的瑰宝执着的信念和付出，坚守赓续传统精髓的文化使命意识。现在青春版《牡丹亭》已然成为了一个代表青春文艺和昆曲艺术守正创新的符号，最初的它只是我们一场昆曲传承与复兴的实验；希望借由青春版《牡丹亭》拯救快衰微的古老昆曲，以一种高雅的姿态回到观众面前，用更符合当下审美的表演艺术唤起当下时代的共鸣。全院用实际行动证明了那句话："青春版《牡丹亭》不能到我们这里就结束了！"苏昆这个优秀的艺术团体，在传播推广昆曲上，以极强的责任心践行着他们的使命。苏州昆剧院后来成功打造了《长生殿》、中日版《牡丹亭》《玉簪记》《西施》《烂柯山》《红娘》《满床笏》《白兔记》《白罗衫》《白蛇传》《琵琶记》《义侠记》《十五贯》《钗钏记》等品牌剧目，成为了昆剧界乃至文化界的一件盛事。

和白老师一起做《牡丹亭》《玉簪记》《白罗衫》等昆剧的过程中我们也意识到：昆剧，它不单单是一种戏曲，也应该是一座城市的生活方式。昆曲要活在当下，活在我们的现实生活中，让经典走入生活，重接地气，只有这样，它才有可能吸引更多的社会关注和民众参与。二〇一四年十二月江苏省昆剧院新院落成并投入使用，作为昆曲传承成功综合展示场所和演出推广平台，集艺术传承、剧场演出、教育培训、公益推广、开放体验多项功能于一体，除了定期的昆曲演出之外，更打造了"游园惊梦"昆曲摄影体验空间、昆曲服装体验空间、昆曲乐器体验空间等昆曲传承沉浸式体验空间。昆曲是流动的园林，园林是凝固的昆曲。在百年老宅苏州昆曲传习所内，园林实景昆曲《牡丹亭·游园惊梦》复归明代"家班式"演剧传统，"人生如游园，难得一惊梦"，通过实景昆曲的形式传递想象、生活理念，更希望观众一起来创造与分享六百年之久的昆曲美学。这种零距离的接触，体验品味昆曲的生活方式，使得昆曲在潜移默化中润泽了一座城市的文化生活。在这里播撒下热爱的种子，未来适当的情绪、土壤之下这份热爱可以发芽、生长，这些人也会在某个时刻从各自的角度为昆曲做点事情。

四、青春·回想

中国的文明之火，之所以能几千年不断，是因为古往今来的艺术家们，燃烧他们的脑汁，不断滋养。"昆曲是中华民族的文化瑰宝，让我们大家一同来守护、珍惜、发扬。"昆曲的传承与传播永无止境，需要接力式的代代相传，需要更多人接力守护。昆曲演员们的传承每一代都是从零开始，每一代都需要至少十五年的付出。当年的"小兰花"们已经成长为昆曲复兴的中坚力量，他们也需要将老师们所学的东西向更年轻的一代传承下去。

"情不知所起，一往而深"，今天我们的再聚首，更多的是想提醒我们不忘初心，继往开来：昆曲的每一次重要节点都与文人分不开，每个时代文人精英力量的共同注入，才让昆曲艺术有了辉煌的成就。总结青春版《牡丹亭》二十年来传承与传播上的经验、教训，研究在当下的时代语境下激发赋予传统艺术在新时代新环境中的生机与活力，为昆曲从业者、研究者指明方向让我们昆曲弦歌不辍，薪火相继，未来走得更远……做《牡丹亭》的人都是有梦想的，我们坚信经典的艺术是世界性的，可以穿越时空，成为对话东与西、古与今、真与幻的媒介。希望中国的昆曲艺术可以和世界其他文化平等对话，能够像莎士比亚戏剧、芭蕾舞一样成为世界人民共同欣赏、常演不衰的艺术经典。

此曲只应天上有
——周友良访谈录

·周友良

苏州昆剧院音乐总监，青春版《牡丹亭》音乐总监

潘：你是青春版《牡丹亭》的音乐总监、音乐设计、唱腔整理改编、配器与演出指挥。这出戏的音乐能让人绕梁三日，给每个观众留下深刻印象的"仙乐"，你是大功臣。可以自我介绍一下吗？

周：我是上海人，演奏小提琴出身。一九五四年随到苏州工作的父母定居苏州，在苏州长大。高二的时候，"文化大革命"开始，我是老三届，同学都下乡去了。我因为腿不好，没有下乡，留在城市，没有事情做，开始跟随上海电影乐团的首席小提琴手李浩学琴。当时我在家里练琴是偷偷练习西方的练习曲，乐谱都是抄来的。晚上把窗帘拉起来，静静听贝多芬的 D 大调协奏曲和其他交响乐。当时这些乐曲都被列为黄色音乐，世界名著也是黄色书籍。我到被查封的图书馆去偷书看，《约翰·克利斯朵夫》就是这样看的。我的西方音乐、西方文学，都是在六〇年代末，情况最恶劣的时候学习。

一九七〇年我到苏州歌舞团，一九七三年再到苏州苏昆剧团，都是在管弦乐团当小提琴演奏员。当时张继青老师在苏昆剧团，我们从那时就认识了，我和昆曲也认识了三十四年。当时苏昆剧团有一个中西混合乐队，队员有三十人这么多，我是小提琴首席，乐队是模仿样板戏的编制。我们演的是新编昆剧和样板戏。当时《牡丹亭》被

戴上"封资修（封建主义、资本主义、修正主义）"的帽子，根本不准演，所有东西方古典文化都被划进这个范畴。我们团演的是新编昆剧，张老师也唱新编的昆曲。

潘：无论如何，你的琴艺不断在进步，是吗？

周：是的。一九七八年，张继青老师回到南京江苏省昆剧团，我去上海音乐学院学作曲。

潘：你学过指挥吗？

周：没有，我没学过指挥，我是瞎指挥。因为是演奏自己的作品，我很熟，指挥起来，自然没有问题。

潘：学了作曲后，你创作了很多新的苏剧音乐，是吗？

周：我去上海音乐学院学习了两年，再回苏昆剧团做作曲的工作。当时我们团的重点是演出新的苏剧，苏剧是苏州的地方戏，我为新苏剧创作了很多曲。昆剧主要演传统折子戏，很少创作新的，后来昆剧也搞了一些新戏。我们创作过像《都市寻梦》写农民工到都市找工作的新式昆剧。一九九六年在北京会演的时候，评论有好有坏。有说昆剧不需要搞新戏，当时的文化部长周巍峙却说很好。他对我们戏的音乐赞好。他说："这音乐，既是昆曲，又能走出去。"有好几位老先生感到曲牌体的昆曲音乐，有禁锢昆剧发展的作用，有阻止昆剧新剧目产生的作用。

昆曲原本是没有特别的作曲人，写剧本的作者本身要非常懂音乐，选准曲牌写曲。但是昆曲有几千个曲牌，要完全熟悉是不容易的。选的曲牌不准确，所表达的个性不准确，戏的情绪就不对了。所以，昆曲对作者的要求很高，作者既要是文学家，要有文采，还要是音乐家，能懂音律。所以昆剧的剧本一向很难写，就是这个道理。其他剧种像越剧和京剧的剧本，相对来说，写起来比较不困难。昆曲每个曲牌多少句，每句多少字都有规定。而且，不同曲牌，表达的情绪不同，选择恰恰好的曲牌，不是容易的事。我是因为昆曲听多了，才能创作。

潘：一九七三年你到了苏昆剧团，陪同这个团走了这么长的路，你觉得苏昆的困难在哪里？你对昆曲要绝对传统有不同的意见，是吗？

周：苏州是昆曲的发源地，昆剧的氛围其实很浓厚，根基是很稳固的，可惜苏昆的技术力量一直在全国六个院团里是最薄弱的。其他五个院团在大城市，人才也比我们多。

我接触很多昆曲，都是古传下来的老腔老调，乐队也是大齐奏。台湾与香港昆剧团到我们这里来演出，所演的都是我们在七〇年代演出的样式。我们当然也能像他们那样，坚持非常传统。对昆剧要传统还是创新的问题，我有不同观点。

昆曲发展历来有两个很不同的声音，一个来自专家学者，一个来自梨园戏班。专家学者写昆曲剧本，是为了自娱，他们不需要观众，只讲究自己欣赏，格律严谨，字正腔圆，自我陶醉就行。但另外一大部分人是在舞台上演出的梨园人，比如汪世瑜老师、张继青老师。他们演出，要考虑到生存，考虑观众。所以我说"屁股决定脑袋"，人坐在什么位置，就做什么考量。

我也相信大学学者的坚持，不过，他们如果到院团来，他们也会改变自己的看法，否则院团是不容易生存。院团首先要考虑有没有观众，能不能生存，领导者还考虑有没有新的剧目。《牡丹亭》和《长生殿》从前都是新的剧目。后来的"经典"，都是当初的"时尚"。

你说我大逆不道也可以，我认为昆曲从来没有停滞过，都是在发展中为求生存而变，六百年来不断变化。从顾坚的昆山腔到魏良辅的《水磨调》从没有凝固过，而是有很大程度的改进。这是宏观的改变。微观方面，历史久远的曲牌《皂罗袍》是最著名的曲牌，刚出来也遭很多人反对，现在留下来的《皂罗袍》唱腔和最早期的有很大差别。现在我们在舞台上演出的《皂罗袍》都是经过很多艺人加工，把它磨得晶莹剔透。

所以，要完全原汁原味是不可能的。就算父传子、子传孙，他们的高矮不同，嗓音有差别，扮相各异，也是不可能完全一样的。"口述非物质文化遗产"的传承在人，人的传承，不是往好的地方发展，就是往坏的地方发展，不可能原汁原味，完全不变。就算同一个人，他的三十岁和四十岁也差得很远。从前昆剧没有照明，没有灯光，现在有了，已经不是原汁原味了。昆剧产生的时候没有电，难道现在不能用电吗？所以，原汁原味在理论上是不存在的。讲传承，要看怎样的传承，是破坏的传承，还是在传承的基础上有所创新的传承。没有改变、创新，院团就没有生气。我认为每个时代对昆曲都应该有所贡献。作为一个有作为、有思想、有理想的艺术家，都应该有所创造，但这创造不是破坏性的，是应该让它更美好的。

潘：青春版《牡丹亭》的音乐有什么特色？

周：青春版《牡丹亭》能走到今天一百场，我认为它坚持了两个原则，一是传承，一是创新。而且，这两个原则的"度"都把握得很好。去年四月中国艺术研究院为青春版《牡丹亭》专门召开了一个研讨会，题目是"青春版《牡丹亭》的文化现象"，

周友良（右白衣者）指挥乐团排练。美国洛杉矶。二〇〇六年九月。

在北京召开，全国戏曲专家，权威都去了。他们认为我们是中国文艺复兴的代表。

昆曲有六百年历史，是一个博大精深、厚重的文化传统，已经被列为世界遗产，不传承它是不行的，是不会受到承认的。如果没有这个传统基础，是谈不上创新。青春版《牡丹亭》后，出现了很多版本，有经典版、精华版、厅堂版等等，而白老师的"青春版"是首创。他的"青春版"不仅体现了演员的青春靓丽，而且在各艺术领域，都坚持了青春创新理念。

以音乐来说，我以叶堂的《纳书楹曲谱》做蓝本，进行整理和创作。我在唱腔上做了整理工作，原则是尽可能保持原有南昆特色，以上本为主，使三本的风格统一和谐。上本经过无数大师千锤百炼而脍炙人口的经典唱段是很多人都熟悉的，我基本上保留了，没有太大更动。只在编配，在前奏、间奏和尾奏上，加强和延伸了唱段所表达的感情。

因为精华都在上本，《牡丹亭》中本和下本的唱腔是很多人不熟悉的。我认为好的东西才会经常演出，不能经常演出，肯定是存在了一些问题。它可能在戏的结构上、戏的合理上出现了问题才少演。少演、少唱，唱腔没有经过太多大师的磨炼，显得粗糙。我于是对中本和下本的唱腔进行了比较大幅度的改动。我先尽量把腔润好，润腔的目的，一是要把字唱正，二是要把字的感情、形象等丰富的内涵表达出来。

例如下本的《遇母》，大部分是散板，没有节奏，没有强弱，在舞台上演出，节奏很松散，我重新编配了它的骨架音，给它上了节奏，上了板，做了很多改动。有些唱腔比较冗长，导演和演员都有意见，认为现在不能再这样唱了，我为这些曲谱做了精瘦工作，这些唱腔的骨架音我没有动它，没有伤害它，只是去为它减肥罢了。所以我的工作既是传承，又有变化。最后的曲谱《南双声子》又是散板，导演说，再不能这样唱了，我于是重新弄过，连骨架音也没有用。这些只是很小部分。最后，小生和花旦的唱腔，我根据《皂罗袍》和《山桃红》的旋律基础，再给它配上去，现在听的人都分不清楚哪些动过，哪些没有动过。

我是以非常敬畏而且谨慎的心情，站在昆曲本身的基础上、韵味上去改编的。我尽量尊重传统。传统的好东西，我一点也没有动。但是传统如果与现代舞台的节奏、情绪上有相悖之处，我就非得改。例如要大团圆了，很热闹的气氛，不能再唱得忧忧郁郁，否则戏就不成戏了，演员的情绪受不了，我就非得改了，这只属小部分。基本上，我以尊重传统为主，而在尊重传统的同时，没有故步自封，我把自己的想法加进去进行改良。而在整理和创作的过程中，我特别要感谢香港昆曲研究者古兆申老师。他花了很多时间，极其认真地对下本唱腔的腔、字提出不少具体的改进建议，让我受益良多。

潘：青春版《牡丹亭》的主题音乐，能让人绕梁三日，可以谈谈吗？

周：音乐设计上，我把《蝶恋花》作为上中下三本的开场曲，作为点题的"但是相思莫相负，牡丹亭上三生路"爱情主题合唱，我让它在中本和下本的终场不断出现。另外，为了使整台戏三本音乐和谐统一，我设计了主题音乐。柳梦梅的主题音乐从《山桃红》曲牌化出来，杜丽娘的主题音乐从《皂罗袍》曲牌化出来，我提取原曲牌中最具代表性的旋律来发展，通过各种不同的变奏手法，和唱腔水乳交融地贯穿在上中下三本。尤其在《惊梦》《离魂》《回生》等大段舞蹈音乐中，这两个主题音乐交织展开，这对渲染气氛，一层层推动剧情开展，起到很大作用，这些都是青春版《牡丹亭》音乐的特色。二〇〇五年，我曾经在北京大学举办一个有关青春版《牡丹亭》的圆桌会议上，以"主题音乐在青春版《牡丹亭》音乐的运用"为题，谈了我的创作。

还有，配器问题，大家对于应该用大乐队、中乐队或小乐队，很有争议。我向白老师坚持要用大乐队。我说，这是一个九小时的大戏，不是一个只有三十分钟的折子戏，不能让观众的耳朵觉得沉闷乏味。音乐如果没有浓重和轻淡层次的变化，没有单线条和多线条的交织展开，没有乐器音色的变化，再好也会让观众听得辛苦。我用了高胡、箫和古筝的大段独奏、重奏，再让编钟、提琴、埙、琵琶、二胡充分发挥，其中高胡运用得多，我常让高胡在委婉抒情的音乐主题中以独奏的形式出现。在整个配器中运用了一些复调手法，尤其让主题音乐常以复调手法融合在唱腔中，这在以往的昆曲伴奏中，是很少见的。配器充分考虑到唱腔所表达的情绪，基本上以清淡、抒情为主。也有小片段用传统的齐奏手法，偶尔也有重彩浓墨的，例如在《回生》和《圆驾》的结束处，乐队全体奏出激动的爱情主题，引出"但是相思莫相负，牡丹亭上三生路"的主题合唱。后来还是考虑到成本问题，乐团只用二十人，不算大。我们的音乐编配在美国赢得很多人的赞誉，很多人称赞我们在演奏"仙乐"。

除了音乐，青春版《牡丹亭》在服装、灯光、布景上都做到了承接传统又有创新，这是非常不容易的，是乱来的创新做不到的，完全原汁原味非常传统的演出方式，也不可能造成今天的轰动。美国朋友对我们这次赞誉很高，说我们是上世纪三〇年代，梅兰芳登陆美国后，中国传统表演艺术第二次在美国引起的最大反响。

潘：青春版《牡丹亭》是两岸三地顶尖艺术家合作的剧目，在音乐方面，没有海外人的参与，是吗？

周：没有。不过，台湾和香港的专家却有很多想法。他们认为音乐最好能传统一点，最好能像传统昆曲，一支笛从头吹到底。有乐队，也不要用太大的乐队。是我坚持乐团除了用一支笛，还要用很多配器。其实每个人的想法都没有错，不过都要经过时间考验。青春版《牡丹亭》演到今天一百场，造成轰动，我认为深受大家欢迎的音乐，起了很大作用。我们是"青春版"嘛，有这么多青春靓丽的演员、漂亮的服装，乐队怎么能只用一支笛呢？很多专家认为灯光、服装再美都可以，音乐最好非常保守。经过一百场证明，我的坚持是正确的。事实证明，我甘冒天下之大不韪去做了创新和改动是正确的。我接触昆曲三十年，深知哪里有问题，哪里是好的。你说昆曲一点问题都没有，是不可能的，否则它怎么会衰弱，会变成世界文化遗产？所谓遗产，就是病危的意思，是很难生存，需要保护的意思。

我看到很多新编昆剧，觉得他们创新的音乐走得过头了，他们连音乐架构都破坏了，这是不对的。他们应该在词牌的基础上美化它，而不是破坏它。昆曲最重要的还在它的韵味、唱腔。只要唱一句，就知道是不是在唱昆曲，没有了昆曲的韵味和唱腔，已经不是昆曲了。

潘：你曾经提到这一生的种种磨炼，是为了青春版《牡丹亭》做准备，是吗？

周：汪世瑜总导演谈到我的音乐，用了是"健康的"形容词，让我奇怪。他解释说，我在创作的时候，既没有媚俗，把音乐弄得花里花哨，又没有刻意去取悦专家学者，而流于拘泥和因循陈规，他认为我表达了一种有想法的音乐。他的话让我深思。我多年接触昆曲的感悟和因此萌生的想法，能在青春版《牡丹亭》的创作中得到实践、体现。过去我人生的磨难和历练，以及在艺术上的积累和准备，仿佛就是为了来完成这个神圣的使命。我过去的音乐作品都不会像青春版《牡丹亭》的音乐那样来得有影响力和有意义。倘若真的如此，我所承受的一切苦和累，都是非常值得的。

潘：戏曲专家叶长海还说你们谱了一支青春之歌，是吗？

周：是的。他曾经在一篇文章这样称赞我们说："苏州昆剧院把一场梦打造得如此美好，真堪令人称奇。我看过多种展演，总觉得这次是最好的演出，最接近我心中的《牡丹亭》。这是一支青春之歌，一支充满青春活力的生命之歌。这是一首诗，一首优雅而又忧伤的、感人至深的抒情诗。"他的话让我很感动。

潘：你怎么看青春版《牡丹亭》的影响？

周：我认为青春版《牡丹亭》的演出肯定会载入史册，肯定会在中国戏曲史、中国文化史，留下浓浓的一笔，这已经不成问题。回顾它的成功，没有适当地把握创新和传承的"度"，不作任何偏颇，是走不到今天的。在这个过程中，白先勇老师和蔡少华院长功不可没。他们在不同环境，不同美感理念的情况下，适当把握了这个"度"，进行互补，实在不是容易的事。

（潘星华／采访·整理）

——本文原载《春色如许——青春版昆曲〈牡丹亭〉人物访谈录》，八方文化创作室，二〇〇七年

辑三

舞台春秋——

导演　艺术指导　演员

青春版《牡丹亭》舞台总体构想

· 汪世瑜

昆曲表演艺术家，青春版《牡丹亭》总导演、艺术指导

作为演了一辈子昆曲的小生演员要来谈导演总构思，确也是难。但赶鸭子上架非上去吧。这次白先勇、樊曼侬二位力荐我担任青春版《牡丹亭》上、中、下三本戏的总导演。说实话确也强我所难。但白先勇那种情真意切专心为昆曲做义工的精神，以及不惜工本为推广、保护这部经典巨作《牡丹亭》，一而再、再而三投入制作的行为深深感动了我，加上他那种热情诚恳的态度，尤其是他那双信任我的目光追逼着我，我还有什么理由推辞呢？只能答应。白先勇又盛情邀请了两岸三地众多专家共同打造青春版《牡丹亭》，对我确是一个很好的学习机会。因此，我便决心和大家一起努力排好这部梦想中有特殊意义的《牡丹亭》。

汤显祖这部惊世杰作《牡丹亭》经过四百年的流传，各种不同的改编本轮番轰炸，可说是愈演愈烈、异彩纷呈、各显魅力，造就了无数代艺术家、文学家，迷倒了几代年轻人、文化人。一出古老传统的戏，能如此醉人，如此让世人动心、动容。它的魔法是什么？就是"情至"，把情道深道透道极致。

宗旨：缔造一个昆曲舞台的新形象

青春搭桥，古典与时尚相结合，缔造一个昆曲舞台的新形象。青春版《牡丹亭》创意归结到一点就是"青春"二字，以青春靓丽的演员，演绎青春美丽的古典爱情神话故事，吸引青春时尚的年轻观众，让当代青年获得愉悦与共鸣，满足人对生命美的渴求，激发人对美的向往和热情。把青春与昆曲，青春与《牡丹亭》完美结合，让看惯好莱坞、港台、韩片的时尚青年也来迷醉一下昆曲的小生小旦，也证明青春的诗情不分古今中外，青春诗情可以超越时空。（通过五十场的演出证明了这一点。）昆曲的前途在于培养年轻演员、吸引年轻观众，以大学校园为阵地，大力推广昆曲在传承经典的基础上，让古老的昆曲焕发新的生命。

构思：在古典中发现现代

之一：是全面运用和挖掘原著艺术资源的基础上，遵循昆曲艺术精神的表演原则为前提，对音乐、歌唱、舞蹈、戏情、诗词等诸种艺术元素，做出新的整合与调配。根据现代舞台的需要，以及青年观众的审美需求，围绕着昆韵展开一系列的求新，在古典中发现现代，不断地增添新的元素，将昆曲的古典美学与现代剧场接轨，制作一出既古典又现代，合乎二十一世纪审美的昆曲，赋予它青春生命。

之二：让现代观众（学生）能接受昆曲《牡丹亭》。首先，要解决好表演程序产生的时空假定性同习惯于影视直观的青年观众之间的心理默契；调适好昆曲写意性强，往往抒情压倒戏情，青年观众则又期待故事性观赏心理的矛盾；避免青年观众因昆曲精致典雅舒缓的舞台节奏而有心理疲倦感，让青年观众对传统的才子佳人故事感兴趣，产生共鸣。

之三：整体呈现原著的"情至"精神。必需演出五十五出全本，尤其是还魂之后的戏要完整体现，下本的意义在于现实斗争，将"理"与"欲"的矛盾冲突贯穿到底，并推向顶点，同时完整地塑造了柳梦梅的形象，他既有温柔缱绻的一面，又有坚毅怒目的一面，通过舞台现场、形象地还原"理""欲"对峙交锋，不会冲淡情感表达的主调。

下本的戏贴近真实人生，戏较碎，似乎感觉上不及前面戏刻骨铭心，以及浪漫旖旎，但后面的戏恰恰体现的是现实主义精神。戏仍是以杜丽娘、柳梦梅的"至情"为主线，《婚走》《如杭》尽情地、浓烈地表现他俩的"人间情"。即使其他场次，其他人物也处处呈现一个"情"字。《移镇》强调杜宝与杜母的离别情，《折寇》突出了杨婆与李全的世俗情，《遇母》渲染了杜母与丽娘的母女情。这样整个戏就构成了一个情感的有机系统。让上、中、下三本所刻画的情各具风貌又相辅相成，共同体现出《牡丹亭》复杂而深邃的"情至"主题。昆曲是抒情的艺术，昆曲《牡丹亭》更是抒"至情"、抒"奇情"的艺术。情可以穿越梦境与现实，情可以漫游人间与地狱，情可以动凡人，也可以惊鬼神，很显然唯有整本戏才能全面而深入地表现这样的"至情""奇情"。

布局：雅俗映照、文武场闹静穿插

主副线雅俗映照、文武场闹静穿插，张弛有度。比如《虏谍》《淮警》《折寇》分别安排在上、中、下三本中的后半场，经过一个半小时细腻悠长的抒情之后，青年观众对昆曲的婉转柔媚全情投注，美丽泼辣的杨婆、丑陋粗鲁的李全、霸气十足的完颜亮在舞台上横空出世，不免眼睛一亮，精神一振，增加新的兴奋点，这些戏点到为止，绝不喧宾夺主，只是活跃剧场气氛，调节观众心理，提神醒脑，当然更主要是连接戏的整体结构。

我们对青春版《牡丹亭》创排的具体做法是：重塑折子戏，加强梦梅戏，突出折子戏，注重过场戏，增添舞蹈戏，排好空场戏，音舞渲染戏。

根据白先勇的要求，青春版《牡丹亭》必须遵循"正统、正宗、正派"的原则，但一批青年演员基础比较差，没有独立创造角色、编排身段、设计唱腔的能力，需要有完整的折子戏传授，才能逐步接近扮演的角色。

白先勇说："必须把保留在昆曲舞台上那些优秀的折子戏完整体现，包括它的唱念，表演舞姿。但还有很多戏没有传下来，舞台上从来没有演过，比如上本的《言怀》《虏谍》；中本的《旅寄》《忆女》《淮警》《幽媾》《冥誓》；下本的《移镇》《如杭》《遇母》《淮泊》《索元》《圆驾》等三分之二的折子戏必须重新设计。"

重塑折子戏

昆曲有大量的折子戏，它的特点是：载歌载舞、逢歌必舞、舞在情中。但每一个折子戏都有其侧重面，都有一技之长，不是抒情抒事以情节为核心，就是以表现技巧、技能的工夫见长，不是以视听欣赏、动静对比强烈，给人一种震撼力，就是以唱念造型，舞蹈为主，否则就不能成为好的折子戏被保存下来。《牡丹亭》保存在舞台上有七、八出折子戏都已成为昆曲的经典。经过无数艺术家的心血。类似《游园惊梦》《寻梦》《拾画》等，可以讲已是昆曲的代表，精华中的精华。因此，我们所做的程序是：第一步新编折子戏，为传承做好前期工作。新编的折子戏要以传统为依据，绝非胡编乱造，是昆曲程序的表演形式，但又要有时代感，让青年观众赏心悦目。

用现代人的理念来设计场景，首先是要好看好听。大胆、仔细地根据每一个曲牌、唱词的内容设计舞蹈、动作、造型、场景、表演、调度，乃至细小的手语，都让它具体化，从繁到简，往往是自我肯定，又自我淘汰，重新梳理，整场折子那更是如此。经过无数次的设计、修改、推翻，再设计，才慢慢地成活，然后一举一动、一招一式教给演员，通过不断实践磨炼，并吸纳他们的聪明才智，以及其他老师和专家们的批评指导，一遍又一遍地彩排，在舞台上滚熟，就这样一出出折子戏才捏出来，成活在舞台，既达到传承的目的，又为本戏的创排提供了素材。

加强梦梅戏

据吴新雷教授统计，近一个世纪来《牡丹亭》的改编上演本大约有三四十种，主要情节集中在杜丽娘身上（一九八六年石小梅演的《还魂记》相对柳梦梅戏较多），为什么会导致大家多重杜丽娘轻柳梦梅呢？原因众多，恐怕主要是受了《杜丽娘慕色还魂》话本的影响，因为这个话本的中心就是描写杜丽娘。杜丽娘慕色成病，因病而亡，亡而不甘，追寻梦中人，最后"还魂复活回到人间"这个话本柳梦梅只是杜丽娘的梦中情人，理想爱人，一个完全陪衬的人物。

汤显祖《牡丹亭》所表现的是对理想爱情的追求或是对一种理想一种美的愿望。理想的爱情必定是两个人的爱情，爱情的理想，也必定是两个人共同的理想。理想的

上：汪世瑜（右）与白先勇讨论舞台。北京。二〇〇四年十月。
下：汪世瑜（右）与白先勇讨论《牡丹亭·拾画》。苏州。二〇〇四年三月。

爱情必定要两个人同心协力才能达到。因此，在原著中，柳梦梅、杜丽娘的故事是平行的，而且柳梦梅比杜丽娘还多一层转折，他由原本的热衷于功名到后来完全执着于爱情，再由爱情的动人生发出人格的坚毅光彩。细想杜丽娘为情出生入死，若没有柳梦梅的积极参与能成吗？不是柳梦梅冒着砍头的危险去开棺掘坟，杜丽娘能回生吗？柳梦梅真正做到了不疑、不骇、不悔。与情鬼魂交以为有精有血而不疑，又请石道姑一起开棺而不骇，及走淮阳苦认翁公，毒遭痛打而不悔。真个情有独钟。他为了情、为了爱，可以置生死于度外。

当杜丽娘回生后，从爱情的历程来说已从"梦中情""人鬼情"的虚幻、虚实参半，落实到"人间情"的维持和发展，就必须面对"活"的问题。这个"活"字，首先碰到"开门七件事"，又要挑战传统礼教，获得社会、家庭的承认，这些任务都主要落实在柳梦梅肩上，为了未来的生机，实现梦中的诺言，又须努力求取功名。为了获得社会家庭的认可，又得在战火纷飞中寻找杜丽娘的父母。可见在汤公的原著中，柳梦梅的戏一点也不少于杜丽娘。作者对柳梦梅这个人物形象塑造也是满腔热忱，也是充满爱的。因此，我们认为要加强"情至"的呈现就必须完善柳梦梅这个人物，大量增添柳梦梅的戏。当然，不会以削弱杜丽娘的戏作为代价。而是双线发展，力求对称平衡，达到旗鼓相当。

我们的做法首先在上本"梦中情"中选择了《言怀》一折，加在《惊梦》之后，让柳梦梅先上场，按原来传奇惯例生角第一个出场，《言怀》是在《标目》后，观众对柳梦梅这个人物莫名其妙，因为观众未见其做梦，加在《惊梦》之后就不同了，观众立即晓得柳梦梅便是这段生死恋中的另一个主人翁，他与丽娘做了同样一个梦。他梦中人丽娘告诉他"发迹之期便有姻缘之分"，因此他化梦幻为行动，追忆梦，以梦为真，以梦改名，决心背井离乡，上京赶考，求取功名，定叫梦中之情成真。他去寻梦。这里强化了柳梦梅的决心和行动，人物便鲜活了，就主动了，一个活生生的柳生，英俊、洒脱、才华横溢，对爱情、对生命的追求，也同杜丽娘一样渴望，而且真诚、热烈、直接。在《言怀》里，通过同郭公（园公）一段戏的交流，再现了主仆之间的亲热和美，抒发了人间的亲情，这样可爱的年轻人，杜丽娘为他爱得死去活来，就值得，也有利于《寻梦》《写真》《离魂》戏的开展。

中本增加了一折《旅寄》，柳梦梅为了"寻梦"，从岭南来到南安，千里迢迢爬山涉水，缺吃少穿，历尽辛苦，又碰到了恶劣天气，大雪纷飞，几乎冻死在雪地里，若不是巧遇陈最良搭救，这条小命就没了。这场戏突出了柳梦梅对爱的坚毅性。为寻梦，可谓不怕牺牲、排除万难、无怨无悔。为了渲染气氛，加强力度，表演一改《惊梦》《言怀》儒雅的书卷气风度，设计了一段强烈的伞舞，大幅度的水袖，表现与风雪痛苦搏斗的场景。一支凄婉、情诉的《山坡羊》曲子，唱出了此时此地柳梦梅的心声——"老天怎么也这样残忍。偏则把白面书生奚落。"又加强了《拾画》的戏，《拾画》是柳梦梅人物性格发展的转折点，以后《幽媾》《回生》《如杭》《硬拷》……一步步展示出柳梦梅为情而痴，能寻、能信、能守的有情人。

因此，《拾画》必定要处理成重点戏，作为"男寻梦"，作为全剧的灵魂，加强渲染。能不能处理好这场戏是中本成败的关键。我们是作为重中之重来处理的，让演员在这场戏里唱足、舞透，淋漓尽致地抒发情感，原著《拾画·叫画》台上是一桌一椅、文房四宝，放在舞台中央，这样《拾画》的舞台调度就受到一定的限制，那时主要表现的是情感戏。因此《拾画》往往除《金珑璁》曲牌外，只唱《颜子乐》或《千秋岁》或《锦缠道》，有些为了怕戏冷，甚至除《金珑璁》外只唱半段《颜子乐》。

这次青春版《牡丹亭》把《拾画》放在中本休息前一折。能不能演出高潮来，我们第一决定是丰满《拾画》的戏，《金珑璁》《颜子乐》《千秋岁》《锦缠道》几个曲牌全部唱、唱足、唱浓，然后演员唱过瘾，观众听过瘾，而且当唱到"敢断肠人远"……来一个停顿，然后演员吸足气，用最强音迸出"伤心事多……"这样的处理，目的就是要唱出柳梦梅炽热的痴情，唱出诗情画意，唱出韵味，让观众在甜美的回味中陶醉。舞蹈也从原来《颜子乐》的扇子舞基础上再增加一段《锦缠道》，也用扇子开体现情愫，然后一段《千秋岁》，用强烈欢快的举画舞推进感情发展，无论是流动中的舞姿，还是停顿的造型，处处突出画像，无论高托、收抱、仰视、转动，都以画为中心，表现出对画的崇敬。与前二段的扇舞有了强烈反差，这众多的身段动作，既显示了演员的功力也增加了观众的欣赏情趣。

《拾画》柳梦梅借景生情，一方面是对情的感悟，另一方面重新唤起对杜丽娘生前在同一地点的情感记忆。"则见风月暗消磨……"充分剖析了柳梦梅的以景抒情，让人们自然而然地记忆起丽娘当年目睹的"姹紫嫣红……断井颓垣"的伤心。再唱"门儿锁……冷秋千尚挂下裙拖……伤心事多"，丽娘当年情事更是呼之欲出，更展现了柳梦梅有情人的一面，也更贴近杜丽娘。人未见，便"知己"。

柳梦梅发现眼前的景物竟然是梦中世界，又在太湖石边拾到这幅画，当然迫不及待打开观看。观众也是急于想知道柳梦梅怎样处置这幅画。柳梦梅终于认出画中人便是意中人、梦中人，然后一步步从最微妙处，柳梦梅对画的心理变化，而且要观众看到，感觉到这种变化。我们给演员强调：从拾画到认出画中人就是意中人的全过程必须是——多情、诚恳而不庸俗，风流、活泼而不轻佻，对梦中人是痴而不是狂，对画中人的直接表现是热情愉悦而不亵渎孟浪，对最后的三声叫"美人""小娘子""我那嫡嫡亲亲的姐姐"要一声比一声缠绵，一声比一声亲昵，声声传情，叫得埋在梅树下的丽娘动情，叫得柳梦梅动情，叫得演员自己也为之动情，这样才能使观众动情。这场高潮戏才算压住。

下面《魂游》《幽媾》，丽娘的出现似乎是被柳梦梅的痴心叫唤而吸引来的，这就起到了意念上的呼应作用。《拾画》演棒了，《幽媾》《冥誓》《回生》就好演了，顺理顺章，柳梦梅便成为帮助杜丽娘起死回生的主要力量，观众关注力自然会集中到柳梦梅身上。下本《淮泊》《硬拷》更深层次描写了柳梦梅为实现自己的诺言，担起自己的责任，为真情所付出的艰辛，乃至生命。尤其当岳父不认他这个女婿，把他当作盗坟贼严刑拷打，他仍不屈不挠、据理力争，为维护纯真的爱情二曲《雁儿落》《折桂令》唱出了柳梦梅不畏权势、敢于和礼教抗争的傲骨书生之气。他大声诉说我为情，为你阴间的女儿，宁愿用自己的阳气之身来换取你女儿的阴气之魂。我连生命也在所不惜，你还要来责问我的罪。真是"我为她抢生命，把阳程进……到如今风月两无动"。柳梦梅绝不妥协，不达目的誓不罢休，这一桩桩一件件都是考验柳梦梅勇气和真情，由于他对爱的追求是一往无前的，皇天不负苦心人，最终完成了理想中的情爱，实现了他的梦。

青春版《牡丹亭》所到之处（尤其是大学）有一个现象值得深思：往往男同学谈话丽娘，女同学谈话梦梅，这很有趣味的差异来自两性之间的心理背景，不同的审美偏好，他们介入角色的兴奋点，有很大的差异。增加梦梅的戏，强化柳梦梅形象塑造，也在更大范围内强调了观众的兴趣，拓展了舞台上下的交流空间。

突出情感戏

杜丽娘的寻情、柳梦梅的圆情，如流动闪动，缱绻交缠，美不胜收。《寻梦》《离魂》《拾画》是独角戏，还有不少是两个人的对手戏，比如《惊梦》《幽媾》《冥誓》《回生》《婚走》《如杭》都是一些二人的情感戏，一个人是单相思，一种幻想、是一种虚梦，摸不到、抓不着的精神感觉。两个人在一起才是情的结合，是现实、是交流，有面对面的直接感觉。

按白先勇的说法《牡丹亭》第一本启蒙于"梦中情"，第二本转折为"人鬼情"，第三本归为"人间情"。那么这"三情"最具代表性的核心戏就是《惊梦》《幽媾》《如杭》。《惊梦》是杜丽娘与柳梦梅梦里"幽欢"，《幽媾》是杜、柳的阴阳"媾和"，《如杭》是杜、柳"新婚宴尔"，这三出戏都考验着我们。是对手戏，重头戏，情感戏，如何能排出戏来，排出情来，排出不同来。

《惊梦》是杜、柳两人梦中相遇的一段情感戏。是有传承的，其风格基本上倾向于雅淡和含蓄，即便唱到"和你把领扣松，衣带宽……忍耐温存一晌眠"这些露骨的曲文也一带而过，最多拉拉水袖，荡荡脚。

白先勇一再要求加强这段戏，两个人要奔放、热烈，表现"情"，表现"性"。我领悟到他的精神，确实在那"存天理、去人欲"的年代里，人只有在梦幻里，青春之热情与人性的欲望才能没遮没拦的自由奔放，纵情、放射，摆脱一切礼教束缚，享受着爱的温存和性的甜蜜。因此，提供给演员表演必需亲昵、缠绵热情。柳梦梅念"姐姐咱一片闲情爱煞你也"双手慢慢地搭在杜的肩上，用嘴紧贴在杜的耳边，轻轻地、深情地、非常甜蜜地倾诉。杜丽娘呢？陶醉在情爱的享受中，紧挨着柳梦梅，好似找到了依靠了。同时，在场景处理上，加强了水袖的舞动力，相拥、相磨，对视、仰背。互转水袖又不时地交缠在一起。充分反映了一对梦中恋人狂热的爱。一种性爱的展示。用舞蹈、眼神、气息来表现梦的浪漫，梦的诗境，梦的浓情。这一场"梦"决定了两个年轻人一生的追求，这一场"梦"也决定了青春版《牡丹亭》的艺术走向。

《幽媾》是中本的核心戏，杜丽娘阴魂不散，来到梅花观寻找她的梦中人。半夜二人在书馆相见，真是二梦相撞，是虚是实，是阳是阴。这本身就有强烈的戏剧性。如何处理好戏的风格，掌握好戏的分寸，营造好戏的氛围，这是我必须要做好的。杜丽娘与柳梦梅二人的心情很不一样的。杜丽娘虽是鬼魂，心中却是踏实的，因为她已在现实中找到她的梦中情人，反过来柳梦梅虽是有血有肉之躯，对梦中情人的存在，感觉上依然是恍恍惚惚、若即若离，换言之，还是虚的。排这场戏必须把两个人内心反应的差别挖透挖深，也要利用这种差别的互动去推进戏剧矛盾的发展。

柳梦梅面对一个午夜到访的美女，先是"惊"，接着是"疑"，然后是"喜"。其中"疑"是主要的，他要探问，要弄清楚眼前的美女来访的原因、动机。从探问的过程中，再联想梦中人、梦中情，杜丽娘的思想却是明朗而清晰的，她要采取主动和柳梦梅"完其前梦"。但她又不能操之过急，她过分急切投怀送抱也可能弄巧成拙。像柳梦梅的唱词里就有："知她是甚宅眷的孩儿，这迎门调法？"充满着怀疑，杜丽娘当然会考虑到柳梦梅这种反应。所以这出戏应该是杜丽娘主动、积极，但也一定要掌握分寸，只能以试探、暗示、提醒的方法来达到自己的目的。所以舞台调度便不能黏，而要有距离感。当柳梦梅开门见杜丽娘一瞬间的"惊艳"，有停顿，但必须马上分开，充分利用一桌二椅，杜丽娘、柳梦梅二人交叉绕到左右二椅的背后，两人始终远距离互相观察，是一种全面的、整体的、客观的观察，意味着两人都在抑制重逢的喜悦，要好好地印证眼前人与梦中人是否同一人。总之，无论是从人物的心理或从戏剧效果，都需要一个延宕使它产生一种后坐力。

整场戏份三个阶段处理。第一阶段——"疑惑、观察"其表现为紧张、疏远，舞台节奏滞缓停顿。第二阶段——"投机、亲近"其表现为松弛、愉悦，舞台节奏轻松、明快。第三阶段——"两心相印"其表现为热情、奔放，舞台节奏强烈舒展。尤其当杜丽娘向柳梦梅表露真情"柳郎真个盼着你了"，然后一曲《金马乐》把全剧推向高潮，这里设计了一段古典双人舞，把热烈的爱情火光燃遍全身。

《如杭》写的是"人间情"，"人间情"表现的是人间两个人实实在在的爱。这场戏份三个层次来反映。第一层"夫妻情深"。二人庆幸逃脱了衙门的追赶，小舟上举行了婚礼，来到杭州过着最美好的小夫妻生活，卿卿我我、你亲我爱地享受二人世界。你听，柳梦梅嬉笑地问："娘子，一向不会话及，为何当初只说你是西邻女子？"杜丽娘微笑回答："柳郎，俺说见你于道院西头是假。"原来当初杜丽娘是在说鬼话。两人相视而笑，笑得那么开心，笑得那么天真，亲密无狎地谈说着二人的趣事，可算是其乐无穷。

一曲《江儿水》诉说着爱的过程，爱的艰辛，爱的甜蜜，一种强烈的陶醉感。用什么形式表达呢？用了一段扇子双人舞，两扇相印。以最美的合盘造型，动静相济扇子动作出新婚夫妻如胶似漆情爱，这二人是世界上最幸福的一对，最可爱、最难能可贵的一对。

第二层"发迹之期"。正在欢乐时，石姑姑从外面归来，带来了众多学子赶考场的消息，又带来"状元红"酒一壶。"状元红"又是好口彩，预言着柳梦梅要考取状元。因此，这段戏始终围绕一壶状元红。或舞，或歌，或比喻。这时的柳梦梅充满着信心，志在必得，极力安慰杜丽娘。喝了这杯"状元红"回来必定是个状元郎，定给你带来凤冠霞帔。你在家等着喜报吧。杜丽娘当然一步也不愿意让柳梦梅离开，希望朝夕相伴。但为了二人永远能在一起，能得到社会、父母承认，只有求取了功名才能做到。二人在忧喜参半中互勉互贺。第三层"难舍难分"。石姑姑把柳梦梅赴考的行李准备好，柳梦梅要离开这温暖的家，这是辛酸的离别，千言万语无从说起，经历了一场生死的爱情磨难，才享受了片刻的欢乐、安逸，却又要别离，二人欲哭无泪，欲说无言，只能默默分离，这时石姑姑急了，怎么一句话不说就走了呢？忙对杜丽娘讲："小姐，相公走了。"杜丽娘急转身，一声"柳郎"，二人闪电式前冲相抱，但又相对无言，四目相视，这里处理一个大静场。然后慢慢地一步步后退用台步的语言，传达了两个人的心声，达到了此时无声胜有声的艺术效果。

注重过场戏

《牡丹亭》全剧五十五出，真正一字不漏、一腔不少的话，恐怕十天十夜也演不完，现在改成二十七折，戏相对集中，但也不完整，只是直接反映柳梦梅、杜丽娘的情感戏、重头戏，几乎都是成套曲牌。如果没有几场有亮点的过场戏来调节一下，观众也会疲劳，意念上也会缺乏连贯性。所以必须强调过场戏的处理。比如《言怀》郭驼的出场只二分钟戏，但对调节剧场气氛、烘托主题起到了不可估量的作用。由于他驼背拐肢，看见柳梦梅一兴奋，急步向前便来了个底朝天（摔跤），柳梦梅马上扑倒相扶。充分体现他们主仆情深，郭驼与柳梦梅虽是主仆但情感胜似父子。柳梦梅从小父母双亡，仅靠郭驼栽种瓜菜抚养长大，二人是相依为命的感情。这一点的交代对以后郭驼上京寻主，大闹杜宝公堂，做了人物和感情的铺垫。

又如《虏谍》只三分钟的过场戏。完颜亮发起战争，要并吞南宋。宋金战争作为此剧的时代背景，又是战争对爱情主题的陪衬作用，以及中场休息后调整观众情绪。如果按武戏大场面处理，同前面的《惊梦》《寻梦》，后面的《写真》《离魂》风格上不统一，恐怕还会起到破坏作用，取消吧！不忍心，戏缺乏呼应，尤其对中、下本

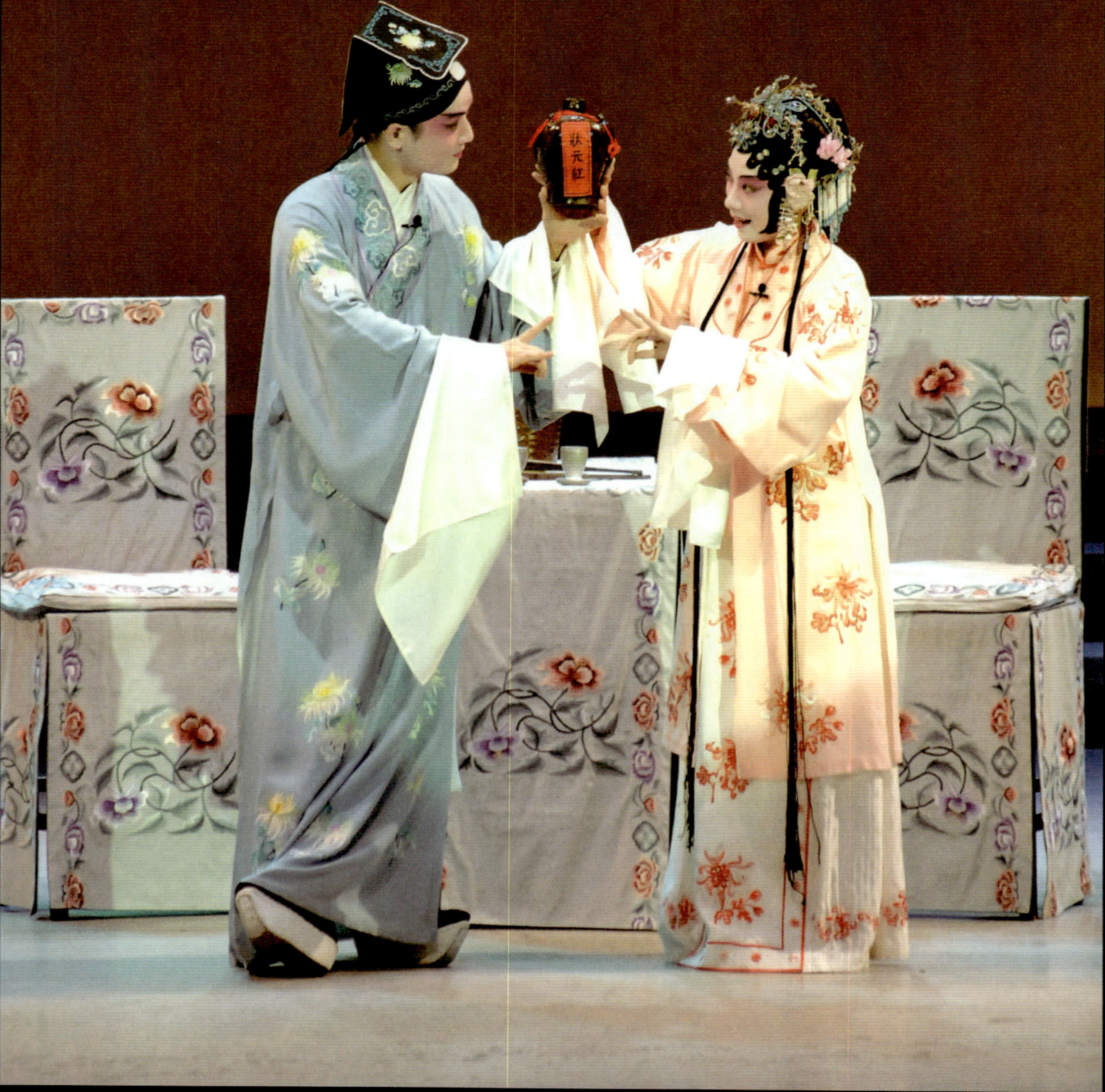
状元红

影响更大，戏中情节无法连接。所以用写意的灯光处理。舞台高平台处一面特大的金字旗，完颜亮，站在高处，一束特殊光照着大旗及完颜亮处，平台下灯略暗将士对立。表示千军万马，群唱"少不得把赵康王的剩山残水都占了"群像造型。这样既有艺术感染力，又点出时代背景。

再如《道觋》中石姑姑一个人的过场戏，这场戏是承上启下，介绍石道姑人物的来龙去脉。她一上场即念："人间嫁娶苦奔忙，只为有阴阳，天不由我人生相，只当人生梦一场。"道出了石姑姑的生理缺陷——不阴不阳、非男非女的悲惨遭遇。她又是玉成杜丽娘还魂的重要人物。当然不能丑化她，要同情她，喜爱她。因此，我们从女演员中挑选了表演能力极强的一级演员陶红珍，让她俊扮，尽管只有三四分钟，但是她的一口苏白，细腻的表演紧紧抓住了观众的视线，她声声传情，句句引发观众的思考，绝不是单纯的插科打诨、滑稽、讽刺、脸谱化的平面人物，原是一个活生生的美貌女子，是一个善良的、内心痛苦又复杂的人物。上本的三个过场戏，因为重视他们的作用，认真对待每个人物的行动线。哪怕是一句台词，一个下场绝不草率，因此，就收到了非常好的剧场效果，几乎每场都有好几次满堂彩。

同样中本《忆女》《淮警》二折，我们也花大力气来排。《忆女》是杜母、春香、杜宝三人同时为杜丽娘亡灵祭奠，处理了三个表演区。这场戏点出了人间亲情。就连礼教重到可以扼杀杜丽娘情爱的代表人物杜宝，也道出："俺的丽娘儿，在天涯老命难存，割断的肝肠寸断。"失去女儿的痛苦，表达他的哀思，这里也为《圆驾》翁婿父女相认，埋下了伏笔，这场戏确实用心处理，调动了灯光，音乐的艺术手段，得到了观众的认可，收到极强的艺术效果。《淮警》描写的是李全夫妇起兵攻打淮扬（杜宝守城），似乎只是为下本他们弃金投宋做铺垫。但我们的重点却放在突出这对男女之爱，而且别有情趣，他们对情、对爱也是非常强烈的。临上阵打仗，杨婆还要警告李全："军到处不许你强占妇女，如违，军法处事。"李全忙说："不敢。"杨婆一笑，一娇，李全趁势抱起杨婆哈哈大笑下场，虽有些夸张，但剧场效果特佳，也反映出人情人欲是抑制不住的。

下本的《索元》也是过场戏，其实只是一句话："梦梅中状元了！"为了渲染强化柳梦梅高中，我们设计了四个报录，拿着驾牌四处寻找，巧遇郭驼也在找他相公。正好合二为一，共同去找。由于他驼背，拐脚不方便，因此，用驾牌做了顶桥子抬他走，这完全是喜剧手法。当观众爆发出热烈的笑声和掌声后想想还是合理的。状元披

上：《牡丹亭·惊梦》。苏州昆剧院。二〇一四年十二月。
下：《牡丹亭·幽媾》。北京大学百年纪念讲堂。二〇〇九年十二月。

上：《牡丹亭·寻梦》。
下：《牡丹亭·索元》。香港。二〇二三年七月。

《牡丹亭·忆女》。北京大学百年纪念讲堂。二〇〇七年十月。

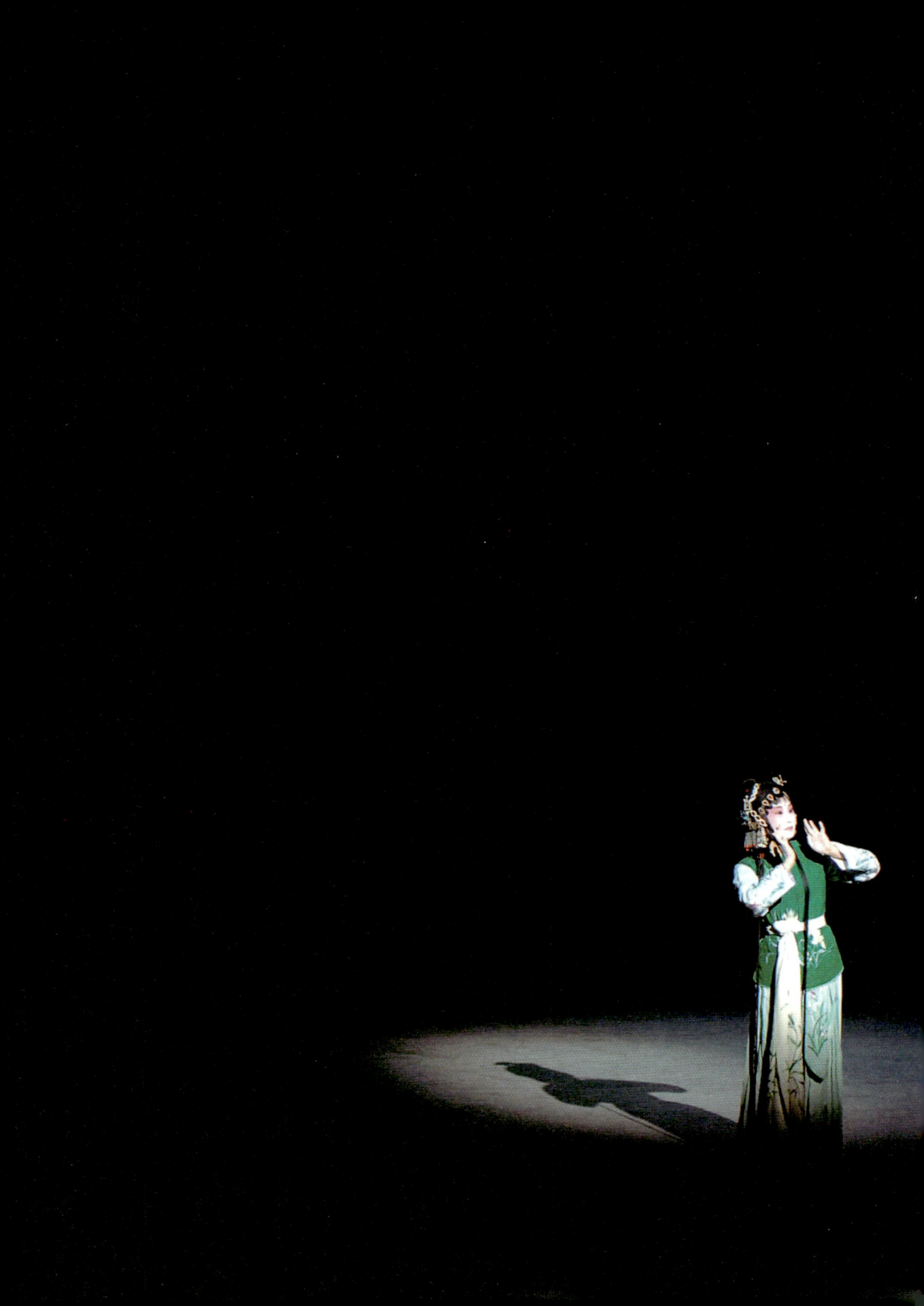

红戴绿，骑马游街历来就有，柳梦梅不在，由养父般的园公代坐一回轿子也理所当然。为《硬拷》杜宝的行为做了强烈的讽刺。总之过场戏，必须抓住，要像重头戏一样讲究。只有这样全剧才会有张力，才能分清主、从、轻、重、淡、浓、冷、热，这样戏才能统一完整，观众才会叫好。

增添舞蹈戏

舞蹈是青春版《牡丹亭》的又一亮点，白先勇高度重视，确实我们也十分用心，无论在设计、挑选演员乃至服饰、花样都不随意，绝不把它作为戏的装饰品，而是作为渲染剧情、强化主题、突出主人翁的艺术手段，用舞蹈语汇和场面调度以及婀娜多姿舞动来烘托昆曲那种典雅细致的美。原来昆曲《牡丹亭》演出只是在《惊梦》中出现一些舞蹈，有时只是一个大花神。这次增加了《离魂》《回生》《冥判》《圆驾》群场花神的戏，同时如《移镇》《折寇》《索元》也都有舞蹈场面的出现。对于昆曲舞台上讲究的是同场曲（合唱），有群舞、有队列，但往往是定格造型、队列为主，缺乏流动感，不是直接抒说内容。花神不仅是"有情人"杜丽娘的保护神，也象征着真、善、美、春色、青春与生命，正是《牡丹亭》全剧所歌颂的"情"之价值所在。《牡丹亭》中运用了很多舞蹈场面，透过舞蹈语汇，以及场面调度，让花神也好，鬼卒也好，船桨手乃至报录都不露痕迹地穿插其间，与整本戏合而为一，达到为戏服务、真正意义上成为戏的一个部分。

排好空场戏

昆曲舞台一向是简练为主，往往一桌二椅代表一切。"追求空灵""以简驭繁"的美学传统。这次青春版《牡丹亭》虽然也有舞美设计，但却有十五出空场戏，台上一无所有，给演员提供了极大的表演余地，同时也给导演的创作提供了自由的想象空间。如《拾画》《寻梦》都是近二十分钟的独角戏，时空、场景的转换，都要恰到好处地反映出来，才能抓住观众的心灵，发挥昆曲独具的写意性和假定性的程序化动作

上：《牡丹亭·冥判》。北京大学百年纪念讲堂。二〇〇七年十月。
下：《牡丹亭·幽媾》。

和语汇，来体现剧情所需要的意境气氛和人物的情绪。

又如《冥判》一折，全场空旷简练，就靠现场十几个演员的肢体，六名夜叉，四名鬼卒，一名判官，在滚动的场面调度中体会其阴森地府的场景和氛围。舞台形象、画面，留给观众一种艺术联想。又如《移镇》一场杜宝由于军事所急，只得移镇淮扬，眼见一派淮江涛涛，白鸥点点的景致，引起他思绪万千，心潮翻滚。要抒发他的情怀，便有大段的唱腔。如果单靠几个船夫或几个将校来回走动，摆几个画面恐怕不能体现剧中所要表达的人物激情。这场戏也许会很平（下本一、二、三场均是空场戏）。

因此我们设计了十二名船桨手来营造壮观的大船行进场景，船桨手在杜宝的抒情演唱中，不断地根据唱词内容和旋律，有机地调度队形，或一字排开，或撒满全台，或两旁对称，或前行后退。船夫的舞蹈便是杜宝内心感情的外化，是杜宝满腹愁绪的延伸，烘托了杜宝形象，渲染了舞台气势，带给观众的是一种非常直观的视觉冲击，就收到了很好的剧场效果。昆曲的魅力就在于表演不借助外物，均以传统写意为准则，以表演为中心，演员为中心。

音舞渲染戏

舞美我们始终遵循昆曲抽象写意，以简驭繁的美学传统。从现代剧场的需求，补充新的元素，达到传统与现代的完美结合。青春版《牡丹亭》舞美设计和服装设计是艺术大师王童，真是出手不凡，并不囿于传统，增加了水墨画为内容的屏风和背幕，风格淡雅，整个舞台呈现干净、清丽、青春秀艳，有效地烘托表演与剧情，而又不喧宾夺主，舞台后增设了一个高平台。适应《牡丹亭》故事实境与幻境，阴界与阳界的轮转变化。整个舞台采用中性的灰色，既能引导观众进入戏剧情境，又不造成视觉的突兀感。服装是美感淡雅，柔嫩平衡，既符合戏曲传统，又洋溢青春气息，确是匠心独具，美轮美奂。灯光设计林克华也是一位非常有创意的灯光大师，他在设计青春版《牡丹亭》时说："我要让现代人喜欢看古典传统戏，让我们灯光架起桥梁，串联古典与现代，典雅与青春，梦境与现实。"他这样说了，也就这样实现了。当代意识的美学观与古朴典雅的昆曲在审美是能够沟通的。《牡丹亭》就是一例。

音乐是一个剧种的代表，他的特点风貌不能移位。尤其唱腔不能变味。但整场音乐的处理必需根据戏的发展，人物情绪的变化，又必须考虑现代观众尤其年轻学生的欣赏能力，强调浓淡，重轻的对比，在开排之前就拟定《皂罗袍》曲牌的主要旋律作为杜丽娘的主题音乐，《山桃红》曲牌中代表性旋律作为柳梦梅的主题音乐。这方面，音乐发挥，是淋漓尽致。这次音乐总监周友良，在唱腔和音乐总体上保持南昆特色，在整理改编的进程中，既保存了传统的精华，又赋予一定的新意，对整个戏的烘托，渲染起到了不可估量的作用。

　　《牡丹亭》的完成，青春梦的实现。我参加整出戏创作的全过程。两年多，不算太短的时间，当然也有不尽人意处，也有烦恼，浮躁，但总的还是愉悦和幸福的。因为，青春版《牡丹亭》是一首青春之歌，是一首充满活力的生命之歌。

文曲星竞芳菲
——白先勇 vs 张继青

时　间：一九九九年十一月二十一日
主持人：辜怀群女士（辜公亮文教基金会执行长，以下简称"辜"）
与会者：白先勇先生（作家，以下简称"白"）
　　　　张继青女士（昆曲表演艺术家，以下简称"张"）
笛　师：孙建安先生

辜：请两位文、曲界的巨擘展开今天的对谈。

白：一九八七年我第一次回南京时，始与张继青女士结缘，没到南京已经久闻张女士大名，行家朋友告诉我到南京一定要去看她的"三梦"（《惊梦》《寻梦》《痴梦》），隔了好些年才有机会，当然不肯放过，于是托了人去向张女士说项，总算她给面子，特别演出一场"三梦"，那次演出尤以《痴梦》的崔氏使我深深痴迷。在与张女士分享她的艺术经验之前，我先说我和昆曲的因缘。小时候我就与昆曲结缘，一九四六年梅兰芳回上海首次公演，我随家人在美琪大戏院看了他的《游园惊梦》，虽不太懂，但其中《皂罗袍》一曲婉丽妩媚的音乐，一唱三叹，使我难忘，体验到昆曲的美，从此无法割舍与它的情缘。昆曲是包括文学、戏剧等雅俗共赏的表演艺术形式，特别是昆曲的文学性，我们的民族魂里有诗的因素，昆曲用舞蹈、音乐将中国"诗"的意境表现无遗，昆曲是最能表现中国传统美学里抒情、写意、象征、诗化特征的一种艺术。这几年来台湾昆曲的推广多亏徐炎之老师及其学生，徐老师在各大学扶植的昆曲社承继了传播昆曲艺术的责任，今日才有这么多懂得欣赏昆曲的观众。接着要请张女士分享昆曲在表演上如何利用歌、舞表现感情、文学意境的亲身体验。

张：……并不遗憾学了这门艺术，舞台上演出让我陶醉其中，昆曲具舞蹈性，我幸运受到民初"全福班"老师的教导，小长生老师等都见过面，尤彩云老师教我《游园惊梦》《闹学》的春香和《奇双会》，从老先生那得到坚定走上艺术生涯的信念，昆曲唱腔优美，由字吟腔，注重字正腔圆，我的经验是"师父领进门，修行在自身"，虽然一方面受老师教导，另一方面还是要靠自身反复琢磨。以前在苏州有四大才子，我有三年的时间在文征明的书馆里拍曲，唱腔受俞锡侯老师（俞粟庐先生的学生）影响大。以前拍曲时，老师十分辛苦，拿火柴棒来回地数，一天四五十遍地唱，今天唱腔上才有些可取之处。从小便开始学《牡丹亭》里闺门旦的折子戏，可是小时文化不够，无法体验太深的曲词，学会曲子和身段后，仍要继续锻炼，持续领会。

白：张女士是苏州人，苏州话有吴侬软语的味道，张女士唱曲也有浓厚的苏州味，这点也请张女士谈谈。

张：我原是学苏剧（又叫"苏滩"）的，后来才学昆曲，苏剧和昆曲属姊妹剧种，苏剧大部分剧目也撷取于昆曲，如《活捉》《芦林》《断桥》，后因昆曲少人继承，一九五四年左右我们便去学昆曲，因苏剧的演出多只有唱腔没有表演，学了昆曲便可加强舞台的表演性，将苏、昆一起唱。我的老师也是苏州人，所以咬字受到苏剧影响，演出上的好处在于苏剧咬字柔软，有助于少女角色刻画。另外补充一点，昆曲要如水磨一般地磨习曲子，使得昆曲愈唱味道愈浓。

白：昆曲是载歌载舞的艺术，不同于其他剧种，歌舞之余也要表现出诗的境界，这三者的结合是昆曲难得之处。

张：难度也在此，昆曲唱腔细，文辞又深，演唱时又没有过门，除非熟戏，观众很难进入表演世界。昆曲的唱和表演要一气呵成，感情也要同时完成，需要动作帮助感情的传输。老师曾说昆曲是图解式的动作，不仅唱腔长、动作多，（而且）不时需要舞蹈动作陪衬，增加表演性。表演艺术经过明清两代的琢磨，加上"传字辈"老师精致化演练，使得表演更精美，动作更出神入化。到了我这一代，又加上几十年的锻炼，如我演杜丽娘，唱腔和动作全都反复琢磨过多遍，不能说早上学戏，晚上马上就能上戏，要将唱词、动作、感情融和为一体，然后传达给观众。

白：昆曲身段中双人舞和合舞的走位十分要紧，如《小宴》《秋江》《游园》《折柳阳关》都是生旦搭配的重头戏。昆曲不只唱词优美，走位的繁复也深深吸引人，可说说双人舞和独角戏的不同吗？

张：《游园》一出为杜丽娘和春香搭档，其舞蹈要对称，彼此要有默契；若是独角戏便能自己发挥，譬如《寻梦》演员就可自如；若《惊梦》则要靠和小生的眼神传递，但彼此间准备动作的默契，只能演员们自己知道，动作一致整齐，两人眼神又有呼应，如此表演才美。若是观众发现，戏就不美了。

白：说说《秋江》这出戏。

张：日本的狂言名家野村万作也算是我恩师。一九八六年他把苏昆带到日本演出，那次演出的剧目为《游园惊梦》《朱买臣休妻》和一些折子，那个演出舞台美得不得了，我便和野村先生表示：想在此舞台演出《寻梦》。过了十四年，去年正好有机会，野村先生有演《秋江》的心愿，于是推荐我一同演出，尽管担心语言隔阂，但我们都很期待这次的合作。首先的工作要改本子，昆剧、京剧和川剧都各有《秋江》的版本，经过考量决定以川剧《秋江》为底本作改良。排戏初，语言的确造成问题，我们便要捉住对方最后的动作与语气来呼应，后来不断改本及排练，野村先生无法做太难的动作，便把动作改到无法简省为止。去年我于台湾演出后，便到日本演出此剧目，如愿站上当初的舞台，演出之后举办一连串的座谈会，各方反应都不错，个人收获也不少，能将昆曲和狂言两个古老剧种结合，我觉得意义非凡。

白：昆曲到过欧洲、美国、日本等地演出，当地观众很能欣赏与尊重昆曲的艺术，我想艺术超过一种境界后，不再有地域文化的差距，便成世界性的。张女士曾到法国、柏林、西班牙马德里等地演出，效果十分好，上昆也到日本演出《长生殿》，受到相当欢迎。昆曲经得起时间考验，这不是偶然的，由于它能糅合音乐、舞蹈、文学、戏剧多种艺术，精致度实是其他艺术少见。昆曲民初时受到传承危机，职业昆剧团无法支撑生活，纷纷解散，有心人士于一九二一年在苏州成立"昆曲传习所"，招收了约四十个学生，现称之为"传字辈"，如朱传茗、姚传芗、王传淞，各个行当都全，训练严实，日后这群人在上海成立仙霓社演出，他们延续昆曲生命。抗战时老先生们流离失所，一九四九年后才渐渐回到昆曲岗位。张女士，在你学戏生涯里，怎么受到他们的影响？最受益的老师是哪位？

张：先前提到我曾受教于"全福班"老师，而"传字辈"老师教我更多，我没拜过什么老师，但是"传字辈"老师都是我的老师，连老师们的交谈都受益匪浅，譬如王传淞老师坐下来就是和学生讲戏，我时时受益于他们，特别是沈传芷老师、姚传芗老师。约入中年后，我才开始学对我意义深重的两个戏《寻梦》《痴梦》，这两个戏让我自己的艺术道路更向前迈一大步，丰富了我的艺术生命，若年轻学还没能有这些体会。《寻梦》是姚老师的拿手戏，当时学习环境相当好，姚老师正担任杭州戏校的老师，他每天教一段，下午我自己复习，隔天回课，行了再进行下一段，因此学得相当扎实。后来（江苏）省昆剧院的领导欲将《牡丹亭》串起，便成为我们今日演出的版本，由《游园》《惊梦》《寻梦》，排到《写真》《离魂》。《写真》《离魂》一直未曾演过，只留有唱腔，没有演出身段，便再请姚老师来排，他又再次加强我的《寻梦》，加了好些动作，但我认为自身条件不适宜太花哨的动作，便以杭州学戏的版本较好，一直保持到现在。

白：张女士的招牌戏《朱买臣休妻》取材于《汉书·朱买臣传》及民间马前泼水的故事。西汉寒儒朱买臣，年近半百，功名未就，其妻崔氏不耐饥寒，逼休改嫁。后来朱买臣中举衣锦荣归，崔氏愧悔，然而覆水难收，破镜不可重圆，最后崔氏疯疯投水自尽，这是中国传统"贫贱夫妻百事哀"的故事情节。时代流转，出现多个版本，在《汉书·朱买臣传》里，崔氏改嫁后仍以饭饮接济前夫，而朱买臣当官后，亦善待崔氏及其后夫，仍不是悲剧材料。元杂剧《朱太守风雪渔樵记》最后让朱买臣夫妇团圆，改成大团圆结局，还是明清传奇版本《烂柯山》掌握住故事的悲剧内涵。烂柯山是朱买臣居住处，但是在《昆曲大全》老本子的《逼休》一折，崔氏取得休书后在大雪纷飞中竟把朱买臣逐出家门，将崔氏写成过分凶狠的女子。苏昆的演出本改得最好，把崔氏这个爱慕虚荣不耐贫贱的平凡妇人刻画得合情合理，恰如其分，写得人性化些。张女士饰演《朱买臣休妻》的崔氏，得自"传字辈"老师沈传芷的真传。沈传芷老师专工正旦，能将崔氏千变万化的复杂情绪、每一转折准确把握地投射出，即使最后崔氏因梦成痴，疯疯癫癫，张女士的演出仍让人觉得真实。可否和我们说说你怎么诠释崔氏，及如何体会这位女性的心路历程？

张：徐芝泉老师一定要我和沈老师学《痴梦》，因《痴梦》是沈传芷老师的家传戏，沈老师以演出《痴梦》著名，那时沈老师已不教旦行，改由朱传茗老师教授旦行，

上：张继青（中）、白先勇（右）、沈丰英（左）谢幕时合影。上海大剧院。二〇〇四年十一月。
下：张继青与姚继焜指导排演。苏州。二〇〇四年三月。

后透过顾笃璜先生推荐，利用一个暑假学习，自己再反复琢磨，然后到上海演出，演出后再学《泼水》，听说我的《痴梦》得到沈老师认可，觉得十分开心。我们剧团也把《烂柯山》排出来，串联《逼休》《痴梦》《泼水》等出，剧名《朱买臣休妻》。演出原是前后两个人轮流演崔氏，后因一九八三年到北京演出，为了人物一贯性，我把前面也排了，碰巧阿甲老师到杭州来，便请他担任艺术指导，演出本上又做了一些修改，使人物性格更加饱满，只有《痴梦》已经十分完整。阿甲老师以为崔氏不是坏女人，而是有缺点的女人，她的缺点在于"不愿意受贫""熬不住"。崔氏听到朱买臣做了官后，内心慌乱又懊悔，却又不能让衙役发现心思，直到衙役走后，才发出"原来朱买臣果然做了官，咳，崔氏啊崔氏，你当初若没有这节事做出来，哪哪哪……这夫人位稳稳是我做的呀！"笑声中有一厢情愿意味，她自我满足地想了又想，情绪上好几转，"我如今纵然要去见他，纵然要去见他。"此时《锁南枝》起板的鼓声不要落实，接着开始唱："只是形龌龊身邋遢，衣衫褴褛把人吓杀，毕竟还想枕边情，不说眼前话，好似出园菜，作了落树花，我细寻思叫我如何价。奴薄命夭折罚一双眼睛只当瞎……"入声字"一"，要唱得清楚，字断音不断，接着念白："我记得出嫁之时，爹娘递我一杯酒，说道，儿啊儿，你嫁到朱家去末，千万要做个好媳妇，与爹娘末争口气，啊呀！是这样说的口虐。"接唱："我记得教一鞍将来配一马，如今啊，好似一个蒂倒结了两个瓜。咳崔氏啊崔氏，你被万人嗔，又被万人骂。"这个戏十分有层次，层层剥开，能学到这出戏还是要感谢沈传芷老师。

白：崔氏梦醒时的失落，使观众对她十分同情，你在演出时如何用眼神圈住观众，引动他们的怜悯？

张：戏曲有很多程序，重点在于恰到好处的停顿，不只是眼神，唱腔、动作都要有停顿，另外，心里的感觉也一定要呈现出，且不同的人物要有适合角色自身的音量，赵五娘也是正旦，但和崔氏正旦的雌大花脸表演方式不同。出梦时崔氏念白："快取凤冠来，霞霞霞帔来，来来来口虐。呀啐，原来是一场大梦。"眼神出来就是两看，不要多看，重点要使观众看到眼神的停顿。

白：《寻梦》是最高难度的独角戏，也是闺门旦一大考验，意境相当高，这出戏也是《牡丹亭》的高峰，对整个剧情作重新回顾，要请张女士为大家示范《忒忒令》和《江儿水》两个曲牌，经过《游园惊梦》后，杜丽娘想再次回味梦境，《忒忒令》："那一答可是湖山石边，这一答是牡丹亭畔。嵌雕阑芍药芽儿浅，一丝丝垂杨线，一丢丢榆荚钱。线儿春甚金钱吊转！"张女士用一把扇子扇活了满台的花花草草，表现杜丽娘对春天、生命、个人的体验。演唱《忒忒令》时，杜丽娘心情还停留在《游园》，到了《江儿水》："偶然间心似缱，在梅树边。似这等花花草草由人恋，生生死死遂人愿，便酸酸楚楚无人怨。待打并香魂一片，阴雨梅天，守得个梅根相见。"发现全是一场梦，心中便产生极大失落，待会儿听听张女士怎么诠释杜丽娘。

张：这出戏是和姚老师学的，有句话说"熟的戏生唱，生的戏要熟唱"，上舞台前我起码要求和笛师合排一次，每天最少练嗓子一个钟头以上，加强自身能力。《寻梦》《豆叶黄》动作很大又要唱，要使唱、动都优美，一定要透过不断的练习才行。崔氏和杜丽娘两个人物的诠释有别，崔氏是外放的，杜丽娘则向内收，难度更高。演员要能控制住自己，我的条件则更要注意这点。从老师那学来的招式，演员要深深体会，程序也要慢慢磨，才真正成为角色需要的表演方式。

白：文学浪漫传统在《牡丹亭》达到高峰，汤显祖这个剧本可说是爱到死去还要活来，在纽约看全本《牡丹亭》时，发觉对外国人来说，《牡丹亭》比《罗密欧与朱丽叶》还浪漫，《罗》剧两个主角为了爱情最终还是失去生命，所以说《牡丹亭》既动人又有积极性。

辜：手边有几个问题先请张老师回答，第一个问题是什么是"雌大花脸"？

张："雌大花脸"就是比较夸张的女花脸，除了崔氏，《芦林》的庞氏也是。

辜：张老师最喜欢的角色是杜丽娘吗？你认为她是因思春而死吗？

张：我想是为情而死吧！

辜：现在大陆戏曲教育状况如何？

张：各处多有进行，很多戏校皆招收新学生，各个剧种都有新血加入，而我认为戏曲教育重点在于如何让学生吸收传统的营养，这才是长远之计。

辜：张老师有得意弟子吗？

张：我没有拜过师，但"传字辈"老师都是我的老师。我也没有正式收过学生，而是学生喜欢哪个戏来向我学，譬如苏州有两个学生王芳和顾卫英来学过《寻梦》，陶红珍也学过《痴梦》，大家都热爱传统艺术，好坏则是学生自己选择，若有人要和我学戏，我很乐意教学。

辜：琴棋书画之类的艺术涵养，张继青老师认为对学戏有帮助吗？

张：我水平不高，并没有在这方面下苦功夫，但是起码多少学过一点，像不像，三分样，培养艺术涵养能帮助领会剧情。另外，当然有演员自身文化水平很高，肯下功夫学习。

辜："文革"时京剧有样板戏，那昆曲当时的发展呢？

张：很可惜，"文革"时昆曲不能演唱，当然也没有昆曲样板戏产生，但我个人也唱过样板戏，譬如《沙家浜》的阿庆嫂、《平原作战》的老大娘，为了宣传也唱过平剧，学习不同的剧种对我有些好处，譬如我的发音因唱过京剧而得以提高。

辜：昆剧曲调听起来少变化吗？

张：昆剧的曲牌是各剧种中最多的，也多有变化，但对不熟悉的人来说，听起来可能是差不多。

辜：快节奏的二十一世纪，面对慢节奏昆曲，白先生认为昆曲的未来发展如何？

白：台湾现在有很多年轻的新观众，许多大学生喜欢看昆曲，懂得欣赏昆曲，发现身边就有美好的艺术，我们能亲近自己的传统，民族的集体意识也得以凝聚，无疑是由于昆曲能触动我们的心弦，因此昆曲充满发展潜力。

辜：离开家乡多半会做思乡梦，我的离乡之梦背景音乐都是中国音乐，我们应该追寻我们的根，将中西学放在心里可使我们更丰饶。接着还是要请教白先生，五十五出《牡丹亭》里情色部分的表演如何？

白：汤显祖剧本里原也有黄色冷笑话，呈现在舞台上更为惊人，但这多是剧本里的调剂，若全是抒情呈现，观众反而容易疲累，其实这些片段没有造作虚假，情感很真实，莎士比亚的剧本里也很多大荤大素的部分。反观现代，我们反而不如明朝人勇敢、真实，人本主义精神更在明朝展现，或许应该向汤显祖看齐吧！

辜：谢谢今天文、曲两界巨星在新舞台带来一片"姹紫嫣红开遍"。

（郑如珊／整理）

把好每一场演出
——张继青访谈录

· 张继青

昆曲表演艺术家，青春版《牡丹亭》艺术指导

潘：请问你是怎么学艺的？

张：我在苏州长大。我们一家人都是苏滩艺人，苏滩是苏剧的前身。因为家贫，我十四岁辍学，跟着祖父跑码头唱苏滩讨生活。我的母亲是嫁到张家来，才学会唱苏滩。我们后来都和姑妈张惠芬参加了民锋苏剧团，专唱苏剧。苏剧是苏州地方戏，唱腔丰富，表演技巧不及昆曲，要吸收昆曲的营养来充实。苏剧的剧目和昆剧的剧目是相通的，苏剧的演员都要学昆剧。为了扶持及保留发祥于苏州的古老剧种昆剧，苏州市政府后来接管民锋苏剧团改名为"江苏省苏昆剧团"，并招收了一批青年学员，有四十多人，是"继字辈"，我和丈夫姚继焜是同辈。一九五四年，团里请了尤彩云和曾长生两位老师来教我们。尤老师和曾老师是"传字辈"老师的老师。尤彩云老师是我学昆曲的启蒙老师。我的开蒙戏《游园》里的杜丽娘就是她教的。后来因为南京没有剧团，有中央领导到省里视察，我们常要赶去南京演出。一九五九年，我们一批人离开苏州，到南京去成立了江苏省昆剧团，我就留在南京了。

潘：你又是怎样和白先勇结缘的呢？

张：一九八七年他第一次回到大陆来，当时我在江苏省昆剧团，在南京的朝天宫，我为他演了"三梦"，当时只知道他是白崇禧的儿子，不认识他。后来他请我们

到美龄宫吃饭，因为不熟，很拘谨，心情很紧张，因为他是大人物，大家都很礼貌。据说，为了那次演出，他写了一篇文章，对我的印象比较好，这是第一次。第二次是一九九九年，我到台北去专场演出，他特别来和我做了一个"文曲星竞芳菲"谈昆曲的访谈节目，很成功，观众反应很好。第三次是二〇〇三年的春节。苏昆的王芳是我的学生，她打电话来说白先勇老师、古兆申老师都在苏州，大家请我也去玩。我当时觉得很突然，问是什么事？王芳说，好像在谈《牡丹亭》。我说，那我不参加了。王芳说："你来，你来，他们一定要你来。"情面难却，我只好去了。那天是年初八，大家都住在苏州的乐乡饭店，苏州文化局很隆重地接待他们。当时背后的事情我都不知道，只知道是叫我去玩。后来古老师给了我《牡丹亭》的文本，说请我一起参加，要请我做老师来教年轻人。我说："这我不行。"当场就推掉。我说："自己演是可以，教人却不行。昆曲的旦角有很多，上昆、北昆都有，他们的条件比我好。要我教人，我不一定能胜任。"他们说已经也跟汪世瑜老师说好，我说："汪老师的浙昆也有很多花旦，现在跟汪老师配戏的是王奉梅，让她来教更好。我虽然也有长处，但是总的来讲，跟他们比，也有不足。我没有他们漂亮，没有他们奶油。"

潘：什么是"奶油"？

张："奶油"就是嗲的意思。我说，昆剧还有很多旦角，其他人都很好，最好能让他们来指导。

潘：后来哪一句话打动你的呢？

张：就是白先生说："一定要把你身上的绝活传下来。我们就要你的风格，一定要把张继青的风格传下去。"结果我没有办法，推来推去推不掉，既然白先生这么器重我，为了顾全大局，只能答应。

潘：他们花了多少时间说服你？

张：反正就是那次苏州之行，有好几天的时间。后来又去了一次，开会决定进行魔鬼式的训练，请老师马上给他们培训。我因为在南京有事，要为全国剧协带梅花奖的演员演出，后来又碰到"非典"，不能过来，所以整个魔鬼式训练，我没有参加。到我出场的时候，已经确定由沈丰英演杜丽娘，选角的事情我没有参与。

潘：在教导的过程中，你有为自己身上的绝活有人继承，感到开心吗？

张：当时还没有明确地想到这些。当时我还忙，常常要演出。这两年退休下来，我逐渐了解传承的意义。当老师做传承的工作，也让我把退休下来的心情过渡得很好，不像其他人，退休下来，生活有很大落差，一时接受不来。我从演员的角色，慢慢退下来成为教师，这个转变很顺，我的心情很平静。传承和演戏是两码事，我还要慢慢摸索。白先生说，昆剧要断层了，要赶紧培养演员、培养观众。在白先生还没做之前，我们这些演员一直讲要继承传统，要抢救昆剧，一直讲，但是力度没有这次这么大。白先生有一个全局思维，想得很深细，通过一个戏来训练一批演员，来吸引一批观众，把《牡丹亭》排出来，并加工提高，演出到位，完成整个培养演员和观众的传承工作。培养演员，的确不能不同时考虑培养观众，因为那是互为因果的。没有观众，演员就少有或者根本没有演出的机会，演员的艺术不经过舞台上的考验，也就不可能进步。

潘：沈丰英怎么样？你觉得她的优点在哪里，缺点在哪里？

张：苏昆我教过王芳和顾卫英，没有教过沈丰英。他们在艺校的时候，我去过艺校指导，却没有教过沈丰英。教导学生先要培养感情，互相沟通了解，才能教唱念，再一出一出戏教。开始的时候，我们都觉得很陌生、很生疏，这个距离要慢慢拉近。我把自己所能掌握的昆曲技巧，以真诚的态度，毫无保留教给她。沈丰英是非常认真的。我知道这个演出机会，她得来不易。我听到在选角的时候，是非常竞争的，三个参加魔鬼式训练演闺门旦的女孩子都要争取。沈丰英有她的实力。白老师说她的扮相好，有一双会勾魂的眼睛，而确实是如此。

她的缺点是音色还有问题，到现在解决了很大部分，还有不足。我因为不懂声乐，我叫她去找声乐老师，她也去找了。我告诉她做昆曲演员，身段表演多一个少一个没有问题，只要动作美，有情绪在里面就行，但是唱腔还是最重要。她很听话，很用心，去拜访了很多名师专家学习。白先生一开始就把我唱《牡丹亭》的录音带给她，要她回去仔细听。我天天陪着她练，把她的声音录下来，回去做比较。基本上，到现在已经解决了很多问题，偶尔还有一些要提醒。

青春版《牡丹亭》在台湾演出非常轰动，到香港演出也一样成功。记得在香港演出，有一晚快要演完的时候，我在后台跟她说："沈丰英你现在的位子，以后能坐多久，要靠自己了。有那么多人在帮忙你，你来到今天是不容易的，要继续努力。"我学戏的经验是"师父领进门，修行在自身"，一方面受老师教导，一方面还要靠自己的反复琢磨。我说的话，她是理解的。今年四月沈丰英随温家宝总理访问日本，还到联合国教科文组织总部所在地巴黎参加中国非物质文化遗产保护展演，光荣地当一名文化使者，我心里由衷地为她高兴，为她喝彩。这四年多来，她一场比一场进步，一场比一场出彩。她能取得今天的成就来之不易，是苦学苦练，拼搏进取得来的。她也深明台上要演好戏，台下要做好人的道理。她能谦让待人，和剧组人打成一片。

最让我们看到她坚忍无比、一心为演好戏的是去年在北大演出，她的阑尾炎发作，疼痛难熬，却硬是挂水坚持演出。还有一次在厦门大学演出，舞台上天桥下笨重的树帘道具，突然从空而下，砰的一声，差一点砸在杜丽娘身上，舞台侧幕两边的人都吓呆了，台下的观众也莫不震惊。没想到，此时的沈丰英却仍在舞台上镇定地施展自如，一丝不乱地唱作，像没有事情发生。登时，全体观众对这个临危不乱的杜丽娘立刻报以热烈的掌声，我后来还特别写了一篇文章称赞她。

潘：听说你初期很反对白老师提的磕头拜师建议。

张：是的，我开始死也不肯，我和汪老师都不肯。我们说在昆曲界，没有磕头拜师这回事。"传字辈"这么多老师教过我，我都没有给他们磕过头。我认为没有磕头拜师比较没有限制，每个学有所长的人，都可以是我的老师，这样学习的机会不是更多吗？老师之间也没有门户之见。磕了头，反而觉得你就是某某人的学生，我不应该教你。所以，开始我很不赞成，后来经不住白先生一通一通的电话，结果只好接受了。在那个拜师会上，汪世瑜、蔡正仁和我收了徒弟。我收了沈丰英、顾卫英和陶红珍三个人。

我后来深切感受到这一个简单而隆重的仪式，对师徒之间的关系，真的起了一种神奇的联系作用。我觉得从那天开始，我对这几位拜师的弟子，便要负起终身的责任，而且不单是艺术上的，连做人方面也要照顾到。这个责任是快乐的，也是沉重的。因为我在昆剧表演上的成绩，都是许多老艺人、老曲家、学者们栽培的结果，我后来还是跟沈丰英说，别人对你的表演有意见，就算和我教你的不一样，你也要有好的态度，不要去反驳人家，要好好听，认真思考，看看有没有参考的价值。作为年轻演员，应该多方面吸收，听热心教导你的人的意见，总是有收获的。

潘：青春版《牡丹亭》的年轻人很幸运，能够接受你们资深的师父指导，技艺才能有了很大进步。你觉得中国要复兴传统艺术，最重要是什么？

张：我是个只顾自己演好的人，并没有雄心壮志，或者很大的能力去通盘考虑你提的问题。白先生打造青春版《牡丹亭》，我是糊里糊涂去参加，现在看来，培养年轻演员，培养年轻观众，他的理念是正确的，传承是重要的。我们省里，去年十一月也谈到在各行各业要做传承工作，文化厅和宣传部在发动做这件事，文艺界选了我做

左：张继青。澳门文化中心。二〇〇五年三月。
右：张继青在政治大学现场示范，右为姚继焜。台北。二〇〇九年五月。

传承人，这说明大家都重视培养年轻人，意识到传承的重要性。解放以后，浙江汪世瑜、上海蔡正仁、华文漪还有我们这批"继字辈"，是"传字辈"老师教的，我们下面还有"承字辈"学生，都是在做传承工作，只是当时经济条件不好，我们没有碰上现在白先生打造青春版《牡丹亭》来培养年轻人那样的际遇。我们不要说跟现在比，就跟当时的上昆和浙昆同代演员比，也差很多。上海有正规的戏曲学校，有俞振飞老师领导，还有多位"传字辈"老师长驻传艺：朱传茗、沈传芷、郑传鉴、倪传钺、华传浩、方传芸等老师在上海。杭州浙昆也有周传瑛、王传淞、包传铎和姚传芗等老师坐镇。长期在苏昆剧团教的"传字辈"老师，可说一个也没有。

我已经算幸运，早年接受了全福班尤彩云老师、曾长生老师的指导。后来是跟着团演出，边演边学，或者像打游击那样，趁哪个老师到苏州来参加活动，赶快去请教他们，请他们排一出戏，或者把自己学过的戏演给他们看，请他们提意见。有时，我们也趁暑假，到上海杭州去学习。我自己开始是学苏剧，学昆剧是为了打基础。一九五九年我们去了南京，大部分时间才唱昆曲，现在已经全部唱昆曲，不唱苏剧了。

潘：你可以分享学戏的经验吗？

张：我因为很早辍学，文化水平不高，昆曲里很多高雅的唱词，字都不认识了，哪里还知道它的意思？我学得很辛苦，就是这个意思。我先认字，把另外一个认识的字写在它旁边，再等师傅讲解曲文，再把四声记下，我就是用这种死记硬背的方法学习，在床上不断地背，有时候还会被背不出来的噩梦惊醒。尤彩云老师是我的启蒙老师，我的开蒙戏是《游园》里的杜丽娘，可是我学得一点也不像杜丽娘，反而像《闹学》里的春香。主要是我对曲词不理解，很多字不认识，学不下去，只能对老师扮鬼脸，引得他哈哈大笑。

尤老师教我台步要多练，圆场要多走，只有脚底下踏实，身段才不会走样。他的话点出了要害，使我毕生受用。我弄懂了这个所以然，下决心起早摸黑去练。所有旦行的台步姿势，都有计划去学，什么毯子功、把子功、趟马、走边，一套一套学。我后来还跟书法家费新我学太极，这对我的身段步法，起了很大作用。艺术上要起飞，必需踏实，从脚底下练起。昆剧唱腔细，文辞深，唱的时候，不像京剧那样有过门，它是连着唱，要非常熟戏，记忆力要非常好。

我三年的时间在苏州四大才子之一的文征明的书馆里拍曲，我的唱腔受到俞夕侯老师的影响。俞老师是俞粟庐的学生。我学拍曲的时候，老师前面摆了几十支火柴棒，唱完一次，拿掉一根，一天要唱四五十遍，这样下来，才记得。不像现在有录音机、录像机、电视机，有种种先进的器材学习。我就靠火柴棒，一个曲子唱几十遍来学习。背熟了唱词，再练身段，一个一个动作记，慢慢熟练。开始记一个动作也不容易，我用的是笨方法，用比别人背得更多，练得更多的方法学习，也许是"笨鸟先飞"吧，我们分到南京去的那年我十九岁，已经唱主角了。我是"继字辈"中比较好的。几十年，我唱了很多戏，也有现代戏，都是大戏，很少折子戏。观众喜欢看成套的戏，比较完整，故事性强。我虽然文化水平不高，知识面不广，幸好实践够多，我完全是靠了丰富的实践经验，来慢慢磨戏。昆曲要好像水磨那样来磨习曲子，这样味道才越来越浓。"文革"十年，我结婚，生了两个孩子，照样演戏，做宣传。"文革"不能唱昆曲，我就唱样板戏，做老旦，宣传剧目也唱。记得有一回演新凤霞的《收租院》，我肚子里怀一个孩子，身上背一个孩子，地上跪一个孩子，带着三个孩子演戏。我就是没有取巧，没有捷径，靠着死练死学去学习。多练多唱是我的秘诀。

潘：从第一场到第一百场的演出，你都跟着吗？

张：都跟。只是前年"青春版"到南京演出，我把腿摔坏了，在医院里躺了三个月，一年不能动，才没有跟。当时我很担心，因为白先生刚刚找我谈了一个新计划，谈得高兴，没想到一走出去就跌跤，把腿摔坏了。白先生到医院来探望我，让我很感动，他要我早日康复，早日归队。去年五月，他们到香港演出，还有到美国演出，我都跟去。

潘：每次演出，你有什么工作呢？

张：演员排戏，我都坐在下面仔细看，做好把关的工作。一有不好，我会立刻指出来，纠正他们。白先生是个尽善尽美、要求完美的人。其实，已经演了九十九场，可以不要我们了，可是白先生还要我们在一起，要确保呈现的是最好的。好像这次我们在杭州录像，他觉得不满意，要求重录。

潘：年轻演员，还有什么问题需要你常常纠正？

张：他们还常出现咬字不清、音抓得不准的问题，虽然已经有了很大的进步，还可以再好。既然白老师是个完美主义的人，我们也要求演员每个细节都做到好。要求尽善尽美，是我们的责任。我把关不只看沈丰英，所有旦角都看。

潘：青春版《牡丹亭》演出一百场，你会不会觉得昆曲又出现了新的气象，原来要濒临窒息的昆曲又活过来了。就像你刚才跟沈丰英说的话那样，接下去靠着自己了。

白先勇把昆曲炒热起来，这火到底能维持多久，是不是要靠昆曲从业员的努力呢？你怎么看昆剧的未来呢？

张：青春版《牡丹亭》演到一百场，昆剧艺术节每两年举办一次，现在看起来，昆剧的发展的确好像很火红、很兴旺，但实际我还没有看到一个通盘计划。现在各个院团各搞各的，用了很多钱，我觉得还不得力。昆曲有很多名著，应该怎样来搞？大家看了白先生搞的青春版《牡丹亭》，江苏也搞了青春版的《桃花扇》，未来又怎样？怎样培养年轻人，要有一套计划出来才行。大家来看了青春版《牡丹亭》，觉得很好，看了又怎样？下来该怎么办？要有一个明确指示、通盘的计划出来。

潘：你是否感觉白老师搞青春版《牡丹亭》的目标很明确，就为了传承昆曲，培养年轻演员，培养年轻观众。国家在指导昆曲发展，也应该指出未来一个方向？

张：青春版《牡丹亭》每次国内国外演出，白先生都很辛苦，要到外面去募款，没有钱，怎么演？现在大家既然看到青春版《牡丹亭》的成功，应该适当给予支持。这次温总理带昆曲出国演出，主管部门应该意识到昆曲现在的地位，接下来，我们希望能在国家支持下，有明确的未来发展方向，同时加大力度，昆曲才有更好的发展。

潘：不是在青春版《牡丹亭》取得了成功以后，你有了这些回顾吗？

张：在具体参与这次工作的过程中，我一直在想为什么大家能够兴致勃勃，原因就是目标明确，把传承的工作做好。昆曲的继承在人的身上，要一代一代传承下去。我告诉沈丰英，今天我教你，这么多人支持你，几年后，你就成了我们的老师，要去教别人了。昆曲是活的东西，不是死的东西，要保护它。现在听说有一个支持旅游业开发，在苏州建立培养青年演员的基地的设想，这是好的。培训当然会刺激商业因素，没有商业因素，怎样做呢？不过，提高的力度要加大，而且刺激效应，有实质，不是虚的、浮夸的。比如宣传青春版《牡丹亭》，进了剧院，一看就是好的，人家才会对昆曲有信心。白先生就是抓紧一切都要最好的。其他剧种也可以学习白先生这样的办事精神。

潘：身为知名的昆曲表演艺人，你怎么看白先勇制作的这出戏呢？

张：现在看来，白先生为《牡丹亭》所选的一生一旦，确实选得好。去年我们到美国演出多轰动。这四年，我们演了一百场，这条路是崎岖艰辛的，演员的确付出了很多。他打造一批年轻演员，培养一批年轻观众，他确实做到了。白先生说："过去九十九场，我们一直很谦虚，到了今天一百场，我们应该说'好'了。"确实是好。

现在连中央、社会、大学都说好，我们确实搞得很好。

潘：接下来该怎么做？

张：接下来我认为我们应该静下来，休整一个阶段，从演员、音乐、舞台等等每个环节来讨论还有什么应该提高和改进之处。

（潘星华／采访·整理）

——本文原载《春色如许——青春版昆曲〈牡丹亭〉人物访谈录》，八方文化创作室，二〇〇七年

青春梦·忆青春版昆曲《牡丹亭》创演二十年
——"白先勇昆曲新美学"二十年岁月延续和拓展

· 翁国生

浙江省戏剧家协会副主席，青春版《牡丹亭》导演

一转眼，由白先勇先生主导创演的青春版昆曲《牡丹亭》历经曲折艰辛的坎坷之路，至今已走过了二十个年头。乌飞兔走，石火光阴，如今再去回想青春版《牡丹亭》二十年来的创演历程，不禁让人感叹万千，唏嘘不已。二十年前，由汪世瑜老师和我以及古兆申、辛意云、王童、吴素君、马佩玲、林克华、王孟超等台湾、香港和内地的资深戏剧专家组成了海峡两岸三地创作团队，堪谓强强联合。我们在白先勇先生的引领下，在昆曲舞台上首次打出了"青春版昆曲"的旗号，上中下三晚连演的青春版《牡丹亭》在国内外瞬间刮起一股"青春版昆曲"旋风，获得了世界各地、全国上下诸多观众狂热般的喜爱和赞誉。而后，青春版《牡丹亭》无论在美国、英国、希腊、新加坡以及港、澳、台地区的巡演，还是在北京、天津、深圳、广州、上海、山东、江苏、安徽、浙江等全国各大城市和大学校园的巡演，所到之处莫不受到各界欢迎，大批蜂拥而至的观众竟都是黑头发的年轻人，这一可喜现象使得我们这些付出辛勤劳动的主创者们感到尤其欣慰，尤其高兴！

青春版《牡丹亭》的创作对我的导演艺术实践而言，也使我受益匪浅。怎样将昆曲的传统与现代戏剧的创作理念进行一种糅合和嫁接，怎样使古老的昆曲艺术在不损害其传统经脉的前提下，焕发时代的青春气息，为现代观众所赏识和接受，这

成为我在随后的舞台导演实践中一直也在积极探索和思考的课题。在三本青春版《牡丹亭》的导演实践中，我谨慎地尝试了，也大胆地探索了，其所实现的舞台呈现和演出效果也在这部连台本戏二十年时间的大幅度国内外巡演中得到验证了。这一成果让我更加坚信，当今的舞台艺术，珍贵的非遗艺术，古老的昆曲艺术，只有博得当代年轻观众的喜爱和欢迎，这条戏曲传承与创新的发展之路才能走得更远，走得更长，走得更踏实！

忆青春·《牡丹亭》的"青春梦"

白先勇先生监制的青春版《牡丹亭》与以往的浙昆、上昆的《牡丹亭》不一样，拥有独特鲜明的青春气息，散发着别致精美的诗化意境。我和白老师从青春版《牡丹亭》创演开始合作，一直延续到后面的新版《玉簪记》再次展现，创作历程可谓是经历了很长一段时间。我通过跟白老师多次艺术理念上的接触，通过跟他深层次创作交流，通过跟他诸多方面的艺术碰撞，逐渐明白了他希望在中国昆剧的剧目创演和舞台表演上想要追寻的一些东西，就像他提出的"昆曲新美学"那样，渐渐地带给我们一种全新的昆曲创作理念和审美意境。现在回想，当时参与青春版《牡丹亭》导演创作过程中的那些艰辛与丰厚收获，经过岁月淘洗，还是历历在目。

二〇〇三年秋，当时我作为戏曲界一名年轻的导演，刚从上海戏剧学院导演系科班毕业，承蒙白先勇先生赏识、汪世瑜先生推荐，我有幸加盟了精英荟萃的青春版昆曲《牡丹亭》创作团队，和汪世瑜先生一起担负起三本青春版《牡丹亭》繁重复杂的导演工作。在长达数年的创作中，我负责导演了《牡丹亭》剧中群体场面性强、演员肢体语汇变幻复杂的《虏谍》《冥判》《魂游》《淮警》《婚走》《移镇》《折寇》和《圆驾》等场次，通过几个阶段的紧张排练和合成，我和海峡两岸三地热爱昆曲的艺术家们进行了一次非常难得的舞台艺术合作和戏剧创作实践，这种合作和实践对我来说是难忘的，是宝贵的，是一种学习、是一种互补，它更是我自身艺术素质上的一种提升。

回想进入青春版《牡丹亭》剧组的创演过程，真可谓是遭遇了一次难得的"戏缘"。当初白先生和汪世瑜老师找到我，主要是他们对青春版《牡丹亭》拥有一个崭新的创

上：《牡丹亭·虏谍》。上海东方艺术中心。二〇一〇年四月。
下：《牡丹亭·淮警》。美国圣塔芭芭拉。二〇〇六年十月。

《牡丹亭·圆驾》。上海东方艺术中心。二〇一〇年四月。

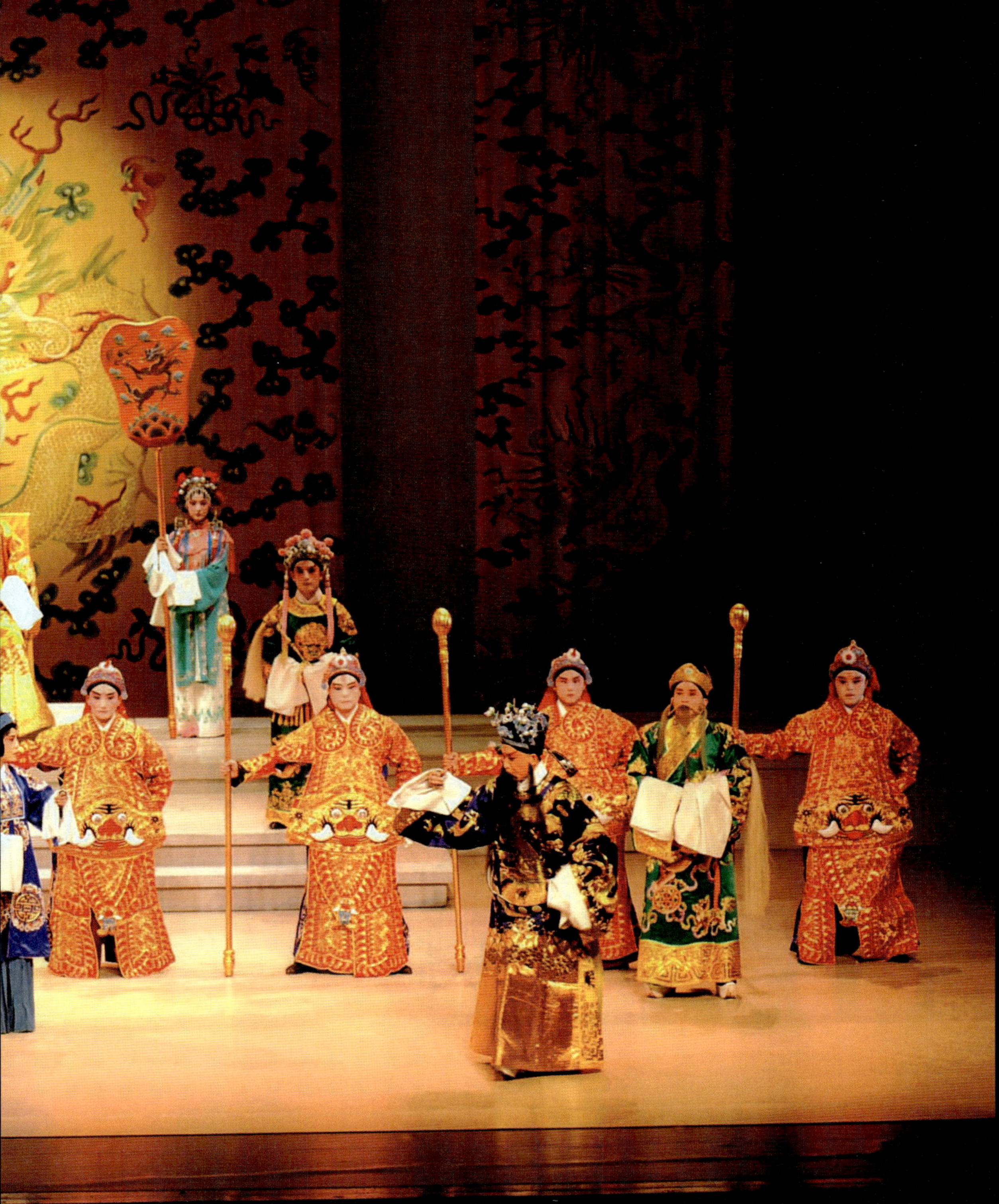

上：《牡丹亭·折寇》。北京大学百年纪念讲堂。二〇〇九年十二月。
下：《牡丹亭·婚走》。佛山大剧院。二〇〇五年十一月。

作初衷，他们不想这个戏仅仅是个传承，他们更希望这个戏在传承的基础上有所发展。我和白老师、汪老师碰撞的最有共鸣的一点，就是我们都想运用一种新的导演方法来重新制作和呈现这部青春版《牡丹亭》。在创作中，我们秉承着一个宗旨，昆曲最根本的、最经典的、最本体的东西一点一滴都不变，我们要谨慎保持昆曲原汁原味的传统经典。但是在二十一世纪的戏曲舞台上，在面对着海内外这么多年轻戏曲观众的社会环境下，如果你还是按照以往的昆曲传统演绎方式：挂个悬吊式的戏曲灯笼，搞两道装饰性的蝴蝶纱帷幕，传统的戏剧结构、传统的舞台场面处理，大白光、一桌二椅……这样肯定不可能出现后来青春版《牡丹亭》演遍海内外的制热效果和轰动效应。

白老师当初为什么会邀请我加盟《牡丹亭》剧组？我审慎思考过这个问题。实际上如果要搞一个纯粹传统版的《牡丹亭》，那些资深的昆曲前辈进行传承式教学和排练就足够了。但白老师希望能找到一个昆曲科班出身、有着昆曲深厚表演根基、同时又兼具着学院派戏剧导演新颖创作理念的昆曲导演。恰巧，我的各种经历都符合他的要求。我从十一岁开始进入昆剧科班学艺，一直唱演到三十多岁，对昆剧有着根深蒂固的深厚感情。我从小就是在浙昆"传字辈""世字辈"昆曲老艺术家的熏陶下长大的。我有幸跟周传瑛老师学过《出猎回猎》《梳妆掷戟》等昆曲翎子生戏，后来改行唱武生，又学习了《雅观楼》《金刀阵》等诸多的昆曲武生戏。当时的我，就是怀揣着对昆曲的一种热诚，一种挚爱，耳目熏陶，学到很多传统的昆曲表演元素和剧目。后来我先后进入一系列高等学府艺术类学科深造，包括考进省内美术学院油画系大专班、上海戏剧学院导演系大专班、硕士研究生班和中国文联戏剧导演"高级研修班"深造学习，我的身上慢慢具备和积淀了一些现代戏剧的舞台艺术创作理念和呈现方法。是我跟其他院团的戏曲导演有些不同的艺术经历和导演追求，使得白先生觉得我比较适合和他们一起参与青春版《牡丹亭》的创作。这份独特的"戏缘"，最终促成了我进入了青春版《牡丹亭》剧组，并跟随着《牡丹亭》剧组经历了长达二十年的岁月，一直走到今天。

后来有了接触，我就发觉自己和白老师有一个共通的地方，传统的人文积淀和创新的理论思维共存。白老师实则上是个非常传统的士人，他特别喜爱和尊重中国古典文化，但因为他曾在西方求学、工作的原因，东西方的文学知识和戏剧艺术的基因在他身上形成了共融，所以他把东西方的戏剧创作理念共筑于一身，相融于一体。他希望他创作的《牡丹亭》能够保持昆曲原汁原味最精华的部分，但同时他也希望《牡丹亭》能够在周边、在戏剧结构上、在舞台样式上、在音乐、舞美、灯光、服装、道具这些综合艺术的配合上，要呈现出现代时尚的气息，要贴近现代观众的审美理念。当时我跟他一起对《牡丹亭》的创作形成一个形象化的比喻，就是把六百年的古老"昆曲"比喻成"青铜器"。有着几千年历史的"青铜器"，是拥有极高艺术价值的国之瑰宝，当然要好好珍惜、保护！但怎么样来保护呢？我们在这珍贵的"国宝"周围营造起一个展现"青铜器"精美形象的现代金属构架，再给它做一个非常精致的防弹玻璃质地的水晶罩，周围打上高科技功能的"冷光灯""聚光灯"，最后在它的周边盖起一个非常现代的博物馆，这就让这个珍贵的"国宝"能够在现代的保护设施、现代的展现环境、现代的呈现平台上彰显得更加璀璨，让现代参观者观看得更为仔细、更加聚焦、更加赏心悦目。跟白老师在讨论中碰撞出了这个艺术比喻，现在回想起来，还真的非常恰当和准确。从青春版昆曲《牡丹亭》开始，到后面的新版昆曲《玉簪记》，通过我们的创作演出，这种艺术手法获得了很多观众的认可。大家看青春版《牡丹亭》和新版《玉簪记》，就是这么一个感觉，他们是运用了现代的舞台技术手段为国宝级的昆曲表演艺术营造了一个非常现代的周边包装——它通过现代的舞台样式，通过舞台上综合艺术的烘托和呈现，拉近了年轻观众和古老昆曲的距离。

当时初排青春版《牡丹亭》时舞美设计是台湾的林克华，后来换了王孟超，两位之前还有一个转换接替过程。包括随后进入创作的台湾灯光设计黄祖延，台湾"云门舞集"资深主舞和编舞吴素君，以及服装设计王童（台湾著名电影导演、金马奖评委），这些主创人员都来自于宝岛台湾著名的艺术团队，他们实际上也受到大量西方的舞台审美意识影响，尤其像林克华和王孟超，都是留学英美的艺术翘楚。王童先生是搞电影的，在《牡丹亭》的服装设计上，在这部戏的整个舞美监制上，他有一种强烈的电影审美上的崭新理念，他在创作中把这种审美意识巧妙地相融进去了。我觉得这种组合非常好，主创们优势互补，东西方的理念相互交融，使得最后呈现出来的青春版《牡丹亭》格外与众不同。它营造了一个真正能够把年轻观众骤然打动并且瞬间拉进白先生所要追求的"昆曲新美学"人文意境的崭新艺术氛围。

青春版《牡丹亭》舞台上非常简洁、空灵，充满了戏曲的写意性和诗意性，但是，这个舞台呈现简洁但不简单，简洁并不简陋。舞台的空灵感让你充分感受到充满中国戏曲意蕴的艺术氛围，银灰色的通道平台和不规则曲线型的中心平台，展现出了一种流线型的舞台平面，我们希望，舞台上的东西，能够简化，再简化，尽量简化。比如，我在《冥判》的创作中，实际上就是运用了"以一当十"的创作理念。《冥判》舞台上很简单，六个大鬼，四个小鬼，四个花神，一张昆曲的武戏桌子，这张桌子特别戏曲化，不带任何装饰，很简洁。在这一折戏的舞台空间中，演员们可以呈现出万千的场景变化，他们运用自己的肢体语汇和舞台动态造型，依次呈现出阴间的鬼门关、无间道、奈何桥、望乡台等地狱场景，这种场景变化就是靠昆曲的本体表演艺术，依据昆曲演员的唱作念打翻呈现出一个个舞台景观的，这是真正体现了中国戏曲大写意的审美意境，呈现了"以歌舞演故事"的戏曲特性。中国戏曲的审美意境必需和现场观众通过台上台下互动共通的艺术想象力来一起营造完成，某种意义上，这种创作方式跟台湾林克华、吴素君他们"云门舞集"的舞台概念是相通的，所以后来很多台湾、香港的观众在观看了《牡丹亭》后说，翁导的这个《冥判》跟《云门舞集》的舞台艺术展现有点相似，我觉得这是一种审美理念上的巧合。

我创作的很多戏，特别追求艺术的流畅感，尤其依托于演员的肢体语汇。《牡丹亭》有很多的地方，比如"以桨代船"，《移镇》一折中浩浩荡荡的杜宝官船，我运用了十六个船桨手摇着桨，把中国戏曲的"以桨代船"发挥到了极致，这个群体"船桨舞"是在昆曲的载歌载舞中震撼展现的，通过船桨手不断地变换造型，不断地摆出复杂多变的舞台船形，形成了一个个波浪状的、船舟型的群体画面，整齐划一的昆曲化舞蹈揭示出了杜宝内心中的万千波涛，强化了杜宝此时此刻的内心意境，这种写意化的舞台景象是通过演员们写意化的舞台表演呈现出来的，这就是中国戏曲"以桨代船"经典程序的演变、扩大和再创造。

我在青春版《牡丹亭》编导过程中，有时会特别刻意追求昆剧的简约审美，追求昆剧的写意性和假定性。再举个例子，比如说《牡丹亭·折寇》一场，我设计的舞台更为简化，没有任何舞美布景，但实际上这个舞台空景的内容却非常复杂，一会儿是杨婆、鎏金王两夫妻的贼寇山寨，一会儿是招待金国使节的杨婆客厅，一会儿又成了陈最良招降鎏金王的谈判空间，一会儿又切换到了鎏金王和杨婆私房密议的山寨内堂。这个戏的场景变化非常丰富，表演中要不断地进行时空转换，但整场戏我就用了一张椅子，就靠这张椅子来点明许多的场景，随着椅子移动和变换位置，场景就随着演员们的表演迅速转换空间，一会儿是山贼鎏金王的内室，两小夫妻在逗哏，一会儿又变成了另一个场景，杨婆戏逗金使的大帐……通过一张椅子，展现出多意的舞台空间，充满了极度的舞台"假定性"。"假定性"是中国戏曲最为擅长的表演特性和呈现特

《牡丹亭·移镇》。北京。二〇〇七年十月。

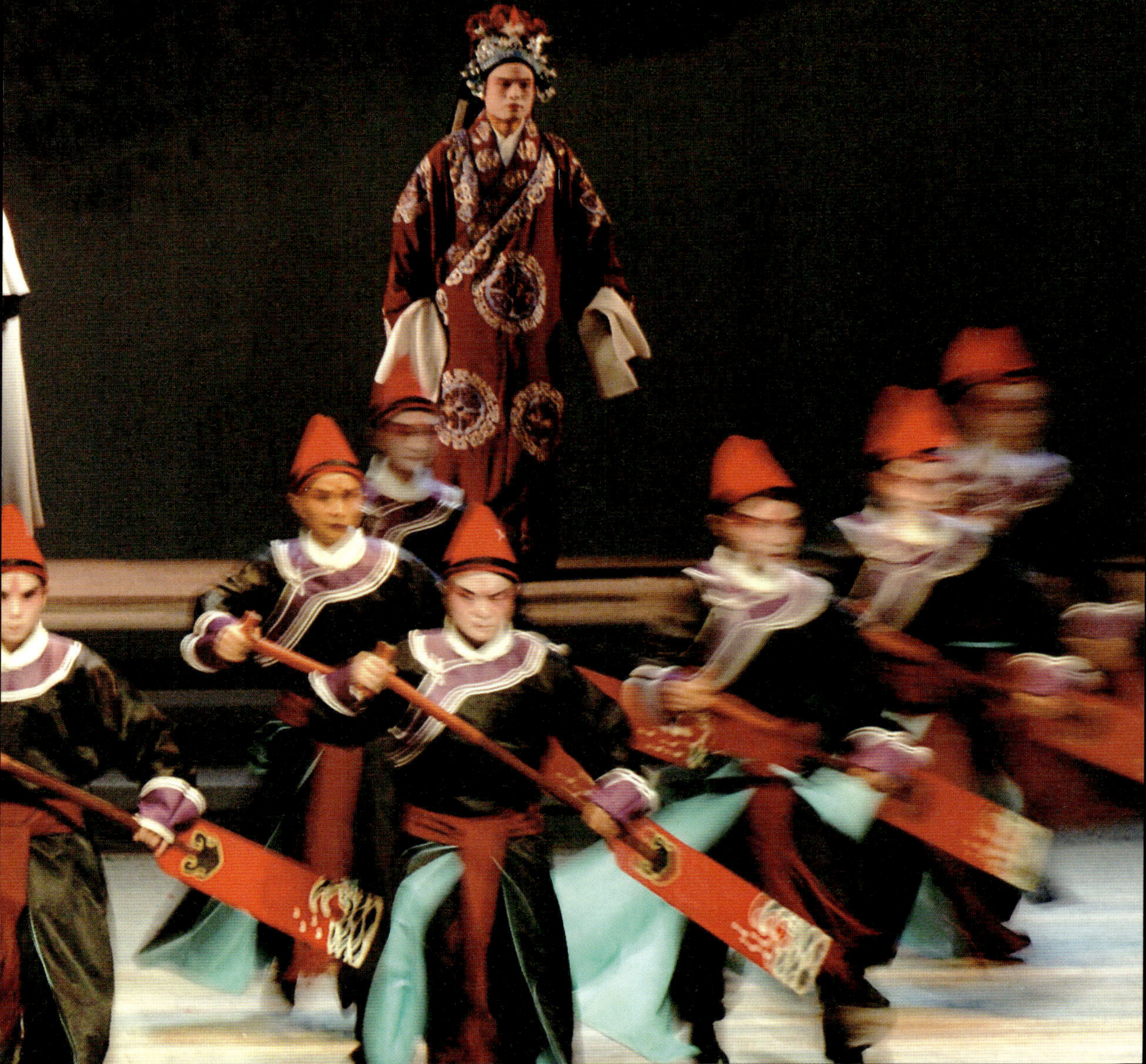

质,在表现鎏金王醉酒出帐这一章节,若按话剧化的演绎,鎏金王后面肯定得出现那种巨大的屏风舞美装置以及类似老虎皮装饰的环境点缀大道具,显示出一个山大王的显赫威势。而我则非常简洁巧妙地运用了六根戏曲长棍,让六个山寨小喽啰用这六根戏曲长棍组合成一个非常灵动的山寨屏风,这个屏风就像万花筒一样可以不断瞬间变化造型,还可以随着鎏金王这个人物的情绪变化组合成七扭八歪的不同造型,和此时的人物情绪、剧情的点示非常协调、非常配套。我认为这在《牡丹亭》剧中是一个全新的巧妙创意。我们就是要通过演员的现场表演,以情代景,以形代景,让很多的景在演员的身上隐现,把演员的表演和舞台的调度相应结合得非常紧密,这样既让观众看懂了,也把中国戏曲写意性的表演演化到了极致。

这里不得不提一下我这些戏段所用到的演员。记得我刚到剧组时,剧中的所有演员白先勇先生已经全部选定了。在创排的整个过程中,我们导演组进行了分工,我专门负责培训和辅导一批演员。汪世瑜老师、张继青老师专门负责培训辅导沈丰英、俞玖林等主要演员,我则负责唐荣、吕佳等重要配演,以及涉及到我所执导重要戏段中的诸多群场演员和武戏演员。因而大家集训的内容也是不一样的,我给演员的集训,都是先开始做基础训练,因为当时像吕佳、唐荣这些重要配演,以及一些饰演金使、金邦将帅、夜叉、小鬼的群场演员,都还是刚从昆小班毕业不久,第一次遇到这么大一部作品,他们的基本功和表演技能明显不够用。所以针对他们的特殊情况,我做了一些突击性的表演训练。尤其饰演判官和鎏金王·李全的花脸演员唐荣,在我的辅导和编排下,有好多高难度的昆曲表演技巧对他来说都是崭新的挑战,他以前从没有碰到过,也没有练习过,因此练得比较辛苦。比如他在《冥判》一折中,要从高台上凌空劈叉飞跃过杜丽娘而下,表演难度很大,还有在后面的《折寇》中,唐荣也有好多不同的复杂身段和技巧。同样,扮演"杨婆"的吕佳,因为她以前唱的是小花旦,涉及到的都是些昆曲旦角的文戏,武的表演技巧展现不多。而这次创演青春版《牡丹亭》,我给她安排设计的身段动作和表演技巧比较多,也比较丰富。比如杨婆在山寨里表演的戏,有耍着枪载歌载舞的场面,有戏逗金使的戏曲舞蹈场面,甚至在舞蹈中还有漫天挥耍长穗剑的戏段。而其他的一些群场演员,在表演中有持长枪,有拿长叉的,有手举仪仗金锤的,有群体划舞船桨的,这些都需要我进行一些整体性的身段、技巧、集体舞蹈的强化训练,包括人物身段造型方面的训练。这是青春版昆曲《牡丹亭》一个非常重要的阶段,大家都训练得比较辛苦。记得在创排《冥判》一折时,全场唯一的舞美支点是一张能随着剧情发展不断位移的桌子，但在剧情的演绎中，在以唐荣为首的演员之唱念作舞中，在我精心设计的复杂场面调度中，舞台上依次呈现给观众的却是非常丰富的舞台场景，有阴森的地狱之门、狰狞的鬼门悬关，还有骇人的无间险道和惊心的阎王深殿。唐荣扮演的判官要在这些变化多端的写意性动作场面中，运用自身的身段、舞蹈，边唱边做、亦歌亦舞，充满假定性地给观众交代和展现地府各种具体的规定场景。所有这些极具昆曲写意性的规定场景，都是依托于舞台上的这张桌子和判官唐荣以及现场十几位演员的肢体语汇所完成的。唐荣在排练中可谓是非常刻苦，无论是高桌"搬朝天蹬喷火"，还是平毯"旋翻身踹丫亮相"，或者"高桌飞叉穿越杜丽娘……"，他一次次地苦练，一回回地磨合，在我一遍遍不厌其烦地严厉要求下，他和群体武戏演员们的配合终于达到了默契，达到了我的标准。我又特别设计了六名"夜叉"饰演者手持两米多高的钢叉，配合四名翻腾跳跃的鬼卒，衬托着唐荣饰演的判官，在昆曲的丝竹弦乐和铿锵锣鼓中，展现出阴曹地府的各种骇人画面和高难技巧，让观众在流畅的场面调度中，随着这些演员的倾情表演沉浸于一幕幕地府冥判的情景和氛围之中。我要求武戏演员扮演的鬼卒在这场戏中就好似地狱冥府的一种符号象征，他们要用身体搭筑成判官府的公案长桌，用身躯变形为恐怖的魂魄幽形，用身段摆构起阴间的望乡高台，用旋翻呈现出冻人刺骨的阵阵阴风。我和演员们说，在这场戏中咱们的舞台没有任何布景，所有的舞台景象都要你们通过复杂的造型和身段以及各自的神情表演形象地展现出来，你们就是冥府的形象符号、地狱的环境气氛、判官的情感外化、杜丽娘的回魂之梦；我希望演员们在《冥判》一折中把昆曲艺术最擅长的戏曲假定性表演形式最直接、最鲜明地体现出来，让这些充满假定性的舞台形象和造型画面带给观众一种艺术上的无限联想，一种思绪上的任意飞扬。

在青春版《牡丹亭》创作中，我的导演任务跟汪世瑜老师不一样。汪老师负责的戏都是他积累多年的表演经典，也就是汪老师已经唱成经典的昆曲名段和代表作，然后汪老师在其经典的基础上再进行艺术上的微调和提升。我接手导演的几大段戏，我都没学过，以前剧团也没演过，等于说是在重新"修旧如旧"的挖掘创排。像《折寇》《淮警》也好，《虏谍》《圆驾》也好，这些戏有老本子，但是舞台表现形式已经失传了。作为昆剧人，有一种排戏的传统叫"挖戏"，就是通过留存的老本子把失传的戏再复古挖掘出来。我负责的包括《冥判》《移镇》《魂游》《婚走》这一批戏，都是这样运用复古挖掘的手法"挖"出来的。昆剧《冥判》的原来演法肯定是演员们跟着唱花脸的昆曲前辈传承学习的，我不是唱花脸的，我导演的青春版《牡丹亭·冥判》就和其他老版的《牡丹亭·冥判》有所不同，整体的表演结构和演绎方式完全是我自己重新构思、依据传统的基础重新编排创作的。我在《冥判》的创作中，更多地把舞台画面感和各种人物载歌载舞的内心情绪和表演技艺紧密地融合在一起，使得戏剧节奏更加紧凑，舞台调度更加丰富，人物情绪也更加生动。《牡丹亭》几百场的国内外巡演，我创作的这版《冥判》得到了各方观众的肯定和赞赏，不管是在国外，还是在国内及港澳台，大家对《冥判》的舞台反映都非常好，都说青春版《牡丹亭》的冥判好看、好玩、生动、感人，充满着中国戏曲的大写意审美意境。

《牡丹亭》最后的成功当然是多方面的，它既有经典传统，有汪老师、张老师的精心传授和排练，更有当时难得的创新。试想，如果当时整个舞台呈现状态都是传承，有可能就超越不了现在这种状况了，因为从真正昆剧演员的表演含义来说，沈丰英、俞玖林在主演《牡丹亭》的时候真的还比较稚嫩，还不懂得自己怎样来细致地塑造人物，只是模仿、学习。作为一个昆曲演员，我可以毫不避讳地说，真正出彩的表演年龄是四十、五十岁左右。你看二十、三十岁的年轻昆剧演员表演的戏总是淡淡的，韵味不足，但是你去看年老的昆曲演员表演的戏，就会感觉你好像在品尝一杯特别醇厚的国酒茅台，不管他们的年纪再怎么老去，但只要一化上妆，一进入表演状态，你就会瞬间忘记他们的年龄和容貌，会马上被他们精湛的舞台表演所折服。

然而事实是，青春版《牡丹亭》的出现跟白老师的审美追求有着直接的关系，他希望该剧既有传统经典，因此要请汪老师和张老师这两位国宝级的艺术家来传承教学和艺术把关，但他也希望有我这样的拥有新颖舞台理念的昆曲导演进入《牡丹亭》，所以才有了我在青春版《牡丹亭》中创作的这一大部分戏。这真的是一种缘分，没排《牡丹亭》之前，我们并不相识，通过《牡丹亭》的合作，我和白先生两个人的艺术审美理念最终共融在一起。记得白先生带着《牡丹亭》到国内外演出，他都会希望我能在场把关，因为这个戏的许多场面很宏大，而且诸多的大场面又都在我导演的段落当中，所以他对我一直非常信任，也给予我很宽松的创作空间。一般我创作的东西他不会提太多意见，他只会提他的感觉，然后他就说这个地方希望你能把中国美学的意境再放大一点，那个地方我们能不能再跟林克华的舞美所展现的那种意境再接近一点，他会提一些这种艺术感觉上的东西，因为白先生不是一个昆剧演员，也不是专业导演，他只会提出一种理念上的感觉。但是，如果你感受不了他的感觉，你就和他碰撞不到

上：《牡丹亭·冥判》。北京。二〇〇七年十月。
下：《牡丹亭·魂游》。天津南开大学。二〇〇六年四月。

一起。在这一点上,我觉得我能够很敏锐地抓住白老师想要的东西,这也就是他希望在青春版《牡丹亭》中出现的东西,就像我会提出以青铜器来比喻昆曲,并得到了他的共鸣。

再忆青春·《玉簪记》的"青春梦"

审美理念上的共鸣,是我和白先生合作当中最为重要的基础。在《牡丹亭》的整个创作过程当中,白先生给予我对艺术美学精神上的追寻提供了很大的帮助,我切身地感受到白先勇先生学识很渊博,但理念很新颖。这可能跟他长期生活在西方有关系。他的想法很多,很能接受我们年轻人的思考,所以围绕着白先生周围的这批主创人员都很年轻,他和大家也都沟通得很好。我还和白先生有过一次非常有意思的长谈,这次长谈的艺术感受让我终生难忘。那次长谈发生在我们赴美国洛杉矶演出青春版《牡丹亭》的时候。那天我们下榻洛杉矶的一个花园式五星级酒店,晚上演出后大家在酒店花园中休闲。当时我们住的酒店有一个很大的游泳池,所有演员都在下面游泳戏水,我和白先生就坐在他二楼房间的阳台上,他说要好好跟我洽谈下一步的创作构想——他当时说,希望我们有下一次的友好合作,而下一次的合作,他非常希望我能够独立导演新版昆曲《玉簪记》。

白先勇先生的昆曲青春梦的第二部戏,是《玉簪记》,而《玉簪记》的舞台呈现和导演风格,他就希望能够更加完整、更为统一些。所以那天晚上我们两个不约而同地谈了对昆曲《玉簪记》的看法和想法。我特别喜欢《玉簪记》这部戏,《玉簪记》里所蕴含的那种人性的张扬,昆曲的秀美,还有轻喜剧性的戏剧结构,肯定会受到广大海内外观众的喜爱,这部戏应该有很大的演出市场。白先生则希望搞一个规模小一点的、但精致程度要超过《牡丹亭》的戏。于是,我们不约而同都锁定了《玉簪记》。那天晚上我俩一直长谈到凌晨三点钟,越谈越兴奋,越谈越细化,美国洛杉矶的这个夜晚基本奠定了白先生启动第二部新版昆曲《玉簪记》的决心。

在《牡丹亭》成功合作的良好基础上,我和白先生相互了解了,我也在这种前提下从白先生身上学到了不少东西。待我担任《玉簪记》总导演之后,我们的合作进一步得到加深,我也更加领略到白先生对"昆曲新美学"的执着追求。《玉簪记》的合作团队，除了我这个总导演和音乐设计周雪华、舞蹈设计宋慧玲是内地的主创艺术家，其他剧本整理、舞美、灯光、服装等重要创作人员，全是台湾的主创人员，可以说，在新版《玉簪记》的创作上，我们和白先生一起把"昆曲新美学"运用和实践到了更高一层的领域。

新版昆曲《玉簪记》的艺术追求，在综合配套上，包括整个舞台样式的把握，戏剧大结构的编排，都延续了青春版《牡丹亭》的美学追求和舞台呈现理念，但更加前进了。比如，这部戏从乐队的配器和多声部演奏，包括音乐设计，都做了新的尝试。《玉簪记》设计了主旋律和主题歌，并且和剧中的古琴结合得非常巧妙，我把《琴挑》中潘必正和陈妙常月夜见面时相互弹奏的那首古琴曲摘出来，将它演变成整个《玉簪记》的主旋律。而当这部戏有了一个鲜明展示主人公人物内心情感变化的主旋律时，它就会拥有多重音乐结构来进行渲染，有独奏的，有无字哼鸣的，有交响，这样它的整个演剧结构和舞台呈现形式就跟《牡丹亭》不一样了。剧本结构上，它是一个很现代的戏曲呈现方式，但是它延续了《牡丹亭》好的创作方式，剧中共融合了《投庵》《琴挑》《问病》《偷诗》《催试》《秋江》六折戏，其中三折是传承下来的，三折是根据老本重新编织的。只不过我们把传承的三折进行了精编，但老前辈传授下来的表演精髓一点都没动。而重新编织的三折则是根据《玉簪记》的老本剧情、根据人物的需要运用昆曲的本体表演手法来捏就，但是这"三老三新"交织在一起，柔润而融洽，一点都不突兀。我还专门在剧中设置了一群舞台群体符号形象："十二道姑"，这个在以前传统昆剧演绎中是没有的，这些道姑既是剧中人物，又是剧中环境，既是剧中人物情绪的延伸，又是本剧人文精神的一种渲染。有趣的是，当时我构想这个"十二道姑"的舞台群像符号，还有个出处——每年大年三十我都要登上舟山普陀山，而我一个省青联的好友正是普陀山隆福庵的当家住持，每次登岛我都会顺道去隆福庵看望她，并在她的禅堂内聆听她谈经论佛。这样，我就接触到了她手下的一群年轻的比丘尼。他们年轻、秀丽，充满着青春朝气，他们念经之余也会玩手机，也会上网，甚至还会开一个尼姑庵内欢乐的春节晚会，他们的内心世界非常丰富，他们的容貌举止也非常健康、纯真，每次登临普陀山，他们都给我留下了深刻的印象。所以，当我创作《玉簪记》时，脑子里马上就联想到了这群比丘尼的群像。假设我们要在新版昆曲《玉簪记》中表现陈妙常的痛苦、无奈，展现她内心的爆发，人性的张扬，光靠她一个人物的支点也许不够，而这"十二个道姑"的符号形象，就可以是十二个、二十二个、三十二个，乃至无数个陈妙常的延伸和渲染。所以新版《玉簪记》中出现的这"十二个道姑"的舞台样式和形象，不仅在剧中担当了戏剧场景的渲染和故事叙说的连接，还让陈妙常的内心情感呈现得到了更诗化的拓展。

在舞美展现上，《玉簪记》比《牡丹亭》更空灵，除了一个横贯舞台后区天幕的投影大荧幕，舞台上更没东西，演区大多是"空的空间"。随着投影大荧幕不断根据剧情需要进行叠化、渐变，依次隐现出丰富的多媒体舞台背景图像，那一幕幕图像特别具有一种禅意和佛韵。在青春版昆曲《牡丹亭》的创作时，我讲究不喜欢构想和运用那种特别张扬的东西，因为它跟《牡丹亭》内含的那种典雅的东西是有冲撞的。而我跟白老师在讨论《玉簪记》的时候，我就说要让它"典中更雅"，要特别文，特别雅，特别空灵，特别简洁，比《牡丹亭》还要简洁。所以尽管剧本提示中会出现很多很多的戏剧环境，庙堂的廊柱啊，园林的小桥啊，我们也可以造一个实景一样的水池子，造一个模拟的荷花什么的，但我们都没有，我们就运用这个背景大投影幕，运用一些特别典雅的灯光处理，运用昆曲演员的载歌载舞表演，达到了"以情带景、以情移景、以情换景"的审美意境。但是我希望这个背景大投影幕要改变《牡丹亭》那样固定的舞美布景方式——《牡丹亭》的投影背景只是一块不动的、固定的画面图像布景，而《玉簪记》则是一个灵动的、鲜活的动态大荧幕图像。一开始大荧幕上展现的是"玉簪记"三个书法大字，戏开演以后大荧幕上的书法就在舞美灯光的变化过程中完成了一个动态化的图像转景，数字化的多媒体设备将原有的书法字体渐渐叠化成一个观音佛像，下来又随着戏剧场景的进程变化叠印出"女贞观"三个寺院大字，随后演出场景转入观内，荧幕上又动感地叠现出满屏的经文图像。动态的背景变化是和戏的演绎紧紧结合的，这种舞台背景的展现方法很典雅，但同时很具佛教韵律、很具现代美感，观众也会很能接受。荧幕图像动态变化之时，观众就晓得戏剧环境变了，从观外进到观内，进入法坛道场之中，陈妙常开始落发了，落发时要举行皈依仪式，人物意念中的观音佛像就在舞台背景中隐现出来了。其实，无论是经文也好，佛像也好，莲花的线描也好，狂草的书法也好，通过这个背景投影幕，通过主要演员的表演，通过"十二个道姑"的群体造型，庵观寺庙的佛韵禅意感就全部呈现出来了。

可以这么说，白老师提出的"昆曲新美学"，在新版昆曲《玉簪记》中得到了更深层次的运用，并且进行了综合的总结。诸多舞台综合性的表现手法，在《玉簪记》这部戏中发挥到了一个更高的境界。包括我跟白先生沟通的，要把世界两大非遗昆曲和古琴结合在一起。《玉簪记》中，千年古琴在剧中的运用非常巧妙，我从传统折子《琴挑》中提炼的古琴曲，在剧中一直贯穿了潘必正、陈妙常情感人生的整个发展轨迹，而且我们从运用千年古琴这个构思点上又抓到了《玉簪记》的一个演出热点。在《玉簪记》首演时，何作如先生免费提供自己拥有的一千两百六十七年前的国宝级古代唐琴九霄环佩，交付于我们特邀的古琴大师李祥霆先生现场弹奏。这两个举动最后演变成剧中非常亮眼的演出热点和焦点，但它又是紧紧跟戏结合的，并没有纯粹弹琴作秀，古琴在戏中唯美的、娴静的为戏、为人物、为情绪、为意境抒情弹奏，让观众感受到了视觉和听觉的双重享受。

在青春版《牡丹亭》中，书法、绘画与昆曲行云流水地紧密配合是舞台设计的一大亮点。一幅字、一张画，就是整个舞台空间的主要表达方式，配合灰色简约的地板、侧幕，淡雅、清透的感觉暗示了《牡丹亭》故事背景的独特意韵。在《玉簪记》中，书法、绘画艺术的展现依然在舞美设计中占有重要的地位。台湾著名书法家董阳孜的书法及台湾著名画家奚淞的佛画艺术，在舞台上营造出一种水墨线描的独特意境，通过投影幕的动态画面隐现，使得舞台背景呈现出更唯美、更秀雅的人文情怀和佛教意韵。例如：《投庵》中的经文、佛像，《琴挑》中的荷，《问病》中"色即是空，空即是色"的巨幅长幔，《偷诗》中的合掌观音和先后开合的莲花，《秋江》中的狂草体书法"秋江"，以及形态各异、变幻莫测的白描佛像、佛手等书画艺术的舞台有机运用，在给观众带来非凡视觉享受的同时，更为每一场次所规定的戏剧主题起到了或夸张反衬或暗示隐喻的独特效果。在《偷诗》一折中，我让作为舞台背景的白色大荧幕上的白描"佛手执莲"在不同的阶段呈现出多变的形态：当妙常独居卧房时，佛手捻着莲花骨朵；当必正偷诗看后洞察到了妙常的芳心之后，佛手中托着的莲花则半开半合；而当陈、潘二人互明心意时，佛手中的莲花则呈现出完全绽放的姿态。"佛手执莲"的不同造型变化恰与剧中主人公内心变化的复杂心理活动相互映衬，十分切题和自然。而在最后一幕《秋江》的舞台背景呈现中，我们用了更加写意化的艺术表达手段来呈现，我们把"秋江"两个字，让董阳孜老师写成狂草，但是字体看上去就像一江春水的涌动态势，随着剧情的发展和人物情绪的喷发，背景上的"秋江"狂草字体会有明显的变化，潘必正和陈妙常在波涛中追舟的时候，这两个字会叠印出更加狂野的草书字体。舞台上的这个舞美背景对于传统昆剧舞台来说，还是比较超前，很有新意的。它跟我为演员们精心设计的在大投影幕前展现的"以桨代船"的身段表演动作融合得非常好,演员的动作越繁琐、越快捷、越剧烈,舞台荧幕上这个狂草的字体就变幻得越狂野,也算是真正地把中国美术的书法美学和中国戏曲的程序美学结合在了一起。

而《玉簪记》的两位领衔主演沈丰英和俞玖林,他们的表演可以说在这部戏中真正走向了成熟。在排《牡丹亭》时,汪老师和张老师还要手把手给他们说戏说半天。但《玉簪记》排练时,他们自己开始有所发挥,而且有明显突破了。在《牡丹亭》里,两人都是仔细地学习和传承。到了《玉簪记》,他们不仅要学习传承华文漪和岳美缇两位老前辈传授的昆曲精髓,而且还要掌握一些新的表演元素,并将其重新化用来更加丰富和完善新版《玉簪记》的人物塑造。新版《玉簪记》可谓是"文戏武唱",我在《秋江》中设计了大量的圆场、翻身、蹉步、垫步,展现出一叶扁舟在浩瀚大江中随风摇曳,在万顷波涛中高低起伏……这样,就让两位主演增加了诸多的表演难度和技巧。我非常感谢白先生,他的美学追求跟我的艺术构想比较合拍。他说:"翁导,你就这样大胆去构想和创作,戏曲界有'武戏文唱',也有'文戏武唱',我们的新版《玉簪记》就是要'文戏武唱'。"《玉簪记》演出后,大家都反映《玉簪记》最后一折《秋江》的舞台视觉冲击力很强,很压台,同时它的舞台调度编排得很好看,动作造型画面也很美,不仅洋溢着剧中人物内心情感的剧烈喷发,而且充满着角色人性上的一种极致冲撞,给观众留下了较深的印象。沈丰英和俞玖林通过《玉簪记》的创作演出也在表演艺术上进步了一大截。这是白先生对他们俩苦心积虑培养的结果。

在对这两位主演的培养上,白老师付出了很大的心血和贡献。他一直跟我说这两个演员能很鲜明地体现出他所追求的青春版昆曲的舞台感觉。因为唱昆曲成不了明星,昆剧演员的追求只是一种艺术的沉积、一种事业的专一、一种舞台的挚爱。靠昆剧发不了财,靠昆剧也扬不了名。二十年过去了,俞玖林和沈丰英这两位"金童玉女"现在也都年近中年,他们虽然荣获了中国戏剧"梅花奖",并在昆剧界拥有不小的名气,但他们还在努力钻研,还在努力争取更大层次的艺术提升和超越。

致敬·第三个"青春梦"

如今回头再看,经历了二十年的岁月积淀,青春版昆曲《牡丹亭》早已成为一种

翁国生（右）与白先勇交换意见。上海东方艺术中心。二〇一〇年四月。

文化现象。二十年过去了，白先生追求的昆曲青春梦从《牡丹亭》延伸到了《玉簪记》，他做得非常执着、辛苦，但很快乐、很美好，他希望这种美好的感觉能继续延伸下去，他希望舞台上无论是表演，还是编剧、导演，或者是舞美、音乐等各个方面，都要综合出彩。他期待我们这个聚集着海峡两岸优秀戏剧人才的创作团队，在综合创作的艰苦过程中更加齐心协力、精诚合作，更加完美地呈现出昆曲艺术的表演精华，创作出当代戏剧舞台上深受观众喜爱的昆曲作品，他认为这才是对中国传统戏曲传承和发展所做出的最好贡献和礼赞。

白先生为苏昆的发展做出了不可磨灭的贡献，苏昆能够走到今天，包括青春版《牡丹亭》能够现在进入中国戏剧界的艺术最高领域（荣获中国艺术节"优秀文华剧目奖""国家舞台艺术精品工程大奖"、中国戏剧节"优秀剧目奖"）、获得国际各方的广泛赞誉，《玉簪记》能够获得中国昆剧艺术节的最高奖"优秀剧目奖"，能够热演港澳台和全国，这些无疑都是白先生所追求和实践的"昆曲新美学"的可喜硕果。白先生既为苏昆这批年轻演员精心铺设了一种崭新的展现平台，也为我们这批主创人员聚合起一个优秀的主创团队，他真的是功不可没！他是我们这个主创团队的旗手，是灵魂，是艺术精神的领袖。

二十年了，和白先生的一些交往细节至今还让我深有感触。白先生跟我一样，也是很感性的，他有时候身在美国洛杉矶会跟我通长达四十多分钟的越洋电话，我都担心越洋电话的昂贵费用，他为了戏根本无所谓。在《玉簪记》的创作中，他一想到什么念头就会马上跟我交流和沟通，他是一个非常执着的老先生。在跟他的交往当中，他的艺术审美理念对我的影响非常大，包括影响到我之后导演的地方戏和音乐剧的剧目，以及几台京剧类型的新创剧目。在这些戏的创作中，我都是延续着白先生倡导的这个艺术创作模式，剧目的本体核心元素是原汁原味的京剧或者地方戏，但同时运用了新的戏剧结构和舞台形式，再适当配合一些周边的现代化舞台技术来完美地立体呈现，效果都非常好。

实际上我觉得白先生所创造的青春版昆曲的理念，以青春靓丽的舞台展现面貌，为古老的昆曲呈现出崭新的舞台状态，就是制造了一个现代戏曲的舞台新形式和创作新概念，是非常符合现代观众审美需求的。现在戏曲界的创作，实际上仍然很需要这种思路和发展趋势。到目前为止，全国昆曲界，每个昆团各自都有很多不同的创作思路和做法，但我认为苏昆白先勇先生的这个"昆曲新美学"创作理念已经卓有成效。

演出市场是证明一切的标准，四百七十二场的青春版《牡丹亭》巡演，近一百多场的新版《玉簪记》热演，证明了白先生所倡导的"昆曲新美学"的成功，也证明了汪世瑜老师、张淑香、王童……和我们这些主创团队所追求的"昆曲新美学"的成功。当然这成功不仅展现在舞台上，展现在海内外的演出市场上，而且还展现在诸多的戏剧理论学术论点上。我跟着《牡丹亭》剧组，曾经走遍了全国多家知名大学，包括北大、上海复旦、天津南开、香港中文、西安交通等名校。大学里那种狂热的现场观剧氛围真的让你感动、振奋，几千人的体育馆里全部坐满了学生，很多人都是站着看完三本三晚九个多小时的《牡丹亭》全剧，那种痴迷和狂热……谁说昆曲不青春？在这里白先生做出了巨大的贡献，他为昆曲创造了很多新的可能性，你想象不到古老的昆曲还可以用这么多的舞台灯光，昆曲还可以运用这样先进的现代多媒体荧幕立体呈现舞台背景，昆曲舞台上可以这么极简、空灵，昆曲剧码可以这样充满形式感、韵律感、综合感，这都是白先生率领着主创团队所创作出来的一种崭新的昆曲舞台感觉。

当时我们也分析过，为什么年轻学生会这么喜欢青春版昆曲《牡丹亭》？这种情感寄托和梦想寄托是嵌合在哪一点？《牡丹亭》的主题理念，也就是剧旨的人文主题理念，特别符合年轻观众的寻梦心理。当世之时，大学生也好，高富帅也好，社畜也好，在这社会每一个阶层的每个人都有自己的梦想，有一个理想的情感寄托和情感追求。或许，这个梦是一辈子都实现不了的，但能让自己做回梦，何尝不是很幸福、很开心的事呢？所以《牡丹亭》就契合了这个情感点，引燃了众多年轻人的强烈共鸣。在戏中，主人公为了自己的情感梦想，可以舍弃生命和富贵，可以穿越地狱、天上、人间，这才是当代年轻人所欣赏、所梦想、所期盼的精彩、果敢、自由自主的人生。而且这部戏整体的舞台呈现样式是符合现代观众的审美理念和观剧兴趣，这种青春靓丽、唯美精致、华彩多样的舞台是以往昆曲所没有的。一改传统的昆曲演出会节奏拖沓、呈现样式单一的观感，青春版《牡丹亭》经过了精心的精简和处理，给了年轻观众丰富的视觉与文学、艺术与美术的冲击。还有一点必须提，那就是白先生的个人魅力。白先生是在国内的大学生心目中拥有非常高知名度的作家，这也是吸引大学生和现代观众走进剧场的主要原因。看白先生的戏，然后听他的昆曲讲解，再欣赏《牡丹亭》和《玉簪记》，对于当代大学生来说是一件不可多得的幸事。

青春版《牡丹亭》和新版《玉簪记》是白先勇先生倡导的昆曲"传承与创新"双向并举的代表作品。什么叫传承？什么叫创新？传承和创新是交替的，是轮回的，是渐进的。我们现在传承的盖叫天先生的经典作品《武松》、梅兰芳先生的经典作品《天女散花》，在三〇年代全都是极其创新的新锐京剧作品，但这些作品，在今天二十一世纪都已经演变成了我们要传承下去的传统和经典，每一位京剧梅派青衣都必须学习《天女散花》，都必须掌握这些在岁月的流逝中已逐渐成为传统经典的表演手法。我认为，白先生版本的青春版《牡丹亭》和《玉簪记》，在若干年以后，也将会成为年轻的昆曲演员学习传承的传统经典，它会从一个创新的作品慢慢成熟为一个经典传承的作品。当然，到后面也许它们还会再生发出新的创造，还会再反复运算出新出更独特的舞台呈现样式。中国戏曲的发展史就是这样在不断地轮回、拓展、延伸的发展过程中源远流长、代代相传的，六百多年的昆曲也是如此。

而白先生对昆曲创作上的审美追求也日趋成熟，他那种审美追求的层次也是在剧目的演出实践中不断地递进提升。记得《玉簪记》成功以后，白先生又曾经几次跟我闲谈，他说他非常希望能够完成他的"昆曲新美学"三部曲——再推出一部围绕两个主演量身打造、延续我们这个主创团队审美精神的作品。我想，如今，沈丰英和俞玖林这两个演员已更加趋向于成熟，若白先生的这第三个青春梦实现的话，从《牡丹亭》到《玉簪记》，到第三部，三部曲、三台阶，将对昆曲会是何其有幸的事情。至于我个人，则更是期待能够有机会再次和白先生合作。因为，二十年的合作中我获取了很多让我终身受益的东西，我也真正懂得了昆曲创作是应该以一种人文精神来进行整体统筹的，因为它是极富文化内涵的世界文化非遗，它是中华民族延续了六百多年历史的文化瑰宝。

我相信，白先生第三个"青春梦"也会很快实现的。因为就我了解的白先生，他是一个特别感性的人，也是一个特别执着的人，他会把这三个青春梦都做得极尽完美。届时，这三个梦、这三部昆曲作品，都会留存在中国昆曲史上，留存在苏昆的发展历程中，留存在广大戏曲观众的心灵深处。

最后，致敬我们对昆曲所有的热爱与梦想！

时光渐渐春如许
——青春版《牡丹亭》的这二十年

·俞玖林

苏州昆剧院国家一级演员

二〇二四年是青春版《牡丹亭》首演二十周年。这二十年，或者从更早一点的二〇〇二年底见到白老师、二〇〇三年开始魔鬼式训练、排戏算起，点点滴滴都在我的心里。因为深刻，每当想起，一幕幕都是鲜活的，就像在昨天……这二十年间，我接受过不少采访，尤其近几年，总会用这样一句话来形容：青春版《牡丹亭》是我的青春记忆！这次白老师要我写青春版《牡丹亭》二十年的文章，本以为可以一挥而就，结果却迟迟不能动笔，原来青春版《牡丹亭》之于我，远不止青春这么简单：它是从天而降的礼物，是一把钥匙，是一份沉甸甸的衣钵，让我心怀感恩，坚定信念，肩负使命。

青春版《牡丹亭》至今已于海内外演出四百六十多场，二〇二四年将会进行第五百场庆演。二十年间，通过校园行、海外行、名城行，我们演出足迹遍及海内外四十余所大学、十几个国家、数十座城市，得到了中西方主流文化和市场的双重肯定，直接进场观众超过八十万人次，其中青年观众比例达百分之七十五。我们的演出，将二十一世纪的观众吸引到剧院中来，撒播下情与美的种子，深深打动了中华儿女的心。尤其是年轻观众，青春版《牡丹亭》的出现，唤醒了他们深刻在基因之中的，对于古典美学、传统文化、中华文脉的认同感与自豪感。是的，这样美的昆曲、这样悠久的文化是我们自己的，我们这个民族的！昆曲之美，穿越时空！二十年来，青春版《牡丹亭》一直在路上，我感到无比骄傲与自豪。

缘起·喜从天降

一九九四年初中毕业我考入苏州艺校昆曲班，一九九八年进入苏州昆剧院工作。当时的昆曲很不景气，演出机会极其稀少，每天除了练功练戏，常常是趴在宿舍阳台上发呆，和同事们闲聊时，不禁也会怀疑：昆曲会有明天吗？我们还有明天吗？二〇〇〇年，单位领导好不容易争取到了周庄古镇的演出，让我们雀跃不已。冬冷夏热的室外舞台，一化妆就是一整天，仔细卸妆后，脸上还是黑的红的印子，油彩都吃到皮肤里去了。更甚的是作为旅游景点面向游客的演出，他们或许不了解，或许真的不感兴趣，来了，走了，坐下，起来，很多时候，我是独自在戏台上与自己的内心在交流……这时，有一双眼睛，香港的古兆申先生也看到了我们。

人生真的说不清道不明，此时的我，浑然不知幸运之神正悄然来临。二〇〇二年十二月，香港大学中文系邀请白先勇先生在几所大学和中学作"昆曲中的男欢女爱"讲座，白老师担心这些很时髦地讲着广东话的年轻人能否静下心来听他讲六百年的古老昆曲，灵机一动，想到请几位年轻演员来示范表演，可能效果会好一点。古兆申先生向白老师推荐了我们这批在周庄风吹日晒的"小兰花"，后来选中了包括我在内的四个演员去演了《惊梦》《琴挑》《佳期》《秋江》几折戏片段。演出示范那几天，我非常喜欢香港的美食，主办方和白老师带着我们参加各种宴请。虽然不是和白老师同桌，可我发现白老师一直在观察着我。有一次晚饭，白老师叫我过去，对我说："你的形象、气质、嗓音，特别适合演柳梦梅，你的《惊梦》演得很好。可你还是一块璞玉，玉不琢不成器，现在你最需要一个好老师来教。你最喜欢哪位老师？"我听后感到惊讶，一时没有反应。因为我所仰慕的昆曲大家，对当时的我来说，可望不可即。白老师说这样吧，我来帮你选一个老师！白老师坚定的眼神，我至今难以忘怀，但当时我也只以为他是说说而已。白老师还说要到苏州来看我们，我也没有完全当真。不料，我人刚回苏州，他的电话就来了。后来，他也真的来苏州了。

白老师是个很认真的人，他善良、执着、热情，对于昆曲、我们的传统文化，有他的使命感。那时白老师看到了昆曲演职人员的断层，昆曲观众稀少且老龄化，有起用年轻的演员来打造排演歌颂青春、歌颂爱情的昆曲经典，以期吸引、培养年轻昆曲观众的想法。排青春版《牡丹亭》的时候，白老师作为总策划，不仅关心关注我们演员的传承和表演，从剧本整编到服装、舞台布景、道具、灯光等等方面，事无巨细都会逐一过问。一次排练时，白老师看到我（柳梦梅）手持的柳枝不够好看，直接唤出了当时单位管理制作小道具的老师肖中浩的名字，拜托他一定要将柳枝做得更精致、生动，因为它不只是一个简单的道具，在青春版《牡丹亭》中，象征着青春、爱情、生命。白老师凡事一丝不苟、精益求精的精神令我佩服，后来我在艺术上追求完美的个性，或多或少都是受到他的影响。

二〇〇三年一月，白老师到了上海。他打电话给我说，跟"巾生魁首"汪世瑜老师在台湾已经见过面了，并且和他说好了，汪老师也答应了，叫我一月十六日去杭州汪老师家。因为是白老师开口，外人看来好像一切顺理成章，后来我才知道，白老师因为看好我，在台北和汪老师见面时，他早早在酒店等候，是有求于汪老师，汪老师是"勉为其难"才答应让我去杭州，看看我。

到了杭州，在黄龙洞饭店见到了汪老师和师母马佩玲老师。马老师是武旦出身，看起来非常年轻态，皮肤又很好，性格爽朗，待人细致周全。说起师母，白老师一直说她是我们青春版《牡丹亭》的灵魂人物。对于我的学戏成长，师母很是至关重要。初排青春版《牡丹亭》的时候，汪老师突然教到我这样连基础也没打牢的年轻演员，教到发火、无奈，甚至连气话都说出来："是不是要教到我死你才能学会啊！"我知道汪老师要求非常高，可我也努力在学，自尊心又强，说不出服软的话，僵在那里，好几次汪老师气到拂袖而去，我却立在一旁不知所措。这时，马老师会从中调和，她知道我认真，只是学得有点慢，不得要领，就劝汪老师要对我有耐心……有了马老师对汪老师的"批评"、对我的鼓励，就像一帖黏合剂，第二天又让我们可以顺利排练。二〇〇三年，向汪老师磕头拜师后，我和汪老师、马老师之间的情感更进一步。马老师也会告诉我，她和汪老师讲了，现在收了俞玖林做徒弟，要更有责任感，要好好教他。她也对我说，现在你拜了汪老师，我们都会更严格地要求你，你要更加用心地向汪老师学，不能丢了老师的脸。我想，这也是白老师给我们办拜师的意义所在吧。我妈妈过世得早，而马老师对我又特别好，她对我无微不至的关怀，又让我感受到了母爱的温暖。我身体弱，经常感冒，白老师也特别拜托马老师多多照顾我的生活，还寄钱给马老师帮我买营养品，叫我保养身体……马老师会和我说，白老师是我的贵人，要我要永远心存感恩。这么多年来，师母教了我很多为人处世的态度和宽容之心，我有心里话也会和师母分享，哪怕想和汪老师讲的话，都会先和师母沟通、商量。我们三人浓浓的师徒情，是我一路走来坚实的后盾。

在汪老师家里学了一个礼拜，那时汪老师和马老师刚刚搬进新家，我和他们同吃同住。我发现，他们从观察我慢慢到喜欢我，后来把我当成了一家人。回来之后的二、三月份，白老师和汪老师就到苏州为酝酿开排的《牡丹亭》选角。

在香港和白老师相识，白老师把我托付给汪老师，我认为，这就是青春版《牡丹亭》的缘起。

二〇〇四年四月二十九日，青春版《牡丹亭》在台北首演大获成功，随后又在苏州大学存菊堂演出圆满，开启了全世界巡回演出的历程。二十年来，我们这部戏经演不衰，业内专家、文人学者、资深人士、一代代年轻学子争看青春版《牡丹亭》，我们的演出、制作、审美成了一股风，一个引领昆曲乃至中国传统文化的领头羊，成了一种罕见的文化现象！我们不断书写刷新着昆曲演出的历史，青春版《牡丹亭》姹紫嫣红开遍，开启了新世纪昆曲的"文艺复兴"。这都得益于白老师在创排之初就提出的制作理念：尊重古典但不步步因循古典，"利用现代"但不"滥用现代"。我们青春版《牡丹亭》是忠实于汤显祖原著的，经过整编，将原著五十五折浓缩为二十七折，演出分上中下三本，并且首次将巾生柳梦梅这个角色以贯穿全本的完整面目出现舞台。在表演上提高、增加柳生应有的戏份，形成生旦并重的表演局面，使他不再是片面朦胧的影子，建立起真正内在统一完整的形象与表演风格。初挑大梁的我就要担负使柳梦梅还魂的历史任务，是我的幸运，也是我的挑战。好在有总导演汪老师手把手、一招一式教我将柳梦梅从原著中落到表演实处。

这么多年来，我在不断学习、演出、体悟中提升柳梦梅的表演，得到了大家的喜爱与认可。回想初次接触柳梦梅，是在艺校时石小梅老师传承《拾画》一折，而石老师也是我的开蒙老师。石老师是一个特别讲究规格的老师，如何站、如何坐、手指兰花多大、开扇关扇如何画圆、巾生台步前脚跟和后脚尖一拳的距离、背手时手在臀部的哪个精确位置……这些细节要领我都牢记在心，以至于后来在舞台上，和搭档的配合、地位的进退、情感交流上"温度"和"节奏"的把控，都得益很多。石老师给我开蒙时，我还很稚嫩，当时一张白纸上的每一笔都至关重要，我十分感激。现在想来，我塑造的柳梦梅最令人信服的就是从每个点滴中表现出的分寸感,也是这么多年来我在表演其他角色时最用心去体现的。

在青春版《牡丹亭》排演前后,有太多太多老师帮助过我,为我打气,给我鼓舞,纸短情长,我的成长和进步离不开他们。

时光渐渐,春色如许,青春版《牡丹亭》还在演绎青春的故事,台上的我还是神采俊逸的弱冠少年,台下的我们都行走在时间的河。犹记得古兆申先生在排练之初替我理顺人物脉络,讲解明史、古人与现代人思想的区别。起初,我们时常有书信往来,逢到香港演出,见面时总有讲不完的昆曲,聊不完的艺术。近些年虽然联系不多,但心里感觉很紧密,远远的却有维系。二〇二二年一月十一日,古老师因病去世,这一年,还有张继青和华文漪两位国宝级艺术家离开,我怅然若失……时光是美好的,他们陪伴了我从青涩变得成熟,从默默无闻到小有名气;时光是不美好的,它留不住一切真实的存在……青春版《牡丹亭》这二十年来,我更懂得了珍惜与感恩。

延续·转益多师

排演青春版《牡丹亭》并拜师在汪老师门下,于我是幸运,是锻炼,是提升。二〇〇七年,延续愈加成熟的"昆曲新美学"走向,白老师再度策划并领衔制作了新版《玉簪记》,请来了岳美缇老师传承我潘必正这一角色。这是我的第二部大戏,白老师有意让我转益多师,多多学习老师们的表演艺术与为人处世。汪老师也十分支持我在青春版《牡丹亭》演出百场经历的基础上,学演新戏《玉簪记》。

汪老师是一个"学者型"的演员,他生活中喜欢看书,博览群书,也要求我要多多看书,积累各方面的知识,时常告诫我"功夫在戏外""磨刀不误砍柴工"。汪老师性格开朗随性,喜欢热闹,烧得一手好菜。他们都说我除了演戏,烧菜的功夫也得了老师的真传。汪老师还爱喝酒,每日两顿,雷打不动。我也喜欢在没有排练演出任务时喝点酒,老师对喝酒的度的拿捏,是我至今见过最有控制力的。汪老师被称为"巾生魁首",他表演风流潇洒、声情并茂。和汪老师相处的这些年,他教我演戏,教我做人。让我难忘的还是他在青春版《牡丹亭》开排之前对我们进行的系统性训练。当时在汪老师眼里,觉得我到处都是毛病,包括基本功在内的所有东西都很差,正因如此，有了三个月集训，说是"魔鬼式"训练一点也不过分。从二〇〇三年六月开始，那九十天中正逢SARS流行，封闭式的训练有如军训一般，汪老师带了一个六人团队，针对身体素质、形体、水袖、台步、指法、眼神、唱腔等各个方面为我们强化训练。最要命的是为了提高身体素质的芭蕾方法训练，对我来说，作为已是二十五岁的成年，骨骼基本已经定型，其中那些开肩、下腰、拉韧带训练软度的项目，我只能用"骨骼在撕裂，肌肉在燃烧"来形容，每日里都会有撕心裂肺的叫声，伴着汗水与泪水。但这训练方法很有效，一段时间下来，我明显变得挺拔而有精神。汪老师的课，使我得益更多，他从表演程序的需求，系统而全面地锻炼我的基本功，为了提高眼部的灵活度，达到收放自如，定了八个方位的定点来练习转动眼球；汪老师的指法、台步训练更讲求规范和耐力，从方步、官步、穷生步、小串步、腾步、醉步、扬步到圆场等等十九种步法，一一训练、各有要领，且一气呵成。从静功耗着，到动起来走各种台步和跑圆场，三个月天天如此，我的厚底靴都磨破了两双。每次短短半小时一遍下来，我都累得要虚脱，但对后来演大戏的我，受益匪浅。那时，白老师来看我们的阶段性汇报，开心地笑了，说我们几个小青年脱胎换骨！

岳美缇老师是俞振飞大师的爱徒，老师表演清新儒雅、温良醇厚。岳老师的文笔也特别好，平时喜爱写字画画，尤其擅长画竹子，整个人特别显现精气神和书卷气。《玉簪记》是岳老师和华文漪老师的代表作，堪称不可超越的经典。他们二人的配合，一个呼吸、一个眼神、一个细微的动作，都天衣无缝、丝丝入扣。老师告诉我，这出戏最早是周传瑛老师传授给她，包括也讲了很多跟沈传芷老师学戏的故事。当时我得此机会向岳老师传承《玉簪记》，十分期待也十分紧张。记得我都是用周末的时间去岳老师家里学戏，老师教得特别认真，一边耐心给我讲戏、注意的要领，又一遍遍示范表演给我看。因为《玉簪记》是一部轻喜剧，老师特别强调要注意节奏感，包括和旦角陈妙常的每一个配合、接口都要在点子上，彼此的戏才能不断升温，观众才会被我们精心设计的动作和眼神带入戏中。老师对人物内心脉络的细腻清晰讲述，使得我对潘必正的理解和把握，不仅知其然，更知其所以然。尽管青春版《牡丹亭》我已经演了一百多场，但当时更多的精力还停留在柳梦梅这个角色上，现在学演潘必正，还是有种"心里理解了，但还演不出来"的感觉。我很急，岳老师比我更急。排戏期间上海纪实频道采访岳老师，问我学得怎样，老师笑着说："条件蛮好的，扮相、声音、素质、气质都蛮好，就是戏学得太少，还不能把握戏和戏、角色和角色之间不同的地

《牡丹亭‧言懷》。台北。二〇〇五年十二月。

《牡丹亭·拾画》。上海大剧院。二〇〇四年十一月。

上：汪世瑜（右）指导俞玖林。苏州昆剧院。二〇〇四年二月。
下：岳美缇（右）指导俞玖林。苏州昆剧院。二〇一六年二月。

方。用演一个戏的方式去演另一个戏，就还不够。"确实，我演的柳梦梅大家能认可，但我不能只是柳梦梅。老师通过帮我分析柳梦梅和潘必正的不同，让我来区别开两个人物的不同表现方法。柳梦梅是中正、醇厚、痴憨的，潘必正是阳光、俏皮、情商高智商也高，用现代的话来说特别会讨女孩子欢心，但又不油腻的一个大男孩。岳老师从眼神来给我作比较，柳梦梅是以直直的专注的眼神为主，而潘必正很多时候会用到偷瞄、余光观察旦角情态的眼神……听后，我似乎突然明了两个青年男性不同的形象。从人物眼神着手，也是岳老师表演令我最佩服的一点，她的眼睛特别有磁场，特别明亮，特别会说话。包括后来老师教我其他戏，一直和我强调"眼睛，要会呼吸"，一开始我不懂，后来慢慢理解了，我想就像单反相机会有的"呼吸效应"吧。这是一种焦距和焦点的变化，表演者要会控制使用自己的眼神，会放远收近，能切换沉浸内心和眼中视物的不同状态。眼神的变化要准确、恰如其分，伴着呼吸和节奏，这是表演生动的关键。当时，在老师的循循善诱下，我试着从性格的不同出发，用眼神来区别演绎两个巾生人物，慢慢捕捉到了潘必正的轻快、灵动、小"狡黠"，也逐渐掌握了潘必正在书生与道姑的爱情戏中的主动性。

二〇〇八年十一月十八日，新版《玉簪记》在苏州科文中心全球首演。白先勇老师担任总制作人，岳美缇、华文漪两位老师担任艺术指导，翁国生老师执导，白老师领衔带领青春版《牡丹亭》主创原班人马，集合了书法家董阳孜老师的字、画家奚淞老师的白描佛像、王童老师和曾咏霓老师的服装设计、王孟超老师的舞台设计，将中国传统文人的雅致演绎得淋漓尽致。可以说，新版《玉簪记》朝极简、写意更迈进一步，也将昆曲新美学推向了更高一层抒情诗化的境界。在苏州、香港的首演中，古琴大师李祥霆携唐琴"九霄环佩"参与演绎，这也是两大世界非遗在昆曲演出中的首次联袂。

新版《玉簪记》自演出以来，我一直倍感珍惜。这部戏雅致至极，也是白老师的最爱，我是何其幸运能参与其中。从青春版《牡丹亭》到新版《玉簪记》，于我个人的艺术成长，最感恩老师们对我的倾囊相授。从"传字辈"开始，昆曲师出一统，无流派之争，薪火相传，昆曲大业也。

排演新版《玉簪记》的那几年，在迈过解锁掌握新角色这一关后，却经历了演出以来的第一个坎。

我是一个敏感的，也是心思重的人。在表演上，这份敏感让我的演绎更细腻，在

《玉簪记·催试》。北京大学百年纪念讲堂。二〇〇九年十二月。

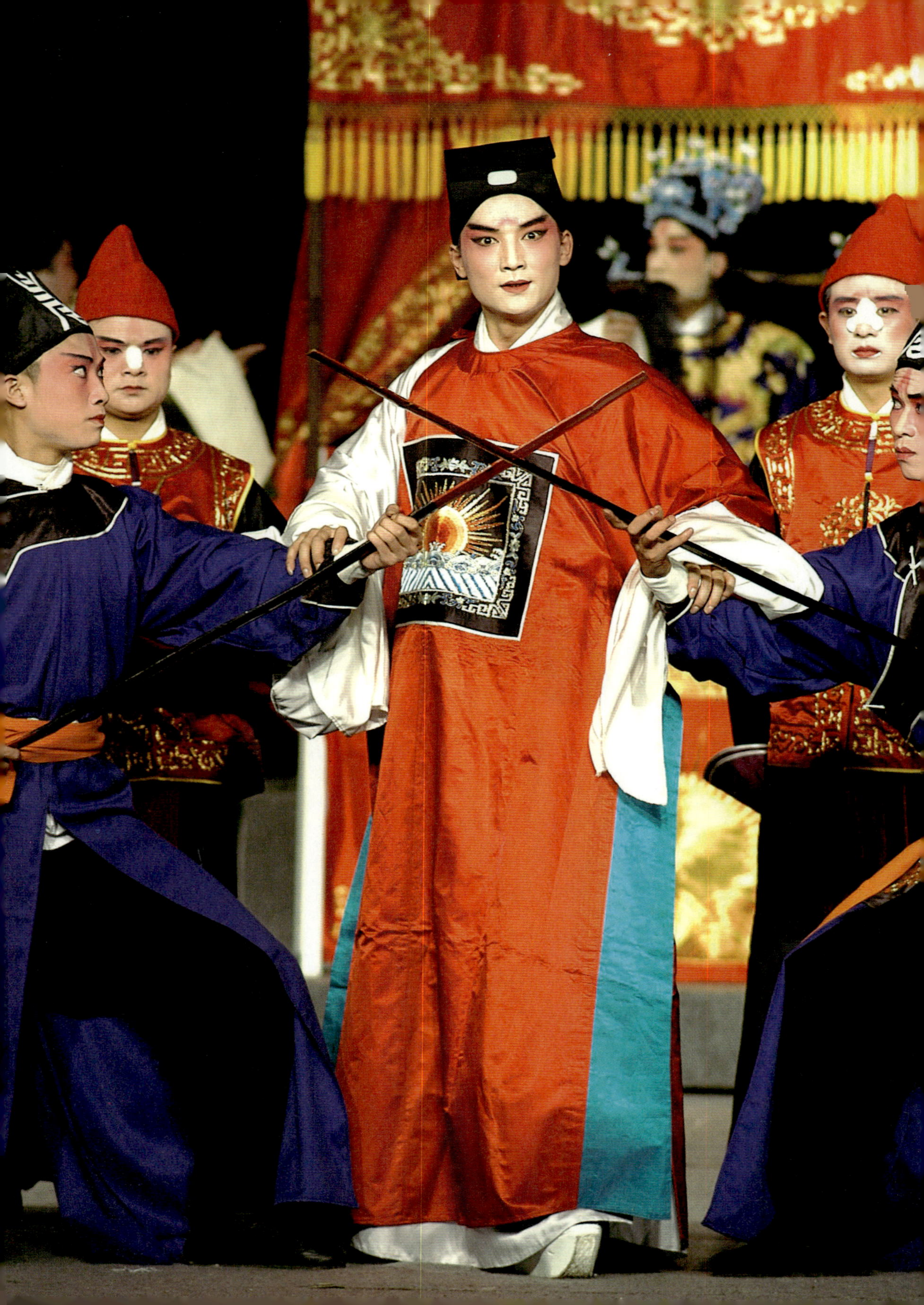

左：《牡丹亭·硬拷》。苏州。二〇〇四年三月。
上：《白罗衫·堂审》。南京。二〇一九年六月。

生活中，心思重却让我吃到了苦头。虽然我们的青春版《牡丹亭》赞许声不绝，新版《玉簪记》又成功上演，但我不是初生牛犊，也不再是初出茅庐，大家对我的眼光（要求）开始发生变化。我的压力来自于自己内心，开始过于在意别人的评论，对自己的表现开始走进怪圈式的苛刻，演出前几乎彻夜失眠，演出似乎也不再让我感到快乐，整个人开始紊乱……二〇〇九年，我的嗓子出现了一些状况，演唱成为负担，自信一败涂地，自卑又无助，四处寻医收获甚微。这期间除了青春版《牡丹亭》的演出，还有新版《玉簪记》排演，担子重，状态差，心理压力大，几乎将我压垮……转折是在二〇一一年初，白老师帮我求助赵元修先生、辜怀箴女士夫妇，在他们的帮助下，得以赴美休斯敦彻底检查我的嗓子，并得出了一个改变我心理甚至人生的结果：声带没有问题，嗓子的状况是我的胃酸逆流在作怪。调理好我的胃酸就能彻底改变我的声音状态。如释重负，重获自信。后面我的嗓音渐渐恢复，承受心理压力的能力也随着我的成长在健全，演出又让我兴奋起来。现在慢慢知道，胃是情绪器官，心情愉悦轻松，胃就舒坦。可人往往会是"江山易改，本性难移"，我杞人忧天又追求完美的性格，还是让我吃了不少苦头，影响我的工作和生活，以至于二〇一五年前后，总觉得自己哪里哪里都不舒服，总往坏里想，自己百度，每一点不舒服指向的都是很严重的病症，被吓得不轻，就去做全身各种精密的检查，好在检查结果指向的都是没有问题。我非常庆幸有一位医生好友孙丹娅主任，她和我说得最多的是"放轻松"，因为她了解我的性格"太认真太仔细"，她叫我一定要做好情绪管理，我想这也是我一辈子的功课。

二〇一二年，单位排了《西厢记》，我饰演张生。这一版是以李日华的《南西厢》为底本加工整理，由白老师担任总顾问，汪老师担任总导演，梁谷音老师任艺术指导。我们的《西厢记》演出并不多，主创团队后来还是认为以红娘为主线的传统版本更吸引人，于是再制作了新版《红娘》。就我自己而言，张生由巾生应工，唱念作表都是我熟悉的，但张生这个人物，我至今都觉得难以把握，不过从表演的层面来看，经由这部戏，我又学习积累了巾生的经典折子戏，颇有收获。

觉醒·自我突破

在青春版《牡丹亭》一站站演出的过程中，我见缝插针地向老师们学戏。因为新版《玉簪记》，得以结缘岳美缇老师。二〇一三年，我又向岳老师学习了《白罗衫·看状》一折。这出戏是《白罗衫》中最有名的一折，也是小官生的名剧，有着强烈的戏剧冲突、鲜明的人物形象，和我常演的《牡丹亭》《玉簪记》等才子佳人故事大不相同，表演上充分体现了昆曲中"隔行如隔山"这句话，我从巾生跨行到小官生，是全新的挑战。让我树立起信心的是，岳老师在初教我《看状》时，徐继祖坐在凳子上自报家门后开唱，起身思忖着走到台口的那几步，她表扬我走得很有分量，蛮有小官生的气派，有人物的气场。有了自信，我抓到了感觉，顺利学下这出戏，并在二〇一三年北京大学"白先勇昆曲传承计划"做了示范演出，得到了白老师和观众的肯定。这样一出没有爱情戏的公案折子戏，大家的喜爱出乎我的意料，我不仅开始尝到了新挑战成功的喜悦，也隐约感觉徐继祖这个人物，不管是表演程序还是人物内心戏，都有更多挑战在等我，像是一种觉醒——这部戏我还可以做更多。接着在二〇一四年，我又把《井遇》一折学了下来。至此，"传字辈"老师传承下来的《白罗衫》中仅有的这两折，岳老师都已教授于我。

当年白老师看我演青春版《牡丹亭》下本"人间情"中《硬拷》一折时，就觉得我很有官生的样子。这次同意我向岳老师学《白罗衫·看状》，看到我挑战了官生，并且有模有样，他十分满意，认为我有了这十几年、几百场大戏的历练，成长、成熟起来了，需要有一些代表性的作品，拓宽戏路，赞成我排演全本《白罗衫》的想法。而这，也是岳老师当年自己未能实现的夙愿。

跨行当演绎与众不同的题材，让我倍感兴奋，但读过原著之后，发现了一些不大合理的地方，总觉得少了点什么。于是我开始央求张淑香老师帮我整编《白罗衫》这个本子，我想演一个完整的《白罗衫》，想创作一个完整的徐继祖。

张淑香老师担任了青春版《牡丹亭》剧本整编的工作，她和白老师以及其他几位编剧老师一起，丰富完整了柳梦梅这个人物，也成就了我。我的第二部大戏新版《玉簪记》的剧本也是张淑香老师操刀整编。张老师十分欣赏我，也十分了解我。在青春版《牡丹亭》首演之际，她写了我一篇《一鸣惊人》的文章。在她笔下，我读懂演明了柳梦梅，当时的我看了有些不好意思，觉得我没有她写得那么优秀。但也正是这篇文章，给了我莫大的鼓励。她还写到我在下本"人间情"的表演中，"不卑不亢，兼顾傲骨与善意"。我想除了在舞台上，现实生活中的我也真是如此！有了这份惺惺相惜，我与她经常打电话，一打就是一两个小时，聊我的生活，我的表演，也聊到当下一些类似《白罗衫》故事的曲折现状，像被拐儿童的凄惨命运故事、像刘德华主演的电影《失孤》的情节、外国的黑社会大佬金盆洗手转做慈善的案例……我听她讲中西方戏剧的特点与思想内涵，以及谈论一些人与世界的审美关系……一次次的电话，我们新版《白罗衫》的故事，在张老师笔下越来越清晰。

《白罗衫》原著开头的定位和结尾的定性，在当代，似乎流为公式，经过张老师和白老师等人的多次探讨，张老师的反复思考，决定将这一版的《白罗衫》从原先的善恶对立转变为命运的捉弄。张老师据此大幅调整了人物和情节，整编后的新版全本《白罗衫》将整个故事重新定调在父与子、命运、人性、救赎以及情与美的聚焦点。戏的高潮，落在公堂一阵混乱喧哗拍板退堂之后让人无法忍受的一片寂静里，同样被命运捕获感觉大祸临头的父子，一在堂上，一在堂下，默然相对，他们将如何打破这片沉默？如何自处？如何抉择？如何相对待？如何寻找出口？可能有出口吗？就是这许多问号，催生了最后的答案，展现了现代人不同的人文精神视野与审美视境。张老师在面对原著无可施为之下而做的改头换面的翻转，她一直说是一种冒险与挑战。白老师说我们的新版《白罗衫》，是昆曲剧目里罕见的一出家庭伦理、情与法艰难选择的大悲剧，近乎希腊悲剧索福克勒斯《俄狄浦斯王》的声势及力量，是"很不一样的悲剧"：仇恨与报复的快意并不能真正撼动人心，只有纯真高贵之人为命运拨弄受苦受难，才能使人感受命运之恐怖，从内在生发深切的悲悯之情。

我们的新版《白罗衫》也很传统，一切呈现都是在传统根基上演绎主创的创新思维。在传下来的"骨子戏"的基础上，其他折目由岳老师和黄小午老师通力合作捏出。我们的灯光、服装、舞台装置，是现代的手法，依据传统的理念而成，简洁大方，富有深意，服务剧情、人物，恰到好处。曾有观众和我留言：好心疼徐继祖，好心疼俞玖林老师，这样的好戏真让人想看又不忍看，太纠结了……还有人表示：《白罗衫》太虐了，要看《玉簪记》补回来！

我们的挑战成功了！岳老师感慨地说，从周传瑛老师到她自己，从她再到我，一出戏传承了三代昆曲人，古老的昆曲艺术在传承中不断思考、不断进取……我想这也正体现了传统昆曲在新时代的思辨与实践，我们的昆曲新美学理念和当下守正创新的思想不谋而合！为观众留下更多丰富的剧目，更多鲜活的人物，是我们一生为之努力的！

新版《白罗衫》这部戏，徐继祖这个角色，超越了巾生风花雪月的浪漫明快，经由这个角色，我第一次实现了表演行当的跨越。且他有着更复杂、更深刻的内心世界，每一次投入角色，我都被他深深打动，能把这内心种种呈现给观众，真是痛快！

新版《白罗衫》带给我的远不止于此。过往，我只是一名演员，台上演出就是全部；这次，是我担任昆剧院业务领导后，第一次完整深度地参与一部戏的创作，经历它从零到一的全过程，从磨张淑香老师写剧本，到提出舞美制作的想法，再到舞台二度创作的人物定调等业务协调……一个点到整个面，纷复繁杂，我在这个过程中磕磕绊绊地成长，因为亲历，更加理解一路扶持我们走来的各位老师的无私付出与不易，感激在心。

排演新版《白罗衫》过程中，还有一个小插曲。二〇一三年开始，我查出来腰椎间盘突出，演出多了累了的时候，就疼得厉害。一开始还能挺过去，在家躺两三天就能缓解不少。因为每年都要发作几次，久而久之，就习以为常了。这种疼痛一直累积到二〇一五年正式开排《白罗衫》。这出戏的力度、气度都不一样，很多动作都触及我的腰部，另一方面，戏在积累，演出在增多，单位的其他事务也在加重。在二〇一八年四月十九日，我记得很清楚，那天是在徐州演出青春版《牡丹亭》的精华版，我的腰伤复发，但和以往又有不同，不仅腰部不适，且左脚失去踮起的能力。后来知道是腰椎间盘突出到了脱出的程度，压迫到了我的运动神经。我带着这样的状态，凡是过场可以休息，都在后台的沙发上趴着，上场时再挨着疼痛，咬紧牙关，用几百场的经验，撑下了徐州的演出。尽管我能清晰感觉这次发病和以往不同，回苏州之后，还是紧接着坐大巴去完成扬州的演出，心里也明白，这次一定要引起重视，并掠过了一丝恐慌。接下来几天的彻底休息，没有一丝好转，让我感到不祥。去了上海、去了南京，看了很多著名的骨科专家，得到不得不的一致意见——立即手术。让我来不及犹豫，来不及纠结，那几天，恐慌侵袭了整个的我。腰椎是人体的中枢，神经密集，在这样的部位下刀，一旦出现丝毫差错，让我不敢想象，万一……我这下半辈子怎么办？选择在南京做微创，经过细致检查，医生说我这么年轻，应该三四十分钟就可以顺利完成手术，让我得到了一丝宽慰。进手术室那一天，最要命的来了，我做好了局部麻醉，整个人完全清醒，约半小时过去了，医生和护士完全没有要收尾的意思……又大概半小时过去，手术还在进行……我整个人趴在手术台上，已经麻木僵硬，但又不敢有丝毫动弹，生怕会影响医生对神经的判断……时间还在一分一秒过去，我感觉像是过了半个世纪，我的脑海飞转着，什么责任、亲情、健康、事业……但我还必须集中精力，回答医生时不时问我关于实时的神经反应……真的不知道过去了多久，医生说手术完成了，我仿佛清醒地在鬼门关走过了一遭。在回家静养的两个月，最不敢回想的就是这两个半小时的手术过程，手术应该是复杂的，万幸的是，手术是成功的。那段时间，我除了做点复健动作，绝大多数时间是躺在床上，看窗外的树叶摇曳，听夏天的蝉鸣吱吱，偶尔起来喝水、上厕所，还有到阳台上抽根烟、站一下，看小区里自由经过的人，内心五味杂陈。

那年十月，《白罗衫》将参加昆剧节，因为做了手术，这场大戏对我来说像是再上征程。在那之前九月三十日苏州有一场青春版《牡丹亭》精华本，是我术后的第一场演出，似乎有点"在哪里跌倒，就要在哪里爬起来"的壮烈感。抱着"一定要顺利"的心理，又期待又害怕地演下来了，演出结束之后一个人在后台足足躺了一个小时才慢慢起来回家……十月十七日，我主演的新版《白罗衫》如期拉开大幕，这部充满内心矛盾的大戏，这一次，我演得身心纠葛。这一场，对我的意义太重大了，我站得起来，也跪得下去，台步可以走，圆场跑起来也没问题……很小心又很顺利地演下来了，感觉涅槃重生了一般。唱到最后一折《堂审》《朝天子》"问天无语为我号，命也如此凭谁告"，徐继祖深陷命运的泥潭，徐能的自刎，让他继续负重前行。我想我俞玖林也是如此，即使负重，也要前行。经历了这次，我更加把健康当回事，更加当心我的腰。好在这几年慢慢恢复得不错。

从二〇一三年跟岳老师学《看状》，到二〇一五年开排，二〇一六年三月初次连排试演，二〇一六年十一月十一日国家大剧院正式首演，二〇一七年三月十日在北京大学演出并启动"全国名校行"，再到二〇一八年三月进一步打磨，二〇一九年正式定版，这部戏已先后演出了几十场，得到了专家老师、观众朋友们的积极反响，都让我看到了"挑战"的可能性。戏，是不停地磨磨磨……磨出来的，我也在一遍遍、一场场的排演之中，磨出了我的艺术之路，摸到了我的人生之路。

时代·守正与创新

从青春版《牡丹亭》到新版《玉簪记》再到新版《白罗衫》，一系列精品剧目的创排演出，在白老师提出的"昆曲新美学"理念引领下，苏州昆剧院逐步形成了极具发源地特色的、锻造精品艺术的创作方向。二〇一九年，由白老师担任艺术总顾问，岳美缇老师担任导演，张静娴和张铭荣两位老师共同出任艺术指导，唐葆祥老师编剧，排演了我的又一部大戏《占花魁》。

卖油郎秦钟，是我艺术生涯的重要见证者。一九九八年，刚毕业进团的我，有幸和王芳老师搭档苏剧大戏《花魁记》，饰演男主角秦钟，在各位老师、前辈的提携下，通过这个角色的演绎，让我对表演、对人物塑造有了第一次直接、完整而又深刻的体验，秦钟的淳朴善良也刻在了我心里。再次深入这个角色，是在二〇〇六年的全国小生培训班，由岳老师亲授《占花魁·湖楼》一折。这折戏是岳老师的经典剧目之一，我被老师精湛的表演深深吸引。这份精彩的背后，有太多老师们为在舞台上恢复这出戏而付出的心血和巧思，这让我更加珍惜这次难得的学习机会。老师和我说，秦钟是一个小人物，他淳厚质朴，既要有柳梦梅、潘必正的书卷气，又要有市井生活的烟火气；从行当上来讲，介于巾生、穷生之间，人物个性的分寸度，不能用单一的气质来表现。我努力揣摩其中。在培训结束的汇报演出后，我和搭档柳春林的表演得到了指导老师们的一致认可，认为我抓到了卖油郎的神韵。这次之后，我对这个角色的牵念又多了一分。时隔十三年后的二〇一九年，经过反复思考和酝酿，我郑重向岳老师提出，想要传承并重新制作《占花魁》整部大戏，老师欣然应允并寄予厚望。

岳老师和张老师主演的《占花魁》，经过了几十年的演出，积累了丰富的经验和感悟，这次的传承和重排，我们更挖掘了这个戏潜在的现代意识——救赎主题。身份卑微的卖油郎秦钟因痴恋花魁女的美色，攒积一年十两银子到妓院中欲亲昵花魁女，花魁女大醉而归，酒后呕吐，卖油郎一时对花魁女产生了怜悯，用自己的新衣接着花魁女的酒吐。卖油郎这种对一位烟花女子怜香惜玉、忘却色欲的纯情，顿时把《占花魁》整出戏的境界提升了。白老师说，卖油郎用新衣接受花魁女的酒吐，象征着卖油郎用自己的纯真洗涤了花魁女在烟花生涯中所沾染的污秽——《占花魁》也就变成了一个身份卑微的男子以纯真爱情救赎一个陷入烟花火坑女子的故事。

纵观我的这几部大戏，我的艺术之路都有白老师的总把关，各位老师的倾囊相授，主创团队和剧院同仁的通力合作，全力支持，打造了体现至情、至善，充满着人性光辉的传统剧目精品。

二〇二一年，为深度挖掘中华传统文化精髓，深耕苏州人文历史底蕴，苏州市委宣传部和市文广旅局决定打造苏州文化名人系列剧目，我迎来了艺术生涯的另一个挑战——排演原创昆剧《灵乌赋》，饰演范仲淹。这部戏由福建编剧巨擘郑怀兴老师创编，著名戏曲导演王青执导，汪老师和黄小午老师担任艺术指导。这是我第一次诠释昆曲舞台上没有表演模板可参照的角色，第一次挑战老生行当。汪老师帮我编排动作，黄小午老师指导我老生的表演要领，王维艰老师一字一句帮我抠唱念。内部试演后，第一次把范仲淹这个人物以昆曲的形式呈现在舞台上，还是很感动的。后来由于种种原因，这部戏暂时搁置，还在加工之中。

不过，我与范仲淹的缘分并没有止步于此。二〇二二年，我们再次请郑怀兴老师执笔，以"情"出发，以四折小戏串起范仲淹一生的家国情怀，通过《辞母》《作赋》《授课》《夜书》，巧妙再现了范公的光辉人格和丰功伟绩，以母子情、夫妻情、师生情和家乡情国家情贯穿全剧，以情动人，以志撼人，以人性化人，以家乡家国情感人，透过感人至深的艺术力量让范公精神于无声处引领观众。这部戏由孙晓燕老师执导，在舞台呈现上，《范文正公》坚持守正创新，在尊重传统的基础上，借鉴当代表达、融入当代审美，尤其强调"亦诗亦画"的美学特质，充分体现出"江南文化"的典雅气质。

对我来说，塑造观众很崇敬的范仲淹本身就极具挑战，在表演上要一人饰演不同年龄段的范公，又跨越巾生、小官生、大官生和老生不同行当，又是一重挑战。最后一折《夜书》中，表演的重点和难点在于用昆曲的唱念身段呈现《岳阳楼记》全篇。排练伊始，我完全抓不到感觉，动也不对，不动也不对，背课文似的念不对，自己又不知如何把握。一筹莫展之际，朋友发来了著名演播艺术家方明老师朗诵《岳阳楼记》的影片，让我顿感醍醐灌顶、有如神助。方明老师朗诵的节奏与气息，眼神、手势中流露出的神韵与气魄，让我脑海中范仲淹挥墨写下《岳阳楼记》的模糊身影具象化了。反复看了十几遍，边看边念边想动作，这一段表演有了！第二天排练，包括导演在内的所有人都惊讶于我的表现，笑说是不是范仲淹给我托梦了。此外，周雪华老师为这段《岳阳楼记》谱写的音乐也大大加了分，文中所表现的雨悲晴喜在音乐的起伏缓急中倾泻而出。加上舞美灯光效果的配合，整段表演大气磅礴，将范公的旷达胸襟和磊落胸怀呈现给了观众。

范仲淹不顾官微言轻与个人安危，写下振聋发聩的《灵乌赋》——宁鸣而死，不默而生；即使遭受贬谪，仍然心系国家安危与黎民百姓，写下千古名篇《岳阳楼记》——先天下之忧而忧，后天下之乐而乐。近两年的我，好似有一股谜团需要破解，好似有一团迷雾需要冲破。与范仲淹的"相遇",实属意料之外,而他的到来,又像冥冥之中,他穿越千古而不朽的精神、良心和风骨,为当下的我带来光亮与力量,也让我坚信"大道无涯,吾道不孤"。

成长·不负使命

回首这些年,我觉得自己是幸运的。从一九九四年陈蓓老师到我就读的中学来,她后来常常说很高兴选到了我,我也很感激她点中了我。接着一路走来,又受到太多太多老师、前辈、朋友的鼓励、关心与呵护。我想,他们无他,一心都为了昆曲。我无比感恩,我选择了昆曲,昆曲也选择了我。

白老师与我的通话中,除了关心我个人的艺术,二十年前就开始和我说了很多关于"昆曲的使命感",我想这是源于他的文化修养与人生阅历而感发而去践行的,当时的我懵懵懂懂,或者说还无暇顾及,而近几年我开始理解"使命感"这三个字,似乎一种感召,想要"报恩"的心愈发强烈。张淑香老师二十年前曾写道:"青春版《牡丹亭》的演出,为二十一世纪昆剧的还魂开拓了一个同时保留传统与融入现代的模板,一条再生的活路。戏剧形式所传演的是人的命运,命运之手已将俞玖林引领到一个历史性的交点。"如今青春版《牡丹亭》五百场在即,我认为到了又一个"历史性的交点",对于我们这辈人,传承的接力棒已经交到我们手中,白老师也一直以来希望我们这一代能像"传字辈"老师父一样,勇于担负"昆曲大业,薪火相传"。我想,我们不再只是属于自己,应该为昆剧、为大家做些事情。

传承,从传到承,从承到传。自二〇一七年起,我通过个人项目,先后将青春版《牡丹亭》精华本、《玉簪记》经典折子戏、青春版《牡丹亭》全本(生行)教授给苏昆第五代"振字辈"演员。传帮带,身体力行。我和青春版《牡丹亭》的各位主演还跟随白老师的脚步,全面参与到北京大学昆曲传承计划、苏州大学昆曲传承计划、台湾大学昆曲新美学课程、香港中文大学"昆曲之美"课程等高校传承推广工作中。二〇一七年,由北京大学牵头、北京十七所高校学生共同完成的校园传承版《牡丹亭》落地,它以青春版《牡丹亭》为蓝本,从演奏到表演,全部由学生自己完成,这是我们十几年不间断的校园推广传承的硕果,见证了一群年轻学子从"看"到"演",也在某种程度上见证了昆曲文人传统的回归，堪称昆曲当代传承浓墨重彩的一笔。推广，一直在路上，从台上到台下，从专业到大众。二〇一一、二〇一二年的时候，家乡巴城正在筹建昆曲小镇，在作家杨守松老师的引荐下，在巴城老街上成立了俞玖林昆曲工作室。二〇一四年，白老师为我题写了工作室的匾额并亲临挂牌现场，二〇一六年工作室正式开幕运行，先后推出"大美昆曲"主题讲座及示范演出、知名昆曲演员分享会、"戏里乾坤"讲座等系列公益活动，邀请著名昆曲表演艺术家、专家学者、各昆曲院团活跃在一线的知名演员等前来分享昆曲之美和昆曲的台前幕后。工作室还承担几所小学小昆班的教学工作来普及昆曲，乃至为戏曲专业人才的培养提供后备力量……

这些年来，年龄身份在变化，但初心不变，一直努力坚守我们逐步形成的、大家承认的"南昆风韵、苏昆风格"。我相信，做好我自己并甘之如饴做好"铺路石"的工作，凝聚同辈，完善我们苏州昆剧院人才梯队培养和后续建设，才能让这条"再生的活路"更加良性发展，生机盎然。我也知道，这需要不断学习，需要不断践行，更需要勇气、魄力、智慧，抓住机遇。

众里寻她，最美的牡丹在我们自己后花园，用心来守护她吧！"姹紫嫣红开遍"，这是我的愿望、昆曲人的愿望，我想也是所有支持昆曲的有识之士的共同愿望。

有时跳出来看自己，虽然我想得挺多，但并不算一个早熟的人，年轻时甚至有点后知后觉。这些年高强度的工作，十几年里经历的事、见识的人，似乎相当于人家的几十年。对于现在，某种程度上来说我倒是早熟了。我会想，也会回想，遇到的很多人和事，是怎么来到我身边的呢，是怎样降临到我身上的呢，是什么因、会有什么果呢？一切大概只能用"缘"来解释了。白老师是近佛的人，我也心存敬畏，他常和我说做人做事要"结善缘"。不过怎么判断是善缘呢？今天的善缘也会是明天的善缘吗？会有完全的善缘吗？再想下去就要到另一个话题了。因为写这篇文章，让我得以好好梳理这一路走来，其中的艰辛是有的，总体来说是幸福的，也感恩感慨我主演了青春版《牡丹亭》，在白老师的带领下做了这么一件伟大的事，做了一系列有意义有价值的事。

如花美眷，似水流年，我相信，昆曲一定是我的善缘。

· 沈丰英

苏州昆剧院国家一级演员

两位恩师

　　学艺这些年，在我看来，其实就是经历发现和自我发现的过程。发现依靠的是老师的慧眼识珠，而自我发现虽说需有慧根，但依然离不开老师的点拨和口传身授。可以这么说，就昆剧这门相对精细的艺术门类而言，每位台前表演的演员，他的幕后都站着一排大师。我受惠多个恩师，张继青和华文漪先生就是其中的两位。

　　其实在读艺校的时候，我就把两位老师当成了膜拜的对象。老师告诉我们，当今昆曲最优秀的老师和旦角演员，无疑是张继青和华文漪先生。这让渴望站上昆曲舞台的我在青葱岁月就有了一个期盼，希望有一天师从两位先生，感受他们的风采，面对面接受他们的传艺授业。

　　见到心目中女神张继青先生是我接触昆曲的九年后，也就是二〇〇二年的十、十一月份。白先勇先生带他的专业团队，来苏州昆剧院排练青春版《牡丹亭》，团队中就有张继青先生。我很幸运地被选为青春版《牡丹亭》的女主角，更让我感到荣幸的是，我的主教老师就是张继青先生，虽然艺校四年的每天晚上，我都是听着学校发的先生的一盒磁带，枕着先生那婉转动人的"最撩人春色是今年"入睡，但真做了先生的学生，圆了少年时候的梦想，我却又有了一份顾虑，我拿老师当女神，但老师能不能相中我呢？

张继青（左）叮嘱沈丰英演出细节。苏州。二〇〇四年三月。

那年张继青先生六十五岁，她穿着朴素，戴一副金丝边眼镜，从她的眼神中我就看出了一种厚重和严厉。她目光从我们一排演员身上一一扫过，到我的时候她说了句："她这双眼睛真好看。"这让我紧张的心安稳了许多，老师是肯定我的先天条件的，所谓孺子可教呢。但随后却因为这双眼睛，我们师徒两个在教与学中出现了波折。

众所周知，昆曲的教学偏重口传身授，台上的一招一式老师都会细细指导。可以说跟先生一段时间后，我初步掌握了先生舞台上的形，但神的要求却始终不能让先生完全满意。比如学到《牡丹亭·寻梦》，有一段《嘉庆子》"是谁家少俊来近远"。先生表演时身形相对静止，她只托着腮，眼睛左看一下右看一下，以目传神，体现甜蜜追忆的状态，也从她（眼神）的两挑中将杜丽娘与柳梦梅梦中想见缠绵绻绻情绪含蓄地表达出来。这是先生演绎杜丽娘的出神入化之处，她对我和盘托出，也希望我谙其精髓。然而，我在很长一段时间却难得要领。我曾苦恼自己的眼睛跟先生的不是一种型号，先生是细长眼，我却是大又圆，我依样画葫芦地模仿先生，只落得要么圆睁双眼太实在，不像在回忆，要么眯着看不出来在干吗，如梦游一般。直恼得先生在台下着急："沈丰英，你这两看像两个炮弹，一点没有杜丽娘的味道，闺门旦一定是收的，很甜美的感觉，你这个像刀马旦，还不太行。"

我虽然领悟了老师的意思，知道自己的眼神太实太直了，但怎么收怎么学成先生的神来之笔，则让我颇费思量。相当长一段时间我在这里卡住了，只能回去练私功，不停地琢磨到底该怎么以目传情以目传戏。在一次阅读《红楼梦》评论文章时，我有了些感受，中国古典美学讲究的是一个度。我把这一心得汇报给先生，先生颔首称是，她说，这就是所谓的收。再上舞台，我们师徒二人便有了些默契，千百遍排练后，可以说我已经渐入了佳境。一次公开演出，先生坐台下离我只有两米远的地方，演到《嘉庆子》这段，我听先生对边上的人说："你看，这双眼睛真的好。"此时的我身在戏中，眼角却湿润了。我百感交集，先生把我托上了舞台，我虽然只学到先生的万分之一，但师徒二人的努力总算没白费，这不，先生的那位杜丽娘不是又回来了吗！

先生给了我她最好的戏《牡丹亭》让我动容，而先生在生命的最后时刻还坚持传戏给我，现在想来我都会潸然落泪。去年的十月份，先生的身体其实已经很不好了，我去学戏时看到先生日益消瘦，意识到先生身体出了状况，但没想到她已经身染沉疴。先生说她很累，给我讲课不像以前那样连讲几小时。她只能稍微讲讲，再回床上休息，躺一会儿，然后再继续。可以说，先生是拼着命传给了我她的《烂柯山》。二〇二二

《牡丹亭·寻梦》。北京大学百年纪念讲堂。二〇〇六年四月。

《牡丹亭·惊梦》。旧金山。二〇〇六年九月。

年的一月底这出戏完成了彩排,我在泪光中走下了舞台,没有成功的喜悦,只有伤感和沉重。我明白它意味着什么,它是先生点亮昆曲后生前行道路最后一道光的收获,先生因此而蜡炬成灰。

另一位恩师华文漪先生与我见面不多,但她教给我很多昆曲折子戏、大戏,如《长生殿·小宴》《玉簪记》全本和《写状》等。我与华先生结缘在美国,二〇〇六年我参加在美国的巡演,为期一个月。当时正值华先生也在美国,一次演出结束后的正式庆功会上,我从一两百人中一眼就认出了华先生,她也正看着我。我马上看看边上的张继青先生,思忖是不是得先征求张先生的同意。张先生明白了我的顾虑,推了我一把,让我赶紧去,她说:"你太应该去请教华先生了!"

其实华老师是有备而来的,她送给我一件花衬衫。在后来的很长时间里,我都觉得这件花衬衫有着一种暗示。也许我平时穿着偏素色,像黑白灰这类。它们暗合张继青先生艺术非常正、非常端、非常稳的风格。而华文漪先生的艺术特征则是非常亮、非常耀眼、非常光彩飞扬。华先生是不是借此提醒,让我在我的表演中于端庄中加一些灵动和飘逸呢。因此,我一直将华先生送我的那件衣服保存着,时时拿出来看看,思考如何丰富自己的表演。白先勇先生看出了华先生跟我的缘分,他过来牵线,问华先生能不能传授《玉簪记》给沈丰英,华老师欣然应承。很巧的是,二〇〇六年和二〇〇七年华先生回国居住过一段时间,当时青春版《牡丹亭》的巡演任务非常重,但我只要回到苏州,就会立即赶往华先生上海华山路的住处学习《玉簪记》等曲目,而华老师都是放下手上所有事耐心地向我传戏。我用一点一点零碎的时间求教于先生,而先生则是一句一句,一个动作一个动作教会我,也就是这一段师传徒受,让我领会到了华先生表演的神韵,这也就有了后来大家看到的青春跃动的陈妙常。

戏曲界从来都存在所谓的门派观念,而张继青和华文漪两位先生对此却都非常开放宽容。在他们看来,门派代表一种风格固然重要,但风格更是演员个人,跨越门派博采众长,最终食而化之成为自己,才是昆曲历久弥新的正道。听说我在跟华先生学戏,张先生总是不断鼓励,甚至是催促,她对我说:"沈丰英,没关系的,你虽然拜了我为师,但昆曲艺术是没有门派的,你尽管去学。华老师身上很多好的东西,你去学,非常好。"而华先生既希望我学有所得,更鼓励我追求艺术上的自我。她提醒我:"沈丰英,我的唱念可能偏海派,它比较大,你可以去请教张继青老师,帮你嘴里再去纠正一下。""沈丰英,你嘴巴里去跟张老师学,你要形成自己的风格,你要有你

《牡丹亭·惊梦》。加州大学尔湾分校 Barclay Theatre。二〇〇六年九月。

《长生殿》。台北中山堂。二〇一七年五月。

《玉簪记·投庵》。北京大学百年纪念讲堂。二〇〇九年十二月。

们苏州自己的特色。"两位老师的包容和开明，让我领略了昆曲前辈令人赞叹的大格局，也可以这样说，像我这样能在舞台上承继着昆剧流光溢彩的众多后辈，艺术上每进一步，无不是这种大格局下的种种收获。

　　学艺这些年，蒙老师教导之恩，我虽已能从容不迫地驾驭舞台，复现先生们昔日的风采，但我总觉得，向先生们的学习依然在路上。念及诸多老师，我常常不禁自问，我已值不惑之年，也有了自己的学生。我向老师学到了一些技艺，但我能学成他们的为师之道吗？因此，这时我心目中的恩师就不只是有着慧眼的伯乐，而是昆曲传承链上不朽的标志性人物了，就如我的恩师张继青和华文漪先生。

牡丹之后
——和梁谷音大师的师徒缘

· 吕佳

苏州昆剧院国家一级演员

缘起

"昆曲义工"白先勇老师曾说："昆曲后继有人，我最开心。看着当初的'小兰花'演员成长，希望他们今后发展得更好。"白老师对中国文化的使命感与责任感，影响了几代昆曲人。

白老师对昆曲的使命不仅仅是送给我们一部经典的青春版《牡丹亭》，也不仅仅是凭借青春版《牡丹亭》让昆曲观众年龄下降二十岁，白老师保护昆曲是方方面面的。对于我们这些"小兰花"们，白老师更看重我们身上传承的责任。

第一次，白老师跟我们提及"拜师"的场景我至今难忘，那是二〇〇二年白老师在香港做昆曲讲座之后，由于要为白老师的讲座示范表演，我和俞玖林也去了香港。我演《牡丹亭·游园惊梦》《孽海记·下山》和《南西厢·佳期》，特别是《佳期》，令我意外的是一千多个中学生安静地看完整场演出，效果还很好，白老师连赞我们是初生牛犊不怕虎。在庆功宴上，白老师问我们想向哪位老师求教，我徒生一股勇气，直言想跟梁谷音老师学艺，不承想白老师是有心人。

青春版《牡丹亭》排练之时，白老师就向梁谷音老师极力推荐了我，梁老师被白老师对昆曲传承的巨大热情所感动，便应允了收徒。不仅如此，在举行拜师仪式时，白老师还要求我向师父行三叩首正礼，以示对这段师徒关系的虔诚与敬畏。那天在院领导、同事和媒体的见证之下，我深深地向梁老师行三叩首，梁老师将她的签名书作和演唱 CD 送给我。挽住梁老师合影的时候，我不禁回想当初在六旦、作旦、武旦，各行里来回切换，苦恼于未来该何去何从，几经失落彷徨。如今，梁老师的艺术是我学习的目标和动力。感恩白老师，使我得偿所愿。

这样的拜师仪式不仅对于我们刻骨铭心，对于老师来说也非常特别。梁老师说："从艺五十年，还是第一次以这样的方式收昆曲弟子。"我想，拜师收徒都是为了传艺，目的只有一个，将老师这一代人身上的戏接过来传下去。

梁老师的每一出戏都是传世经典，极具个人特色，有无与伦比的艺术魅力，自拜师之后，我遍寻老师的录像和书作，从中观察老师对每一个人物的刻画和细节展现，从声音到形态，从眼神到步伐，从文字到思想，像习字般一笔一画地描摹。白老师叮嘱我一定要把梁老师的拿手好戏学下来，第一出就是《南西厢·佳期》。

学戏点滴

《佳期》里的红娘是这折戏的灵魂人物，一人一舞台，以一支集曲《十二红》作为依托，载歌载舞、唱作并重，充分体现出昆曲写意抒情的艺术特色，有极高的艺术欣赏价值，是昆曲六旦必学的功夫戏。白老师点我学这出戏，就是希望我能将梁老师最精华的功夫学下来，为以后的学习打下坚实的基础。

第一次上课是在老师家中。梁老师亲切地迎我进门，寒暄之后让我把《十二红》演示一遍，我心里一下忐忑起来——我也曾学过不同版本的《佳期》，因为要跟梁老师学，在来见老师之前，特意对着老师的录像自学了老师的版本，很多动作脚步地位，录像里看不出来，自己练习时也不知对错。我硬着头皮把这段自学的《十二红》表演了一遍，梁老师始终认真地看着，一段演完，见我上气不接下气，梁老师便让我喝口茶缓一缓。她先肯定了我的好学和努力，而后也直截了当指出我主要的问题在于基本功比较差，要想改变绝非一朝一夕，况且老师不在身边，学生容易懈怠。她嘱咐我回苏以后，要反复练习，持之以恒。下课以后，吃着老师亲自下厨做的拿手菜，我的紧

左：《水浒记·情勾》。苏州昆剧院。二〇一一年一月。
右：《义侠记·裁衣》。北京大学百年纪念讲堂。二〇一八年四月。

梁谷音（左）指导吕佳。上海。二〇一六年八月。

张和拘束一下就消除了，心里暖暖的。

在梁老师的教学过程中，通常会先做一遍示范，然后让我跟学，三遍下来自己做，由她指正。梁老师对我最初的印象就是学戏速度快，时至今日她仍肯定我这一点。在老师的严格要求下，我能够一气呵成地把《佳期》的《十二红》唱下来，最重要的是我的基本功有了很大进步。一年一出戏，到了第二年学习《跳墙着棋》的时候，老师对我的印象已逐渐改观，师徒之间的关系也亲近起来，回想学戏的日子，老师爽朗的笑声仿佛又回荡在我耳边。《跳墙着棋》在苏昆顺利彩排汇报，院领导看到我的进步非常欣喜，纷纷向梁老师表示感谢，感谢她使我获得了突飞猛进的发展和培养前景。梁老师也不吝称赞，直夸我扮相好，表演活，悟性不错。

二〇〇八年大上海大剧院·中剧场"幽谷清音——梁谷音昆剧艺术传承专场"，作为师门一员，梁老师让我和倪泓合演一段《佳期》《十二红》。梁门一众，除昆剧弟子外，其他剧种不乏梅花奖名角，从六旦到闺门旦再到正旦，见证了梁老师对昆曲艺术的执着，钻研艺术的智慧和热爱昆曲的纯粹之心。我不禁为这场盛大的演出感动起来，舞动起来。很多观众是在看过那次演出后认识我的，有一位资深观众是这样评论我的："第一次看吕佳，极好。有角儿的味道。我想一个人物演得好，非要把握了其灵魂不可。不然学得再仔细也只是工匠而已，更遑论精进创新。这声音居然也那么像。"传承专场大获成功，老师收获了满满的掌声和喝彩，第二天，梁老师特意电话我，她许多朋友都说我像她，听得出来她很开心，我也很开心。

老师和观众的肯定让我更加有信心，同时也决心第一本大戏就演《南西厢》，就演红娘！就这样，我主演的第一本大戏《南西厢》，由汪世瑜老师任导演，梁谷音和王维艰两位老师任艺术指导，二〇〇八年于苏昆正式落地生根，历经不同版本，一直演到现在。有白老师的精神引领，梁老师的用心栽培，苏昆领导的全力支持，我在昆曲六旦一行站稳了脚跟，同时拥有了一批喜爱我的忠实观众。

再起步

二〇一五年的时候，我的事业进入一个瓶颈期——昆曲演出的行当多以小生、闺门旦为主，以六旦为主的几个戏屈指可数，经过多年传承，我大多已经学过了。几年里我一直在想，六旦角色有限，想寻求突破，又觉自身条件受限，今后的发展该何去何从？其时，我在舞台上已经演了十七年戏，学艺更是有二十一年了，我深刻地知道，我热爱那块舞台，为了艺术道路能走得更远，我需要储备更多的知识和能力，为将来的发展打基础。

我将困惑和想法说给白老师听，白老师认真思考后，跟我建议："吕佳，你的六旦立住了，可以尝试突破，你看，你演出至今塑造的人物都很可爱，相对单纯，可以考虑塑造一个内心更丰富、人物更立体的角色呢？我觉得潘金莲，那可是梁老师的绝活，你要传承下来，要紧的！""潘金莲？"我知道这个人物有多出彩就有多难演，相较红娘，自己与人物形象相去甚远，顿时不自信起来，弱弱地问白老师可否先尝试阎惜娇，谁知白老师竟像是猜透了我的心思："潘金莲不一定是坏女人，内心很丰富的。你看她的身世多么曲折，尝试塑造人物内心，演出一个不一样的潘金莲，你就成功了，我相信你，替你打气，加油！"就这样，我打消了顾虑，开始一出一出地学习，为这个人物打基础，等《诱叔别兄》《挑帘裁衣》里的潘金莲、武松、西门庆、王婆人物逐渐像样之后，白老师果断建议苏昆排新编戏《义侠记》，王悦阳任剧本整理改编，特邀刘异龙、黄小午、王维艰三位老师任艺术指导，上海昆剧团青年导演沈矿为执行导演，我的老师梁谷音为艺术总监。

排新编戏不同于传承传统戏，做艺术指导也不同于传统教学。我们都知道梁老师的潘金莲演得好极了，她将潘金莲的风情和她的决绝演得淋漓尽致，塑造了一个非常立体的人物。到了新版《义侠记》中，经典的《诱叔别兄》《挑帘》《杀嫂》，我完全继承了老师的表演路数，整理改编后的《裁衣》《服毒》则是我在梁老师的鼓励之下，与沈矿导演、搭档柳春林、陈玲玲一起，结合传统版捏出来的。随着时间的推移和沉淀，特别是近两年，梁老师越来越鼓励我搞原创，演别人没演过的剧目。

"化我者生，破我者进，似我者死。"经历了"像老师"而取得过成功与自信的我，很难想象如何"不像"老师，"化用"老师，因为在内心深处，老师的才是最好的。梁老师则看透了我的心思，在演潘金莲这个角色时，她不要求我一味模仿她的形神，更多的是引导我分析人物、表达情绪的方法。她不断强调作为一个成熟演员，我应该拥有自己的个人特色，也会根据我的特点舍弃部分她的个人风格，帮助我寻找最适合我的表演。新版《义侠记》的《捉奸服毒》这场戏，脱胎于梁老师一大段教科书式的独角戏，编剧增加了王婆三层威逼利诱，逼迫金莲投毒，潘金莲惊慌犹豫闪躲退

上：吕佳与白先勇谈话。香港中文大学。二〇一八年十二月。
下：吕佳指导学生。高雄社教馆演艺厅。二〇一九年六月。

每天早上，都有年轻的演员带着学生们跑圆场、喊嗓子。特别是俞玖林老师课程结束后会让自己的学生为学生们"看功"，防止他们因为初学昆曲练走样而不自知。这些演员与大学生们年龄相近，在教学过程中建立了深厚的友谊，在校园传承版《牡丹亭》项目结束之后，这份友谊依旧存在，他们经常互相交流对昆曲演出的心得体会，实现了真正的教学相长。

校园传承版《牡丹亭》组建了自己的乐队，而训练一个业余昆曲乐队对昆剧院来说也是头一次。在苏昆，乐师们让出自己的乐室供学生们使用，不少乐师甚至悄悄给自己的学生吃小灶。在北大，由于找不到吸音的练乐室，排练环境往往相当恶劣，半天下来回音震得耳朵嗡嗡作响，乐队老师们就在这样的环境下一天天为学生乐队排练、磨合，实在受不了了，就休息十分钟再继续。

为确保演出还原"青春版"的精美精致，苏昆更是拿出了青春版《牡丹亭》的全套演出服装，保证质量。汪世瑜导演喜爱这些学生，在首演之前甚至为"校园传承版"的演出临时加配了青春版《牡丹亭》的原版舞美置景。这次加景可谓临时又突然，苏昆舞美队在出发前临时加装整整一车的置景。正常情况下装台至少需要一整天时间，可这次只有一夜可用。舞美队全员不眠不休，整夜赶工，到演出前还是来不及设置灯光程序。所幸有青春版《牡丹亭》的灯光设计，国际顶级灯光师黄祖延先生！他在一个灯光程序未编的情况下，全程手动控光零失误！让校园传承版《牡丹亭》完美呈现。

青春版《牡丹亭》不能到我们就结束了，我们的使命就是传下去。持续八个月的教学，苏昆老师们倾尽全力用心培养这批大学生，已然将他们与院团的青年演员同等看待。而这批学生也完全不像曲社业余爱好者，或者兴趣班学员，他们把所有的时间都用来昆曲的学习和练习，休息时又捧起书本笔记本投入学习。在自己练习时他们常会提问，排练之后又会听我总结分析，他们会相互讨论剧本、分析人物，理解和吸收动作要诀，也会相互暗自较劲，努力使自己更加进步。特别是有几位学生主演，在舞台表现和人物演绎上，已具备专业水平。

加工《游园》，针对错误的咬字发音、唱念行腔，我会不断纠正、示范，分析唱腔，帮助学生练习，形成肌肉记忆。唱念的问题解决了，身段一点一点抠细节，如何用腰、怎样用程序做动作，这些问题都被带入到每一个身段里面加以说明和改进。当学生们觉得自己有模有样了，我又教他们如何表达真情实感，对他们来说刻画人物是最难的部分。分析人物他们是强项，我就依靠表演技巧，帮助他们将已知的人物内心进行技

《牡丹亭·淮警》。苏州。二〇〇四年三月。

术外化，找到最准确的表达。在这样不断反复打磨的教学过程里，带领学生们对戏的表演一步一步深入下去，对《牡丹亭》对《游园》的认识一步一步深刻下去。促使他们自己开始琢磨，然后把昆曲注入到自己的血液里面。虽然是成百上千遍的排练，但是我们力求每一次都有新的进步，每一次都有新的收获，所以他们可以一遍又一遍。

在青春版《牡丹亭》的大幕开启之后，我有幸跟随汪世瑜、张继青、梁谷音、岳美缇等诸位大师学习传统剧目，在深入学习的过程中，一方面研究揣摩老师们的过人技法，将体会带入舞台实践中不断尝试，改进，寻求突破。另一方面转益多师。剧院每年到香港演出，我都有幸跟随古兆申和张丽真两位曲家拍曲，依字行腔，严谨考究。古老师更是认真执着到每周从香港打一个小时长途电话给我拍曲，这份心力令我深深敬重。这段学习经历更是帮助我的唱念水平得到明显进步。等到"校园传承版"时，我就拿出老师们对我的耐心、用心，以及严格要求，训练这批大学生们。犹记得"校园传承版"演出成功之后，学生们受邀在上海白玉兰颁奖礼上表演《游园》《皂罗袍》片段。在上海大剧院排练之余，扮演杜丽娘的汪静之、杨越溪就在局促的化妆间里练唱，我坐在一旁，像古老师教我一样，给他们拍曲。从呼吸、唱腔、神态再到身段，一点一点地陪着他们磨，一磨就是一整天，也让他们感叹艺无止境。我像师父带徒弟一样，手把手地教，看着他们逐渐成长起来，当他们艺术上停滞不前的时候，我就帮他们找到新的突破点，我能从他们眼里看见光。

昆曲是口传心授的代表，当年白老师延请昆剧名师，手把手教我们这批"小兰花"看家本领。如今要我们手把手，将大师的功夫，传到学生身上。"校园传承版"训练的两年间里，白老师每隔几周就打来电话询问学生们的传承情况。我知道这个"传承"的意义非常重大。在辅导学生之前，我必须戏中所有角色的身段地位表演都要十分熟悉，再给学生说戏。通过《牡丹亭》的教学，让我拓宽了戏路，如陈妙常、费贞娥，不同行当不同性格的人物；通过《牡丹亭》的教学，让我有勇气尝试跨剧种、跨形式的艺术创作，丰富自己的艺术思维；通过《牡丹亭》的教学，让我深刻认识到文化对艺术提升的影响至关重要。这是我对"传承"意义更深层次的认知。

通过整体回顾校园传承版《牡丹亭》，我终于理解了白老师所说的："让昆曲在校园扎根，从昆曲观众也能成为昆曲表演者，从传播到传承，再到更进一步的传播，形成了昆曲教育的良性循环。校园传承版《牡丹亭》和青春版《牡丹亭》就是面向当代青年的，从他们的审美出发，为《牡丹亭》注入新鲜的生命。"

似水流年，风规自远
——青春版《牡丹亭》廿年之际

·沈国芳

苏州昆剧院国家一级演员

二〇二三年四月十六日，青春版《牡丹亭》第一次在上海美琪大戏院演出。候场时想起八十年前，正是在这里梅兰芳大师一出《游园惊梦》在当时九岁的白先勇老师心里深深地扎下了种子。六十年岁月这颗种子生根发芽，二〇〇三年白老师领衔制作了青春版《牡丹亭》，浩浩荡荡开始了昆曲的复兴之路。更可贵的是二十年后，二〇二三年这股浩浩荡荡之势依然汹涌澎湃……

熟悉的前奏响起，出场前小姐回头对我说："台下可能也有一位八岁小孩在看我们演出，我们要做到最好。"怀着这种无比崇高的感念，踏上舞台的一瞬间，我仿佛回到了二十年前第一次在台北"国家大剧院"演出时那脚腿直打哆嗦的青涩时光；仿佛回到了在国内无数高校舞台肆意挥发青春的岁月；又仿佛看到了未来年轻更年轻的小春香在舞台翩翩起舞的模样……

记得青春版《牡丹亭》公演初期，周育德老师看过演出后曾对我说："你很幸运，春香会带给你很多好运的。"后来我知道幸运即是在人生的各个阶段得到老师们不同的提点和教导，使自己的人生更为充沛丰盈。

在青春版《牡丹亭》创排演出过程中，幸运是能亲身得到张继青、汪世瑜、马佩玲老师的悉心教导，令我的春香在舞台上自信光亮；幸运是排练演出之外还有白先勇、

《疗妒羹·题曲》。苏州。二〇一三年一月。

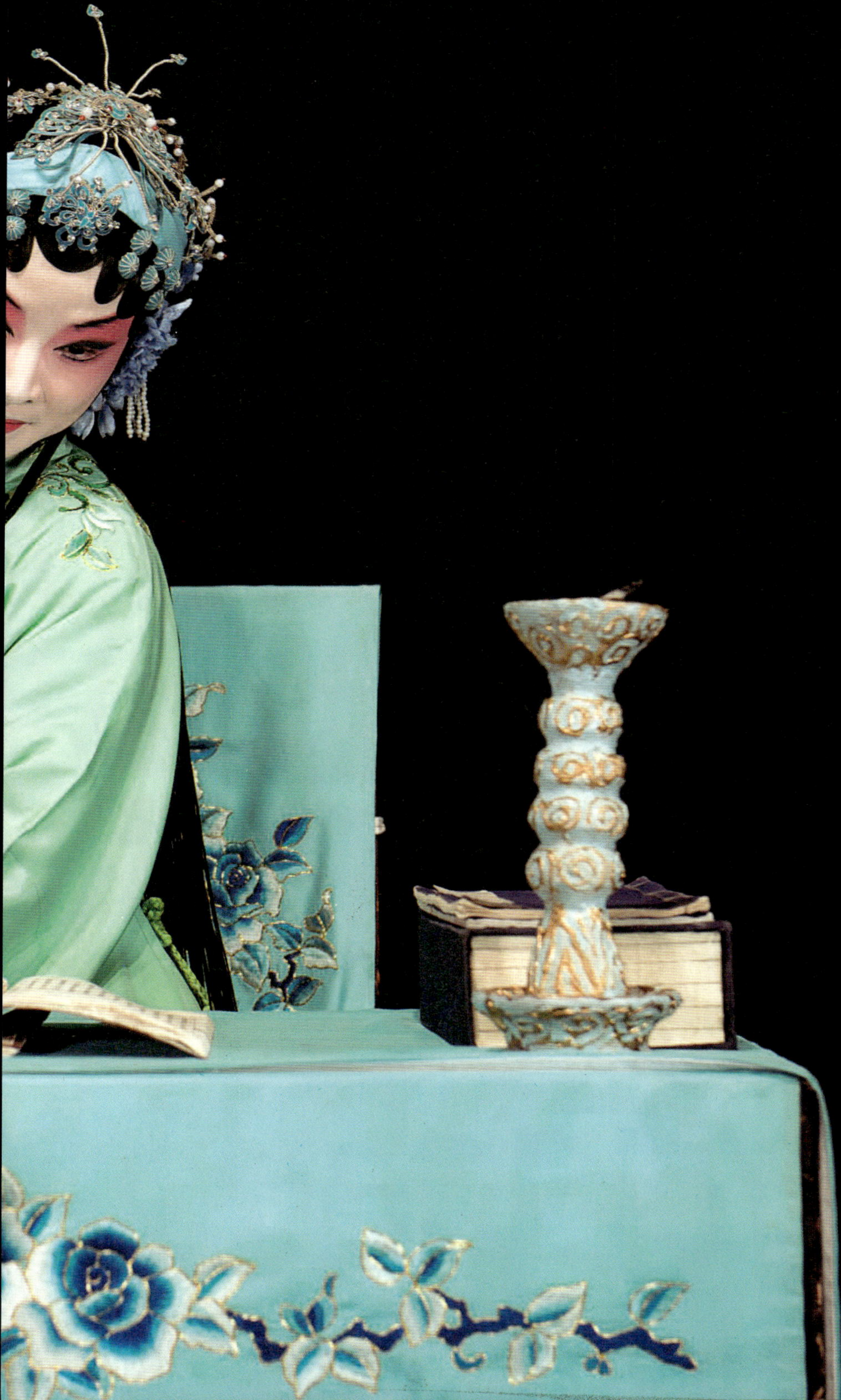

《千里送京娘》。台北中山堂。二〇一五年四月。

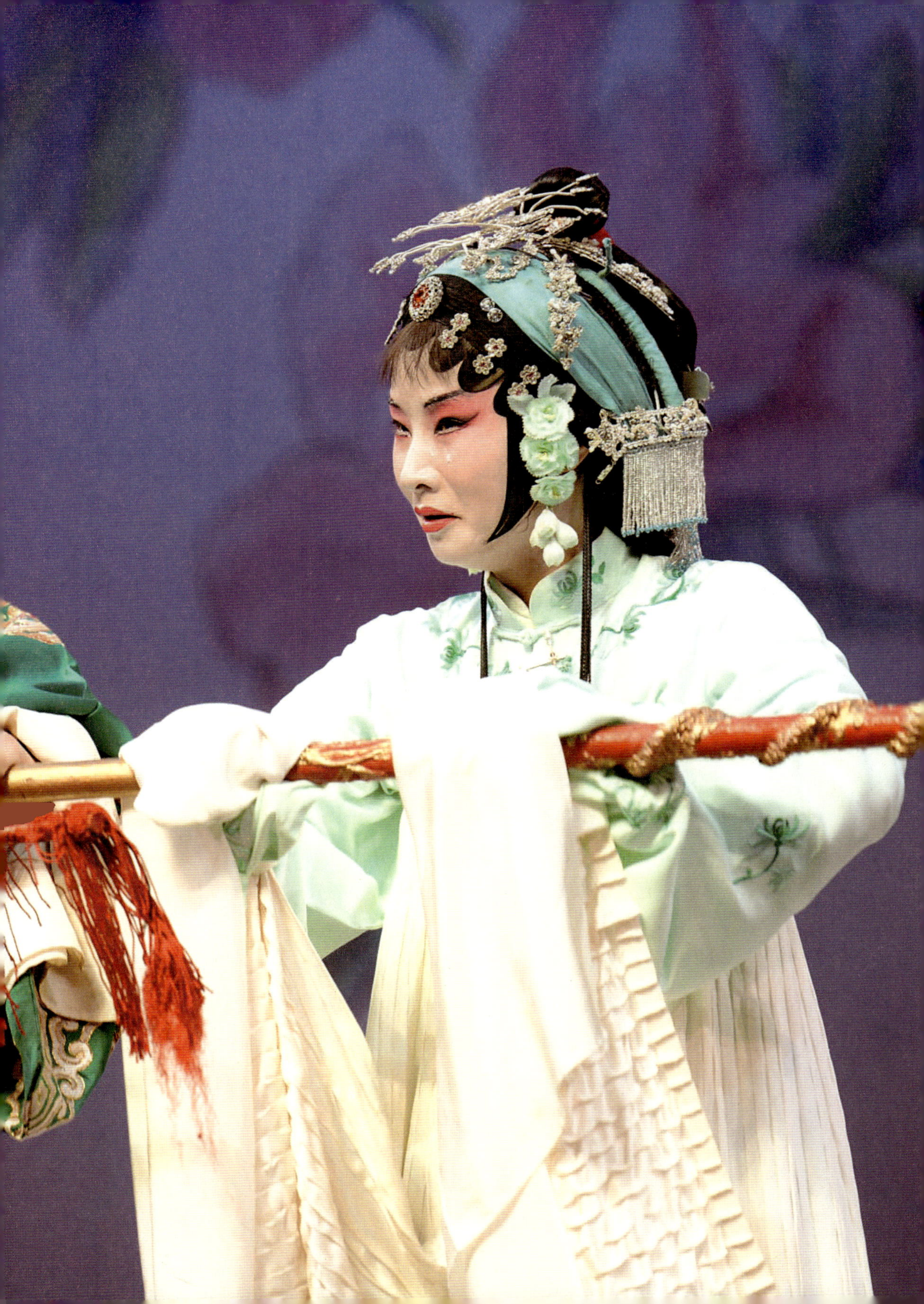

吴新雷等等众多德高望重的老师的精神鼓励，令我在青春的岁月开始懂得昆曲复兴之神圣；幸运是因为青春版《牡丹亭》而结识一批爱护昆曲爱护我们的老师朋友，令我的舞台角色始终有着与之共情的强大支撑。

除了青春版《牡丹亭》，幸运还让我在白先勇老师的传承计划中，有了面向全国名师求教的机会。我有幸和同学净角演员唐荣赴北京向侯少奎老师传承了侯派代表剧目《千里送京娘》。这是一出难得的净、旦情感戏，在以后白老师高校昆曲讲座的舞台上，我们都会展示，得到了很多青年观众的喜欢。京娘这一角色让我突破了昆曲六旦的表演，开始了艺术上纵向性的延伸尝试。张继青老师在看完我《千里送京娘》后显得有些激动，握着侯老师的手说："谢谢你把北昆这么好的戏传授给了他们。"侯老师听后开心地笑着说："北昆南昆都是一家，我希望唐荣和国芳能让这出戏在苏昆传下去。"京娘让张继青老师看到我除了春香之外的另一种可能，张老师提出教我《寻梦》，她说："我看到你的京娘就觉得你能演好《寻梦》。"后来向张老师学戏越来越多，在文化部第三届"名师收徒"的仪式上，我正式拜师张继青老师门下。所以当侯少奎老师听说这出《千里送京娘》是我和张继青老师师生情缘的一根红线，他开心地直说"好好好"。

在侯少奎老师的引荐下，我又有幸向北昆韩世昌大师的弟子乔燕和老师传承了韩派代表作《胖姑学舌》，让我更深层次地领略了南昆和北昆在艺术特色上的同与不同，体悟南北昆曲在六旦（贴旦）表演技法上的差异。南昆的六旦经常体现出娇小青涩之感，但北昆韩派的六旦表演却是大胆外放的，在表演过程中能感受到小小的六旦渗透在舞台上满满的超大能量，小小胖姑一把扇子既能把整个舞台扇出活色生香，可以想见昆曲大王的韩世昌老前辈生前艺术之光芒万丈。乔老师通过一个戏给我讲解韩派艺术的特色，教我让眼睛说话的技巧，反复示范让我明白韩派六旦身法和脚步的独特运用。作为一个南昆演员能有这样的机会对我来说真是三生有幸。

幸运有时候还能冥冥之中成全有意之事。在《大师说戏》的录制现场，我被王奉梅老师讲解的《题曲》惊艳了一回，马上就想跟着老师学习。王奉梅老师对待艺术非常谨慎负责，虽然有着朱为总老师的热心引荐，但王老师对我学习昆曲闺门旦的代表作《题曲》还是有着很深的顾虑。白先勇老师隔空传话请王老师多多担待，教我《题曲》。王奉梅老师倾囊相授，说："我已经把所有的东西都嚼碎了喂你，拿到多少就看你的悟性和付出的努力了。"其实挑战自己不是我有多勇敢，而是因为我幸运，所以我内心有着足够的安全感。王老师对我这个由六旦转习闺门旦的学生千般照顾万般疼爱，教我运用闺门旦眼神竟然示范得自己的眼睛微血管爆裂，两只眼睛红得像兔子；为了教我闺门旦的身段婀娜竟然等我学成回家后，她躺在床上腰椎病复发，几天不能动弹；为了使我巩固闺门旦技法，在这样难教的学生面前，王老师接着马上传授我《浇墓》一折。如今十几年过去了，每次演出《题曲》《浇墓》，王老师都会演前鼓励，演后讲析。王老师对于我而言不是磕头师父却也胜似磕头师父。

当然幸运也伴随着意想不到的更大的挑战。在二〇一九年十一月的一天，我在深圳某个校园内大棵大棵的木棉花树下接到了白老师的电话，他鼓励我尝试《占花魁》的花魁。敢于尝试其实也不是我有多勇敢，而是我内心充满了鼓励。虽然准备好付出更多的努力和坚持，但也做好失败的可能。首次接触上昆的张静娴、岳美缇两位老师，内心万分激动兴奋，但学得实在有些笨拙和忐忑。白先勇老师、张淑香老师、张继青老师、王奉梅老师时时的鼓励一再激励着我的前行。张静娴老师也和王奉梅老师一样细细嚼碎了她自己的艺术，哺育给我，让我在那几个月中突破自己认为的局限，打开了艺术的另一种阐释方式。可惜的是这出传承大戏上演机会不多，对王美娘纵有无限情感，也总像隔着一层纱。希望有一天我和王美娘能从似曾相识潜变为互为彼此。

二十年的光阴我跟随着我的恩师们成长着，但青春版《牡丹亭》的春香永远是我心头的那缕白月光，纵使年岁如何增长，一踏上舞台，我都仿佛回到二十年前的那个自己，青涩纯真却有着无限的真情实意。所以更大的幸运正是：虽然小春香已走过绚烂的青春跨入到不惑之年，但马上进军五百场的青春版《牡丹亭》青春依旧。七月底我们刚刚携带三本《牡丹亭》第三次献演于香港，参加二〇二三年中国戏曲节，三天百分之百满场的观众掌声热烈，对昆曲喜爱、对青春版《牡丹亭》喜爱的势头丝毫不减当年。十七年前看过我们演出的林青霞姐姐再次三天全程观演，结束后亲自相约我们在她的半山书房品酒吃饺子话青春版《牡丹亭》。她说："青春版是一种理念，是一种文化精神，也是以白老师为首的一群文化精英为昆曲传承复兴所探索的道路，只要坚持下去，昆曲永远是年轻的。"望着温润如玉的我的女神级人物，她眼里的光彩动人心魄，此时此刻我一个普普通通的昆曲人能身在其中并感受诸多幸运相伴，感恩之心不禁油然而生。神圣的昆曲啊，是你令我的世界如此不同，我又怎能不为了你而全力以赴？

二十年似水流年，六百年的昆曲浪潮浩浩汤汤，迤逦前行。

感恩昆曲、感恩得到、感恩时代……

意到笔不到
——张继青老师的教学要求

· 沈国芳

苏州昆剧院国家一级演员

有幸得到张继青老师的垂教是从青春版《牡丹亭》开排开始的。那时候我饰演春香，所以有机会跟着小姐杜丽娘天天在张继青老师的课堂进行熏陶。为什么说是熏陶呢？因为在课堂张继青老师一直以一丝不苟、精益求精的教学态度来教导杜丽娘，我特别记得在《游园》春香念到"来此已是花园门首，请小姐进去"这句话之后，杜丽娘这个转身进门的背影，张老师纠正了当时的杜丽娘扮演者沈丰英十几次还没有完全过关。当时我就每天在这样一种学习氛围中进行着熏陶。但张继青老师对春香又特别宽容，在她的教导之外，我在演绎过程中很多地方都会加入我自己小的即兴发挥，张老师每次都会含笑着说："可以，只要符合人物，符合当时情境，小的即兴发挥都是允许存在的。"

我正式跟张老师"一对一"学戏，是在二〇〇九年。我向张老师学习的第一个戏是正旦戏《跃鲤记·芦林》，因为我是六旦出身，所以老师在开学之前就叮嘱我："正旦的身段程序并不复杂，但人物的情感都需要通过声音（唱念）去传递和表现，所以正旦的唱是最主要的。"那时我正好在南京大学攻读艺术硕士，每天下课以后我都赶到老师家学习。老师每天也都早早坐在四方餐桌旁等我，看我到了没有过多的寒暄客套，帮我泡杯茶就开始了拍曲。张老师非常喜欢《驻云飞》《降黄龙》的唱腔，每次带着我满宫满调的要唱上几十遍。有时候老师也会让我单独唱给她听，但一般不超过八拍，老师又会跟着我唱起来，老师说："我不这样带着你唱，你是找不到我发声的着力点的。"一个阶段下来，张老师帮我这两段唱念打下了非常扎实的基础，也让我深刻理会到原来人物的情感是可以通过声音（念白、唱腔、一个小腔的制作）去传递的。

《芦林》结束以后，在老师的鼓励下我又马上向老师挑战学习了张老师的代表作《牡丹亭·寻梦》。老师说当时她向姚传芗老师学的是大《寻梦》，可惜现在为了时间的关系，一般都演小《寻梦》。我听着，感觉老师言语中有着丝丝遗憾，就不免大着胆说："老师，我也想学大《寻梦》，您教我吧。"老师欣然应答，并开始了一丝不苟的教学，当前面十个曲子学完，学到《尾声》的时候，老师像往常一样带着我做了两遍，就坐下来看我做。但我做到"少不得楼上花枝"时停下来问老师："老师，这个折袖是这样往外折吗？"当时老师正沉浸在杜丽娘无限伤感之中，被我一问，倒怔了一下，回过神来就用严肃的眼神看着我说："难道你来学戏，就是向我学一个折袖吗？"我第一次见到老师的表情这么严肃，眼神这么严厉，我也一下怔住了。我是六旦跨行向老师学习闺门旦，所以在学习的过程中我自身总背负着很大的负担，怕我的水袖、身段、唱腔等等都达不到闺门旦的要求。现在老师的一句反问却一下子点醒了我，让我开始反思自己的学习方法。我在追求一方面标准化的同时，是不是忽视了另一方面人物更重要的情感所在。我马上开始调整学习方法，跟着老师的情感去推进杜丽娘的情感层次。在南京大学的毕业会演上，我演出了《芦林》《寻梦》，张老师早早来到后台为我打气鼓励，看完演出很开心，她说："你现在是跨出了突破自己的第一步，你还要继续努力。拿《寻梦》来说，现在看得出是我张继青教的，却还不是你沈国芳的。"我知道这是老师又给出了一个新的命题，让我去深思如何把学到的化为己有。看似不经意间其实敬爱的老师又为我艺术成长之路指明了前进的方向。

"意到笔不到"这个概念是张继青老师在二〇二〇年六月向我提出来的。那几年我正在向张继青老师传承《牡丹亭》，这种传承不是说规定一个月或多少时间学完的，而是这几年一直在断断续续向老师熏陶式的学习。只要和老师在一起，只要老师有空，我都会缠着老师带我唱曲，老师也会在做家务的档口说："你唱一段给我听听。"那年的六月，张老师来苏州参加我们剧院"雅韵薪传昆曲清唱音乐会"，

《牡丹亭·离魂》。台北"国家剧院"。二〇〇五年十二月。

《芦林》。苏州。二〇一四年三月。

因为姚继焜老师未能同来，所以老师就让我全程陪同，四天四夜的相伴，让我深刻体验到以前科班式与师父深度相处所带来的潜移默化的艺术滋养还真非课堂学习所能比的。老师自己演出前的准备、老师对待艺术的虔诚敬重、老师对待观众反应的尊重无一不让我对老师的尊敬更进几分。那一天早餐过后，老师又开始拿着抹布不停地擦拭桌子，我看着老师忙碌的身影说："老师，您再带着我唱一遍《山坡羊》吧。"老师停下手里的活，欣喜地坐下来说："蛮好，有你这样盯着我，我也正好多多锻炼锻炼。"在这个温馨唱念过程中老师唱到"春情难遣"时就停下来，对我说："杜丽娘垂下手来，用中指指腹摩挲桌面的时候，她身体的这种扭动都是从心而发的，这个就叫意到笔不到。"这是我第一次听说这个概念，老师就解释道："这是一个美术的术语，就是讲画笔的笔触还未到达顶点，她的意境都已到达了。像《山坡羊》是典型，杜丽娘的春情都是由内而外，动作上身体幅度还没到标准的顶点她又收回来了，这样的表现就是笔不到但意境都有了。还有《寻梦》的《嘉庆子》，'是谁家少俊来近远'这一段也是，杜丽娘当时处于一种是梦是醒、似追寻似恍惚的状态，所以她所有的表演都要有这种意境感，要有内在的要求。《离魂》的《集贤宾》也同样如此，当时杜丽娘的身体已经虚弱到不能承受任何程序动作，她所有的不甘、希望、执着和坚韧都是靠一曲《集贤宾》的声音掌控来体现。所有的这些都是一种意境，你要去多看古画，古人寥寥几笔就勾勒出一幅意境致远宁静的山水画。这是昆曲舞台也要追寻的一种意境。"当时我怔怔地看着我的老师，说实话张老师不属于很会表达的老师。在老师的传承中她讲求一对一手把手式的教学模式，一首曲子可以带着唱上几百遍，身段动作也是"我先做，你看，再跟着我做，再我来检查"这样的模式。但是张老师会在学生每一个不同的学习阶段给予一个不同的提点，而这个提点都会进入学生内心最深层，开启学生的心智，学生会因此突然悟到"哦，我下来的目标应该是这一个"。从青春版《牡丹亭》开始，张老师就是这样在我成长的每一个节点给我指点和引领，所以当老师向我提出"意到笔不到"这个纵向最深远的命题时，我突然明白老师向我开出了一个更高要求的命题，我明白这也将是我一生追寻的艺术方向。

张继青老师退休后，一门心思把精力扑在教学上，而我只是老师众多优秀弟子中最最平凡的一个。这么二十年下来，我觉得张继青老师作为师者的最伟大之处就是：她用大海一样的胸怀对待每一位向她求学的学生，她既能孕育出光彩夺目的珍珠，也能包容滋养每一棵平凡的水草，她让每一个艺术生命在如海师恩中呈现自身的丰盈富饶。

　　谢谢尊敬的白老师给我们这样的机会与大家分享张继青老师教学的点滴。张老师的舞台魅力熠熠生辉，师者风范灼灼其华。永远怀念老师。

这些年，那些事

· 唐荣

苏州昆剧院国家一级演员

我是江苏省苏州昆剧院的花脸演员唐荣，在青春版《牡丹亭》饰演《冥判》中的胡判官，《淮警》《折寇》中的李全，《惊梦》《离魂》中的大花神。说起进入青春版《牡丹亭》剧组，我想我还是先说一说是怎样和昆曲结缘的吧。

一九九四年上半年的某一天，当时江苏省苏州昆剧院还叫江苏省苏昆剧团，是一家昆剧和苏剧两个剧种同时存在于一个集体的艺术单位，因为我们上一批的老师，像王芳、陶红珍、杨晓勇、吕福海老师等，他们在当时的年龄也已经都近三十，而下一批的演员还没有开始培养，存在着演员队伍脱节的因素，因此就急于寻找一批孩子来培养，来接班，而我们也正因为这个原因踏进了昆曲的殿堂。与大多数同学不同的是，很多同学都是苏昆剧团的老师们去到每所学校每个班里，根据老师们从艺多年的经验，从长相身高嗓音等条件出发来进行挑选的，而我则是自己举手报名的，因为当时苏昆的老师来到我的班级选人时并没有挑到我，而我也只是抱着好玩的心态试试举手报名，却不想一路初试复试就这么走进了昆曲的世界。

青春版《牡丹亭》首演是在二〇〇四年的四月，在台湾。从一九九四年进入艺校学习昆曲，到从艺第一次踏上大舞台，刚好是整整十年。十年也许对很多工种来说，可以说是很长的时间了，但对于从事戏曲表演的人员来说，其实还是很稚嫩的，所以我们常常说我们这批"小兰花"是非常幸运的，二〇〇一年赶上昆曲被列入"人类口述和非物质文化遗产代表作"，二〇〇三年又赶上白先勇老师选中苏州昆剧院来开排全本《牡丹亭》并全都起用青年演员。其实，从青春版《牡丹亭》开排之初，也就是俞玖林、沈丰英等时常说起的那段"魔鬼式"训练的时间，我当时并没有参加，因为那个时候我在另外一个剧组，是由王芳老师和赵文林老师担纲主演的连台本戏《长生殿》，我在剧中饰演的是安禄山，所涉及的有安禄山的戏也都排好并进行了走排录像，也就是基本定稿了。但有一天晚上，剧院领导通知我们说晚上在单位剧场，每人准备一小段剧目，需要包含唱念作，我们好几个同学都不知道剧院领导葫芦里究竟卖的是什么药。晚上在剧场，我表演的是《九莲灯·火判》中的一段，剧场下面很多面孔都不认识，只认识汪世瑜老师，所以其实在那个时候还不是太清楚让我们展示片段是干什么用，心里想是不是让选上的人演个《牡丹亭》里面的什么角色，我当时好像还记得自己貌似有想过"如果选上我，让我在《牡丹亭》里面跑个龙套，那我可不干，毕竟《长生殿》那边，好坏也是安禄山，有名有姓的角色"这样的念头。现在回头来看，那时的自己的确未免看得太浅太短，不过也的确想象不到一部青春版《牡丹亭》会带火整个昆剧，带着我们这批演员走上更多的舞台，带着我们这批演员一个个地成长起来，一部戏一部戏地推出来，《玉簪记》《白罗衫》《琵琶记》《红娘》《义侠记》……纷纷走上舞台，我们很多同学都因为参与到更多剧目的排练，从而让我们得到了更多的磨炼，开阔了眼界，认识到了不足需要努力的方向，更获益的是，让我们看到了从事昆剧的希望，坚定了从事昆剧的信心。

在整个青春版《牡丹亭》迄今为止的这些历程中，印象深刻的事情真的不胜其数，第一次进入中国最高等的表演场所——国家大剧院；第一百场、第二百场、第三百场的庆典演出；白先勇老师带着我们在美西为期一个月的出国演出；在建于公元一六一年的希腊雅典的阿提库斯露天剧场上演我们的《牡丹亭》，要说，可以说的有印象的事情太多太多了，我今天就讲第一时间在脑海里浮现出的几个事情吧。

第一件事情是排练，当时《冥判》是邀请著名演员也是导演的翁国生老师。当时这些老师，都是梅花奖演员，对于我们这批初出茅庐的小学生来说，看到这些老师，就如同第一次看到张继青老师，看到汪世瑜老师一样，不敢相信真的就出现在我们眼前，出现在我们的排练场中。因为本身就都是带着仰视的角度去仰望这些老师的，真的一旦每日在排练场朝夕相处，一是生怕自己做得不到位，体现不出老师们的意

上：唐荣于后台指导学生化妆。江苏大剧院。二〇一九年六月。
下：黄小午（右）指导唐荣（左）《白罗衫·堂审》。苏州昆剧院。二〇一五年十月。

图和要求,二是缺乏自信,都是昆剧演员,心里就嘀咕自己的差距和老师们怎么就差那么多。但没有自信有时候也是好事,因为知道了差距,那唯一的方向就是去练,就比如说《冥判》中,我和沈丰英的一个配合动作,我从桌子上下跳叉,从她头顶越过,而我在空中时,又刚好是需要她完成向左右方甩开长水袖,听似很简单,但实则,在台下这组动作训练真的不下百次,但即便如此,有时候演出也还是做不到刚好完完全全在一个点上,"台上一分钟,台下十年功"的戏训我想也是由此而来吧。为了那一刹那的精彩,反反复复地磨合,一次次地腾飞落地,膝盖受伤是在所难免的,由此,我想到让我记忆深刻的第二件事情,那一次,青春版《牡丹亭》要参加在山东济南举办的第十届中国艺术节,在出发前我们在单位响排彩排,不巧的是,在彩排《牡丹亭·冥判》时,恰恰和沈丰英这组动作没有配合好,又落地的一瞬间,我清楚地感觉到胯和膝盖都受伤了,果不其然,跳叉起来后,明显感觉左腿在发颤,疼啊,站都站不稳,所以后半场戏就是靠着一条右腿在站,回家后,膝盖肿得像个小山包,胯感觉是错位了一般,可是再有两三天就要去山东济南比赛了,没办法,只有积极地去治疗。在山东济南比赛的当日,其实根本就没有恢复,是自己偷偷地打了封闭上舞台的,其实之所以说这件事情印象也极其深刻,一来的确是落下了后遗症,好听点说是"职业病"吧,二来也是让自己更清醒地认识到,作为一名专业演员,上到舞台,就要对得起自己,对得起观众,要有自己的职业道德和操守。

说起第三件事,其实算不上是大事,二〇〇五年在北京大学的百年讲堂,白先勇老师联系了侯少奎老师来看戏,想侯老师能够教我戏,我也非常想向侯少奎老师学戏,所以心里就想着今晚一定要好好表现,侯老师那个时候还不认识我,但也专程到后台来看望我们,而我也是第一次出现在侯老师面前,但可惜的是侯老师根本没有看清我,为什么呢?因为那个时候我已经化好了妆,脸上都是厚厚的油彩,当天晚上的剧目也是《冥判》,中本,我第一出就要上台,所以也早早地就化好了妆,也所以后来侯老师常常会说:"我第一次看到唐荣,却不知道唐荣长什么样。"侯老师那晚就和我说《冥判》胡判官脸谱的事情,我勾的是红脸,侯老师说应该是绿脸,虽说都是判官脸,但还是要讲究,这一个小小的指正也一下就让我看到老一辈的艺术家们是多么无私,包括他们所具备的艺术素养是多么的深厚。那晚表演开始,一心想着好好表现,给侯老师第一次看戏就留下个好印象,结果偏偏差点出洋相。在桌上有个动作,我转身抬腿控腿,一小鬼从我腿下窜出,我记得当时控腿做得不到

《宵光剑·闹庄救青》。苏州昆剧院。二〇一一年一月。

位，抬低了，还颤了一下，小鬼从腿下窜出时因为空间不够了，他的脚挂到了我的腿，以至于差点让我从桌上掉下来，事后，扮演小鬼的演员还找我道歉，其实是我的问题，心理素质不过关，基本功也不过关造成的。所以说这件事情也印象很深，是我觉得，但凡印象深刻的事情，总是因为在你生命里曾留下过什么，或是教训，或者感动。

  北大的演出结束后没多久，我和我的同学沈国芳，也就是青春版《牡丹亭》中春香的扮演者，就去了北京向侯少奎老师开始学《千里送京娘》这出戏，沈国芳早于我认识侯老师，因之前某次昆曲节的时候，沈国芳做过全国各昆团各位老艺术家的接待工作。去北京前我和沈国芳一直在看侯老师演这出戏的录像，应该说也早已是烂熟于心，但进到课堂才知道看录像和实际老师现场说戏的区别有多大，举一个小例子，赵匡胤在古庙之外听见有女子啼哭的声音，便进庙寻找，进庙这个身段，转身，抬腿，挪棍，是一个背影，从录像中看很简单，但现场说戏时，侯老师说你进门，要用眼睛左右打探，为什么？因为当时赵匡胤也是在逃难中，所以进入陌生环境，要机警，要清楚是否会有埋伏，所以需要做这样一个神态出来，这样你心里便有戏，不至于空洞，节奏也就有了，而如果单看录像，是完全看不出有这样的一个细节的，所以说学戏还是得和老师面学，跟录老师学是不行的。《千里送京娘》是北昆一出非常有代表性的折子戏，其实这是一个新编折子戏，但现在来看，就像已经流传很久的老戏，这得归功于那些前辈老艺术家们用心用情的锻造，全国昆团很多同行都向侯老师学过这出戏，大家都唱，我和沈国芳就想怎么样可以有别于其他同行们，思虑再三，经侯老师同意，在男女主角见面后的戏，在北京回苏州后，我们请汪世瑜老师来，在情感的方面帮我们重新梳理，小生花旦常常演情感戏，情感方面的处理对于汪老师来说太驾轻就熟了。之后这出戏，在北京、上海、香港、台北等城市都有演出过，而都得到了较好的反馈，这都说明一出好戏，要好上加好，就得不断打磨，通过各种方法去精益求精，演出自己的风格和味道。

  昆曲，大多以才子佳人的故事居多，传统的中国戏曲，也往往都是以大团圆的美好结局收尾，而昆曲新版《白罗衫》则不同，这出戏应该说是一出悲剧，而酿成这出悲剧的始作俑者就是我所饰演的徐能这个人物。曾经的江洋大盗，收养被害人之子十八年，视如己出，潜心培养此子，自身也彻底弃恶从善，谁料想养子生身父母竟未遇难，十八年后，状告徐能，且状纸刚好就投到养子徐继祖这，由此，一场亲情与国法、养父与生身父母的纠结、撕扯、取舍就此开始……

《牡丹亭·冥判》。苏州。二〇〇四年三月。

剧中徐能是以昆曲中的净工来应行的，就我个人来说，以往所学所演的角色大都是偏向于武，而此剧是一出文戏，一出内心戏很重的文戏，因此来说，在初排此剧时，我心里可以说是完全没有谱，一点自信都没有，但作为一名已经从艺将近二十年的演员来说，我内心又十分渴望去接受这样的挑战，去彻头彻尾摆脱以往的舞台形象，去挖掘一个全新的自己。

没有固有的人物模板可借鉴，但有昆曲深厚的程序可依靠，而这一切程序的东西，最终都是为了辅助去演这个人物，演活这个人物所用，徐能这个角色，我对他的理解是把握"对子深爱，对己憎恨"这八个字，所有在舞台上的展现，都是围绕着这个宗旨去诠释，并化解到具体的唱念作舞，一招一式中去。例如在《应试》这场戏中，徐能从佛堂出来，手托给养子御寒的衣物，想到养子就此要离自己而去踏上求取功名之路，再不能朝夕相处，内心是强烈的不舍和无奈。故此折中我多次运用了"打背弓"的手法，在子前在子后，其实完全是两种心境，而送养子上路时，几次的唤住对方，事无巨细地叮咛，则表述的是徐能内心对于这个孩子是万分的不舍和疼爱。但徐能因为曾经的恶行，使得他总是在恍恍惚惚中度日，内心祈祷着旧事不会暴露，期盼着养子光宗耀祖，但同时又始终患得患失，担心一旦旧事曝光，养子弃他而去，十八年呕心抚育尽化为水，自己的性命是存是亡？这一切的心理负担，使得徐能就像是一个神经质的病人一般。例如在《梦兆》一折中，设计了"小锣抽头"上场，这个形式在净行的表演上很少用到，是借鉴了昆曲"付"的表演形式，但这样的"拿来主义"，使得我一上场就可以比较准确地抓住人物的心理节奏和情绪尺寸。又例如在《梦兆》和《堂审》这两场戏中，都有设计一个骤然回头环顾四周的特定动作，俗话说"日间不作亏心事，半夜敲门心不惊"，只要一想起扬子江劫杀的事情，总会觉得身后有索命的冤魂，这个动作再加上准确的锣鼓点子配合，对表达徐能惊悚、惶恐的情绪会十分有利。再例如在《梦兆》这折中，当得知养子得中高官，派人来请自己时，反复三遍发问："我真个是太老爷了？"运用托髯口甩髯口，大幅度地开合扇子，并得意忘形地狂声放笑，随即马上意识到自己要收敛，这一系列的程序动作，形体表演，其目的也就是在于表现出与徐能之前的强盗身份，现今的狂喜与潜意识中告诫自己现在的身份相呼应，这种情绪的转换，我觉得对于塑造徐能这个角色，都是一种很好的手法。

当然，剧目的最高潮是在《堂审》这一折，从旧事事发，试图据"理"力争，见儿纠结难断，自问十八年呕心抚育终为哪般？到最后为保全养子的人生，选择以自刎的方式了结自己，我觉得在这折中，徐能的心理变化起伏是最大的，从幻想着自己不会获罪，幻想着养子会轻办自己，到幻想破灭，目睹养子为亲情、国法而揪心撕扯，至最后醒悟"解铃还须系铃人"的古训，徐能的心是期盼的心，崩溃的心，同时也是希望的心。在这折中，把握好剧情的走向，人物的心理变化过程，怀揣着"对子深爱，对己憎恨"的基调，更多的就是演人物了，而我们戏曲四功五法的特定风格，无论是抖手，僵尸，跟跄的步伐，手袖的运用，伤痛的哭腔……也在这场戏中得到了淋漓尽致的体现。

昆曲新版《白罗衫》还是一出新戏，对我而言，在昆曲舞台上演绎这样一类角色，我更是一个新人，但我相信，把热爱昆曲就像热爱自己的生命一样，充分合理地运用戏曲程序的精髓，走心地去热爱一个角色，用心地去诠释这个角色，作为昆曲的一名从业者，我们都可以在这里，遇见最美丽的自己。

二〇二四年，白老师说要带我们再去台湾演出，从二〇〇四年首演，到二〇二四年，整整二十年，从一九九四年到二〇二四年，整整三十年，我们从事昆剧的路在继续，青春版《牡丹亭》就像一棵大树，之后很多的戏就像这棵大树上的枝叶，也在继续，一路上，要感谢的人太多太多，唯有尽心去饰演好每个戏曲人物，努力去做好昆剧的事情，才不负青春，不负众盼。

·周雪峰

苏州昆剧院国家一级演员

我与蔡正仁老师

在最迷茫的时刻，初识蔡老师

二〇〇〇年，在首届中国昆曲节上，我第一次见到了蔡老师，在那之前，是我，或许也是昆曲最迷茫的时候。

一九九八年，我们"小兰花"从苏州戏曲学校毕业后进入苏昆剧团。那时的昆曲很萧条，院部很破旧，剧场年久失修，江南的雨总是从剧场外下到剧场内。

在政府安排的剧场里，每周都会有一个星期专场演出，这场演出维系着苏州昆曲的一丝气息，也是我们仅有的可以上台的机会。每当大幕拉开，我踏着台步走到舞台中央，总会感到一阵心酸，这样心酸的感觉，现在想来也总是记忆犹新。偌大的剧场里，零星坐着几个白发苍苍的老人，多数在打着瞌睡，因为是免费的演出，且提供一杯茶水，夏天还会有空调，对老人们来说是个很不错的休息地。

院里的工资也常常发不出，领导鼓励我们少开灯、节约用水，夏天也总是付不起空调的电费，领导索性让我们不要到院里上班。

那时候的我们很迷茫，我常常反问自己，这一条路是不是走错了？向前看，看不到一丝希望。我们不知道自己的未来在哪里，昆曲的未来又在哪里。

二〇〇〇年的中国首届昆曲节上，我们第一次看到了很多大师的演出，蔡正仁、汪世瑜、岳美缇、张静娴等老师，还有之前就来过我们戏校的张继青老师。大师们的演出让我们大开眼界，昆曲原来如此美好，昆曲原来可以这样演绎。之前的我们只活在闭塞的小世界里，只知道大师们好，但是好在哪里，却从来没有看过。

我们"小兰花"排演了《长生殿》迎接昆曲节，有五个唐明皇和五个杨贵妃。在开明大戏院演出时，蔡正仁老师是嘉宾。演出结束，蔡老师对我们的领导说："小朋友们很可爱，但是也有不少错误的地方，我想给孩子们说说。"于是在一个周末，在剧院的排练厅，我们有幸得到了蔡老师的指导。

蔡老师被誉为"活唐明皇"，他就是我们小生界的天花板，我内心无比的崇敬，蔡老师却是一副平和的样子。在以后的交流中，才知道蔡老师就是这样一位与人为善的人，整天像弥勒佛一般乐呵呵的，虽然严格，但从不疾言厉色地批评人。

当时的蔡老师是上海昆剧团的团长，没有很多空闲时间来苏州给我们上课，临走前他说："如果你们想要学，可以来上海找我，我可以毫无保留地教大家。"听了这句话，我暗自下决心要向蔡老师学习。

当时的五个唐明皇中，我自知条件一般。当我真的鼓起勇气到上海拜访时，蔡老师虽然难免失落，因为他最想教的学生没去找他，但他对我说："昆曲总归要有人传承，你既然来了，我就试着教教你吧。"当时的我却不知天高地厚，贸然地提出了想学《长生殿》中的《迎像哭像》，记得当时蔡老师笑呵呵地看着我说："好的好的，试试看吧。"现在想来，当时的自己也真是天真好笑得很，蔡老师非常宽容，明知道我还不到学这出戏的火候，依然先给我拍了唱念，然后说："你先回去好好唱，唱好了再说。"

显然，即使我回家努力练习也依然没有达到学习《迎像哭像》的要求，他说："这样吧，你如果真的想跟我学戏，就先教你一出《断桥》。"于是，《断桥》成了蔡老师教给我的开蒙戏。

"唱念的嗓音不达标"是蔡老师给我提出的第一个问题，他说："如果嗓音不好，肯定唱不好。声音不漂亮，无法把腔唱得完整。"而我当时"啊"音放不开，"咿"音没高度和宽度，"啊～""咿～"蔡老师便回到原点，从喊嗓子开始教起，然后让我先回苏州按照他教的方法喊上一周，再去上海回课。

回到苏州，我像抓着救命稻草一样拼命地喊起了嗓子。蔡老师规定，每天上午喊一个小时，下班前喊一个小时。为了不打扰大家的工作和休息，我最终选择在单位停放电瓶车的角落练习，不料电瓶车的警报器却跟着我叫了起来，同事们下班时才发现电瓶车的电都被耗尽了，这件事情，至今还会被同事们拿来说笑。

喊了一周，回到上海，我的嗓音终于得到了蔡老师的初步认可，他说："虽然条件不好，但还是肯努力的。"老师决定继续教我，每周末，只要有空，我就去上海，乘着绿皮火车，当天来回，一走就是很多年。而老师每教一出戏，都是一句一句地拍唱念，一个动作一个动作地示范表演，也是很多年。

跪拜为师，蔡老师为我打造的三部曲

二〇〇三年，白先勇老师和苏州昆剧院合作打造青春版《牡丹亭》，白老师带来了两岸三地的文化精英，我们"小兰花"像是加入了一场昆曲艺术的复兴运动，从参与魔鬼式训练到如今已演出几百场，能够参与全过程，实在是一件无比幸运的事情。我们也更加清晰地认知到昆曲的意义，昆曲之美是戏剧、音乐、舞蹈、文学等中国传统文化的集大成之美。

在这一场昆曲艺术的复兴运动之中，白老师始终是一盏明灯时刻指引着我们前进。他始终秉承着两个理念：遵循传统而不因循传统，应用现代而不滥用现代，他期望我们传承最正统、最正派、最正宗的昆曲，不但捐出自己的稿费，还去社会上募集资金，为我们成立学戏排戏的专项基金。同时，白老师还帮助我们每个人做艺术规划，他说我最适合演官生。文化部为我们"小兰花"举办了一场集体拜师礼，在白老师的举荐之下，我终于正式拜蔡老师为师。

从二〇〇〇年去上海求学，到在白老师引荐之下正式拜蔡老师为师，如今已经二十年了，从《长生殿》开启，到《琵琶记》《铁冠图》，他用三本大戏，带领我一步一步地、坚实地走着昆曲之路的每一步。

上：蔡正仁（左）指导周雪峰。西安。二〇〇七年九月。
下：蔡正仁（左起）、周雪峰、白先勇、唐葆祥讨论《铁冠图》。昆山。二〇一九年六月。

精华版《长生殿》

学三年，走遍天下，再学三年，寸步难行。经历过第一次向蔡老师提出《迎像哭像》的窘迫，我不敢再轻易提起学习唐明皇这个角色，因为学习得越多，越知道《长生殿》之难。

《长生殿》是昆曲中很重要的作品，也是生行中大官生的代表作。大官生主要演绎帝王将相，所饰演的代表角色被概括为"三皇两仙"，分别是唐明皇、建文帝、崇祯皇帝、李太白、吕洞宾。大官生对嗓音的要求极高，要宽、高、亮。而在形象上，虽然挂髯口，但却要演出潇洒与飘逸。

蔡老师的昆曲表演，继承了俞振飞老师的"唱念"和沈传芷老师的"作"，他在舞台上气派大，刻画人物自然贴切，入木三分，唱念满宫满调，声音通透、明亮、松弛，这将是我一生努力的目标。

在白老师的鼓励和撮合之下，蔡老师也肯定我学习多年所取得的进步，终于决定教我全本《长生殿》，两位老师共同策划了精华版《长生殿》，由《定情》《赐盒》《絮阁》《惊变》《埋玉》《冥追》《迎像哭像》七折戏组成。

其中，《迎像哭像》这一出戏，已经是我第三次向蔡老师学习。初次学习的时候，明明不具备条件却还不知道天高地厚，只拍了曲子。第二次学习，是蔡老师主动给我打电话，他说他要教张军、黎安等人学习《迎像哭像》，让我有空就去一起学。也是在第二次学习的时候，才发现自己有太多的欠缺，学习的时候开始不再囫囵吞枣，每一句唱念，都会去主动思考，应该怎么发声才更好。

排演精华版《长生殿》是第三次学习《迎像哭像》，蔡老师也教得更加细致，而我也开始真正进入到唐明皇的世界。蔡老师说，现在的《迎像哭像》是他根据传统版本进行挖掘与改良之后的样态，从前的唐明皇在"迎像"时，身穿红蟒，中途下场换黄蟒再上场继续"哭像"。改良之后，唐明皇一直穿黄蟒，删除了《滚绣球》《四煞》两段唱，去除了中间复杂的上下场，使剧情连贯，人物情感也更加连贯。蔡老师的改良得到了俞振飞老师的认可，俞老师晚年拍摄纪录片时，就采用了蔡老师改良之后的戏路录制的《迎像哭像》。初闻这段始末的我感慨万分，这就是一位唱了大半辈子戏的老先生对于昆曲艺术的守正与创新吧。

这一次学习的过程中，蔡老师不仅注重我的形，更在"神"上严格要求我，他说

《牡丹亭》开场扮演汤显祖。台中 国家歌剧院 。二〇一七年四月。

《长生殿》。台北中山堂。二〇一五年四月。

"三分形，七分意"，每一段唱都有各自的特色。比如《端正好》，一开口如咏叹调般叙述故事，《叨叨令》是不忍回忆的兵荒马乱中的狼狈，《脱布衫》则是悔恨。唐明皇如小儿女般与杨贵妃恋爱，但他又是一个帝王，在《埋玉》的时候要保全局、保自己，舍掉儿女私情，而当回归到个人，他又只是一个痛失爱人后悔恨不已的可怜人。蔡老师将多年的舞台经验中对唐明皇的理解，形成了他如今独特的塑造人物形体和唱腔方式。学习表演，首先是临摹，然后去尝试将人物演活，这是一个反复临摹和咀嚼的过程，这也是我们昆曲演员的工作常态，只有这样才能不断领会到其中的内涵。

精华版《长生殿》在白老师的带领和支持下，去北大、清华、梅兰芳大剧院、香港、台湾等地演出，也走向了海外。在一次次的舞台实践中，我也得以反复学习和打磨，多年来我一直在努力向蔡老师靠拢，在寻找着永远不可能完美的完美。

量身定制《琵琶记》

排演《琵琶记》，蔡老师亲自担任导演，邀请了江苏省昆剧院的著名编剧张弘老师共同执导，并邀请张静娴、陆永昌两位老师作为艺术指导。

《琵琶记》没有按照传统戏编剧，而是从主角蔡伯喈的视角展开故事，同时，从现代的视角出发，对人物的塑造和故事的结局都做了改变。故事从蔡伯喈在《拾像》中捡起赵五娘遗留在寺中的一幅画像开始，他为什么去寺庙呢？因为他高中状元后入赘牛丞相府，与牛小姐虽然生活美满却也时刻遭受着良心的谴责，他思念自己的母亲和发妻赵五娘，于是到寺庙中为二人祈福，也祈求菩萨的原谅……在传统戏中，有一折《马踏赵五娘》，蔡伯喈骑着高头大马，赵五娘以身拦截，他却没有看赵五娘一眼，飞奔而过，赵五娘死于马下，赵伯喈最终被雷劈死。我们以《隔帘听曲》改变故事结局，牛小姐和赵五娘决定一起试探赵伯喈，赵伯喈隔帘听着赵五娘弹奏琴曲，逐渐确认帘外就是发妻赵五娘，最终鼓足勇气掀起帘子与发妻相认，这一层帘即是赵伯喈内心所有的心结，他也终于勇敢的面对现实。

新版《琵琶记》丰富了蔡伯喈的性格，蔡老师给了我很大的思考和表演空间，他常常给我一个假定场景，让我自己去设计其中的"唱念做打"，然后再帮我修改提升。这样的训练过程，给我带来的思考与成长，就像老师常说的，学习传统是为了运用传统，至少别人看一眼就知道是昆剧，就必须学会方法，知其然也知其所以然。

为我导演《铁冠图》

一九八七年，蔡老师到苏州向沈传芷老师学习了《铁冠图》，这出戏在民国时期非常有名，是"传字辈"老先生们的常演剧码。蔡老师教戏的间隙，时常会谈起这出戏，里面有《刺虎》《别母乱箭》《撞钟》《分宫》等，文武双全，每一折都很精彩，尤其是最后一折《煤山》的"双脱靴"，崇祯皇帝披头散发，一抬脚，两只靴子同时脱掉后僵尸摔而死，表演难度可想而知。不过蔡老师也只是听沈传芷老师说起过"双脱靴"，并没有亲眼看过。所以，在我的印象中，《铁冠图》不仅是一座高峰，而且是一座无人敢攀登的高峰。

二〇〇八年，我才第一次看到《铁冠图》，当时蔡老师举办了一场师生专场演出，其中，我和张洵澎老师表演了《长生殿》中《小宴》片段，表演结束，我就站在台口等待着老师的压轴演出——《铁冠图》中的《撞钟》《分宫》，观看的惊叹之余，内心也生出了想学的愿望。

当我后来终于有机会学习新戏时，我怀着忐忑的心情问蔡老师："我能不能学习《撞钟》《分宫》？"蔡老师既没有表扬也没有反对，笑着说："那么就试试看吧。"这出戏的初学之难在于对激情的把控，昆曲生戏大多偏静，而在《撞钟》《分宫》之中，崇祯皇帝所面临的是国家生死存亡之际，那充满激情的演绎似乎要用尽全力。蔡老师给我拍了唱念后就让我自己练习，待唱念有了七八分之后再开始排戏。此后便是跟着蔡老师的录音、录像努力练习和跟着蔡老师反复排演。第一次彩排，蔡老师他说了三个字"还可以"，我知道这已经是蔡老师能给出的最高评价了，因为之前排戏时他总是会说"呵呵呵，再练一练吧"，或者"哈哈哈，再重新学一学吧"。蔡老师的一句"还可以"增强了我继续学习《铁冠图》的积极性，我自己内心开始埋下一个信念，将《铁冠图》搬上舞台。

在白老师的鼓励下，多年的心愿终于开始筹备。白老师、蔡老师，还有编剧唐老师，他们一起商量敲定了故事框架，让《铁冠图》得以完整呈现。第一折《冠图》，崇祯皇帝在国家存亡之际去库房寻找一位道人留给自己的三幅画，说是危急之时方能打开，第一幅描绘的是太平盛世，第二幅里饥民遍地，第三幅则是一棵枯树，一座荒山，三幅图隐喻着明朝和崇祯皇帝的命运。第二折《夺冠》讲述李自成起义。第三出《别母乱箭》讲周家一门忠烈奋勇杀敌，最后战死疆场。《撞钟》《分宫》，崇祯皇帝连撞景阳钟三次，大臣们一个未到，最后唯一赶来的却是给李自成开城门的叛徒。《刺虎》中宫女费贞娥见皇室灭亡，于是假扮亡国公主意图行刺李自成，不想李自成将她赐给虎将李固为妻。新婚之夜，费贞娥把李固刺死后自杀身亡。最后一出戏《煤山》，崇祯皇帝在煤山自尽。

《铁冠图》在传统戏的基础上进行整理完善，《冠图》《夺冠》《煤山》是新捏出来的折子戏，《别母乱箭》中的曲子也进行了整合。守正创新是老师们坚持的原则，这也是总书记对我们文艺工作者提出的期望。

向着老师们指引的方向

如今，昆曲观众的平均年龄下降了三十岁，白老师数十年的心血培养我们"小兰花"传承昆曲，传承昆曲也已经成为我们的使命与责任。蔡老师的戏路全面，我除了向他学习大官生中的"三皇两仙"，还学习了巾生戏《风筝误·惊丑》和俞振飞大师版本的《惊梦》《拾画·叫画》，雉尾生戏《连环计·小宴》，穷生戏《评雪辨踪》，小官生戏《琵琶记》。在白老师引领的这一场昆曲的文艺复兴中，我们"小兰花"是中流砥柱，不仅要学会老师们所有的戏，更要学会他们对戏的理解，并能守正创新，掌握所有写意与达意的方法。

感谢恩师蔡正仁老师二十多年来的悉心教导，也感恩白先勇老师对"小兰花"与对我的提携，在老师们的指引之下，我们走向了更大的舞台，也有了更多的演出机会，老师们也始终如引路人一般，在我们快迷失方向的时候，给我们指引着方向。

记得在北大演出，有学生说，世界上有两种人，一种是看过昆曲的，一种是没有看过昆曲的。二十年前还在迷茫的我，如今越来越感受到作为一个昆曲从业者的光荣，总是很自豪地介绍"我是昆曲演员"。作为承上启下的一辈人，传承最正统、最正派、最正宗的昆曲是我们的使命，我们的未来就是让更多人喜欢上昆曲，看见昆曲中所蕴含的戏剧、文学、音乐、表演、服装等中国传统文化的集大成之美。

· 屈斌斌

苏州昆剧院国家一级演员

薪尽火传，生生不息
——《牡丹亭》后『生行』的传承

    瑰宝昆曲原本"古老"的艺术，却在新世纪焕发了"青春"的活力，形成时尚、形成浪潮、形成现象。在大学生、戏迷、票友等等众多的普通人中产生巨大的吸引和反响，能走向世界风行海内外，能很好地传播中华传统文化，之所以会如此成功，正是因源自于白先勇老师制作、排演的青春版《牡丹亭》。白老师制作《牡丹亭》的思路和理念，由青年人担任主演，由青年人来观看，由青年人去传播。也因此我们"小兰花"与白老师结下了不解之缘。

    二〇〇三年初白老师带领我们"小兰花"创排《牡丹亭》开始，至今已二十来年，演出四百多场，遍布世界各地，国内国外诸多名校、名剧院，影响巨大可以说成绩斐然。二十年的积累、沉淀、成长，虽然我已不再青春，但我始终记得白老师对我们说过"你们要有使命感、责任感"，白老师给了我们一条成功的路青春版《牡丹亭》，也更加看重我们要为昆曲复兴、弘扬做出努力、成绩，看重我们身上的责任"传承"。

    我很幸运能参与到青春版《牡丹亭》当中，也改变了我艺术生涯的走向。创排前期我是以小生应行入组的，饰演皇帝一角。在白老师的推荐、帮助下我很荣幸地拜了上昆名家蔡正仁为师，正式成为俞门传人。然而没多久我就"背叛师门"。因《牡丹亭》需要，我改了行当由小生改老生，饰演杜宝一角。也由此走上了这个"生行"

左：《义侠记》。苏州。二〇一八年三月。
右：《牡丹亭·硬拷》。上海东方艺术中心。二〇一〇年四月。

姚继焜（右）指导屈斌斌。台北。二〇〇九年五月。

的学习、传承之路。而后得到了姚继焜、计镇华、黄小午、张世铮等多位名家的传授。

　　接到杜宝这个角色，是由马佩玲老师提议的，白老师支持的，她让我做准备，第二天直接响排一次，当时有点蒙圈，有点紧张，在杜宝这个角色上，我要从声音、身体形态、表演手法上完全改变，从大官生转变到老生，幸好当时有姚继焜老师在，当时跟老师还不是很熟悉，我也只能厚着脸皮去请教。老师说你是整部戏第一个上场的，首先你的台步要比原来小生的大一点、稳一点，身体形态要稳得住，声音要用"本嗓"，需要宽一点，放出来唱、念，老师讲完，直接拿着剧本示范起来，我看着，跟着来，一遍又一遍，不厌其烦。直到张继青老师来喊了一句："老姚吃饭了！"笑着拉我一起吃饭去了。吃的过程中几位老师都还在教我应该注意哪些，现在回想也真是幸福。第二天也顺利完成响排，就这样我演杜宝的角色确定。结束后姚老师跟我说："既然现在已经定了，以后就跟我从基础的学起吧，先把杜宝演好。"由此我跟姚继焜、张继青两位老师结下了二十多年的师生情谊。感恩两位元老师，让我坚定了目标，也打下了一定的老生基础。

　　白老师在制作青春版《牡丹亭》的同时，也非常注重我们的学戏、成长过程，不断地资助我们向名家学戏，期间得到了香港余志明先生余太太等多位爱好、爱护昆曲的热心人士赞助与支持。我很幸运在改行当初期，由白老师推荐，向黄小午老师学习《浣纱记·寄子》。这出戏伍子胥以老生应工，挂白满，蹬高靴，佩剑。起初老师不排戏，先说戏，给我讲解人物。伍子胥大英雄也、戎马一生、忧国忧民、声名显赫，膝下只有一子，因以国家大事为重，故又不得不把伍子寄于异国，这样的故事背景、心理状态。表演上老师说我刚刚改行，可以适当加一些老生的基本功，一些基础技术，如"抖髯，弹髯，捋髯，顿足，颠步"等等。但是这出戏还是以情为主，要以情带技、以技抒情，所有的技术都是服务于表达人物的。老师开始排戏时，先帮我练老生的发音、唱腔、念白，戴着"髯口"走台步。然后说一个出场，唱一段"引子"。就几步路，一句唱这个过程用了好几天，老师说每个戏的第一次出场很重要，可以让观众直观地感觉到你就是这个人物，这句话让我受益匪浅，也使我今后的每个戏都重视这个第一印象。在整出戏的排练中，老师都是先示范，再让我跟着来一遍，然后才我自己来，一有不对、不到位的时候，老师就手把手教，包括眼神，表情都要过关才能往下教。就这样慢慢教，慢慢学，慢慢抠，最后才得以成功地汇报演出，得到了多位老师的肯定，也看到了老师欣慰的笑容。感恩黄小午老师，使我提高了老生很多的基本功。多年后老师又指导了我《义侠记》里武松这个角色。这个戏在之前就学过《诱叔别兄》《会邻杀嫂》，为了串成大戏，加了《游街》《回家显魂》。老师在给我说这个戏的时候，要求我带点英气、豪气、武气，要用点武生的表演方法。在《显魂》前半出要用心、用情去演绎跟武大的兄弟情，后半出则要演绎出对嫂嫂的质疑和查出真相的决心，一柔一刚，一弛一张，把握好人物的情绪控制。戏的最后老师设计了武生的一个下场程序，把我苦得练了好久，老师才算让我过关。最后一出《杀嫂》中，运用了很多武生的技巧，"甩发""戳步"等等。在《义侠记》汇报首演的呈现中，老师也认可了我的武松，认为我有很大的进步。由梁谷音、刘异龙、黄小午、王维艰等老师传授指导的这个戏也经历了很多商演，在台湾也是连续三年都有演出并录像。老师们也给予了我很多的帮助，感恩几位老师，使我在基本功方面有所突破。

与计镇华老师的缘分也是由白老师牵线，推荐。记得一次在香港演出期间，白老师邀请上昆这些"国宝"老师与我们"小兰花"一起用餐，白老师就把我介绍给了计老师，老师了解一下我的情况然后就给了一个任务，先学一段《长生殿·弹词》的"五转"，过几日汇报给他，就此开始了向计老师学习的模式，也进到了老师的"老生"培训班，向老师学习了《烂柯山》全本，演朱买臣，折子戏《弹词》《搜山打车》等片段。在二〇一九年十二月，非常荣幸地参加了老师领衔主演的三地明星版《十五贯》，饰演《踏勘》一折的况钟。与老师同台甚是满足。在学戏中，老师教了许多别的艺术门类的表演技巧，借鉴话剧、影视、舞台剧等等，提高了我的脸部表情演绎，形体的节奏控制，眼神的运用等。老师在教戏的同时也经常教导我说"一个好演员应该用'心'去演戏，不要拘泥于程序，要通过挖掘人物的思想感情，展现人物的真实内心世界以情感人，才能做好，演好"。老师的这些教导、传授使我终生受用，感恩老师，使我提升演好戏、演好人物的技巧和功力。

经典昆剧《十五贯》是昆曲老生演员的必修课，也是传承路上的必经之路。在二〇一八年非常荣幸地得到了浙昆张世铮老师的传授。如何传承经典剧目，如何让经典人物在当下的昆曲舞台上焕发光彩，这是我传承《十五贯》思考的问题，让观众接受并喜爱是目标。老师第一堂课是给我讲人物，分析剧情，老师说："这个是'传字辈'老先生传下来的，况钟这个角色讲究端正、严肃、大方、威严。棱角分明又不轻视小节，要多咀嚼、慢消化，注意细节处理；《判斩》运用坐姿调整、脚步变化、拿笔、放笔、提笔等等来展现况钟审案的复杂心理；《见都》运用了很多水袖、髯口的技巧，展现急在心间，心急如焚的心情；《踏勘》《访测》在扇子，髯口上很好的运用，展现了勘验、审案、疑问、调查到最终确定的一个过程。"经过老师的细致分析，人物清晰可见易把握，难度在于技巧的运用。而后开始教戏，第一个出场很重要，老师先是示范，人未露面而先亮靴，亮在侧幕边上，我问老师为什么要这样处理，老师告诉我，这样可以突显况钟的重要性，可以调动观众的期待感，拉近与观众的距离，所谓方寸之间都是戏。按照老师的要求，出场来了无数遍，才立住了况钟的第一印象。随着教戏的进行，很多的技巧运用到戏里，动作不到位老师就再次示范，直到这些技巧做到了能服务于人物表演，刻画，体现。经过一个多月的练习，排戏，理解，最终也很好地呈现在舞台上，老师也甚是欣慰。首演谢幕完老师送了我两句话"情为魂、技为骨，戏无情不动人，戏无技不惊人"。让我在今后的演艺生涯中获益匪浅，将终生受用。《十五贯》也一直巡演，传承好演出好是我首要任务。感恩张老师，使我深刻理解了运用技巧来体现、表达人物，塑造人物。

　　经典昆剧剧目《朱买臣休妻》是我与张继青、姚继焜两位老师二十多年师生缘、师生情的红绳、纽带。这出戏是白老师点名要我跟两位老师学的，与陶红珍老师合作完成，她演崔氏，我演朱买臣。在青春版《牡丹亭》初期出去巡演时，我就跟姚老师进行学习，前后经过两年多的时间，研读人物，分析剧本，坐唱，排练，响排，彩排再到细排，抠戏的过程。故而这个戏我学得很充分很扎实。这个戏开始于《牡丹亭》巡演路上。老师跟我讲戏在酒店、大巴车上、剧场、后台……只要有时间都可以利用。记得一次在英国演出期间，老师拉着我在酒店大堂的角落排戏，原本很安逸，随着排练进行，边上不知不觉围了很多老外驻足欣赏，时不时也给予掌声，老师解释到这个是"中国戏剧——昆曲"，当时自豪感爆棚。老师是口传心授的，一字一句地教我唱念，有时候张老师会帮我搭腔，想想实在是美，与"国宝"对戏。开始走排，第一次出场尤为重要，也是相当的难。区别于传统的抖袖、整冠、捋髯的程序，从人物的内心，性格的行为、生活的规定情景出发。要体现朱买臣的穷、弱、酸、儒、趣，于是上场的台步和引子要到位，排练一个星期后才算有点样子。老师说这个第一印象把握好了，形象就成功一半了。《逼休》前半部分对崔氏哄、骗、逗趣为主，要生活化，通俗易懂；后半部分则需采用大幅度的，强烈的身段动作来表演，表现

《爛柯山》。台北。二〇〇九年五月。

对崔氏从不舍到怒恶直到最后被迫放弃的过程。《泼水》是传统老生的扮相，表演稳重、大气即可，但内心是极其复杂、矛盾的。与《逼休》时的朱买臣有极大的反差，由弱变强，由软到硬，是女强男弱到男强女弱的转变，正是这种内心的转变才有"马前泼水"的行为，"覆水难收"的结局。《朱买臣休妻》是封建时代卑微个体的悲剧，崔氏、朱买臣各自承受决绝的后果。这是我从老师的传授，教导和自己体会，演出后的总结中得到的一点感悟，理解人物的升华。通过老师细致教授，自己的用心努力，最终在苏州首演得以成功。后又去了香港、台北、高雄、台中等多地演出。观众也给予赞赏。这个戏将会继续演，继续排，继续焕发光彩，得以成为精品。不辜负白老师，张、姚两位老师。感恩老师，使我在理解人物内心方面，文学理解能力方面，专业技能修养方面，内在修养方面都得以提高、进步。

创排青春版《牡丹亭》后，二十年来演出间隙，我从"生"到"生"的转变，重新起步，积累传承了《朱买臣休妻》《义侠记》《十五贯》《满床笏》《钗钏记》等传统大戏。《寄子》《打子》《弹词》《扫松》《坐楼杀惜》《跪池》等传统折子戏。也参与过很多新编戏，现代戏的创作，也涉猎过别的艺术门类，吸取了更多的养分，供我今后的舞台形象更加丰富，饱满。学习传承的路永不间断，不求省心，但求用心，努力塑造好每一个传承路上的角色。感恩所有老师，感恩有你们。

人的一生会遇到多少人呢？

· 陈玲玲

苏州昆剧院国家一级演员

  人的一生会遇到多少感于怀、铭于心的人呢？

  二〇〇三年我和青春版《牡丹亭》结缘，汪世瑜、马佩玲老师推荐我出演其中杜母，并通过了白先勇老师先期考核。二十年来作为一名昆曲老旦演员，生逢其时，目睹两岸三地的大智者为昆曲振兴全力拓土开疆，实属幸事。每每想到曾经为青春版《牡丹亭》奔走吆喝、出资出力的他们，就有无数画面浮现眼前，那些宣之于口嫌琐碎的故事，却是我珍藏在心底的宝藏。

  从青春版《牡丹亭》杜母开始，二十年光阴用一根丝线为我串起了一个又一个个性鲜明的老旦形象。青春版《牡丹亭》顾名思义主题便是"青春"两字，白先勇老师为首的创作团队为了追求青春的视觉观感，舞美灯光打破固有程序，用一种全新的美学基调重新定义整个舞台的呈现。杜母是剧中女主杜丽娘的母亲，儒家代表杜宝之妻，堂堂一品夫人，其身份地位自是不同一般。以前传统的杜母形象就是老旦装扮，沉稳之外少了些青春的气息。白老师希望打破传统老旦造型，突出杜母只有四十岁左右年龄感，和杜丽娘的青春亮丽有个视觉的衔接。在造型试妆初期张继青老师、汪世瑜老师、马佩玲老师都给了我杜母人物造型出谋划策，后来还是张继青老师提出用三片头片子贴出了有别于传统闺门旦和老旦的别样杜母，在顾玲化妆

上：王维艰示范老旦妆扮。苏州。二〇一〇年八月。
下：《义侠记·服毒》。苏州。二〇一八年三月。

师的操作下，青春版《牡丹亭》的杜母自成一格，既端庄稳重又不失清丽灵动，白老师看后拍手赞扬。许培鸿先生把她定格在镜头里，是值得我珍藏和怀念的照片。在排练的过程中，张继青、汪世瑜、马佩玲三位老师用各种方法启发我，通过端于型、秀于内、稳在心三个要点让我在当时二十四岁的年龄演出了这位大家闺秀的基本人物形象，开启了我舞台生涯的黄金之旅。二十年过去了，我始终不敢满足，杜母的舞台呈现也在二十年中悄然成长，台风的稳健、唱念的成熟、表演的到位都是我孜孜以求的前进目标。

老旦是一个特殊的女生行当，在昆曲的剧目中，正式以老旦为主的戏不多，但几乎每一部大戏都离不开老旦。所以从青春版《牡丹亭》开始，白老师制作的大戏中，我都参与其中，接受了众多老前辈的提携培养。在岳美缇、华文漪老师亲授的《玉簪记》中，我饰演潘必正的姑母，虔诚向佛不问红尘之事，有意无意为潘必正和陈妙常的爱情种子提供了土壤，又为他们的爱情设置了障碍。在《问病》《秋江》几折的排练中，岳美缇老师近乎苛刻的教学要求使得我姑母这个角色牢固地立住在这个大戏中。同样是岳美缇老师传承的大戏《白罗衫》中，我饰演了男主角徐继祖的奶奶，一个历经人事沧桑的老太太。在梁谷音老师传承的《西厢记》中饰演刻板威严的崔母；在蔡正仁老师传承的《铁冠图》中饰演从容刚烈的周母；在我们剧院的传承大戏《钗钏记》中饰演家道中落的皇甫母……

除了中规中矩的老旦本行以外，白老师领衔制作的《义侠记》中的王婆是我一次放飞自我的舞台呈现，我极其珍爱这个角色。曾咏霓老师为我设计的王婆袄衣是在苏州剧装厂仓库亲自翻找出来的独一份布料，又让绣娘在原有的花朵上层叠铺加了花色，让她虽是半老徐娘，却也要俏丽满分；绑腿裤是为了王婆走街串巷更方便，没使用老旦箱鞋，而是穿了花旦鞋不加穗子，可以在舞台上展现王婆的市侩和麻溜。王婆通常都由小花脸扮演，《挑帘裁衣》《服毒》两折戏中王婆的双面脸：为了赚到西门庆的银钱，对潘金莲巧舌如簧，笑脸相迎；逼迫潘金莲毒害武大郎的三句"你若不依"，念白时一声低过一声，一声快过一声，一声狠过一声。突破老旦的程序，放飞演绎王婆让我看到自我舞台呈现的多面性，我开始享受舞台带给我的惊喜。

回首二十年白先勇老师对我说过最多的一句话就是："相信你所坚持的，老旦是不可缺的舞台绿叶。""绿叶飘香老来俏"是白先勇老师赠与我老旦专题讲座的题目，我特别喜欢。内心对我二十年来专注的老旦艺术更加情有独钟。昆曲的老旦

《牡丹亭·训女》。天津南开大学。二〇〇六年四月。

《白罗衫·井遇》。南京江苏大剧院。二〇一九年六月。

老师不多，但我很幸运，自从一九九六年自艺校毛遂自荐主动改唱老旦后，我和王维艰老师拥有了一辈子的师徒情。昆曲传承讲究口传亲授，薪火相传。我刚才所说的舞台上呈现的一个个老旦人物，都离不开王维艰老师的加工和指导，她是我前行的灯塔。从一开始一出《吟风阁·罢宴》就为我的老旦生涯奠定基础。那时的我对表演艺术还是处于懵懵懂懂的状态，王老师手把手从头教起。她强调刘婆虽是小人物，但却有着大情怀。就单篇出场的拄拐杖喝醉酒状态，老师在今年暑假还在给我做示范，唱念无数次地纠正。王老师告诉我："在戏曲的规定情境中，声音是可以塑造人物喜怒哀乐的，老旦的亦歌并舞是为了辅助人物，贴近人物。"老师常鼓励我说："只要你戏扣得进，永远有进步的空间。"这次香港演出回苏，我把青春版《牡丹亭·遇母》的剧照给老师看，老师当场提出有身份的老旦和普通老旦对于惊吓的表演方式是完全不一样的。二十几年在王老师的持续把关下，我的老旦艺术一直稳步向前行进着。我曾问过："老师，我需要磕头拜师吗？"王老师说："你不拜师，就不是我教的吗？"对呀，这半辈子的舞台呈现老旦人物都来自王维艰与黄小午老师伉俪的付出。我舞台上每一次亮相都是老师的心血凝结而成，观众给我的鲜花和掌声都是对老师付出的肯定。老师传承给我的《罢宴》《拷红》《别母》《见娘》《井遇》《花婆》《前亲》这些传统老旦折子戏，现如今有的整合在了各个大戏中，有的还是保持着经典的折子戏形式展现在舞台上。这里每一折戏都是经过王维艰、黄小午两位老师深思熟虑在前辈传承下来的基础上丰满而成的，我深感老旦艺术传承之任重道远，也将为此付出我的努力。

　　青春的梦燃过，从二〇〇三年到二〇二三年，一生中最美好的二十年华里，在诸多师长的关怀下，青春版《牡丹亭》的我们经历了风雨，也见到了彩虹，迈过了人生低谷与波澜，也完成了焕新与蜕变。感恩有太多前辈铺路与呵护，我们才有了今天的成绩。

　　回首往事，不禁感慨：人生能有几个二十年？时间都去哪儿了？只有坦然面对，才能够以更好的姿态再出发。当青春的梦照进现实，可贵的是同台的还是"青春版"的你们，台下还有一路相扶的老师。你们都是这二十年的馈赠，也将是我铭记在心的人生财富。

　　唯愿：天长地久有时尽，此情此景无绝期。

· 柳春林

苏州昆剧院国家二级演员

我与刘异龙老师

岁月蹉跎，不觉两鬓渐白，回首从艺过往，仍历历在目。从一无知少年，到现在略有感悟。近三十年间，许多老师始终鼓励我不断向前。在学校启蒙学戏的时候我碰到了姚继荪老师，在团工作时又有本团的朱双元、朱文元等老师，排练学习大戏的时候又有很多其他的老师，他们都教会了我很多，指引着我进步。

我最要感谢的是刘异龙老师，能和刘老师学戏离不开白老师的帮助。当年白老师让我们"小兰花班"的几位同学每个人都要在苏大举办个人折子戏专场，每个人都要有几折戏，就问我们每个人想学想演什么戏，当时我就希望能向刘老师学戏，所以通过白老师的牵线让我能向刘老师学戏。我专场的戏份别是《惊丑》《下山》《醉皂》三折。想起当年老师来苏教戏的时候真的很感激，教《醉皂》这折戏的时候老师从一字一腔先教起，这折戏念的是扬州白，我之前没有接触过这类念白，虽然在学戏前老师把他演出的光盘寄过来让我自己先学习熟练起来，但是在老师来苏教的时候还是从头开始一字一句示范和纠正，直到刘老师满意之后再教动作。刘老师说这折戏演好不容易，全看演员自己，整折戏基本上靠一个人通过唱念作表，把一个衙门中的皂隶完整地展现在观众面前，很考验演员的基本功。这折戏当中有很多的身段动作，刘老师他对教戏又非常认真负责，不管是什么动作，每次都一遍一遍地

《牡丹亭·淮泊》。佛山大剧院。二〇〇五年十一月。

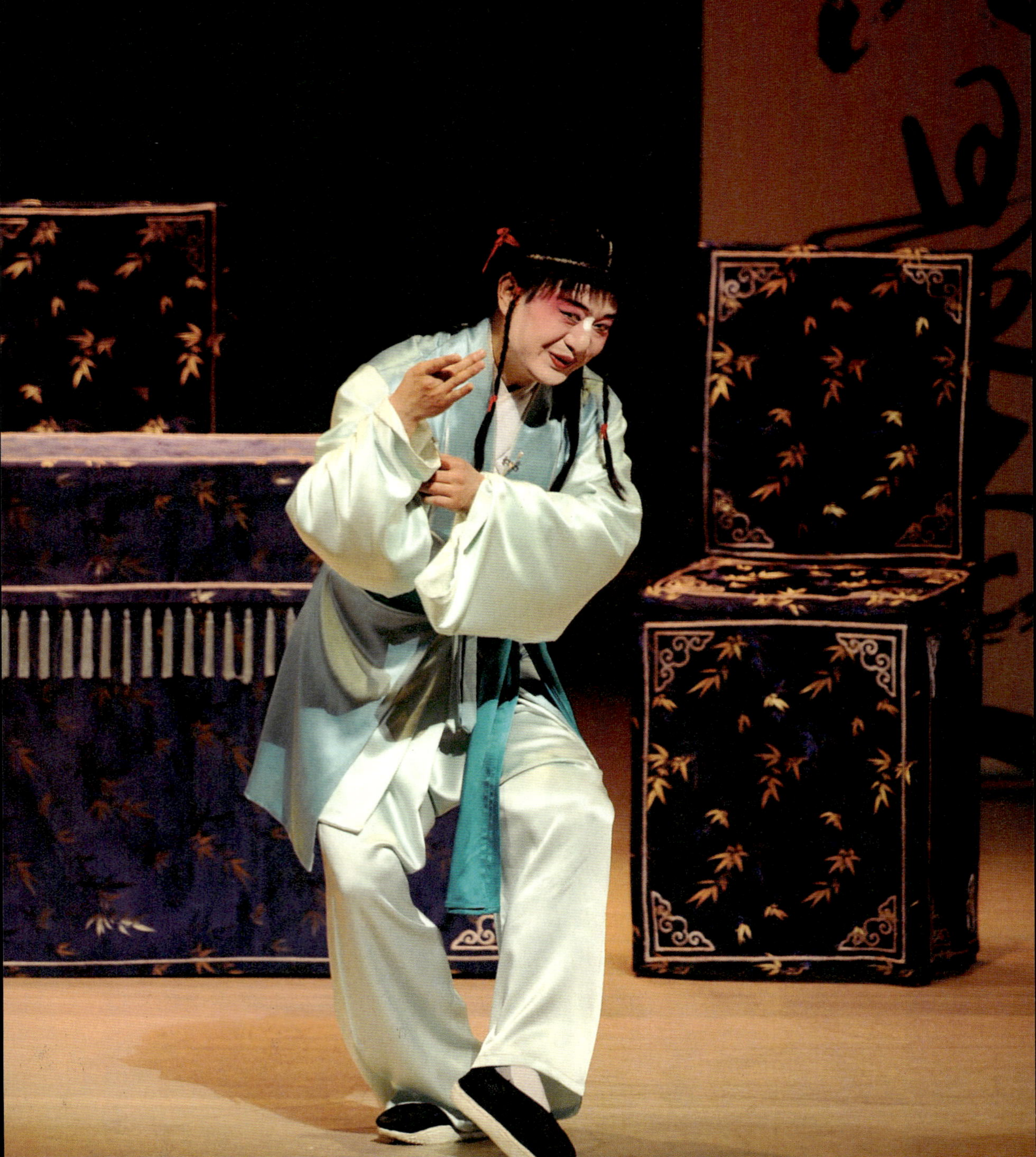

示范，每次教戏老师都是浑身湿透，他总说要是他不自己亲自示范，我就会不能理解和体现，丑角的动作幅度又大，他当时都要七十多了，真的很感动。《惊丑》这折戏没有太多的身段动作，但是里面的人物是个丑小姐，我之前也没有接触过类似的角色。刘老师说虽然这个人物长得丑，但是在演的时候不能完全丑化，要像花旦那样美，在一些特定的时候才把动作声音等放大，这样既增强了喜剧效果又使人物更加可爱而不恶俗。老师总是能在各种人物间自由切换，不管什么角色都是信手拈来，每个角色都是那么精彩，我也是不断地模仿，老师也总不厌其烦地一遍一遍示范纠正，虽说这折戏学的时间不长，我对人物的表演还没有完全掌握，但是舞台效果其实很好，需要我接下来更努力。《下山》我在学校里学过，刘老师再重新帮我整理了一下，有些细节的地方再重点加强理顺。他也是自己亲自示范，再让我按照他的标准，每个动作都要达到他的要求，每句台词，每句唱再配合每个锣鼓点都要做到严丝合缝，都要清清楚楚。刘老师在教戏的时候总说演员在台上不能轻易放过每句台词，每次展现自己的机会，他总说他在台上是不饶人的。确实，只有对每个角色不断地精益求精，不断摸索，才能取得进步，所以老师不光教戏，还把他多年的演戏心得灌输给我。

在我专场演出时，他忙前忙后，演出时还躲在台上帮我换衣服，每每想到总会有很多感动。虽然专场演出比较顺利，但是刘老师说他对我还是不太满意，让我接下来继续努力，到现在每次我们通话他总要叮嘱我要练功。之后我和刘老师又学习了《芦林》《挑帘裁衣》《评话》《借靴》等戏，我也有幸在二〇一二年拜在刘老师门下。

昆曲作为人类非物质文化遗产需要我们每个人付出努力，继承好，发扬好。白老师也常常叮嘱我们要把昆曲的复兴大任当做一辈子的事业，也时常鞭策我不断向前，任重道远，然行则必达。

上：刘异龙（右）指导柳春林。上海。二〇一六年八月。
下：《义侠记·游街重逢》。苏州。二〇一八年三月。

青春版《牡丹亭》二十年感悟

· 曹健

苏州昆剧院国家三级演员

此时此刻,我正在青春版《牡丹亭》的巡演途中,现在在深圳。这次的巡演,从北方的内蒙古鄂尔多斯到重庆,到成都,到武汉,下来还将去广州,去南宁,去湖北潜江、扬州、上海、北京、天津、洛阳、阜阳等地方,除了内蒙古的鄂尔多斯,青春版《牡丹亭》剧组是第一次去,其他的几个城市,我们几乎每年都会去的,那里已经累积起了昆曲的忠实观众。上个码头,有戏迷朋友来后台探班,他们说他们就是在二〇〇七年,当年在武汉大学,看了第一场昆曲:青春版《牡丹亭》。当时就埋下了昆曲的种子。到现在,已经成为了昆曲的资深戏迷,而且还影响了周围很多的朋友、家人以及下一代,我深深地感受到当初白先勇老师为青春版《牡丹亭》定下来全国高校巡演的战略方针,是何等的高瞻远瞩。老师的父亲是白崇禧将军,人称"小诸葛",白老师确实遗传了白崇禧将军的神机妙算、运筹帷幄、决胜千里的优秀基因。白老师不仅高瞻远瞩,还身先士卒。我清晰地记得,在演出之前,白老师都会组织一个动员大会,把全剧组的人员都聚集在一起,将演出是如何重要、意义是如何重大,不厌其烦地陈述一遍,听得我们每个人都异常兴奋,于是每个人都不敢怠慢。连桌围椅披的一点点皱褶都不敢轻易放过。在演出中,如果没有特别重要的陪同任务,白老师就一直站在舞台的侧幕边,盯着舞台上的一举一动。听着

《牡丹亭·硬拷》。台北"国家剧院"。二〇〇四年十月。

《牡丹亭·硬拷》。西安交通大学宪梓堂。二〇〇七年九月。

乐队的每一个音符，等到演出结束，他就第一个到后台化妆间，给我们每个人鼓励，祝大家演出成功。每逢重大的演出后，一定犒赏三军、大摆庆功宴！白老师这哪里是在运转一个昆曲剧组，这分明是在指挥一个战无不胜的军队，攻占一个又一个的阵地，我们每个人都会因在这样的剧组而感到骄傲，为有白老师这样的将军感到自豪，白老师已经很久没有和青春版《牡丹亭》出来演出了，我们期待着与白老师巡演的日子。

  作为一位著名的华人作家，为什么这些年来对昆曲是这样的支持，我想他是看到了昆曲是我国优秀传统文化中的集大成者，它集合了唐诗、宋词、书法、绘画、音乐、哲学等等，没有一个艺术门类有这样的集中度，白老师正是看到了这样一点，才不遗余力地来扶持昆曲，推广昆曲，白老师是中华优秀传统文化的捍卫者。他一直说我们中国有这样优秀的文化，但我们国人却认识不到。作为从事传统文化工作的一员，我们有义务去把昆曲这一个门类的艺术继承好，然后再交给下一代，我翻看了一些传统的昆曲剧本，看到有很多优秀的剧目。但是在舞台上却很少看到。我想这正是我们昆曲人当下迫切需要做的事。依靠经验丰富的老艺术家，集中优秀的中青年演员，把我们优秀的、稀少的、冷门的折子戏恢复一部分起来。这样才能不愧对昆曲的老祖宗。白老师也已是八十多岁了，我们希望白老师健康长寿！昆曲需要白老师！

一个普通大学生与青春版《牡丹亭》的缘分

·杨越溪

校园传承版《牡丹亭》演员

回想与青春版《牡丹亭》的缘分，竟可以追溯到我刚上初中，那时懵懵懂懂，只听说这个昆剧演出风靡高校。彼时网络的发展和普及还未如现在这般发达，我和小伙伴在学校偷偷地用电脑查演出影片，课后对照着影片比画，兴致盎然……一转眼，将近十年的时光一晃而过，在北大读研的第一学期伊始，师弟告诉我有个昆曲剧组在招演员，秉着试试的心态报了名。那天骑着单车一路来到未名湖畔时，看到湖边已经有不少伙伴分分练习着面试的昆曲片段，心里感到些许压力，本想打退堂鼓的我最终还是选择了坚持尝试，表演了一段儿时学过却放下许久的《游园》片段。入选后除了荣幸与幸运，当时还没能意识到这一切对我的人生来说意味着什么。随着时间的推移与自身的经历成长，越发强烈地感受到这段经历对我人生的改变，每每回想也无不感慨白先勇老师对昆曲复兴的付出与贡献、青春版《牡丹亭》和校园传承版《牡丹亭》的时代意义。而对这一切的形容词，似乎再没有比"伟大"这个看似通俗常用却更真切贴合的词语了。

学戏

入选后的我们往返于苏州昆剧院，或在北大集训、排练，那是一段永生难得，且难忘的近乎专业化的学习经历与人生体验。大家拿到自己分配到的角色与内容后，分别进入自己的学习组由相应的老师们从头教学。从行腔到身段的高效学习，需要我们始终保持精神高度集中，经受住体力与脑力的双重压力与考验，那段时间几乎每晚梦里都在背戏。印象深刻的记忆有很多很多，对我个人而言，最难忘的应该是咬字的学习。以往接触比较多的是北方的昆曲，是经历了北方文化和语言融合后的，而我们校园版是以青春版《牡丹亭》为蓝本、遵循着苏州话学习的，这对一个土生土长的北京丫头来说确实有些难度。从小就知道吴侬软语好听，起初也很兴奋这次能有机会学习，但真到学的时候才感到难上加难。有一次吕佳老师听我的咬字发音有问题，就地坐在台阶上为我矫正了许久。尤其是"偷人半面"的"偷"，老师耐心地几十次甚至上百次地拆解教学字头、字腹、字尾，奈何自己就是发不准确"偷"这个字，看着老师一张一合的嘴，仿佛我的嘴和舌头和老师的构造不一样似的，听着自己的发音又令人发笑又自觉无奈着急。小伙伴们中不乏遇到相似问题的，但最甚者应属饰演石道姑的小伙伴。《道觋》一折有大段苏州话的念白，她用拼音、音标等各种方法标注在每个字上。那一折的剧本看过去，密密麻麻全是标注，大概是原文的三五倍之多。大家纷纷"拜读"后，每每忍俊不禁。

戏曲的传承讲求口传心授、言传身教，因此在学戏的过程中教给我们的不仅仅是几个曲牌、几个身段那么表象。老师们会带领我们读剧本，即使是《游园》这种大家比较熟悉的片段，刘煜老师也会拆解、深度分析哪怕半句戏词中的景色表意与情绪深意，这更有利于我们充分解读角色、代入角色、对角色的理解与塑造更有层次感和立体感。哪怕是《回生》这么短小的一折戏，俞玖林老师也为我们讲解几秒与几秒之间的情绪变化。为了保障我们学戏的质量，每一位老师对我们各式各样的问题有问必答，一遍遍配合我们录音、录像，与我们一遍遍搭戏磨合。"青春版"的导演汪世瑜先生，同为我们"校园版"的导演。记得那时已是高龄的汪老师不畏炎炎夏日，为我们的排演、合成整日紧盯，不断在舞台与座位上来回，为我们敲定舞台上的每一个细节，为演出的最终呈现保驾护航。

学戏期间我们整天沉浸在苏昆，那是一片很大程度保留了苏州文化特色、在市区

杨越溪与白先勇合影。二〇一八年十二月。（杨越溪／提供）

中取静的"世外桃源"。苏式建筑与昆曲传习所的苏州园林实景浸淫着每一个进入苏昆的人,仿佛一下子从当下浮躁的物质世界进入到了文人雅趣的昆曲世界,而这让我们对昆曲的综合感知与理解、体验感更强烈,毫不犹豫爱上这种感觉。加之对当地生活的融入、和老师们的学习与交往,学戏的过程格外地纯粹。现在回想,这些都是白老师倾注了巨大的心血,呕心沥血为我们营造了一个能够让大家心无旁骛学戏的环境。我们的学习过程在所有的老师们共同努力和设计下被保护得很好,能让我们如此简单、纯粹地在昆曲世界徜徉探索,无条件感知昆曲、非遗的美好。这样的昆曲世界其实应是每一个国人心中应当追寻的精神乌托邦。不知不觉,这些经历与感知早已随着时间的推移成为我生命中的精神之种,不断生根发芽。

演戏

大概是从拍定妆照的那天起,终于要面对观众了的感觉越发真切,人也越发紧张了起来。白老师为了帮助我们缓解紧张,在演出前总会亲自为我们每一个人加油打气;为了帮助大家迅速积累舞台经验,在正式首演前还为我们提供了一些演出的机会。同时,所有台前幕后的老师们都拼命为了"校园版"有更好的舞台呈现和团队磨合而努力着。四月十日是个意义非凡的日子,是十几年前青春版《牡丹亭》从校园发出的日子。而十三年后的二〇一八年四月十日,由我们这支全国各高校同学们组成的演出团队在北大百年纪念讲堂首演校园传承的青春版《牡丹亭》。幕后的一众老师们为我们每个人打理各种细节,确保我们在舞台上万无一失。候场时我双手冰凉,紧张得有些控制不住地颤抖。上台前,我的主教老师刘煜、吕佳老师和苏昆的一众老师们在台口分别为我们加油打气,目送我第一个出场。在九龙口转身亮相时,台下给予了雷鸣般的掌声,正是这份鼓励让我瞬间感受到了来自各个高校和朋友们的爱,迅速沉静下来,调整心态。下台后才发觉手心全是汗,一直紧张到发抖的双腿也软了下来。后来才知道,首演那天来了很多昆曲界的国宝级专家、学者与爱好者,他们的包容与大爱给予了我们肯定与鼓励、滋养了整场演出。首演的五天后,刚好是我的二十三岁生日。"校园版"首演拉开的序幕,对我个人而言不仅仅是份特别的生日礼物,随着我们的全国巡演,这份礼物的深意也不断发酵,持续引导着我渐渐有了更高更美的认知。

后来，巡演到达了很多城市，每一场都有着特别的记忆。巡演第一站到达了汤公的故乡抚州，在抚州汤显祖大剧院演出。本以为这已经很特别了，但白老师还特意为我们安排了汤公纪念馆的游览与学习之旅，让我们在演出体验中更了解作者和剧目。结束了北京三所高校的巡演后，我们到达了天津南开大学。那天，我们以表演《牡丹亭》的方式为叶嘉莹先生庆贺九十四岁寿诞。现在仍感叹，这样一个做梦都不敢想象的情景，竟然万分有幸地参与其中了。演出后，和小伙伴们"蹭"到了叶先生的生日蛋糕，大家纷纷笑着说大晚上也不克制嘴了、多吃一点仿佛就能多沾上一点叶先生的才华与精神。

到了苏州，我们回到了昆曲和青春版《牡丹亭》的娘家。兴许是回娘家演出格外动情，那晚化妆时我的脸突发过敏，上完妆后脸上的疹子更是明显，甚至无法登台，面光打下来也将是满脸坑坑点点毫无美感，无法直视。这种情况下只能先卸妆。但再重新化妆时情况仍不见好转。临演前重新化了三次妆，双腿更是被后台阴冷的空气冻得发紫发僵。就在心态险些崩塌、以为要误场时，吕佳老师的妙手迅速拯救我的容妆，侯君梅老师为我捂着取暖，最终稳稳地、美美地上了台。

我们在南京大学的巡演请来了张继青先生。儿时刚听说昆曲，便知张老师是昆曲皇后，演起昆剧了不得。虽然那时还不太懂，但崇拜之情的种子早已埋在心底。直到九月九日在南大的演出见到了张老师，那种激动到错乱的心情无以言表。到了台上，定睛一看张老师坐在第一排正中间，清晰到甚至能看清张老师的表情。那场演出表面上我演的是杜丽娘，心里却还有个小人演着七上八下的戏码，甚至开始后悔不应该戴隐形眼镜，如果借着近视看得模糊些兴许还能缓解些许紧张。张老师上台后，兴奋紧张的我词穷到只会说"谢谢老师"四个字，看到合影后才发现自己已经笑到眉毛都掉了。

后来我们又去了香港、台湾。在香港的演出后台见到了沈丰英老师，那个舞台上的大家闺秀、仙女一样的存在，无数少男少女倾慕了很多年的女主角，竟然在后台、在眼前亲切地鼓励着我们。那天的观众席里还坐着林青霞，这一切都像做梦一样。台湾作为"校园版"的收官之战，最是刻骨铭心。演完后，白老师以及各位老师在庆功宴和我们说了好多好多，感触也很多，直至今天仍无法用言语简单形容出来。只记得每次我们谢幕曲唱起"但是相思莫相负，牡丹亭上三生路"时，总会酸了鼻子、湿了眼眶，也始终有一种复杂的情绪在里面，有着幸福、激动、感恩、不舍……

校园版《牡丹亭·惊梦》。北京大学百年纪念讲堂。二〇一八年四月。

后来

　　而后，因为"校园版"，我有机会接触到了更多的展示平台。在陌陌公益课堂为全国上百所山区的孩子们在线直播演出昆曲；拍摄江南水乡陆家镇形象宣传片；参与CCTV五四青年晚会演出、戏曲频道《一鸣惊人》，其他电视台的相关戏曲节目录制；接受《环球时报》的个人专访；自媒体平台发布昆曲短影片、文字分享得到小范围的火爆……这些对我来说都是十分难得的实践机会，在每种不同的情景中感受昆曲传承与传播中遇到的复杂情况。如果是积极的、值得延续的方式方法就找机会和朋友们分享、探讨、总结；如果是困难的那就静下心来思考原因，想办法寻求解决方案再做总结。校园版《牡丹亭》的演出实践和这些相关经历最终化为了我在学术专业上的真实数据和强有力实践支撑。作为一名学子，在戏曲方面的研究中常会发现学术与氍毹间的距离。而校园版《牡丹亭》的体验经历令我大受启发，通过对昆剧演出幕后的观察、体验、学习与访谈后，完成了关于苏昆昆剧《牡丹亭》的审美特征及开发策略方面的研究。距离青春版《牡丹亭》已经二十年过去了，但这些年遇见或反思一些戏曲作品与现象时，脑海中最先也是最多浮现的一定是它给我的启发。很多当年的演出方法与模式仍在不断被时间验证它的超前与伟大。

　　二〇二一年六月，《牡丹还魂——白先勇与昆曲复兴》的纪录片在上海电影节上映。当天清晨我一个人乘坐早班高铁跑到黄埔剧院看了首映。看到白老师在影片中出现，一瞬间所有记忆涌上心头，感动到全程流泪。那天我在返京的路上在微信朋友圈中分享着心情与感受："现在在高铁上默默打着字，打了删、删了又打，总是觉得说不尽然，然后眼前就又模糊了……时常想，白老师为什么能用他的一切来爱昆曲，甚至爱我们。这是多么无私伟大的爱啊！"白老师在影片里简单地讲着整个《牡丹亭》项目中的种种意外和艰辛，尽管我知道那些说出来的远远不及现实困难的万分之一，但白老师云淡风轻、略带调侃地说："我已经尽了九牛二虎之力，用了吃奶的力气啦！"令人欣喜的是，那天全场爆满，不仅有随着青春版《牡丹亭》成长起来的中生代，还有很多打扮时髦的新一代年轻人。全程没有人玩手机或者出去，大家完全进入到影片的讲述中，随着内容发出阵阵笑意或是抽泣。不仅没有观众提前离席，正片结束后大家更是自发地热烈鼓掌两轮，直至片尾里最后的名单全部播放完毕大家才恋恋不舍地离去。那一刻令人泪目，白老师呕心沥血的结晶仍在吸引着一代又一代的新鲜观众。

九月，纪录片来到了北京国际电影节。那一天正值中秋，我们"校园版"的大部分家人们齐聚一堂，共同观看着。大家的感触与默契无需多言，只通过眼神的碰撞就能彼此相通。透过一双双发红的眼睛便知，一切尽在不言中，仿佛又回到了那年那时。

这些年，白老师的纯粹与坚定始终洗礼着我，他给予了我崇高的榜样力量。虽然与白老师已经好几年未见面，但仿佛我与老师之间的距离从不曾变远，他始终是我人生前进与每一次选择路中的精神灯塔。在白老师的感染下我将研究方向由戏曲延伸至文化遗产，并开始了在英国的全新学习，希望国际视野的拓展能够快速帮助我成长。无比希望有朝一日能跟上白老师的步伐，为昆曲和文艺复兴献上自己的全部。如今，我们"校园版"虽早已结束，伙伴们四散在世界各地，昆曲的种子也开始在各个领域生根发芽，有如我一般继续在艺术领域中探索学习，或成为职业演奏员、职业教师与戏曲导演的，其余的小伙伴们也分别在中文、新闻、哲学、经济、教育、法律、能源、医学等等领域中为昆曲播撒着更多、更广、更新的种子。不难幻想，在不远的几年后他们成为各行业的中坚力量，又或是那时我们有了自己的下一代，昆曲的种子将在这么多行业领域和代际中再次盛放。聚时我们犹如一团火，把对昆曲的爱用在学戏与演出中；散时也定会为昆曲传承的满天繁星自发地贡献绵薄力量。

白老师自诩为昆曲义工，我却觉得白老师犹如一个大家长，用无私的爱领着我们走进昆曲的世界，浇灌着每一个年轻的生命，我们的人生也在不知不觉发生了翻天覆地的变化与成长。一生中能遇到青春版《牡丹亭》、校园传承版《牡丹亭》，遇到白先勇老师，早已不能用幸运与幸福做充分表达。若能成长为像白老师一样的人，用生命守护热爱的艺术，是我生命中最期待、最崇高的愿望。

写作本篇时，除了荣幸与紧张，书写途中常随着构思沉浸在美好回忆中不能自拔、中断写作，再起笔时又是泪眼模糊。回看全文，自知文笔十分有限，太多表达词不达意，只知那段记忆、那些经历沉甸甸地在心中，早已化成生命中的一部分。如今青春版《牡丹亭》已走过二十年时光，仍轰动如初。相信再过二十年、二百年它的生命力依然旺盛。更坚信，在白先勇老师的带领下，由青春版《牡丹亭》领头的昆曲文艺复兴之路皆是坦途。

缘起《牡丹亭》，远不止于此。

辑四

天使赞助——

赞助者

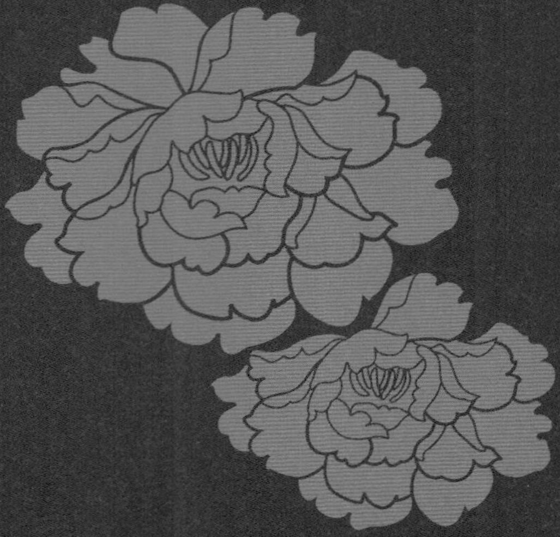

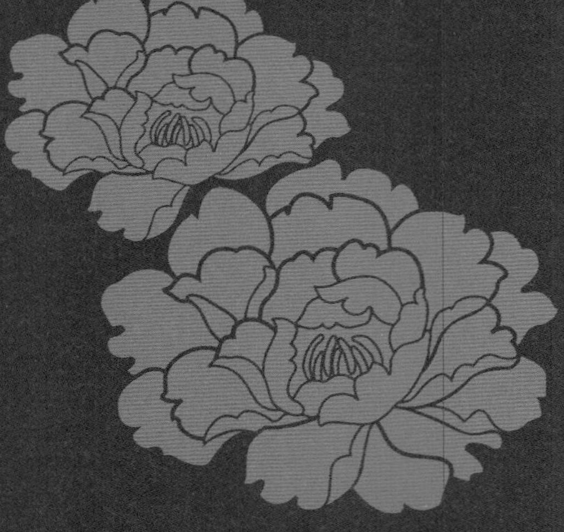

· 曾繁城

台积电文教基金会董事长

我与白先勇的君子之交

人生的际遇很奇妙！

年少时对文史特别感兴趣，大学联考第一志愿是历史系，父亲劝阻："念文科找工作不容易。"我的人生就此走向另一条路——科技业，没想到有一天还能与文化艺术有了紧密的联结。因为担任台积电文教基金会董事长，投入文化教育及公益赞助，我与旧爱"文史"重逢；因为昆曲，因为青春版《牡丹亭》，我与新欢"戏曲"相遇，中年以后实现了我的青春梦。

我成长在高雄凤山的眷村，父亲是军校教官，家境并不富裕，连电视都是很晚才有的。记忆中父亲喜欢听广播绍兴戏，小孩子听不懂，自然没受到熏陶，一直到了大学接触到古典音乐，才开始对艺术产生兴趣。我喜欢阅读文史书籍，大学联考原本想考历史系，父亲劝我："念理工，将来比较有出路。"考进成功大学电机系念到大二，有位同班同学也爱历史，约我一同重考，再次唤起我的历史魂，父亲二度相劝，我又打了退堂鼓。结果，那位同学以乙组状元好成绩如愿考上台大历史系（他就是著名历史学家李弘祺），我则继续在没有太大兴趣的电机系念到毕业，直到一九七〇年代台湾开始发展集成电路，我像发现新大陆："这比电机有趣多了。"

成大校内的广播电台定时播放古典音乐，交响乐、协奏曲、室内乐……渐渐听出兴味，开始买《贝多芬传》广泛涉猎。在基隆海军造船厂当兵时，有一天在宿舍午休，半梦半醒间收音机传来动人的歌声，后来才知道：那是普契尼歌剧《蝴蝶夫人》著名咏叹调《美好的一日》。

刚入社会工作没有余裕，我对古典音乐的喜好仅止于听听广播，真正拥有第一台音响是在工研院任职期间到美国受训，回台时买了日本山水音响，开始搜集唱片和LD（雷射光盘）。一九九六年到一九九八年，我在世界先进集成电路公司担任总经理，想与同事分享古典音乐，搬了一台放映机到演讲厅，利用午休时间播放歌剧等音乐光盘，不过，"午休音乐会"反应冷淡，最后不了了之。

我和戏曲的接触晚了古典音乐很多年。在世界先进任职期间，又重拾最爱的文史，在新竹诚品书店策划文史讲座开放社区居民参与，一回，邀请辛意云教授主讲《史记》，两人从此结为好友。有一天，辛老师问我："听不听京剧？"我说："没听。"他又问："听过昆曲没？"我回："没听过。"刚好浙江昆剧团来台公演，辛老师邀我一同看戏，人生头一遭听昆曲，发觉昆剧比京剧优雅，但因为不懂，到底看了哪些戏已不记得，只对有着"江南一条腿"美誉的武生林为林留下深刻印象。

二〇〇〇年第一届中国昆曲艺术节在苏州举办，辛老师邀我一起去苏州看戏。大陆六大昆团拼场，两岸三地戏曲界齐聚苏州，好不热闹，那一次也遇见国光剧团艺术总监王安祈教授，多年后国光与台积电有了"戏曲传承计划"的合作。苏州行发生一个小插曲，坐在后排的观众一直哼哼唱唱，不堪其扰，我忍不住回头呵斥："不要唱了！"多年后发现自己看戏时也会不自觉跟着打拍子，这才懂了那位戏迷的行为，戏听久了会情不自禁跟着唱、打拍子，京戏演到高潮时还会大吼一声："好！"。

辛老师将我领进门，而我和昆曲更深的缘分则是从白先勇老师开始的。书法家董阳孜邀约和白老师吃饭，近代华语作家我最欣赏白先勇和张爱玲，能和景仰的文学大师碰面，自然欢喜赴约。席间，白老师聊起昆曲眉飞色舞，很难不被他的热情所感染，他提到想为复兴昆曲做点事，第一出想做的戏是唐明皇与杨贵妃的《长生殿》。

隔了一段时间再见，白老师的昆曲复兴大计已经具体成形。他说，《牡丹亭》比《长生殿》更能获得年轻人共鸣，决定训练一批青年演员打造青春版《牡丹亭》。我对昆曲没有研究，但非常认同白老师的理念，决定以个人名义出资赞助前期制作费，就这样展开长达二十年的情谊，白老师想做戏，我以个人名义资助，台积电文教基金会则多次赞助校园场及台北以外其他县市演出，从青春版《牡丹亭》到青春第二部曲

《玉簪记》，彼此合作无间。

昆曲之外，白老师也是《红楼梦》传道者，这些年在大学校园孜孜不倦宣扬他心目中的"天下第一书"。有一次，时任清华大学人社院院长蔡英俊教授说，想在清大开设"白先勇清华文学讲座：《红楼梦》"，台积电当然不能缺席，独家赞助这项计划，由白老师领头邀请学者专家举办系列讲座课程，并将演讲影音放到网络上，让更多人认识这部中国文学经典。

二〇〇二年结识白老师，也是那年年底我接掌台积电文教基金会董事长一职，在繁忙的科技本业以外，也投身文教及公益的工作。过去，我对艺术的喜好只是个人闲暇时的消遣，但做公益不能只停留在个人喜好，必须有更前瞻的关照和使命。上任后推动的两个大型艺文项目，一是针对偏乡学童设计的美育之旅：这项计划源起于去日本出差时，看到日本非常重视下一代的美学教育，于是仿效这个精神，让台湾偏乡孩子也有接触艺术的机会；另一则是"台积心筑艺术季"：台积电不只被动赞助，也主动策划艺术活动，从传统戏曲、古典音乐、文史讲座到儿童戏剧，希望带动新竹地区的艺文发展。文化活动如果只是烟火式放了就走，无法真正扎根，这两项项目已经执行二十年了，至今还在持续中。

实际参与文化推动后，不免开始忧心文化传承后继无人。我和同事讨论："还有什么可以着力的地方？"白老师将"青春版"推向两岸校园后，又发展出校园传承版《牡丹亭》，给了我们灵感，二〇二一年，台积电与国光剧团携手推动"校园戏曲传承计划"，一方面和新竹IC之音合作新形态戏曲广播节目"打开戏箱说故事"，由国光艺术总监王安祈与清大中文系副教授罗仕龙共同主持，以生活化角度介绍戏曲；另一方面则在清华及东海大学开设为期三年的选修课程，由国光演员带领青年学子学习京剧，预计二〇二四年发表学习成果《春草闯堂》。

台积电的企业文化有一项是"志同道合"，这四个字也贴切说明我和白老师的友情，这二十年我们见面的次数屈指可数，心灵却是契合的，如古言："君子之交淡如水。"白老师提到文化中国的概念："艺术的价值是普世的，超越政治，没有语言、文化的隔阂。二十世纪以来，中华民族被西方强势文化所淹没，文化认同是破碎的，所以，我跳出来做'青春版'，终于勾动中华民族文化的DNA，唤醒对自己文化的认同，不再是失根的漂泊……"我深有同感，更珍惜能有这样的缘分，可以与崇敬的文学偶像一同为文化传承尽一份心。

二〇二四年，青春版《牡丹亭》迎来二十周年庆，即将回到首演地台湾再度巡演，台积电依旧是白老师坚强的支持伙伴，赞助首次到高雄卫武营的演出。或许有人会怀疑："二十年了，'青春版'还青春吗？"我认为，青春不该固陷于有形的形体，过去二十年"青春版"如一股源泉活水汩汩涌出，青年学子开始喜欢昆曲，两岸兴起的京昆创作风潮，多少也受到"青春版"启发，影响力持续发酵，白老师以二十年青春当赌注："不信青春唤不回！"果真让老去的昆曲回春还魂，不得不佩服他的意志力与行动力。

二十周年前夕，我谨献上诚挚的祝福，祝福青春版《牡丹亭》永远青春、美丽，并多了成熟的风韵；祝福白老师继续当个幸福的昆曲义工，快快乐乐过日子。

（李玉玲／采访・整理）

· 陈怡蓁

趋势科技共同创办人暨文化长

我的青春救赎

青春版《牡丹亭》和白先勇老师唤醒了我潜藏的文学戏曲之梦。也让我开始了自我救赎的旅程。

我生长在一个传统的台湾中部大家庭，自小向往作家生涯，后来如愿自台大中文系毕业。

照说我应该是保守的，规矩的，走在似乎已经设定好的文学路上。然而人生总有意想不到的转折。在我们那个年代，"来来来，来台大，去去去，去美国"是很平坦的一条路。我结了婚，去了美国，转读了当时新兴的计算机信息系，然后和先生共同创业，走入防毒软件的世界。我拼命吸收新知，床头书从《红楼梦》变成"网际网络世界周报"，写作从中文散文变成英文使用者手册，与朋友交谈多是房子、孩子、税金，社交场合谈天气、球赛，以及装懂的生意经。

当公司逐渐壮大，并且在日本公开上市之后，我已习惯了商场竞逐，周旋在世界各国信息精英当中可以谈笑自若，我以为我将继续打拼，为自己创生的趋势科技而活，没有什么遗憾。

只是每当深夜梦醒，竟有一丝莫名的惆怅，令人辗转反侧。

或许就是那一缕"袅晴丝"将我带向二〇〇五年"如梦之梦"的剧场中，在天意的安排下，与白先勇老师紧邻而坐，又因剧长七小时半，中场休息一起去附近的银翼餐厅用餐。

能够亲挚自少女时崇拜的大文豪，我差点跪下磕头膜拜。相谈之下，毫不犹豫地接住他抛过来的昆曲水袖，一起走入《牡丹亭》的美梦中。隔周立刻出发去南京，带着当时二百多位趋势科技的软件工程师一起去观赏在人民大会堂演出的青春版《牡丹亭》。那是我第一次接触昆曲，过去十多年的科技生涯与理性心智，竟在缓缓的水磨曲调中一点一滴融化，化成泪珠含在眼眶中，油然而生的竟是从未有过的羞愧。

一九五〇年代在台湾出生的我们这一代知青，即使是读中文系的我，也可以说都是在欧美文化的影响下成长的：我们读翻译的英文小说，煞有介事地谈存在主义，听热门的摇滚音乐，崇拜披头士，看好莱坞电影，梦想着去美国留学甚至移民。

阿公听京剧，阿嬷看歌仔戏，我们皱着眉走开。

出了国门，更是迫不及待地吸收美国文化，看百老汇歌剧，听古典音乐交响曲，迷恋空中补给乐团，阅读《老人与海》……

突然间，走入白先勇老师心血营造的纯粹中国古典美梦中，完全无法自拔地跟着杜丽娘惊梦、寻梦，从梦中情，到人鬼情，最终圆梦享有人间至情，生生死死不灭的爱情，世人最向往的不就是这种永恒吗？

不只是我，趋势科技的同仁也都大受感动，许多同事第二天跟我说："因为眼睛红肿，不好意思去跟您当面致谢。"还有孝子说第二天的票被他老爸要走了，满脸的不情愿。

原来就住在昆曲发源地昆山邻近的南京人，也是第一次感受到昆曲之美。

白老师精心制作的青春版《牡丹亭》，坚持原汁原味的昆曲演唱，剧本只删不改，舞台和灯光设计仍保留空台的概念，简单的布景和长阶，绝不妨碍演员的动作表现。投影也秉持写意的中国山水画原则，配合董阳孜老师随情变化的书法，更添戏曲的意境。由正当青春的演员穿戴上王童导演亲自设计，典雅脱俗的戏服来演出，虽然唱作不如名角老师，但是那股青涩、懵懂、初体验的娇羞，却恰到好处，引人入戏。

若不是这样配合现代舞台又坚持传统精神的编修设计，我相信年轻的观众很难走入昆曲的文学境界与情怀。

回想自己过往的崇洋，总以欧美的审美观为准则，几乎完全疏远了东方式的美。再想想旅居美日多年，周遭的华侨朋友也多半如我一般，甚至认为传统戏曲很俗气。

而外国朋友则很少有机会接触中国的艺术，总以为一切艺术起源于希腊。

这个地球倾斜得严重，一面倒的以西方艺术为高尚。我深刻体验到自己的失落，深夜的惆怅原来是来自于失根之感怀。

南京之后，我开始加入白老师的昆曲志工团队，积极策划将《牡丹亭》的美带向国际，带向欧美。让世人有机会接触并认识昆曲，从而了解中国文学的抒情传统之美。

我和白先勇老师开始为《牡丹亭》西游而奔走，终于在二〇〇六年秋天成行。一大团人，包括导演、老师、演员、乐手、箱管、梳妆包头、行政管理，人数将近百人，大半是第一次出国，第一次领护照，其间状况百出，幸好有比孙悟空还灵的执行制作郑幸燕一一解决。

回想起来，演出行程的安排真是不可思议，从伯克利大学、橘郡、洛杉矶，到白老师任教的圣塔芭芭拉，都是正式营运售票的一流剧场，一个月内每周末连演三天，连续四周马不停蹄。食宿交通、消夜庆功、演讲宣传、媒体采访，通通要到位，还得祈祷每个演员都健康平安，不闹情绪。需要忧心关照的事情真是层出不穷。

所幸场场爆满，华侨与外籍人士各半，许多大学的戏剧系教授带领全班学生来观摩学习，著名的剧评人埋伏其中，欧洲的经纪人也特地赶来探究竟，白老师的演讲感召了各大学的学生结伴同行，我也邀请科技人来尝新鲜，还邀请几位知名的荣格派心理学家来探讨中国梦的潜意识。

"不能有一个位置空着！"白老师军令如山，我从事高科技的国际营销十多年，第一次感觉全力发功的威效，这次发挥的完全是软实力！

在每场戏的进行当中，全场鸦雀无声，偶尔几声唏嘘叹息。有时令人担心观众反应太沉静。但每当谢幕，疯狂热烈的掌声响起，叫好声不断，许多眼泪流下来，尤其白老师上台致词时，观众纷纷起身致敬，那场面委实动人！

从北加州到南加州，观众的成分有异，反应的热烈激动却无二。

专业的剧评也是一片好评，这在美国是很少有的，通常他们总要挑些骨头来批评，这次仿佛被催眠了。趋势科技的美国同事告诉我，"第一次认识中国式的美，完全不同于西洋歌剧，很受震撼，很想再看！"我问他们："看得懂吗？""就是爱情啊！字幕翻译得很好，原文就是那么美的吗？""音乐仿佛有一种牵动人的力量。"

华侨朋友则是热泪盈眶，"没想到中国传统戏曲原来这么美！这么感人！"大约有着跟我一样的忏悔心情吧！

英国的经纪人看完立刻来跟我们商谈去伦敦剧院演出的事宜，隔年即成行，还同时去了希腊演出。

《牡丹亭》挑战莎士比亚的故乡，也PK希腊古典悲剧。没有夸张，也没有记错，英国的观众掌声或许比美国观众矜持，但演后佳评如潮，据说很严厉的剧评家都在《泰晤士报》上长篇盛赞。趋势科技的欧洲各国经理都来观赏，他们抛开一向的矜持礼貌，学着走鬼步，追问判官的火怎么喷出来的，也有追问中国戏曲的哲学，想买英文剧本回家细读的。在此之前，他们完全不曾接触过中国戏曲。

这样的热烈反应完全出乎我的意料之外。原来，艺术的美是可以超越语言、地域、习惯，直攻入人心，无须真正理解，也无法解释清楚，就那样不其然地被感动了。

牡丹西游，从美国加州到英国、希腊，可谓凯旋，带给欧美观众纯粹的、高雅的、至情至性的昆曲，展现了中国文史哲艺术潜藏的丰富能量，而同时，我个人觉得更具意义的，是它唤醒了中华民族的美感自信。

我仍然热爱西洋歌曲、电影、绘画、歌剧、舞蹈、交响音乐，但是，我知道，东方有一套完全不同的美学基础与哲学，以人为本，以情为至坚，千年相传，永续不灭，只是需要重新擦亮，让更多人认识喜爱。

这世界本就是阴阳相和，东方与西方的艺术也需要平衡发展，不同的哲学与美感并存，也或许能使双方更了解尊重彼此，让地球运转得更顺利平稳吧！

我抱着这样的信念，带着对往日崇洋的救赎心理，跟随白老师继续做昆曲志工。

如果不是因为热爱，你不可能把它做到极致

· 辜怀箴
财团法人赵廷箴文教基金会执行长

缘起

二〇〇九年白先勇老师为了复兴昆曲，不远千里到了美国得州休斯敦，为佛光山举办的中美文化讲坛，做了一场"昆曲面向国际"的演讲。第一眼看到白老师的印象，是他那对充满了热情、亲切、希望、快乐的眼神；英俊的脸上，带着愉快的笑容，让我对这位二十世纪伟大的文学家，有了一种既温暖又亲切的认识。

我们就这样幸运也幸福地和白先勇老师结了极深的善缘；也因为白先勇老师的关系，让我开始对昆曲艺术投入了关心和理解；也增长了我对明朝汤显祖先生由衷的崇敬。

昆曲不仅只是戏曲，更是一个非常伟大精深的文学。在明朝的时候，昆曲的唱词字句，成为当代文人笔墨相劲的平台。他们尽情地借此平台抒发自己情怀，表达自己的想法。随着时间流传久了，文人过分的舞文弄笔，把昆曲的词汇字句，变得越来越深奥难懂，也过于繁缛附会。这些太深邃过于考究的文字，导致昆曲渐渐地和一般大众开始脱节，进而阻碍了昆曲在民间的普遍流传，慢慢地就开始没落和被旁置。

白先勇老师在美国得州休斯敦的演讲，造成了休斯敦文学界非常大的回响。当年

慕名而来听白先勇老师演讲的观众超过九百人，把佛光山中美寺挤得水泄不通。白先勇老师在台上精彩的演讲，足足超过了三个小时；台下不但没有一个人离席，每一个人都被白先勇老师对昆曲的热情完全地吸引，对这个既深又美的中国昆曲艺术文化，深深地为之心动。这一次的文化洗礼，让我看到文化传承的珍贵和重要。

东征西讨

白先勇老师的父亲，白崇禧将军，是近代史上人人尊称的"小诸葛"，也是近代史上公认的常胜将军。虎父无犬子，白先勇老师在复兴中华文化艺术的这个战场上，承袭了白将军的美号，聪明才智，当之无愧。白老师一秉心中对复兴中华文化的大志业，带领着过去常常自嘲的草台班子（中国苏州昆剧院的团员，后称"小兰花"），锁定了前行的目标，不畏风雨阻挡，义无反顾的勇往直前。

启动昆曲复兴行动的当初，昆曲还是处在四面相当拮据的状况下；当时的白先勇老师，没有自己的昆剧班底，只是和苏州昆剧院达成共事协议，在明知不可而为之的情况下，为了自己的理想和梦想，铆足了全力。白先勇老师运用他的智慧，凭借他个人在文学艺术的造诣，结合了他个人在社会上几十年来所累积的人脉；加上细心的运筹帷幄，全神的投入，事事亲力亲为。"小兰花"十年磨一剑，最后呈现的成果，果然闪耀又夺目。

在所有人的努力之下，这场赢来昆曲的胜仗，没有让白先勇老师失望。从第一场在台湾的演出，就造成海峡两岸三地极大的轰动；昆曲和"小兰花"，就此名声大噪，直上青云。于是乘胜追击；青春版《牡丹亭》接着就开始一连串的巡回演出。从中国到美国，从美国到欧洲，所有的演出，没有一场不是当地新闻的热点。五千年的中华戏曲艺术文化，在一九三〇年梅兰芳到美国演出至今，重新在世界文化艺术的舞台上掀起一个热潮，也到达了一个昆曲表演艺术的新高点。

亲力亲为

复兴昆曲一开始的十年，是一条相当艰辛的路。我清晰记得，在寒冷的冬季，白先勇老师穿着厚厚的棉衣，脖子上围着大大的围巾，戴着毛茸茸的帽子，坐在没有空调设备的戏院里，认真监督着每一场戏的排演。平日里，白先勇老师是非常和蔼可亲的，但是在剧团训练的当下，他就有如白崇禧将军一样，军令如山，一丝马虎不得。

白先勇老师恩威并重，除了对每一位团员私下嘘寒问暖，同时也费心地替"小兰花"请了昆曲最有名望的老师，譬如张继青、汪世瑜等，亲临教学。这几位老师，不但自己功夫了得，教学更是严谨认真；在他们的指导训练下，一朵一朵的"小兰花"，都琢磨成了耀眼的昆剧演员。众志成城，一支出人意料的正规军；在大家的关心下，也不负众望，成为了一支攻无不胜的常胜军。

他们不但在中国闪亮了大家的眼睛，在海峡两岸三地造成文化艺术的巨响，进而出征美国和欧洲，在全球成为中国人骄傲；而昆曲这个尘封已久的中华文化，也于二〇〇一年取得联合国非物质文化遗产的资格和保护。如今这只精英部队，在全世界为昆曲艺术做出了漂亮的成绩，不负白先勇老师让昆曲从文化的深坑里再次复活；从小的地方，走入了全世界。

此时白老师的眼里依旧闪烁着一如故往的热情、快乐和兴奋；在明亮的闪烁中，看不到一点点的骄傲，只有愉悦和欣慰。

"如果不是至爱，不可能做到极致"。

"爱"与"美"的重生

一个戏曲可以成功展现，其中包括了许许多多的条件，和外人不知的艰辛。就从改编剧本开始，白先勇老师与其编剧小组，成员有张淑香、华玮、辛意云等，他们合力把四百多年前的剧本，用只删不改的原则，把一本近乎演出一个月长的剧本，浓缩成一本演出三天的剧目。如果不是因为各位老师有极高深的文学造诣，和对戏曲极深入的研究，相信没有人敢去如此尝试修改。

白先勇老师是一向深信"爱"与"美"，为了求取青春版《牡丹亭》出色的演出，白老师请了曾经获得亚洲最佳美学奖的名导演王童协助舞台美术指导；又特地去苏州订制中国最顶尖苏绣的戏服，让《牡丹亭》里的十二位花神，个个美若天仙；又有好朋友书法名家董阳孜老师和奚淞老师，用书法及国画，为青春版《牡丹亭》营造出中国典雅高尚的气氛……

成功都并非偶然，建设工程艰巨复杂，如果不是白先勇老师对昆曲艺术文化的热爱，和对文学美学的执着和高度；我想没有第二个人，可以有这么大的心和热，把近乎已成化石的艺术再度重新赋予温度，让它活过来，再度的闪耀、重生。

大融合

这举昆曲的复兴活动，另一个令人称道的是，这版青春版《牡丹亭》，被视为是一个两岸三地超越了政治的大融合的写照。拜青春版《牡丹亭》的演出，结集了中国台湾、大陆、香港各地的精英：譬如演出的制作、舞美、道具、衣服、导演、拍摄、灯光等技术，无论是哪一行，每一位参与的人，都是每一行的佼佼者。弥足珍贵的是，凡参与的每一个人，都同心齐力的为传统文化尽心尽力；大家有志一同，不计较，不排挤，没有私心，共同努力；故而白先勇老师带领的团队，在昆曲的复兴的表现，可以有此圆满的结局。基本上我们可以说，这证实两岸三地都认同同一个中华文化，中华文化是没有国界的，是超越人我，是跨越时代的，是永恒的，也是根深蒂固的。所以今天昆曲复兴成功的结果，不仅仅是中华文化圆满的大结合，也是人间许多不同岗位大家得到共识的大融合，在中华民族的文化艺术历史上，和我们的美丽人间，留下了最美丽见证的足迹。

让化石有了生命

昆曲的复兴，是一项很有智慧的文艺复兴行为；我个人觉得，是可以把它比喻成星云大师，在过去六十年，致力于把陈旧古老的佛教人间化一样的路程。过去佛教是离世的，今天的佛教是在我们生活之间的，随时都是触手可及的，星云大师称现在的佛教是"人间佛教",是人要的。白先勇老师也是如此,他把古老几乎快成为化石的中国昆曲文化,重新注入新的生命,一样的把它带回到现在的人间,让现在的人能欣赏和接受。

其实在明朝昆曲顶昌盛的时候,昆曲也没有拥有像现在这么了不起的一个表演平台去呈现;今天是白先勇老师效法了西洋百老汇的艺术,制作了如百老汇的大舞台,把中国最好的宫廷式的艺术,做了一个美和高的文化艺术呈现。它不但完成了西方与东方文化的交流融合。最重要的是,在这其中没有掺杂一丝一点经济和政治的色彩,也因此更受到中西方共同的尊重。

认识白先勇老师至今,白先勇老师从来没有想利用昆曲去赚钱或为个人谋名利,白老师一直都只担心昆曲的美会被遗忘,他把昆曲从废墟中挖出来,用符合现在时代的方式,让它重新发光,再生重现。

不是昙花一现

四百多年前在明朝时期,昆曲正直兴旺;到了清朝,被京剧取代。今天昆曲有幸可以再度被重视,如何让昆曲可以延续不衰,是一个非常关键的题目。昆曲艺术的延续,首先当然需要各地政府的支持,需要符合观众的喜好与需求,也需要仰仗朋友和企业的赞助,同时大力的依赖演员持续有水平精彩的表现。如果我们希望这个美丽的绽放,不是昙花一现;以上所说的条件,的确是缺一不可的。如今青春版《牡丹亭》已经演出超过四百场,可以骄傲地说,的确不是昙花一现;但是传承的责任,需要年轻人的投入,才可以永续。

白先勇老师很早就知道传承是需要靠年轻人的这个道理;所以白老师很早就开始推动昆曲走入校园的活动;白老师不但亲自带着"小兰花"去各大学校演出,为了让学生可以接受懂戏,演出之前还先去各个学校说戏。为了让年轻人感到不陌生甚至于喜好,白先勇老师在两岸三地台大、北大、港大都去开昆曲的课,因此可以和年轻人打成一片,这种预先播种的精神,令人敬佩。

二〇一三年昆曲在北京大学开始有了正式的编制,北京大学的学生开始可以选课拿学分。因为学生的兴趣爱好,北京大学的学生就组织了昆曲社,组织训练,自己尝试着演出。白先勇老师知道了，非常鼓励赞赏，也尽力地协助他们圆梦。

北京大学有了编制的开始，启动了非常大的外溢效应；也是后来促成北京大学生校园版《牡丹亭》成功演出的缘起。这个由学生组成的团队，其中成员主要北京大学的学生，加上北京十六所高校，以及一所附中的学生组成；包括乐队共三十九人。在同学们努力学习之下，他们之后去到两岸三地登台演出；虽然同学们不是科班出身，但每一场的演出都非常惊艳，获得两岸三地一致的好评。这种让学生亲自参与体验到中国文化的优雅渊博和美丽，真的是值得表扬的好因好缘。如此这样的深耕，相信昆曲的延续和传承，更有了可见的期待和意义。

结语

今天昆曲艺术的复兴，不只是一个单一表现的结果，我们可以看到它结合了敦煌的艺术，结合了西方百老汇的艺术，结合了中国红学的深度，达到中国文化艺术最高的展现。

白先勇老师对中华文艺复兴已经交出了一张非常漂亮的成绩单，我们每一个人，都应该要向白先勇老师表示致敬。

从今天开始，中华文化、昆曲将来如何传承，应该是当今每一个读者都需要慎重投入思考的题目。我们和子子孙孙如何可以在这个快速变化科技化的时代里，让好不容易从化石中再度复活的古老昆曲艺术，经得起各种的挑战，又如何让昆曲可以持续地发扬光大，这才是我们每一个人对中华文化传承应该负有的责任和使命。

白先勇老师一向非常谦虚；他常常说：他很幸运，每每在他困难的时候，都会有朋友和企业家出来鼎力相助。其实这种善缘并非偶然，凡事都是因缘而起，白先勇老师一生善与人结缘，所以当老师需要帮忙的时候，善缘自然就会出现，这是必然的。

我们由衷地感谢白先勇老师对中华文化艺术复兴所投入的心力，今天我们享受了白先勇老师丰硕的成果，更重要的是要学习白先勇老师的勇气、热情和奉献的精神。

丰收绝非偶然，明日的收成，还有待有心的年轻人播种和耕种。

如果不是因为热爱，你不可能把它做到极致。

以下是有幸跟随白先勇老师共同参与的项目，借此向白先勇老师表示我们由衷的敬意：

　　二〇一〇年苏州大学"白先勇昆曲传承计划"

　　二〇一一年青春版《牡丹亭》第一八九场—二〇〇场演出

　　二〇一三—二〇一八北京大学昆曲课

　　二〇一五—二〇一七台湾大学昆曲之美课程

　　《红楼梦》《白先勇的文艺复兴》《红楼梦幻》等书的出版

青春版《牡丹亭》演出二十年感言

・余志明

香港迪志文化出版有限公司主席

一、我与青春版《牡丹亭》结缘

1. 前言

我是个香港土生土长、不折不扣的"番书仔"。我读的中学是全英语教学的喇沙书院。大学念香港大学电机工程系，毕业后入职外资大机构，曾涉足电子业、投资银行和国际贸易等行业。日常工作使用语文几乎百分百英语，闲暇消遣是观看西方表演艺术的芭蕾舞、意大利歌剧或百老汇歌剧及荷李活电影。五十岁之前的我是从不认识有昆曲这回事。但自小爱好古文唐诗宋词、《水浒传》及《红楼梦》，在大学宿舍生活那三年，受到好友影响，也爱读白先勇的小说，余光中的诗及散文，算是对一些国学有所认识。

美的洗礼

我接触昆剧，应该感谢两位老师，他们是白先勇和余秋雨。我旗下的出版社迪志文化在二〇〇一年出版过《游园惊梦二十年》，这本书顾名思义，是白先勇的短篇小说改编为舞台剧演出二十周年纪念之作。书名由余秋雨题字,余老师和我认识多年,也是白老师的朋友。我第一次同时见到两位老师一起是二〇〇四年,受他们邀请观赏青春版《牡丹亭》在港的首演,记得当时有一点受宠若惊的感觉。

二〇〇四年五月二十一日该剧在香港沙田大会堂一连三晚(二十七出足本)首度公演。我和内子坐在白老师和余老师身旁,他们不厌其烦地为我们两个门外汉解说情节、教导我们如何去观赏。我俩获两位大师在旁导赏,实是三世修来的福分。

犹记得当时我们看到舞台上的昆曲演员,载歌载舞,一唱三叹,只见水袖抛抖翻飞,一抛一翻之间,男女主角的两情相悦、绮丽缠绵的意境就活起来了。演员体态美妙,剧情荡气回肠,十九年过去了,依然记忆犹新。对于完全不认识中国表演艺术的我来说,在这出戏的舞台上看到的表演元素(唱作念打演),十分震撼,真的没有想过原来可以这么美,这是我在西方歌剧里未有过相似的观赏经验。首次欣赏昆曲后的感觉就惊叹不已,改变了我对中国的表演艺术的印象。经过这次"美的洗礼",脑海就不时浮现着舞台场景和杜丽娘、柳梦梅的爱情故事,令我再三回味。

这次看戏后,白老师礼貌上邀请我们去观看他安排在台湾及内地的巡回演出,我们欣然答应,结果我们从此爱上了青春版《牡丹亭》。也许还有另一原因是白先勇老师,他是我最崇拜的当代作家,能够有机会跟偶像一起就是我的粉丝心态。由此经过长久的交往接触,我们在旁深深体会到白老师的个人魅力。他和蔼可亲,我们都笑他的粉丝从八到八十岁都有。从来不摆架子,谈吐优雅,只要有他在场,就会把所有人的目光聚焦起来。内子和我在每一次见到有他出现的场合,在场者都是兴奋莫名。而在他身旁出现的都是在各领域内的翘楚精英,所以我们也乐意以昆曲义工名义参与,实情是与有荣焉。

2. 我的义工工作

记忆中白老师好像没有正式成立义工团队,他自许是昆曲大义工,手持的青春版《牡丹亭》是一把大幡,由白老师引进的精英们都各司其职,而我们夫妇只是随着他带领的"小兰花"团队到处观赏演出,基本上是跟出跟入的粉丝。随团赏戏次数递增后,我俩愈发佩服这位文坛巨匠。推广和复兴昆曲是庞大工程,无时无刻不会出现各种大小问题,但无论是任何场合和界别,也不管问题是来自政府或民间机构,白老师都能轻松驾驭，迎刃而解。青春版《牡丹亭》在各地巡回演出时，他需要拜会当地各界，酬酢繁多，所需体力和时间非一般上年纪的长者能够应付。我们有幸也被邀出席大大小小的庆功宴、记者招待会、各类团队活动、排演等，因而我们就自然地被纳入到义工团。

其实白老师并没有对我们的义工身份有什么指示或要求，因为常参与演出活动，我们对演员的了解也多了。所以在初期，我们会自觉地在演出后给演员们发些红包，因知道他们当时的工资不高，恐怕要应付日常所需也有困难，小小红包意在资助一下他们的生活开支，以示鼓励。及后我们夫妇也顺理成章地和白老师的得力助手郑幸燕女士成为好朋友，在人手短缺时就出一点力而已。

这里不得不提郑幸燕女士。她的工作能力、应对各方时展示的社交手腕，以及个人谈吐得体，急智又风趣，是一等一的人才。她不辞劳苦，几乎每天十五、六个小时都在应对来自四方八面的人与事，是白老师背后的最大功臣。他们的二人组合是个令人难以置信的团队，全凭他俩之力便把整个青春版《牡丹亭》项目撑起来，真的具有匪夷所思的强大组织力和执行力。

Ⅰ.从巡回演出中学习欣赏昆曲艺术

犹记得初时看戏，我们是一面观看舞台上的互动，一面看字幕去了解情节，心、眼都非常忙碌，有点应接不暇的感觉，因此也谈不上静心地全面欣赏。多看几次后就学会从不同角度去欣赏全剧，渐渐地了解昆曲丰富的涵意。难怪有专家学者认为昆曲是阳春白雪，真正看懂的人没有几个。

另外，我们也观看过不少排演，很多时有幸见到国宝级大师如汪世瑜、张继青对年轻演员们耳提面命，极其细致严谨，令我们对演员为演好"台上一分钟"的努力付出有深刻体会。通过这些感受片段，我们算是逐步开窍，开启了入门欣赏的阶段。

Ⅱ.年轻演员的成长

顺带一提，"青春版"的演员是同班同学，在十四五岁时进入苏州市艺术学校受训，因为昆曲被比喻为淡雅的兰花，他们这个班就叫"小兰花班"。在班内学习基本功（四功五法），毕业后考进了江苏省昆剧院继续学习。可是当时昆曲的表演机会不多，只能被安排到旅游景区做搭台演出折子戏，学非所用，有点投闲置散的感觉。而且学艺多年却未有相对应的收入，生活迫人也会令人萌生转行意念。难得是在二十三四岁时，被白老师选中参加演出青春版《牡丹亭》，每人在剧中有固定的角色，还有专人为他们提升技艺，因此都特别珍惜这个机会和肯下苦功。在中国昆曲界，常说大陆有最好的演员，台湾有最好的观众。白老师为保护这班"小兰花"演员，刻意安排在台湾首演，就是避免那些苛刻的批评对他们构成重大的压力。经过一年闭门的魔鬼地狱式训练就要踏上盛大的舞台，他们说初时很不习惯，在上场门看到台上的灯光就已经紧张起来，直至踏在台板上才逐渐定下神来。年轻演员缺乏舞台演出经验，但白老师把他们拉到各地巡回演出，经过二〇〇四年二十八场、二〇〇五年三十二场和二〇〇六年的三十九场，积累了近百场的演出经验，他们都能驾轻就熟，应付自如。

我想起在二〇〇六年四月在华北巡回演出的情景。这次白老师因抱恙留在美国加州养病，叮嘱我们夫妇随团关心一下。先是在北大百周年纪念讲堂为北京大学的师生演出，随后是中国传媒大学及到天津的南开大学继续演出，每间学校都是一连三晚，各校的演期只隔一天。我看了第一晚为北京大学的演出后，觉得女主角沈丰英的演出表现有点不自在，通过郑幸燕知道她因腹痛患上阑尾炎，刚在北大附属医院打了点滴（即静脉注射）就来整装了，所以有点虚弱。第二天早上还要继续去医院打点滴一整天，晚上再演出。我们在后台的都十分担心，有人就提议起用后备演员。但沈丰英却一口拒绝，表示再辛苦也要撑下去，套用她当时的话"死也要死在台上"，大家都为她的坚持动容。她在第二天演出仍然吃力，在散场后我去后台探班，听说医生劝她尽快入院做手术。紧接下来为中国传媒大学的演出是非常重要，因为传媒工作者影响力重大，我实在担心她能否强撑下去，于是我问她不如我用气功给她暂时舒缓一下。于是我们在后台一个细小的更衣室进行了治疗，期间她突然感到有一道触电感，不适的感觉就缓和了。在第三晚的演出就回复常态，也顺利完成了余下的多场巡回演出。奇怪的是日后她也无需要做阑尾炎的切除手术。

还有一次是剧团参加香港艺术节，他们来港演出《玉簪记》，这是白老师的另一个复兴昆曲的重要剧目，原班人马演出。这次白老师亲自领军，我们乐意轻松地做观众到场欣赏。但是，中场休息后逾时仍未开始下半场演出，心中感到纳闷之际，白老师找人通知我到后台。原来饰演剧中姑妈一角的演员陈玲玲发烧，在后台晕倒了。当时主办单位认为要实时中止当晚的演出并立刻送演员到医院，绝对不能让她继续上台。要是晕倒在台上，或不幸发生任何意外都会影响到主办机构的声誉。因此，白老师想我试试能否帮上忙。

于是几个人合力把她搀扶起身来，我开始给她进行气功治疗。很快她就苏醒过来，因为下半场她的戏份基本上是每段约十分钟就可下台休息。她每次回到后台，都虚弱得似要倒下，我们就安排两名工作人员在下场口搀扶，让她立即坐下来让我发功。这样子断断续续地在过台时进行直至演出完毕，观众也没有察觉情况，之后她不等谢幕就立即回酒店休息，翌日大清早就乘火车回苏州了。我十分担心，过了一天我致电了解她的状况，才知是因为感冒咳嗽，服药后没有足够休息，药物出现副作用所致，抵达苏州后不用再服药也康复了。我庆幸自己平日的练气功也能发挥一点效用，而大家则笑称要白老师安排我扮演气功师的角色，让我有重要任务必须随团。

巡回演出对所有演员都是重大压力，记忆中俞玖林在演出《玉簪记》时也曾经一度几乎失声，幸有白老师找人帮忙，专业名师悉心照料，渐渐康复。回想这三两小事，不是宣传气功，只是想道出演员成长不是易事，学艺之后还要各方悉心照顾。他们自身也要不怕辛劳，努力付出，需要毅力、坚强意志来克服任何困难，观众只羡慕台上风光和观众掌声，但后台辛酸又有几人知晓。

3. 青春版《牡丹亭》的策划团队

要一洗传统戏曲老旧残破的印象，白老师早有全盘计划。例如要年轻演员以传统叩头拜师形式向前辈领教绝活、整理剧本、改革舞台设计等，都是汇集专才倾力合作。我们并没有参与早期的筹备过程，所知的都是听白老师的昆曲讲座或从团队成员听来的故事，但肯定的是白老师刷了很多"人情牌"。包括了书法家董阳孜；绘画的奚淞；总导演汪世瑜、艺术总监张继青。另有导演翁国生、艺术指导姚继焜、音乐总监周友良、美指王童、服装设计曾咏霓、舞蹈设计吴素君和马佩玲、舞台设计王孟超、灯光设计黄祖延和剧照摄影许培鸿。另有张淑香、华玮、辛意云的剧本整理，还有郑培凯、吴新雷、古兆申、周秦、朱栋霖等一众顾问；担任字幕翻译的李林德教授。他们都是国内外文化界的精英，集合民间力量缔造了昆曲历史新一页。

二、真正参与

1. 制作"牡丹一百"光盘

从二〇〇四年首度观看昆曲，至二〇〇七年的百场演出中，相信我和内子最少也随团观看了四五十场演出。我们目睹年轻演员们的进步过程，团队经过百场磨合，成为了富有默契的班子。印象中至今没有一个剧目的演员是从首演开始就一直原班人马演出，饰演每个角色的演员都是白老师亲自选拔入列，从初期的地狱训练开始一起学习，各有行当，到今天他们仍然留在这个班子，成为了昆曲艺术传承的重要力量。

此时白老师对我表示，希望在年轻演员们的声色艺演出水平几乎至臻完美之际留下一个历史烙印，一个传世的纪录。我知道老师的想法后便请其估算所需费用，感到是自己的能力还能支持后，就很乐意担起这项目的全部费用。

Ⅰ. 尽善尽美的传世纪录

当时的制作成本颇紧绌，但为了有最好效果，一致同意以专场录像拍摄，最后租用了杭州大剧院在三月初的十天空档期，并租借了五部高清像素摄影机。场地和器材是一笔重大开支，但今天回头再看当时实是明智决定，在此特别感谢王童老师的专业建议。王老师除了担任演出的导演，还领导导演组从台湾抵达杭州工作。他建议我们用当时最先进的技术制作原始母带，以备日后的世代升级时无缝接轨。完成拍摄后，因当时蓝光技术尚未普及应用，批量生产的成本高昂，令人咋舌，消费者也未能承担，我们的首个批量生产只好以数位影片光盘（DVD）格式推出，并定名为"牡丹一百"，作为青春版《牡丹亭》百场演出的里程碑出品。

在租用杭州大剧院的十天，时为早春，天气仍然十分严寒。但为了确保演出收音质量没有空调出来的杂音，于是没有开暖气，大家都在瑟缩状态下工作。高涨的工作情绪，严寒天气也挡不住众人的兴奋。由于每个片段要彩排并录像两三次才达到要求。为了在限期内完成，团队每天工作十一二个小时，除了支付苏州昆剧院的工作人员和摄制团队的薪酬，其他的参与者都是无偿的义工，令成本得以尽量降低，否则拍片所需的费用肯定倍增。

制作完成后，整个后期制作交由王导演处理，他检查母带时才发现一个小意外，其中一位演出者的头饰掉落到台上。条件上已不可能重拍，虽然它不影响整体的舞台效果，但白老师是要求尽善尽美的"零容忍"唯美派，所以请求王导演在计算机上把十五分钟的母带上的这个头饰逐格逐格用人手抹去。当然这是一笔颇大的额外开支，但也突显了白老师在制作上的严谨要求。在 DVD 出版后我刻意反复翻看了这一段，但完全找不到抹除过的痕迹。

二〇〇七年完成的"牡丹一百"绝对是昆曲史上的重要纪录，我由衷敬重白老师的决定，把演员们在舞台上的最佳状态定格，成为日后推广昆曲的非常重要工具。综观很多著名演员的演出录像，都是韶华老去时才有机会留下舞台纪录，颇难引起观众共鸣。"小兰花"演员们从十来岁进校学艺，十多年过去已是"青春"的尾声，这是白老师强调要捉紧"青春的尾巴"的原因。文化推广产品的市场价值从来不大，在完成批量生产后他发觉很难推销，最后只好由我的公司负责后期的销售工作，多年来更要面对库存、仓管及在线推广等的行政压力。

Ⅱ. 限量珍藏蓝光盘版创先河

在二〇一一年，我眼看 Blu-Ray（蓝光）技术成熟并开始普及，心想 Blu-Ray 高清版本可以一试吧。我找到一家制造商，让他们制作了其中一小段，趁白老师来港时邀请他来我家欣赏。他看到蓝光盘与 DVD 在质量的巨大差异后，非常高兴，实时同意制作一千套限量版，定名为"灿烂极致《牡丹亭》——青春典藏"珍藏蓝光盘（限量版）。蓝光技术是高清影像，舞台上的任何小瑕疵都无法躲避，我担心前述的计算机修正片段会不会有瑕疵，所以我又刻意地翻看了这一段，很高兴真的是完全找不到抹去的痕迹，庆幸当年这笔额外费用花得甚有价值，也由衷再谢王导演和他的团队的工作态度。蓝光版使花神们的衣饰图案更加清晰玲珑，每一件的花绣艳丽出众，显出百花竞艳、欢喜跃动的气氛，真是加倍的视觉享受。传统的演员服装都以人手刺绣令纹饰更为立体突出，王童老师和夫人曾咏霓在设计服饰时，除了在剪裁上，也在图案设计下了功夫，全部绣工都是手工制作。在演出时，虽然现场观众难以逐个欣赏舞台上每位花神衣饰图案，但白老师领导的团队是不会忽略戏中任何一个情景，即使是观众容易错过的微细地方，都力求完美，这个也是整个团队的共识。

当决定了要制作限量蓝光版时，我邀请好友又一山人（原名黄炳培，著名设计师）义助帮忙设计了精美的封套包装。当他得知白老师请董阳孜老师为产品题字后，立即说会完全配合董老师的题字风格设计（原来他俩是好友），让我们可以很快便完成了制作。由于早已决定是限量发售，绝不加码的永远典藏之作。我一直未有为此向他们二人亲自道谢，借此机会，谨致谢忱。

Ⅲ. 研究和学习昆曲的必备工具书

在制作蓝光盘时，考虑到方便同学学习，同时出版了由李林德教授翻译的中英对照剧本。李教授是美国加州州立大学的荣退教授，家学渊博，父亲李方桂教授是著名的语言学家，母亲也是一位昆曲专家，她不但能唱还能吹笛子，是一位昆曲多面手。她在翻译青春版《牡丹亭》剧本时，为符合舞台电子字幕展示，翻译文中的字句比较简短、直接、易懂，被视为昆剧中英文翻译的典范。我们初时认为网上版会更适合校园使用，所以只提供电子下载版。一次李教授借回台办事特别经港来我们公司，建议我们出版纸本版，因为两种版本各有需求，而在学习上实体书始终较为方便。李教授对推广昆曲的热诚感动了我们，决定立即制作并以成本价售与同学。此后，每次昆曲课程开课时就会有同学购买，而它亦成为了昆曲中英译本的指定教科书，是在海外推广昆曲的重要工具。

2. 支持香港的大专院校进行学术研究及演出

Ⅰ. 缘起

白老师常提及他在二〇〇二年在香港接受的一次教学生涯的最大挑战。他应香港大学中文系的邀请，在香港中华文化促进中心和香港特区政府康文署的协办下，邀请他来港进行了三场讲座，讲座对象分别是港大的师生和一千五百名中学生。香港中华文化促进中心在一九九一年就成立了"昆剧研究及推广委员会"进行昆曲的推广工作，但由于早期认识者不多，所以都是小规模活动。古兆申博士（昆剧研究及推广委员会的创会委员）是三场讲座的主持，第一场面对香港大学的师生，白老师决定以"昆曲中的男欢女爱"为题。为吸引听众，他们商议后决定用年轻演员做示范演出，经古博士推荐联络上苏州昆剧院安排几位演员和乐师到港。观众反应热烈，白老师觉得这个推广方法有点效用。中学生都不大认识昆曲，但因为香港中学教科书内有一篇白老师的文章为中学会考文凭试的必考题目，因此同学们是因白老师而来。要令一班中学生不玩手机、不瞌睡、不私聊，安静听讲他们陌生的昆曲，白老师讲解"昆曲：世界性的艺术"，他让苏昆的青年演员在讲座上示范昆曲的情和美的片段，看到学生们用心欣赏，眼睛发亮，说明讲座非常成功。

这次讲座后，白老师希望把他的读者都变成昆曲的观众，确定了必需须学校培养年轻观众，亦确立了要用俊男美女吸引年轻人。而青春版《牡丹亭》的男主角俞玖林（"小兰花班"）也因这次到港演出走进了白老师的视野，令白老师认定他就是柳梦梅的最佳人选。因此促成了后来接受蔡少华院长的邀请到苏州昆剧院进一步了解"小兰花班"的成员，最后落实了青春版《牡丹亭》的阵容并开始接受专业训练。

白老师针对演员老化、观众老化和演出形式保守的问题，在青春版《牡丹亭》引入了一些新的制作概念，从二〇〇四年台北首演到二〇〇七年，短时间内共演出一百场。期间完成了在北美洲四校巡演，让外国人也认识到中国传统戏曲之美。由我出资制作"牡丹一百"百场纪念演出光盘（后又制作"灿烂极致《牡丹亭》——青春典藏"珍藏蓝光盘），更进一步深化所有成果，包括推广及传承研究，让更多年轻人喜爱，我也与有荣焉。

见白老师在北京大学和苏州大学、台湾大学等两岸著名学府开展昆曲课程，有系统地讲授有关昆曲的全面知识。我想香港也有如郑培凯教授、华玮教授、顾铁华博士、古兆申博士、张丽真女士等研究推广昆曲的专家，在推广上亦灵活多变，昆曲也许可以成为两岸三地的文化纽带。当时曾想过请他们所在的学校联办推广昆曲活动，可惜因制度、人事等原因难以达成。最后演变成逐间学校进行一些推广活动，前后竟达十多年时间，实在是始料不及。

Ⅱ. 香港大学"昆曲发展研究中心"（二〇〇七—二〇〇九年）

我是香港大学的校友，也因为白老师的香港昆曲推广是从港大开始，顺理成章地在二〇〇七年我率先赞助香港大学成立了全球首个全面研发昆曲的"昆曲发展研究中心"。成立委员会确立了四个主要的工作大纲，包括搜集和整理昆曲的资料、展开学术研究、普及教育的推广及舞台艺术发展方向的研究。这是对昆曲的发展和研究的整体计划初稿，白老师说："香港大学成立昆曲发展研究中心，香港是国际文化汇聚的地方，保护全人类文化遗产再合适不过！以香港大学的传统、实力、位置，一定会有一大番作为！"[1] 大家于是满怀期盼。

这一年是昆曲入选联合国"人类口头与非物质文化遗产代表"六周年，当时青春版《牡丹亭》已经演出超过一百场，口碑日隆，入选为北京国家大剧院开幕演出剧目。在演出期间举行了"面对世界——昆曲与《牡丹亭》国际学术研讨会"[2]。这是由香港大学的"昆曲发展研究中心"与当地机构共同主办的盛大活动，由华玮教授策动，大会请来五十多位昆曲专家共同探讨，大家以当代国际视野下的昆曲与《牡丹亭》为主题展开讨论。很高兴曾发表的论文和座谈内容经华玮教授整理，已结集为《昆曲·春三二月天：面对世界的昆曲与〈牡丹亭〉》，在二〇〇九年由香港大学出版了。

但可惜研讨会后，"昆曲发展研究中心"的工作无以为继，因港大校方人事及管理原因被搁置了，仅完成了约十六位参加青春版《牡丹亭》的台前幕后工作者的录像访问，这些材料现在也不知去向。此事我一直耿耿于怀。

Ⅲ．香港城市大学"昆曲传承计划"[3]和"青年昆曲艺术家驻校计划"（二〇〇七—二〇一二年）

香港城市大学张信刚校长在任内（一九九六—二〇〇七年）极力推动香港的文化交流，最为人赏识的是成立了"城市文化沙龙"和"中国文化中心"。张校长重视文化教育，曾在英、法的大学任访问学者，因此引进了法国式的文化沙龙，每月在家中邀请不同领域的学者和艺术家为嘉宾，让大家在轻松的气氛下，畅谈艺术或历史、文学、哲学，借以推动文化交流。汪世瑜老师、白老师和青春版《牡丹亭》都曾到此沙龙作即场演出片段，来宾可以近在咫尺来欣赏《牡丹亭》，记忆尤深。这个活动让所有出席人士大开眼界。在二〇〇六年，张校长即将退休，便改由城大文康委员会（郑培凯教授时任主席）继续执行。

郑教授在城大担任中国文化中心主任（一九九八—二〇一五年），每年都邀请不同范畴的专家学者到校讲课，平均每年举行的六十场示范讲座中有很多是与昆曲艺术有关。这些活动除了校内学生也公开给社会各界参与，口碑载道，我是文化沙龙和中国文化讲座的常客。有一次应邀出席"文化沙龙"时与郑教授深入交流了昆曲发展的问题，有感很多昆曲泰斗的绝活会随他们年华老去而未能传承下来。历史上昆曲可考据的剧目以千计，但现在只剩下数十个折子戏，我认为要赶快把现有的资料保留整理，刻不容缓。因此建议他领导在校内推行昆曲大师的口述历史的传承研究，我十分愿意资助，很快就收到郑教授的"昆曲传承计划"方案了。

在计划内,重点是记录这些大师们在昆曲舞台前或台下的表演心得及示范,因此从二〇〇七年十月至二〇一一年的十二月底,共有十一位昆剧大师到了城大,共整理出近百出的音像资料。在项目推行期间,我见校内师生和公众的反应都很热烈,又想到年轻演员除了要不断提升技艺,还要在人生有多方面的历练,因此再向郑教授提议为年轻的昆曲演员作短期驻校年轻艺术家的可行性。

在二〇一一年初,我收到城大的"青年昆曲艺术家驻校计划"的赞助建议书,内容是让年轻的昆曲演员短期驻校两三个月,以工作坊形式向同学讲解这门戏曲艺术,让同学亲身体验传统文化的魅力。另一方面,年轻的演员也可得到"教学相长"的机会,在与同年纪相若的大学生相处讲课中产生沉淀省思,对演艺成长也有助益。我欣然同意赞助。在同年的十一月就推行了。工作坊内容多样,除了演员演绎讲解,还有舞台化妆、功法学习等,动静兼备,反应热烈。原定计划是邀请八至九位年轻艺人在演期空档期来港一个月,但可惜最终只请了曾杰、吴双、魏春荣和吕佳四位,在二〇一二年三月以后又因演员档期及其他原因中断了。

可幸的是在郑培凯教授退休后仍独力继续整理和出版资料,在二〇一三年和二〇二〇年先后出版了五本传承纪录。而项目所积累的资料、影像亦找到归宿,现时存放在昆山市的昆曲发源地之一巴城镇隐堂(郑培凯)工作室,并会获资助整理成丛书出版。希望这批资料在日后有重新利用的机会,感谢郑教授及团队在"昆曲传承计划"的付出,对他致力推动传统文化致敬。

Ⅳ. 香港中文大学"昆曲研究推广计划"及校园演出(二〇一二—二〇二二年)

就在郑教授告诉我他快要退休,离开在城大的教席的时候,中大的华玮教授和白老师都告诉我,希望能在中大继续推广昆曲。白老师说时任校长沈祖尧亲自向他提出希望白老师能为中大进行昆曲课程,会把昆曲正式纳入学校的学分课程之内,但可惜等了沈校长两年仍未能找到赞助人,所以一直未能落实。当时内地的大学都已开展了学分课程,我也心急起来,遂承诺赞助计划所需的半数资金,并要求校方申请香港特区政府大学教育资助委员会的配对补助金计划(要求是一比一配对),这样就筹集了足够资金让项目落实下来。

华玮老师是研究汤显祖而获授博士衔,我认识她多年,早期她参与青春版《牡丹亭》的剧本整理,后来又编辑了《昆曲·春三二月天》,她务实的工作态度早已令我敬佩，便欣然支持。她说过对完全不知道昆曲的同学，一定要先给他们看最优秀的演出，这样擦亮了的眼睛就不愁他们不懂分辨优劣，自然会洗去他们对传统戏曲的老旧破烂感觉。因此，青春版《牡丹亭》的录像自然成为了每年课堂上指定教材，是用于赏析的范例。

中文大学的"昆曲研究推广计划"在二〇一二年九月正式开始，主要有两大目标，一是整理、研究昆曲文化遗产，出版"香港中文大学昆曲研究推广计划丛书"，二是建立世界性的昆曲研究基地，包括在中大本科开设"昆曲之美"课程，由白老师、华玮及知名学者、艺术家亲自到校讲授，从"案头"与"场上"双管齐下让学生涵泳、体验昆曲之美。课程在二〇一九—二〇二〇年学期末完结，期间并制作成中文版与英文版的"慕课"，加入国际网络课程平台 Coursera，至今已吸引了来自全球超过一百个国家的校外学习者。同时，借由课堂录像及网络课程制作，保存了颇为可观的一批戏曲资料，十分可喜。华玮教授为这个项目发表《昆曲进校园：在香港中文大学推广昆曲之经验与反思》和《青春的回响：走进通识教育与全球网络的昆曲》[4]，总结了成效。

在今年，我收到项目丛书的最后一本（共有五本）。至此，昆曲在香港的校园工作总算有始有终，告一段落。我相信是天时地利人和的成果，借此机会感谢华玮教授及她带领的工作团队的辛劳付出。

昆曲之美课程在每个学年的期末都会安排演员到港作演出，几个学年以来共演出了十一场次，报读了课程的同学虽然是获优先入座，但每次排队轮候的人龙是愈来愈早出现，也愈来愈长。在最后的学年，同学们一站就是三小时，有同学让出自己的座位给强站在旁的观众轮流就座休息，互相关怀，秩序良好，真是感动。我相信这种情况跟在内地的校园演出境况是一样的，在同学心中播下的昆曲种子互相振荡，数年来培育了不少青年学子成为昆曲观众新力军。我亦没有想到当时我公司聘用了几位刚毕业的新同事都是昆曲小粉，他们都曾选修"昆曲之美"而认识了这个剧种，这个课程功不可没。

此时，在内地北大及多所校内的昆曲推广已进入了另一阶段，白老师正式启动了校园传承版《牡丹亭》计划。在二〇一八年十二月，白老师带着经两年训练的内地大学生剧团来到了香港中文大学演出，我当然继续支持他们来港演出的费用。可能是因为之前已在内地演出十多场后引来重大关注，很多境外的观众都特意来港观赏。在演出后听到赞叹声不绝，大家都认为这班大学生"了不起"，很多人都问他们是怎样接受训练，用了什么方法。谢幕后，他们到剧院门前与观众合照交流，气氛热烈，人群久久不散。

三、感想

"复兴昆曲"是一项艰巨的文化工程，亦是一个伟大的梦想。我作为旁观者，这次拿出来说一说，让大家明白在推动昆曲面对的种种困难。但是，总会有奇迹的出现，尤其是开始的头两三年。每次演出都是一次压力测试，有不同问题要解决，但往往有柳暗花明之慨。白老师指的柳暗花明的含意，包括经费上筹募。特别是在校园巡回演出，都是义演，没有门票收入之余还要支付场租，所以每次校园演出最少也得花二三十万元，真是谈何容易。白老师除了把自己的退休金完全贴上，更要到处张罗，刷尽了人情牌。庆幸的是在山穷水尽时每每有贵人扶持，顺利过关，所以他有时会感叹是老天爷对他的善心的眷顾。

因为青春版《牡丹亭》演出接近五百场，感谢白老师叫我回溯自己在这接近二十年来的参与过程，体会到它在香港的传承成效的变化。从二〇〇四年首次接触，在二〇〇六年不单捐款支持由香港中华文化促进中心与商务印书馆联合举办的许培鸿老师的《惊梦・寻梦・圆梦》摄影展，我还购买了整批展品藏在家中。除了上述的三间大学的研究项目外，我亦试过在二〇一〇年支持香港中文大学主办四校巡演《琵琶记》（四校为香港大学、香港中文大学、香港城市大学和香港理工大学），都是在小规模数百人的小剧院内进行。在二〇一六年经过"昆曲之美"课程后，中文大学联合书院在院庆六十周年时主动举办"京昆剧场"演出昆剧。而每年在香港举行的"中国戏曲节"的昆曲演出门票是愈来愈抢手。它的成果令人欣喜。白老师领导的"昆曲复兴计划"是中华文化的伟大复兴，我期望更多有志推动中华传统文化的有识之士支持、参与和推广，使优秀的中华文化表演艺术和传统美学代代相传。

注释

1. 白先勇教授五月二十一日在香港大学讲述青春版《牡丹亭》的文化现象 http://hklit2007.blogspot.com/2007/07/521.html。

2. "香港大学昆曲研究发展中心筹备计划"启航 https://www.hku.hk/press/c_news_detail_5566.html。

3. 戏以人传昆曲传承计划 https://www.zgbk.com/ecph/words?SiteID=1&ID=539424&Type=bkztb&SubID=861。

4.《昆曲进校园：在香港中文大学推广昆曲之经验与反思》，https://www.airitilibrary.com/Publication/alDetailedMesh?docid=20701136-201712-201806210022-201806210022-1-32；《青春的回响：走进通识教育与全球网络的昆曲》，https://mp.weixin.qq.com/s/QhXOwFoieODXX5qQKLd3-w。

· 沈秉和

澳门瓦舍曲艺会会长

甚法儿点活心苗

十几年前，我曾经走进过白先勇先生少年时在上海住过的"白公馆"。走进去和走回去的感觉当有天渊之别，但是，会得些旧诗所谓"歌唇一世衔雨看，可惜馨香手中故"的味儿总有。个中人，若不甘和这个苦世界妥协，未必不会苦而愈味之又味，甚而用尽一生来"衔"出个苦从何来，问出个向东向西的。苦，于他而言，非结局，毋宁是开端，另一番作为的开端。上帝常挑那些秀出者来做最痛而又在所必为、甘为之事。

"衔"有多方。把回忆揉炼成某种深幽而冶艳的东西，如彼义山所为，便能蚀出某种无法复制的、时代的独特记忆。我年轻时读过青春版《牡丹亭》编剧之一张淑香教授的书，她就把上述义山《燕台四首·秋》一诗和《牡丹亭》的"原来姹紫嫣红开遍，似这般都付与断井颓垣"联系起来，以"由美丽的色彩引致相反情调的逆转与对比，给人一种拗折的反面的感觉……其拍击力也更加强烈"为归结。我猜，白先勇《台北人》中有些篇章也是可以这样读的，如《那片血一般红的杜鹃花》。有评者言，此篇乃灵肉对敌，终以灵为血溅之非理形式逆反而存，并以"那样放肆，那样愤怒"的杜鹃花象征出之，有作者对命数之解云。但，续之以另一种看法也可以吧？底层人物王雄以极暴烈的"献祭"方式把一个创伤性的回忆抹掉，让那个纯洁的、没有负担的过去放肆地登场，从而完成了他对回忆的"统治"，固不妨联想到埃及的海伦故事——怖以艳出，亦昆曲之例，但不能不掩卷以哀。想来，抗战烽火之息没有在一九四五年。之前，它实时摧毁了一个人的正常社会状态；之后，即令"猩猩般"的躯体幸存，但某种惊怖的回忆还是一辈子碾压着人的魂灵不放啊。甘于"学着兽行"的王雄终于不能重回社会，跌下了断崖，说是命数，我心不服。这等透入骨髓的痛分明是时代之殇。那王雄，他心中的原乡就只是"小妹仔"？还是少人注意的"定下亲"呢？我想起，同在一九三五年，华北事变后，著名学者马叙伦在北京，组织了北平文化界抗日救国会，但他还去听了余叔岩，感觉"如食橄榄，可数日味"。我们的顶层文化人在国破家亡之际仗某种文化之悟来味过，至少在当日便回返一个人的常态，何以天不怜王雄，梦魇他一世？说是文化熔岩喷薄之后的各种塑凝或积淀吧，我还不得安。我最后自作主张：王雄"定下亲"之原始直觉必一如眼睛直接看到光，从此铭刻永世，冰火蹈之，那也是绝不会输与知识人的一种悟。记得有研究记忆的学者言，所有感知，都会在人的记忆的痕迹中留下一个或苍白、或被压抑、或被覆写的印迹，这些印迹原则上来讲是能够被重新找到的。王雄赴光而去，即是倒转的复写，也不辱，何妨把某史家之一言再推：玉坚，除金刚石外，几乎无物能克；玉温，冬天摸玉，有温润感；玉碎，有血红在；玉人，并非单有高洁。王雄一篇，和三吏、三别一样，都是史诗，还不仅是抗战史诗，而是以满手粗粝血痕成就出的亘古独存、以玉文化为傲的民族史诗。出史诗者亦常人，尽管他被倒写了，但无法复制。

嗯，我这有点强的局外人学着一番"衔雨"，如方啖甘极之和果子而忽逢遮掩其上的一片盐腌枫叶，也是"一种拗折"吧。五味咸为首，心开窍于舌。咸苦，才阻断甘味的线性上攀；以咸为援，有望拓得宽。彼杜丽娘之虚空风月以石道姑的苦涩人间为衬，汤显祖，便是个吃透咸味的人哉。

苦涩人间，日日浇花的枯燥可见，不易为人所见者在思想的干涸。青春版《牡丹亭》的出现，大家都认为是传统的回归，说它是某种"运动"也不为过。戏曲，中国人最喜闻乐见的娱乐，一直有。大约声之动人者多方，形之吸眼球亦非文字可及。但有些事件，例如绵延多年乃至于今的"现代戏"，其声势之浩大，绝非任何时期的戏曲所能及于万一，其故安在？非"戏"，谜底或在"现代"二字。由此上接下连的便是"同一"的时间和空间，一种有意的隐藏，不容"分说"。繁花如许却未省原仗"空"的广幂，这也是"拗折"的一种吧，是不是另一式《金瓯缺》呢？青春版《牡丹亭》，非徒示雅俗古今之别，若直截说，径为补缺而来，是衔味者有得之后的"为"。共时性，固社会必需，但今日中国人的生命值得拥有通过文化组织、运动营造的一种二元性，让王雄们的生命有幸进入双重时间，重得一个身心俱健的时光，那正好也证成民族青春之重返。在这个要求人人迅速并彻底忘记过时的信息和老掉牙的习惯、时刻准备更换人生策略和生活方式的年代，这一番磁极倒转，馨香重临，哪怕是一刹那的"冥忆"，也不俗。我们幸有白先勇这么一个痴人，毫无悔意地做一个"空"的工作二十多年，这本身就是对这个碎片化时代、一切付之"运数"的清脆回应。白先勇重新掘通了息壤灵泉，让杜鹃花重开灿烂！中国人"富"了，可以而且应该有一根思想文化的"充电桩"。

今日莘莘学子、文化精英、社会贤达，乃至无文如我，到底是哪种行为准则把我们扭结起来达成一种散而有序、不言而和的文化行为，成功一种不动便心不安的选择呢？我想，人们去参与这件事，似是付出，究其实，我们是在真正开始经营着一个"人"的生活，一种历经苦入尘劳而稍可蹈空有得的生活。想那穆藕初当日之续昆曲一脉，亦如是想吧。十年不下楼的魏良辅和二十年奔波两岸三地的白先勇，头顶着山大的昆字。平民，不靠官府，但一前一后，愚公移山，创造了历史。不甘馨香手中故，便要"有为"，他们以一种近乎着魔的热忱与傻劲，去追求一个理想和其单调的存在之神秘结合，从此踏上远征之途。他们也真当得起一个"合"字——写一个合传又何妨呢。"怎铲尽助愁芳草，甚法儿点活心苗！"（《牡丹亭·写真》）这世上和杜丽娘一般以痴追空的人委实不多，我希望好戏还在后头。

伯克利打响加大四校巡演第一炮
——刘尚俭访谈录

· 刘尚俭

香港宝业集团主席

潘：请问你是怎样和白先勇结缘的？

刘：我在台湾大学读书的时候，和诗人余光中以诗会友。我虽然读国际贸易，却也写诗。白先勇是我的学长，他创办的《现代文学》名气很大，我很早就听闻他的大名。真正认识白先勇是翻译家金圣华教授介绍。我和金圣华是在余光中在高雄家做七十大寿认识，后来我赞助她主办的"新世纪全球华文青年文学奖"，白先勇是这个文学奖小说类的评审。前年，白先勇对金圣华说，青春版《牡丹亭》要到美国加州巡回演出，金圣华说："你赶快去找 Richard。"金圣华很会帮我花钱。我听了青春版《牡丹亭》这个演出计划觉得很好，是应该支持的。趋势科技文化长陈怡蓁出钱出力，我只出钱。

潘：据说没有你的力量，美国之行，第一炮就没有办法打响。

刘：我的好处是我是加州大学伯克利校区的校董，伯克利原本不大赞同这个演出。他们有个叫 Zellerbach 的剧院，有两千个座位，青春版《牡丹亭》连演三天，能不能卖出六千张票子，他们很怀疑。这些人都是从美国东岸来，自认为戏剧是西方人做的事，他们对东方戏曲完全不了解。结果我要出动校长，告诉他非办不行，结果就这样办成。加州大学圣芭芭拉校区校长杨祖佑教授告诉我，加州大学系统，讲究以伯克利为马首是瞻，它答应了，其他大学都会答应。我不知道伯克利校董的身份，原来这么好用。

潘：听说，你为了说服加大伯克利校长，还答应捐款美金一百万元给伯克利，是真的吗？

刘：是的，伯克利喜欢做这样的事。我在伯克利做校董，本来就要捐款给大学很多发展计划，这没有什么。

潘：结果青春版《牡丹亭》的演出非常成功。

刘：是的，整个西岸，四轮场场爆满。大家都说是梅兰芳访问美国以来，最轰动的一次，传媒都在谈论。

潘：你对中国传统戏曲能在现代社会这么受欢迎，有什么意见？

刘：青春版《牡丹亭》能有这样热烈的反应，我认为中国人是感到骄傲的。中国人在过去二十年，从不肯定自己，到现在了解自己还有很多好东西，开始重视和保留传统的精髓，比如买回流落在海外的宝物。国家富强以后，重视文化更重要了。这次演出，被美国人认同，美国人也增强了对中国人的信心。

潘：对自己能参与这项文化盛事，感到高兴吗？

刘：我是一个喜欢玩的人，这是一件好玩的事，我当然为自己能够一起玩，感到开心。

潘：接下去，还会继续有所承诺吗？

刘：接下去的路，总是要走的。明年青春版《牡丹亭》要去欧洲，有很多事要做。不光我一个人承诺，很多人都承诺，我们都是白先勇的支持者。说起来，汤显祖的《牡丹亭》跟莎士比亚戏剧几乎同时间产生。莎士比亚戏剧至今仍为普世所喜爱，而不仅是在舞台上演出，还有电影电视不断地改编诠释。可是相较于莎士比亚作品在世界剧坛的地位，昆曲似乎还有很长的路要走，要雅俗共赏，要突破很多媒介的问题。希望将来昆曲也能够像莎士比亚的作品般被一部部改编整理，保留住文人优美的文字，而且迈向更多元的媒体。

（潘星华／采访·整理）

——本文原载《春色如许——青春版昆曲〈牡丹亭〉人物访谈录》，八方文化创作室，二〇〇七年

有幸和青春版《牡丹亭》结缘

· 莫卫斌

北京可口可乐饮料有限公司前总经理

接到白先勇先生来示，说明年即二〇二四年是青春版《牡丹亭》首演的二十周年，积累的演出场数将达到五百，准备编辑一本书总结一下，我这才惊觉到时光飞逝，同时对这些年来《牡》剧得到的成绩深感欣慰。

白先生很客气，说我在青春版《牡丹亭》问世之初出过力，希望我写点回忆文章。说我出过力，是真的，但只是绵力，和白先生、他身边的一众合作者和各位参与其中的昆剧艺人相比，我出的力真是微不足道。然而，对白先生的要求，我乐于从命，能够推动"青春版"的演出，在我的人生经历里是个难得的缘分，值得回忆。

事情要从香港著名昆曲学者古兆申先生说起，对于古先生，我这篇文章的读者都知道他，不必多作介绍了。我认识昆曲和有缘推动"青春版"，是经由古先生。他弟弟古兆华是我大学时的同学，很谈得来，他将兆申先生介绍给我，这是上世纪九十年代初的事，我当时在杭州工作，古先生和他一群昆曲爱好者不时到杭州听戏、看演出或者探访昆曲艺人，他来找我见面聊天。古先生学问好，又温柔敦厚，对戏曲一片情深，和他谈话，如沐春风。对于昆曲，我之前是完全不认识的，是他开了我眼界，知道有这样一种高雅又历史悠久的表演艺术。

之后我到了天津可口可乐公司工作，二〇〇五年时，古先生找我，他们希望将青春版《牡丹亭》带入大学校园，想安排在南开大学演出，请我协助一下，我于是和大学联络，结果得到侯自新校长的支持，"青春版"的上、中、下三出一连三晚在南开校园内的剧场上演，反应很好。我自己也得到机会，欣赏这部流传了数百年的剧目，发现竟是如此迷人，满目风采。当然，有如此成就，得归功于能够有勇气及能力打破传统思维，重新将《牡丹亭》演绎，从舞台、服装、音乐、舞蹈到演员，处处都呈现出新的内涵。

之后我到了北京，任职于中粮北京可口可乐公司，二〇〇九年时，白先生希望昆曲进入北京的校园，选择了北京大学，我联系了周其凤校长，得其同意，青春版《牡丹亭》在北大演出，北大校方还设立了昆曲课程。侯自新校长是数学家，周其凤校长是化学家，他俩都眼光远大，敢于开创风气，让昆曲得以进入校园，古老的舞台艺术开拓了观众，大学生也开广了眼界，为昆剧注入新的生命力。说到我为青春版的《牡丹亭》出过力，其实主要就是上述这些，很微不足道。"青春版"这二十年来可说是个艺术奇迹，这奇迹是由白先勇、古兆申、汪世瑜、张继青等先生和苏昆的一众同人创造的，我只不过因缘际会，从旁提供了点协助而矣。

以上就记忆所及，说说"青春版"在问世阶段时，我个人的参与。我能够和白先生及"青春版"结下缘分，有赖古兆申先生。我不时因公或因私来香港，每次到来，我都找他聚旧聊天，他对昆曲的热情，一如往昔，可惜他在二〇二二年初去世，从此再无法请益了。经过一大批有心人多年的努力，昆曲的景况和上世纪九〇年代我刚认识昆曲时相比，是兴盛繁荣得多了，在"青春版"的带动下，昆曲进入了年轻一辈的视野，为这个古老的剧种注入了新动力，这是我个人很感欣慰的事情。

白先勇先生来讯又说，希望我对"青春版"带来的这场昆曲复兴谈谈自己的看法，对这问题我的认识有限，不敢多说，昆曲能够复兴，这当然是大家乐见的，但今天的社会和过去大不相同，要振兴昆曲，并不容易，还需要很多的努力，我觉得除了社会支持，还要建立社会大众对这舞台艺术的尊重，一方面要令人觉得昆曲虽古老但仍活力充沛，这是个形象问题，另一方面是令昆曲艺人、从业者具有艺术家应有的尊严及体面的生活。这样不但吸引更多优秀从业者，从而壮大受众。昆曲现在是受到重视了，但应在传统昆曲的精髓基础上，注入时代内涵。昆曲是属于世界，这正像意大利歌剧一样，都丰富了人类文明的生活！这点意见，也许值得有识之士关注。

谨以此文祝贺青春版《牡丹亭》昂然进入二十周年和五百场演出，也谨以此文纪念古兆申先生。

二〇二三年十月

青春版《牡丹亭》校园惊艳

· 邵卢善

香港《工商日报》前副社长、总编辑

二〇〇六年四月十八日，白先勇老师推动的青春版昆曲《牡丹亭》，走进校园的第一步，在北京大学迈开，我代表赞助全个系列活动的香港"何鸿毅家族基金会"，前一天就来到北京。

工作关系，我参与过数以百计大小型文化艺术演出，具备一定心理质素，这回该是轻松不过。一来，演出前期工作，白老师团队筹办妥当，我仅需代表基金出席记者会；二来，校园内演出部分的所有工作，包括宣传、场地、票务、邀请嘉宾等，分工交由北大同学负责，我们没有角色。北大回合成功，以后巡回内地及台港各校演出就援引同一模式。

不过，正式演出前一晚，心里还是莫名紧张，系念第一晚的演出反应是好是劣？广大年轻学子会喜欢吗？翌日，一早去了场馆，看过舞台及其他安排之后，就在校园内放步而行。北大是我孺慕的学府，往年一有机会来到北京，总爱到北大校园溜溜。当天，行着、走着，回头看腕表已接近演出时间，急于往回走，却迷失了方向，只好冒昧请教前面一位女同学，如何前往昆曲场馆？合该我运气好，也是凑巧，女同学正准备去观赏，顺理结伴同行。

原来，女同学是校内昆曲艺社成员，醉心昆曲，也倾倒于白先勇作品，所以，急于一睹青春版《牡丹亭》是如何改编，保存多少传统、融入几许现代？有几分白先勇个人风格？女同学知我来自香港，兴致勃勃问我昆曲在香港是否流行？我也会唱吗？我尴尬回答，香港极少机会欣赏昆曲，我不会唱。

事实上，直至当晚，我从未听过半句昆曲，上世纪五〇年代，童年居港时期以来，香港极少有粤剧以外的剧团演出，广播方面，当年的有线电台广播"丽的呼声"，分有金、银、蓝三个频道，金色台混杂国语（普通话）、潮汕语、沪语节目，银色台是全粤语，蓝色台是全英语，金色台的非粤语剧艺节目，以京剧为主，辅以越剧、说书、评弹等，记忆中从未听过昆曲，香港电台、商业电台及澳门的绿邨电台，基本以粤语、英语广播，没有外省戏曲，所以，港澳土生土长居民，对昆曲所知有限。汗颜的是，我参与赞助青春版《牡丹亭》走进校园之后，只是调研相关文字资料，未有阅听昆曲影片或音带，因此，既不闻曲，也不知乐。

去场馆途中，女同学一时兴起，吟唱一段又一段猜想是《牡丹亭》戏文，声韵娇柔婉媚，听得我呆了，未曾正式修习曲艺的"粉丝"，唱来曲音尚竟如此动人，若是专业素养昆曲演员唱来，更不知醉倒多少众生！

中场休息，满堂观众鱼贯步出场馆，脑海萦绕杜丽娘、柳梦梅的歌舞身段，耳畔响着却是七嘴八舌，惊叹艺人服饰的粉嫩雅淡、舞台设计的简洁优雅。场馆外竟然遇上多个"扑票"的青年，因为门票抢手，原来只分配得第一天的票，看了第一场更渴望可以看到第二、第三场，在馆外尽最后努力，碰碰运气。我从白老师秘书手上分取了几张备用门券，分赠给"求票"的同学，最后，连自己那张也送出去了，反正我一向在演出期间坐不定，喜欢在馆内游走各个位置，看效果、听反应。第二天，我早有准备，拿了部分余下的当晚及第三晚的门票，在馆外观望心急求票者，未到开场，手中票已分送清光。其中一位女同学尤其令我感动，她手中有票，男朋友却没有，所以，她厚着脸皮，到处问票求票，希望男友也可以进场欣赏唯美动人的青春版《牡丹亭》。三晚演出座无虚设，有二千多名他校同学，包了近五十辆大型游览车，专程接送到北大，反应之热烈可想而知。

走进校园系列，每年分南北两半，上半年华北、下半年华南，每半年选三所高校，两年多期内走了东西南北十多院校，各校都掀起热潮，有间院校一幕插曲惊心动魄，至今难忘。那一晚，门票早已全部送出，预知太多同学分不到门票，主办方特别在演厅隔邻租用额外课堂，拉了转播设施，实时直接转播。

　　我早已坐定自己座位，原定演出时间一到，灯光渐暗，序曲奏响，耳后忽然传来密集人声、步声，回首后望，三条人潮蜂拥而入，瞬刻已涌到舞台前面，场馆座位之间的左中右三条通道，赫然已站满了人，似乎还是前胸贴后背，全无空隙！原来，向隅者众，为了最大化容纳现场观众，主办方临时宣布特别措施，预定开场时间一到，开放给无票同学入场，填补那些没有人占用的空座。这个设想良好，却忽视了人流处理，太多等候同学一涌而入，根本无从指挥管控！

　　校方一位高管刚好在我邻座，我们一轮紧急磋商，订定了几项措施，包括：通知后台延迟演出，恢复大厅照明，实时广播呼吁在场所有人静止移动，保持冷静。同时，立即委托一位老师上台宣布：站立三条通道上的同学们缓慢调整空间，人人坐在地板上，后面没有位置可坐的人须缓慢退出大厅。此外，开启所有侧门，以防万一。十余分钟过去，涌进来补占座位及地板的人群安定下来，《牡丹亭》的前奏又再响起，灯光渐暗，正式开始演出，有惊无险，完场时场馆内外热爆掌声！此后，每逢海外传出各式庆典出现人潮失控惨剧新闻的时候，我都想起我们幸运的一幕。

　　内地校园巡回之后，青春版《牡丹亭》转到香港、台北、台南，盛况依然，热潮扩至海外，日本歌舞剧大师坂东玉三郎演出《牡丹亭》之前，慕名而来寻求忘年之交，与"青春版"的沈丰英、俞玖林交流心得，深化对昆曲的体验。

　　青春版《牡丹亭》在白老师执教多年的加州大学校园演出，由另外一些热心文化机构赞助，我也参看了，终场之时还有一个意外收获，遇见了退休多年、寓居旧金山的香港《信报》原总编辑沈鉴治，沈氏学贯政治经济，家学渊源，是古琴大师蔡德允哲嗣，古琴造诣获家慈亲传，精通乐理，以笔名"孔在齐"撰写中西乐评多年。沈老对白老师青春化昆曲的努力赞不绝口，原来，他专程驾车南下到罗省，完场后连夜赶程回家，翌日还需处理其他事务。一日内独自驾车往返逾千公里来看青春版昆曲，沈老期望昆曲改革有成之殷切可见一斑。

　　这个文化盛会，吸引来自北美各地的中外文化学者，不乏对中国传统戏剧及昆曲有深度研究者，反馈热烈，一致推崇"青春版""唯美、淡雅、简洁、细致"。少数的批评意见，认为新版《牡丹亭》过度丰富舞台设计、大幅增添舞蹈编排，是喧宾夺主的败笔，破坏了昆曲原来的朴实。

　　青春版《牡丹亭》演出逾百场之后，新版《玉簪记》接踵而来，校园巡回演出开花结果，海峡两岸多所高校设立昆曲研究中心、课程、讲座，邀请教授、学者、艺人交流传艺，如今演出二十周年，期盼流传数百年的国粹艺术，代代相传，永远青春。

我曾陪她（他）们走过一段青春岁月

· 沙曼莹

莹盈服装制作坊创办人

我本不是学者、专家或艺文人士，只是一个平凡的、提早从职场上退下来跟随丈夫移居苏州的台湾同胞，做梦也不曾想过会零距离地接触到文坛巨擘白先勇老师，并追随老师在"复兴昆曲"的大业上有份献上一点点微薄之力。在台湾，愿意无偿地献身服务的人被称为"义工"，我和丈夫李云政都感到非常荣幸能参与其中。

昆曲的文化根源和它的至情至美请恕我就不在此累赘叙述了。自二〇〇四年四月二十九日青春版《牡丹亭》昆剧在台北首演以后，垂死的昆曲重新绽放了它青春的生命！我曾经从事航空旅游业二十多年，一九九五年因丈夫的工作调职大陆而移居苏州，一九九九年因缘际会地开了一家全城最大的男女服订制店，吸引了众多名流人士光顾。就因为这个机缘，在二〇〇四年二月底认识了到苏州为当时青春版《牡丹亭》做首演前彩排的吴素君老师，她把白老师、樊曼侬老师、古兆坤教授和郑幸燕秘书带到我店里买衣服。当时认为能与这几位文坛、艺坛重量级的老师见上一面就很幸运了，我不曾想过还会有后面的故事。

二〇〇四年四月台北那场首演我没特意回去观剧，因为当时不识昆曲之大雅。同年六月，为庆祝"联合国教科文组织人类遗产大会"在苏州召开，青春版《牡丹亭》

三晚的全本剧码在苏州城里的光明戏院演出。其实，当年的我对昆曲毫无概念，只相信白先勇制作的必定是高水平的作品！因年轻时在台北曾观赏过白老师所制作的现代舞台剧《游园惊梦》，我深深被其精美、独特的艺术风格所吸引，虽时隔多年仍记忆犹新。于是我就买了十套票邀请店里的职员和好友同去观赏。三个晚上的演出刷新了我对戏曲的认知，我受到极大的震撼与感动，每天晚上躺下来却睡不着。周友良老师所编的主题背景音乐竟像魔音般在我脑中萦绕不息，这回才真正体会到什么叫做"绕梁三日"，挥之不去！接下来一连串的奇妙因缘，使我又跟白老师联系上了。那段时间他要时常往来于台湾与大陆两地，同时启动了前瞻性的策略——筹款对全国十大名校（大学）学子免费演出。恰逢我丈夫Peter（李云政）隔年从职场上退休了，于是我们就自动请愿帮助白老师打理一些杂事，以免他人不在此地时挂心。从二〇〇五年开始，"昆曲义工"就成为我们夫妇新的身份了。

义工要做的事情很琐碎，但我们觉得很有意义。比如为白老师、昆曲院院长、导演和主演的老师们设计制作谢幕穿着的服装，受白老师之托为男女主角设计、制作出席记者会或宣传场合的服装，到后来为昆曲院的乐队设计演出的制服。此外，遇上主要演员患重感冒、咳嗽，担心他们上台影响演出，我就使用我们广东人祖辈相传的食疗法，给他们炖汤止咳，还真挺有成效的。在他们演出回来整修的期间，我们也不时邀请主演班子的演员们到家里来聚餐，希望他们感受到被关怀、被鼓励的温暖，因为排练和密集的演出太辛苦了。那些年，导演兼男主角的恩师汪世瑜老师和女主角的恩师张继青老师也常到苏州来指导排练，我们会在家中宴请老师们欢聚，因此有许多机会更进一步地了解昆曲的博大精深，他们在舞台下所付出的汗水、泪水以及许多背后的逸事。另外演员们之间或有矛盾，或自觉受到一些委屈，他们把我当作可信任的长辈，都会在我面前吐苦水，我也尽我一切可能去理解、安慰和鼓励他们。

自二〇〇四年以来，我都不记得看了多少场青春版《牡丹亭》了。不但在苏州，也去了杭州、上海、桂林、北京、济南、台北、台中、香港、澳门等地观剧，有些地方还是重复去的。另外，我更喜欢去体验大学里的演出，大学生们的热情反应是最令人澎湃激动的！加上在苏州昆曲院里的无数次排练，尽管每年都不止看一遍，但每一回观剧，我就再被感动一遍！更可贵的是，我们有机会在排练时看到老师们对演员的纠正，听老师对他们讲戏，讲他们对人物的剖析，极为精彩！这比坐在观众席上看戏更有意想不到的宝贵收获，使我一路走下来对昆曲的欣赏能力也提高了很多。下面试着回忆他们第一次真正地走出国门，赴美国加州作巡回演出中令人难忘的事。

记得二〇〇五年，白老师就积极筹划，计划在二〇〇六年九月中旬到十月中旬赴四所美国加州大学作四轮演出。两位知名的企业家受白老师感召而捐赠了巨额的经费，这可说是昆曲界一个空前的、令人振奋的演出计划终于要落地了。当白老师在苏州告诉我们这个好消息时，就提出邀请我们夫妇跟团随行，把我们编列在出访名单内。白老师当时考虑，整个剧团从未走出过两岸三地，英语能力也不是很好，若到美国演出一个月，除了在剧场里可以组织他的学生们做翻译或安排宣传活动，其他时间如：在机场、在路上、在旅馆、在餐厅安排餐食、点菜乃至到万一有人生病，看医生等等事宜，都得要有经验并了解美国环境的人陪同，于是我们夫妇就义不容辞地答应下来了，不料在出国前就发生了两件很棘手的事情：

1. 签证

去过美国的人都知道签证是至关重要的一环，而当时美领馆不接受整个剧团申请团体签证，必需一个一个去面谈，并且规定团员回到户籍所在地的领事馆递交申请。当时我就凭借过去从事旅游专业的经验，逐个指导团员填写申请表，Peter 则还陪同了四个演"冥判"小鬼的演员去了一趟北京，顺利地拿到签证。另外，乐队中有两个年轻乐手在上海美领馆申请签证时被拒，院长非常紧张，在根本无法换人的情况下，我们动用了一位美籍华人好友亲自给领事馆写信，陈明剧团不能缺少这两位乐手，很幸运地，领事馆收到信后打电话通知他们重新去面谈，Peter 又陪他们再跑上海，在领馆外面呆呆地站了几个小时，当看到这两位乐手笑咧咧地从领馆走出来，Peter 一颗心头大石才算落地了！

2. 舞台布景的运输

演出前要把布景和服饰、道具等（两个半的四十尺货柜）运送到美国，美方要求必须出具防火证明并达到其规定的阻燃标准。当时 Peter 跟美方经纪人联系（剧团也没经验），对方给出的资料要我们向新西兰一家公司购买阻燃剂喷上，然后剪下样品再寄去新西兰验证，这时，距离演出的时间只剩一个多月，Peter 当时就晕了！这时间肯定是赶不上的。白老师一听说这情况就让 Peter 去请教北京中央芭蕾舞剧团，他们应该有此经验。果然 Peter 从他们那里获知，可以向天津一家工厂购买阻燃剂，于是立马联系以前他在飞利浦公司北京代理商的老板帮忙代购，对方一听说 Peter 在为苏昆剧团做义工就不肯收钱，要为这事也尽点心意。之后 Peter 又拜托认识苏州消防局的朋友，请他们帮忙尽快认证，这样才顺利及时地把货柜运送出去。

那一趟美国之行，一支浩浩荡荡九十多人的队伍在我们夫妇陪同下顺利登机、通关。我也充分发挥我过去的专业特长，为他们预先编列队伍，所有行李用颜色缎带识别，一路上按队伍和颜色标签分别坐上接送的大巴。到了国外人生地不熟，我们就怕走丢了人，每个小队都要选出一个小组长照顾其下的团员。不料一到加州，遇上女主角水土不服需马上要找医生，有团员丢失东西需要向旅馆交涉等等杂事，但一切的辛劳都被观众如雷的掌声和报章的如潮好评消除了。四个加州大学（UC 伯克利、UCLA、UC 尔湾和 UC 圣塔芭芭拉）四轮十二场是昆曲首次在异邦取得惊人的成功演出！悦耳流畅的曲调、典雅的戏服、飘逸的水袖所表达的温存缠绵，在在让西方观众如痴如醉，不可思议地看完三个晚上九个小时的大戏！

二〇〇八年五月二十九日至六月十六日，我们夫妇再次被邀陪同青春版《牡丹亭》剧组赴欧洲英国伦敦和希腊雅典两地演出，再一次把我们中华民族最优美动人的戏曲艺术昆剧带到西方。正如昆曲院蔡院长所说："西方人发现了中国，中国人发现了自己。"这一切的一切，都是白先勇老师那双使昆曲"死而复生"的手在写历史，而我们有幸曾经陪同他们走过。在我们作为"义工"的那段岁月，请过（几乎是说破嘴皮）无数从来不看中国戏曲的朋友走进剧场（包括两岸三地的华人和西方友人），并且只要有机会，就必定安排在观剧前给他们解说昆曲的发源历史和欣赏的重点。当我们看到每一回散场后，朋友们脸上的激动和眼里的光彩，一切的付出都值得了！

岁月飞逝，二〇二四年将迎来青春版《牡丹亭》演出二十周年大庆，祝愿伟大的昆曲（剧）艺术继续向世界绽放它不朽、美丽的生命！

二〇二三年五月

· 张菊华

美国华侨

让彩旗在圣芭芭拉飘扬
——张菊华访谈录

潘：请自我介绍。

张：台湾政治大学历史系毕业后，一九七七年我到美国升学。北伊利诺州立大学取得硕士学位后在硅谷工作，碰到丈夫 Daniel O'Dowd。一九八二年他创立 Green Hills Software Inc. 到今年已经二十五年。他的父亲 Donald O'Dowd 是美国知名教育家，曾经是美国纽约州立教育系统副总校长和阿拉斯加州立教育系统总校长，在美国教育界认识无数人，我很了解他们这个层次的人的爱好，这些能为我帮助青春版《牡丹亭》在美国演出，做很好的铺垫工作。

潘：听说你是中国民乐"女皇"？

张：我非常喜欢中国民乐和戏曲，我对中国民乐之熟悉，的确很少人能超过得我。一九七七年初到美国，我认识了一位音乐教授韩国璜，学了很多中国民乐知识，我自己也弹古筝。一九八四年中国中央民族乐团要到洛杉矶为奥林匹克运动会的艺术节演出，我透过在洛杉矶《论坛报》开专栏的记者身份去听。那两年，只要是中国去的民乐团，我一定假借记者的名义去采访。我又很喜欢中国戏曲，收集了很多中国戏曲录像带和光盘。

潘：你最喜欢哪种戏曲？

张：任何戏种，只要好的，我都喜欢。我母亲是杭州人，父亲是南京人，我在台湾出生，从小听绍兴戏和京戏长大。

潘：你很早就认识白先勇吗？

张：我和白先勇几十年住在加州圣芭芭拉，这个城市很小，我们都认识。我既然喜欢戏曲，所以知道他制作的青春版《牡丹亭》要在台北首演的时候，特别飞去看。一九七七年离开台湾后，因为家人后来移民加拿大，我很少回去。二〇〇四年去看戏，是我离开台湾之后的第三次回去。

潘：是什么原因吸引你特别回乡看戏呢？

张：我不是白先勇的粉丝，那时和他还不熟，白先勇并没有特别邀请我回去看戏，我只知道他是个唯美主义者，很挑剔，我要看看他怎样处理《牡丹亭》，尤其在看了上海昆剧团的演出，觉得仍有不足之处。回去看了白先勇的"青春版"，觉得太好了。当时我立刻告诉自己，这个戏是可以拿到美国来，可以让中国人骄傲，让美国人刮目相看，它的表现太好了。

潘：可以详细说一下它有什么好？

张：好的歌剧必须有各方面的配合，青春版《牡丹亭》的音乐太好了，非常中国，非常美。光是音乐，青春版《牡丹亭》就能让美国人着迷。王童设计的服装品位很高，它的图案设计和色泽，让人看得非常舒服。它不是很抢眼，让人看了就忘了的那种。它是能让人一看再看，就是"隽永"两个字，非常高雅。演员又漂亮。现代歌剧，不只要好听，视觉感官美也很重要。

我把上海昆剧团、陈士争和白先勇三个版本的《牡丹亭》，做了比较。陈士争的《牡丹亭》在纽约林肯艺术中心演出，我没去看，只看了影碟。后来他到圣芭芭拉演讲，我特别在家里开了个 party 欢迎他，和他谈了很久。陈士争是学舞台出身，在舞台上他有很多出奇制胜的做法，却并不正规。他的杜丽娘的服装也很漂亮，但是东洋味很浓，像日本和服，不能和王童的服装相比。王童的设计太好了，太优美了，而且全用苏丝做，苏丝苏绣，本身就是文化。青春靓丽的俞玖林和沈丰英的水袖在舞台上纷飞飘舞，简直迷死人了，难怪圣地亚哥的艺术系教授要说，青春版《牡丹亭》的舞台就像梦幻一般。

音乐方面，青春版《牡丹亭》虽然加进几样西洋乐器，整体还是很中国。舞台布置与灯光的表现手法，非常 high class，非常高雅。我在美国这么多年，一直在追求精神上的满足。我总觉得中国有这么多好东西，为什么没有一样能拿得出去，能让美国上层社会的人惊叹呢？中国的京剧锣鼓适合在户外演出，不适合在室内演出，大锣大鼓老外不能接受，结果京剧变成只能慰劳侨胞，没有办法打进美国主流社会。我们的杂技让外国人觉得中国艺术是属于中下层人的，他们一直没有看到我们有属于高品位的表演艺术。一九九九年我看了上海昆剧团的全本《牡丹亭》，这是一个非常好的演出，三十六人的乐团配乐很好，只是舞台设计的品位还不够好。

白先勇的青春版《牡丹亭》，让我终于看到一样可以拿给美国上层社会欣赏的中国表演艺术。而且，我相信白先勇版的《牡丹亭》在美国上层受欢迎的程度还会比中国更甚。因为外国上层社会的人，很多都懂音律，好的音乐他们能一听就听出来。青春版《牡丹亭》在加大尔湾校区演出，一名音乐系的学生就说音乐太美了，他告诉教授，全音乐系的教授和学生都应该去看。

潘：据说，青春版《牡丹亭》到北京大学和复旦大学巡回演出，你出了不少力量。

张：是的，我捐了美金三万元给加大圣芭芭拉校区，让杨祖佑校长以两校合作的名义，去支持青春版《牡丹亭》到北大和复旦演出。

潘：原来如此，原来是你在背后支持。

张：以实际行动支持白先勇，要从有一次在圣芭芭拉的牙医碰到他谈起。这位牙医很有名，他的哥哥是艾滋病专家何大一。那天，看何医生，他告诉我白先勇也在，他知道我们都跑去台湾看白先勇版的《牡丹亭》。于是，在何医生的牙医诊所，我有了看戏以后，跟白先勇第一次的对话。

我对白先勇说："这个戏太好了，你很有眼光，选了一个这么好的小生。昆剧最难求的就是小生，要嗓子好，真假音并用；还要扮相好，有书生气质。尤其是《牡丹亭》里面的柳梦梅，一个能让杜丽娘为他出生入死的男人，不够俊秀潇洒怎么行？但是要找这样的人很困难，中国大陆和中国港台很多小生都没有办法扮相和嗓子兼备。难得俞玖林都具备了，而且还肯苦学。你真有本事。"

我的话让白先勇听得高兴极了。他开心地说："Amy 懂戏！Amy 懂戏！"在他重回亚洲，临离开圣芭芭拉前两天，我请他到家里吃饭，听他谈了很多。我被他对推动昆曲、制作青春版《牡丹亭》的诚意感动。他说话时候热情洋溢，情真意切，很少人听了不动容。他说，他要培养年轻观众，计划把青春版《牡丹亭》带进中国十所大学校园。但是中国大学没有钱花在看戏上面，需要赞助才能演出。

白先勇的谈话让我明白他在制作过程中的艰苦，中国的表演团体，都属于国家，要和官方打交道，真的不是容易的事。他挨过了这么多辛苦，我哪能袖手旁观？于是，在大学巡演上面，我贡献了一点力量，后来，青春版《牡丹亭》在上海大剧院演出，我也飞过去看戏支持他。

潘：到美国巡回，是怎么决定的？

张：那是二〇〇五年在加大圣芭芭拉校区杨祖佑校长家里的一个小型聚会敲定的。那晚，除了我们，还有大学亚洲研究院的两位教授，台湾趋势科技文化长陈怡蓁也在场。

潘：青春版《牡丹亭》在圣芭芭拉演出，主街上彩旗飘扬，听说都是你的努力。

张：是的。因为在圣芭芭拉演出的剧院很小，只有六百八十个座位，看的人不多，所以，一定要把周围的气氛搞起来，而且要搞得风风光光。我约了圣芭芭拉的市长 Marty Blum 吃饭，告诉她要演这样一出戏。她说，这是你们中国人的事情，我们看不懂。我说，这是世界遗产啊，这么好的机会，你哪能不把握？要不是这里是白先勇住了四十年的家乡，青春版《牡丹亭》这么一出大戏，也不会到圣芭芭拉这个小地方演。平日要邀请他们来演出，需要花多少钱？现在你不费一文，何不乐观其成？她问，要怎么做才能让人知道整个城市都在支持这个演出？我说，在主街上挂旗。她说，这个东西她管不着，她告诉我去找哪个部门接洽。后来，几经困难，我总算成功争取到青春版《牡丹亭》在圣芭芭拉的主街上彩旗飘扬，而且还飘扬了八天之久。为了搞好在圣芭芭拉的宣传，我也捐了一笔款项给加大圣芭芭拉校区，指定他们找我要的公关公司来做，做得很成功。

青春版《牡丹亭》的美国加州大学四校巡演非常成功，但是背后的工作非常辛苦。白先勇刚解决了和大陆官方的种种困难，又要和美国官僚交手，真的不容易。幸好有刘尚俭帮忙他在伯克利校区打点一切，伯克利一炮打响，气势如虹，接下来在另外三个校区演出就比较容易了。

加州大学伯克利校区是加大的龙头老大，其他校区都唯马首是瞻，所以，不先搞通伯克利是不行的。伯克利的 Zellerbach 剧院，有两千个座位，很少满座。青春版《牡丹亭》要连演三天，他们没有信心卖掉六千张票。刘尚俭原本说，卖不掉的票由他全包，大学还是兴趣不大。刘尚俭是伯克利校区的校董，经常捐款。他没有办法，只好说，只要能演出，他捐款一百万元（美元）给大学，这样才总算成事。因为财力雄厚，青春版《牡丹亭》在伯克利演出，还搞了两个星期的演讲、座谈会，热闹风光到了极致，很多教授都参加了，这些全是刘尚俭的功劳，他出钱出力，动用了自己一切人脉关系。

青春版《牡丹亭》在加大尔湾校区和洛杉矶校区演出，台北第一女子中学的校友会、台湾大学校友会都出了很大力量。

潘：青春版《牡丹亭》到美西巡回演出，最大的意义在哪？

张：最大的意义在走进美国的主流社会，上层社会。这次来看戏的人，有百分之七十是美国人，以学术界人士为多，他们在美国主流社会的影响很大。以我的家公来说，去年年底，他在给上千个朋友写的一年汇报信，就提到青春版《牡丹亭》的演出，还附上照片。他认识的朋友，都是美国大学校长，他的一句话，有很大力量。他说，这是自一九七二年乒乓外交以来，最盛大的一次中美文化交流。当年中国乒乓队到美国，第一个party，就是我家公招待的。他巧妙地把这两件事情连在一起。

（潘星华／采访·整理）

——本文原载《春色如许——青春版昆曲〈牡丹亭〉人物访谈录》，八方文化创作室，二〇〇七年

辑五·学术研讨——学者专家

本辑文章收录自"传承与传播：青春版《牡丹亭》与昆曲复兴"国际学术研讨会，二〇二二年九月十七—十八日，东南大学，南京。

昆曲复兴，青春何在

· 王安祈
台湾大学名誉教授

一、引言

二〇〇四年白先勇老师精心制作的《牡丹亭》，以"青春版"为题盛大登场，刮起一股昆曲旋风。近二十年来，此剧走遍两岸、登上国际，演出四百余场，原本鲜为人知的昆曲，至今俨然时尚，《牡丹亭》更成为最流行的古典，无论音乐、戏剧、舞蹈，都乐于以此为题，更频频出现在实验剧场被另类诠释、解构颠覆，青春版《牡丹亭》影响的不仅是当代戏曲史，更是文化思潮。二〇二一年一月上映的纪录片《牡丹还魂——白先勇与昆曲复兴》，为白老师推动的昆曲复兴做了明确标记。

但可能还是有不少观众不明白所谓复兴的意义，昆曲不是已于一九五六年因《十五贯》一出戏而被救活了吗？何须复兴？二〇〇四年的"青春版"演员至今已不再年轻，还能称作"青春版"吗？本文以"提问"命题，看似质疑，其实是希望更进一步阐释"复兴"过程，发掘"青春"真谛，清晰说明白老师的贡献。

本文的架构分"昆曲复兴"与"青春何在"前后两部分，其下各有两小节。前半包括昆曲发展脉络与昆剧叙事结构的复兴，后半指出青春原是《牡丹亭》主题与意象，再论"昆曲进校园"与"校园传承版"，青春代代相承。

二、"昆曲复兴"的双重意涵

1. 昆曲发展史的转折

　　清乾隆年间昆剧渐趋式微，虽然折子戏的光芒不容忽视，但到民国初年终究难以支撑。一九二三年最后一个职业昆班"全福班"报散，可视为昆剧消亡的标志。即使仍有清曲家与曲友悉心呵护，但连一个职业戏班都无法存活，昆剧自是式微至极。然而在此之前苏州昆剧传习所于一九二一年的成立，却是柳暗花明又一村。苏州几位喜爱昆曲的企业家，眼见所爱日渐凋零，乃出资创办传习所，邀请全福班后期著名演员教学，后来被称为"传字辈"的学生们承袭了"乾嘉传统、姑苏风范"，但台上的伶人转为课堂教师，竟间接促使全福班解散，一九二三年与一九二一年先后交错、互为因果，见证"方生方死、方死方生"的哲理。然而这些孩子入学时，剧坛主流已是京剧，京剧不仅是当时最流行的大众文化娱乐，更被梅兰芳带上国际舞台。"传字辈"学生生不逢辰，穷困潦倒，直到一九五六年周传瑛、王传淞主演的《十五贯》意外受到当局关注，一出戏救活一个剧种，昆剧才死而复生。

　　出生于一九三七年的白老师，"昆曲梦"从何而来？原来，京剧大师梅兰芳在抗战期间蓄须明志，不为日本人演唱。抗战胜利，万众瞩目中重登舞台，因京胡琴师未到上海且因自己嗓音状况而选择昆曲，演出《游园惊梦》。当时才九岁的白老师，竟然在笛韵悠扬、水袖翩翻中，领略了"原来姹紫嫣红开遍，似这般都付与断井颓垣"的意蕴，昆曲梦始于此刻。一九六六年白老师的小说《游园惊梦》以意识流笔法开启台湾现代文学，其实也可说是昆曲的"跨文类"迂回圆梦。一九八七年白老师由美国回到阔别已久的上海，结束复旦大学讲学，离沪前夕，得知上海昆剧团当晚演出《长生殿》，兴奋前往观赏，大唐盛事、霓裳羽衣扑面而来，"不提防余年值乱离"，万般感触、五味杂陈，更难料的是散戏后与卸了妆的明皇杨妃（蔡正仁、华文漪）夜叙，步入餐馆，却觉依稀仿佛、似曾相识，原来竟是儿时故居。一刹时七情昧尽，自家前尘往事与开元天宝交织萦绕，昆曲梦更加怔忡迷离。当下白老师暗自发愿，要将昆曲的美丽与哀愁，重新打造，再现于当代舞台。

　　但这心愿的实现，何其艰难哪！

　　难在哪里？《十五贯》不是已救活昆曲了吗？谁知昆曲有了当代，却仍是冷淡，当时剧坛主流终究已是京剧，昆曲仍是寂寞，直到上世纪九〇年代，昆曲名家对自身行业的前景仍是茫然，受访时口气多低迷无奈，就连最活跃的上昆名家都是如此，尽管在九〇年代以前他们已曾多次出国造成轰动，但在上海就是寂寥。当时的团长蔡正仁坦白说："上海观众不多，香港还热情些。""对昆剧既有信心，又没把握。"[1]顾兆琳也直言："如果没有观众，这个剧种就危急了。"[2]计镇华于一九九二年二月十三日在上海宾馆受洪惟助老师访时说得最直接，他说当时流行的是京剧，他从小爱唱，会戏很多，一九五三年上海华东戏剧学校招生，报考时原以为要进京剧班，没想到那学期只收昆曲，"我和我妈都不知道昆曲是什么。"甚至直到"现在的时代"，也就是受访的一九九二年，"知道昆剧的人不多了。"[3]对于昆剧的未来，计镇华说："忧心忡忡，昆剧不再流行，改行的很多。"[4]

这些访谈见于洪惟助《昆曲演艺家、曲家及学者访问录》[5]，二〇〇二年出版，但访谈时间在出版十年前，以一九九二年为主，从中可看出一九五六年昆剧复活却又历经"文革"之后，从业者的真实心境。

直到一九九二年十月上昆来台，计镇华全团都还没有信心。他说从上海赴罗湖辗转经香港赴台湾时，每个人都忐忑不安："上海苏州都没人看昆剧，台湾会有人喜欢吗？"

而一九九二年上昆来台湾这档演出是重要转折。

第一天《长生殿》已有热烈反应，计老师是在第二天登场，他和梁谷音主演《烂柯山》，就在他饰演的朱买臣一出台那一刻，就感受到台下台湾观众的反应。计老师说："谢幕时我心里鼓荡得满满的，一整晚无法入睡，兴奋、激动、感慨，到那一刻，才知道我从小所学的艺术、我这一生所从事的行业，今生今世还有知音。恨不得在被窝里高唱《长生殿》李龟年的'今日个喜遇知音在！'"[6]

而这档演出的意义不能单独看，要和三周前华文漪自美国来台湾的演出相互并观。[7]十月初华文漪的《牡丹亭》由白先勇老师担任顾问，这绝对不是泛泛挂名，在此之前，一九八八年白老师即曾邀请华文漪和广州话剧院合演小说《游园惊梦》改编的现代戏剧，华的气质风采令白老师大为赞赏，后来向台湾两厅院（"国家剧院"与"国家音乐厅"）主任胡耀恒大力推荐，促成一九九二年华老师来台。一九九二年十月初华文漪《牡丹亭》是台湾观众第一次看到职业昆剧演出，白老师是关键牵线人，而白老师的昆曲圆梦之旅，也由此向前踏进一步。

而此时白老师扮演的还是背后推手的角色，积极却被动地等待昆曲院团为他圆梦。等到上世纪末，陈士争导演要在纽约林肯中心推出五十五出足本《牡丹亭》，白老师自是热切关注。而后此剧历经巨大波折，延后一年才登上林肯中心，但白老师观赏之后感触颇多，陈导演对昆曲的态度和白老师大不相同[8]，从那一刻起，白老师警觉等待圆梦太过被动，应该有所行动，紧接着二〇〇一年昆曲被联合国教科文组织评定为"非物质文化遗产"，而第三届苏州昆剧节反而走向宏大崇高的路子，白老师不等了，决定化被动为主动，由等待圆梦转为亲自造梦，决定亲手打造真正的昆曲，二〇〇四年青春版《牡丹亭》是在这一大段曲折的过程中登场的。

二〇〇四年在台北"国家剧院"首演时，白老师直说"紧张啊"，想必是因一生心事，尽系于此吧。首演至今已近二十年，昆曲命运已不同于当时，原本的"风月暗消磨"，已由"春光有路暗抬头"更进一步"惊春谁似我"。这是汤显祖写给男主角柳梦梅的词，我借指昆曲在当代的由衰转兴，句中之"我"是所有被昆曲之美触动的当代观众。昆曲需要有情人，正如柳梦梅多情，才能在"水阁摧残，画船抛躲"断烟残雾里，感受到此间有情，这才遇见杜丽娘的梦，也是自己曾有的梦，相看俨然，镜花水月终究成真。近二十年来，被至情感动"惊春"的观众愈来愈多，白老师大声提出"昆曲复兴"，并由纪录片《牡丹还魂——白先勇与昆曲复兴》完整呈现，本文先从历史发展说明昆曲复兴的意义。

2. 昆剧叙事结构的复兴

"复兴"的第二层意义，是通过明传奇全本复原，找回昆剧的叙事结构。

全本传奇结构的基础前提是"点线组合"[9]，"点"是抒情片段，"线"是情节推演。每一出几乎只有一个戏剧动作、主要情节（有些出的主情节还是"祝寿、赏月"等，抒情浅淡，仅止于介绍人物或简单叙述），情节线经常被抒情唱曲打断，不仅主要人物随时透过唱曲抒情，配角也很多唱，而"事随人走"又是传奇叙事重要程序[10]，主角主导情节主轴，配角另外引领多条副线，结构"多元开展"，各行角色均有心情抒发，观赏时无法一线直贯追逐剧情，必须耐心聆听每一个人物（不论主配）的心声，而传奇结构又不以"严实"（逻辑严密）为标准，"溢"出来的（溢出于剧情之外的）情节或情感随处可见，编剧自身的人生感悟也随时渗入剧中人口中，未必处处扣紧剧情。整体观之，正写、侧描、对照、映衬、旁溢、互渗，诸多笔法相映成趣，呈现人生多面向。

这是专属于传奇昆剧的结构，而这样的布局，是以全本四五十出的剧幅为前提。而一九五六年整个演剧习惯已受板腔体（以京剧为主）影响，演剧时间以三小时为常态，不再动辄四五十出。剧幅一缩短，结构势必重组，也必然牵动曲牌联套，《十五贯》正展现了昆剧的新结构观。而这种不同于传奇昆剧的新叙事结构也不是一九五〇年代才开始，笔者以为，昆剧结构先后受到两种剧坛因素的影响，一是清乾嘉以降流行的板腔体戏曲，二是一九五〇年代以来的"戏曲改革"。

板腔体戏曲和传奇结构不同，板腔体戏曲产生之初未必有全本，片段的剧情也足以构成一出完整的戏（板腔体"出"的意义和传奇也不同）。因为一开头即未必有全本，因此在板腔体演出史上，"摘全本为单出折子"的动作远不及昆剧普遍，甚至很多戏还是反向"由单出串联补足为全本"，所以编剧技法和昆剧有很大不同，例如原本无头无尾的单出，普遍善用"倒叙、回溯"等技法，而当这些原本无完整情节的戏在增益首尾补足为全本时，情节线的走向会随着原来已有的鲜明表演重点而布局。[11] 早在清代板腔体盛行之后，部分昆剧的结构就有随之转移的倾向。[12]

而在"戏曲改革"政策后，板腔体本身受到全面强烈影响，结构追求精炼严整，无论冲突矛盾的强化，或是对比逆转的设计，技法普遍趋于复杂，"情节高潮"的追求取代原本的"情感高潮"，众编剧都擅长将各类矛盾纠葛交织成板块，营造戏剧张力，与传统点线串珠已有很大不同。[13]

《十五贯》就是展现昆剧新结构观的代表。这部新昆剧新结构的最大特点，就是减少原来传奇的大量叙述、表白自述，紧紧掌握情节推进的主轴，人物性格在事件的推演中点滴流露，"情节、情绪、性格"三者涵融交会，抒情唱曲并未用于"自剖心境"而造成情节的停顿，大部分的唱都是当下情绪的反应，剧中人也在借唱表达"情绪波动→矛盾纠缠→抉择决定"的过程中，持续着情节的进行也体现性格。这种形塑人物的方式以及全剧结构，不同于传统昆剧，而是对板腔体借鉴的结果。

一九五六年被救活的新昆剧，叙事结构已被当时流行的板腔体渗透，形成崭新样态，但这么一来，传奇昆剧原来的精神气韵必有改变。而二〇〇四年青春版《牡丹亭》的"复原全本"，同步寻回了传奇昆剧原本的叙事结构。尽管无法五十五出完整演出，但全本态势已明，"点线串珠"叙事结构重现于剧场，这是昆曲复兴的第二层意义。

三、"青春"的双重意涵

1.《牡丹亭》青春意象的题旨意趣

《牡丹亭》哪里只是一出女子思春成梦的爱情戏?"春"的意象贯穿全域,春所象征的自是一片盎然生机。第三出杜丽娘甫一登场之际,汤显祖在剧本里为她设定的形象是:手捧酒台,趁春光明媚之际,"效千春之祝",祝福尊长"坐黄堂百岁春光"。此刻"春"在她心目中主要还是"寸草春晖"的教化意义:"娇莺欲语,眼见春如许。寸草心,怎报的春光一二?"[14] 不过,"娇莺欲语",一缕情思将吐未吐,朦胧模糊的春日感怀,已经体现在她的"白日眠睡",而这一出《训女》的集唐下场诗更饶富兴味,"往年何事乞西宾,主领春风只在君"[15],所谓春风,明是西席教化,实则已经双关预示了《闺塾》关雎篇的情感启迪作用。

到了第七出《闺塾》,在陈最良所主导的充满着酸腐气味的空间里,室外春光仍无时无刻不汲汲于穿透进入,从陈最良的上场诗"蜂穿窗眼咂瓶花"[16]开始,到春香逃课发现的花明柳绿大花园,直至后台传来的卖花声,春光的召唤一次比一次强烈,在这一出的下场诗里,终于明确出现"春愁"。而耐人寻味的是,春香发现的大花园,并非存之于外,竟就在杜府自宅之内,自家宅第内的春花遍开,竟要在春香逃脱闺塾礼教时才首度被发现,"春意不待外寻、端视是否发现"的意念,于此清晰呈现。

春愁乍现,但紧接着的第八出《劝农》,汤显祖却不延续深化此一意象,随着该出主演者的转移,春的教化意义再度被点醒。春三二月,物候秾华,杜太守"乘阳气行春令",从第一句唱词"何处行春开五马"[17]开始,就揭示了这一出里春的作用,一方面借"春畴渐暖年华"大自然春景的充分描绘,使整个舞台满布春临大地的"实质感",为接下来杜丽娘的春日情怀做更明确的铺垫以及反衬;同时在太守劝农与农民耕作的互动中,杜太守亲民爱民的形象被确立,所谓"太守巡游,春风满马",女主角父亲在剧中并不是个全然被批判的负面人物,只是他的生命调性偏向社会化,他明白指出"春游之意"是务农宣化而非"闲游玩物华",他的行为是绝大部分人民所认同所欣赏的,杜丽娘的孤独情境由此反托而出。

第九出《肃苑》,借春香之口,旁叙出杜丽娘对此番春游的慎重与犹豫,这也正是发现大花园后并未紧接游园动作的重要心理刻画。传奇地分出结构以及"人物交替主场、角色劳逸均分"的惯性思考,使得《闺塾》无法与《惊梦》(游园)紧密相接,而高明的剧作家如汤显祖,却顺着这样的结构程序为杜丽娘内心的转折做足深掘,使得动作之中断成为情节推衍、心理描摹乃至于人物刻画之必要。而这出小花郎大胆露骨的语言,也可视作接下来"春"作为情欲象征之伏笔。

从《惊梦》(游园)开始,便展开了一段杜丽娘寻春之旅,春光摇漾如丝线般轻柔婉转,这不是自然风光而已,不是落絮游丝在晴光中的若隐若现,春的感受来自于"情思",汤显祖借着"晴丝"的谐音,确立了由这出开始的春的意象内涵。怀着慎重心情准备盛装踏出闺门第一步的杜丽娘,在对镜一瞥之际,惊觉自我的美丽,这是女主角对美的第一次发现,是女主角面对自我、惊觉生命美好的起始,喜滋滋、羞怯怯、颤巍巍,无限深情,闪避却又流连,竟惹得情怀浮漾,连云鬓发髻都梳偏了。这是第一回的临镜自视,情绪反应是惊喜又娇怯,相对于香消玉殒前《写真》时的自我审视,可看出历经惊梦、寻梦后的杜丽娘,生命情境与此刻已有所不同。最后在金殿上以镜照见证丽娘是人而非鬼魂,是"临镜映照生命美感本质"此动作意象内涵的最后完成。

在"步香闺怎便把全身现"又一番犹豫后,终于踏出闺门的女主角,连续表达了几番对美的自矜自珍,"三春好处"在这里既是三春美景,又是杜丽娘自我生命的比拟,"春"与"美好生命"的意念逐步叠映,到了《皂罗袍》名曲,春的意象进一步深化:乍见春色之时,触目惊心的是姹紫嫣红与断井颓垣的对照衬映,繁华与寥落并存俱现,灿烂与衰颓互为因果,盎然的生机与枯朽的生命,并存于同一视界,面对这番矛盾的组合(而这又是生命的常态),丽娘不禁黯然。紧接着"朝飞暮卷、云霞翠轩,雨丝风片、烟波画船"这四句,飘忽迷离,笔法超逸,南浦云、西山雨或仍是凭栏眺望的云霞烟岚,而到了"烟波画船",已然是一幅心灵自在徜徉的具体图像了,这四句绝不是眼前实景的描写,却像是心灵风景、内在视野的逐步扩大开展,整体以春为背景,以春为内涵,是杜丽娘对春追逐向往的境界。《好姐姐》前两句折回眼前实际春景,杜鹃、荼蘼开得烂漫,然而这已是春日最后一番花期,"开到荼蘼春事了",繁华与寥落(生与死)再一次对照之后,杜丽娘唱出了点题名句"牡丹虽好,他春归怎占得先",即使是花中极品的牡丹,等到入夏盛开时,面对的也已是众芳芜秽、花落春残之局了。杜丽娘至此已心黯神伤,生生燕语、呖呖莺歌也激不起半点兴致,大好春光就在莺声燕语中点滴葬送,所谓"赏遍了十二亭台是枉然",观之不足,也只有任他留恋了。

　　唱词曲文中丰富的象征意涵，使我们体认游园是杜丽娘"寻春、游春、赏春、伤春乃至于自伤"的心路历程，就连她夹在曲文中对丫鬟"春香"的声声呼唤，竟也像是对盎然生机的高声呼求或低语呢喃。

　　既然游园是杜丽娘"寻春、游春、赏春、伤春乃至于自伤"的心路历程，回房后的"思春"，当然不能只做实质的理解，当然是追寻情境的重要过程。然而从《山坡羊》以下，春的意象较具体的落实在"春情"之上，这是戏曲作为"叙事文体"之必要，无论内涵意念如何丰富、何等抽象，都必须有个具体情节完成叙事架构。游园的片段，汤显祖借写景将青春生命无力自主的慨叹，盈布满溢于字里行间，深刻体现了"对春光的热切追寻即是对生命自主性的渴求企盼"的意象营造目的，而这样一番生死以之的追寻过程，不能凭空而发，汤显祖将之依托在爱情故事上，梦中情会以下，春的意象较为固定，聚焦于"春情"，为的是铺叙爱情过程，但爱情绝不是唯一主题，爱情在此是意象化的，作者借春的意象写爱情，其实意象自身的底蕴"春／盎然生机／自由生命／生命自主性"才是真正的追逐物件。有这样的认识，杜丽娘的个性才不致被窄化或浅化。

　　春所象征的意涵极为丰厚，而全剧此一意象的出现，随着叙事架构的需要，或浅描，或深印，笔触浓淡不一，层次或深或浅，境界有宽有窄，其中最值得注意的是柳梦梅对春的体认。作为与杜丽娘相对应的男主角，柳梦梅除了以梦中情人姿态出现的《惊梦》段落之外，他在真实人生中主要的动作，竟平庸到和一般热衷科举前程的读书人无异，甚至还以干谒为获取功名的主要手段，直到进入南安府后花园，他的生命活力才开始启动绽放，因此，《拾画》第一支曲子《金珑璁》的第一句"惊春谁似我"[18]，春意象更值得注意，一颗受杜丽娘影响感召的心灵，在此刻才"惊"启，紧接着《玩真》定场诗"春光有路暗抬头"[19]，几乎可当作是柳梦梅生命情境转折的直接描写，柳梦梅性格中"痴情"的一面由此开始展现，男女主角的分量从此始得相称，这是汤显祖的绝妙安排，除了再次印证杜丽娘的追寻孤独之外，更强调情痴内在于心，杜丽娘的因情而亡，不是为了柳梦梅这一特定个人，必须通过这般体认，"情不知其所起，一往而深"的主题才能显现，而情的感染力强大，受启迪而感发之后的柳梦梅，与杜丽娘一齐双双携手见证天地之有情。

　　男女主角之外其他许多人物的性格塑造，也可凭借春意象的多重意涵营造帮衬。

杜小姐感春伤春病重，太守夫妇竟找来石女为其解禳驱病，《道觋》石道姑满口淫词秽语，是汤显祖对此类"不通人情"人物的讽刺，唯其不通人情，对于情欲才有更强烈的想望。不只石道姑，陈最良下药时的情欲暗示，也有同样的作用。这两段的情欲描写，是"春"意象最表层的一面。

春意象也涵盖于阴间判官的刻画上。《冥判》阴间世界的描绘极值得注意，汤显祖笔下的判官并不是一般理解的正直形象，判官之所以能得到此一职位，是因阳世征战激烈、众生折损，玉皇大帝见人民稀少，精简阴司人事，被裁员的判官才得到此一新职。而他走马上任之初，即公开要"润笔费"，乍见女鬼杜丽娘容貌美丽，一时惊喜非常，小鬼见状，谄媚奉承地告诉他可以收为"后房夫人"，他才惊觉"有天条，擅用囚妇者斩"，但还是忍不住自言自语"是不曾见她粉油头忒弄色"，接下来审案时所说的言语也颇不庄重，甚至还问花神："敢便是你花神假充秀才，迷误人家女子？"花神急忙辩解，判官还不相信，兴致高亢地唱了一大段《后庭花滚》，遍数花名，指出每一种花都有一种装妖作怪的能耐："杨柳花，腰怎摆""凌霄花，阳壮的哈""辣椒花，把阴热窄""奶子花，摸着奶"，他认为百花是败坏人心的，花神是勾引造孽的，判官对于"春"持完全否定的态度，不仅唱道"禁烟花一种春无赖"（春天烟花都是无赖，该禁止开放），《寄生草》一曲更把花神痛斥，吓得花神只好俯首认罪，说道："花神知罪，今后再也不敢开花了！"[20]《牡丹亭》里的阴间，其实是阳世的缩影，阴阳两界一样贪污，一样畏惧权势，一样攀慕荣华，一样好色（向往情欲），却一样无情。杜丽娘之所以能还魂回生，并不是一片痴情感天动地，而是判官听说她父亲在阳世身居高官，丈夫柳梦梅是后来的新科状元，"千金小姐哩！"这才放杜丽娘出了枉死城，随风游戏，跟寻状元。这是汤显祖的嘲弄态度，反衬情之追寻的孤独，就戏曲结构布局而言，这是"对照互映"，而不是板腔体戏曲常用的"因果一线"。

同样的"对照互映"结构，体现在番兵入侵的一线情在线，这一线情节在全剧中的作用，主要是调走杜太守、空出南安府，好让柳梦梅入梅花观借宿，引发拾画、叫画、幽媾、回生一系列情节，同时，也借番兵入侵，转移后半本戏的场景空间，架构杜丽娘与父母重新相遇会合的剧情；就排场调剂和剧团角色分派而言，番兵入侵的武戏也有其实际的功效。在板腔体戏曲（尤其是戏曲改革后的新结构）里，这类不影响大局、只有实际技术操作需要的情节，多半只以过场甚或暗场表明即可，而在传奇大架构内，则有形成"武戏副线"的习惯程序[21]。汤显祖按照传奇结构程序，安排了此一副线情节，但是在具体需要、实质功能之外，并不仅流于形式或内容需要，而能塑造独特的李全与妻子杨氏娘娘的性格，作为主要人物的对照，在番兵的世界里，女性的地位智慧高于男性，杜太守的破敌，也正是从女尊男卑这层人物关系上入手，所谓"龙斗雌雄势已分"[22]（四十七出《围释》下场诗），胡汉之间女性地位的高下差异，应是汤显祖有意的安排，这是透过结构上的对照，呈现主题的一种手段。

综观整体传奇结构，杜丽娘对于"爱情／青春生命"的追求情境为全剧之主轴，柳梦梅在《拾画》之后与此主轴融合为一，其他人物的个性、行为与此主轴之间的关系，因"事随人走"而多面开展，以"对照衬映"呈现，而非一开始即收拢凝聚于一，因此主要轴线之外，更多"旁溢侧出"之笔，人物性格多面向，隐显作用多重，全剧乃在主轴情爱追寻主题之外，兼及人生众相甚至文化风情多面展示的效果。

二〇〇四年白老师提出"青春版"，焦点集中在演员的年轻，其实"青春"原是汤显祖的追寻，更是《牡丹亭》主题。如花美眷，似水流年，随着岁月推移，"青春版"的真正意涵，反倒逐渐浮现。

2. 昆曲进校园、青春代代传承

白老师将《牡丹亭》的意象与题旨凝聚成"青春"二字，作为演出版之标志，意图经由青春演员吸引青春新观众，台上台下相互呼应，开启昆曲的当代新生机。进而积极寻求赞助，在两岸三地三所名校开设昆曲课程，引领年轻学子爱上昆曲。笔者以为，这不宜视为"青春版"演出的"后续"，其实更是昆曲教育的扎根与开启。

白老师在《昆曲之美》序文里[23]，精炼简要地提出了"昆曲进校园"的意义："这些年我致力于推广昆曲、振兴昆曲，其中重要目标之一是'昆曲进校园'计划。从一开始，我们的物件便锁定大学及大学生。我的看法是，大学校园应该是昆曲复兴的摇篮，大学生更应该是振兴昆曲的种子。从传统检视昆曲的发展，昆曲本属雅部，一向有大量文人阶层的投入，甚至得到皇室的提倡，因其辞曲高雅，所以一直深获传统知识分子亦即文人阶层的爱护，即使昆曲长期式微以来，亦全靠少数的文人曲友，薪火相传，使昆曲绵延不坠。现代大学生，因为他们文化水平比较高，应该可以扮演传统文人的角色，保护昆曲、推广昆曲。由于这样的认知，我制作青春版《牡丹亭》，首要的受众物件便是大学生，我们曾经到中国大陆、中国香港、中国台湾以及美国三十

上：二〇一七年蔡正仁、张静娴在台大昆曲课示范《评雪辨踪》。（王安祈 / 提供）
下：二〇一五年台大昆曲讲座示范演出三天的海报。（王安祈 / 提供）

上：蔡正仁、华文漪在台大昆曲课示范《小宴》。二〇一五年。（王安祈／提供）
下：台大昆曲课教室，右起王安祈、曾永义、白先勇及两位助教，二〇一七年。（王安祈／提供）

多所高校巡回演出，培孕了大批的学生观众，受到大学的青年学子热烈欢迎。学生对昆曲的热情已经点燃起来了，要继续这股热潮，下一步'昆曲进校园'计划便是在大学里开设昆曲课程，建立昆曲中心。如此，才可以长期不断地培养大学生观众，以及一些热心于研究推广昆曲的种子。我们的大学教育，自五四以来，重理工，轻人文，尤其对于中国传统文化的课程，长期偏废，造成大学教育营养不良的后遗症，混淆了青年学子的文化认同。"

具体的昆曲传承计划始自于二〇〇九年，先从北京大学开始，而后二〇一二年香港中文大学，三年后台湾大学，昆曲正式进入两岸三地三所名校，不只是一两次演讲，而是正式选修的课程。这门课由白老师总策划，三地三校各有负责的老师，北大陈均老师，香港中文大学华玮老师，台大由笔者负责，另有林鹤宜、李惠绵、汪诗佩一起轮流。课名各校略有不同，有以"昆曲之美"为名，也有"经典昆曲欣赏"，或是"白先勇昆曲新美学"，内容包括昆曲的历史源流、剧本文学与表演艺术三大面向，剧目选择包括传统昆曲名剧《西厢记》《长生殿》等，以及白老师制作之青春版《牡丹亭》及新版《玉簪记》。课程主旨在融贯传统昆曲艺术与当代表现形式，从历史与文学创作的互动中探勘戏剧、音乐、文学千丝万缕的对话关系。相关议题有：一、昆曲的历时性发展源流；二、昆曲的剧本文学；三、昆曲的四功五法与角色行当；四、昆曲唱腔与身段舞蹈的交相为用；五、昆曲的当代新制作新呈现。希望透过讲者与听者的互动，落实昆曲在当代人文教育领域中的实践。邀请海内外重要戏曲学者，分就每周课程主题进行专门讲演。最特别的是，邀请多位昆曲名家，各自举出拿手代表作为例，详述师承传统与自身体悟，逐字逐句、一招一式当场示范，讲解身段意义，提示关键重点窍门。身着便装的名家当场示范之后，再播放自己舞台演出的录像影片，即使没有进过剧场看戏的同学也都能想象舞台的精彩。几年下来，昆曲名家在课堂上亲自解析示范的自家代表作，累积甚多，按姓氏笔画排列如下：[24]

王芝泉	《扈家庄》《借扇》《挡马》
王维艰	《花婆》
岳美缇	《惊梦》《拾画·叫画》《琴挑》《问病》《偷诗》《秋江》《望乡》《湖楼》
侯少奎	《打虎》《刀会》《夜奔》《送京》
计镇华	《弹词》

黄小午	《酒楼》《看状》
梁谷音	《借茶》《活捉》《思凡》《戏叔》《逼休》《泼水》《佳期》
张铭荣	《势僧》《盗甲》《教歌》《下山》《游殿》《痴诉》《偷鸡》《问探》
张静娴	《小宴》《评雪辨踪》《吃糠》
张继青　姚继焜	《逼休》《痴梦》《惊梦》《寻梦》
华文漪	《写状》《游园》《惊梦》《琴挑》《小宴》
蔡正仁	《写状》《评雪辨踪》《撞钟分宫》《迎像哭像》《太白醉写》

其中计镇华老师因健康因素，参与较少。汪世瑜老师主讲青春版《牡丹亭》的教学与排练。出身北昆落脚台湾的温宇航，在洪惟助老师主讲的"昆曲音乐"课上，亲自示范许多曲子，也令人印象深刻。

这是珍贵资产，就教学效果而言，即使同学"零基础"，但亲眼看到大师的示范，当场感受到的震撼是无可比拟的。

白老师规划这门课最特别之处，是期中有正式演出，以台大为例，"青春版"原班人马来到台湾，先到课上示范，接着在正式剧场做三天演出，选课同学免费观赏，优先索票，其他的开放一般民众。当场有导聆解说，演后同学写看戏心得。

二〇一五年白老师趁华文漪老师专程自美来台上课的难得机会，另办了一场昆曲清唱会，以"风华绝代　仁者清音"为题，由华文漪、蔡正仁两位名家清唱昆曲名曲。选课同学优先抢票，又是一场轰动。

笔者除了负责台大课程的规划与执行之外，主讲的是昆曲发展简史，三校都是这堂课。由于各校都由历史开始，所以我都是第一堂上课，下学期正值北京寒冬，印象非常深刻。听说上课前两小时已有同学占位，也有媒体记者在场，告知除了北大学生外，还有来自天津、山东、福建等地的昆曲爱好者专程前来。可容三四百人的教室挤到漫出来，很多同学直接坐在台阶上听两小时，辛苦可想而知。来年我再去时，发现同学竟然想出高招，准备了椅垫子，而且精选椅套图案，用《西厢记》《牡丹亭》的剧本插图版，让抢不到座位的同学坐在西厢房、牡丹亭上听昆曲，沉浸式体验昆曲之美。不只祛寒，简直文创，用心可感。

"校园传承版"是白老师更进一步的计划，由青春学子亲自粉墨登场演出《牡丹亭》。这是昆曲进校园计划的落实，为这些年昆曲复兴运动竖起一道新的里程碑。

这项计划于二〇一七年启动，由北京大学昆曲传承与研究中心策划主办，历经多次选拔及密集训练，来自十七所大学的非昆曲专业学生，以青春版《牡丹亭》为蓝本，演出《游园》《惊梦》《言怀》《寻梦》《道觋》《离魂》《冥判》《幽媾》《回生》九折，组成青春版小全本。角色分派采用折子戏概念，由多位同学分饰各出的柳梦梅和杜丽娘，于二〇一八年四月在北大首次公演，随后在北京各大校园、天津、南京、苏州、抚州、香港、高雄等地巡演。共有二十几位同学参与演出，其中有的原是大学昆曲社成员，但更多的是"零基础"，第一次接触昆曲就是看青春版《牡丹亭》。不仅台上演员，连乐队文武场都由学生组成，其中有中国戏曲学院的专业学生，更有北大、清大等非艺术大学的同学，由苏州昆剧院专业演员及乐师亲自传授指导。这些"青春版"演员（以吕佳和俞玖林为主）传承自前辈大师，而后又手把手交给业余学生，是进一步的传承，也是深度传播。

白老师欣慰地表示，青春版《牡丹亭》首次进北大演出是二〇〇五年，当时百分之九十五以上学生从未接触过昆曲。而二〇一七年他们居然能够组团登台演出！十余载，观众变成演员，这是昆曲进校园的成果，从传播到传承，再到更进一步的传播，形成了昆曲教育的良性循环，为昆曲复兴运动竖起一道新的里程碑。北京大学叶朗教授说得精辟：能让年轻一代重新热爱本国的文化艺术瑰宝，这是文化认知上的觉醒。白先勇老师昆曲复兴运动的影响及成就，不仅仅限于昆曲本身，更具有增强民族意识、增加民族自信之重大意义。

青春版《牡丹亭》一部戏改变了昆曲命运，由"青春版"到"校园传承版"，正是古老文化在当代注入的崭新生命，"青春"二字当由此观，《牡丹亭》以青春为名的真谛，正在于此。

四、结语

本文以质疑口吻命题切入，意在通过昆曲进入当代之后的转折，阐明何谓"复兴"，发掘"青春"真谛。先从戏曲发展脉络说明昆曲虽因《十五贯》死而复生，却仍是寂寞冷淡，其间历经几次关键演出，青春版《牡丹亭》之后，才掀起旋风，昆曲俨然时尚。对照于已受板腔体叙事结构影响的《十五贯》等昆剧，青春版《牡丹亭》的全本复原，找回了昆曲"点线串珠"的叙事结构，这是"复兴"的第二层意义。二〇〇四年白老师提出"青春版"，焦点集中在演员的绮年玉貌、翩翩少俊，其实"青春"原是汤显祖精心设计的意象，更是《牡丹亭》题旨。随着岁月推移，"青春版"的真正意涵，逐渐廓清面貌、回归本题。而青春的意义也体现在昆曲进校园与"校园传承版"。汤显祖《牡丹亭》问世迄今已四百余年，其间昆曲历经死生，而《牡丹亭》像是一则预言，预告着昆曲终将还魂，"生而不可与死，死而不可复生者，皆非情之至也"，在白老师与所有有心人的推动之下，杜丽娘穿越时空，来到当代舞台，青春代代相承，梦回莺啭，传唱不歇。这是一段重要的昆曲史文化史，值得纪录。

注释

1. 洪惟助：《昆曲演艺家、曲家及学者访问录》（台北："国家出版社"，二〇〇二年），一八六——八八页。蔡正仁受访日期一九九二年二月十二日，在上海静安饭店。
2. 同前注，二七三页。顾兆琳受访日期一九九二年一月二十一日，在上海宾馆。
3. 同前注，二五四页。
4. 同前注，二五六页。
5. 洪惟助：《昆曲演艺家、曲家及学者访问录》（台北："国家出版社"，二〇〇二年）。
6. 这是笔者亲耳听到计镇华老师在餐叙时所说。二〇〇七年计镇华、梁谷音两位应洪惟助老师之邀来台和台湾昆剧团演《烂柯山》，餐叙时笔者提起一九九二年的震撼，计老师有感而发。梁老师也说当晚演完一夜无法入睡，激动不已。
7. 华文漪一九九二年十月三日起在台湾演出，上海昆剧团十月二十九日在台湾演出。
8. 一九九九年原定由陈士争导演、上海昆剧团演出的五十五出足本《牡丹亭》，在登上纽约林肯中心前夕叫停。导演转而单邀旦角钱熠与北昆小生温宇航，另行组合来年重登林肯中心。但陈导演兴趣未必仅在昆曲，借明代传奇之重现，意图展示古中国文化风情，"春耕、丧葬"等场面都大加铺陈，揭开古代中国神秘面纱，所谓五十五出之复原，其实又有大部分用的是剧场实验手段，对待昆曲的态度不同于白老师。
9. 沈尧：《戏曲结构的美学特征》，《戏曲美学论文集》（台北：丹青出版社，一九八六年），四页。
10. 马也：《中国传统戏曲结构特征三题》，《戏曲研究》第十辑（一九八三年九月），一一九页。林鹤宜：《明清传奇叙事的程序性》，《明清戏曲学辨疑》（台北：里仁书局，二〇〇三年），七一页。
11. 王安祈：《兼扮、双演、代角、反串——关于演员、角色和剧中人三者关系的几点考察》，《明清戏曲国际学术研讨会论文集》（台北："中央研究院"文哲所，一九九八年），二五六页—六六八页。
12. 王安祈：《关于京剧剧本来源的几点考察》，收入王安祈：《为京剧表演体系发声》（台北："国家出版社"，二〇〇六年六月），一七七页—二五〇页。亦见于《海内外中国戏剧史家自选集·王安祈卷》（郑州：大象出版社，二〇一七年十二月），二五三页—二九五页。

13. 王安祈：《"演员剧场"向"编剧中心"的过渡——大陆戏曲改革效应与当代戏曲质性转变的观察》，原载《中国文哲集刊》十九期（二〇〇一年九月），二五一页—三一六页。收入王安祈：《当代戏曲》。

14. 汤显祖原著，徐朔方、杨笑梅校注：《牡丹亭》(台北：里仁出版社，一九九五年)，九页。

15. 同前注，一一页。

16. 同前注，三四页。

17. 同前注，四三页。

18. 同前注，一七〇页。

19. 同前注，一七六页。

20. 同前注，一四七页—一五三页。

21. 林鹤宜：《明清传奇叙事的程序性》，《明清戏曲学辨疑》，七一页。

22. 同前注，二九二页。

23. 华玮教授将香港中文大学二〇一二—二〇一七年五年"昆曲之美"课程的授课纪录结集出版为《昆曲之美》（上海古籍出版社，二〇二一年）。

24. 这张表格表以华玮主编《昆曲之美》一书为基础，再参考北大台大课程，加以增补。不过每出戏讲解繁简有别，未必整出详解。

白先勇对昆曲复兴的贡献

·季国平

中国戏曲现代戏研究会会长

我与白先勇先生因昆曲结缘近二十年了。他自称昆曲义工，为了当代昆曲复兴，四处奔波，不遗余力，甚至透支人情，耽误写作（包括为他父亲立传），但锲而不舍，乐此不疲，成果辉煌，令我十分感动。十五年前的二〇〇七年，香港大学在北京举办过"面对世界的昆曲与《牡丹亭》"国际学术研讨会，我发言的题目是《经典也流行——兼谈青春版〈牡丹亭〉的当代意义》。今天与会的中国香港、中国台湾和大陆的专家学者中有好多位参加了那次会议，再次因白老师而相见，倍感亲切。

有关白先勇与昆曲复兴的话题可说的太多，我简要谈谈他对于昆曲所做的重要贡献，主要是三个方面：

一是昆曲义工旋风——影响大。

二是昆曲复兴美学——方向准。

三是昆曲传习计划——持续久。

这三点的综合，大致可见白先勇对昆曲复兴重大贡献之所在。

一、昆曲义工旋风

昆曲尽管有"百戏之祖"的美誉，但近百年来日渐衰落，趋于凋零。上世纪五〇年代有一出昆曲《十五贯》救活一个剧种之说，但所谓"救活"，大概也是昙花一现，并不长久，到上世纪末全国仅存七个半专业昆曲剧团，堪称比大熊猫都珍稀。

本世纪初，昆曲因联合国教科文组织"非遗"的命名，迎来了一个重要的发展契机。国家重视了，戏曲界自我发现了，专业昆曲剧团有了一显身手的机遇，也纷纷行动起来，《牡丹亭》等经典剧目批量再现舞台。而正是此时，白先勇吹来了一股清新的昆曲"东风"。他甘当昆曲义工，主动担当起了昆曲复兴的大任，是新世纪中国昆曲复兴的先行者、实践者和传播者。他以苏州昆曲剧院为班底，从昆曲经典剧目的创作入手，从培养青年昆曲人才出发，古剧新生，青春再现，先是打造了青春版《牡丹亭》，接下来还有《玉簪记》《白罗衫》等昆曲名剧，风靡国内，唱响校园，还闪亮登上国际舞台，刮起了一股非常强劲的白先勇昆曲旋风。

说到本世纪初《牡丹亭》的演出，可谓盛况空前，仅二〇〇三年底至二〇〇四年十月不到一年，我就先后观看过六个版本的演出："青春版"（三本），北昆版（一本），京昆版（北京京剧院和北昆合作创作，一本），江西赣剧版（江西师大创作，一本）、经典版（张继青主演，一本）、精华版（孔爱萍、石小梅主演，二本）。特别是青春版《牡丹亭》，从二〇〇四年十月到二〇〇五年十月，四次进北京，第一次是在北京二十一世纪剧院，第二次是在北京大学百年讲堂，第三次是在北京展览馆剧场，第四次是在新落成的国家大剧院，每次白先勇老师都邀我去了。各家版本各有特点，影响最大的非白《牡丹》莫属。如果说昆曲《十五贯》是一出戏救活了一个剧种，那么，白《牡丹》则是一出戏普及了一个剧种。

我二〇〇七年的参会论文专门谈论了这六个版本的《牡丹亭》，重点谈的正是白《牡丹》。白《牡丹》成功的经验非常值得总结，我简要概括了四点。

首先，"青春版"打的就是"青春"特色。《牡丹亭》本来就是写青年人的爱情故事，而"青春版"又是选用了两位青春靓丽的新人沈丰英、俞玖林来主演，拜昆曲名家张继青、汪世瑜为师，经过一年多近乎脱胎换骨的训练，成为"完全合乎汤显祖笔下一对璧人的形貌"——加上此类传媒略带夸张的宣传、鼓吹和造势，极大地推动了青春版《牡丹亭》在青春人中的传播。

其次，白先勇让"青春版"备受瞩目。"青春版"十分注意争取青年观众，特别是白先勇的加盟，更使"青春版"备受瞩目，苏州、杭州、台北、北京等城市掀起了一股众人争看、媒体竞说的热潮。"青春版"率先在苏州、杭州、台北、北京这些文化气息浓郁的城市演出，在年轻人集中的大学演出，从中也可以看到主创者的精心策划。连续三天的戏吸引了大批青年观众，争取到了青年，也就争取到了昆曲的未来。

第三，"青春版"让年轻人看到了《牡丹亭》的全貌。"青春版"将原著五十五出浓缩在二十七出戏里，全本虽然也是节本，但能够让不熟悉《牡丹亭》的年轻人看到了《牡丹亭》的故事全貌，比看单折戏更丰富，也更适合青年人的情趣。全剧以"情"为主线，分为"梦中情""人鬼情""人间情"上、中、下三本，用三个晚上演出，结构合理，构思精巧；比较起两本的精华版来，多出的第三本"人间情"，则专门写了杜丽娘、柳梦梅还魂团圆后的命运，故事更为完整。而这一部分的戏过去很少演出过，能给人耳目一新之感。

第四，"青春版"标明"青春"，是现代人对传统经典名剧和昆曲遗产的一次现代舞台实践。如果说第一天能把青年观众吸引到剧场，主要是白先勇的魅力的话，那么第二、三天就是《牡丹亭》的魅力了。青春版《牡丹亭》创作的成功经验是值得总结的。"青春版"应该说在把握昆曲的古典精神、处理好传统与现代的关系上做出了有益的探索，主创者一方面较为完整地继承了昆曲的精华，采用了传统的表演程序，另一方面探讨了名剧改编被当代观众，特别是年轻观众接受的审美心态，在含蓄和张扬之间把握住戏曲本体之美。

二、昆曲复兴美学

白先勇《牡丹亭》对于戏曲的当代传承发展、对于昆曲美学复兴意义重大。

根据我多年从事戏剧工作的经验，昆曲在当代的复兴，复兴什么，如何复兴，是一个带有全域性和方向性的大问题。今天与会的多数是学术界的专家，而近二十年间，我从学术书斋走到了戏剧现场，对于昆曲在当代的复兴和舞台实践，则更有深切的体会。

昆曲非常需要学术研究，昆曲的历史，昆曲的理论，昆剧的成就，都需要认真总结。当然，在我的认知里，昆曲虽是"非遗"，但不是死学问，昆曲更是活跃于当代舞台上的非物质文化遗产，是有着鲜活生命的非物质文化遗产，是有着鲜明中华文化和美学风格的舞台艺术，是最能代表中国走向世界舞台的、中国人独创的戏剧美学。近十多年间，我参与了国际戏剧协会（International Theatre Institute）的工作。ITI 是当今世界最大的国际表演组织，由联合国教科文组织与当时著名戏剧家发起，成立于一九四七年。在与国际戏剧同仁打交道的过程中，我能感受到他们对中国戏曲、对于昆曲美学，无不佩服之至。

显然，昆曲的复兴，需要理论的深入研究，更需要当代的舞台实践，需要在活态的传承和发展中进行。我以为，白先勇从剧目创作、演员培养入手，昆曲需要追求什么，复兴什么，如何复兴，他是有着清醒的认识的。只有如此，也才能把握住昆曲在当代传承发展的关键和精髓。

青春版《牡丹亭》正是白先勇昆曲复兴美学的结晶，也为当代昆曲复兴提供了成功的经验。我在前文已经说到，青春版《牡丹亭》连演三天，年轻人第一天去看可能是白先勇的魅力，而第二天、第三天应该主要是青春版《牡丹亭》自身的魅力了。那么，白《牡丹》究竟有什么魅力呢？我想，还是直接引用白先勇的话来说明。

白先勇认为"青春版"的红火，除了他这个"昆曲义工"的努力外，主要是定准了创作的大方向，靠的是昆曲本身的魅力。他说："我们这次制作不是说排出戏就行了，一开始就从剧本的磨合，从服装、舞台的设计，整个制作的美学方向定调。""你的美学方向要找准，美学方向错了，就没得救了，你搞了一台很俗艳的东西，那不是昆曲，昆曲就没有这个东西，背道而驰，也不能把西方那些歌舞剧、戏剧的东西弄来，那是人家一个体系的东西，放在昆曲里头碍手碍脚，昆曲有自己一套美学的东西。但并不是说就是要跟从前的旧戏台一样，那也不行，那是要失去观众的，怎样既古典又现代的感觉，我们这次就是这么磨，这个难了。我们是诚惶诚恐兢兢业业地来做，我们尊重古典，但又不完全因循古典，运用现代但绝不滥用现代，因为现代都是西方剧场和灯光什么的，我们用得非常谨慎和巧妙。""我们的舞台是很简单的舞台，以表演为主。"

由此可以，找准美学方向，巧用现代技术，突出表演风采，彰显昆曲魅力，铸就既古典又现代的昆曲体系，是当代昆曲复兴成功的关键。这是白先勇的做法，也是他的经验，是青春版《牡丹亭》成功的"大方向"，更是当代昆曲复兴的重要美学原则，不仅可供从事昆曲复兴者鉴，也为当代戏曲艺术的传承创新提供了重要的经验。

这些年来，我国当代戏曲的发展和新剧码创作走过了不少弯路，有经验但教训不少，付出的代价也不低，这虽然不是此次会议要说的主题，但我之所以十分看重白先勇昆曲复兴美学的价值，就在于白《牡丹》对于当代戏曲健康发展是有着重要的借鉴意义的。

三、昆曲传习计划

昆曲义工的另一重大贡献是昆曲进校园，这一直是白先勇不遗余力在实施的。

昆曲的传承需要青年观众，最为有效的方法之一，是让昆曲优秀剧目进校园演出，培养更多的戏迷观众。白先勇创作的每一部剧目都在校园演出，北大百年讲堂是他常去的。他还喜欢演出后，留下现场学生，与他们做演后谈，当场交流。有一次在北大百年讲堂演出《白罗衫》，应白先勇之邀，我还参加了现场与学生面对面的演后谈。

白先勇有一套完整的传习计划，首先在北大实施，培养了北大及很多大学生的昆曲戏迷。据有关资料介绍，二〇〇九年在青春版《牡丹亭》问世五年之后，白先勇与北京大学教授叶朗联合开启了北京大学昆曲传承计划——开设一门"经典昆曲欣赏课"，延请全国最知名的专家、艺术家，轮番到北京大学讲座，从昆曲历史、声腔、文学等理论知识，到各个行当的表演艺术，用一个学期的时间系统讲解给学生，在讲座中穿插现场表演，每次开课还配以在正规剧场举行、选课生可免费观摩的昆曲演出。二〇〇九—二〇一八年十年间，这门"经典昆曲欣赏"课从一开始的满学校撒传单，加上校外旁听者才能勉强坐满一百五十人小教室，逐渐变成顶着北大课程四百人的人数上限，每次开课抢名额需要拼运气的北大明星课，每节课都有校内外慕名而来的旁听生全程站着听完课。

北大本就有昆曲的传统，五四前后，吴梅先生在北大传播昆曲，还写有以昆腔为曲谱的北大校歌。大概也是在白先勇的影响下，江苏昆曲名家石小梅每年春天在北大都有演出和传习课程。这次的会议主办者有南京大学白先勇文化基金，这个基金会的具体情况我不了解，我想，既然是以白先勇命名又设在南京，当包含有昆曲传习计划在内。当年吴梅从北京大学到南京中央大学，培养了他的一批弟子，如我的老师任中敏（二北、半塘）先生，以及卢冀野、唐圭璋、钱南扬等，他们都在南京或与南京有关。今天的会议，南大吴新雷老师也来参加了。南京、苏州应该是昆曲复兴的重镇。

有关传习计划，我了解有限，不过，仅此就足以明了，白先勇昆曲复兴不是他心血来潮的临时之举，昆曲复兴也不是一年两年的事情，而是一项有计划、有系统、长期的工程，昆曲才能真正复兴起来。

昆曲复兴，白先勇先生厥功至伟，我要为他大大地点赞！

白先勇和青春版《牡丹亭》

· 刘梦溪

中国艺术研究院终身研究员

二〇〇四年四月二十六日至五月二日，应邀赴台湾参加"中研院"文哲所和台大共同召开的"汤显祖与《牡丹亭》国际学术研讨会"，于第一天的会议上发表论文《〈牡丹亭〉与〈红楼梦〉——他们怎样写情》。此次与会，盖缘于许倬云先生的特邀。此前的一年，我们相遇于南京，同住一个酒店。他约我一起进一次早餐，结果我们畅谈了近两个小时。他讲了自己的经历和学术追求。最后我们竟一起哭了起来。后来当"中研院"文哲所的华玮教授与我联系参会一事，这才依稀记得许先生曾有此约。但我说没研究过《牡丹亭》，恐怕来不及准备论文了。睿智的华玮立即提醒："你不是研究《红楼梦》吗？何妨写写两者的关系。"因此我与会论文的题目，实得之于华玮教授的启发，不能不在此再次表示感谢。

许先生出席了我的论文报告会，蒙他许可，并于中午请我到外面一家餐馆用餐，作陪者是《汉声》的老总黄永松先生。研讨会期间，在台北大剧院观看了白先勇改编的青春版全本昆剧《牡丹亭》，连演三个晚上。

台北的《牡丹亭》会，我有幸认识了白先勇，不久他来北京，在三联讲《牡丹亭》，他邀请我与他一起讲论。说来也真不可思议，当二〇一六年八月九日上午十一时，我正在修改润色《七十述学》的时候，刚好核对到关于白先勇和青春版《牡丹亭》一段，正在这时，白先勇的助理郑幸燕突然打来电话，问白先勇寄给我的书收到没有。原来是白写的一本研究《红楼梦》的书，台北时报出版公司寄来的，寄到了研究所。因刚从外地回来，我说还未收到。我说我也正有《红楼梦》的书送他。天下事竟有如此奇巧者，岂不怪哉，岂不怪哉。青春版《牡丹亭》在台北首演获得极大的成功，看过者大都给予肯定。《牡丹亭》的文本我自然是熟悉的，以前看的是徐朔方先生的注释本，很见学术功力。贾宝玉称美的"余香满口"，我也不无体会。京昆两剧种的《游园惊梦》也在剧场看过。但全本《牡丹亭》则从未寓目。此次可以说经历了一次充实而优美的昆曲审美体验。后来"青春版"来北京大学演出，白先勇先生又邀请前往观赏。所不同的是，字幕的繁简体变化，居然不无审美感受的差异。

台湾的演出，繁体字幕，对剧情和人物心理的理解，似乎更容易产生多层次的审美体验，而简体字幕，则显得单调一些。不排除另外的人并无此种感受，但在我这种审美差异清晰得不能再清晰。白先勇把青春版《牡丹亭》进校园视作他的一个文化理想，让我们高兴的是，他的这个理想经过不懈的努力已经获得极大的成功。一向以兰花为比的高雅昆曲艺术，高等院校的学子也能如饥如渴地接受了。经典传统文化在当代的传播，白先勇先生与有功焉。

二十世纪九〇年代初，季羡林先生说过，文化一定要拿过来，外国最好的东西我们要拿过来，要拿来主义（鲁迅提出的拿来主义），但是也要把我们最精彩的东西送出去。过去一百年来我们一直是"拿过来"，"送出去"却遇到很大麻烦。把什么东西送出去，送出去人家是不是会喜欢，都是问题。青春版《牡丹亭》送出去了，不仅在国内的演出获得成功，在美国的演出也获得成功，相信不久在欧洲的演出也一定会获得成功。

自晚清到民国以来的百多年，我们的文化传统大面积流失，这一点在讲中国文化时没法回避。百年来也有不少有心人讨论过文化价值重建的问题，从梁漱溟的《东西文化及其哲学》开始，到一九三五年何炳松等十位教授联名发表《中国本位的文化建设宣言》，以及一九五八年张君劢、唐君毅、牟宗三、徐复观等四位新儒家大师联名发表《为中国文化敬告世界人士宣言——我们对中国学术研究及中国文化与世界文化前途之共同认识》等。大家都想为中国文化的重振做一些切实的事情，但如同二十世纪九〇年代初期，金耀基先生对我说的：中国文化是二〇年代不想看，八〇年代看不见。古代的文化典范如何走入现代生活，是一个亟须解决的问题。这一问题在传统社会不存在，因为那时有一个基本的机制，科举取士的制度与社会机制，使一些文化典范跟社会生活并存，变成一种规范，一种模式，一种秩序，不能回避，无法回避。比如明清时期，不读《四书》就不能考科举。二十世纪一些大师级的人物，他们也没有这方面的问题，因为这些人从四五岁开始发蒙，到十几岁就不只是读《四书》《五经》，连《前四史》《诸子集成》《十三经》都读了。

这样的传统在二十世纪五〇年代以后已基本不存在。我们今天怎样重建和衔接这个传统？怎样使自己的文化典范走入现代生活？是一个非常大的问题。基于此，于丹一开始在电视台讲《论语》，我就持非常肯定的态度。当然她讲得比较浅显，对帮助一般公众建立与古代经典的连接，起了积极的作用。现在《论语》在中国社会很普及，孔子已经成为和现代人促膝谈心的文化老人。中国古代诗词也成为年轻人文化生活的组成部分。但那些最美妙的艺术，最高深的学理，终归有一个在现代背景下如何让受众方便接受的问题，包括传播途径和手段的多样探寻。事实上，只有经过有效的诠释，古典才能更好地进入现代生活。《牡丹亭》如没有字幕，没有英文翻译，理解上要困难一些。

诠释典范性作品也并非易事，即如对《牡丹亭》文本的诠释，研究者历来有不同的解说。现代诠释最值得小心之处，是一定不要破坏古典的美学意蕴。有一位研究者写了一篇文章，专门解说《惊梦》一折太湖石上的诸种情景，问我可不可以在我主编的《中国文化》上刊载，我说那是不必多所解说的，妙悟神会就足够了。他和我理论，我说汤显祖的戏文里，不是已经说"美满幽香不可言"吗？不可言，就是不可言，也不必言。《牡丹亭》这方面的意蕴就是不能说破，说破了就不是《牡丹亭》，而成《金瓶梅》了。

白先勇先生对青春版《牡丹亭》的推动还有一个功用，就是使文化典范跟当代建立起联系，而且跟国外观众，跟不同的文化系统建立起联系，搭起一座艺术的桥。昆曲艺术一开始即是和学人结合在一起的，很多大学者都和昆剧艺术有不解之缘。俞平伯、赵景琛等老辈，不仅能赏，自己也会唱。吴新雷教授也能现身说法。五〇年代，陈寅恪因为票拿到迟了，未能看到俞振飞和言慧珠的演出，曾经大发脾气，这个故事很多人晓得。现在昆曲的推动又跟学人结合在一起，我所熟悉的香港城市大学的郑培凯先生，中研院文哲所的华玮教授等，都参与了青春版《牡丹亭》文学脚本的创编工作。我认为昆曲和学者的结合是昆曲艺术在当代发展必不可少的途径。

本文最初为二〇〇七年十月十一日在香港大学举办的"汤显祖与《牡丹亭》国际学术研讨会"上的发言,二〇二〇年一月八日重新改写竣稿。

古典昆曲的青春之歌

· 叶长海

上海戏剧学院教授

"临川四梦",现在成了中国文化人心中的梦;《牡丹亭》更是牵绕于心,挥之不去。为了舞台重现这一场美梦,多少人心血凝之,生命与之。四百年前,当汤显祖的《牡丹亭》在舞台上初展风貌,即已可与《西厢记》相媲美。此后历代艺人把其中的某些折落精雕细刻,成了昆曲舞台上最精美的折子戏。近年来,大家又在做"全本"之梦,要展现《牡丹亭》的全貌。于是,有两本的、三本的、六本的各种尝试,使全世界许多人为中国古代女子的那一场梦而惊叹。此次在台北首演青春版《牡丹亭》,把这一场梦打造得如此美好,真堪令人称奇。我看过多种展演,总觉得这一次是最好看的演出,最接近于我心中的《牡丹亭》。

这是一支青春之歌,一支充溢着青春活力的生命之歌。这是一首诗,一首优雅而又忧伤的、感人至深的抒情诗。

中国传统戏曲的好处是能从内部与外部同时吸引人。从外部吸引观众,那是演出的技艺性;从内部吸引观众,那是演出的抒情性。前者的目的在"乐人";后者的目的在"动人"。古人曾说:"论传奇,乐人易,动人难。"此次青春版《牡丹亭》,在技艺性方面,自有上佳的表演;而在抒情性方面,表现得尤为不同凡响。

演《牡丹亭》是否成功,首先就要看能否表现好人间至情。汤显祖"为情所使",

终日逗留在"碧箫红牙"的演艺队伍间，自称为"言情"派。但是一个"情"字，其义无穷。汤显祖在写《牡丹亭》时就曾叹息："白日消磨肠断句，世间只有情难诉。"杜丽娘自然是个"有情人"，但她在牡丹亭上走过了"三生路"，其情何其曲折繁复。此次"青春版"演出，以上、中、下三本，将《牡丹亭》中摇漾无定、漫无边际的情析为三段，分别称为"梦中情""人鬼情""人间情"。这真是一语中的，让人顿时恍悟，从迷茫中找出了途径。此次演出抓住了这样一条线索，表现对爱的向往、对爱的追寻、对爱的实践，二十多折戏，一气贯穿，演来错落有致而又有条不紊。

　　昆曲是古老的声腔剧种；《牡丹亭》是悠远年代的情歌。陈酒佳酿，尤可动人心魄。相传汤显祖在写到杜母"忆女"，春香睹物思人，唱一句"赏春香还是你旧罗裙"时，不胜伤怀，竟独自"卧庭中薪上，掩袂痛哭"。可见"旧物"所凝聚的感情，因时间而醇厚，其感人之力，似有神助。此次"青春版"的昆曲演出，对艺术传统着力开掘学习，礼敬有加，故而能充分发扬历代积聚的艺术力量；此外，又调动现代艺术家的精心创新，使古老的艺术勃发了青春生命。杜丽娘在伤心欲绝时曾诉问人世："怎能够月落重生灯再红？"可见她对生命与情爱是十分恋念的。她经由"冥判"而终得以"还魂"，这一段"还魂"的经历昭示了人世间许多物物事事。如今，我们的昆曲，我们的《牡丹亭》，又得以"梦圆"，就像月落而重生，灯灭而再红。

- 叶长海

上海戏剧学院教授

传承与传播
——青春版《牡丹亭》与昆曲复兴国际学术研讨会闭幕式致辞

现在我们又一次聚会，研究商讨昆曲的发展，而且是以青春版《牡丹亭》的演出四百场这样的契机中间，举办这样的国际开会，我觉得很开心，也觉得很亲切，想起二〇〇四年春天在台北首演这个青春版《牡丹亭》的时候，我也有幸应邀到那里去看他们的首场演出，我当时真是非常激动，因为好久没有看到这么美的一个舞台演出，当时一炮打响，影响很大的。后来我又参加了演出的一百场、两百场的一些纪念活动。后来走上常规了，我也不太注意了，现在突然知道已经演出四百场了，不免有点震惊，的确是不容易，这个也说明它是经得起时间的考验，既然可以有四百场，以后肯定还可以有第二个四百场，这样可以比较长久地继续下去。我想这个现象本身就值得我们去讨论，也值得我们去纪念。

《牡丹亭》这部戏当时一问世影响就非常大，这个功劳当然是它的作者汤显祖，当年说《牡丹亭》一出来以后，家传户诵，几令"西厢"减价。就成为了戏曲界演出最好的一个戏。本世纪以来，这个青春版《牡丹亭》一出来，好像也是几令许多戏曲的演出减价，那时候真的登上了戏曲演出的一个巅峰。这一次的成就，当然我们是归功于以白先勇先生为牵头的这么一个创作演出团队，所以有人很亲切地把这个叫作"白牡丹"，我觉得也是很有意思的，说明大家都记住了这个戏，记住了这些主创的人员。

这个戏它为什么会那么成功？其实这几十年来，大家也都谈到这个问题，现在不妨再来说一说，我认为它有一点值得我们注意，也就是说它的创作团队的组成就是非一般的，像白先生就邀约了中国大陆、中国台湾、中国香港的一批很有成就的昆曲创作研究人员，组成了一个班子，这样的话就为如何演出它，如何选择它的主旨，怎么样结构这个戏，用什么精神来演这个戏，都有一套大家商讨出来的想法，后来在许多文章中都谈到了，我就觉得这可以是一个中华民族大家庭中，许多艺术家和学者共同研究的一个结果，在舞台上的呈现。这样的一个创作团队，保证了在剧本的改编，舞台的设置、演出的方法，包括有关的舞台美术、音乐、舞蹈等等，都有一套精神贯穿在那里，这个值得我们大家去考虑，以后一个戏需要汇聚各方面的力量共同去完成它，而且在演出的过程中，不同的开展商讨、研究，实际上这出戏仍在不停地提升，剧组经常邀请专家来提意见，而且白先勇先生牵头的这种研讨会就开了不少，到一定时候的一个节点，他会请大家来做一些小结，或者商讨一下如何进一步地把整个戏搞好，这里面有许多东西值得再去研究。

这样一个团体想出来的一些精神，后面应该要贯彻的一些精神，其中有一条是很重要的，就是非常尊重传统。青春版《牡丹亭》台上一片青春，非常美，现代感很强，但仔细去分析那些重要的场次，演员演出的表情、手法，都是历代艺术家他们不停地创作加工，历史传下来的东西，他们非常认真地，一招一式都继承下来。我觉得非常重要，前人研究非常好的东西，一代一代创作下来的东西，以前成功的东西没有丢，而且使许多昆曲爱好者一听到这些唱，一看到演出就感到非常亲切，这一点做得特别好，在传承上下了很深的功夫。

我刚才说过这出戏感觉上又是一片新意，实际上这中间有很深的创新精神，这个创新的精神体现在哪些方面呢？一是对整个演出场次，对汤显祖原著如何选择。他们决定对汤显祖写的词一字不改，场次的选择安排，则是组成了"梦中情""人鬼情"，实际上是地下情了，最后是"人间情"。这三本结构之选择非常好，我们平时研究《牡丹亭》也研究多少年了，关注的就是上本、下本，或者就是逐梦还魂，现在它是非常清晰的"梦中情""人鬼情""人间情"，尤其是"人间情"作为专门的一本提出来，突显以前的研究是薄弱的，这样的话对整个《牡丹亭》主旨的理解，我觉得是加深了一步。

另外一个则是吸收了新世纪全世界在戏剧演出中间的一些新的技术力量，一些美的创造，把整个剧场舞台呈现出一个美的、非常新的样式。比如说背景是写意的绘画，还有书法的一些呈现，包括服装也非常考究。此外，正式的演出编成了三本所谓全剧演出，除了原有的折子戏都很遵从地继承下来以外，其中还有许多演出需要新创，这一点做得非常好，可以说它是一个在继承和创新两方面取得很大成功的一出戏，因此它在舞台上站得住，也会令大家都愿意看，两者不可偏废，在这一点上它做得非常成功。

再一个是这一版的《牡丹亭》亮出一个词叫作"青春版"，把"青春"这个词很响亮地叫出来，这个思路也是非常成功。因为以往大家都认为昆曲是非常老的东西，只有白发的人在那儿看。我记得上个世纪八〇年代我在系里上课的时候，当时有些学生，甚至于有一些老师都认为这个昆曲二十年以后是必死的，非死不可，一定会灭亡。我说为什么？因为观众都死掉了，当时的观众都是一片白发了，好像是一个苍老的、濒临死亡的艺术一样。但是过了二十年以后，我们突然发现昆曲的观众是最年轻的，这个实际上就是一代一代昆曲的艺术家们长期创造的成果，我觉得这中间青春版《牡丹亭》起了很大的作用，实际上它的演出影响最大的恰恰是在青年人中间，尤其是青年学生中间，在各个大学巡演的时候非常受欢迎，许多大学生是第一次看昆曲。第一次非常重要，有许多剧种或者许多戏失败在第一次，对于从来没有看过戏的人，第一出戏那么难看，以后永远不会看了，但他第一次看了青春版《牡丹亭》，觉得这是非常美的艺术，于是他们首先就喜欢看昆曲了。看昆曲的观众是最年轻的，文化层次也是最高的，观众的反应都让演员都非常开心，为什么呢？他们不仅看懂了，而且一起在剧场中完成了戏剧的演出。

这个剧本体现了汤显祖原来就有的为青年女子，把她的心声表现出来，现在也是表现得非常好，而且是用一批青春的演员来演它，舞台上真的是满台青春美，再加上很现代精神的舞台设计，以及音响、画面，感觉都非常现代。这个戏已经十八九年过去了，这些青年演员都已经进入中年了，但是这个戏还是青春的。这些演员我认为也是很幸运，其实你们在演这个戏的时候，你们就是保持了青春了。我以前写过几篇评论，有一篇叫做《青春的战歌》，还有一篇叫《美的艺术是永存的》。由于它体现了艺术的美，艺术的美是永存的，戏中杜丽娘在临死之前唱的一段有这么一句："只能够月落重生灯再红"，表现了自己对生命的眷恋，而且她希望未来这个生命能够重现，也就是说生命不要灭亡，这个戏就是表现了这个，所以叫《还魂记》。人的情感，人的爱，有时候会超越生死，超越时空，这个主题在青春版《牡丹亭》中体现得非常清楚：爱与美超越了生死，超越了时空。从这个角度上来说，美的艺术也是超越时空的。我们的昆曲经过了几百年，多次好像濒临消亡的样子，但因为有一些艺术家和一些有识之士，用各种方法使它保存下来，于是为后人保持着一种选择的机会。到了二十一世纪，为了更好地传承非物质文化遗产的时候，我们选择了昆曲，也是在这样的一个历史机遇中，青春版《牡丹亭》首先在本世纪初问世了，而且走向世界，走向未来。所以说非常了不起，我们今天来纪念它，是非常必要的。

汤显祖与莎士比亚的全球传播
——兼谈青春版《牡丹亭》的现代魅力

· 郑培凯

中国民间文艺家协会香港分会主席

大家好，我在香港，只能在网上与大家见面。我背后的背景是昆山巴城昆曲小镇，因为疫情封关，我已经有三年没有办法回到内地了。我把这个影像放出来，欢迎大家以后到昆山巴城，因为我在那边请了一个造园家——叶放，给我造了一个传统的园林，园中设计了一座演出戏曲的舞台，希望疫情过去以后，大家有空，来我的园林工作室参观游览，观赏昆曲。我今天跟大家讲的是，因青春版《牡丹亭》演出成功的启示，让我想到莎士比亚、汤显祖在全世界文化传播方面的展望，以及牵扯到传承和传播力量的问题。

汤显祖跟莎士比亚于一六一六年同年逝世，所以是十六世纪末、十七世纪初的人，二〇一六年逝世四百周年，有一个世界性的纪念。那年我应江苏省政府邀请，带了苏昆到英国，演出全本青春版《牡丹亭》，还在牛津、剑桥、伦敦大学国王学院做演出示范，同时我还受邀到伦敦大学高等研究院与亚非学院做学术演讲。当时我印象很深，英国人很有兴趣，也在短时间内对汤显祖可与莎士比亚相提并论，感到饶有兴味，但是事过境迁，英国文化界继续每年的莎士比亚纪念，却不再提起汤显祖了。

回想起来，我从小就接触莎士比亚，小学的时候就读过莎士比亚故事，中学读了翻译的莎剧，到了上大学才读汤显祖，这是怎么回事？这个问题让我想到，像我这样的经历，大概在中国是个普遍现象，人人知道莎士比亚，很少人知道汤显祖。我后来认真想了这个问题：我是中国人，我为什么先接触莎士比亚？我在青少年时期，就对莎士比亚的故事相当熟悉，梁实秋与朱生豪的译本看了不下十几二十种，上了大学才读汤显祖，而且唯读过《牡丹亭》，这是怎么回事？其中当然反映了中国近代的教育问题，视传统文化为落后事物，显示了文化传播的崇洋媚外现象，只弘扬莎士比亚，完全忽视汤显祖。背后的深层原因，就是近百年来中国国势颓丧，整个中国文化衰落，一心只想着向西方寻求富国强兵的真理。问题是，文化艺术传统，只有单一的真理，只有西方进步与东方落后之分吗？

所以，我们今天讲青春版《牡丹亭》的文化效应，讲如何创新戏曲，怎么复兴中国文化，就必须思考一些历史宏观的问题。从莎士比亚的传播，跟莎士比亚在全世界的影响，取得一些教训，吸取一些经验，为汤显祖与《牡丹亭》的传承与传播，做出适当的推动。

从十七世纪的早期全球化到二十一世纪当前的全球化，我们可以看到，西方挟船坚炮利之便，如何发展了西方强势文化，又是如何变成笼罩全球的文化霸权。中国人到了晚清才知道，原来我们面临着三千年未有之大变局，这是李鸿章从政治军事的敏感度发现的。梁启超写《李鸿章传》，就讲到三千年未有之大变局，感知其中牵扯到整个文化的问题。这是历史演变现象，是农耕大帝国遭遇工业化现代帝国的现实，这个现象我们必须认识，这是一个历史现实，不以个人自身的愿望为转移的。我们希望中国文化复兴，出现不同的历史现实，就需要有一个策略，就必须要了解并研究历史，看到为什么近代历史出现了东西易势，为什么莎士比亚和大英帝国霸权同时崛起。我们要好好研究，并且要联系起我们讲的汤显祖与青春版《牡丹亭》的发展。这牵扯到中国文化复兴的问题，很重要的。

文化传承与传播，跟文化发展背后的政治经济实力有关，英美强势文化的出现，跟十九世纪英国殖民主义的"日不落国"现象与二十世纪后半叶美国继承英国霸业有关。英语世界推崇莎士比亚，是一种隐性的国族主义拓张，在遭到殖民与侵略的亚非拉地区，就成了高等文明的文化艺术展现，不自觉就落入了西方文明至高至善的陷阱而不能自拔。

中国人在整个文化传统当中，从来不怎么看重汤显祖。《明史》上记的汤显祖，是一个政治的汤显祖，根本不提他的剧作。一直到二十世纪，我们才在文学史中讲到汤显祖的《牡丹亭》。"文学史"是一个现代的东西，而且是从西方学来的一个学科，在文学史上汤显祖才成了戏曲的汤显祖。日本的青木正儿最先说汤显祖是东方的莎士比亚，中国学者也跟着说，到了二十一世纪，我们才认识到汤显祖是一个文化伟人。中国人讲历史，从来是帝王将相为主，经常讲的伟人都是那些政治伟人。其实政治伟人在历史长河中一点也不伟大，过一段时间以后，历史过了，政治权力转变了，政治伟人都消失得无影无踪。只有文化艺术才是不朽的，我们今天回想中国文化里面，孔子、老子、庄子、屈原、李白、苏东坡、曹雪芹等等，都是文化艺术的伟人。汤显祖的地位，提倡得还不够，有待弘扬。

我在本世纪初去江西抚州，感到当地人并不特别敬重乡贤汤显祖，跟负责文化宣传的领导干部说起，汤显祖是抚州临川人，至少应该重修玉茗堂，或者盖一个汤显祖纪念馆，则抚州可以借此弘扬本地文化。没想到得到的反应是："我们抚州有王安石，有曾巩，汤显祖嘛，嗯嗯嗯。"王安石最伟大，当过宰相，汤显祖不过是山区遂昌的小县令，连个太守都没当上。我当时就跟他们分析，王安石与曾巩伟大没错，都是唐宋八大家的人物，但是在当今与未来的全球文化发展潮流中，表演艺术与影视文化已经成为主要传播形式，汤显祖的戏曲可以传播全球，造成瞩目国际的文化现象，带动抚州的文化地位。他们当时只是一笑置之，大概是出于礼貌，不好意思驳回我的兴致，却也不当一回事。好在过了十几年后，风向转了，抚州领导模仿英国纪念莎士比亚的模式，建起了汤显祖纪念馆，每年都举办汤显祖艺术节，还筹组了汤学研究中心。

回顾历史上的文化传播现象，我们发现，莎士比亚刚过世的时候，连篇纪念的文章都没有，别说传记了，情况远不如汤显祖。十七世纪以后，才有少数的英国文人开始讨论他在戏剧上的贡献。经历了四百年，莎士比亚变成英国文化最重要的标兵，也是西方文化最重要的文学家、戏剧家，真是"寂寞身后事，千秋万岁名"。我们就要思考，文化发展有一个历史进程，莎士比亚的全球传播与西方强势文化笼罩全球相结合。现在中国也逐渐崛起而强盛了，弘扬汤显祖与中国戏曲传统，也就需要参考莎士比亚兴起的历史经验，思考弘扬文化的策略。青春版《牡丹亭》的成功，是个很好的开始。

对比晚明与伊丽莎白时代，比较莎士比亚与汤显祖，我们看到一些相近的地方，可是也要注意有很多不同的地方，研究者必需清醒，认识到东西文化传统都源远流长，都有辉煌的历史传承，这里我就不提了。有一点大家必需清楚记住：文化背景不同，传统不同，苹果与橘子不同，有的时候是不好比的。像汤显祖，是晚明最出色的文化精英，诗词歌赋无所不能，无所不精；而莎士比亚的整个文化修养，基本上就是高中程度，以现在标准来讲大概是大学毕业的程度。汤显祖出身书香门第，荟萃了经史子集传统；莎士比亚是市井生意人家庭，可说是新兴的中下层阶级，对社会的理解角度跟汤显祖理解的方式也不太一样。莎士比亚写作使用当时开始通行的通俗文字（vernacular），这个很重要，因为我们发现汤显祖作品虽然是雅俗共赏，可是基本上还是精英的高雅文字。更重要的是，汤显祖在文学艺术追求的目标，是展示作为君子的理念，是文人士大夫探索高尚人格、追求至情真理，阐释阳明学派的良知理念。莎士比亚不一样，他写剧本就是呈现社会，写形形色色的世间百态。他们都是天才，都是文字的斲轮巨手，编排情节故事的绝顶大匠，而且善于处理阳春白雪、下里巴人的文化交叠，展现了人物与社会生活的缤纷繁复。汤显祖倾向阳春白雪，而莎士比亚则在呈现下里巴人之中，提升到文学艺术的顶峰。我们要认识，其中有历史的错位，却能各美其美。汤显祖占了中国文化艺术传统的鳌头，莎士比亚则是文艺复兴之后新兴阶层最亮丽的一道风景线。

二十世纪以前，戏剧的文化传播，主要是剧本文字与舞台演艺。文字通过抄录与印刷，可以长存，作品就不朽了；演艺在古代却无法复制，只能靠文字的描述，在依稀的回忆中，传递辉煌的演出信息。所以演剧的传播扩散，在二十世纪之前问题比较大，限制了传承与传播的力度，产生的文化影响也就相对薄弱。二十世纪以后不同了，文学理论家、思想家班雅明，特别提出了机械复制时代诞生的观点，就是说，人类的科技已经能够复制影像了。十九世纪中期以后就有摄影，然后到二十世纪初就开始有表演的影像记录、电影这些东西，这就使得文学作品、剧本文字与演艺画面、舞台演出，掌握同样的传播能量，都可以长存不朽，这是非常重要的知识结构与文化格局变化。尤其到了现在，表演艺术的花样层出不穷，电影、电视、电玩，以及各种各样高科技的手段，花样翻新，日新月异。汤公与莎翁的戏剧作品，现在可以通过影像传播全球，还有各种各样复制的、二次创作的、颠覆创作的、重新编排的，以及五花八门的文创产品，很有意思。

我们研究所谓的非物质文化传承，汤显祖和莎士比亚是很好的典范，可是我们知道，汤显祖的作品（包括《牡丹亭》）传播得很不够。青春版《牡丹亭》已经算是很好的一个范例，非常好的一个文化传播示范，可是从整个中华文化发展来讲，跟莎士比亚比比，跟英国人整个的文化策略比比，还差得远呢。我们要做的事情太多了。这张图片是莎士比亚在他的家乡教堂的塑像；这张是他的画像，现存英国国家肖像美术馆；这是他的故居，现在重建了。莎士比亚的家乡 Stratford-upon-Avon 对他过去生活的处所，珍若拱璧，宣传得不遗余力。汤显祖的故居在临川桥东，听说也在抚州重建，想要打造成类似莎翁家乡的旅游胜地。可是我们要记住，全世界研究莎士比亚的学者非常多，与莎翁有关的点点滴滴都有人认真研究。不仅如此，演出也多，全世界的剧场经常演出莎剧不说，在全球放映的莎剧电影也接连不断。一九九八年有一部红遍全球的好莱坞大片《莎翁情史》（*Shakespeare in Love*）以《罗密欧与朱丽叶》故事背景为基础，"戏说"莎士比亚的爱情，深获好评。这部电影请了哈佛大学的莎士比亚权威 Stephen Greenblatt 担任学术顾问，因此呈现历史背景很有真实感。我们迄今没有看到一部电影大片演汤显祖或《牡丹亭》，遑论全世界放映，在文化传播上产生全球性重大影响。

其实莎士比亚跟汤显祖有很多东西我们都可以结合起来学习，作为文化传播的典范。在影视科技出现之前，明清时代有版画，属于静态的图像传播，类似的方式现在也可以继续，在视觉艺术方面以汤显祖与《牡丹亭》为主题，进行创作。近年来，我在国内美术馆与大学办过多次"书写牡丹亭"的书法展，还在爱丁堡大学办过一次"书写昆曲"书法展。新冠疫情暴发之前，我和耶鲁大学与普林斯顿大学都安排了类似的书法展览，通过大学美术馆来展示汤显祖与《牡丹亭》，弘扬传统戏曲文辞之美。疫情延续了三年，在欧美办"书写昆曲"的计划完全停顿，直到最近香港疫情控制稍微松绑，终于在集古斋举办了"书写苏东坡"与"书写汤显祖"的书法展览。向全球传播汤显祖与《牡丹亭》，必需利用各种各样的方式，通过文学阅读、唱曲、舞台演出，甚至书法的艺术呈现，展现《牡丹亭》动听的曲调与优美的文辞。

到了二十一世纪，我们必须清楚认识，汤显祖是中国文化的一个先知，他有预见性，《牡丹亭》就是他预见的展现个人主体性的很好作品，杜丽娘的至情追求就是人类对美好生活与真理的追求。现在有许多《牡丹亭》外译的版本，有各种各样的翻译，但是，相比莎士比亚的全球性翻译，法文、德文、西班牙文、俄文、日文、韩文都有多重译本，汤显祖作品的译本真是小巫见大巫了。光是莎士比亚的白话中文译本就不知凡几，流行的全译本就有两种，我们连一部汤显祖全集的白话文译本都没有，如何传播到广大群众之中？

青春版《牡丹亭》的现代启示非常重要，我参与青春版《牡丹亭》的制作给我很大的感触，也使我深刻思考了演剧在中国文化复兴可以扮演的任务。现在是一个影视的世界，这是非常重要的历史变化与全新的文化传播环境，我们应当借鉴莎士比亚的各种版本演出与传播方式，推广各种各样的多媒体和传统媒体展演，出版各种各样的版本与译本，容许二次创作，甚至是颠覆性再创作，全面推广汤显祖与《牡丹亭》，作为弘扬中华文化的标兵。这是传播青春版《牡丹亭》给我们的启示，希望将来有更多面向的方式来传承与继承昆曲。希望到了二十二世纪，能让汤显祖的作品，在全世界能够像莎士比亚的作品一样，出现全球性的深远影响。

昆曲复兴与白先勇的愿景

· 黎湘萍

中国社会科学院文学研究所研究员

这个会议的主题是讨论昆曲的"传承与传播",尤其是总结青春版《牡丹亭》在这方面的实践与贡献,这是极有意义的议题。

昆曲的传承与传播,自昆曲问世以后,就已开始了。从涓涓细流,到成为一个戏种乃至一种艺术传统,历经数百年而不衰。即使朝代更替,城头变幻大王旗,即使历经战乱,偶或也有式微的时候,但这样一种根基于人心之至情至美的艺术传统,却从未断绝。它有自己的行规,有自己的专业要求,更有其内在发展根由。从专业上看,白先勇先生并非昆曲专家或"票友",却是昆曲之美的最佳鉴赏者和最有奉献精神的"昆曲义工",因此,在讨论当代昆曲的"传承与传播"时,舍白先勇则不仅不能深入,而且会出现一大片的空白,因为正是白先勇以作家的才识与魅力吸引了众多才华横溢的名家大师、专家学者来合力从事这一传承与传播的工作,他在策划制作青春版《牡丹亭》的整个过程中,创造了许多"奇迹":在培养新秀方面,他让业界打破了行规,实现了跨省跨界的传帮带;在传播的规模方面,他率领的团队让青春版《牡丹亭》在海内外大学校园里,在剧院舞台上姹紫嫣红,四处芬芳,创下了昆曲有史以来从未有过的上演十数年、四百场的纪录;他让昆曲作为博雅通识教育的重要组成部分进入校园课堂,使"昆曲"这一优美、精致的古典艺术重新焕发青春,后继有人,再次植根于当代年轻人的心中。

　　在我看来，"昆曲复兴"与作为文学家的白先勇的愿景有内在关系。对白先勇来说，"昆曲"是深藏在童年中的生命记忆。后来，记忆中的"昆曲"成为他书写历史沧桑、世态炎凉、悲悼易逝的青春与爱情的重要媒介，他的小说《游园惊梦》已然成为书写家国兴亡和人类之悲欢离合的经典之作。当小说《游园惊梦》被搬上舞台，文字上的描写转化为"可视可听"的戏剧，昆曲的美渐渐促成了一段重新认识、诠释、传承与传播中华美学与中华文化精神而且长达十多年至今仍然在延续的旅程：青春版《牡丹亭》的制作与传播，与我们所处的时代交相辉映，成就了一幅难以忘却、难以跨越的文艺复兴景象，现在看来，二〇〇四年青春版《牡丹亭》问世以来连续上演的那十数年，俨然是一段难以再现的"盛世"。

　　在那堪称"盛世"的十多年中，向我们"直接"显现的是青春版《牡丹亭》的制作以及在国内外大学中的上演热潮，这里有白先勇组织和率领的阵容强大的两岸专业团队，有新一代的演员阵容，有在舞台上呈现近乎完美的昆曲《牡丹亭》的全本表演；我们还在纪录片的采访中看到这出戏的制作背后，代代相传的昆曲传统与在传统的基础上的艺术创新——融入昆曲艺术中的文学（剧本）、音乐、唱腔、服装、舞美绘画（书法）、灯光运用等综合性的艺术再创造，它们共同展现了丰富、优美、触动人心的艺术复兴景象。

　　而在这一景象的后面，我们也领悟到了更为深层的打造青春版《牡丹亭》的内在缘由，那就是白先勇先生的愿景。

　　白先勇先生曾经说过，他所以写作，"是因为我希望用文字将人类心灵中最无言的痛楚表达出来"，这是理解他的文学的钥匙；他所以在退休之后仍然不辞劳苦出来做"昆曲义工"，则是希望"用最美的艺术来抚慰陶冶经历动乱之后变得荒芜粗糙的人心"。换言之，通过昆曲的复兴，来振兴被忽视、被埋没、被曲解的中国优美博大的文艺、文化理想，我想应该就是白先勇先生念兹在兹的愿景——这一点已经经由白先勇先生本人在《牡丹还魂》这部纪录片中得到了充分的展示和说明。我现在试图来管窥这样的愿景，也许有些不自量力，但作为白先勇文学作品的阅读者和青春版《牡丹亭》推展以来的一个"见证人"，似乎仍然可以作为千万种旁白中的旁白，那就是强调，这种愿景其实一直贯穿着白先勇先生一生的文学创作与文化实践。他曾从五〇年代中期创刊的《文学杂志》夏济安等诸先生那里接受过文学教育，那个时期的文学者推崇的现代主义文学，其实同时也怀抱着丰厚的古典人文主义情怀，现代主义与古典人文主义的有机结合，是医治滥情的现代浪漫主义文学弊病的一剂良方。白先勇先生在六〇年代创办的《现代文学》杂志，不只发表了他的"台北人"系列和"纽约客"系列乃至后来的长篇《孽子》，而且从《现代文学》出发的一代文学者们，构成台湾地区二十世纪六〇年代以来文学史的重要组成部分。换言之，战后台湾地区的文学所开创的新文学传统，实际上既继承发扬了五四新文学传统，又对之有所"扬弃"，"扬弃"意味着批判地继承和创新，这"创新"之处，就正是白先勇在七〇年代"正式"拿出来讨论的"文艺复兴"问题。如果说"文艺复兴"在某些地方只是一种历史的知识，或者"抽象的概念"，那么在白先勇这里，则是一种实实在在的文学实践（他自五〇年代以来的小说写作也可以看作是其中的一部分）；如果说在七〇年代讨论"文艺复兴"时，似乎还没有找到更好的切入点或抓手，那么，到了二〇〇三年筹备制作青春版《牡丹亭》时，他就找到了更好的切入点，这是一项意义重大的文化工程，然而在开启之处，在奠基之时，乃至在推行的过程之中，可能很多人都未必意识到它所蕴含的"文艺复兴"的意义，最多只是看到"昆曲的复兴"，而看不到"文艺复兴"。

那么什么是文艺复兴？从狭义看，这是十三至十六世纪三百年间西欧基督教社会对古希腊、罗马的哲学、文学、艺术的再发现和再诠释的运动；广义地看，这是古典精神在近现代的活化、再创造与运用，是"人"的再发现和再出发。当然，从达文西、米开朗琪罗、林布兰等人绘画、雕刻等艺术作品中，你会明显看到古代题材在现代艺术形式中以新的方式复活；然而，在文学作品中，你看到和听到的，则未必是"古代"的故事，而是全新形式的当代诗歌、小说、戏剧、散文，譬如意大利佩脱拉克和但丁的诗歌，薄伽丘的《十日谈》，法国蒙田的散文和拉伯雷的长篇小说，英国莎士比亚的戏剧，西班牙塞凡提斯的新"骑士小说"等等，描绘出一幅幅生动活泼的文艺复兴景象。而中国的文艺复兴，至少有两个比较显著的阶段，其一是五四时期的"新文化运动"，其二则是抗战胜利、台湾光复以后，新中国在文化、文艺诸方面开展的"复兴"运动。在台湾地区，五〇、六〇年代开始的、融合了现代的批判反省和古典人文主义精神的新文学传统，以及二十一世纪之后白先勇先生率领两岸精英制作的全本青春版《牡丹亭》——不再是戏班子常演的折子戏——已然构成中华文艺复兴运动的重要组成部分。

因此，在讨论与昆曲复兴相关的传承与传播时，更为重要的是讨论昆曲复兴之后的"中华文艺复兴"问题。通过中国传统最优美精致的艺术形式表现而再生的内在的文化价值，超越了朝代的更替、政治的变换、唤醒了一代代人内心深处关于情义、关于爱、关于美的想象。这是经过一代代传承下来的传统在现代条件下的再现与再诠释。譬如经由青春版《牡丹亭》，我们看到了最深层的华夏传统：即"礼（乐）传统"和"理（学）传统"经由最深刻的"情""义"的注入而汇为最触动人心的"文艺传统"，自汤显祖至曹雪芹一脉相承的这一有情有义的文学艺术的传统，活化了"礼"和"理"：让观众领悟到：无情无义的"礼"不是真正的"礼"；无情无义的"理"也不是真正的"理"，在《牡丹亭》里，"至情"超越了生死的界限，也冲破了"礼"和"理"的藩篱，使得"礼"有情有义，"理"也变得有情有义，"道"因而不再是抽象的理念，而是活泼泼存在于生命与生活之中的活水源泉，使之不再是僵化的、束缚人和社会的缰绳，而是解放人、使人真正获得自由的思想与情感。昆曲这一优美的抒情艺术，以审美的形式，重新诠释了汤显祖经典文本的人文主义价值，创造出新的至情至性的一代新人。这样来看，中国的礼乐传统，哲学传统，文学传统，似乎都有了重新去理解的空间了。

二〇二二年九月十七日

· 黎湘萍

中国社会科学院文学研究所研究员

"白先勇时间"与中华文化复兴

二○二一年九月末，我在北京某院线观看了纪录片《牡丹还魂》，我原以为纪录片进入中国大陆的院线是比较困难的事情，因为大陆的观众似乎对戏剧、电影或连续剧更有兴趣，但《牡丹还魂》的现场证明了这是我的偏见。不仅观影的观众多，而且大半是年轻人。开场前，我听到身边的一对恋人低声聊天，女的对男的说："看这部片子，对我来说特别有意义！"男的笑了："我也是！"纪录片从开始到结束，整个播放期间鸦雀无声，到最后全场竟不约而同地鼓掌喝彩（有个朋友在别的影院观看后给我发微信，所描写的情景也是如此）。其情其景，宛如当年青春版《牡丹亭》从南到北，从两岸三地到欧美日各地高校上演时观众情不自禁地全场鼓掌一般。这些彼此互不相识的观众、读者们，用发自内心的感动向不在现场的白先勇先生及其团队致敬。我看到了白先勇先生播下的种子，已然在青年一代的心中生根、发芽、结果。暗想：自宋元明清至现代中国的戏剧史上，可曾有过如青春版《牡丹亭》般走进大江南北的大学校园、连续十五年上演三百场的盛况？

白先勇先生在《牡丹还魂》中强调，他只是一个举着旗帜的人，在他的身后汇聚着两岸三地最优秀的几代艺术家、专家学者，有远见卓识的教育家、企业家等，是他们经由青春版《牡丹亭》共同发起了一场当代的文艺复兴运动。诚然，但假如不是白先勇，有谁能在两岸三地具有这样的魅力、魄力和能力来摇旗呐喊且做成这件亘古罕见的盛事？假如不是白先勇，有谁能在两岸三地经由昆曲复兴而再度高举中华文艺复兴的旗帜，展现中华文化之性情、美善及其以美学来熏陶情感、以悲悯来化解戾气、以古典美学来滋养现代的理想？

正是在这场观影现场中，我明显感受到了"白先勇时间"的存在，它透过白先勇个人的生命经验与艺术实践，以艺术的方式，跨越不同的时空，渗透、扩展、播散到每一个观影者自己的时间之中，化为他们个人经验的一部分。

一、"白先勇时间"源于其文学的美学质量

"白先勇时间"来源于他的所有作品之中。白先勇的作品是中文世界独特而迷人的文学风景。从一九五八年的《金大奶奶》、一九五九年的《玉卿嫂》开始，二十出头的白先勇就出手不凡，用简洁清澈的现代中文，精雕细刻了一系列充满历史沧桑感的人物世界。他与川端康成一样是最细腻深刻的表现东方人的生存处境和精神世界的世界级艺术家，他以冷静的风格呈现人物内心的激情和无明的痛楚，在战后文学中达到了将美学与哲学、伦理学融为一体的极致。

白先勇的作品是艺术，蕴含着高质量的美学因素：

一、语言之美：传情达意的高度技巧，描写的精致，叙述角度的巧妙选择和对话艺术的运用。他的小说语言，举凡叙述，皆简洁干净；而凡是人物对话，无不生动活泼。叙述、描写没有欧化的痕迹，完全通过各种叙事观点和口语的灵活运用来自然地表现人物的内外世界，这在五四以来的现当代作家中是罕见的。

二、戏剧之美：个性鲜明的人物与戏剧性的情节，是白先勇小说很鲜明的特征之一。白先勇是现当代作家最敏感于生命"无常"的，因此其作品往往善于捕捉从"有"到"无"的戏剧性兴衰变化，个人如此，家国如此，世运也是如此，《台北人》十四篇作品，从《永远的尹雪艳》到《国葬》里的每个人，都无所遁逃于这种渐变或突变的命运。他的人物被置于无常的剧烈冲突之中，因而其颓唐乃至死亡，往往引发读者或观众的强烈共鸣。

三、绘画之美：白先勇是短篇小说的高手，几乎每篇小说的每个场景，都富有绘

画之美，画面感极强。这与他善于交替运用叙述（narrating）和展现（showing）的表现方式很有关系。一身雪白素净的尹雪艳，在五月花唱《孤恋花》的娟娟，或者从打车到窦公馆、在聚会上演唱《游园惊梦》失声到离开窦公馆的钱夫人，画面鲜明，每个人物之或隐或现，都有恰如其分的场面和气氛作烘托，构成个性鲜明的人物群像和一幅幅色彩丰富的情境画面，令人观之难忘。

四、音乐之美：不仅语言层面富有节奏，朗读起来朗朗上口，而且把音乐作为小说情节展开、突显人物命运的重要线索，这方面表现出白先勇对于音乐的敏感，例如几乎每篇小说都涉及到音乐的场面，或径直以歌曲、戏曲为标题，如《一把青》《孤恋花》《游园惊梦》《*Danny Boy*》《*Tea for Two*》等，音乐是记忆展开的媒介，也打下鲜明的时间或时代标记。

这些美学因素，使得白先勇的小说成为话剧、舞剧、戏曲、电影、连续剧改编的重要来源，因为它们的人物性格和命运的戏剧性变化，乃至音声图像，已为其他艺术形式的改编提供了丰厚的原料。在文学领域，白先勇先生不仅是书写当代的"黍离""麦秀"和"哀江南"的抒情诗人，而且是打破成规和偏见的勇士，他诚实地表现人类的内外生活状态，挑战深藏于社会机理之中的偏见和不合理的秩序；在艺术领域，白先勇先生是完美主义者，跨界的先锋，八〇年代开始把小说《游园惊梦》搬上舞台，是期文本跨界转换的开始，到青春版《牡丹亭》的策划、制作与文本改编、美学表现等多方面的介入而达到高峰。八〇年代以来，白先勇成为影视界的"福将"，捧红了众多明星，只要进入他的小说改编的影视剧，老明星会大放异彩，年轻演员都会一举成名。

显然，白先勇的小说创作在突破其文学文本形态进入影视领域之后，已经使"白先勇时间"成为一个跨越时空、打破疆域、意涵日益拓展、影响日益深远的存在。

二、"白先勇时间"的存在方式

"白先勇时间"存在于白先勇的一系列艺术实践之中，它从文学内部的时间逐步扩展为超越文学疆界的艺术和社会的时间，其呈现方式即其艺术实践的三个阶段：[1]

第一个阶段是文学创作，包括小说和散文写作。从一九五八年发表第一篇小说《金大奶奶》到二〇〇二年和二〇〇三年发表纽约客系列的两篇短篇《*Danny Boy*》和《*Tea*

For Two》，前后跨越四十四年，且这一创作过程仍未终止，《纽约客》系列还在等最后的篇章才能完整问世。这个纯粹的文学写作阶段，是白先勇艺术实践的主体。白先勇以他自己非常独特的感受世界的方式，完成了他最重要的文学功业，或者说，完成了将自然生命向艺术生命转化的过程。从早期小说（《寂寞的十七岁》系列）到成熟期小说（《台北人》系列以及长篇小说《孽子》），以至晚期的小说（《纽约客》的最后几篇），白先勇都是非常前卫却又相当传统的"先锋派"。他之前卫，既表现于题材的开拓，又突出于形式的探索：家国由盛而衰，与个人青春不再，是他一再表现和凭吊的题材。他与传统的关系，最突出者竟然是形式上的，白先勇之"现代主义"的艺术形式——例如他使用得相当娴熟的意识流、象征手法和各种叙事观点的运用——恰是结合了中国传统小说的语言技巧。人们可在他的小说感受到《红楼梦》的文字节奏和颜色声调，正是这种特有的文字风格，赋予他作品的叙事写人状物写景以难以言传的亲切感（《台北人》尤其如此），也可在那里看得出来卡夫卡式的心灵的囿限和无以言说的痛苦。白先勇描写的人生悲剧既是政治的，也是历史的，命运的。他不仅为战后小说注入了深厚的历史沧桑感，使得现代小说在社会批判的功能之外，更多了一层历史的厚度和人性的深度，而正是这一点，创造了白先勇多年来众多的读者群，他们在白先勇作品中，看到了人及其命运的迹线。

第二个阶段是与他的作品有关的舞台实践。一九七九年，香港大学戏剧博士黄清霞率先把白先勇的《游园惊梦》和《谪仙记》改编成戏剧搬上舞台，促使白先勇后来亲自加入了改编其作品的历程。以一九八二年夏《游园惊梦》舞台剧在台北"国父纪念馆"公演十场为标志，文学版的《游园惊梦》进入剧场。一九八八年《游》剧在广州上演，随后在上海演出，一九九九年，美国"新世纪"业余剧团版的《游》剧在美上演。从一九七九年到一九九九年二十年，昆曲的旋律与白先勇小说人物命运的盛衰浮沉，成为非常重要的艺术风景，小说的戏里戏外，和现实人生的戏里戏外一样，构成一部真切感人的人生戏剧，激发成千上万观众的共鸣。这个阶段，是白先勇走向第三阶段的过渡，是他在二〇〇三年开始策划青春版《牡丹亭》的演出的预备。

而第三阶段，即青春版《牡丹亭》的策划制作，白先勇虽然是在幕后，却是非常重要的主脑人物。正如率军打仗一样，文将军白先勇率领他的艺术军团，走进校园，以昆曲艺术特有的美，一一攻破年轻一代的心灵城墙，不仅启动了一部古老的戏，而且重新唤醒了新生代对我们自身传统文化的自信心。对于美的向往和喜爱，非但不会演变成为政治性的民族主义浪潮，反而有可能给趋于干枯的传统重新注入温润的现代活力。

这三个阶段有一个越来越清晰的特征，那就是从侧重描写毁灭于时间的"美"的沉沦悲剧，到试图用"美"来抵抗时间的侵蚀，以瞬间的美为永恒，从而重铸属于性情和灵魂的历史。前者是文字的，后者是舞台的；前者是悲悼的，后者是救赎的；前者是悲怆哀婉的，后者是庄重喜悦的；前者是过去的，后者是现在和未来的；前者是告别的仪式，后者是复兴的典礼。

从这三个阶段看，白先勇的艺术实践和文化活动，前后有两个面向：一个面向是通过作品来表现的，其主题，如欧阳子和他本人所言，是"时间"及其造成的各种悲剧；从《台北人》《纽约客》到《孽子》，无不如此。因此，白先勇小说的"时间"有不同的层次，一是最根本的个人的时间；二是家族的时间；三是国族的时间；四是文化的时间。这四种时间，相互纠缠，互相影响。每一种时间，都有其悲剧的色彩。白先勇最了不起的地方，是细腻描绘了时间变化与个人、家族、国族和文化之命运变迁之间的关系。他观察到，所有的美的东西都毁灭于时间，在这个意义上，白先勇是千古的"伤心人"之一。这是白先勇文学世界向读者展现的最基本的情调。但白先勇的意义不仅仅在此，从他八〇年代以后的文学或文化活动看，白先勇还扮演了文化使徒的角色。七〇年代中期，白先勇就开始提出"文化复兴"的说法[2]，这当然与官方的说法有所不同，因为，白先勇的文化复兴说，乃基于对官方的文化、教育实践的批评。如果说，白先勇的文化复兴说在七〇年代中期还只是一个理念，那么到八〇年代以后至二十一世纪头十年，则是一种具体的实践活动。我把从《游园惊梦》的舞台剧到青春版《牡丹亭》的策划演出，看作是白先勇文艺复兴实践的重要例证。所谓的文艺复兴，表面上看，似乎是昆曲的复兴，是明代汤显祖《牡丹亭》的重现舞台，是白先勇个人青春梦的再现，但实际上，从昆曲，到青春版《牡丹亭》，我们看到白先勇和他的团队所呈现的艺术世界之外，还有更多的启示意义。这就是昆曲背后的中国传统艺术的价值；《牡丹亭》所呈现的世界意义。这些都指向对中国传统文化、文化哲学、美学的重新认识。要强调的是，白先勇所理解的传统文化，并不是其中保守、僵化的部分，而是其充满了活力、开放精神、精致的部分。

简言之，白先勇的文学创作和文化实践，有两个相反的方向，文学中，他描绘了某种文化价值、美的必然衰亡；而在文化实践中，他试图走出这种悲剧，力振中国文化和美学所曾有过的辉煌。在他对古典文化的重新诠释之中，暗示了现代创新的文化的可能方向。

白先勇在写他眼中的世界时，为读者提供了许多既熟悉又陌生的经验世界。这些经验，分析起来，不外两种：其一是外在的历史经验。这些经验具体落实于家国的巨变上，深刻影响白先勇对历史、现实、人生、人性、命运的感知。白先勇小说在表现这些历史经验时，不是从"宏大叙述"入手，而是从经历过这些历史沧桑的大、小人物的日常生活的改变入手。他采取了不同的视角或观点来切入历史。正是在这一点上，他的小说被夏志清比拟为"民国史"。然而，事实上，小说不等于历史，小说只是具有认识历史的功能，因为书写历史不是小说的目的，而是历史学的目的，小说的虚构性质，使之区别于历史，也使它的最终目标并不是以客观史料来讲述历史，而是表现在历史运动中的人的命运和人性，对此，白先勇有非常清楚的认识。他的"历史"小说的落脚点，往往不是大事件的回溯，而是大事件对于小人物命运的深刻影响。另外一种是内在的个人经验或身体经验。白先勇不止一次提到小时候因患肺病而被隔离疗养的故事，这对白先勇的个人生命而言，是非常重要的转折点之一（另外一个转折点是他的三姐罹患精神疾病和母亲的去世）。生命中不能承受之轻和重，酝酿于身体的变化，也来自与身体有至深至亲关系的生命变化。白先勇敏感于自己内心的感情变化，也敏感于别人的情感变化，这一能力也许深受他非常独特的"身体"感觉影响。因此，早期的小说，竟有大部分，是涉及身体的觉醒，可把早期写作看作"身体写作"的滥觞。到《孽子》以后，同志书写使白先勇成为这个领域最深入大胆的探索者，与他早期的身体感觉有密切关系，也是在这一点上，白先勇把最"另类"的个人经验做了富于现代伦理意义的表现，大大扩展了人性探索的领域。第三种所谓的"现代经验"，也许不可以称为"经验"，因为它是"超验"的，属于白先勇所领悟的宗教层面。越到后来，白先勇的写作就越突显出这种宗教性的救赎性质。二〇〇二至二〇〇三年问世的《*Danny Boy*》和《*Tea for Two*》，就具有救赎的性质，应该看作《孽子》的尾声。与此同时，二〇〇三年开始，白先勇策划制作青春版《牡丹亭》，在我看来，也是另外一种更具有普遍性的救赎，只是他以"美"来作为现世的"宗教"，以"情"改造了政治和礼教。

三、"白先勇时间"的意义

一九六九年三月号的《现代文学》以白先勇作封面人物，该期除了刊登白先勇的小说《思旧赋》（《台北人》之八）和《谪仙怨》（《纽约客》之二），还同时刊出颜元叔《白先勇的语言》、于梨华《白先勇笔下的女人》，大概可以看作以白先勇作为杂志专号的滥觞。在此之前，魏子云、隐地、尉天骢、姚一苇等作家、评论家都曾就白先勇的作品做过评论。同年十二月，夏志清在《现代文学》第三十九期上发表《白先勇论》（上），如胡适撰述《白话文学史》缺乏"下卷"一般，夏志清的《白先勇论》也没有"下"文。这对于勤奋著述的学者夏志清而言，可能是一种偶然，可能他等着白先勇的新作，或者寻找新的诠释方式。但这也未尝不可以看作一种不期然而获得的象征，仿佛在预示着，关于白先勇的评论，自一九六九年颜元叔、夏志清迄今，不论如何热闹，涉及的面有多宽，构建了多少从白先勇的文学作品得到启发的论述和知识，它们都可能还是"上"部，白先勇论的"下"卷永远等着未来一代人来写。这是不易做定论的作家论，是没有终点的旅行。

围绕着白先勇所展开的评论、译述、研究以及作品改编（舞台剧、电影、连续剧），衍生出另外一种文学和文化现象。从魏子云、姚一苇、隐地，到颜元叔、夏志清，中经欧阳子、龙应台、袁良骏、王晋民、陆士清、刘俊、林幸谦，到晚近的江宝钗、曾秀萍，还有数不清的论文论著，汇为饶有趣味的"白先勇现象"，而"白先勇现象"背后的关键，正是"白先勇时间"：它通过文学、戏剧、影视等艺术形式对于人性的深刻表现，产生了社会性的影响力。已有的白先勇研究将被新的白先勇言说所深化，后来人再去论述他的作品的主题、题材、语言、形式时，必将克服日益加深的诠释和理解的困难，也正是这种"困难"，使得"白先勇时间"有了不断绵延拓展的意义。

现在重读白先勇的文学与影视作品，可以重新思考和反省它们所共同表征的两个相互关联的概念，即"白先勇时间"与"中华文化复兴"：

其一，"白先勇时间"不仅包括白先勇小说中所描述的时间，譬如每个人物在时代巨变中的不同命运（在这个意义上，《台北人》《纽约客》《孽子》可谓家国兴衰与个人命运的"编年史"）；而且包括白先勇生命历程中观察、感受、体验与表现"时间"的方法和特质，这是从白先勇个人时间拓展延伸出去的具有历史意义和文化价值的时间，它包含着白先勇所领悟的文化精神和白先勇所创作的艺术世界（包括其文学创作及其改编的戏剧影视作品），它上接汤显祖、曹雪芹所开创的新人文主义文艺传统和五四文艺复兴的精神，下开战后中华文化复兴的大业。因此，"白先勇时间"的容量大，持续性长，影响广泛而深远。今天，当我们大家聚合起来研讨白先勇的文学创作及其相关的影视剧创作时，我们就都处于这一特殊的"白先勇时间"之中；

其二，"文艺复兴"问题早在七〇年代就已经见诸白先勇与胡菊人的讨论，而这一思路在白先勇这里，不仅仅是概念或理念的问题，更是一个具体的文化实践的问题。我们都知道西欧的文艺复兴起源于文艺，譬如意大利薄伽丘的《十日谈》、英国莎士比亚的戏剧等等。所谓的"中华文艺复兴"，重点在文艺，而文艺的复兴，根基仍在人的问题。白先勇借助青春版《牡丹亭》，展现了从汤显祖到曹雪芹数百年的艺术传统，这一传统所蕴含的美学与人文思想，在于他们以艺术的方式丰富了关于人、人性的理解，在于他们明确提出了"情"对于人的存在与社会再造的意义，对于延续了数千年的政治性的礼教、哲学上的儒学或理学和社会学上的礼制，"情"都具有根本性的意义，倡导有情的文化与政治，不是简单的"反"传统，而是把敬重个人的生命、情义作为艺术、政治、哲学、社会建设的核心。

从白先勇倡导的文艺复兴，不由得想到胡适所论及的中国文艺复兴。胡适曾说："所谓'中国文艺复兴'，有许多人以为是一个文学的运动而已；也有些人以为这不过是我国的语文简单化罢了。可是，它却有一个更广阔的涵义。它包含着给予人们一个活文学，同时创造了新的人生观。它是对我国的传统成见给予重新估价，也包含一种能够增进和发展各种科学的研究的学术。检讨中国的文化的遗产也是它的一个中心的功夫。"[3] 借由"活文学"创造"新的人生观"是胡适文艺复兴观的核心所在，其中包括了对于传统成见和文化遗产的重新评估与检讨。在这方面，白先勇继承和发展了胡适的文艺复兴观。

从胡适的"文艺复兴"概念，又不由得想到李长之的文艺复兴。李长之在《迎向中国的文艺复兴》序中说："我的中心意思，乃是觉得未来的中国文化是一个真正的文艺复兴。五四并不够，它只是启蒙。那是太清浅，太低级的理智，太移植，太没有深度，太没有远景，而且和民族的根本精神太漠然了！我们所希望的不是如此，将来的事实也不会如此。在一个民族的政治上的压迫解除了以后，难道文化上还不能蓬勃、深入、自主、和从前的光荣相衔接吗？"[4] 白先勇的文艺复兴，正好回答了李长之的问题。

然而，无论是胡适还是李长之，都缺乏白先勇进行文学创作与艺术实践的才华和时空。换言之，文艺复兴在白先勇这里，不是一个空洞的概念，而是由他六十多年来的文学创作实绩和由他参与、众人参与、在不同的时空中无限延伸、扩展出去的艺术创作组成的，"白先勇时间"则是其中最核心的特征与存在。

从"白先勇时间"再看白先勇的创作，会有什么不一样呢？

首先，在白先勇的小说里，时间比空间更重要，因为时间是属于每个人的，而空间则不然，空间只是白先勇表达时间之哀伤的依托，所谓"黍离之思"，所谓"昔我往矣，杨柳依依；今我来思，雨雪霏霏"，是也。白先勇所有的小说如果整合起来看的话，可以看做是白先勇独具特色的"追忆逝水年华"系列。无论是《台北人》（民国史），还是《纽约客》，无论是在桂林、上海、台北，还是流散于纽约、芝加哥（离散书写），所有人物曾经生活过的"空间"都不再属于人物自身，他们所拥有的，只有对于这些流动的空间的追忆。而时间的变化，对于人物本身才是刻骨铭心的，小到一个人的生老病苦死，大到国家的生死存亡，时间成为一把看不见的利刃，把每时每刻的欢乐和悲伤，幸福与痛苦，都雕刻在人的身体与记忆里。白先勇把他自童年以来观察、体会到的自己与他人的人生，用了生动的语文，编织成不会被时间侵蚀的文字雕像。因此，当他说"尹雪艳总也不老"的时候，意味着尹雪艳成为在时间中的一个象征性坐标，一一映照出在时间中老去和消逝的人们，万物盛极而衰，繁花凋零，然而，唯有情、义仍能存在于时间长河之中，也唯有情义可以在时间中抗拒轮回，起死回生。

其次，解读白先勇的小说，无法用单向度的文学理论或方法，诸如现实主义、现代主义，或者浪漫主义，古典主义，乃至各种时髦的解构说、后殖民说之类，或者说，白先勇的世界对单一化的理论具有抗拒解释的作用。白先勇没有去刻意创造现实主义所强调的"典型"或"新人"，在他的小说里找不到梁生宝之类的人物；但你会看到他的人物都会在时间的变化中改变命运的轨迹，旧式的金大奶奶（《金大奶奶》）如此，新式的李彤（《谪仙记》）、朱青（《一把青》）也是如此；赫赫战功的将军，忠心耿耿的仆从，青春勃发的飞行员，无家可归的青春鸟，都是如此。白先勇在时间的流变中写出了"无常"，又在"无常"的命运中写出了"人性""人情"之常态。正因如此，读者在他的小说世界中看到了别人的世界，也认出了在这个世界中自己的模样。什么主义、理论都可以借用白先勇时间来自我解释，但白先勇时间本身却不属于任何主义和理论。

第三，白先勇塑造的人，以重情义为特征，这样的"人"融合了传统的优异价值观和现代人的新伦理，是白先勇式的文艺复兴的基础和典范。因此，白先勇的中华文艺复兴，不仅是美的形式的复兴（如昆曲所包含的综合性的艺术之美），而且是一种融合了古典价值观与现代伦理的人的再造。我们看青春版《牡丹亭》《白罗衫》和《潘金莲》等新版昆剧，对古代戏剧人物的再现，都融入了现代的价值观；而根据白先勇的同名小说改编的连续剧《一把青》和《孽子》，也创造了崭新的伦理世界：前者展现的是宏大的战争与和平的画面，人物在战争（抗战、内战与冷战）中变化莫测的命运，在书写家国巨变，悲悼青春、死亡，书写现代性的悲剧方面，白先勇的作品汇入了世界文学中战后的一代，其书写美的灭绝，废墟上的希望，人的身体和精神的流离，罪的救赎，等等，既是华人的，更是世界性的（关于一战、二战后的作家作品，早在六〇年代创办《现代文学》时，就得到一系列的译介，而白先勇对于经典的吸纳，则不限于这些作家，更包括了《红楼梦》这样的中国古典和一些十九世纪的经典作家）。后者所塑造的孽子们"王国"，颠覆了人们所习以为常的偏见，小说不仅完美体现了白先勇先生所追求的"希望把人类心灵中无言的痛楚转换成文字"的理想，也通过"孽子们"的命运和献祭，救赎了一般的读者大众。

关于白先勇的研究、评论如此众多和持久不衰，"白学"之说似也呼之欲出。[5] "白学"不仅研究漂流的文化乡愁，怀旧的文学，悲天悯人的生活态度，追求完美的审美趣味，或者，"最后的贵族"与"边缘人"的悲情，白学也将是一个不断突破各种陈规旧套的文学场域。事实上，从二十世纪六〇年代初开始至今的白先勇评论、研究，在台湾、中国大陆和海外，不断衍生关于青少年问题、女性问题、阶级问题（"最后的贵族"）、历史与社会意识、文化认同、国族认同、身份认同、同志议题、后殖民与离散、现代主义与现实主义、传统与现代、昆曲复兴和文化复兴等各种相关的文学内外的话题，成为浮现于媒体、大学课堂的重要讨论对象，是知识生产和理论创造的资源，文艺沙龙与社会运动的助力。

"白学"之所以有意义，最重要的，是源出于白先勇笔下那个虽然不是很庞大，却非常精致质感十足的小说世界，是由金大奶奶、玉卿嫂、尹雪艳、金大班、沈云芳、娟娟、钱夫人、朱青等女性人物和王雄、阿青、龙子、阿凤、杨师傅、傅老爷子等一干人物组成的艺术画廊；是一九六〇年白先勇领着一班人马创办的《现代文学》杂志，这份杂志现已成为台湾文学史不可或缺的环节之一。当然，还有从小说文本衍生出来的舞台剧、电影、连续剧，以及白先勇作为制片人和策划者、也颇能体现其美学理想和人生追求的传统艺术的呈现，即青春版《牡丹亭》的演出，后者看似借用传统的昆剧来表现四百年前汤显祖的青春梦想，然而，白先勇及其创作团队对这个青春梦想的呈现方式，却引发新生代重估传统艺术和人文价值的浪潮，在这个意义上，昆剧青春版《牡丹亭》的舞台实践，既可看作"昆曲"的复兴，更应看作一种深具新意的文化现象，这是昆曲背后的传统人文价值（包括戏剧、音乐、文学、绘画、书法和哲学）的反省和更新，当代条件下可能的新的文艺复兴。

从文学创作到影视剧的改编到青春版《牡丹亭》在不同国家和地区的跨境跨时空旅行，"白先勇"这三个字，已从个人的专有名词，演变为一个包含着丰富的文艺与文化意义的普通名词，它可以用来描述具有世界意义的战后华文文学特质，它可以用来阐释中华文艺复兴的内涵，它赋予了当代"人"以更为深邃、多样、开放的诠释，它开启了古典与现代相互融合的人文与美学新境界。

总之，"白先勇时间"从一九三七年白先勇诞生之时开始，而真正的展开，始于使用文字来进行文学创作的二十世纪五〇年代，它的生命力与恒久性和他六十多年来从未终止的文学创作有密切关联，与其创作被改编为话剧、舞台剧、戏曲、影视剧有关，与三百多年前的文艺传统的融合和再造有关，与读者和观众们的时间之密切呼应有关，因此，"白先勇时间"或者即意味着中华的文化复兴在二十一世纪的生根、开花、结果。

二〇二一年十一月十九日于北京
二〇二一年十二月三十一日修改

注释

1. 本人曾撰小文《谪仙白先勇及其意义》，发表于台北《印刻文学生活杂志》二〇〇六年第二卷第七期"白先勇专辑"，此处部分引用拙文。

2. 一九七六年八月二十一日白先勇与胡菊人的对谈中，提到文化复兴首先应该改革课程的问题，见《与白先勇论小说艺术》，原载香港《明报月刊》和《联合报》，收入《第六只手指》（上海文汇出版社，一九九九年版），二八四页。

3. 胡适：《中国文艺复兴》，一九三五年一月四日在香港大学演讲，刊于《联合书院学报》第一卷第四十九期，《胡适全集》第十二卷，二四二页。

4. 李长之：《迎向中国的文艺复兴》，商务印书馆民国三十三年八月重庆初版，民国三十五年九月上海初版，四页，该序写于一九四二年九月九日。

5. 二十世纪六〇年代初开始有针对白先勇小说的评论。早期的评论侧重题材的意义和相关议题的讨论，例如魏子云《寂寞的十七岁——评介一篇触及少年问题的小说》发表于一九六二年十一月十四日《联合报》；隐地《读白先勇〈毕业〉》刊于《自由青年》一九六五年第三十四卷第四期；尉天骢《最后的贵族》发表于一九六八年二月《文学季刊》第六期。从姚一苇《论白先勇的〈游园惊梦〉》（发表于一九六八年十一月的《文学季刊》）开始，到颜元叔《白先勇的语言》（刊于一九六九年三月《现代文学》第三十七期）和夏志清《白先勇小说论》（上）（刊于一九六九年十二月《现代文学》第三十九期），细读白先勇、探讨构成其作品肌理的语言和主题渐成学院派评论的特色，而以欧阳子对《台北人》系列的主题分析[收入欧阳子《王谢堂前的燕子》（台北：尔雅，一九七六年四月初版）]集其大成。至今关于白先勇的研究专著至少已有七种，论文不计其数。建立"白学"似嫌"夸张"，但作为知识生产的资源之一，白先勇的作品及其文化艺术实践活动早已不可或缺，直接影响到两岸三地甚至海外华人文学的定位问题。

姹紫嫣红牡丹开，良辰美景新秀来
——写在青春版《牡丹亭》四百场公演前夕

· 周秦

苏州大学教授

《牡丹亭》堪称明人传奇第一，那"不知所起，一往而深，生者可以死，死可以生"（汤显祖《牡丹亭·题词》）的至情，那"雨丝风片，烟波画船""如花美眷，似水流年"（《牡丹亭·惊梦》曲词）的藻采，曾经叩响了多少青年男女的心扉，成为他们执着追求的生活理想。数百年来，《牡丹亭》同元人高明《琵琶记》、清人洪升《长生殿》一道成为最热演不衰的三大昆曲剧码，而杜丽娘、柳梦梅、春香、杜宝、陈最良、石道姑这一系列个性鲜活的人物形象，乃至《牡丹亭》作者汤显祖的思想和才华都是通过昆曲剧场得以传播并为世人所认识接受的。

《牡丹亭》传奇原本五十五出，同大多数明清传奇相仿，篇幅冗长，全部搬演须用几天几夜时间。因此自昆曲戏场进入繁盛期的明末清初以来三百余年间，《牡丹亭》通常采用选折的形式进行场上演出，全剧搬演的情形至为罕见。编刻于清乾隆二十九年至三十九年间的《重订缀白裘新集合编》收录当时昆曲戏场经常搬演的《牡丹亭》折子戏计有《学堂》《劝农》《游园》《惊梦》《寻梦》《离魂》《冥判》《拾画》《叫画》《问路》《吊打》《圆驾》等十二出，比照汤显祖原著，实为十一出。大约七十多年后的道光年间，《审音鉴古录》记载的《牡丹亭》常演剧码有《学堂》《劝农》《游园》《堆花》《惊梦》《寻梦》《离魂》《冥判》《吊打》《圆驾》等十出，比照原著，实为八出。又过七十多年，清末民初全福班戏码中所见《牡丹亭》常演折子为《学堂》《劝农》《游园》《咏花》《惊梦》《离魂》《花判》《拾画》《叫画》《问路》《寻元》《吊打》《圆驾》等十三出，比照原著，乃是十二出。这些出目大致都经由苏州"传字辈"艺人传承下来了。考虑到采用不同戏曲文献可能导致的统计误差，从十八世纪中叶以迄二十世纪中叶的两百年间，《牡丹亭》的常演出目虽有小异，实无显著变化。而按照联合国教科文组织关于鉴定世界文化遗产所必须遵循的原真性、完整性和传承性等项原则，恐怕只有这十来出《牡丹亭》真正有条件列为人类非物质文化遗产代表作——中国昆曲的有机组成部分。这些折子戏千锤百炼，精彩耐看，久演不衰，足以代表昆曲场上的最高成就。可是情节断裂，难以全面展现《牡丹亭》的思想风貌。面对现代剧场和青年观众，编演者往往会身陷两难境地：要将《牡丹亭》推介给青年观众，只演几个传统名折显然是不够的，必需首尾完整，情节连贯；而按原著全部搬演，又有许多难以解决的实际问题，光是过于冗长的演出时间就足令现代观众望而却步。因而首当其冲的要务乃是改编案头文本，重新贯通关目，在舞台上呈现基本完整的故事情节，使之尽可能适应现代剧场和青年观众的审美需求。

较早进行尝试并产生影响的有一九五七年十二月在上海首演的"俞言版"《牡丹亭》（苏雪安改编，俞振飞、言慧珠主演），一九八二年十月在苏州首演的"张继青版"《牡丹亭》（胡忌整理，张继青、董继浩主演），一九九九年七月在纽约首演的"陈士争版"《牡丹亭》（陈士争导演，钱熠、温宇航主演），以及一九九九年八月在上海首演的"（上昆）经典版"《牡丹亭》（王仁杰整理，郭小男导演，蔡正仁、张静娴、岳美缇、李雪梅、张军、沈昳丽主演）。其中"陈士争版"《牡丹亭》因远离昆曲艺术基本特征而受到较多诟病，也未曾在中国内地公演，其余各种大抵取得了一定的社会效益和制作经验。

二〇〇二年底，白先勇先生选择苏州昆剧院作为基地，邀集海峡两岸文化学者和戏曲艺术家，精心打造青春版《牡丹亭》。所谓"青春版"，究其实质无非是尝试起用青年昆剧演员，演绎古典青春爱情故事，借以将民族优秀传统文化推介给青年一代戏曲观众。而要讲好演好《牡丹亭》故事，首要的问题仍在于剧本的整理剪裁。制作团队依据对《牡丹亭》主题思想和情节故事的深刻把握，在"只删不改"的原则指导下，遵循"立主脑"（诠释汤显祖赞美青春、歌颂至情的创作主题）、"减头绪"（修剪与主题关系疏远的旁枝末节）、"密针线"（注重整体结构和重点部位的细节描写）

的传统作剧要领，按照《牡丹亭》传奇因情而死—为情复生—情至梦圆的发展线索，将原本五十五出斟酌删并为二十七出，依次整编为上（梦中之恋）、中（人鬼之恋）、下（人间夫妻之恋）三本，从而较为真实完整地体现了原作的文化精神和思想逻辑。总演出时长预计约九小时。青年观众能坐得住吗？当时并无把握。

另一个问题是，除了那十来出传统折子戏以外，其余的戏没有场上传承，谁来教？好在文本、曲谱俱在，非物质文化遗产的技艺保留在老艺术家身上，他们可以依据传统表演程序把新戏"捏"出来。于是把表演艺术家汪世瑜、张继青分别从杭州、南京请过来，主持教排。从基本功训练、唱念指导到场上磨合，加上音乐编配、戏装设计、道具制作，编排过程持续了整整一年，使苏州昆剧院和剧组演职人员的业务水平和精神面貌发生了脱胎换骨的变化。最后一次彩排，剧院租借了当时建造中的万豪国际酒店的一层楼面，按首演剧场——台北"国家戏剧院"大舞台一比一搭建临时戏台，邀请苏州大学文学院研究生作为观众，三天内连演两轮六场，反应上佳。白先勇兴奋地说："我们成功一半了！"

二〇〇四年五月一日晚十一时许，苏州昆剧院青春版《牡丹亭》台北首演徐徐落下帷幕，能容纳一千四百多名观众的"国家戏剧院"却依旧座无虚席，谁也不愿意退场离去。最后，总策划人白先勇走上舞台，手搀主要演员沈丰英、俞玖林，向观众一再致意并谢幕。于是全场起立，报以长时间的热烈掌声。台北主要报刊破例以头版头条的显著地位登载青春版《牡丹亭》的大幅剧照以及评论报道，记者认为此次公演所获致的剧场人气甚至超过了当红的流行歌星，实令主办方始料未及。

二十天以后，五月二十一日至二十三日，同样的盛况重演于香港沙田大剧院，一票难求，观众若狂，满城争说杜丽娘，传媒惊呼港埠刮起了一阵昆曲旋风。又过二十天，这股旋风趁势北上，直指昆曲源头——苏州。六月十一日至十三日，"苏州大学存菊堂门前出现多年不见的人流如潮的场面，持票的人三五成群兴致勃勃走进剧场，无票的人焦急地问东问西希望能够侥幸弄得一张。"开场前，拥有两千两百多个座位的存菊堂内早已座无虚席，连四周及过道里都挤满了人。"不同专业、不同年级、不同性别的大学生虽然喜爱各有不同，但却有一个共同感受：'昆曲真的是国粹！'"（《苏大简报》第一〇四三号）

紧接着，七月苏州世界遗产大会、九月杭州中国艺术节、十月北京国际音乐节，青春版《牡丹亭》屡屡成功，声名鹊起。兹后数年中，剧组马不停蹄，辗转献演于上海、澳门、天津、南京、佛山、台南、新竹、深圳、桂林、广州、厦门、西安、成都、兰州、福州、武汉、合肥、郑州、抚州、无锡、重庆、深圳等两岸三地二十多座大中城市，并远涉重洋，先后前往美国、英国、希腊、新加坡公演。所到之处，剧场爆满，媒体追捧，好评如潮。二〇一一年底，青春版《牡丹亭》在北京国家大剧院隆重举行两百场公演及庆功酒会。稍事整休，又重新出发，巡演所至的大中城市尚有常州、南昌、长沙、岳阳、盐城、济南、徐州、大连、宁波、石家庄、中山、贵阳、温州、昆明、汕头、南宁、台中、太原、舟山、珠海、台州、扬州、泉州、淮安、宿迁、丽水等三十多座。二〇一六年九月赴伦敦参加纪念汤显祖、莎士比亚逝世四百周年活动，二〇一七年七月赴雅典参加中希文化交流与文化产业合作年活动，为中欧文化交流做出了贡献。截至二〇二一年一月，青春版《牡丹亭》累计公演三百九十四场，前期较大部分演出是直接以高校为物件的；累计进场观众接近百万人次，通过网络等其他途径观看者超过一亿人次，其中以高校学生为主体的青年观众占了绝大部分。

青春版《牡丹亭》的全球风靡，引起了海内外学术界的广泛关注。著名戏曲学者、台湾大学曾永义认为"这是划时代的演出，其意义非同凡响"，"就传统戏曲搬演于现代社会来说，引起了极大的回响"，"对于昆剧未来的发展，相信会有推波助澜之效"，故必将成为"今后戏曲史上称道的一大盛事"。著名戏曲学者、上海戏剧学院叶长海以"清纯、干净、雅致"三个词汇概括他对此剧的印象，认为演出"充分展现了昆剧本身的魅力"，因而"是我所见过的最美丽的一次昆剧《牡丹亭》，比较接近我们理想中的名著《牡丹亭》"。著名汉学家、美国哈佛大学伊维德（Wilt Idema）则指出，"这次演出利用广大的舞台和现代化的剧场技术去搬演传统的戏曲,安排得很理想"，对于他而言是一种"非常特别的美感经验"。白先勇团队和苏州昆剧院历经十八年辛勤打造，竖起一座艺术丰碑，不仅成功拓展了昆曲的存活空间，使这门古老的传统艺术重新焕发青春活力，不仅培养造就了以沈丰英、俞玖林为代表的一代苏昆青年演员，将他们推向昆剧舞台中央，更唤醒了当代大学生对民族文化的热情关注和深切认同，堪称二十一世纪初叶的一大文化奇观。

青春版《牡丹亭》的成功之道，首先在于总策划人白先勇所标榜的"青春"创意。这曾经引发圈内人士的颇多争议：古典传统与青春流行，二者相去万里，岂可混为一谈？然而细思之，白先勇的这一构想不无道理。赞美青春、歌颂至情本来就是《牡丹亭》传奇的主题思想。这是具有永恒意义的文化主题，也是昆剧《牡丹亭》久演不衰、魅力永保的主要原因所在。因而无论就《牡丹亭》的文化精神抑或昆曲艺术的存活现状而言，这一创意均具有毋庸置疑的合理性。为此，剧院起用优秀青年演员担纲演唱，从容貌神情、体态举止以及唱念音色等方面更真实地贴近并表现剧中人物。诚如王骥德所见，以"老教师登场"，虽"板眼场步略无破绽，然终不能使人喝彩"；而"新出小旦"，固然"未免有误字错步"，却"妖冶风流"，足以"令人魂销肠断"（《曲律》卷四）。而身负苏州昆曲薪传重任的沈丰英、俞玖林气度清纯娴雅，天赋丽质佳嗓，他们的气质长相最适宜于扮演昆曲中的生旦角色。剧中扮演春香的沈国芳，扮演杜宝的屈斌斌，扮演杜母的陈玲玲，扮演胡判官的唐荣，扮演杨婆的吕佳，以及扮演花郎的柳春林等，都是同年出科，当时二十出头年华。在名师调教下，刻苦磨炼，通力合作，终于把《牡丹亭》故事演绎得回肠荡气，曲折动人。

当然，"青春版"不能简单地等同于起用年轻演员，白先勇的创意至少还包括了青春题材、青年观众以及与之相匹配的表现方法和审美取向。尤其重要的是不可脱离传统典范，首先是对《牡丹亭》原著和昆曲艺术基本特征的敬畏。青春版《牡丹亭》坚持继承为主、继承与创新分途的指导思想，即一方面，剧本整编只删不改，原牌原词，尽量保留汤词原貌；保存名出名段，惕厉谨慎，一丝不苟；恪守昆唱规矩，尊重传统表演程序，手眼身法步，认真讲究，务求完美。另一方面，对于某些具体的身段、排场甚至行当安排，尤其是部分为贯串情节而不得不重排的新出新段，本来无可依傍，则不妨充分发挥老艺术家的创造能力，效仿"传字辈"老艺人"捏戏"的做法。戏场实践证明，以上构想和做法是至为成功的。汪世瑜、张继青运用五十年演艺生涯所积累的丰富经验，按照他们对昆曲剧场的深刻理解，不拘一格，不废一法，选择尝试最为合理的表现手法，在古典名剧与现代观众之间架起一座桥梁，使青春版《牡丹亭》得到尽可能完美的舞台呈现。旧戏如《学堂》《惊梦》《寻梦》《拾画》《冥判》《硬拷》等出传统而不陈腐，新戏如《旅寄》《魂游》《幽媾》《冥誓》《如杭》《索元》等出则绚丽而不媚俗，改妆俊扮的石道姑、杨婆也得到了绝大多数观众的认可。全剧风格典雅，新旧交融，和谐一体，达到了较高的编导水平。

昆曲表演艺术的最高典范是"姑苏风范"。由于这一典范形成于昆曲戏场鼎盛的清代乾隆、嘉庆年间，故又称为"乾嘉传统"。"传字辈"老艺人回忆说：

> 老先生教戏，真是严格……只要是老先生手里教出来的，不管哪位上台做，

或者在哪里教学生，都是一个规格模式。人们称这种规格叫"昆剧典型""姑苏风范"。（周传瑛《昆剧生涯六十年》）

这实际上是昆曲艺术得之于原生环境的文化特征：就表现形式而论，含蓄素朴，简约淡雅，不张扬，不奢华，不繁缛，不艳俗；就表现方法而言，精致细腻，讲求规范，注重细节。产生于苏州这片文化土壤上的艺术样式如园林、工艺、戏曲、曲艺，甚至服饰、家具等莫非如此。具体到昆曲本身，按清人评述乾隆四十九年（一七八四）为迎接皇帝南巡而荟萃"苏、杭、扬三郡数百部"（清·龚自珍《书金伶》），精华搭建的集秀班有云：

集秀，苏班之最著者。其人皆梨园元老，不事艳冶。而声律之细，作状之工，令人神移目往，如与古会。非第一流不能入此。（清·吴长元《燕兰小谱》）

即一方面，"不事艳冶"，曲词尚当行本色而忌骈偶绮丽，表演尚轻歌缓舞而忌声嘶力竭，场面只鼓笛小锣而忌嘈杂喧闹，道具只一桌二椅而忌堆垛写实，行头则"宁穿破不穿错"，艺人则"重艺不重色"；另一方面，"调用水磨，拍捱冷板"，"功深镕琢，气无烟火，启口轻圆，收音纯细"（明·沈宠绥《度曲须知》），追求"声律之细，作状之工"。从而形成了"三小"当家、情致为主、传神写意、细腻生动的总体面貌。这就是数百年间被推为戏场极致的"姑苏风范"。

青春版《牡丹亭》立足当代，敬畏传统。在充分理解并尊重昆曲艺术形式规范和审美特征的前提下，面向现代剧场和现代观众，尝试贯注时代精神，强调唯美的艺术追求。在这里，"重艺不重色"被合理延伸为"重艺又重色"，"宁穿破不穿错"也顺势翻新为"既穿对又穿美"，从而较为成功地实践了"姑苏风范"的现代延展。就总体而言，以青春版《牡丹亭》为标志的新"姑苏风范"正博得越来越多的理解、支持和喝彩声。

青春版《牡丹亭》的成功还得益于始终不渝的精品意识和较为先进的营销理念。从剧本整编到演员遴选，从名师教排演到音乐制作，从服装设计到舞台布景，从双语字幕到广告戏票，无不精心策划，精心打磨，不计工本，力求整体完美，细节精致。同时，不是被动地等待市场的选择，而是主动选择市场，将营销重点确定为以高校学生为主体的青年观众群。制作团队破除"酒香不怕巷子深"的陈腐观念，充分利用电台、电视、网络、报纸、期刊等现代媒体，调动一切传播手段，深入受众，广泛宣传。新闻发布，推广讲座，交流访谈，专栏博客，直至征文出书。白先勇总是身先士卒，登高鼓呼，以扩大影响，集聚人气。

青春版《牡丹亭》公演两百场以后，其舞台呈现面貌悄然发生了一些变化，例如演出性质从前些年以"展演""校园行"为主，变为清一色的"商演"；演出版本从前些年以三场"全本"为主，变为很少演"全本"，基本上只推一个晚上演完的"精华版"；上场演员从偶尔到较多使用B档，下一拨青年演员的遴选培育已摆上苏州昆剧院的工作日程。

青春版《牡丹亭》代表着当代知识分子传承复兴中华传统文化的不懈努力和初步成功。其经验无疑具有重要的借鉴意义，却又难以随便套用或简单复制。二〇〇七年八月，时任国务院总理温家宝复信沈丰英、俞玖林，向他们表示祝贺和感谢。信中表扬二人"为保护昆曲做了很好的工作，既有传承，又有创新，使这一古老的剧种开了新生面"，进而勉励他们"多编多演，走向全国，走向世界，为昆曲事业的发展作出贡献"。温家宝还欣然题词道："姹紫嫣红牡丹开，良辰美景新秀来。"上句表彰青春版《牡丹亭》的巨大成功，下句赞叹新一代昆曲人才的健康成长，情真意切，催人奋进。

当然，青春版《牡丹亭》并非尽善尽美，有些地方还须切磋打磨。除了青年演员艺术素养方面的问题以外，同行专家的批评意见较为集中于舞台布景和伴奏音乐的非昆曲化处理等处。这些意见也许只是出于不同审美观念的见仁见智，但是都已得到制作团队的高度重视和深刻反思，吸收以为改进提高之资。苏州昆剧院将在今年择时隆重举办四百场公演和庆典。为此，剧组正抓紧重排，以期精益求精，竿头再进。可以预见，通过集思广益，反复磨砺，青春版《牡丹亭》必将日臻完美，最终成长为真正的艺术精品，在中国戏曲史上留下浓墨重彩的一笔。

论青春版《牡丹亭》现象

·朱栋霖

苏州大学文学院教授、前院长

二〇〇四年四月,青春版《牡丹亭》在台北首演,九千张戏票早就抢购一空,美国、澳大利亚侨民赶来看戏,《联合报》破例头版头条刊登首演消息。青春版《牡丹亭》上演成为当年台湾一个轰动的文化事件。

二〇〇四年五月,青春版《牡丹亭》轰动香港剧坛。

二〇〇四年六月,苏州大学存菊堂内两千四百个座位满满当当,开演前已是一票难求。

二〇〇四年九月,青春版《牡丹亭》是中国第七届艺术节上卖座最好、最受观众欢迎的戏。

十月,青春版《牡丹亭》在北京二十一世纪剧院演出后谢幕,观众鼓掌长达十五分钟,被称为剧院开台以来最轰动的演出。北京媒体称,在北京这个全国戏剧中心,"除了二〇〇三年在长安大戏院演出的京剧连本戏《宰相刘罗锅》以外,恐怕没有哪部戏剧作品有青春版《牡丹亭》那样大的阵势与影响了。"

十一月,在上海国际艺术节上,青春版《牡丹亭》依然红火。

二〇〇五年三月,青春版《牡丹亭》成为澳门国际艺术节上最具看头的剧目。

二〇〇五年四月八日起,青春版《牡丹亭》先后在北京大学、北京师范大学、南开大学、南京大学、复旦大学、同济大学演出。每到一处，校园里就掀起一阵热潮，剧场内掌声迭起，大学生好评如潮，称观看青春版《牡丹亭》是一次心灵的震撼。

二〇〇五年七月，我征得白先勇的同意和学校支持，联络八所大学和中国戏剧家协会、中国艺术研究院，在苏州大学召开"青春版《牡丹亭》研讨会"。

青春版《牡丹亭》的演出，已是近年来中国戏剧界影响最大、最引人关注的事件，尤其是她走进大学，在中国大学生中产生的轰动与影响，使这成为一个重要的文化现象，可称之为"青春版《牡丹亭》现象"。

一、"青春版《牡丹亭》现象"的三大成因

形成"青春版《牡丹亭》现象"的主要原因，我提炼出三个关键字："白先勇""青春版""中国昆曲"。

1. "昆曲义工"白先勇

白先勇先生以其智慧决策、美学导向与组织才能，在青春版《牡丹亭》的成功策划与演出中所起的核心与决定性作用，已是有口皆碑。他杰出的文学创作成就以及他本人在文化界、大学中的巨大影响，是本次拓展青春版《牡丹亭》在台港澳、在中国大陆的影响与成功走进大学的最大推动力，这也是无可置疑的。可以说，他是青春版《牡丹亭》演出的灵魂。三年来，他搁置写作，基本坐镇苏州，在台北与苏州之间往来奔波，对剧本整编、排演的大小环节悉心指导；每次演出之前，又马不停蹄，亲自出马宣传造势、召开新闻发布会、接受记者采访、到各大学演讲、与大学生座谈。演出之后又认真听取各方意见，不断推敲、修改演出。这二十多年来，我们也见过不少优秀的戏剧演出，但是没见过有像白先勇那样如此持久地投入指导的。他的"昆曲义工"精神感动了大家，台北的艺术家、大陆香港的教授专家与研究生、大学生们，都愿意为青春版《牡丹亭》的演出奔忙。苏州文化界的一位领导周向群女士说："白先勇先生为昆曲感动，我为白先勇的精神感动。"

2. 诉诸至情的"青春版"

白先勇拈出"青春版"三字作为这次昆曲《牡丹亭》搬演的题旨，我认为这是其成功的关键。

它强调与提炼了汤显祖创作的"青春与爱情"主题。《牡丹亭》问世以来的演出，各个时代曾有各种各样的理解、诠释与处理，如"艳情""鬼情"，而近五十年来的流行看法是"反封建"，因为柳、杜"反封建礼教"，《牡丹亭》才得以继续公演。在一段时期，《牡丹亭》也可以被诠释成歌颂杜丽娘追求个性解放。而白先勇则从《牡丹亭》中四百年前的唯美绮梦，提炼出一段缠绵古今的生死恋情，杜丽娘为情而死、因情而生，死死生生中唯情是灵魂。汤显祖以"情至"为自己创作追求的精髓，强调青春与爱情的主题，更符合汤氏精神，也贴近白先勇策划《牡丹亭》锁定的观众群——当代青年人的心灵。

青春版《牡丹亭》对"青春与爱情"主题的提炼，乃是真情、纯情、痴情、至情，是刻骨铭心、生死不渝乃至跨越生死之情。《牡丹亭》表现的至真恋情，已为今日文艺作品所鄙弃，今日铺天盖地描写爱情婚姻的作品大都表现三角恋、婚外恋、乱伦恋、非道德恋、变态恋、移情别恋，包括流行歌曲、影视剧。在那些作品中，爱与情总与是非道德、与乱、与恶、与邪相维系，描写真情、纯情、至情被嘲笑为陈旧、保守，不合时宜。因此当《牡丹亭》剧场中浓郁的真情、纯情、至情被激荡起来，一下子唤醒了人类心灵深处饥渴的真纯之情，尤其是剧场中年轻的心。剧中缠绵四百年的爱情梦想是中国人心底的爱的情结，是人类心灵的渴望。正如白先勇所说，虽然现代人比较浮躁，但是内心总有一个自己的爱情神话，现实中可能得不到、太难得，而《牡丹亭》中爱情的真挚以及表演的优雅，使此剧得以超越时代，令其获得年轻人的欣赏成为可能。每次演出，都激起青年观众如潮掌声与心灵震撼，说明它对 e 世代青年具有吸引力，青年大学生是今日社会上纯情一族。这是一个爱情神话，一对痴情的情人舞动翩翩水袖，唱着纯真优雅的情歌，将青年人的心灵之窗打开。

青春版《牡丹亭》的剧本整编，颇费经营，是值得称许的。他们考虑到，对于不熟悉古典戏曲情节的青年观众，片段式的经典折子戏无法使他们产生理解与共鸣，需要演全本。戏剧的意义，是在剧场中通过"演"与"观"的互动产生的，连续的情节才能产生情感的激动与心灵的投入。以"梦中情""人鬼情""人间情"提纲挈领形成上、中、下三本；为了体现汤氏原著精神和艺术风貌，对原作遵循"只删不改"原则，将原作五十五折提炼、整编为二十七折，保留了全部经典折子戏；加强了柳梦梅的戏份，使杜丽娘、柳梦梅的戏成为剧中两条互相呼应起伏的戏剧行动主线，形成耐人寻味的戏剧复调来丰富戏剧内涵。又以杜宝奉旨抗贼、强盗李全、杨婆夫妇的活动为副线，形成全剧文武场、冷热场交叉协调，使全剧充满张力。

青春版《牡丹亭》起用青年演员来扮演处于青春爱情中的男女主人公，是这次演出获得轰动效应的根本原因。就像当年好莱坞影片《泰坦尼克号》轰动全球一样，因为男女主人公青春靓丽，是影坛新人。

戏曲舞台演出的特点是演员的"肉身化"表演，戏剧的文学、音乐、唱腔、舞蹈、做工、舞美、服饰到导演构思与舞台调度、对人物的理解与处理，以及昆曲艺术的诗化意境等，这一切都要通过演员的肉身化表演来实现。演员的"肉身化"形象——"扮相"十分重要。因此，戏曲表演要求色艺双全，乃是戏剧观赏的情理与美学规律所致。

白先勇以其艺术敏感，选定苏州昆剧院"小兰花班"青年演员沈丰英、俞玖林出演《牡丹亭》的"梦中情人"。所有的一切设想、一切努力、一切争取青年大学生的计划，其实都压在这两个人身上。如果他们演不出来，不能达到理想的境界，一切都白费了，二〇〇四至二〇〇五年中国昆曲的这一道靓丽风景也就没了。这两位年轻人果然也很争气。他们与剧中人杜丽娘、柳梦梅的年龄相仿，正值青春年华。沈丰英、俞玖林以清俊优雅的舞台形象与自然细腻的表演，赋予汤显祖的古典形象以活泼新鲜的血肉。舞台上的演员就是有血有肉、有真情真爱的杜丽娘、柳梦梅，这对情侣不只用缠绵的水袖来表达奉献的恋情，而且眉目传情，举手投足温情脉脉，成了青年观众的梦中情人。我们在好几所大学的观众中了解，有的同学是看了海报的靓丽剧照才去看戏的，不少女同学因喜爱男女演员的俊雅靓丽而第一次进剧场看了昆曲。

3. 古典精髓——中国昆曲

中国昆曲终于有机会面对当代大学生，嫣然一展其宁静、优雅的古典美，汤显祖的杰出才华在《牡丹亭》演出中得以淋漓尽致、挥洒自如。这让二十年来处于流行歌曲、摇滚乐、西方文化、肯德基包围中的当代年轻人，真正领略到中国传统文化的精髓。在青春版《牡丹亭》剧场中，真正让当代青年心灵震撼的，真正征服大学生的，是中国昆曲自身的艺术魅力。昆山腔经魏良辅改革，成为一种格律严谨、声腔音乐婉转悦耳、柔媚悠长的演唱艺术。又浸润过许多文学艺术家的智慧，昆曲艺术成为融会文学、戏剧、表演、音乐、舞蹈、美术于一体，富有诗情画意的舞台综合艺术，它集中国古典艺术与美学之大成，它独具神韵的中国戏剧诗风格，具有永远的魅力。而汤显祖的文采辞章、横溢才华，他对戏剧情节、戏剧人物的新鲜别致、想落天外又游刃有余的独特描写，使青年观众惊喜赞叹连连。这是一出中国文化的盛宴，是中国古典美学的胜利。

二、青春版《牡丹亭》走出薪火传续的路

将青春版《牡丹亭》的演出称之为"青春版《牡丹亭》现象"，是鉴于其演出的意义已超越了一出戏。

它是继一九五〇年代昆曲《十五贯》之后，在中国昆曲的弘扬传承史上又一个具有里程碑意义的事件。

青春版《牡丹亭》的成功，引领了一条昆曲遗产保护传承、薪火传续、代有传人的路子。

中国昆曲虽然在二〇〇一年被联合国教科文组织宣布为"人类口述非物质文化遗产"，它杰出的文化与艺术价值尽管为世界公认，但是它濒危的境况却是有目共睹的事实。中国文化的杰出遗产昆曲艺术，能否在二十一世纪获得保护传承，这是我们面临的文化挑战与世纪命题。

1. 昆曲的衰落与老化

起源于苏州的昆曲尽管在明、清两代创造了三个多世纪的辉煌，但自十八世纪末期徽班进京，雅部与花部之争就愈演愈烈。道光年间，随着花部乱弹（地方戏）的兴起，昆曲行业的颓势已现端倪。同、光年间，昆曲全面衰落，至宣统元年（公元一九〇九年）昆曲大本营苏州只有全福班和聚福两班重组的姑苏文全福班。主要演员有生行沈月泉、施研香、尤凤皋，旦行丁兰荪、尤彩云，净末行程西亭、尤顺庆，副丑行

曹宝林、沈斌泉、陆寿卿等，虽说阵容还算齐整，能演戏目达四百余出，但毕竟孤单。那年代战乱频仍，时局动荡，戏班时聚时散。延至民国十二年（一九二三年）十月，这个百年老班在苏州做最后一期公演后最终解散。此时，北方有荣庆社于一九一八年一月首演于天乐茶园，并得到北京大学师生的支持，从此在北京生根立足，常演不衰，主要演员有韩世昌、白云生、马祥麟、侯永奎、侯玉山、侯益隆、王益友、陶显庭、郝振基等，都是后来北昆的台柱。但抗日战争爆发后，这班北昆撑到一九四〇年散班。

在昆曲全面衰落时，苏州一批有识之士张紫东、贝晋眉、徐镜清等鉴于正宗南昆之濒危境况，急谋拯救传承之策，发起组成董事会，集资千元（银洋），于一九二二年八月创办了苏州昆曲传习所。一九二二年二月，由上海昆剧保存社穆藕初出资接办，题名为"昆剧传习所"。昆剧传习所先后招收五十名少儿学员，聘请全福班后期著名艺人沈月泉、沈斌泉、吴义生、许金彩、尤彩云、陆寿卿、施桂林等为主教老师，高步云、蔡菊生任笛师，在苏州传承昆曲艺术。这就是中国昆剧上具有划时代意义的昆剧传习所。后人称这是二十世纪昆曲衰败期的一支强心针。这为中国昆曲薪火传承、渡过难关，提供了最基本的条件——人才，而这批传承中国昆曲薪火独苗的少儿学员，就是后来昆曲界的骨干支柱"传字辈"演员。当年穆藕初等在其艺名中嵌"传"字，寄寓这班学员将昆曲的珍贵艺术传承下去。但是战乱频仍的年头无法给昆曲提供宁静的舞台，一九三七年"八一三"战火烧毁了他们赖以谋生的衣箱，至一九四二年终告解散。

更替裂变的二十世纪注定不给昆曲提供生存空间，动荡不安的社会环境和追新趋势的文化价值观念也会将中国文化的宝贵遗产视为敝帚。二十世纪后半期，依仗硕果仅存的"传字辈"演员等，苏昆培养了"继字辈"等演员，浙昆培养了"世字辈"等演员，上昆有蔡正仁、华文漪等，全国有二十九位昆曲演员获得中国戏剧梅花奖殊荣。但是在全国六团一所的昆曲演出团体中，演员大多已步入中老年，大多数梅花奖得主的年龄在六十左右，昆剧界后继乏人令人担忧。而昆曲演出的剧目是靠一代一代演员口耳相传授的，人称"代减其半"。据已故昆曲史家陆萼庭统计，清末苏州昆班艺人能演剧目五百五十折，"传字辈"演员能演五百折（其中包括杂剧等戏）。六〇年代上昆在俞振飞、言慧珠主持、指导下，蔡正仁等一辈演员能演两百折，而今日年轻演员只能演出其中三分之一。据估计，今日集全国昆剧院团能演的折子戏，去其重复的，不过百折左右。中国昆剧演出的特点是剧靠人演、艺依人传、人传剧存、人去艺散。

昆曲的保护传承，依靠演员的代代传承。今日昆曲的危机，也就是艺术失传、演员难觅的危机。

2. 新世代演员的传承

珍爱昆曲如生命的白先勇，看到了昆曲目前面临的危机主要是由于观众老化和演员老化所致，他希望通过青春版《牡丹亭》的演出，造就一代年轻演员，培养昆曲人才，以青春的演员面对年轻的观众，让传统的经典焕发出青春的生命。他请来著名昆曲表演艺术家张继青、汪世瑜，请他们向青年演员亲自传授其艺术真传。并举行了传统的拜师仪式，就像八十年前昆剧传习所做的那样。昆曲的五百年传承就是靠这样的方式薪火传续、代有传人的。无疑的，从青春版《牡丹亭》的排练到两年来的演出活动中，两位师傅的真传保证了青春版《牡丹亭》的演出是正宗、正统、正派的南昆艺术，他们的演唱、他们的表演、他们的风格、他们对剧中人的理解，都在两位传人身上获得了传承。有人称，沈丰英的表演，她的一招一式有许多张派特点，而俞玖林的表演也受到汪世瑜的直接辅导，那些名折《拾画》《叫画》以及新捏的戏，都来自汪世瑜真传。两位师傅的倾心传授得到格外的尊重。我注意到从排练到每次演出，"旦角祭酒""巾生魁首"的称誉一直如雷贯耳，响遍海峡两岸，白先勇每次出席新闻发布会、每次谢幕、每次座谈会，总是都请张、汪两位师傅一起出席。过去若干年中，昆剧传统剧目的挖掘与青年演员的成长都离不开"传字辈"演员指导，但往往很快被搁置一边，像本次这样的受尊重却自白先勇始。

白先勇力主青春版《牡丹亭》重在推出青年演员。名不见经传的青年演员担纲的青春版《牡丹亭》的成功，对中国昆曲界在今日需迫切解决的人才培养与艺术传承问题，打破昆剧演员固有的凝固、尴尬局面，具有特别意义。

我国戏曲界的历史与各种原因，造成名演员的年龄已不年轻。戏剧界对此已习以为常。我们欣赏他们的演出，是对艺术经典的鉴赏。对于有经验的戏剧鉴赏者来说，大家都非常熟悉这些经典折子戏的情节，以至于念白唱词行腔都烂熟于心，戏剧的情节内容已在观剧中被淡去，演员的外形扮相对于鉴赏者来说已不重要，戏剧鉴赏的重点在于欣赏与鉴别演员的表演艺术如何以形传神，他的表演与演唱如何达到艺术理想的最佳状态，例如以某个著名演员的表演为标准，以及他是否还能有个人的艺术风格。

观剧心理的另一方面是，出于对某一著名演员表演的认同，因而对于他因年龄造成的形体扮相的不足就忽略不计了。上面所说的当然是戏剧鉴赏的理想境界，但这样懂行的戏剧鉴赏者毕竟是少数，在今天只剩下极少数老年观众了。戏剧演出是必须面对大多数观众的，观众进剧场总是通过对戏剧情节与戏剧人物的理解、关注，才能进而欣赏艺术。某剧团会安排青年与中老演员分别演《牡丹亭》的上、中、下本，一位青年观众看后说："他们的唱腔确实炉火纯青，表演已臻化境，但看着他们臃肿的身形、满脸的沧桑却要做出小儿女的种种娇态，我却浑身起了鸡皮。"这话虽然使人难以接受，但可能是大多数观众的感受。

戏剧舞台演出的"肉身化"特点，需要青年演员担纲表演主体。现在昆曲界津津乐道当年"传字辈"顾传玠、朱传茗的表演。顾、朱的表演，我没亲见，但看当年留下的剧照与剧评，可知青春靓丽是他们当年红透海上昆坛的一个重要原因。顾传玠当年在上海声名鹊起时，年仅十五六岁。他二十一岁时被梅兰芳（当年梅兰芳二十六岁）邀请同台演出全本《贩马记》，之后即离开舞台，他的名分生涯与演艺声誉是在二十一岁之前。另一位名角朱传茗也是在二十岁之前已享誉沪上。剧评与回忆都说，顾传玠扮相清秀飘逸，举止文雅潇洒，风神奕奕，音调清丽委婉，抑扬自如，表演自然真切、细腻传神，他表演中时有皱眉，更令其表演楚楚动人。朱传茗扮相端庄秀丽，身段优美，表情细腻，唱腔清丽柔润。有人描写顾、朱二位："正当妙年，或濯濯如春柳，或灿灿如奇葩，轻歌曼舞，一回视听，令人作十日思。"（半村主人：《仙霓社之前后》，《红茶》半月刊）。当年《申报》是这样评论仙霓社"传字辈"的演出的："今日新乐府之角色，皆为青年子弟，扮相甚佳，行头亦颇漂亮。所演之剧，均能破除沉闷，以迎合社会之心理。"（一九二八年）想当年梅兰芳在北京初登菊坛崭露头角，尚在十八九岁，他的风头甚至压倒伶界泰斗谭鑫培，主要还是得之于青春的优势与表演细腻，吻合大众的观剧审美心理。一九二三年，程砚秋邀俞振飞在上海丹桂第一台演出《游园惊梦》，珠联璧合，佳评如潮，那一年程二十岁，俞二十二岁。他们当年的演技绝不可能已达到后来的大师级水平。

昆曲艺术以生旦戏为主，剧目的这一特点与昆曲成长于江南、也成熟于江南文化这一特点相融合，昆曲艺术充分体现了"江南春色"的美学特色。它尤其需要演员的年轻化，清俊文雅的生旦无疑也是昆曲舞台表演艺术的美的追求。设若没有了生、旦的清俊优雅，昆曲典雅柔媚婉转的艺术风格就会损失不少，演员形体的变异与生旦角色美的要求之间的错位造成的遗憾，是很难弥补的。不管这舞台是如今镜框式舞台还是古典厅堂的红氍毹演出，后者由于观、演距离的贴近更要求优伶年轻可爱。所以昆曲史上，无论是明清家班还是清代职业昆班，都挑选青少年为戏班优伶。当然那时也有功力深厚的老演员名世，但见诸文字记载的清俊美貌的年轻演员，更不胜枚举，以致当年名公巨卿、文人雅士都纷纷赞诸笔墨。如张岱在《陶庵梦忆》中自述其家班："自大父于万历年间与范长白、邹愚公、黄贞父、包涵所诸先生讲究此道，遂破天荒为之……主人解事日精一日，而傒童技艺亦愈出愈奇。余历年半百，小溪自小而老、老而复小、小而复老者，凡五易之。"（《陶庵梦忆》卷四《张氏声伎》条）张氏不惜花费重金，五易其人，以保持家班演员的年轻化。

现在，上海、南京、北京、杭州继青春版《牡丹亭》之后，纷纷推出各种"青春版"昆剧，证明了青春版《牡丹亭》此举的影响。

三、古老艺术与现代审美的结合

青春版《牡丹亭》的演出，展示了中国昆曲正宗的艺术与美学风貌，赋予古典昆曲遗产以青春的生命，这是中国美学的胜利，在今日全球化、现代化的浪潮中，尤其具有意义。

近二十多年来，戏剧行业全面衰落，观众大量流失，曲高和寡的昆曲尤甚。八〇年代中期，我亲见苏州开明剧院举行全国昆曲会演，台上是当时昆曲界最著名的演员在演出她的拿手戏，而台下只有前面几排老年观众。从此以后，全国昆曲会演十多年未能举办。前几年免费的苏昆星期昆曲剧场也因没有观众而难以为继。青春版《牡丹亭》在苏州大学首演，我最初的估计是需组织四百观众在小礼堂演出，因为根据以往的经验，能够耐心观看昆曲的大学生只有几百人，而且还难以保持三场不走人。但是白先勇专门从台北打来电话，希望进入两千多座位的大礼堂。结果连演三天，无需组织观众，七千多人次全部满座，盛况空前。大学生赞叹："唱腔婉转悠扬，唱词高雅清秀。""舞台简洁独特，意境美妙无比。""昆剧真的是国粹！"

这是中国戏曲的一个奇迹！

奇迹的产生，我认为当然离不开白先勇个人的魅力与努力，不应低估两位年轻演员的成功扮演与全体的努力，但是其根本原因在于中国昆曲的魅力，是中国美学的胜利。

白先勇说："昆曲是唯美艺术，追求美是我的出发点和归宿，我就是要叫中国的古典美还魂，以美唤醒观众心中的浪漫和憧憬。"

大家都在试图说明青春版《牡丹亭》的成功，以期求得中国古典戏曲复活的可能性。

北京二十一世纪剧院演出归来，苏昆院长蔡少华告诉记者，北京的评论认为古老艺术与现代审美的完美结合也是青春版《牡丹亭》成功的重要原因，毕竟面对的是二十一世纪的观众，他们的审美标准已经随时代有了转变，青春版《牡丹亭》抓住了这种转变。

"采用了全新的手法来演绎他们的爱情神话。"这是一种很流行的、也很易为潮流所接受的解释。

有的认为青春版《牡丹亭》是因为改编了，才"属于我们的"。引用黑格尔的话："我们自己民族的过去事物必需和我们现在的状况、生活和存在密切相关，他们才算是属于我们的。""如果要把情节生疏的剧本搬上舞台表演，观众就有权利要求把它加以改编，就连最优美的作品在上演时也需要改编。"（黑格尔：《美学》，第一卷，三五一页）因为社会变化了，人们的心理变化了，戏剧观众的欣赏习惯和欣赏要求也变化了，上演古代剧本时就必须适应这种变化。

我认为，这是对于青春版《牡丹亭》的误解，一种从层层因袭的流行理论中产生的误解。对于保护传承昆曲遗产，是一种误导。

我认为，青春版《牡丹亭》的成功与魅力，是中国昆曲自身的艺术魅力。而不是在古典传统之外又加上了现代因素，或者是把古典剧本改编了，改成迎合现代观众的欣赏习惯与欣赏要求。

创作组当然对汤显祖原剧本进行了整编，但他们不称"改编"而称"整编"，他们的原则是"只删不改"，是考虑在上、中、下三本九小时演出单元时间内，如何更好地体现汤氏原作的精神，而不是将原剧本改得现代些，以适应今日现代社会观众的全新审美要求。青春版《牡丹亭》中对于爱情与性的相互吸引的刻画，对于剧中人青春的苦闷、遐想、迷思、浪漫与执着的渲染，那些让今日大学生痴迷和心灵震荡的种种因素，恰恰都是属于原作首创的，而不是迎合今日要求改编的。

剧中的舞美、灯光、服饰、音乐甚至舞蹈与表演，也都有新的创造与设计。但这一切的美学目的是明确的，那就是如何更好地塑造符合汤氏原作中两位男女主人的浪漫爱情与执着痴迷，更好地烘托出汤显祖原作的艺术风格与美学精神。王童为杜丽娘、柳梦梅新设计的服饰，烘托出剧中人的心灵与气质，《惊梦》中花神隐去，一袭白衣的柳梦梅如玉树临风清新俊雅，出现在杜丽娘身边，给浪漫的爱梦增添了清隽的诗意。舞美的设计风格写意简约，吸收了苏州古典园林的艺术要素，那是属于中国戏曲的美学风格，而不是现代话剧的。戏曲音乐家周友良为青春版《牡丹亭》的唱腔全部配乐、配器，全部唱腔都依现存昆曲曲谱，新配的音乐、过场都体现了昆曲音乐特点。周友良音乐设计的一大成功是，他从杜丽娘核心唱段《步步娇》抽取音乐旋律，设计了杜丽娘主题音乐；从柳梦梅核心唱段《山桃红》抽取音乐旋律，设计了柳梦梅主题音乐，在杜、柳后来的重要唱段中，在戏剧情节的关键环节，不断地交叉演奏起这两支主题旋律，这是男女主人公的音乐灵魂，是他们的心灵深处的呼唤，也是青春版《牡丹亭》付诸音乐的主题呼唤。它使上、中、下三本九小时的演出在音乐上浑然一体，音乐主题鲜明、令人印象深刻。

古典戏剧在现代剧场的演出，当然遇到一个古典美学与现代剧场的接轨问题，因为面对的是现代的青年观众。

白先勇的态度是："选择但避免滥用现代。"负责美术设计的王童说得好："须抱着谦卑的态度，体味昆曲抽象写意、以简驭繁的美学传统，其实相当符合现代精神。而昆曲与园林、苏绣三者，同为吴越传统人文、细细体味的代表，也可当作舞台美术、服装设计的援引。让苏州本身的文化，得以融入青春版《牡丹亭》中，也是我们幕后制作、设计群的共识。"他追求"写意、简约"的美学精神，这正吻合了昆曲的美学精神。

白先勇是唯美的，他唯美主义的美学原则使他对青春版《牡丹亭》的制作十分讲究，唯求至美精良。《离魂》结尾，黑幕下杜丽娘身披曳地的红色斗篷，手拈一枝梅花蓦然回首，拉起，一束追光留下了杜丽娘对人间无限的依恋。《回生》的结尾呼应了《离魂》，黑幕徐徐拉开，杜丽娘从沉睡中慢慢起来，在晨光中返回人间。这显然是运用了现代话剧的手法创造出汤显祖笔下的杜丽娘出生入死、因情回生的舞台意境。全场的掌声就是对于这种艺术创造精神的赞许。

青春版《牡丹亭》借助制作中的现代元素，让从未进传统剧场的青年观众领略到中国昆曲的"兰韵幽香"，是中国的古典雅韵。"不到园林，怎知这春色如许！"当正值花样年华的杜丽娘在游园时感叹撩人春色时，很多第一次与昆曲接触的年轻观众也对古老的昆曲发出了同样的赞叹。

我们也不能不赞叹,那是中国昆曲自身的魅力。她的曲词、对白的华彩,她的音乐、唱腔的柔婉,她的表演、舞蹈的袅娜呼应,她剧中人心灵的丰富激荡,她舞台的空灵意境,让现代青年观众直接领略了中国文化的风采。

我在这里还需要指出的是,青春版《牡丹亭》的表演艺术是正宗的"苏州风范",是中国昆曲的正宗艺术,体现了古典昆曲的正统一脉。就是白先勇一再强调的:"正宗""正统""正派"。

青春版《牡丹亭》中沈、俞的表演,展示了正宗南昆的艺术,让您欣赏到古典昆曲所蕴含的"江南春色"。所谓昆曲的"苏州风范",是在苏州历代文人雅士的精心指导下产生的。讲究咬字准确、吐字清晰;行腔运音严守家门规范,这些演唱规范来自数百年苏州清工曲家的制谱校订;表演文雅柔美细腻,风骨内蕴,创造出俊雅柔美、细腻丰厚、具有书卷气的南方风格。苏州软水温土,风物清嘉,人文灵慧。一方水土养一方人,江南水文化的滋养浸润是苏州文化审美清俊雅致、灵动精细,产生了园艺、丝绸、刺绣、盆景、雕刻、丝竹。而昆曲的歌唱、舞蹈,乃是依循吴语音韵、行腔谱曲,提炼吴中艺术与审美资源而设计、谱写的。"吴音清柔,歌则窈窕洞彻,沉沉绵绵,切于感慕"(明王同祖《昆山续志》)。以吴侬软语唱"水磨调",恰好表现出苏州文化与审美的需求特点。明清以来许多著名曲家、"拍先"都是苏州人,昆班教习也都聘自苏州(如《红楼梦》中写梨香院)。明清时期各地昆班优伶大都来自苏州,"梨园子弟"会与"苏州状元"一起被戏称为苏州特产。当代昆坛,从俞振飞到张继青、汪世瑜、蔡正仁、石小梅、吴锦芳、张寄蝶等一大批昆曲梅花奖得主,都是苏州人氏。俞玖林来自昆曲发源地昆山,沈丰英生于太湖之滨,他们都得苏州山水之灵气,他们演唱的曲谱是叶堂旧谱,吐字行腔得自张继青、汪世瑜亲授,表演也是张、汪数十年舞台经验的传承,而张继青、汪世瑜又是沈传芷、周传瑛等"传字辈"的真传。他们的表演呈现的自然是正宗南昆的艺术美与文化意蕴。

四、文化遗产在现代社会的生命力

在今日全球化、现代化的浪潮中,青春版《牡丹亭》的成功就具有了特别的意义。

它显示出昆曲作为文化遗产在现代社会的生命力。在现代主义、后现代主义的一片骚乱涌动声浪之中，这是中国美学的胜利。

从二十世纪五四新文化运动以来，对待中国传统文化已形成了一种习惯性的、几乎是无可置疑的思维定式与批判态度。那就是，一是批判继承论。虽然不能不承认传统文化有糟粕也有精华，但是凡传统文化一言以蔽之都不适应现代社会的变化与要求，因此必需对此批判地继承；二是传统的现代改造与创新论。传统文化要发挥作用，必须经过现代改造。这种思维定式，在八〇年代以来中国现代化潮流中愈加强化，思想文化界出于文化改造的迫切要求，对传统文化展开了又一次全面的批判，再加上中国社会的深度政治化，渊源深厚、博大精深的中国传统文化在二十世纪遭受毁灭性的打击。传统文化艺术，似乎已被宣判了死刑。几乎一致的看法是，中国传统文化是封建社会的产物与文化，只是为封建社会服务的，它在现代社会不能发挥作用，已经只是一种阻力；若要使传统文化再发挥作用，必需改造它。也是几乎一致的看法是，昆曲内容陈旧，节奏拖沓缓慢，无法适应现代社会的快节奏，已是博物馆艺术。

但是在青春版《牡丹亭》剧场中，数千大学生一起为中国古典艺术鼓掌。他们发现了中国古典艺术美得不可抗拒。耐人寻味的是，剧场中的这一代年轻人，在西方肯德基与好莱坞片中成长，在网络游戏、流行音乐、摇滚乐中游走，在后现代快餐文化的熏陶中追逐着通俗、低俗与趣味。传统已被忘却或弃为敝帚。可是，青春版《牡丹亭》给他们带来前所未有的美的鉴赏，那是一种宁静、典雅、温柔、细腻的古典主义气质，是数百年文人雅士创造的精致文化，是名副其实的中国高雅艺术的灵魂。一位北大学生说，每次演出开始，唱主题曲"忙处抛人闲处住"，"当领唱头一个'忙'字一跳出来，所有侵入我国的西洋强势文化，诸如《阿依达》的歌剧、《天鹅湖》《睡美人》的芭蕾、顾尔德的巴哈等等统统从空中摔下，跌得粉碎，丝毫不爽。我突然惊觉在剧院里正上演的昆剧就是自己与祖国千年历史的维系点。你看，书本上从小念到的词句都活了，变作一个手势、一个眼神、一个身段妩媚地温柔地熟悉地向你抛来，你除了一呆一惊之余，便是欣喜若狂。"青春版《牡丹亭》为青年学子提供了与传统、古典对话的空间。他们从古雅艺术中发现现代美，中国文化的美就是自己追求的美。它既是传统、古典的，又是现代、时尚的。中国古典精神在今天仍有生命力。

青春版《牡丹亭》走进大学，成功地实践了昆曲走向当代青年、走进大学的创举。

为昆曲的传承弘扬找到了一条重要的生路。这是继一九五〇年代《十五贯》之后，在中国昆曲史上又一具有里程碑意义的创举。

青春版《牡丹亭》下本演完，北京二十一世纪剧院灯火辉煌，像前面两天一样，观众又站起身，一大批年轻人又涌到台前，掌声响了足足十五分钟，叫好声此起彼伏。尤其难得的是，一半以上的观众是黑发人群，其中不少是大学学生。七十四岁的昆曲家丛兆桓说："这次有那么多的年轻人能走进剧场，作为一个老昆曲观众，我很欣慰。"在八所大学演出，也无不受到大学生们热捧。即使当年《十五贯》的演出，也没有拥有如此众多的大学生观众群。

一代新的昆曲观众群，从这里开始成长。

白先勇最初提出"青春版"创意，这个想法正在开始落实。

过去昆曲界、文化部门费心尽力抓的是昆曲界自身，剧团、演员、剧目。他们认为观众是自发的，无需专门培养。事实上，近二十多年来，昆曲的衰落与观众的凋零散落是同步的。很快昆曲界发现，台下观众稀少得可怜。没有了观众，高雅的经典剧目面向谁人演出？历史上，任何一个剧种，它的衰落总是和观众群全面流失相伴随，就像当年大量昆曲观众被西皮二黄吸引去一样。这里用得着一句话："观众是上帝。"昆曲的生存，昆曲遗产的传承弘扬离不开她的热心观众与广大社会层。大学生观众群一旦崛起，将会有利于推动保护传承。高雅的昆曲本是当年文人雅士创造的艺术结晶，今日高文化群体的介入将有可能真正推动昆曲的保护、发展与创新，在剧目上，在表演上，在美术上，更在演员的培养上，将昆曲作为人类文化遗产的保护、弘扬提升到一个新的层次。

"白牡丹"的香港情缘

· 金圣华

香港中文大学荣誉院士

"白牡丹"的称号,第一次是从章诒和口中听到的。那一回在饭局上,大家兴致勃勃地谈起白先勇的青春版《牡丹亭》,说是内地的大学生之间流行一种说法:"世界上只有两种人,一种是看过青春版《牡丹亭》的,一种是没有看过的。"章诒和闻言在旁微微一笑,闲闲抛出一句:"现在大家都把白先勇监制的《牡丹亭》,叫做'白牡丹'了!"

白先勇的"白牡丹",果然不同凡响,从二〇〇二年开始,他不知道投放了多少精力,灌注了多少心血,把这株原本已经奄奄一息的牡丹,从瘠土荒原救了出来,放在自己的心头,护着她,暖着她,想方设法让她重现生机,再展笑颜,更为她放下身段,不惜抛头露面,南北奔波,以传道者的热心和奉献精神,到处去推广去弘扬。

经过十多年的漫长岁月,白先勇终于把号称"百戏之母"的昆曲,从濒临式微的状态,以一出精心制作的青春版《牡丹亭》扭转乾坤,打造成年轻人趋之若鹜的心头好。十多年前垂垂老矣的戏,风雨飘摇,后继无人;十多年后的今时今日,青春洋溢的校园传承版《牡丹亭》,于二〇一八年在北大首演,从台上的生旦净末,到台下的铙钹箫锣,完全由十六所大学及一所附中选拔出来的年轻学子担纲演出,这一个戏剧性的转变,的确令人耳目一新!

白先勇推动的这项文化创举，经过了多年的努力与坚持，如今都事无巨细，详述在一部纪录片中，名之为《牡丹还魂——白先勇与昆曲复兴》！这部片由原先执导白先勇传记片《姹紫嫣红开遍》的邓勇星担任导演，从二〇一八年开始摄制，耗时一年半，走访七个城市，访问近五十名学者，方始完成，所费的人力物力，难以计数。

一、昆曲义工大队长的精神感召

几个星期前，跟白先勇通电话，他兴高采烈地告诉我，前不久，即二〇二二年九月十七日至十八日，东南大学与南京大学白先勇文化基金，通过在线线下结合的方式，以"传承与传播：青春版《牡丹亭》与昆曲复兴"为题，举办了一次规模宏大的国际研讨会。除了白先勇本尊通过网络视讯发表感言，参加的学者与艺术家都在会上就主题展开了热烈的研讨与交流。

"凡是与会专家学者的发言，都会汇集成书，另外，我还要邀请所有曾经参与这次昆曲复兴运动的朋友，都一起来把经过书写成文，共襄盛举。"

"你也写一篇吧！"白先勇在电话中盛情邀约。我真的不知道自己在这桩盛举中，做了什么，该写什么？见我推辞，他不断用极其真挚的言辞打动我："回想过去，这十多二十年来，打造一出青春版《牡丹亭》，一开始，根本不知道会是这么困难的过程，历经艰辛，难以言喻！"他接着说："其实，这是天意垂成，我可不是做事那么能干的人，那是天意推着我一直做下去，是由无数朋友无私的奉献与付出，在节骨眼上帮我一把，最终才能成事！"的确，受到白先勇这位昆曲义工大队长的精神感召，无数义工小队员都踊跃参加，甘心投入，形成了浩浩荡荡的队伍，众志成城，终于成就了昆曲复兴的大业！

"青春版《牡丹亭》的形成，跟香港息息相关，你就写写在关键时刻，你曾经参与其中的几桩事吧！"白老师最后提议。

二、香港是"白牡丹"催生之都

其实，白先勇的青春版《牡丹亭》，植根于童年时代在上海美琪大剧院观赏梅兰芳《游园惊梦》绝艺的深刻印象；发轫于多年后重返故地，欣赏上昆《长生殿》搬演的难忘经验；开展于二〇〇二年在香港应康文署之邀，做四次陈述昆曲之美的演讲，当时，曾经托古兆申邀请苏昆演员示范演出。从此，白先勇与苏昆结缘，也因而踏上了推广昆曲的不归路，悉心制作了青春版《牡丹亭》，而香港一地，也就成为了"白牡丹"的催生之都，跟这位勇往直前的昆曲义工大队长结下了长达二十载的不解之缘。

据悉，是香港的何鸿毅家族基金，自二〇〇六年至二〇〇八年，全力赞助，使青春版《牡丹亭》在全国十多所高校演出，掀起一阵昆曲热，牡丹热，并赞助昆曲演出，引领香港的年轻学子及普罗大众走进昆曲世界。是余志明的香港迪志文化出版有限公司，赞助了"牡丹一百DVD"的制作，以及香港各大学的昆曲推广计划和内地的演出。此外，香港还有其他的善长仁翁，在紧要关头，仗义出手，润物无声，也是值得一并记录下来的。

三、白先勇刘尚俭意气相投

二〇〇五年夏，我把多年来为香港中文大学荣誉博士及荣誉院士撰写的赞词，结集成书，名之曰《荣誉的造像》，该书由白先勇为我撰写序言。七月一日，《荣誉的造像》在天地图书公司举行新书发表会，书中涉及的多位博士院士都赏脸莅临，包括荣誉院士刘尚俭在内。白先勇当天原本要飞回台北的，也为此特地改了机票，留港出席。

那天，许多久未见面的文化学术界朋友，都欢聚一堂，尽兴交谈。白先勇与刘尚俭两位在我几年前主持的青年文学奖宴会上曾经见过面，这次重逢，格外高兴。只见他俩于人多热闹的场面，在一旁密密谈，不断聊，逸兴遄飞，神情投入而忘我！事后才得知，一场"白牡丹"越洋赴美，远征异国的壮举，就这样在两位性情中人于一次文化活动的交流中，给敲定下来了。

刘尚俭是位乐善好施的实业家，雅好艺术，能诗善文。我是在诗翁余光中七秩华诞的盛会上认识他的。初次见面，就发现这位成功的商家与众不同的洒脱和豁达！身为皮业大王，原籍河南鹿邑的刘尚俭嗜好猎鹿，更喜策骑草原，驰骋大漠。他为人慷慨大度，不拘小节，自称"离经叛道"，却对推广教育，弘扬中华文化，极具使命感。他曾经大力支持我为中文大学创办的"新纪元全球华文青年文学奖"，历时三届，每届经费超逾百万，而刘尚俭独力支援其中一半。记得第一次在电话中向他募款时，我一共用了五分钟陈述需求，他二话不说，立刻应允；第二、第三届，则各用了三分钟。刘尚俭处事极有原则，干脆利落，有所为有所不为。有一次，他在赴美的飞机上邂逅了伯克利加州大学校长田长霖，两人比邻而坐相谈甚欢，到了下机时，他已经对田校长许诺捐赠美金数百万巨款，以推展柏大校务暨促进中西文化交流。

原来，在那次《荣誉的造像》新书发表会上，刘尚俭见了白先勇，主动向这位昆曲大义工提出："我可以为你做些什么？"那时白先勇恰好紧锣密鼓在筹措"白牡丹"赴美演出的事宜，为了庞大的经费，正在伤透脑筋。刘尚俭的提议，好比一阵及时雨，解决了悬而未决的大难题。结果，刘尚俭慷慨赞助赴美费用的一半五十万美金，使青春版《牡丹亭》于二〇〇六年九月及十月间，得以顺利前往美国加州，先后在伯克利、尔湾、洛杉矶及圣塔芭芭拉四地演出，盛况空前，大获成功。

二〇〇七年四月中，我和白先勇应王蒙之邀，前往青岛海洋大学讲学。我们三人同住在海大宾馆五十四号楼。当时的楼层高低，按年龄分配，楼下是众人共聚的客厅饭厅，王蒙住二楼，白先勇住三楼，我算是三人之中最年轻的，于是给编派爬四楼。白天演讲完毕，到了晚上，楼下的白先勇，顺便上来跟我聊聊天。我们谈了很久，发现他弘扬百戏之祖，我推广华文文学，虽然规模有大有小，但是大家所亲身遭遇而又不足为他人道的艰辛与困难，却是相去不远的。白先勇最感到为难的事，莫过于推广文化活动，必需到处募捐，要读书人谈钱，确实难以开口。经过了这一席夜话，使我更了解他为了带领昆曲，而四处奔波，废寝忘食的付出与决心。当时就心中暗忖，以后只要有任何可能，必定要为白先勇的昆曲复兴大业尽一份心意，哪怕微不足道，也要竭尽绵力。

四、周文轩最后的善举

那年的五月，在北京欣赏了青春版《牡丹亭》演出一百场，喜见"白牡丹"越趋成熟，风姿嫣然。同年十月，剧团应北京国家大剧院之邀，成为开幕志庆的重头好戏，这可是令人喜悦的大事！我在得知讯息之后，马上邀约林青霞一起赴京观赏，还以晚上一起观剧，白天带她去拜访季羡林、杨绛等文学界前辈先驱作为"利诱"。青霞应约访京，不但连看三晚《牡丹亭》，还在第三晚观后，宴请全体苏昆演员火锅消夜，在席上，她为这群瞬息间变为小粉丝的可爱年轻人打气讲故事，对勉励大家继续在舞台上努力献艺，发挥了很大的鼓舞作用！

然而，这一切光环的背后，却还发生了一宗鲜为人知的惊险故事。原来，北京大剧院在《牡丹亭》即将推出的最后关头，突然提出了收取场租的要求，这一项额外的费用，使人措手不及，不知如何面对。我在香港收到来自北京的告急电话，情急之下，唯有赶紧走访新亚校董会主席周文轩博士以寻求出路。

周博士是位不折不扣的儒商，虽然创业致富，毕生却以济世救人为目标。他醉心艺术，崇尚文化，认为文学音乐不但可以陶冶性情，还可以兴教树化，移风易俗。生活中，他热爱弦歌之声，曾经为古典诗词谱曲，并以张继的《枫桥夜泊》为题作曲，匿名参赛，荣获冠军。身为苏州人，他与夫人都雅好昆曲，二〇〇五年初，苏昆"小兰花班"来中文大学演出两场折子戏，就是由新亚书院赞助的，而新亚的资源，即来自周文轩博士的慷慨捐赀。

记得那是九月初的一个星期五上午，天气仍然闷热无比。走进周博士那位于尖东的所在地，内心只觉忐忑不安，不知道到时如何启齿。其实，早些时我已经拜访过周博士了，当时是为了"白牡丹"的北京演出经费而自告奋勇去募款的。记得周博士和颜悦色地说："演出经费要多少？先去别处募集一下，不足之数，由我来填补。"往后的几个星期，尝遍了到处碰壁、徒劳无功的滋味，用尽了英语、法语、沪语、粤语、普通话的技能，向各方人士求援，费尽口舌宣扬昆曲的妙处，却毫无成效，终于，硬着头皮，再次走进周博士的办公室。

那天事前向白先勇请示所得，知道即将开口的不是一个小数目，面对着温文慈祥的周博士，我们之间一向是用吴侬软语对答的，他轻声细语地问："还欠多少？"我低头悄悄地回答，没想到他竟然一口答应了："好！这个数目，我来赞助吧！"接着，又聊了一会儿，周先生说，他做善事，很多都是匿名捐赠的："尽了心就好，何必出名！"他也没有多要戏票，说是给太太看就可以了，因为她喜爱昆曲。接着，他又说："走吧！去银行，今天星期五，要赶着去寄汇款啊！"时近中午了，天气郁热，他没有犹豫，未及用膳，就冒着热汗匆匆下楼赶去银行了，为的是一次捐献，一份承诺。

事后，因见周博士回答得这么爽快，我一直在提心吊胆，不知道当天的对话，他是否听清楚了，深怕我低头回答时，把那大笔款项的数目字最后一个零头在喉咙底吞掉了，让他发生误会。几天后，我有澳门之行，船开出码头，在海上即将失去讯号的时刻，忽然收到白先勇的来电，"汇款收到了。"他在那一端说，"收到多少？"他说了个数目，幸亏零头没有少，这下，我终于放下了心头大石！此时，望出船舱，只见白云悠悠，碧波漾漾，内心充满了美好的感觉。

嗣后不出几个月，周文轩先生就因病去世了，这次慷慨捐款，可能是他生平最后的一项善举。

五、李和声的慷慨捐助

二〇一八年四月十日，为庆祝北京大学创校一百二十周年，校园传承版《牡丹亭》在北大百年纪念讲堂隆重首演。早在二月间白先勇来中文大学开讲《红楼梦》时，已经带来这个好消息，并邀我届时前往北京一起观赏。令人料想不到的是，这群并非专业演员和演奏者的年轻学子，仅仅经过了八个月的集训排练，竟然就有如此令人瞩目的超水平演出，难怪白老师一面看戏，一面频频说："整个人都给学生的热情融化了！"

当天晚上，我们在旅舍中相约商讨，彼此都认为这样优秀的传承版《牡丹亭》，除了演出成功，更具有标志性文化事业的意义。二〇〇五年白先勇首次在北大推出昆曲，当年这批年轻学子，还是一群七八岁的孩子；如今，他们已经成为正式粉墨登场的参演者，在北大百年礼堂上将昆曲的"情"与"美"发挥得淋漓尽致，而我国的文化精粹，终于一脉相传，后继有人了！

白先勇托付我回港之后，与中文大学校长商谈，希望把校园传承版《牡丹亭》带来香港，在中大演出。承蒙段校长竭力支持，此事似乎渐有眉目了。然而演出经费呢？又是一项庞大的支出，有哪位善长仁翁会慷慨解囊，踊跃捐助呢？于是，我想到了热爱传统戏剧的李和声先生。

　　李和声先生是中文大学和声书院的创办人，也是众所周知的金融界翘楚，他平生热爱京剧，一心弘扬，不求回报。在中国的戏剧界，一向是京昆互通，一脉相承的。还有什么比求助于李先生更佳的方案呢？更何况李先生对我来说，既是父执辈，又似兄长般的人物，跟他开口，比跟任何旁人更加容易。正如所料，那回跟李和声先生一提此事，他马上应允，并且嘱咐我务必要跟白先勇来个饭约，让同道中人能借此机会，好好为推广昆曲，弘扬国粹而欢聚畅谈。

　　记得那次的饭局，席上主客除了白先勇，还有中文系的昆曲专家华玮教授等人。李和声先生在上海总会设宴，还特地从家中带来珍贵的冬虫夏草宴客，大家言笑晏晏，宾主尽欢。

　　二〇一八年十二月二日，校园传承版《牡丹亭》在李和声先生及其他多位赞助者的全力支持下，于中文大学邵逸夫堂顺利公演，除了北京的年轻学子，还有香港及台北的学生参加演出，昆曲这一传统瑰宝，终于焕然重生了。

　　回顾往昔，在二十年来的悠悠岁月中，这株由白先勇悉心抚育的"白牡丹"，跟香港结下的既是一段难分难解的情缘，也是一份有始有终的善缘，象征着人间有情，善心永存。

二〇二三年一月十一日

青春版《牡丹亭》新版《玉簪记》对昆曲艺术的传承与发展

· 邹红

北京师范大学文学院二级教授

中国传统戏曲如何适应发展变化了的时代并保有其艺术生命力，自上个世纪以来，始终是国人在不断思考、一直尝试的历史性课题。百年时光的流逝并未削弱人们对此问题的兴趣，而无法回避且日甚一日的文化撞击更突显了此问题的重要性及解决的迫切性。

自二〇〇四年四月二十五日，由著名作家白先勇先生领衔策划、制作的昆曲青春版《牡丹亭》首次在台北亮相，大获好评。此后青春版《牡丹亭》在内地苏州大学率先上演，并由此揭开了昆曲青春版《牡丹亭》高校巡演的序幕，从二〇〇四年六月至二〇一一年十二月，昆曲青春版《牡丹亭》相继在中国、美国等几十所著名高校演出，十多年来已经演出四百场。更为难得是继青春版《牡丹亭》大获成功之后，有"昆曲义工"之称的白先勇先生又携《牡丹亭》原班人马推出了新作《玉簪记》，为弘扬昆曲艺术再建新功。其制作之精良，气势之夺人，反响之热烈，似已不在当初《牡丹亭》之下，作为青春版《牡丹亭》的姊妹篇，《玉簪记》可以说借《牡丹亭》之东风，掀起了新一轮昆曲热的高潮。而通过新版《牡丹亭》《玉簪记》的制作、巡演，白先勇先生对昆曲艺术的传承与发展做出了独特而重要的贡献。

首先，培养了新一代昆曲观众，从根本上解决了长期以来的观众老化问题。

任何一个剧种的生存和发展都与特定的观众群有着至为密切的互动关系，一个剧种的繁荣，首先是该剧种观众的繁荣；而一个剧种的消亡，首先也是该剧种观众的消亡。因为戏剧作为表演艺术，其基本的规定性之一，就在于它离不开观众。戏剧可以取消布景，可以不要配乐，可以简化舞美，但它不能没有观众。没有观众，也就没有了戏剧。相应地，振兴一个剧种，培养观众有着和培养演员同等重要的意义，如果没有相当一批热爱该剧种的观众，演员再优秀也难以从根本上改变局面。昆曲当然也不例外，作为一个有着四百年历史、曾经影响了明清以来整个中国戏曲史的重要剧种，昆曲在今天的生存状态的确令人担忧。尽管联合国教科文组织在二〇〇一年将其选定为"人类口述非物质文化遗产"，但应该看到，昆曲能获此殊荣更多的是仰仗了它的历史，凭借这一殊荣，昆曲或许可以引起有关方面的重视而争取到更好的生存条件，但昆曲并不能因此从根本上扭转日趋萧条的态势。

　　昆曲青春版《牡丹亭》的制作者们清醒地意识到这一点，他们不仅抓住了昆曲进入"人类口述非物质文化遗产"这一契机，同时更从源头上做起，即通过青春版《牡丹亭》的演出，使更多的人尤其是年轻人认识昆曲的美，为昆曲艺术争取、培养新一代昆曲观众。以白先勇先生为首的青春版《牡丹亭》的制作者们有一种传承文化的神圣使命感，他们希望昆曲这门古老艺术能够重新焕发艺术活力，能够进入更多观众的欣赏视野，而不是曲高和寡，孤芳自赏。正是基于吸引乃至培养年轻一代昆曲观众的考虑，在改编制作之初，制作者们实际上就已经将高校学生设定为主要观众，并计划安排高校巡演。戏剧演出走进高校并非始于昆曲青春版《牡丹亭》，但如此大规模的巡演，产生如此大的反响，在昆曲青春版《牡丹亭》之前，似乎还不曾有过。从纯粹商业运作的角度看，高校巡演并不是一桩赚钱的买卖，这也正是为什么此前虽不乏戏剧走进校园，却少有大范围演出的缘故。青春版《牡丹亭》不计成本地在几十所高校巡演，目的就是为昆曲这门古老的传统艺术能够一代代传承下去。白先勇先生一针见血地指出：解决昆曲传承的问题是"制作青春版《牡丹亭》最重要的宗旨之一"。"演员老化，观众老化——这就是昆曲最大的危机。青春版《牡丹亭》的制作和演出，不仅希望借着这出昆曲经典的排演，训练出一批才赋形貌俱佳的青年演员接班，以免昆曲薪传断层，同样当务之急是培养青年观众，没有观众，戏演不下去。青年观众中，又以大学生为首要目标，因为大学生的文化水平较高，有一定的审美观，昆曲是精致文化，自古以来，观众本就以文化人为主。"[1]

正是为了吸引大批年轻学子，培养新一代昆曲观众，白先生精心选定了讲述青春爱情故事的《牡丹亭》，又特别挑选了年轻演员出演，携两岸三地文化精英制作的这台《牡丹亭》是一出洋溢着青春色彩的戏，最适于高校青年大学生。首先他们是一个正处在青春年华的群体，极易被杜丽娘、柳梦梅二人生死不渝的爱情故事所打动，所感染，能够消弭时间的阻隔，穿越历史的空间去体会、感悟剧中人的悲欢离合；其次，他们又是一个具有较高文化素养的群体，对于昆曲这种具有数百年历史的传统艺术样式较一般观众更容易接受，而演员的年轻化更为这种接受奠定了良好的基础。从接受美学的角度说，昆曲青春版《牡丹亭》的制作在多个层面上，如故事层面、情感层面、演员层面、舞美层面等迎合了高校大学生的期待视野，与当代年轻人的审美取向相吻合，因此，青春版《牡丹亭》在青年学子心中形成共鸣，在高校获得空前的成功，其实是顺理成章的。

其次，训练出一批才赋形貌俱佳的青年演员接班，确保昆曲能够薪尽火传。

在接受陈怡蓁专访时，白先勇先生明确表示：昆曲"要救危图存应该要有创新，不能再照着老办法做下去。必须培养年轻演员与观众，注入青春的力量"。该剧总导演汪世瑜先生也说："昆曲的前途在于培养年轻演员，吸引年轻观众，以大学校园为阵地，大力推广昆曲，在传承经典的基础上，让古老的昆曲焕发新的生命。"[2] 高校巡演有助于吸引、培养年轻观众，这容易理解，但高校巡演何以有助于青年演员的培养成长，却需要作一点解释。在以往的昆曲演出中，主要是凭借已经成名的演员的号召力，凭借他们在既定观众群中的影响。对于这批既定观众群来说，他们受传统昆曲艺术的影响较深，已然形成自己的审美定势，吸引他们走进剧场的，主要不是故事，不是舞美，甚至不是演员的扮相，而是昆曲名角的做工唱腔。他们是一批铁杆的昆曲戏迷，对于昆曲有一份发自内心的热爱，同时也有一种对传统的执着，这使得他们在极力维系昆曲的同时，又自觉不自觉地拒绝昆曲的任何变化。可想而知，在这样一个注重名望、辈分的演出环境之中，青年演员不但难以有更多担纲主角的演出机会，也容易受制于传统的约束而难以形成自己的个人特色，正如我们在戏曲界经常看到的那样，人们往往习惯于在某个成名演员的名字前加上"小"字来称呼那些戏曲新秀，而且是一种很高的褒奖。这样做的结果，虽然对于维护戏曲传统的纯正不无益处，但也导致了传统戏曲的某种自我封闭性。白先勇所说"要救危图存应该要有创新，不能再照着老办法做下去"，就是有意变革这种风气，为昆曲的振兴探索一条新路。青春版

《牡丹亭》走进高校，一方面是吸引、培养年轻一代昆曲观众，另一方面则是使年轻演员更容易被观众接受、认可，从而有助于增强年轻演员的自信，在较短的时间内迅速成长起来。

有必要指出，从振兴昆曲的角度看，昆曲青春版《牡丹亭》高校巡演所带来的，除了培养年轻演员和吸引年轻观众之外，还有一个重要的收获，那就是得到了学界充分的关注。在进行高校巡演的同时，剧组还联合一些学术机构举办了多场学术研讨（座谈）会，围绕青春版《牡丹亭》的改编、制作、演出，探讨了与发展昆曲相关的若干重要理论问题。这些学术活动的影响并不只是若干学术论文的发表，而毋宁说是引发了更多的人来关注昆曲，研究昆曲。应该看到，昆曲要想全面振兴，培养年轻演员和吸引年轻观众固然是当务之急，而昆曲之研究队伍也不容忽视，因为只有对昆曲之历史、流变及生存状态有了正确、充分的认识之后，我们才有可能制定出正确可行的振兴策略，才有可能从根本上改变昆曲日趋衰微的态势。

再次，既传承昆曲传统又赋予其现代意味，使之更能适应新时代的需要。

如何使昆曲这种古老的艺术形式在青春版《牡丹亭》、新版《玉簪记》中重新焕发青春，这是吸引观众的内在核心因素。究竟是什么吸引了年轻人的目光，竟然使得看《牡丹亭》、谈《牡丹亭》成为时尚呢？应该说，这里既有对传统的认同，也有昆曲这种古老艺术自身所隐含的现代意味，尤其是当制作者有意突出或彰显了这种现代意味，其与现代年轻观众的审美旨趣就更为接近了。另一方面，传统也并非总和先锋、时尚相对立。正如唐装可以成为时尚一样，听古典音乐演唱会或谈庄论禅，也是一种时尚。所谓时尚，既在古典，也在现代，更在古典与现代之间。青春版《牡丹亭》所以能受到广大年轻观众的喜爱，很重要的一点，就是成功地实现了古典与现代的对接。有必要说明的是，在青春版《牡丹亭》这种古典与现代的对接中，制作者是以传统为本位的。就是说，不是解构，不是牵古人以迎合现代，让古人与今人同台或搞一出古装现代戏，而是在古典的基础上有选择地吸收某些现代元素，以期更好地诠释、表现古典精神，重现古典艺术。青春版《牡丹亭》的制作者们深知："昆曲已有五百年的历史，曾经一度成为我们的国剧。从明朝万历年间到清朝，有大量的文人、音乐家、表演艺术家投入创作，它的表演方式和音乐等各方面已经达到了高度的精确、精美、精致，这种风格一直传承下来——这就决定了我们做'青春版'的时候，应该是把传统的、精髓的表演方面的东西留下来。但是，要留住观众，还要赋予它现代的、青春的面貌。"[3]而要做到这一点，离不开一个基本原则，那就是："我们尊重古典，但不完全因循古典；我们利用现代，但绝不滥用现代。"[4]继青春版《牡丹亭》大获成功之后，有"昆曲义工"之称的白先勇先生又携《牡丹亭》原班人马推出了新作《玉簪记》，为弘扬昆曲艺术再建新功。其制作之精良，气势之夺人，反响之热烈，似已不在当初《牡丹亭》之下，作为青春版《牡丹亭》的姊妹篇，《玉簪记》可以说借《牡丹亭》之东风，掀起了新一轮昆曲热的高潮。一花独放不是春，万紫千红春满园。牡丹虽好，毕竟只是一花绽放，而重振昆曲的重任，无疑需要更多剧目的参与。因此，《玉簪记》的排演，不仅打消了先前《牡丹》之后，谁可为继的疑虑，而且为古老的昆曲艺术注入了更多的活力，使人相信青春版《牡丹亭》的成功并非只是一个偶然。

与《牡丹亭》的成功相比，《玉簪记》的成功有以下几点值得注意：

第一，就昆曲艺术的传承而言，《玉簪记》提供了一种不同于《牡丹亭》的范式。它在流传甚广的折子戏基础上改编整理而成，但又保留了昆曲的原汁原味；它不同于《牡丹亭》的五彩缤纷，但又展示了昆曲的另一种风韵。如果我们能继续将昆曲传统的经典剧目逐步加以整理改编，使更多的传统剧目在现代舞台上获得新生，那么昆曲的复兴就不再是一个遥不可及的梦想，而大学课堂中讲授的昆曲也可以提供更多鲜活的范例。这里特别应该提到的，是白先勇先生特意邀请岳美缇、华文漪两位言传身教，使昆曲《玉簪记》的表演精髓得以在年轻一代演员身上延续。没有这种言传身教，非物质文化遗产的传承是难以想象的。

第二，作为中国最重要的古典戏曲之一，昆曲集中体现了古老的中国戏曲美学精神，如何将之呈现于现代舞台，也是整理改编和演出面临的难题。毕竟，传承昆曲艺术并不只是简单地模仿前辈演员的一招一式，比这更重要的是领会蕴含在具体程序中的戏曲美学精神。在这方面，《牡丹亭》和《玉簪记》都作了有益的尝试，其中不少可资借鉴的经验。如果说，《玉簪记》的成功从剧目上丰富了当今的昆曲舞台，那么，它（当然也包括《牡丹亭》）所呈现的中国戏曲美学精神可望带动其他剧种，从而在更大范围内促成整个传统戏曲的复兴，真正形成星火燎原、万紫千红的局面。

第三，昆曲艺术浓缩了很多中国传统艺术的因素，如书法、绘画、园林、刺绣等等，因此，通过一个具体剧目的整理、演出，实际上传承的已不只是某个剧种甚至中国戏曲，而是中国艺术甚至中国文化。我们欣喜地看到，在新版《玉簪记》中，不仅有意识地引入了书法、绘画、音乐（古琴）作为舞台的有机构成，而且结合剧情突出了中国传统艺术中流传久远的禅意之美。如果说，场景中的佛庵、书法中的佛语、绘画中的佛手传递给观众某种宗教意味，那么，简单的道具、简约的线条、简淡的琴音则传递给观众一种空灵的美，一种洗练的单纯，却又和昆曲固有的雅淡风格融为一体。如果说《牡丹亭》是一幅写意彩绘，简约中又充盈着流光溢彩，那么《玉簪记》可说是一幅水墨渲染，素净雅淡而耐人寻味。《玉簪记》的观众固然会为剧情所打动，为演员精湛的表演所折服，同时也会流连于演出所承载的中国艺术精神和中国文化韵味。可以想见，走出国门的《玉簪记》将会给异域文化圈的观众一种新的感受——如果他们此前更多的是欣赏中国戏曲五彩斑斓的脸谱、五色缤纷的戏服和令人眼花缭乱的武打，那么《玉簪记》无疑会让他们领略到另一种美。

一花独放不是春，万紫千红春满园。牡丹虽好，毕竟只是一花绽放，而重振昆曲的重任，无疑需要更多剧目的参与。因此，《玉簪记》的排演，不仅打消了先前《牡丹》之后，谁可为继的疑虑，而且为古老的昆曲艺术注入了更多的活力，使人相信青春版《牡丹亭》的成功并非只是一个偶然。这是一种全方位的成功，它既不同于传统演出对名角的倚重，也不同于类似《十五贯》那样的"古为今用"，而是通过展示真正属于昆曲而且只属于昆曲古典艺术之美，使之在现代舞台上重新绽放青春。

二〇二二年十一月三日

注释

1. 白先勇：《姹紫嫣红开遍——青春版〈牡丹亭〉八大名校巡演盛况纪实》，载白先勇主编《圆梦：白先勇与青春版〈牡丹亭〉》，广州花城出版社（二〇〇六年版），九一页—九二页。
2. 同前注，九九页。
3. 白先勇语，引文见《白先勇：中国文化是我的家》，http://news.sina.com.cn/c/2005-05-30/17186792471.shtml。
4. 白先勇语，引文见李冰文：《白先勇：把〈牡丹亭〉送到美国》，《北京娱乐信报》，二〇〇四年九月二十六日。

昆曲与青春同舞，雅音共校园齐鸣
——青春版《牡丹亭》的『青春』之路

·刘俊

南京大学文学院教授

一、演员"青春"

昆曲原本是一门"古老"的艺术，但在二十一世纪却焕发出了"青春"的活力，呈现出一种"复兴"的势头。昆曲能在二十一世纪形成"风潮"，在普通人群特别是在青年人中产生巨大反响和吸引力，不能不说与二十一世纪初开始风行海内外的昆曲青春版《牡丹亭》有着极大的关联——从某种意义上讲，正是因了青春版《牡丹亭》，昆曲这一几乎被现代大潮冲击得摇摇欲坠的传统艺术，才得以"浴火重生""返老还童"，重新回到青年人的生活当中，并成为现代青年的热门话题和观赏优选。

昆曲青春版《牡丹亭》的总制作人白先勇，在制作这出上、中、下全本二十七折大戏的时候，他的总体思路和核心观念十分明确：就是要将昆曲《牡丹亭》打造成一部由青年人演、青年人唱、青年人看的"青春版"！因为白先勇明确地意识到：在当今商品大潮汹涌、生活节奏快速、西方文化盛行的现代社会，要想让岌岌可危的昆曲立得住，站得稳，能持续，有未来，恢复曾有的荣光和辉煌，就必须吸引青年人，抓住青年人，让当代青年从接触昆曲到了解昆曲，从了解昆曲到熟悉昆曲，从熟悉昆曲到喜爱昆曲，从喜爱昆曲到弘扬昆曲。只有当昆曲与青年人产生交集、激发共鸣、形成融汇，昆曲才有可能延续甚至发扬它的艺术生命，中国传统文化中的这一瑰宝，才有可能找到新时代的感应者、热爱者、继承者和传播者。

正是基于这样的理念／信念，当白先勇在二〇〇二年动心起念，二〇〇三年四月开始着手制作昆曲《牡丹亭》的时候，他就决定要打破过去往往由年资较深的演员出演柳梦梅和杜丽娘的"传统"做法，大胆起用苏州昆剧院的"小兰花班"青年演员，由他们组成《牡丹亭》剧组——白先勇决意要做的第一步，就是将"青春"的气息注入到演员队伍之中，他要让一群青年演员，来演绎一出属于青年人的爱情故事。在白先勇看来，要制作一出全本的《牡丹亭》，将"青年"和"昆曲"这两个元素结合起来至关重要，因为《牡丹亭》中的柳梦梅和杜丽娘一个十六岁一个二十岁，都青春年少，他们的动人爱情，本来就充满了青春活力。基于此，白先勇在"战略"上定下基调，将他制作的昆曲《牡丹亭》，定位在以"俊男靓女"演绎充满青春激情的爱情故事——"俊男靓女"将在这出新的《牡丹亭》中成为主角。这样的基调定位，显然与以往的《牡丹亭》明显不同。

让青年演员挑大梁，在当时的昆曲表演界并不多见，对白先勇大胆起用年轻人，并不是所有人都表赞同——青年演员在演唱功底、表演水平和角色理解上难免稚嫩，能否担此重任令人不免担忧。为此，白先勇专门请来素有"巾生魁首"之称的汪世瑜和向有"旦角祭酒"之誉的张继青，担任柳梦梅的扮演者俞玖林和杜丽娘的扮演者沈丰英的老师，让老艺术家们为青年演员讲戏说戏，言传身教，手把手地带他们——为此，白先勇还特别在二〇〇三年十一月十九日，为张继青、汪世瑜在苏州举行了隆重的收徒仪式，两位著名的昆曲表演艺术家分别将沈丰英、俞玖林正式收入门下，使青年演员成为老一辈表演艺术家的入门徒弟。"为了显示这种师徒关系的严肃性、正式性、牢固性和不可更改性，白先勇还要求拜师的年轻人要向师傅行三跪九叩的跪拜大礼，以传统的礼仪形式对师徒关系形成一种约束力和责任感"——因为"在白先勇看来，这种有约束力和责任感的师徒关系，是年轻人得到师傅倾心传授的保障，而有了这种保障，昆曲表演的精髓才能够薪火相传，延绵不绝"[1]。为了让青年演员能更好地理解昆曲文本中的典雅文辞、高华意蕴，提高"小兰花"们的文化修养和艺术感悟力，白先勇不但亲自给他们上课，讲解分析《牡丹亭》文本，而且还请了许倬云、郑培凯、王蒙、余秋雨、古兆申等学养精深的文史专家、著名学者给青年演员上课，提升他们对《牡丹亭》艺术世界的理解能力。经由这些重量级学者对《牡丹亭》中人物关系、细腻情感、丰富内心、心理变化的精彩剖析，从俞玖林到沈丰英、从沈国芳到唐荣，都加深了对剧中人物内心世界的理解，深化了对扮演人物的情感世界的把握，这对提升他们的表演内涵和艺术水平，大有助益。

在张继青和汪世瑜的精心培养和言传身教下，在白先勇以及各位专家学者的知识熏陶和美学讲解下，在"小兰花"演出团队的刻苦努力下，经过一整年的"魔鬼式"训练和"专业"调理，俞玖林、沈丰英、沈国芳等人在唱腔、身段、神韵等各个方面，一招一式，都有了脱胎换骨之感。由青年人担纲主演的青春版《牡丹亭》，已然有了坚实的专业基础，有了登上舞台的可靠实力。二〇〇四年四月二十九日，昆曲青春版《牡丹亭》在台北正式首演。

果然，当青春靓丽的大家闺秀杜丽娘在舞台上以眉目含春、似娇带愁的扮相，和风流倜傥的俊雅书生柳梦梅在舞台上以风神飘逸、既痴又执的姿态，共同演绎超越生死的"梦中情""人鬼情"和"人间情"时，他们那与剧中杜丽娘和柳梦梅"青春时代"相匹配的青春活力、爱情演绎和俊美姿容，即深深地打动了观众。以俞玖林、沈丰英、沈国芳、唐荣、吕佳为代表的苏州"小兰花"青年演出团队，用他们的专业水平和演出技艺，向世人证明了：青年人只要有像白先勇这样的伯乐发现他们挖掘他们，有前辈艺术家／"老师傅"的精心传授，有热爱昆曲发自内心的事业追求，有不怕吃苦努力学习的不竭热情，有各方人士的大力支持，青年演员在演唱功底、表演水平和角色理解等各方面，是足以担纲主角、承担起像《牡丹亭》这样的全本大戏的。当俞玖林、沈丰英、沈国芳、唐荣、吕佳这样的青年演员成为昆曲舞台的"主角"时，昆曲这门古老的艺术，就不再仅属于小众的中老年园地，而是和"青春"一起，同飞共舞，充满活力地走向了青年世界。

二、观众"青春"

当昆曲和"青春"联结在一起的时候，两者的联结并不只体现在演员是青年人而使昆曲舞台具有"青春"气息，也不仅意味着青春的杜丽娘和柳梦梅的爱情故事由青年演员来演绎就算对应了"青春"——昆曲与"青春"的联结，同时也是昆曲与青年观众的联结。舞台表演作为一种"接受美学"，表演再好再"青春"，如果没有观众，昆曲的"美"就无法传达,"青春"的杜丽娘和"青春"的柳梦梅以及他们的"青春"爱情也无人领会无人欣赏,而对于昆曲这一古老精致的传统艺术,没有观众,它就成了没有赖以生长的"土壤"而终将"枯萎"乃至"枯死"。出于对这一境况的清醒认识和深刻洞察,白先勇在制作青春版昆曲《牡丹亭》时,如何培养甚至是"生产"出观众尤其是青年观众,始终是他着重思考的重要问题。因为白先勇知道,昆曲要能够"可持续性发展",除了要培养青年演员,更要培养青年观众——观众尤其是青年观众,正是昆曲未来发展的广阔"土壤"。在这样的观念认识/引领下,白先勇将青春版《牡丹亭》"接受"的物件,放了过去人们不太注意也不太有信心的青年人身上——白先勇坚信,只要把昆曲这枝中国艺术百花园中最美的花朵"绽放"/呈现在青年人面前,青年人就一定会喜爱它、欣赏它、热爱它、陶醉它!于是,在二〇〇四至二〇一二年这八年青春版《牡丹亭》的前两百场演出中,无论是商业演出还是校园演出,青年观众都是白先勇竭力要争取、吸引的对象,而事实上,白先勇的这一努力获得了极大的成功——资料显示,青春版《牡丹亭》的前两百场演出中,青年人已成为欣赏人群的主体。如果说商业演出以青年人为主还无法进行统计学上的说明,那看看高校演出的场次,就足以说明这一切。在前二百场演出中,有八十九场是在大学演出的,具体场次如下:

二〇〇四年六月十一至十三日:苏州大学(一轮三场)

二〇〇四年九月十七至十八日:浙江大学(杭州)(一轮三场)

二〇〇五年四月八至十日:北京大学百年纪念讲堂(一轮三场)

二〇〇五年四月十三至十五日:北京师范大学(一轮三场)

二〇〇五年四月十九至二十一日:南开大学(天津)(一轮三场)

二〇〇五年五月二十至二十二日:南京人民大会堂(南京大学一〇三年校庆)(一轮三场)

二〇〇五年五月二十七至二十九日:上海艺海剧院(复旦大学百年校庆)(一轮三场)

二〇〇五年六月三至五日:同济大学(上海)(一轮三场)

二〇〇五年十二月二十日:成功大学(台南)(一轮一场)

二〇〇五年十二月二十二日:交通大学(新竹)(一轮一场)

二〇〇六年四月十八至二十四日:北京大学百年纪念讲堂(两轮六场)

二〇〇六年四月二十八至三十日：南开大学（天津）（一轮三场）

二〇〇六年九月十五至十七日：加州大学（伯克利）（一轮三场）

二〇〇六年九月二十二至二十四日：加州大学（尔湾）（一轮三场）

二〇〇六年九月二十九至十月一日：加州大学（洛杉矶）（一轮三场）

二〇〇六年十月六至八日：加州大学（圣塔芭芭拉）（一轮三场）

二〇〇六年十一月二十四至二十六日：广西师范大学（桂林）（一轮三场）

二〇〇六年十二月一至三日：中山大学（广州）（一轮三场）

二〇〇六年十二月八至十日：北京师范大学（珠海）（一轮三场）

二〇〇六年十二月十五至十七日：厦门大学（一轮三场）

二〇〇七年九月十四至十六日：西安交通大学（一轮三场）

二〇〇七年九月二十一至二十三日：四川大学（成都）（一轮三场）

二〇〇七年十一月二十至二十一日：兰州交通大学（一轮两场）

二〇〇七年十一月二十二至二十三日：兰州大学（一轮两场）

二〇〇七年十一月二十六至二十七日：长安大学（西安）（一轮两场）

二〇〇七年十一月二十八至二十九日：陕西师范大学（西安）（一轮两场）

二〇〇七年十二月十六至十七日：福建师范大学（福州）（一轮两场）

二〇〇七年十二月十八至十九日：福州大学（一轮两场）

二〇〇八年四月三至五日：武汉大学（一轮三场）

二〇〇八年四月九至十一日：中国科技大学（合肥）（一轮三场）

二〇〇九年十月十二日：东华大学（上海）（一轮一场）

二〇〇九年十二月十八至二十日：北京大学百年讲堂（一轮三场）

二〇一一年十月二十四至二十五日：上海大学（一轮两场）

大学巡演的八十九场，占青春版《牡丹亭》前两百场演出总数的百分之四十四点五，接近一半——大学在校生（包括研究生）当然都是青年人，从这个可观的、固定的大学生（包括硕博士生）观众群体中不难发现，青春版《牡丹亭》已在青年知识者中产生了广泛的影响，更何况，即便是商业演出，白先勇也总是用拉来的"赞助"，为学生留低价的学生票（费用由"赞助"补贴），让学生看得起、看得到、看得成商业演出中的青春版《牡丹亭》，对于那些热爱昆曲而又经济拮据的青年学生，白先勇甚至完全"赞助"，送票给他们，让他们有机会能进入剧场，看到中国古老灿烂的传统精致艺术，以便通过观赏体验，使青年（大学生）能接触昆曲、了解昆曲、喜欢昆曲。事实上，青春版《牡丹亭》每次大型商业演出，青年／学生观众几乎要占到观众总人数的"半壁江山"以上——在白先勇的推动和帮助下，已经被"固化"为"古董"的昆曲，却以优雅的"青春"之姿，进入了当代青年的艺术生活，吸引了他们的观赏视野，唤醒了他们那颗在西方文化中浸泡得太久的心，启动／复苏了他们文化心理／情感积淀中沉潜的传统文化基因。

青春版《牡丹亭》在大学校园和青年观众中引起的巨大反响，最后集中在北大学生概括的这样两句话：现在只有两种人，一种是看过青春版《牡丹亭》的人，一种是没看过的人——从这样的概括中，不难看出以北大学生为代表的青年学子对青春版《牡丹亭》的高度肯定，也内隐着一种看过青春版《牡丹亭》的人似乎就比没看过的人具有了更多更高级"文化资本"的优越感。在当代大学生和青年观众的"追捧"下，"沉睡已久的古典文化艺术之美的精魂"《牡丹亭》不但焕发出了"青春"朝气，在两岸三地乃至海外一时风行，而且当代大学生还通过观赏青春版《牡丹亭》的演出，产生了"观之不足，学之演之"的冲动，一大批昆曲"新生"种子开始在大学校园萌发、抽芽并成长、开花。

三、校园传承"青春"

昆曲在大学校园"学之演之"的"新生"，虽然有着大学生们开始喜爱昆曲的内在冲动，却离不开白先勇的大力推动——这个推动，集中体现在他通过各种方式募款，首先在北京大学开展"白先勇昆曲传承计划"，该计划第一阶段计划用五年的时间，从"学研""新知""推荐"三个方面入手，包括在北京大学开设昆曲公选课，举办昆曲文化周，优秀昆曲项目展演、推动数位昆曲工程，成立百位元名人昆曲倡议大联盟，建立昆曲传承扶持基金等内容，并计划今后每两年举办一次昆曲文化周。每年春季学期，面向全校学生开设经典昆曲鉴赏公共选修课，为北大学生提供与昆曲大师面对面交流的机会，激发更多的学生了解昆曲、热爱昆曲。随着这一计划的成功实施，白先勇又在苏州大学、香港中文大学和台湾大学等高校陆续展开"昆曲研究启动计划""昆曲之美"课程以及"白先勇昆曲讲座"等项目。在这些"计划""课程"和"项目"

中，北大的"白先勇昆曲传承计划"共分两期，每期五年（第一期从二〇〇九至二〇一三年，第二期从二〇一四至二〇一八年），前后持续了十年，成果显著，影响深远。

在"白先勇昆曲传承计划"第一个五年时期，该计划在北大取得了如下成效与结果：1. 理论教学与课堂体验相结合。经过第一个五年计划的四个学期的教学证明，大学生对这种理论与表演相结合的授课方式更加青睐，普遍认为通过课堂表演更能深刻理解昆曲精髓与文本涵义；2. 表演课程与演出体验相结合。以表演教学的形式让大学生们亲身体验到昆曲的巨大魅力，并在参与中成长；3. 与数位技术相结合，用数位技术对课程内容进行留存和传播，让北京大学之外，尤其北京之外的人通过数位方式获取课程知识，达到广泛推广昆曲理论及传承理念的目的；4. 吸引了各大高校不同专业学生自发参与；5. 媒体关注度极高。"北京大学昆曲传承计划"自启动来，就受到了社会媒体的持续报道，也在博客、微博、校内BBS、人人网等青年人活动频繁的网络管道受到了广泛关注。

第一期"北京大学昆曲传承计划"成功在北京大学开设了四期"经典昆曲欣赏"课程——该课程"延请全国最知名的专家、艺术家，轮番到北京大学讲座，从昆曲历史、声腔、文学等理论知识，到各个行当的表演艺术，用一个学期的时间系统讲解给学生，在讲座中穿插现场表演，每次开课还配以在正规剧场举行、选课生可免费观摩的昆曲演出"[2]——并由全校本科生公选课升级为通选课；昆曲表演工作坊的开设更是让同学们进一步感受到了昆曲的魅力。进入第二期的"昆曲传承计划"则在前五年计划成果的基础上，继续将"经典昆曲欣赏"课程精品化；继续推进校园昆曲传习工作坊，将昆曲表演带入校园，让同学们参与进来；针对各高校戏剧戏曲专业优秀学生学业和青年昆曲演员深造计划，培养青年昆曲人才；同时，数位昆曲与北大图书馆共同建设了数字昆曲网站，以北京大学文化产业研究院现有素材和北大图书馆资源为基础，汇聚国内外同仁的宝贵资源，将重要资料数字化，让无法亲临现场的全球昆曲爱好者分享课程实况，共享北大昆曲传承计划的数位资源，让有研究兴趣和研究能力的人通过多媒体教学资料来了解昆曲之美。

早在二〇一〇年，在"北京大学昆曲传承计划"第一个五年计划中，就曾结合课程，有过由学生排演昆曲《牡丹亭》的尝试，"学生演员最终排演了《游园》《惊梦》《忆女》《回生》四折，并在二〇一一年内于北京和上海演出两场，取得了良好的效果"[3]。到了二〇一四年，白先勇开始构想"由大学在校学生自愿参与，共同排演一台相对完整的昆曲《牡丹亭》"[4]，经过数年"经典昆曲欣赏"课程教学的积累，以及各种昆曲兴趣班（如"昆曲化妆课""昆笛演奏课""小生表演班""旦角表演班"）的试验性教学，为以学生为主体的校园版昆曲《牡丹亭》排练和演出，进行了人才储备。[5]

到了二〇一七年，在"北京大学昆曲传承计划"进行到快十年的时候，在"经过三年的经验积累，各项准备相对完善"[6]的情况下，由白先勇命名的校园传承版《牡丹亭》项目正式启动。"历经两轮人才选拔、前后四次赴苏州昆剧院集训，每周邀请苏昆教师到北大校内集训，寒假北大校内联排，内部选拔等环节，最终确定演员二十五人，演奏员十四人，共计三十九人，他们来自北京十七所大学，分别是：北京大学、北京师范大学、中国戏曲学院、中国科学院大学、第二外国语学院、中央民族大学、清华大学、北京科技大学、中央音乐学院、北京理工大学、北京化工大学、中央戏剧学院、中国政法大学、中国石油大学、首都师范大学、外交学院、中华女子学院"[7]等。

校园传承版《牡丹亭》以青春版《牡丹亭》的经典折目为底本，由苏州昆剧院青春版《牡丹亭》主演们担任教师和艺术指导，而担纲"校园传承版"演出的学生则全都是"非昆剧演员演奏员专业，他们来自中文、哲学、生物学、新闻学、心理学、戏曲导演、法学、舞蹈、幼儿师范、自动化、戏曲作曲、音乐史、戏曲文学、计算机、光电信息工程、工商管理学、能源与自动工程、俄语、英语翻译、戏剧理论、材料工程、艺术、政府管理、基础医学等二十四个专业"[8]，这些不同学校非昆曲专业／"科班"出身的当代大学生（青年人）们，出于对昆曲的热爱和对青春版《牡丹亭》的敬意，硬是将一个由专业团队打造的青春版《牡丹亭》，嫁接到了校园中，以"校园传承"的方式，让青春版《牡丹亭》真正融入了大学校园——只不过，这一次的青春版《牡丹亭》体现的青春，已不再是演员青春和观众青春的叠加，而是由观众进而成为演员并融演员和观众于一体的"校园传承"的青春！

校园传承版《牡丹亭》从二〇一七年七月正式启动，经过不到一年的排练，二〇一八年三月在上海全季酒店首演，自此至二〇一九年六月，在一年半的时间里，校园传承版《牡丹亭》在全国共演出了十五场，包括《〈红楼梦〉与我们的"文艺复兴"》系列活动特邀演出（上海）、北京大学建校一百二十周年系列演出（北京）、纪念《牡丹亭》诞生四百二十周年特别演出（抚州）、南开大学叶嘉莹教授九十四岁诞辰专场演出（天津）、项目"回娘家"演出（苏州）、参加第七届中国昆剧艺术节演出

（昆山）、赴香港中文大学演出（香港）、赴台湾高雄演出（高雄）等，并在北京第二外国语学院、北京理工大学、北京师范大学、南京大学等高校巡演。校园传承版《牡丹亭》演出获得巨大成功，所到之处均产生了极大轰动——我知道在南京大学演出之际，等待入场的学生在剧场外大排长龙，盛况空前。这十五场演出基本上都"一票难求，需要长时间排队抢票。各大媒体争相报道，中央电视台、北京电视台、中央人民广播电台、《人民日报》等几十家媒体予以高度评价，赴港台的演出更是引发当地媒体长篇累牍式报道，有关校园传承版《牡丹亭》的各种报道集结成册竟有两寸厚"。[9]

校园传承版《牡丹亭》的巨大成功，表明青春版《牡丹亭》已经深入当代大学生的精神世界和文化血脉，并在大学校园内，开出了"让《牡丹亭》继续青春，用校园培育《牡丹亭》"的艺术花朵，走出了一条以青春版《牡丹亭》为载体的昆曲可持续性发展之路——青春版昆曲《牡丹亭》的青春之路，由于"校园传承版"的出现，已然有了校园传人，使青春得以丰富、延续、升华！沿着这条路走下去，昆曲的水磨声韵和悠扬笛声，将持久地回荡在大学校园，一直青春，永远不老！

四、从"青春"走向"复兴"

二〇二二年九月十七至十八日，东南大学与南京大学白先勇文化基金联合举办了"传承与传播：青春版《牡丹亭》与昆曲复兴"国际学生研讨会，本来会议安排要演出青春版《牡丹亭》的，只是由于疫情的影响，最后由沈丰英、沈国芳在开幕式现场演出了折子戏《游园》《惊梦》，并播放了纪录片《牡丹还魂——白先勇与昆曲复兴》。我当时在会场，强烈地感受到了东大学子对昆曲的喜爱和激情：折子戏并不过瘾，纪录片令人感慨。两个月后，当疫情稍缓，昆曲青春版《牡丹亭》终于在二〇二二年十一月十六日走进东大校园。那晚在东南大学九龙湖校区焦廷标馆，我与吴新雷教授以及济济一堂的东大学子，再次观看并体会了昆曲青春版《牡丹亭》的迷人魅力，也从东大学子热烈的现场反应，强烈感受到了昆曲在校园所激荡起的"青春"热情！

"古老"的昆曲在白先勇这位"超级推手"的奋力推动下，在二十一世纪拥抱了青春，走向了校园，引起了轰动，产生了动能。正是因了白先勇的努力，昆曲得以与青春同舞，雅音终究共校园齐鸣。一个从演员到观众，从观赏到实践的昆曲"青春"时代，已然从青春版《牡丹亭》向我们走来，且正向未来的昆曲复兴之路走去！

　　有白先勇这样的引领者和推动者，有青春版《牡丹亭》的榜样作用，有"青春"演员"青春"观众和充满青春气息的"校园传承"，昆曲的复兴，指日可待，未来可期！

注释

1. 刘俊：《情与美：白先勇传》，花城出版社（二〇〇九年版），二二五页。
2. 侯君梅:《纪录片〈牡丹还魂——白先勇与昆曲复兴〉中的校园传承版〈牡丹亭〉》，"白先勇衡文观史"公众号，二〇二一年九月二十九日推送。
3. 同前注。
4. 同前注。
5. 同前注。
6. 同前注。
7. 同前注。
8. 同前注。
9. 同前注。

· 汪班

纽约昆曲社顾问兼首席翻译

再看牡丹
——谈白先勇青春版《牡丹亭》纽约演出

二〇〇六年在北加州加州大学伯克利分校 Zellerbach Hall 剧场首次观看白先勇青春版《牡丹亭》美国首演，全剧二十七折，分三天演完。由于剧场极大，舞台宽而深，座位达数千之多，演出单位考虑到，如完全按照既有细致优雅特色的传统昆曲形态演出，可能会显得单调微弱，因而做了不少与传统昆曲略有不同的改动。全剧布景道具丰富齐全，灯光华丽多端，文场乐器增加，音响随剧情变化而强弱，武场也在多处显得火爆热闹，较传统昆曲配乐要西化些。这些舞台和音乐上所必须有的改动收到了效果，三天演出，场中观众情绪一直保持高涨，没有人抽签早退。剧终时，全体观众起立鼓掌欢呼，给予最高最热烈的肯定。这是中国古典戏曲在美国极为成功的一次演出。

戏曲演出最重要的一环当然是演员，在中国古典戏曲的代表剧种，有"百戏之祖"之称的昆曲里，演员更是戏曲的灵魂，无论音乐，灯光，舞台设计等等如何新进奇妙，如没有能担当重任的演员来镇场，演出不可能受到欢迎。在传统的昆曲和京剧舞台上，是没有布景的。如京剧《贵妃醉酒》贵妃闻花一段，花的美与它的芬芳，是让观众从演员见到那抽象的花；伸腕执花，通过将花挽到面前闻它的香味的一连串表演，来领略贵妃与花的关系，由此联想到"云想衣裳花想容"的名句。这一段是梅兰芳受到了昆曲表演的影响，经过千锤百炼铸造，最有代表性的一个身段。如果台上两端各放置一盆真牡丹花，就会大大地限制阻碍了观众对演员的欣赏，因为真花的存在会与演员将普通动作与感情升华成为舞态与内心情绪形成冲突，现实中的花朵与提炼过的歌舞表演艺术会产生严重的矛盾。

从这一点就可认识到中国古典戏曲的灵魂是演员。昆曲演员在舞台上将诗歌文学唱出来，就是将现实生活中与人交谈和自己心中的语言予以升华；舞则是每天生活里面各种动作的升华；表情是日常一般情感反应的升华；甚至台上演员夸大的化妆，头面和服装都是超越现实，得到升华。舞台上的一切都经过演员的技和艺，从平凡升华到戏剧中美的最高境界，也就是将真和假糅合起来，如曹雪芹的《红楼梦》的主题："假作真来真亦假"，这与昆曲的宗旨一样无二。舞台人物周围的一切，以及人物心中的思想感情，一一都由演员用歌舞和表演显示出来。中国古典戏曲，如同中国绘画，是介乎写实和写意之间，从写实出发，又超越写实，在写意中又充满着以写实为基础的一种人类表演史上最突出、永存的戏曲艺术形态。

于是昆曲演员在舞台上替代了布景，表演时很有限的道具都成了辅助歌唱舞蹈抒情的物件。比如说：《牡丹亭·游园》中小姐与丫鬟手中的折扇和团扇，就是两位演员不可少，增加舞蹈之美的重要道具，用来形容朝霞晚霞，烟波画船，雨丝风片，等等，而不是给两位人物打开来驱热的。连戏装上的水袖，都是象征着生命如水：感情平静时水袖平静地，轻柔地收放，感情激荡时水袖也跟着左右上下飞扬。原来这水袖也是一种道具，用来表示内心感情，同时也给舞姿增添美感。

就由于中国古典戏曲这一大特色，二十世纪初的大戏剧家如 Brecht 和 Stanislavski 都认为昆曲与京剧（京剧是昆曲之子）的这种"演员至上"的舞台表演方式完全符合了戏曲的基本目的和原理。

二〇〇六年在加州伯克利演出的白先勇青春版《牡丹亭》里的两位扮演主角杜丽娘和柳梦梅的主要演员沈丰英与俞玖林担起了领衔主演的重任，二位在三天二十七折中称职地，一无差错地完成了表演。尤其是俞玖林，他表现出了柳梦梅从梦中惊艳到与丽娘倩魂相爱，终于有情人成眷属的那种可爱又勇敢的形象，相当能让人激赏。沈丰英的杜丽娘师承伟大的昆曲演员张继青女士，张继青有"张三梦"之雅称，其中"二梦"就是《牡丹亭》的《惊梦》和《寻梦》。当时沈丰英表演已略有张继青外在秀美的形象，内在则尚稚嫩，远远不及乃师张继青那种感人的内心深刻描绘，动作刚柔并济到达了炉火纯青的境界，与其细致讲究的行腔咬字等等的惊人艺术力量。虽如此，沈丰英在二〇〇六年的表演规矩而尽责。沈和俞二位对《牡丹亭》在美西演出的成功是功不可没的。

经过六年的酝酿和计划，也就是在今年，二〇一二年的十月七日，中国苏州昆剧团的白先勇青春版《牡丹亭》，在纽约所有喜爱传统戏曲人士望穿秋水的等待下，终于应亚太文化艺术中心之邀，来到世界最大文化经济中心纽约做一场演出。演出的是"精华本"，选有《牡丹亭》最感人肺腑的五折：《游园惊梦》《寻梦》《写真》《拾画·叫画》和《幽媾》。著名小说家、学者、《牡丹亭》总制作人及艺术总监白先勇与二位主要演员沈丰英和俞玖林在公演前一天，十月六日，在纽约大学接受纽约华美协进社人文学会访谈。白氏介绍了《牡丹亭》作者汤显祖由于创作本剧而在中国文学史上留下盛名以及剧中诗歌不朽的文学性，三位并道出了本剧构思制作排演的经过与个中甘苦，又放映了本剧在中国国内外演出数百次的盛况。这场访谈吸引了近三百名观众，其中百分之七十是青年人士，多为美东大学研究生与大学生。所有观众聆听得聚精会神，安静专注，会后更是激动、热烈又踊跃地围着三位访客，畅谈戏曲艺术以及许多有关文化的问题，是纽约少见的最成功的一次访谈活动。

十月七日《牡丹亭》在纽约东区中城纽约市立大学亨特学院著名的凯伊剧场（Kaye Playhouse）演出，全场满座，纽约爱好文化戏剧的中外人士冠盖云集。参加演出团员共十六人，由苏昆蔡少华院长领队，演员四位：沈丰英、俞玖林、沈国芳、吕福海，其他音乐师以及工作人员十一人通力合作。这次在纽约演出的白先勇青春版《牡丹亭》精华本完全是传统的演法，舞台上没有布景，灯光只用不同单色打上背景大幕，音乐也是以笛子为首的纯传统乐器（主要笛师邹建良手法和口劲都属上乘，悠扬响亮，极尽牡丹绿叶，衬托之美），所以一开幕就显出与伯克利的演出不同。由于没有一些加出来的"花样经"，而是原汁原味、领导中国戏曲达五百多年、自明清至今风靡全中国的传统昆曲。这样的演法，若是演员在表演上有一点点松懈和差错，这场戏就会显得单调枯燥而"砸锅"，因此一开幕，观众有些顾虑三位扮演杜丽娘，柳梦梅，和春香的主要演员在这场演出中是否会因为心理压力不能将这场戏理想完成。

观众的这种顾虑显然是多虑了，三位主要演员竟能不负众望，更不负总制作人白先勇的期盼，用悲与欢，笑与泪，将这出不朽的诗歌戏曲中最精华的五折演得淋漓尽致，使观众如醉如痴地置身于两位主角诗情画意的爱情中，感受到中国古典诗歌如何通过戏曲的力量产生不可思议的震撼。这一场昆曲《牡丹亭》确实是"一生难得几回见"杰出而难忘的演出。经过了六年（以上）的不断研究，学习和演出，沈丰英和俞玖林二位，通过扮演杜丽娘和柳梦梅，终于步入了成功的殿堂，跻身于当今中国最灿烂的古典戏曲表演艺术家的行列。

"精华本"五折中，小生俞玖林饰演男主角柳梦梅，在《游园》后的《惊梦》一场中才出场。昆曲中扮演小生特别有挑战性，首先是扮相。由于小生的演员不能贴片子（在脸两边贴上黑片子勾出脸的轮廓，脸太宽，片子可往前贴，显得脸窄一些；脸太窄，则片子就往后贴，显得脸宽一点。从前唱旦角多是男性，脸较宽大，才想出这种补救的化妆法），因此演小生的脸不能平扁，当然也不能太窄，五官要很匀称，特别要有悬胆鼻，但又不能太高，鼻子太高，就会像西洋人在台上冒充中国人，十分古怪。演小生的个头也重要，最好是在五尺七、八寸左右，一定要比演旦角的高一些，但又不能太高，因为在生旦合演或调情对眼神时，二人如高矮相差太多，视线就会不平衡，直接影响到美感。还有是嗓音，由于小生是用小嗓子（countertenor）演唱，天生的小嗓子里必定要有"刚音"，要有"堂音"（一种富有宽宏，阳刚的嗓音，不同于旦角嗓音），一张口就可以让观众听出来这是洪亮的、血气方刚的男孩子的声音，而不是女孩子的声音。

不具备以上所说的天赋条件，就不能唱小生。而俞玖林正好完全具备这些条件，脸型、五官、个头、四肢比例、嗓音都符合要求（此次纽约演出，俞的嗓音中低音都好，翻高音略有问题，所幸他以表情身段和做派弥补了此一瑕疵）。俞演柳梦梅掌握了几个重点，就是"痴情"和"真情"，在《惊梦》中他初见丽娘就表露了这两种感情，他对丽娘从惊艳到生情，表演出来的是惊喜和惜爱，却没有一点登徒子好色的情态，他手眼身步从容潇洒，温柔多情，然而一丝不沾女性化，完全就是杜丽娘这位大家闺秀会欢喜的一位富有书卷气的青年学者。在柳梦梅与丽娘在梦中好合后，俞的表情是"喜"，而不是带有色欲满足后的"轻佻"。由于俞玖林在短短的惊梦一折给予观众大好的印象，以后连着两折是丽娘单场，观众会情不自禁地想念他，等着他再出现与丽娘继续他们的情缘。

到了第三折《拾画·叫画》柳梦梅再次出现，演出他的单场。《拾画·叫画》其实是汤显祖巧妙安排的"男游园，男惊梦"，与前面杜丽娘《游园惊梦》相呼应，是小生的重头戏。这场俞玖林的表演是先触景伤情，看到了残破的大花园，联想到当年可能有的盛况，感慨万千，又加上病体初愈，更添愁怀。这一折中有许多繁重的身段，比如踏青苔走滑步等，俞做来都流畅自如，一点没有雕琢的痕迹。柳梦梅在《拾画》前半折中的"愁"，在他见到太湖石旁的画卷时都消失了，替代的先是"奇"，然后看到画上美人，误以为是观音冥冥间来予以保佑，他的心情就从"奇"转成"疑"。在下面《叫画》一折里他又猜想这画上的女子不是观音，而是爱上他的一位美人，他的感情又转变成"痴"，苦苦地叫唤这画中仙子，求她降临人间，与他做伴。这种种复杂多端的情感与配合的身段动作，俞玖林都细腻地刻画了出来，让观众如历其境，如感其情。

最后一折《幽媾》，是演出人鬼情，与先前《惊梦》梦中情遥相呼应。柳梦梅见到丽娘倩魂，从"惊"到"爱"，俞玖林先表演出了少男对男女有肌肤之亲，虽向往而又害怕羞怯的稚气和憨情，到剧终前才表现毅然愿为爱情付出一切的勇敢态度。这一折中，俞玖林又用手眼身步以及翻飞的水袖表演出心中的激情。他的表演在"放"里有"收"，"收"中又有"放"，掌握得一丝不苟。最难能可贵的是他在与较六年前有惊人进步的饰演丽娘的沈丰英演对手戏时，竟然还能大放光芒，与女主角分庭抗礼，这不能不说是他演出最大的成就。

沈丰英形象的美，一直是有目共睹的事实。但从这次她纽约演出的深刻动人程度来看，她是近年来中国古典戏曲表演中的一大异数。她将自己化成了汤显祖创造出来的杜丽娘。作为演员，沈丰英将含蓄而又热烈的情感与她所受过的严格的歌唱和舞蹈的训练紧紧地结合了起来，有层次地刻画出杜丽娘的内心世界——一个充满着爱和美的世界。沈丰英表演出了几百年前一个在封建制度压迫下生长的少女，如何向往爱和美，如何勇敢地追求这份爱和美，甚至为它憔悴而死后，她的亡魂还执着地继续追求爱和美，最后被柳梦梅狂热呼唤感动，与柳梦梅圆了情缘。人世间女子的动力和毅力是他们的本能，他们的心里，像地母般，能为自由、爱情和美，不惜做出惊天动地、出生入死的牺牲——这就是《牡丹亭》的主题，是这本不朽奇作的中心思想。昆曲大师张继青演出了这个惊世骇俗的少女，现在成功地传给了她的爱徒沈丰英，沈丰英又在舞台上呈现了中国文学中的这位少女代表。对张继青来说，实在是"绛唇珠袖两寂寞，晚有弟子传芬芳"，是中国古典戏曲的一件可喜可贺的大事。

沈丰英铸造杜丽娘形象的第一步是游园惊梦中与柳梦梅梦中相遇之前，可用"伤春，怀春"形容，她的内心因春天的来到，燃起了一种莫名的火焰，但她是极含蓄地在她欣赏废园春色之余，对岁月流转、年华飞逝的感叹中表现出来的。这些感叹又在她与春香从闺房到花园一路表演的双人舞中表露无遗。其中身段极为多彩多姿，沈丰英以优雅缓慢的舞蹈和优柔的歌喉，配以春香活泼快速的舞步与白口，演出了主仆迥然不同的两个人物和他们各自的内心世界（饰演春香的沈国芳掌握到了表演春香身段动作上最重要的原则："快"，要快才能圆满地与丽娘的"慢"形成对比的美。此外，沈国芳造型玲珑可喜，率直天真，使人联想到《红楼梦》里的湘云）。

游园之后，丽娘入梦，与柳梦梅相见，二人以水袖代表男欢女爱，是中国古典戏曲中最有名而不容易抓准分寸的一场戏（是男女主角的双人舞）。二位演员如不够动情，戏则温，过于动情，戏则火。沈丰英与俞玖林演来，无论是表情或水袖身段都恰到好处，二人翩翩起舞，如一双彩蝶，体态轻盈，目挑神移，然风流蕴雅，不沾一点俗气。沈丰英显露的是惊、喜，而后恋，但这三种情感都在"羞怯"之下表现，她对着柳梦梅心中喜悦，但不敢正视。双人舞后，二人入牡丹花丛成欢。到了丽娘和柳梦梅再上场，柳梦梅唱《山桃红》，这时沈丰英的丽娘脸上表情与前有了很大的变化，眉眼间充满了荡漾的春意，绵绵地看着柳梦梅，先前的"羞"换作了"醉"。这种迷人又入骨的描绘，再一次表露了他们感情有了进一步的发展，然而沈俞的演出仍然不带一丝粗俗或淫邪。这是沈丰英诠释丽娘情感的第二步。

下面接着的是《寻梦》和《写真》，《寻梦》是杜丽娘的单场，《写真》里春香出场有几句白口，基本上也是丽娘的单场（单场是一个演员自己一人演完一折，没有任何休息或与另一演员互动的机会。戏曲中，顶尖儿的演员爱单场，欢迎单场极高的挑战性，而普通的演员都视为畏途。这次青春版《牡丹亭》在纽约演出五折，其中俞玖林有一个长的单场，就是《拾画，叫画》，而沈丰英扮演的杜丽娘几乎演出了两折单场，二位演员真正接受并顺利通过了这场极严格的考验）。这两场演得稍弱一点，就会成为"冷戏"，观众看起来就会感到平淡乏味，如坐针毡。可是这两折沈丰英最得张继青真传，尽情发挥了她至高的技术和艺术。《寻梦》一折的前一半，汤显祖写出了初恋情人不能相见的心声，恰如莎士比亚写的："不相见是甜蜜的感伤。"（Parting is such sweet sorrow.）沈丰英从她优雅的身段和圆场，以及秋水一般的眼睛里流露出来丽娘想到与柳欢合时的甜蜜，以及欢合时身边难忘的春光与花香，恋人在耳畔的柔情细语等等。"甜蜜"就是沈丰英在《寻梦》上半折表露出的感情。

丽娘渴望再见到柳梦梅，然而"寻来寻去，都不见了"，她乍然梦醒了，坠入了失望的黑渊。《寻梦》的后半折，丽娘的感情从"甜蜜"转到了"哀怨"，但就算是她在呼天喊地地唱出内心痛苦，沈丰英也没有忘记古典戏曲的一切都建筑在美的基础上，她只有用她那一对俏目流露出哀愁的美，身段仍然是那样轻盈可怜，甚至在她悲情激昂，唱到"花花草草由人恋，生生死死遂人愿"有顿足的身段时，都是美在愁中，而不是常人痛苦时面部肌肉走形、热泪横流、身体抽搐的形象。演到《寻梦》《写真》这两折，沈丰英的唱功也愈臻高乘，音色悠美明亮，行腔婉转动人，特别是有些入声字，像《倾杯序》一曲里"淡春风立细腰"的"立"字，就唱得抑扬断续、回肠荡气、美生天然，令闻者感动。就由于沈丰英这样深深地把握住了"美"的原则，以美演出了欢笑和悲泪，才能得到观众的一致赞赏和共鸣。

《寻梦》的尾声给了观众一点端倪，知道丽娘可能面对一场悲剧。下面的《写真》更清楚地交代了丽娘为情而亡。沈丰英在表演丽娘为自己绘像时，已平静地接受了她这不可避免的命运，她的感情就从《寻梦》尾声时的"哀怨"转到了几乎是视死如归的"英勇"，然后接着就是她在最后一折《幽媾》中无保留地演出了"奔放"的情感。在《惊梦》的梦中，丽娘是被动，柳梦梅是主动；到了《幽媾》，丽娘是倩魂，经过了这一番天上人间，她变成了主动，柳梦梅是人，变成了被动。沈丰英把丽娘的形象、感情仔仔细细、妥妥帖帖地完全演了出来，可以说把世间女子的心态感情都描了出来。

李白在他的乐府诗《长干行》里，就创造了一个像沈丰英诠释的丽娘这样的人物，是中国文学史上另一突出的女性，她从"十四为君妇，羞颜未尝开"到"十五始展眉，愿同尘与灰"到"坐愁红颜老"再到"早晚下三巴，预将书报家，相迎不道远，直至长风沙"，李白深刻地写出了一个女子从少女时代娇羞到热恋，从热恋到思念远别男人的妇人，最后从思念到激昂奔放。这位古代想来是个娇小的妇人，竟成了地母一般的神女，决定不顾生死冲进狂风滚砂里去迎接她心爱的人！李白歌颂的这个《长干行》里女主人翁的感情，也正是沈丰英铸造的杜丽娘内心气象万千的心路历程。

北宋词家晏几道的《鹧鸪天》一词中，有两句传诵千古的句子："舞低杨柳楼心月，歌尽桃花扇底风"，一向只知道看上去、念起来心里会有缠绵悱恻的感觉，并不真正懂得二句的深义，直到欣赏了白先勇青春版《牡丹亭》精华本在纽约的演出，由于沈丰英和俞玖林二位刻骨铭心的表演，晏小山的这两句词的境界才明白地展现在眼前，从而让我们更了解汤显祖的伟大，更认识到中国昆曲艺术的高超与珍贵。诚如英国诗人济慈（Keats）写的："美之一物，万世为趣"（A thing of beauty is a joy forever），这也是这场《牡丹亭》最好的写照吧。

昆曲进校园大有可为

·周育德

中国戏曲学院教授、前院长

我们谈论昆曲复兴时，大家重视的一个话题是昆曲进校园。这个话题应该从一百多年前说起。

清末民初，昆曲已经式微，"天下歌曲皆宗吴门"的盛况不再。一些有识之士，出于对中华民族优秀文化传承的历史责任感，大胆地把昆曲引进大学的校园。

一九一九年三月，北京大学音乐研究会成立，会长是蔡元培。聘请了吴梅、赵子敬、陈万里等为昆曲组导师，将昆曲正式引入了大学课堂。

吴梅先生是编剧、制曲、谱曲、度曲的全才，曲学著述丰富。赵子敬有"常州一支笛""江南笛王"之誉，会唱两百多出昆曲，会多种行当。一时间最高学府的学者与专业曲家互动，莘莘然开辟了大学校园里一道绚丽的风景。值得注意的是，当时前来向吴梅先生就学的除了大学生，还有北昆荣庆社的艺人韩世昌、白云生等。

当年北京大学的昆曲课维持了三年多。一九二二年十月，北大音乐研究会解散，昆曲课停课。吴梅先生离开北京。

离京前，吴梅先生为韩世昌写了《桃花扇》之《访翠》《眠香》《却奁》《守楼》《寄扇》等出的曲谱。韩世昌、白云生是中国昆曲史上，得吴、赵二位大师指正教诲的唯一的一对生旦。这是昆曲史上的一段佳话。可见当年北京大学的昆曲教学也不仅是局限于校园，至少对北昆的传承是贡献巨大的。

吴梅先生带头将昆曲带进大学，后来在其教学生涯中一直坚持不懈。南下后，吴梅先生继续在东南、中央、中山、光华、金陵等大学执教，传授昆曲。在大学里，培养出一批昆曲爱好者，而且培养出一批专家大师级的戏曲研究家、昆曲研究家，如任中敏、卢前、钱南扬、唐圭璋、王玉章、王季思等。昆曲进大学渐成传统。上海、苏州、南京、北京、杭州，继其后者有赵景深、钱南扬等。昆曲进校园的传统不绝如缕。于是今天才有以南京大学吴新雷等先生为代表的有学有术的一批昆曲学者。

时至二十一世纪，随着联合国认定昆曲艺术是人类非物质遗产代表作，昆曲迎来了新时代。昆曲逐渐摆脱了困境，开拓了欣欣向荣的好局面。在这个脱困向荣过程中，白先勇先生发动和主持的青春版《牡丹亭》传播厥功至伟。

青春版《牡丹亭》以无比亮丽的演员阵容，无比鲜活的角色形象，热情满满地走进了大学校园，引起的轰动是空前的。

我国当前新一代的大学生极少接触传统戏曲，有的甚至从来都没有看过戏曲演出。当他们观看到杜丽娘和柳梦梅那种至情至爱、出生入死，瑰丽奇幻的爱情故事，听到那种美妙的昆曲音乐时，心灵被深深地震撼了。真个如杜丽娘所感叹的"不到园林，怎知春色如许！"从此，爱上了昆曲。

青春版《牡丹亭》走出了苏州，走进了南北东西各地著名的高等院校。杜丽娘所到之处，无不引起轰动。昆曲首先在大学生里获得追捧，遇到知音。一批又一批高文化水平的青年观众群，保障了昆曲剧团所到之处一票难求。

几年，十几年坚持下来，昆曲进校园渐成常态。欣赏昆曲在大学生里渐渐成为风尚。读大学而没欣赏过昆曲，没看过《牡丹亭》的演出，成为一种遗憾。

在中国，昆曲进校园已经是教育行政部门支持的政府行为。大学里昆曲活动的内容一般有昆曲演出、昆曲教学和昆曲研究等。总的特点是学校与昆曲剧团互动合作。校园里曲社林立，弦歌盈耳。聘请昆曲专家讲学，深受师生欢迎。北京大学的昆曲欣赏课被誉为"神仙课"。昆曲进校园，也开始有向中小学延伸的苗头。这是可喜的现象。

昆曲进校园的根本目的是昆曲的复兴。直接的收获是培养学生对昆曲的兴趣。兴趣的激发和培养是非常重要的。兴趣一旦产生，可以转化为志趣。少数人可以由昆曲的知音而转化为终身职业。

如果接触过昆曲的学生，有百分之一的人对昆曲产生了兴趣，昆曲就大有希望。

我们欣慰地看到，昆曲进校园，正在培养出昆曲的专门人才。例如苏州大学周秦教授门下，培养了一大批昆曲研究生，成果令人鼓舞。各家高校里的昆曲研究生，有的很可能成长为戏曲研究家。

昆曲进校园更大的成果，是培养了一批又一批的昆曲的热心观众。有了一批又一批高素质的观众，昆曲就有了无尽的希望和前途。

昆曲进校园大有可为。

校园传承版《牡丹亭》的实践及其意义

· 陈均

北京大学艺术学院副教授

昆曲与校园的关系,尤其是与高校或大学之间的关联,是近代以来昆曲传承与发展的一条重要脉络[1]。简言之,一方面校园给昆曲提供了传播与生存的空间,譬如民国初年北京的昆曲复兴的重要力量之一便是北京大学师生对昆曲的支持,此后昆弋班社的演出及存续,来自北京的大学的业余昆曲爱好者起到了重要作用。另一方面,校园里昆曲的传播,对于昆曲研究、昆曲观念也有着尚未被充分估量的功能。譬如,诸如吴梅在北京大学教授昆曲及戏曲课程,向来被认为是中国大学里戏曲研究之始,北京大学音乐研究会昆曲组被认为是有记载的中国大学的第一个昆曲曲社。自新世纪以来,随着昆曲成为"非遗",白先勇策划的青春版《牡丹亭》巡演,以及出现"昆曲热"等现象。昆曲在中国社会中的位置、昆曲观念都发生着很大的变化[2]。

在诸多昆曲现象里,青春版《牡丹亭》以大学生为主要目标观众群体,多次展开国内外名校巡演,是新世纪以来最为重要、影响亦最大的与昆曲相关的文化现象。而且,青春版《牡丹亭》以大学为主要演出阵地与传播对象,自二〇〇四年开始巡演,至二〇一四年演出两百场,其中高校里的巡演就占有大部分场次。而作为青春版《牡丹亭》巡演的重点——北京大学,就先后演出了三轮共九场。青春版《牡丹亭》以北京大学为重心之一,通过中国大陆、中国香港、中国台湾的各大名校,形成了一个覆盖华人主要地区的昆曲演出与传播网络，不仅成功地扩大了昆曲的影响，而且也使得昆曲有可能成为校园文化较为重要的一部分。关于青春版《牡丹亭》的研究论文甚多，青春版《牡丹亭》的美学、运作机制、观念或音乐、舞美、文学等都已成为可以深入研究的主题。就昆曲的校园教育而言，青春版《牡丹亭》的影响或许在于使昆曲影响的层面扩大，而且因"将人们对于昆曲的印象从落伍变为时髦"[3]，很大程度上也提高了昆曲的接受度，因而使得昆曲在校园里的影响从喜爱戏曲的小圈子文化变为热爱传统文化的青年亚文化。作为青春版《牡丹亭》的延续与发展，自二〇〇九年开始，白先勇在北京大学设立昆曲传承计划，开始着眼于昆曲的校园教育，并将其传播昆曲的重心由青春版《牡丹亭》的巡演转至昆曲的校园教育，至今亦有十余年。"北京大学昆曲传承计划"的实施，使昆曲的校园教育得以彰显，并产生了显著的影响。[4]而且，白先勇以"北京大学昆曲传承计划"为模式，相继在苏州大学、台湾大学、香港中文大学推动设立"昆曲传承计划"，亦形成了一个昆曲教育的网络，并在两岸三地都产生了程度不一的影响。二〇一八年，在白先勇的策划下，校园传承版《牡丹亭》开始巡演，至二〇一九年，经过在北京、抚州、天津、苏州、昆山、南京、香港、高雄等地的十五场演出，校园传承版《牡丹亭》已成为一个引人注意的昆曲文化现象。

一、校园传承版《牡丹亭》缘起

校园传承版《牡丹亭》是由北京大学昆曲传承与研究中心策划主办的一个昆曲项目。早在二〇一〇至二〇一一年，"北京大学昆曲传承计划"就曾以工作坊的形式发起校园版《牡丹亭》的排演计划，二〇一〇年三月十八日进行海选，二〇一一年四月十九日，校园版《牡丹亭》在北京大学百年纪念讲堂多功能厅上演，五月十八日，参加文化部组织的"全国昆曲优秀中青年演员展演周"，在上海戏剧学院演出，获得好评，被认为"让青年学子品懂昆曲艺术之美，让优秀的民族艺术构筑起当代人坚守精神家园的共同意愿和价值，这也正是昆曲艺术生生不息和存活于当代最为重要的意义之一"。[5]

二〇一七年，北京大学昆曲传承与研究中心再次推出校园版《牡丹亭》，命名"校园传承版《牡丹亭》"，并以"校园传承版《牡丹亭》舞台艺术教育实践项目"的名称，于二○一七年九月获得北京文化艺术基金资助。项目介绍为：

项目以经典昆曲剧码——《牡丹亭》的排演与传习为中心，通过校园传承版《牡丹亭》的排演、传习与巡回演出，带动大量热爱昆曲且有一定相关才能的青年学生参与其中，以培养出一批热爱昆曲、具有专业表演、演奏才能的精英人才，同时能够引发青年学子对于传统文化的广泛关注，在各大高校掀起新一轮的"昆曲热"。

从校园传承版《牡丹亭》的整体策划来看，项目选择青春版《牡丹亭》为蓝本，聘请青春版《牡丹亭》的主要创作团队和表演团队进行艺术指导。以大学现阶段有昆剧表演基础、或对昆剧感兴趣且有一定表演天赋的普通学生为演员培养对象，以有一定民乐基础的大学生为演奏员培养物件，排演校园传承版《牡丹亭》。

二○一七年七月一日，项目开始启动，历经两轮人才选拔、前后三次赴苏州集训，每周校内集训，寒假校内联排，内部选拔等环节，最终确定演员二十五人，演奏员十四人，共计三十九人，他们来自北京十六所大学和一所中学，分别是：北京大学、北京师范大学、中国戏曲学院、中国科学院大学、第二外国语学院、中央民族大学、清华大学、北京科技大学、中央音乐学院、北京理工大学、北京化工大学、中央戏剧学院、中国政法大学、中国石油大学、首都师范大学、外交学院，以及北京师范大学附属中学。[6]

从二○一一年校园版《牡丹亭》到二○一七年校园传承版《牡丹亭》，从昆曲传承计划设立的第二年（二○一○年）就开始筹备校园版《牡丹亭》，到相隔六年后再一次重排校园传承版《牡丹亭》，可以看出排演校园版《牡丹亭》一直是"北京大学昆曲传承计划"的主要目标之一。而且，从时间上看，二○一○年北京大学开设"经典昆曲欣赏"通选课程，邀请海内外的昆曲名家与学者来讲授与体验昆曲，而校园版《牡丹亭》的筹备亦是这一年，校园版昆曲的排演与昆曲通选课程的策划其实是同步的，也即，在白先勇的昆曲教育构想里，昆曲教育的目标，不仅是在大学生中传播昆曲，亦是将这一能量转化为在舞台上排演昆曲。从这一意义上来说，校园传承版《牡丹亭》不仅仅是"北京大学昆曲传承计划"的目标之一，而且更可能是主要成果的最终体现。

二、校园传承版《牡丹亭》剧本的结构与特点

校园传承版《牡丹亭》的剧本是在青春版《牡丹亭》剧本的基础上，再重新结构而成的，目前的演出主要由《标目》《游园》《惊梦》《寻梦》《言怀》《道觋》《离魂》《冥判》《忆女》《幽媾》《回生》等折组成。[7]剧情简介为：

  南安太守杜宝独生女丽娘奉父母命上闺塾读书，婢女春香顽皮，无意中发现后花园，引逗丽娘前去游玩。丽娘精心打扮，满怀兴奋到后花园赏春，但良辰美景反引起她自顾凄凉。回房后丽娘自叹年已十六，却无知心人，闷闷盹睡。梦中花神引一书生持柳枝上，书生请丽娘题诗，两人在花神庇护下于牡丹亭缱绻缠绵。
  岭南书生柳梦梅自小孤单，穷困潦倒，依赖老仆郭驼度日。这天却梦见一座花园梅树下立一美人，思来想去觉得很蹊跷。为求发迹，柳梦梅决定赴临安应考。
  却说杜丽娘终日念念不忘那个梦，梦中人却再也寻不见了，终于忧思成疾，在中秋之夜病体沉重，杜丽娘自知将死，乃嘱咐春香将其自画像藏于太湖石下，以待有缘人；并求母亲将她葬于梅树下。将死之际，丽娘拜别母亲，泣诉自己不孝，不能终养。在花神的庇佑下丽娘魂离，等待他日重生。
  地府胡判官新官上任，清查枉死城犯人。勾取杜丽娘鬼魂询问，不信她因梦而亡，乃命花神前来作证，又查姻缘簿知杜丽娘与柳梦梅日后有姻缘之分，即放丽娘出枉死城。
  杜丽娘游魂看到写真，方悟柳梦梅日夜呼唤者即是她，乃假托邻家女子，夜半来访，与柳梦梅完其前梦。
  柳梦梅依杜丽娘嘱咐，告诉石道姑真相，并求她帮忙。两人到后花园拈香祭拜土地，挖坟开棺，在花神祝舞中杜丽娘还魂复生。

首先，从剧情和折目上来看，校园传承版《牡丹亭》所选取的为青春版《牡丹亭》的上本和中本。青春版《牡丹亭》分为上、中、下三本，分别对应的是"梦中情""人鬼情""人间情"，从而突显《牡丹亭》的"情"的主题。[8]此是青春版《牡丹亭》相较于诸多版本《牡丹亭》更为突出的特点。校园传承版《牡丹亭》则选取了"梦中情""人鬼情"，则更为突出"情"的主题，也即汤显祖在《标目》中所云"生可以死，

死可以生"的"情之至也"的题旨。或者说，将此种情之表达呈现得更为强烈和纯粹。

其次，尊重原著和传承，注重演员的演绎与角色、场面的均衡。因校园传承版《牡丹亭》是"第三重文本"，即从汤显祖原著至青春版《牡丹亭》剧本，再至校园传承版《牡丹亭》剧本，因此，在剧本的编排上，以尊重前两个文本为前提，青春版《牡丹亭》在改编汤显祖原著时，也以"只删不改"为基本原则，所改编的部分大多在场次的调整与角色的变化，以适应现代剧场的要求。[9]而校园传承版《牡丹亭》剧本的编排，对青春版《牡丹亭》剧本亦是"只删不改"，仅根据演出者的水平与场次安排，略作调整。校园传承版《牡丹亭》以训练高校昆曲青年人才为主要目标，参演演员与演奏员都是在校学生，也是业余昆曲爱好者，不同于专业院团的职业演员，剧中主要角色杜丽娘、柳梦梅由多人扮演（四位杜丽娘、三位柳梦梅）。因此，剧本在尊重原著基础上，选择符合青年学生特点的经典折子及其片段，来进行串联，使具有不同特点的演员能够较好地继承与表演。

以角色与折子为例，四位杜丽娘分别主演《游园》与《回生》《惊梦》与《冥判》《离魂》《幽媾》，三位柳梦梅分别主演《标目》《言怀》《回生》《惊梦》《幽媾》。在所选择的折目里，《游园》《惊梦》《离魂》为传统折子，《言怀》《冥判》《幽媾》为青春版《牡丹亭》重新整理编排的折子，此种结构方式正好体现了对于《牡丹亭》与青春版《牡丹亭》的双重继承。

再次，校园传承版《牡丹亭》更为突显该剧的青春性与抒情性。剧本各折展示与呈现出浓郁的青春性与抒情性。如《游园惊梦》《幽媾》等折子为重头戏，不仅充分展示"梦中情""人鬼情"诗情画意的场景，而且更契合演出者与观演者的年龄层次与精神状态。开场的《标目》与谢幕对《标目》的重复与合唱，不仅完整构造了《牡丹亭》的抒情氛围，而且表达了青年学生对于昆曲艺术的热爱，形成了舞台上下、剧场内外具有感染力的整体氛围。

三、校园传承版《牡丹亭》的演员、演奏员以及训练

校园传承版《牡丹亭》进行了两次海选：第一次是七月一日，第二次是九月，分别在八月、国庆与十二月进行了三次大规模的集训，赴苏州进行为期一周到十天的培

训。二〇一七年九月至二〇一八年三月间，也在每周末进行集训，由苏州昆剧院派遣青春版《牡丹亭》团队演员与演奏员，对校园传承版《牡丹亭》的演员与演奏员进行一对一的传授。此后，在巡演过程中，根据演出的调整及苏州昆剧院的工作计划，也经常派个别或少数演员及演奏员到苏州昆剧院进行专门的短期训练。

从演员的简历与学习情况来看[10]，可以分为三种：

第一种是曾经学习较长时间的昆曲，有一定的基础。第二种是有过不长的学习昆曲的经历，或者只学过唱曲，没有学过表演。第三种是毫无昆曲基础。

从演奏员来看，可以分为三种：第一种是对昆曲的演奏较为熟悉。第二种是曾经从事过其他剧种的伴奏。第三种是只有民乐基础和演奏经历，没有昆曲演奏伴奏的经验。

虽然对于昆曲的熟悉程度不一，但经过近半年的集训，以及大半年的巡演，校园传承版《牡丹亭》的剧组得到了较好的磨合，可以较好地配合及演出。

四、校园传承版《牡丹亭》的巡演

二〇一八年三月至十二月，校园传承版《牡丹亭》已正式演出十五场，以下用表格列之：

时间	地点	邀请方	备注
二〇一八年三月二十四日 晚上七点	上海全季酒店吴中路店	《红楼梦》论坛	试演。
二〇一八年四月十日 晚上七点	北京大学百年纪念讲堂	北京大学昆曲传承与研究中心	首演、北京大学一百二十周年校庆演出。
二〇一八年四月二十一日 晚上七点	抚州汤显祖大剧院	抚州市文广新局、汤显祖国际研究中心	全国巡演首演。
二〇一八年六月八日 晚上六点半到九点	北京第二外国语学院明德厅	北京第二外国语学院大学生艺术团、文学院	北京高校巡演。
二〇一八年六月九日 晚上七点到九点半	北京理工大学新食堂四层综合演艺厅	北京理工大学校团委	北京高校巡演。

二〇一八年六月十日 上午十一点半到下午一点半	北京师范大学北国剧场	北京师范大学美育中心	北京高校巡演。
二〇一八年七月十三日	南开大学大通学生中心	南开大学文学院	庆祝叶嘉莹先生九十四岁寿诞。
二〇一八年七月二十一日 晚上七点到九点半	苏州中国昆曲剧院	苏州昆剧院	"校园版"回娘家。
二〇一八年七月二十二日 下午两点到四点半	苏州中国昆曲剧院	苏州昆剧院	"校园版"回娘家。
二〇一八年七月二十四日 晚上七点到九点半	昆山文化艺术中心大剧院	昆山市团委	昆曲返乡。
二〇一八年九月八日 晚上七点到九点半	南京大学恩玲剧场	南京大学文学院	"开学第一课"。
二〇一八年十月十四日 下午两点到四点半	苏州中国昆曲剧院	第七届中国昆剧节	唯一的综合性高校的学生演出昆曲。
二〇一八年十二月二日 下午两点到五点	香港中文大学邵逸夫堂	香港中文大学	香港中文大学、北京大学共同庆祝校庆，校园版《牡丹亭》京港联合会演。
二〇一九年四月二十七日 晚上七点到九点半	北京大学百年纪念讲堂李莹厅	北京大学团委	北京大学首届校园戏曲节开幕演出。
二〇一九年六月二日 下午两点半到五点十分	台湾高雄市社教馆	台湾趋势教育基金会	

除作为一个整体的大戏演出外，校园传承版《牡丹亭》剧组还参与了一些片段示范演出，譬如：

时间	地点	邀请方	备注
二〇一七年十月二十九日	二十一世纪饭店三层多功能厅	北京团市委、中国国际青年交流中心	"丝路使者"国际青年交流活动，演出《游园》《惊梦》《言怀》《冥判》四折片段，并有导赏。
二〇一七年十二月二十二日	北京大学附中下沉剧场	北京大学附中	北大附中"书院艺术节"，演出《游园》《惊梦》《幽媾》《闹学》四折，并有导赏。

二〇一八年四月九日	燕南园五十一号	北京大学艺术学院 北京大学昆曲传承与研究中心	教育部中华优秀传统文化（昆曲）传承基地挂牌仪式暨校园传承版《牡丹亭》首演发布会。
二〇一八年四月三十日	上海大剧院	上海"白玉兰"奖组委会	第二十八届上海白玉兰戏剧奖颁奖晚会，杨越溪、汪静之、汪晓宇、谢璐阳演出《游园》片段。
二〇一八年五月一日	北京大学红六楼前	北京大学艺术学院	北京大学湖畔艺术节，张云起演出《寻梦》，孙弈晨等小型乐队伴奏。
二〇一八年七月十五日	七九八艺术区"机遇空间"	七九八艺术区"机遇空间"	杨越溪演出《游园》片段、孙弈晨伴奏。
二〇一八年十一月一日	陌陌科技直播室	陌陌科技	"给乡村孩子的最美传统文化课"第七讲，杨越溪演出《游园》片段、孙弈晨伴奏。
二〇一八年十二月二十三日	新清华学堂	清华大学艺术教育中心	二〇一八校园戏曲节闭幕式学生演唱会，杨越溪演出《游园》片段。

从以上校园传承版《牡丹亭》巡演的历程来看，校园传承版《牡丹亭》经过了半年的筹备与训练，一年多的巡演，以及丰富的实践与展示活动，取得了较大的影响。

五、关于校园传承版《牡丹亭》若干意义的讨论

从青春版《牡丹亭》到校园传承版《牡丹亭》，首先其意义在于传承，譬如从剧本到演唱、表演、音乐、舞美等，校园传承版《牡丹亭》可以说是全方位地传承了青春版《牡丹亭》。也可以说，校园传承版《牡丹亭》正是青春版《牡丹亭》的传承版。在这一点上，校园传承版《牡丹亭》和苏州昆剧院自身的青春版《牡丹亭》的传承版并无二致。但是不同之处或者说其独特意义或许在于：

其一，演员和演奏员主体的变化。青春版《牡丹亭》及其传承版，演员、演奏员都是苏州昆剧院的职业演员，他们传承了青春版《牡丹亭》，并在舞台上呈现这部影响深远的大戏。而校园传承版《牡丹亭》的演员、演奏员的主体是北京高校的大学生，从演员来说，主演及配演如六位杜丽娘、四位柳梦梅、四位春香、二位石道姑、一位

郭驼、四位花神，都是来自大学的业余昆曲爱好者。演奏员也都是来自大学的民乐爱好者。这些演员、演奏员有些曾在现场观看青春版《牡丹亭》，有些只是听闻青春版《牡丹亭》的"盛况"，都是受青春版《牡丹亭》影响之下的昆曲观众。或者只是参与及选修过"经典昆曲欣赏"课程，如今通过参与这一项目的演出，成为了演员，并合作演出一出大戏。也即，校园传承版《牡丹亭》使观众变为演员，正如白先勇所说"昆曲的观众也能成为昆曲的演出者，从传播到传承，再到更进一步的传播，形成了昆曲教育的良性循环"[11]。因此，校园传承版《牡丹亭》的实践，提供了一种校园昆曲教育的途径，即通过一出大戏的制作，通过昆曲爱好者登台演戏，来促进昆曲教育。而校园昆曲教育的目标与途径，也从观众的传承"升级"到演员的传承。

其二，对于业余昆曲爱好者来说，校园传承版《牡丹亭》的制作与巡演或许是"空前"的行为。从近代以来的戏曲史来看，业余昆曲爱好者登台串戏尚属常见，无论是北京昆曲研习社等社会团体，抑或北京大学京昆社等校园社团，都有登台演戏的实践。但此类业余爱好者演戏，一般以折子戏、小戏为主，演出全本大戏则非常少见。就笔者所知，仅一九五七至一九五九年，北京昆曲研习社由俞平伯主持，请来"传字辈"四位老师加工提高，由华粹深缩编《牡丹亭》，因而演出全本《牡丹亭》。但是，这一版《牡丹亭》仅在北京演出数场，此后并未再演。[12] 相较于此，校园传承版《牡丹亭》同样是演出全本《牡丹亭》，已演出十五场，并在北京、抚州、天津、苏州、昆山、南京、香港、台北等地巡演，从演出次数及巡演地区上观看，规模已超过北京昆曲研习社的"节编全本《牡丹亭》"。可以说，就业余昆曲而言，校园传承版《牡丹亭》巡演具有开创性，亦是"空前"的昆曲实践。二〇一九年，天津、南京等地的曲社与大学计划联合排演《牡丹亭》。在北京文化艺术基金二〇一九年以来的立项项目里，出现了校园传承版《锁麟囊》、校园传承版梅派名剧等项目。二〇二〇年，同济大学联合上海昆剧团排演学生版《长生殿》，并于二〇二一年五月演出。这些戏曲实践可说是由校园传承版《牡丹亭》的影响所及，而启发了业余曲友敷演大戏《牡丹亭》的演出实践。

其三，全面提升了校园昆曲的水平。可归纳为三个方面：1. 由于校园传承版《牡丹亭》的高密度集训，聘请苏昆青年演员指导，以及较频繁的舞台演出实践，使得承担校园传承版《牡丹亭》演出的学生的昆曲水准大大提高，因为业余昆曲团体的昆曲学习，多以清曲为主，即使偶有舞台演出的训练，也较为松散。而通过一台大戏的排演，通过专业演员传授，使得学生的昆曲学习更为高效，能较快地提高昆曲水准。2. 由于校园传承版《牡丹亭》的目标是全面传承，因此不仅仅是舞台表演，而且涵盖昆曲多个方面，譬如化妆，北京大学昆曲传承与研究中心专门给参与项目的演员开设了昆曲容妆工作坊，聘请北方昆曲剧院优秀容妆师李学敏教授，通过十余次的学习，演员已基本掌握昆曲化妆，并在演出中应用。再如昆曲演奏，参加演奏的同学都是各大学的民乐爱好者，有些参与各自学校的民乐乐团，但没有昆曲演奏经验，通过本项目的学习与演出，了解和掌握了昆曲演奏。3. 参与校园传承版《牡丹亭》的学生，已活跃在校园文化的各个领域，如北大的迎新晚会、校庆仪式、毕业仪式、音乐节、中小学昆曲课堂等。以北京大学京昆社二〇一八年秋冬学期的安排来看，承担教学任务的昆曲教师多为校园传承版《牡丹亭》的主演，并且自主策划了北大版《牡丹亭》，以校园传承版《牡丹亭》里的北大学生成员为主，以老带新，制作了一出完全由北大学生主演的《牡丹亭》，并于二〇一八年十二月二十二日演出。通过校园传承版《牡丹亭》项目，有效提高部分学生的昆曲水准，并由他们来传播与传承昆曲，成为一条行之有效的途径。

其四，校园传承版《牡丹亭》是昆剧院团、昆曲学界与大学业余昆曲爱好者通力合作的成果。从校园传承版《牡丹亭》的整体架构与人员构成来看，白先勇为总策划，北京大学昆曲传承与研究中心为策划主办机构，演员与演奏员主要是来自北京十六所高校与一所中学的业余昆曲爱好者，但是幕前幕后的教师、工作人员、部分配演演员则来自职业的昆剧院团。其中，苏州昆剧院为校园传承版《牡丹亭》的合作单位（之后命名为传承、合作、指导单位），校园传承版《牡丹亭》以青春版《牡丹亭》为蓝本，苏州昆剧院也派遣青春版《牡丹亭》的主演和参与青春版《牡丹亭》的演员与演奏员来教学指导，在巡演中，苏州昆剧院不仅派遣教师与工作人员来指导与参与，而且也提供了青春版《牡丹亭》的全套行头与舞美道具。因此，苏州昆剧院的支持与深度参与，是校园传承版《牡丹亭》得以成功巡演的关键。除此之外，校园传承版《牡丹亭》导演为青春版《牡丹亭》总导演汪世瑜，曾任浙江昆剧团团长。汪世瑜不仅将校园传承版《牡丹亭》由散折捏合成本戏，而且对演员都进行了单独的指导与训练。校园传承版《牡丹亭》在上海试演时，上海昆剧团老艺术家蔡正仁、岳美缇、张洵澎、梁谷音、计镇华、张铭荣等都曾观看并提出建议，张洵澎、梁谷音在北大讲座期间曾专门组织工作坊对校园传承版《牡丹亭》演员进行指导。江苏省演艺集团昆剧院的顾预常年在北京大学京昆社教授昆曲，是校园传承版《牡丹亭》多位主演的开蒙老师。校园传承版《牡丹亭》在南京大学演出时，张继青、姚继焜、王斌等"省昆"艺术家曾观看并提出建议。北方昆曲剧院老艺术家丛兆桓曾主持校园传承版《牡丹亭》第一次演员海选，并观看演出提出建议。李学敏曾教授校园传承版《牡丹亭》演员化妆，并在若干场次参与化妆。从以上简单统计可知，校园传承版《牡丹亭》的演出，不仅仅是高校业余昆曲爱好者的努力，亦是包含苏昆、浙昆、上昆、省昆、北昆等主要职业昆剧院团扶助与支持。同时，在各地演出时，吴新雷、叶长海、周秦、江巨荣、赵山林、王甯、吴凤雏、李瑞卿等专家学者不仅观看演出，而且均给予建议。由此可见，校园传承版《牡丹亭》可说是高校业余昆曲爱好者、职业昆剧院团与昆曲学界通力合作的结果。

　　古兆申在《昆剧生态的重建》[13]一文里论述的是"青春版《牡丹亭》的珍贵经验"，他提出"昆剧生态环境重建第一步：年轻人的昆剧教育"，并指出"加强昆曲院团与大学的联系、合作，可能是抢救、保护和发展昆曲艺术的一个关键的措施"。古兆申此文的构想，集中于在大学普及昆曲，促进昆曲观众群的扩大。关于昆曲的传承，此前昆曲界的构想大多不脱演员的传承与观众的传承这两条途径。校园传承版《牡丹亭》的出现与巡演，则在原有构想之外，提出了新的构想，也即在昆曲院团与大学的合作之下，不仅促进昆曲观众群的发展，而且培养昆曲的观众成为昆曲的演员。总而言之，从青春版《牡丹亭》到校园传承版《牡丹亭》的历程，所呈现的不仅仅是昆曲在校园中的传播与传承的新局面、新发展，也展示了一种昆曲传承与校园昆曲教育的新的可能，也即通过大戏的传承与编排，来提高校园昆曲的高度与深度，以更好、更深入地加强昆曲在校园里的传播与传承，真正使得昆曲成为校园文化的基因与色彩，反之亦使之成为昆曲的保护、传承与传播之路上的新路径。

注释

1.邹青：《民国时期校园昆曲传习活动的开展》，载《文艺研究》二〇一六年第一期。邹文云："在我国各类戏曲艺术之中，昆曲与教育体系的关系最为紧密，这既是民国昆曲史研究的重要线索，也是探讨彼时昆曲文化生态的重要环节。"此意与本文相近。

2.参见拙文《昆曲、社会文化空间与社会主义文化实践——对"非遗"以来的昆曲生存状况之分析》，载《广东艺术》二〇一三年第三期。

3.参见拙文《青春版〈牡丹亭〉》，载《话题2007》，三年书店二〇〇八年版。

4.关于"北京大学昆曲传承计划"，已有多篇论文论述，可证明其较受关注。如王帅统《北京大学昆曲传承模式研究》（载《湖北科技学院学报》二〇一六年第九期）、李花《管窥昆曲在当代高校的传承与保护——以对"白先勇昆曲传承计划"的讨论为中心》（载《戏剧之家》二〇一五年第九（上）期）等。不过，这些文章大多资料来源有限，缺乏较为深入的文献收集及探讨。

5.载《昆剧展现无限的希望与未来》，见戏剧网二〇一一年六月二十二日。网址：http://www.xijucn.com/html/kunqu/20110622/26628.html。

6.参见校园传承版《牡丹亭》节目单。此后人员与学校略有变动，但规模大致相同。

7.参见校园传承版《牡丹亭》节目单。节目单上列出《标目》外的十折，实际上还有《标目》，以及谢幕时的合唱。各场因人员变动与演出场地不同，折目有所调整。

8.华玮：《情的坚持——谈青春版〈牡丹亭〉的整编》，载《白先勇与青春版〈牡丹亭〉》，中央编译出版社二〇一四年版。华文谈到"体现原著'情至'的精神"。

9.吴新雷：《当今昆曲艺术的传承与发展——从"苏昆"青春版〈牡丹亭〉到"上昆"全景式〈长生殿〉》，载《文艺研究》二〇〇九年第六期。吴新雷在分析青春版《牡丹亭》剧本时指出，"青春版《牡丹亭》之所以能取得成功，主要表现在继承与创新的关系得到了理想的结合。""其中传统折子戏的精品均依原样保留，在唱腔方面也完全是继承原谱而不是重新作曲。"

10.详见《校园传承版〈牡丹亭〉群芳谱》，网址：http://www.sh-haofan.com/xhls/41092699.html。

11.张盼：《白先勇：校园版〈牡丹亭〉实践了我的理想》，载《人民日报（海外版）》二〇一八年四月二十一日。

12. 参见拙文《"节编全本〈牡丹亭〉"考述》，载《汤显祖学刊》二〇一八年第二、三期合刊，商务印书馆二〇一八年八月版。

13. 载《昆曲欣赏读本》，贵州教育出版社二〇一四年版。

"白牡丹"与当代戏曲的价值导向

· 傅谨

中央戏曲学院教授

二〇〇一年昆曲成为联合国教科文组织认定的人类非物质文化遗产代表作，二〇〇四年白先勇先生策划、组织创作演出的青春版《牡丹亭》横空出世，立刻就在全国各地，甚至在世界范围内华人圈里产生了非常大的影响，一时"白牡丹"成为公共媒体中的热词。恰如南京大学白先勇文化基金和东南大学共同举办的"传承与传播：青春版《牡丹亭》与昆曲复兴"国际学术研讨会的主题所示，青春版《牡丹亭》在新世纪以来的昆曲复兴进程中有特殊的意义。感谢会议主办方的热情邀请，特别感谢白先勇先生，让我有机会对青春版《牡丹亭》做进一步的思考。如果要从艺术角度来分析和讨论青春版《牡丹亭》，对我来说仍然需要更多时间沉淀，但这并不妨碍我们持续谈论青春版《牡丹亭》这个重要的时代话题。多年来我一直从当代戏曲文化传播的角度谈青春版《牡丹亭》，这样的认识当然是不够的，因为，如果把青春版《牡丹亭》放在当代文化的大背景下，就有可能发现"白牡丹"更重大的文化意义。

青春版《牡丹亭》从上演以来在世界各地演出超过四百场，尤其在各著名大学的演出，都产生了极为强烈的反响。即使是从同时代一般的剧场演出角度看，这也是非常了不起的成绩，而如果将这一事件放到中国当代戏曲界这个背景看，更值得深入探讨。在某种意义上说，戏曲界长期以来很少看到类似现象，它的成功对当代戏曲发展而言是一种全新的现象和经验。这个背景是，戏曲界除了持续演出传统戏之外，每年还有新创作的数以千计的剧目，其中既包括部分传统剧目的改编、改写和移植，也包括在其中占据绝对多数的新创剧目。进入二十一世纪之后，新剧码创作在戏曲领域的比重又在逐渐加大。然而，就在与青春版《牡丹亭》的面世相同的这个时间段里，至少在有影响的戏曲剧团范围内，几乎没有什么剧目有如青春版《牡丹亭》，在各地有如此之多场次的演出[1]，更没有几个剧目产生过如此大的社会效应和如此广泛的影响。换言之，在青春版《牡丹亭》上演之后的十八年里，中国戏曲界几乎找不到可以与之相类似的现象，不曾有哪个剧目获得过能与青春版《牡丹亭》相媲美的成功，其中的原因，就很值得我们讨论与分析。

在某种意义上，戏曲界与白先勇先生策划制作青春版《牡丹亭》是完全脱节的，或者也可以反过来说，白先勇先生在策划制作青春版《牡丹亭》时，对戏曲界的现状非常陌生。从另一个侧面说，白先勇先生在制作青春版《牡丹亭》的这个时期虽然多数时间身在海外，恐怕也很难说对戏剧界深深的凉意毫无察觉——青春版《牡丹亭》的创作演出尽管在国内外获得巨大的成功，但是中国的戏剧界对它表现出的是不可思议的漠视。中国戏剧界对白先勇先生和对青春版《牡丹亭》的冷遇，几乎在所有方面都表现得毫不掩饰。

最耐人寻味的是，二〇〇七年青春版《牡丹亭》参加了由苏州主办的"第十届中国戏剧节"的演出，两年一届的中国戏剧节，包括全国各地选送的剧目，该届戏剧节共有三十台剧目，在戏剧节上有十五个剧目获得了"优秀剧目奖"，十四个剧目获得"剧目奖"，其中没有青春版《牡丹亭》。很多年以后，青春版《牡丹亭》参加了二〇一三年在山东举办的"第十届中国艺术节"，获得了"文华优秀剧目奖"，但是本届"中国艺术节"同时获得该奖项的剧目多达四十六台，更重要的是，这一届"中国艺术节"有多达十四个剧目获得了代表国家舞台艺术领域最高荣誉的"文华大奖"，而青春版《牡丹亭》居然名落孙山。在中国戏剧家协会的机关刊物《中国戏剧》中，每年都发表大量戏曲评论，中国也有很多职业的戏曲评论家，遗憾的是在这十八年里，《中国戏剧》杂志几乎没有发表过任何一篇由比较著名的戏曲评论家为青春版《牡丹亭》撰写的评论文章。很难想象有这样一种现象，一个在中国当代文化界有着无以复加的巨大影响的戏曲剧目，不仅在中国戏剧节和中国艺术节上拿不到大奖，而且戏曲评论界面对这样一个剧目几乎完全处于失语状态。这是一个令人反思的现象，从这个角度切入，我们要讨论的就是，为什么戏曲界内外对青春版《牡丹亭》的关注度与评价的反差如此之大？

中国当代戏曲发展史的阶段划分，不同的学者有不同的见解。王甯教授把新中国成立七十年的戏曲史分为四个时期，其中把一九七八年看成当代戏曲第三阶段即"回归和初步复苏期"的起点，并且指出二〇〇一至二〇一九年才是"全面恢复及持续繁荣期"，很有见地。[2] 在这七十年的四期里，他非常细腻地将第三期称为"初步复苏"的阶段，这样的描述是有依据的。尽管按一般的认识，一九七八年以后传统戏一度大量回归戏曲舞台，确实呈现出复苏的迹象，但是这样的趋势并未一直延续下去，相反，很快就受到挫折。直到青春版《牡丹亭》创作完成的年代，中国戏曲界对传统的基本认知和价值取向，支撑着这些认识与观念有基本美学观念，都并不支持传统的真正复苏。

一九八二年四川省提出"振兴川剧"口号后的具体落实情况极具标志性的意义——四川省虽然是率先提出"振兴川剧"的省份，但是在具体的方略上，却仍然认为新剧码创作才是振兴川剧的主要途径。类似的现象也出现在昆曲界，同样是在一九八二年，文化部在苏州举办了江苏、浙江、上海二省一市昆剧会演，并提出"抢救、继承、革新、发展"的昆曲工作八字方针，一九八五年又颁发《关于保护和振兴昆剧的通知》，一九八六年成立文化部振兴昆曲指导委员会，但是在从振兴川剧到保护和昆曲的努力，却从来并不指向青春版《牡丹亭》这样的作品。简言之，在长达数十年的时间段里，戏曲界是把新剧码创作看成推动戏曲发展的最重要的、基本是唯一重要的途径的，并且形成了相对完备且似乎是自洽的一个理论体系。在某种意义上，基于这个体系衍生出来促进戏剧发展的方略与措施，从一开始就忽视了接纳与继承传统的重要性，片面地认为只有大量推动新剧码创作，才有可能让戏曲持续繁荣。这样的理念在二十世纪五〇年代或许并不是完全没有其合理性，因为那个年代的戏曲艺人对传统都烂熟于心，传统的接纳与继承其实是无须呼吁的；但是正由于对传统意义与价值的质疑，二十世纪八〇年代的一代戏曲艺人所掌握的传统技能与剧目和三十年前的一代艺人相比，已经有天壤之别，在这样的背景下仍然忽视传统，对戏曲界就会成为一场灾难。令人感到遗憾的是戏曲理论的这些基本观念和基本取向并没有随着语境的重大变化而有所调整，因此，"振兴川剧"就变成了鼓励创作川剧新剧码，而"抢救、继承、革新、发展"的昆曲工作八字方针，实际上就只剩下了后一半，而这恰恰就是青春版《牡丹亭》

出现时中国戏曲界的氛围。

白先勇先生作为一个独立制作人且长期身居海外，他对戏曲界的这种状况恐怕很难理解与接受，我想无论是从他所在的文化环境还是他所接受的教育、认同的艺术观念，都无法想象，即使一九七八年之后中国的改革开放努力要从粉碎性地扫荡传统的"文革"中走出来，让国家和文化回归正常，然而一直到青春版《牡丹亭》出现，在如此之长的时间里，中国戏剧界整体上其实并不认同青春版《牡丹亭》的模式，更不觉得这样的创作与剧目可以振兴昆曲。恰恰是因为白先勇先生从未受到中国戏剧界特有的理论体系影响，才有可能用中国戏曲界，尤其是戏曲理论家普遍不认同、普遍不以为然的方法推出了青春版《牡丹亭》这部取得巨大成功的作品。青春版《牡丹亭》的出现不只是一部作品的成功，更重要的是它在中国的普通民众对传统文化艺术的态度与认识逐渐复苏这样的大背景下，它适时地成为人们怀念传统的情感投射对象，在这个年代，她成为传统最好的载体与象征，最大限度地满足了人们有关传统的美好想象。她精致、优雅、丰富、唯美，相比同时代那些仅由于粗略地模仿个别古代文化元素就得到公众追捧的传统赝品，青春版《牡丹亭》在形态上既与传统风范更为接近，又具有当代舞台艺术领域的稀缺性，尤其是对各高校的青年观众，是迥异于他们文化艺术欣赏经验，在一定意义上具有独特的奇观性质的作品，因此演出在各地掀起阵阵热潮。不仅如此，青春版《牡丹亭》同时带动了昆曲的复兴，并且成为时代审美风尚的引领者，并非偶然。

在某种意义上，二十一世纪初的戏曲理论界与白先勇先生相互之间都相当隔膜，当时的戏曲理论界秉持的基本价值观念，完全不能接纳和解释青春版《牡丹亭》。相对地，我相信白先勇先生也像二十世纪九〇年代我刚进入戏曲研究这个领域那样，很难理解戏曲界当时流行的价值观念，不知道为什么戏曲艺术的优良传统的价值为什么会遭到普遍性和系统性的质疑，而继承传统这一看似天经地义之举，为什么却会受到各种各样的批评。这是由于戏曲界长达数十年里所形成的一整套独特的理论话语体系和艺术价值标准，既与白先勇先生所接受的教育背景下的理论与价值不符，也似乎完全没有受到时代变化的影响。数十年来，戏曲理论界的基本看法，就是认为按青春版《牡丹亭》的模式的创作演出，这种创作方法、创作理念、创作思路是完全错误的和违反戏曲艺术规律的，他们认为这种模式就是"老演老戏，老戏老演"，而这恰恰就是戏曲衰亡的原因。他们在二十世纪五〇年代就坚定不移地认为，戏曲要取得在新社会继续生存的合法权利，就必须大量创作与之相适应的新剧码；在二十世纪八〇年代，同样认为戏曲之所以面临观众衰减的危机，就是由于看腻了传统戏，所以必须加大创新的力度，努力创作能跟上"时代"的新剧码。这些观念都是与青春版《牡丹亭》的创作理念和创作初衷完全不一样的；而且加上在当时社会整体的基本认知中，社会上普遍认为古典艺术节奏太慢，不适应快节奏的现代社会，戏曲理论界对这种观念也并不陌生与反感，而戏曲尤其是昆曲，更是慢的极致。这个年代流行的看法，是觉得慢节奏的艺术被时代淘汰了、认为古典的和抒情的艺术被时代淘汰了，最后认为传统艺术被时代淘汰了，如果说普通人基于某些表面现象的直接认知有这种看法不足为奇的话，从事研究的理论家，则应该从透过这些表面现象发现其背后所潜藏着的更复杂和更具规律性的结论。但理论是有其惯性的，令人困惑的是它从来不接受现实的教训。二十世纪五〇年代对戏曲提出的改革要求背后原本就是以"文化进化论"为依据的，拥抱新社会和新时代，所以要有全新的艺术，同时还必须淘汰旧艺术，这种简单化的发展观念在那个时代是有政治理念支撑的，而在二十世纪八〇年代它又获得了新的机缘再次还魂，这就是白先勇先生和青春版《牡丹亭》的遭遇，虽然出现了激烈的争论，但我们会发现，即使面对青春版《牡丹亭》的出现，仍有相当数量的戏曲理论家依然选择对这些现象视而不见，而非改弦更辙。

所以，青春版《牡丹亭》给予我们一个反思中国当代戏曲理论的重要视角，让我们发现一般的戏曲理论家对戏曲命运的诊断和为正处于危机中的戏曲发展所开的药方和白先勇先生的感觉及认知之间的巨大反差。或者可以更直接地说，白先勇先生因为一直身在海外，所以没有受到从二十世纪五〇年代到八〇年代主流戏曲理论的污染，因此能本着一颗赤子之心，以他觉得应该有的方式策划与创作了青春版《牡丹亭》，于是获得了巨大的成功。令人感到十分遗憾的是，从反面看，它恰好证明了从二十世纪五〇年代直到青春版《牡丹亭》出现的这半个世纪里，戏曲理论家对戏曲发展的基本认识，为戏曲的前途和发展所做的诊断和所开的药方基本上是错的，至于这些错误的理论和错误的认识是否应该为戏曲的衰亡负起直接责任，则是需要进一步讨论的另一个话题。

所幸进入新世纪之后，新文化运动以来持续一个世纪的文化激进主义思潮在思想文化界的主导地位开始逐渐消退，代之而起的是对具有民族特色的传统艺术更为客观与理性的认识与评价。在这样的时代背景下，戏曲界持续多年的有关传统观念与评价亦出现了新趋势，它的基本价值观发生了翻天覆地的变化。这种变化与白先勇先生的青春版《牡丹亭》的出现虽然并不具有因果关系，然而它们无疑形成了一种共生的态势。正因为全社会对传统艺术和古典艺术的态度发生了根本性的变化，人们内心深处被压抑了一个世纪之久的对本土化民族艺术的怀念之情，那种潜藏在血脉中的文化依恋感开始被唤醒，青春版《牡丹亭》恰逢其时地出现，才成为这个时代，尤其是青年知识分子们对传统文化的情感表达最适宜的投射对象，因此才有青春版《牡丹亭》不可思议的走红。

在这个大背景下，戏曲理论界的反应迟钝和滞后就更加显而易见。从这个意义上说，戏曲界对青春版《牡丹亭》冷漠的反应，并不是白先勇先生的问题，倒是戏曲界应该检讨和反省。令人欣慰的是这样的检讨与反省已经在进行，相信在不远的将来，戏曲界对青春版《牡丹亭》会有更客观的评价，也必将更为敬重白先勇先生的文化贡献。

无论戏曲理论界如何看待与评价青春版《牡丹亭》，值得欣慰的是，大众媒体的反响非常正面且热烈。这正是我在相当长时间内都将青春版《牡丹亭》看成传播的成功个案的原因，这是因为从大众传播的角度来看，白先勇先生和青春版《牡丹亭》在全国各地媒体中所受到的关注程度，是戏曲界几十年来从未有过的，换言之，几十年来从未有过任何一部戏曲作品和演出，受到过青春版《牡丹亭》那么高的关注。

在晚近的若干年里，戏曲界对媒体的作用越来越重视，这是由于戏曲院团对舞台艺术的发展过程中传播的作用有越来越明确的认识。所以，在新剧码创作首演之前的新闻发布会和演出之后的专家座谈会上，经常出现媒体记者的身影。但这些努力之所以收效甚微，一是由于戏曲院团请来的多数只是专业媒体，其新闻报道的读者并不超出原本就对戏曲感兴趣的狭窄人群；其二是媒体经常只出于礼节和应酬才刊发相关报道，多数只摘发戏曲院团所撰写提供的"通稿"中的内容，此类新闻只是一眼就可看穿的软文广告。然而，青春版《牡丹亭》获得的媒体高度关注却与之截然不同，青春版《牡丹亭》从一开始就吸引了大量各地媒体主动、自觉地参与其传播过程，其中既远不限于专业媒体，而更多的大众媒体由记者们自己编写的新闻报道，则更多地针对读者的兴趣与关注撰写，因此更易于产生社会效应。从结果看就是如此，青春版《牡丹亭》巨大的社会影响，在很大程度上就是大众媒体之功。

从戏曲的角度看，大众媒体对青春版《牡丹亭》的大量报道和褒扬，其实未必切合实际。正因为青春版《牡丹亭》有其在中国当代文化中的特殊性，在她出现时，不仅戏曲理论界并没有做好心理建设，各类大众媒体更没有起码的心理准备，因此，有关青春版《牡丹亭》的许多认识，都有非常之明显的偏差。

比如说，我们经常看到媒体以突出的篇幅夸赞青春版《牡丹亭》的舞美的精致豪奢，却忽视了一个更重要的事实，即青春版《牡丹亭》的成功一定不是舞美的成功而是昆曲的成功，汤显祖的奇幻的构思及文字，昆曲演员规范的表演身段和笛子主奏的曲牌体音乐，这三者完美地融为一体的戏剧表达，才是其中最为核心的部分。青春版《牡丹亭》的舞台美术设计与制作，当然在其戏剧性表达中是有助力和有加分的，但是假如将它看成为青春版《牡丹亭》之吸引观众最主要的原因，就未免偏离了焦点，更无从理解该剧真正的价值与意义。从另一个角度看，二十世纪九〇年代以来，戏曲舞台美术设计创作的发展非常之迅速，基本上已经成为中国戏剧领域内堪称国际一流水平的元素，在这个背景下看，坦率地说，青春版《牡丹亭》并不具有在中国当代戏剧舞美界的突出地位。因此，大众媒体侧重于从舞台美术的角度肯定青春版《牡丹亭》的成就，恰恰说明了多数媒体记者对当代舞台艺术的隔膜，这样的评价既不客观，也错失了青春版《牡丹亭》真正重要的美。

其次，我们经常会看到各大众媒体称赞青春版《牡丹亭》在传统基础上的大幅度创新，认为这才是它成功吸引了众多青年观众的原因。这样的解读虽然符合流行观念，却与实际情况南辕北辙，青春版《牡丹亭》真正重要的是在白先勇先生的坚持下，力图以原汁原味的方式展现古典艺术，不仅剧本坚持"只删不增"的原则，除了为适应当代演出环境而做必不可免的极个别的删减和调整之外，剧中的台词唱段完全是汤显祖的原文；同样，全剧的所有曲唱，都按原曲牌的工尺打谱，虽然运用了新的配器手段，亦有新的作曲，但只是在前奏、过门、尾声等次要场合运用，并不妨碍主体的昆曲音乐；最重要的是，青春版《牡丹亭》的表演是由老一代张继青、汪世瑜等艺术大师手把手地教出来的，完全按照昆曲的传统风范表演，一招一式都有严格要求，从来都没有给承担该剧演出的青年演员们任何思考人物、设计人物、表现人物的自由空间。这种创作模式决定了青春版《牡丹亭》不可能成为一部以创新为其特点的剧目，恰恰相反，正是因其努力完好地保存与再现了古典艺术的风范与美学，才赢得了时代的积极回应。青春版《牡丹亭》是古老而精美的昆曲再生的标志性作品，正因其传统与古典才有其成功，而不是因为其对传统的改革和各种类型的创新。

我们也还需要校正一些其他的误解，比如说认为青春版《牡丹亭》的成功是因其演员的青春亮丽。青春在舞台艺术领域固然是有其欣赏魅力的，不仅是苏州昆剧团青春亮丽的演员让人赏心悦目，当年的浙江小百花越剧团也因其演员的青春之美而获得戏曲观众交口称赞。但是无论是青春版《牡丹亭》还是浙江小百花，都有另一个更重要背景因素，那就是系统与严格的基本功训练。青春版《牡丹亭》的魅力不只是因为演员们青春亮丽，更是因为这批演员们经历长达半年的"魔鬼式训练"，让他们从一批原本基本功有明显欠缺的青年演员，迅速提升了表演能力。正因为青春版《牡丹亭》的成功并不真正在于青春，所以某些人试图复制其成功经验，选择更年轻、更青春的演员的尝试无法获得同样的结果。至于因为服装运用苏绣之类，更只是其表象。青春版《牡丹亭》之所以难以复制，就是因为青春版《牡丹亭》的成功之道被误读了，而这个误读，对戏曲界的现状及规律、对中国当代舞台艺术的现状和艺术规律不够了解的媒体，或许应该承担一定的责任。

从整体上看，青春版《牡丹亭》问世的十八年来，绝大多数媒体对于它成功原因的解读，都存在不同程度的错误。青春版《牡丹亭》成功的真正原因，是白先勇先生所秉持的重要的艺术和文化直觉，他以对中国传统文化的当代价值、对昆曲为代表中华古典艺术永恒生命力的可贵自信，主导创造了一部努力保持古典艺术原生态的优秀作品。尽管在其最初问世时还有些稚嫩，但十八年来越来越臻于成熟，也因之成为传统文化在当代仍有不可替代之魅力的最重要标识。青春版《牡丹亭》不只是被动地汇入了中国当代传统文化复兴的潮流，更是主动地引导了这股潮流，并且在一定程度上帮助当代中国改变了戏曲的基本价值理念，改变了对艺术的历时性延续的理解，让人们重新建立健康的、更经得起时间检验的戏剧观。总之，青春版《牡丹亭》这一不可多得的范例，值得继续深入研究，在当代戏剧文化价值建构的语境里，才能更加准确、深刻地把握它的意义。

注释

1. 从演出场次角度看,有两类戏曲剧目具有特殊性。其中一类是特殊的"定向戏",是政府职能部门为某种主题宣传的目的而委托戏曲剧团创作的剧目,创作完成后往往由该部门出资巡演并组织观众,这类剧目的演出场次很容易达到一个相当可观的数字。但这类演出的观众即使并非完全出于被动,也主要是为欣赏戏剧而不是为接受教育进入剧场的;另一类则是旅游演出,这种专门面对游客编织的演出节目,其看点也主要不在戏剧,而是风情。

2. 王甯、王雪燃:《关于"新中国成立七十周年中国戏曲史"的分期问题》,《浙江师范大学学报(社会科学版)》二〇二〇年第二期。

承与传之思考和实践

· 刘静

中国艺术研究院研究员

昆曲在本世纪初成为世界"非遗"代表作后,它的历史文化价值与濒危程度愈发引人关注。同时,对于表演艺术的传承与人才培养的重要性也随之突显。昆曲"申遗"后的二十年来,我国政府和各地方文化部门陆续出台了一系列扶持昆曲的相关政策,全力推进了昆曲传承和后继人才培养的各项工作。这里我想提及的是在二〇〇四年由白先勇先生主持制作的青春版《牡丹亭》,他大胆地起用年轻的演员担纲主角。在此引领下,各昆曲院团陆续启用"以戏推人"的方式,培养了一批活跃于昆曲舞台独挑大梁的演员,他们经过多年舞台的历练,不仅具备了传统艺术的基底,而且富有极高的艺术创造力。无论从表演程序、表演方法,还是人物繁难而复杂的内心戏,都极大地提升和拓展了他们的艺术才华,并在艺术上得到了良好的传承。无疑,这些举措对于推动艺术传承与人才培养,延续表演艺术的脉络,使昆曲这一活态艺术获得了意义非凡的延伸。

昆曲是以表演为核心的舞台艺术。为此,在继承和传承这门集大成的综合艺术的同时,需要有深刻的领悟和认知。作为多年从事戏曲表演创作与研究的我,近十年来一直重复地做着一件看似简单却是繁难的事——昆曲表演艺术的"承与传",将学术研究深入到艺术创作的全过程,并融入到承与传的具体实践中。一方面,把自己多年积累的舞台表演经验与戏曲理论相结合，既严格遵循传统的"口传心授"又融汇了符合现代的传授方式，另一方面，从"承与传"的实践中提炼出一整套较为完整而实用的戏曲表演创作与研究的范式，并扼要地称之为"承、传、演、研、用"五位元一体创新模式。

"承、传、演、研、用"五位一体的具体呈现和关联可概括为：以"承"继传统，全面继承昆曲表演的技艺规范、美学标准与表演规律；以"传"承后辈，在继承传统的基础上，向下一代传授艺术的过程；"演"则是传承不限于课堂的教学，更在于舞台上的呈现。通过艺术实践，领悟昆曲在表演传承中的内涵与集萃，融会贯通地传给下一代；"研"是在传承过程中，注重文字和映射双轨纪录，进行学术研究和理论总结；最终达到以"用"之内涵为核心的承与传之目标。多年实践表面，通过"承、传、演、研、用"五位元一体的创新模式，可有效地把将要失传于舞台、弥足珍贵的传统艺术进行全面的传承和再创作。

一、求艺问知　承继经典

艺术传承一直是戏曲界极为关切的焦点问题。尤其对具有悠久历史的昆曲，其丰富的表演艺术需要我们进行全方位的传承。一方面，通过以口传心授作为昆曲表演传承的核心理念，认真继承好前辈们长期积累的艺术精华。另一方面，通过"形象教学"把一些即将失传、具有代表性的特色剧目承继下来，保留完整的教学影像。这方面的模板不仅能成为表演艺术传承直观而形象的参照，而且它还将作为昆曲在表演技艺上的一个积聚、丰富、扩展的重要脉络。

昆曲的核心在于其独特的表演艺术，而所有的表演精粹通过其折子戏蕴含其中，使得每一出折子戏中都会有各自表演精粹的呈现。因此，对于昆曲的保护，需重点落在对其表演艺术的传承方面，将昆曲经典的折子戏作为继承的主要任务，以免更多的代表剧目在昆曲舞台上失传。它既可作为呈现在舞台上的演出剧目，也是继承经典的一个范例。

近些年，本人在从事戏曲表演理论研究的同时，从未间断对昆曲表演剧目的继承和传承。从二〇一二年起，进行了两次较为集中的艺术传承。尤其是在二〇一八年得到了北京文化艺术基金的资助，由中国艺术研究院戏曲研究所承担并组织实施了"氍毹心传——戏曲'名家传戏'人才培养计划"项目。昆曲尤其北方昆曲的传承成为了该项目的一个重要组成部分，本人作为继承人对昆曲的代表作进行了重点传承。鉴于项目负责人对北方昆曲的传承极为重视，特别聘请了"韩（世昌）派"亲传弟子秦肖玉老师专门为我传授了《烂柯山·痴梦》与《百花记·赠剑》两折极具"韩派"表演特色与北方昆曲艺术风格的剧作。

舞台艺术特别是戏曲表演的传承，是有相当紧密的根脉承袭关系。秦肖玉老师一直秉承着戏以"人"传的理念，她把继承的"韩派"《痴梦》传授给我，就是希望昆曲一直是薪火相传，延绵不断。通过三代人的努力，真正实现了昆曲艺术的"承与传"。我们知道，被誉为"昆曲大王"的韩世昌，是一位在中国戏曲表演传承和发展过程中极具代表性的人物。他的表演独具特色，既有北方戏曲的热情、奔放，同时又蕴含着深沉、真实和浓厚的生活气息，重在动情与传神，有一种不加雕饰的天然美，彰显出深厚的传统功底，从而形成独特的"韩派"表演风格。韩先生的代表作《痴梦》《惊梦》以及堪称一绝的"阴阳变脸"的《刺虎》等，早已成为戏曲舞台上的经典剧目。在"韩派"表演艺术众多的学生中，秦肖玉是一位既具有深厚文化修养，在表演上善于广采博收，又有自己独到见解的"韩派"传承人。早在一九五〇年，秦肖玉便开始追随韩世昌、马祥麟老师学习，从两位大师的言传身教中学会了很多昆曲的经典剧目，除像《思凡》《出塞》《游园惊梦》等剧目外，还传承了《痴梦》《刺虎》《春香闹学》等具有"韩派"表演艺术特色的代表作。在与韩世昌先生学戏的几年中，她深刻地体会到"韩派"所特有的表演风格：在注重"演人物"的同时，突破了原有行当对表演的限制。在他的表演中有浓厚的体验成分，舞台上遵循的是做到"真听、真看、真想"，舞台人物的一切行为都是由内心出发，再到外在表现。同时，韩世昌先生善于把握每一个人物的塑造，为了让表演贴合人物，他宁可舍去一些具有形式美的动作，而使用一些不那么好看却是这一人物需要的动作、表演，从而使台上的人物变得真实、可信。以《痴梦》为例，秦肖玉在继承"韩派"《痴梦》中所蕴含的艺术精华的同时，又融入了她对艺术深刻而透彻的感悟，对剧中人物性情极为复杂的主人公崔氏，采用了体验和表现相融，赋予其更多现实主义的表现手法，让一部作品、一个人物融入两代艺术家的智慧，使其成为经典中的经典。

昆曲《痴梦》是《烂柯山》全剧中最为精彩的一折，也是继承"韩派"艺术精华的代表作。无论是从表演的难度、身段的幅度,以及唱念的跨度都达到了艺术的极致。以往,曾听戏曲前辈提及:"如:《痴梦》《刺虎》等具有厚重底蕴的剧目,最好是到了一定的年龄再学演最佳"。当我开始进入"崔氏"这个人物的内心世界时,深感言中其意。它需要表演者从实践中才能真正体会其中深层的含义。换言之,这既不是一个简单的技术概念问题,也是无法用语言表达的,需要艺术积累、人生阅历、舞台实践将其蕴含在表演中,最终呈现在舞台上。当年,在恢复《痴梦》演出的过程中,秦肖玉老师首先是忠实地将"韩派"的演出版本复原出来,在保留韩派艺术精华的同时也做了一些变动和改进,再进一步创新。这是她在掌握其艺术特色的基础上,融入自己的理解,寻找适合自己的表达方式,也是一个学、练、磨、演、借鉴、改进、发展的过程。由此,秦老师时常会按照她自己特有的方式进行授课。多年来,在她精心的点拨下,可谓精英辈出,曾指导过多位梅花奖获得者。在学戏过程中,更多的时候,则是听她讲述以前随韩先生学习《痴梦》时的亲身经历和感受。例如,剧中崔氏有一句唱词:"只是形龌龊,身邋遢,衣衫褴褛把人吓煞。"韩先生每次在示范"身邋遢"一句台词的表演时,都是身体往后一仰,眼睛看向低处,每次示范都重复一样的动作。经过琢磨,她终于明白了其中的意思。这个动作反映了两重含义:一层意思是说自己衣衫褴褛,实在邋遢;另一层意思是指她再嫁他人,在"一女不嫁二夫"的古代社会,暗喻自己的身子"不干净"了。秦老师补充道:"学戏的过程,要学会捕捉。假如刚我讲的关于韩老师这一个细节的处理没有被我捕捉到,那这句话反映的第二层意思就表演不出来了,传承就失去了其精华和真髓。通常老师第一遍示范的时候会出现这样的情况,你可能不会太注意,但第二次示范时仍然是这样,第三次也还继续是这样。这时候,作为学生,你就得琢磨了,为什么老师要这样做,背后的道理是什么,这样做究竟好不好,好在哪里,或者不好在哪里,我该怎么学,怎么处理。"秦老师便从一个表演身段所蕴含的潜台词开始,与我探讨了包括表演本体和传承方式在内的当下昆曲发展所涉及的诸多艺术命题。她提倡艺术传承是教学的延伸环节,也是传承人理解艺术遗产的深层步骤。它表现在反复学习、反复理解、反复提高的艺术实践活动过程中。必须在"琢磨"上下功夫,才能在这样的教学模式下,不至于学习流于表层和浅薄。秦老师通过对韩先生表演的准确理解,把剧中精深而隐讳,以及韩先生并没有用语言表达出来的内容,精心研磨后,又化入她的表演中,增加了很多符合崔氏这人物身份的现实生活动作和情感。

每一部经典剧目，其中都包涵了艺术家创作的结晶，它有别于其他一般的唱腔、身段、表演等，这些极富特色的技艺，也是最精彩，摄人心魄的灵魂之处。"韩派"的《痴梦》中，有很多特色表演和身段。例如：当崔氏听到"朱买臣做本郡太守"之后，她悔于改嫁，万万没有想到前夫已做了官。在惊、喜、愧、悔的感情冲击下，她的内心犹如晴天霹雳。戏曲表演讲究：一身之戏在于脸，一脸之戏在于眼。而"韩派"表演中，尤其擅长运用眼神、手势和面部表情刻画人物内心活动。为此，秦老师特别强调说：在这个特殊情节里，韩先生采用"转眼"的表演，是一个极为少见的表演技艺。表演时，双眼先上看，再下、从左再到右缓慢的转眼珠子，这四个方向的转动，既要讲究节奏还要快慢相间。秦老师善于"形象教学"，是边说边做，一边表演，嘴里还念着锣鼓节奏，把崔氏此刻错综复杂、矛盾心理状态，呼之欲出，瞬间把人就带入情境之中。这个看似并不复杂的表演技巧，却着实令人为之折服。我们的继承，需要掌握每一出戏的骨架和轮廓，也就是达到最初的形似。

　　艺术的长河是随着时间从过去到现在，再到未来，不断地向前流淌。每一代的昆曲艺术家都是通过继承前辈的艺术再到自己创作，使艺术获得不断丰富，不断精进。秦老师在保留"韩派"艺术精华的同时，适当在主要唱段中又有了新的改进。如：在演唱《渔灯儿》曲牌中三个"为什么"唱词时，"韩派"的表演动作很简单，一直用右手托腮，做睡觉状，并没有其他动作加以辅助。于是，她加入了南昆的表演与"韩派"的表演进行结合：两只手在胸颤动的同时，向两侧张开，再向中间合拢，如此反复，并配合着身体上下晃动，其动作幅度比较大。另有，在演唱《锦中帕》"这的是令人喜悦"唱词时，为了强调人物内心极大的喜悦之情，增强舞台效果，她吸收了一些民族舞的动作，双手交叉后抬至脸前，随着脸部的弧线，在鼻子下面左右滑动，与此同时，脚也随着手的节奏前后来回移动，把崔氏当时喜悦的心情更加形象地表现出来了，让生活中和梦境中符合逻辑和不符合逻辑的复杂心理，都外化成有规律的艺术表演。秦老师在教我此剧时，有她传授的理念：先解释词义，再教习唱段，只有在把唱念扎实掌握的基础上，才是下地传授人物的身段和动作教学部分。她善于剖析身段表演的动作原理和人物依据，讲解韩世昌先生肢体呈现的魅力，示范表演的细节、劲头与诀窍，最终较好较完整地将北昆表演的实践成果与方法理念传承下来。有时，她会灵机一动，让我自己来创作，有时也会采用学生思路，总之，秦老师给予我更多的是一种主动思考，勇于创新的理念。由此，我慢慢进入"崔氏"这个性情多变，以及她那患得患失、美梦幻灭的精神状态。舞台表演既需要具备扎实的"四功",更要有丰富的内心体验。可谓是:体验与表现的辩证统一。人们常说"感同身受",实际上"身"的感受是很难言传的。禅宗曰"如人饮水,冷暖自知"的概括,道尽了"高实践"领域的真谛。这既不是一个简单的技术概念问题,也是无法用语言表达的,它是昆曲表演中的"血脉和神经",从而达到神似,也是难易掌握的精华,更是需要表演者亲身从实践中才能体会其中丰厚的含义,进而做到"师事传统"不"囿于传统"的艺术创作时期。在继承昆曲表演中,自身要有根基,在掌握了昆曲艺术精神后,则可以把各种表演新知"为我所用"。我以为,我们不仅要学会昆曲外部程序技艺,更重要的是继承其内在的艺术精髓,力求把昆曲表演中深层而寓意深远的部分继承到位。这些表演的内涵,需经老师"口传心授"方得真传。

荀子曰:"善学者尽其理,善行者究其难。"要想尽其理、究其难,就需要花费心力、体力和毅力。在传承《痴梦》一剧时,我是深得三昧。此戏应为正旦,对于我来讲,无论从表演行当及表演形式都是一个不小的、特具挑战性的任务。从行当的跨度之大,人物反差之明显,再到表演、身段、唱腔、台步及音色的变化,都是一个全新的改变。自己深感其难度和压力,在我的表演艺术走过了青春期,四十年的积淀赋予我更丰富的内心体验与更成熟的表演手段,恰在此时学演这样一出被昆曲界内称之"雌大花脸"剧目,深得老师传授之表演精髓,受益终生。

在这个艺术继承的过程,就从某种含义讲,从传者到承者,是以一个规范而精准的方式来完成代际传承的各个环节。在传承中悟出来一个关键的道理:

传承"韩派"表演艺术有三个层次:

1. 形似

2. 神似

3. 魂似

在抓住"韩派"表演中的"魂"之后,尽可能掌握他艺术风格中最特有的文字的"灵魂"核心部分。在传承表演过程中,令人感悟到很多意想不到的东西,如:曾经坎坷的经历,以及对于人生的体会有所不同。以前,老师在讲解人物内心的戏,听不懂,如今再重新回炉一烧,其中的奥秘,了然于心。我以为,在老师教授学生的过程中,师长传授给弟子的不仅仅是艺术技能和指法的对与错的问题,更多给予的是对昆曲美学与人文精神的传承。郑培凯先生曾讲:"从文化发展的长远角度来看,任何艺术创新都建筑在已有的艺术传统上，是在传承的延续上找到了突破点，发展出独特的艺术飞跃。"作为活态艺术的承载者，对于昆曲表演不能只是简单地进行复制，而是要在继承传统的基础上，以"旧中有新、心中有根"的精神，让其成为一个动态、扩展、丰富的艺术发展过程。

在此次《烂柯山·痴梦》与《百花记·赠剑》剧目传承项目开展之始，特别安排了这样一个师徒三代同场传承的环节，也就是老、中、青三代齐聚一堂，真正从"传与承、承与传"的有效继承做起。由我指导的研究生，前后共五人参加了本次的"甀觥传戏"的实践工作。这样难得而特别的学习机会，在以前的教学和传戏当中，应该说是不多见。但是，对于当下非物质遗产的传承在教学的探索之路上，我们迈出了这富有前瞻性的第一步。其中，虽有诸多问题出现，但最终，在我们传承完成的结果来看，此举不仅符合我们戏曲表演艺术的规范，在实践教学中又是一个重要的成果。其中，学生可以通过参与扮演戏中的某个主要角色，从一个旁观者，真正参与其中。这样感同身受，不但有辅助教学的开展，从另一个角度看，使他们在观看老师学戏，再到自己表演的过程中，多次反复揣摩和分析剧情和人物，在提高自身的表演技能时，又可在辅助传承的艺术纪录中，逐渐提升了对戏曲表演艺术理论的理解和研究，进而将昆曲这一非遗传承在教学实践中，在传与承，承与传的良性中，得到了最有效的体现。

二、言传身教　戏以人传

戏曲舞台上的《刺虎》是一出极具代表性的剧目，也是北方昆曲"韩派"艺术中非常有代表性的剧目。一九二八年，韩世昌先生东渡日本曾多次演出此剧。京剧大师梅兰芳与程砚秋先生均有演出此剧码，梅兰芳先生出访日本、美国、苏联时，把其作为必演的剧目之一。《刺虎》一剧中蕴藏着深刻的悲剧美学意蕴，真实地表现了在一个朝代变迁中一个小人物的悲剧命运。它描述了明朝末年，李自成率领义军攻破北京，进宫后搜得一美貌异常、自称是崇祯公主的女子。这位假"公主"实为宫女费贞娥，被义军所获后，不甘大明朝的覆灭，便暗下"报家仇国恨"的心愿。她不仅博得李自成的信赖，更是假意与义军将领"一只虎"李固成婚。在大婚之夜，费贞娥假献殷勤先将"一只虎"灌醉，最终用匕首杀死李固，替皇帝报仇雪恨，随后她也自刎而死。

效忠于大明王朝的费贞娥，在处于被逼无奈的情况下，假意服侍李固，并非是她真心要与李固结亲，因此，在费贞娥与李固相对饮酒的这场戏中，需抓住人物这一性格特征，表演上采用极夸张的方式，不仅有快速多变的眼神，还特别增加了特色的"阴阳变脸"技艺，这个戏曲舞台不常见，难度极强的表演技巧，充分地表达了她对刻骨仇人"真情"与"假意"这两种截然相悖的情感。同时文武结合，融闺门旦与刺杀旦于一人，更是一出既赢内又打外的"骨子里"戏，需具备深厚的表演功力方能胜任，因此，也倍受京昆名家们的青睐。在众多艺术家演绎的版本中，韩先生在《刺虎》的表演可谓独树一帜。他擅长运用多变的眼神来诠释人物内心复杂的情感，特别是采用了仇恨和巧装欢笑的眼神，以及堪称一绝的"阴阳变脸"这一特色表情，一边是愤怒的表情，而另一边则是嬉笑妩媚的表情，瞬息间，在一张面孔上出现喜与怒的阴阳两面。这种"阴阳变脸"只在特定情景和特定人物需要的情况下才予以使用，用于昆曲《刺虎》剧中的费贞娥这一特殊人物身上是极其吻合的。

但这一经典作品一直尚未保留下完整的传承和教学影像资料，为此，在二〇一二年至二〇一六年间，在中国昆剧古琴研究会和国家图书馆中国记忆项目中心的大力支持下，特邀"韩派"亲传弟子秦肖玉、周万江二位老艺术家为主要传授人，本人作为主要传承者，还包括了中国艺术研究院研究生院的研究生和中国戏曲学院的研究生组成。在前后近五年的时间里，师生共同的努力下，从传承剧目、排练加工、录制音乐、录制唱腔，再到《刺虎》全剧最终拍摄录像，共完成并保留了影像和录音长达近一百个小时，以及几千张的教学图片等艺术资料。

透过古今，戏曲传承的关键脉络，在于舞台表演是如果代代有所继承，也因"戏以人传"有所发展，这将有助于昆曲作为"非物质文化遗产"所存在的意义和价值。正因如此，笔者在继承了《刺虎》一剧的核心与精髓后，又将此剧以"移步不换形""传神不传形"的精神传承给了中国戏曲学院表演系的研究生们。在传承伊始，我对学生们强调的是，学习《刺虎》剧目，不单纯是为了学会这出剧目，需能举一反三去思考，戏曲表演程序与人物塑造之间的辩证关系，为今后舞台艺术创作打下坚实的基础，让他们正确领会其重要性和必要性。与此同时，在传授的过程中，还应讲究"精准传承"。所谓精准中的精，是指把戏曲表演艺术中所蕴含的精华部分，准确无误地传承给学生。首先，把准确握此剧的剧情结构，在表演过程中需要运用的手法极为繁难，如何让舞台上费贞娥的"柔媚"的假意与"仇恨"真情交替出现？而"柔媚"的"假"要比"仇恨"的"真"做得更为夸张才能更打动观众。对此给予他们做了深度的人物剖析：费贞娥常年生活于在北方的宫廷，她虽不是公主，但因自幼侍奉公主，对于宫廷里的生活是耳濡目染，加之剧情规定，此刻的费贞娥需通过假扮公主模样，面对"一只虎"以求报仇雪恨，更应将公主的气派生动地展现出来。我认为，一个成熟的演员，他的舞台技艺与人文修养两者皆为重要，它关系到一个剧种的发展，一个剧目传承，一个人物形象塑造的成功与否。由此，在传授这折剧目的开始，我会先带领学生们通读全剧，尽可能先从人物内心的情感入手，体会以前皇宫内廷的氛围，以及这个人物身上所特有的那种外柔内刚的豪气。正所谓"汝果欲学诗，功夫在诗外"，让他们走出教室，走进历史，进入人物当时的历史背景，或去故宫看一看古代帝王的居所，那些的雕梁画栋、气宇楼阁所留下的建筑遗产，再到北海、圆明园这些皇家花园之中透出的历史感，感受北方园林与苏州园林之间的迥异风格。同时，针对此剧描述的历史背景，还需研读明末清初的历史，将人物与自我，角色与表演化入到特定的历史背景与时空环境中，感同身受般体悟那种与当代演员相距甚远的历史沧桑感。这些"诗外之功"，看似与昆曲表演本体的关联性并不是很多，我以为，表演者一定要内外兼修，致力于丰富人物内心的情感，配合全戏和表现人物双重心理，是同等的重要。这部剧目，透过一个诗意化、情感复杂的人物，对她生命本身的描绘，始终没有展现她柔弱的一面。黑格尔曾说："一个深刻的灵魂即使苦难也是美的。"在她凄美的身影背后，则表现了她那种巨大的爆发力，蕴藏着对生命本身的叩问！

京剧大家李少春先生曾对"演员和角色的关系"上，给予精辟的论断："每次表演都是一次再创作，甚至可以说是'新'的创作。从客观条件的变化，到演员运用表演程序与技术塑造艺术形象表达人物性格，再到'新'的体验和理解使艺术形象获得'新'的舞台生命力，最后抵达：真正的目的是求'真'在舞台上艺术地再现生活，步步深入，层层展开。"由此，舞台上的费贞娥本是宫女，她的婉柔，不过是为蒙蔽一只虎而采用的一种手段，关键在于把握好这个人物的双重心理状态，即仇恨与谄媚交织出现的情感和场景。这两极是不同心境的外化。因此，恰如其分地把握好表演程序与技术塑造艺术形象，须在似与不似之间。将心声化为形体，反之，把形体传达到内心，这在《刺虎》一剧中，需要两者有机地结合。我们知道，表演艺术并非是一个单纯的技巧问题，它涉及到一个艺术家的世界观、人生观，以及他的审美意识。于是，在洞察昆曲艺术的精髓、明晰剧目的深刻内涵时，这样的"内修"功课必定有它无可替代的重要性。

昆曲的风韵主要体现在两个方面，一个是委婉的歌唱，还有就是丰富的念白。而在《刺虎》一剧中共有十二段的北曲唱腔，要想准确、成功地塑造费贞娥这个人物，以优美的音乐形象来丰富其文学形象，需唱出情，谈何容易？如何让学生们尽快从规定情境出发，去理解人物，分析唱词，体验此时此地的人物心情和她心理变化，懂得"好的演唱"其实还有提高的余地。分析剧情，理解唱词设身处地体验费贞娥的情感变化，在唱腔的具体处理上，就可产生种种微妙的变化，正是这些微妙的变化，才能让唱腔更感人，唱出人物的灵魂。这里可说明的是韵味中不仅包含了一个剧种、一个流派，以及一个艺术家的表演风格，也蕴藏着"这一个"人物的思想情感。在《乐府传声》中"曲情"一节曾说："唱曲之法，不但声之宜讲，而得曲之情为尤重。盖声者众曲之所尽同，而情者一曲之所独异，不但生旦丑净，口气各殊，凡忠义奸邪，风流鄙俗，悲欢思慕，事各不同。使词虽工妙，而唱者不得其情，则邪正不分，悲喜无别，即声音绝妙。因此，为了塑造费贞娥这个特殊人物形象，便采用了北方昆曲演唱的吐字和行腔方式，更加强了人物内心铿锵有力、刚柔并济的情感。何为北方昆曲的特色？借此机会，也可让学生们能够对昆曲丰富的唱腔特色有更多的了解。由于北方昆曲长期扎根于华北一带，既吸取高腔的唱腔音调和锣鼓节奏，又溶化了北方的民间音乐，特别体现在音乐与演唱的风格上，具有浓厚而淳朴的北方乡土气息。北昆具有不同于南昆的独特风格艺术特色，它粗犷、豪迈，这种特质体现于舞台表演的唱、念、作、舞，就是粗犷、高亢、奔放、豪迈的风格。在表演风格中多了些大气与豪爽。全剧中的十几段唱腔，前半场有长达二十五分钟的独角戏，费贞娥独自登场，演唱《端正好》《滚绣球》两支曲牌，这是北曲中非常有代表性的两支曲牌。一出场便唱到"蕴君仇，含国恨"，要用非常沉重的心情唱出这六个字，其中运用了特殊的北曲吐字，比如"国"字，按照古韵的咬字，是发"gu"音，后面"切切的"和"侃侃的"两个叠字，重复递进，这在昆曲唱词中并不多见。"誓捐躯要把那仇手刃"，"要把那"运用了"甩腔"的行腔方式，"甩腔"一是体现出她痛下决心，二是体现出她刚毅的一面，决意献出自己的生命也要杀死贼寇，逐字逐句、掷地有声地表达出内心情感，一览无余地表现出她将要进行行刺的主题和目的。这种敏捷的反应和高超的表现力是费贞娥的一个重要的表演特点。因此，要表现一个仇恨与娇媚逢迎的费贞娥，两种情感交替上升。在人物唱过《端正好》归座时，有一整段的念白，整段文字近二百字，剧本的情节安排和文字铺垫，既考验演员的表演功力，是其他剧目极为少见，更为妙笔生花。因此，在人物情绪的表达上，要有起承转合。北方昆曲的吐字发音犹重字头，遵循规律，咬字不能太紧，也不能太用力，在松弛的状态下，念白如吟诵一般的清晰。开始以叙述身世的语气，要口语一些。在念到"蒙国母"时，需以尊敬而亲切的语气；再到"不想闯贼"时，变为气愤的情绪，这两句之间要多停顿一秒，使人物情绪有明显的转换。当念到"死于非命"时要带一点点苦音；"可笑"无奈又可悲，比喻这些满朝文武，在关键时刻，竟然没有一个站出来替国家报仇。无奈之下，我这个小女子舍身"取了一把匕首"时，声音就要较小一点，情绪也要更机警些。戏曲中有一句谚语，"千金话白四两唱"，这一段表演既是独角戏，又有很长的念白，语气如何表达得更准确，是人物塑造中的一个表演技巧。这段念白开头平铺直叙地介绍了她的身世，后面情绪逐渐有了起伏，到最后，语气越来越快，越来越强，她要替君父报仇，为此将匕首藏在蟒袍中。戏曲表演讲究"手眼身法步"的运用。

  例如：在这段表演中有一句念白："将我赐予他兄弟一只虎为配，也罢"，这当中关键字"一只虎"，在念白时眼神是有变化的，虽是微小的眼神收放改变，却有其中的道理。这就是戏曲讲究"口传心授"的道理所在。另有在《百花赠剑》中，也有一个特别的眼神，百花公主在念道："江花佑，看看哪里粉墙可越，送他出去。"这其中就用眼神表达了字面上不能言表内心的心情。在念到"送他"时眼神看着海俊，她的手却是指向海俊，特别是在念到"出"字时，却转向右边的江花佑，这个"去"字时先看她，手势往外指时眼睛随之往外慢慢送出去。这其中的潜台词就是：是让他出去呢？还是你江花佑出去呢？你要明白呀！这段念白节奏十分关键，是符合剧情、符合人物情感和气质的有力表达，所以在前半场的表演中显得尤为重要。念时的节奏要求是非常严格的，整体的情绪既要饱满，又要调动起全场的气氛，让观众随着费贞娥情感的变化，感受她的内心，把她的内心变化中的转折点，一定要干净明显地表现出来。既交代了人物行动核心，又概括了整出戏的主题，从而能准确地表达人物基调，让观者从这段念白中来了解费贞娥此刻危机的处境。

  第二支曲牌《滚绣球》既有抒情的一部分，也有比较激昂的一部分。在唱腔中还夹杂着念白，它赋予人物一些夸张而强烈的情感，并要求表演在闺门旦与刺杀旦两个行当之间，准确拿捏好分寸，既是表演中的亮点，也是表演中的难点。在唱段的结尾处，语言上是铿锵有力的表达，唱词中提到要和"豫让"争名，词句是引用了"士为知己者死"的典故，所讲的是战国四大刺客之一的豫让，曾改名换姓，多次行刺赵襄子未果的故事。这段唱词中，其一，运用了诗化的语言，其二，是大量引用了古典文献和典故，在后面的唱词里也出现了"蓝桥几层""巫山云雨"等等，这是昆曲众多经典剧目中所擅长的一种语言表达方式，每段唱词含有深刻的寓意。她在唱到"纤纤玉手"时，用双手指法比喻剜李固的眼睛，这个指法可以有多重含义，也是"韩派"表演中很有代表性的手势和眼神。在演唱"蕴君仇"一句时，也运用了这个手势，寓意着她将用匕首去行刺。特别值得一提的是，演唱到最后"方显得大明朝有个女佳人"一句时，要表达出她作为小女子有大丈夫之气，这里"得"字也要按照古韵咬字，发"déi"音，"大"字发"dài"音，它与元曲余韵的《单刀会》中的"大江东去"发音一样，在大段的唱腔结束时，运用了加强又夸张的行腔来渲染气氛。在教习和规范学生们出腔归韵的同时，说明演唱北曲时，尽量回避装饰性很强的唱腔，从音乐唱腔上更加贴切人物，体现出费贞娥颇有气势一面。表演中融入了特色身段，把人物在娇羞柔媚之处演得略有夸张，而表现仇恨的心理略有收敛，不张扬。盖叫天先生说："生活中有许多东西，启发我们的艺术创造，只看是否有心去结合。"他还举了一个生活中"风吹树动"的例子，尽管这是生活中常见的现象，有心的艺术家则会细心去观察树在风中摇摆的各种姿态，将它加以提炼，化为舞台上的"云手"。"一个'云手'，身体不动，就显得僵硬，要动得好看，就得像'风吹树动'一样，随着'云手'的开合，上身很自然地顺势扭转几下，这样看上去就'活泛'多了。"同样，在传承时需让学生们清晰地明白，在剧中费贞娥的表演中，这种艺术分寸需要精准把握，引导和启发他们要在生活实际中观察和体验，进而提炼出更多元的艺术体悟。

黄佐临先生认为：中国戏曲传统最根本的特征是"外部是规范性（通常称程序化），内在是写意性"。首先需要找准人物的定位及作品想要表达出的思想内容，对角色要有着深刻的理解和揣摩。想要将人物表演得更加生动、形象，不是简单的理论学习就能够实现的，需要表演者在生活中大量的观察和练习，学会模仿和揣摩，才能达到表演的最佳状态。对于我们平常看似简单的一个台步，在昆曲的表演中却有丰富的表达寓意和方式，在我的传授过程中，尤其注重内外结合，讲究步法的运用和内心的表达。《刺虎》作为一出经典剧目，在舞台表演上，重点要落在眼神和脚步的表演技巧上，把这两种表演技巧要练习到娴熟自如，火候拿捏才能准确无误，使这出戏耐看之余，回味无穷。表演时既要保留程序化动作，又要有生活的体现和融合，极其繁难，尤其在人物情感上，可谓层层递进，丝丝入扣。当费贞娥第一次听到鼓乐之声，至"一只虎"上台之前，紧接着一段欢快的曲牌，但此时的费贞娥是流着眼泪，通过音乐来掩盖其悲伤之情，于是就形成了强烈的对比和戏剧性的变化。这段《朝天子》曲牌音乐长达六分钟，其中拥有大量的身段舞蹈，既无唱腔也无念白，对于这段情节，剧本没有任何提示，整个情节的过程，是需要演员凭借对人物进一步地挖掘、刻画，以面部的表情和身段舞蹈来传递出费贞娥刺杀之前的心境，这也体现出《刺虎》剧目给予演员的表演空间。昆曲身段讲究的是"多一不可"，如何运用眼神、表情、手势、脚步、身段、道具等来充实这长达六分钟的曲牌呢？著名戏曲导演阿甲先生曾指出："在戏曲舞台上，如果离开了戏曲表演的特殊手段——戏曲程序，就没有了戏曲艺术的真实，也不可能反映生活的真实。"这段表演在结合戏曲手势、眼神、台步的表演程序的同时，又采用了一种具象化的写意表演，巧妙地表达了她心理复杂的意象情感。同时，她此刻心中的恐惧和复仇的决心，在这段舞蹈中交错展现，人物的塑造是通过一连串的动作与表情的变化来呈现于舞台的。这段曲牌以海笛与锣鼓打击乐组合，把费贞娥下定决心，视死如归和珠残玉殒的悲壮情景衬托得恰到好处。这时，她着重于心理的直接透视，用以表现她策划行刺的过程，可算是行刺之前的一次"预演"。在她下场之前，有一段提袍端带，踱步下场，这一特殊之处在于慢蹲步、慢起身，需要多次重复，交替进行：费贞娥迈左步，身左转面向后左角下场门，投右步站定，右手扶鬓看下场门，左手扯右袖，然后两手端带以端庄稳重之步伐缓慢下场。下场的脚步要特别稳重，压下欲跳出的心，强制自己要镇静，要沉着，决心已定。这支曲牌名为《朝天子》，虽然与剧尾一支曲牌名重复，但是曲牌表达的韵律是有区别的。这段音乐运用了北方昆曲中特有的海笛和锣鼓（大筛锣），在六分钟中竟有长达一分多钟，全部才用略大筛锣，这对未来将要刺杀行动，视死如归的决心，通过这段铿锵有力的节奏，伴随着下场的脚步和她背影体现出来。在教授此段时，我曾对学生说："当年韩世昌先生表演到这里，场场都能获得满堂彩，这是韩先生特有的身段特色，软中带硬、刚柔并济。"这些动作要领说起来很容易，但是做起来是非常不易，需慢慢体会，然后再沉下来找感觉，动作的内心要有情绪的透露，外部技巧与内心感受要时刻相融，这是此戏难点的所在，它要求情绪的变化是瞬间的，需要的"感觉"多元化的，需下一番苦功夫。具体讲究的是：身体要起大范儿，拧着上身，第一步，压下去，双腿要蹲下去，蟒带要端平，要让观众看得见；随着锣鼓点再立起腰来，配合节奏和气息，就像是端起了天与地，好像是在告诉自己，不要紧张，不能胆怯。每一步压下去再抬起来时，就像压皮球一样的，粘着、扯着，未断还要干脆；双手如端起千斤重，腰部须提着劲，在沉下去之后又拎起来的劲头。往往越是有难度动作，越是有一种特别韵味。当走到第三步后，逐渐地平复了心绪，身体起范儿越来越小，随后义无反顾地走下去。还要注意的是这段表演，无需花哨的水袖表演，表情也无需过于俏美，表演者要通过自己的肢体语言表达人物内心的感受，需要身体协调、连贯地展示出有节奏、有力度、有感情的脚步与造型。昆曲表演细腻入微，对于动作的需求，是从其不同的方向、快慢速度、大小的幅度、强弱的力度，形成不同的动作效应，也赋予舞台人物不同的情感，构成变幻的形象。在运用表演程序塑造人物形象时，头脑里应有一个活生生的人物，表演技艺是放在"他"的身上并归"他"所独有的。表演的分寸和火候，既动真情，又决不忘我。这段独步天下的表演，我认为，他既是"韩派"《刺虎》表演中的一个与众不同的表演处理，也是对剧本人物形象的塑造与阐释的最佳范例。所谓"准"，既是平常我们说得准确的意思，当然，在传承的过程中，我们要把前辈艺术家所留给我们的艺术精华，结合自身在舞台上所得的实践经验和体会，以及所感悟到的表演艺术中深层的意蕴，准确的，精准地，巧妙地传给学生。通过这一方法，戏曲艺术就这样不断积聚、不断丰富、不断扩展，形成一条清晰的传承发展脉络。

戏曲舞台上常有"无技不成戏"的戏谚，在每一折经典剧目中都会有其特殊的表演技艺，而《刺虎》中费贞娥的"阴阳变脸"堪称一绝，它既是此剧中不可或缺的亮点和看点，也自然就成为了艺术传承中的重点和难点。舞台上的"变脸"是把人物内在的、抽象的心理状态转变成外在的、具体的面部表情，也是把心情写在脸上，揭示剧中人内心情感的变化。这个"变脸"和川剧的"变脸"、婺剧的"抹脸"是不一样的，没有任何的面具，是用本来的面部表情瞬变或者渐变来展示人物，这样的"变脸"对内心的表达十分传神，把费贞娥复杂多变的一面发挥到极致。昆曲旦行的表演大多内敛含蓄，面部表情变化不明显，在这个人物身上，运用了夸张醒目的瞬间变化的表情，这个"变脸"也受到了观众的肯定，特殊的情节、人物运用了特色的表演，表演特技对于情节的变化和呈现是非常精密的，从中体现出表演艺术家对人物形象塑造与阐释的独到之处。"韩派"的表演艺术中，体现了昆曲独特的美学品格和特征，彰显了其艺术的神髓和意境。

为此，在向学生们传授该剧这个重要的"变脸"表演技巧时，需要着重考虑教授的程度和方式，通过训练他们面部表情，大量的琢磨和练习，快速转换两种神情，才能达到一种符合剧中人物心情的状态。起初，我会循序渐进地对人物变脸时的每一个瞬间的表情，尤其是指示动作的"潜台词"给予学生进行大量情感剖析：表演者，舞台上必须把所有的精力集中到角色上，不要单纯卖弄某一个身段、某一个水袖、某一手绝活，必须结合人物，只有恰如其分地表现了人物，突出人物性格，才显得技巧的价值来。这段表演只有几声"大大大……"的鼓点子伴奏，但表演动作编排上却颇具匠心，完全要靠一个演员深厚的表演功力才能做到。这一套动作是刚柔并济、动静结合、快慢有序、强弱有度，连绵起伏地编织在一起，充分地显示出北方昆曲表演艺术舒展开阔热情奔放的特点。

在《刺虎》中，"阴阳变脸"可分为两类，一类是渐变，一类是瞬变。当费贞娥与一只虎两人在舞台上初见时，费贞娥口里念着"将军"，眼睛从舞台左侧一直扫视到舞台右侧的一只虎那里，眼神与表情从充满仇恨一点点变为诌媚，这属于渐变。在费贞娥向一只虎敬酒时，唱《脱布衫带叨叨令》曲牌时，随着唱词的转变，费贞娥在面对一只虎时，是一边诌媚的表情，背对一只虎时，却是仇恨的表情，这时的表情要在面对与背对一只虎的往来过程中瞬间变化，它是属于瞬变。两种变脸，既有动态美又有静态美，具有丰富的表现力和较高的审美价值，充分地表现了舞台表演艺术的美学特征。

在这段戏中还有一个表演上的精湛之处，是再一次变脸的表演，是当费贞娥见到李固时，她表面上大献殷勤，暗自压住内心的仇恨，强装欢笑地说"将军"，便以娇媚柔和的眼神来迷惑对方。可是，当她听到一只虎"公主请酒"的一瞬间，此刻她是面对观众，再也无法控制满腔的仇恨，以凶狠的眼神，怒目圆睁，双眉紧锁，满脸杀气，激动地提高嗓音，并故意地拖长声音回答："将……"随后她右手指由胸前抖动着向右指，眼睛和身体随着手指的方向一起转动，当她的手指到一只虎李固，两人的目光相对时，她"佯娇假媚装痴蠢，巧言花语诌佞人"。这出戏在运用眼神上有许多"传神之笔"。为了表达费贞娥妩媚，用心去迷惑对方，在她面部的肌肉和紧锁的眉心，仿佛如含苞欲放的花朵，慢慢地、一层层地绽放出它的艳丽。这一特定的阐释与日本"能"的集大成者世阿弥在他的专著《风姿花传》一书中所讲：演员表演的魅力用'花'这一语言来表现，然后从各个角度论述怎样才能使"花"在舞台上出现。"两者有异曲同工之妙。随后，在费贞娥的脸上又呈现出喜态的笑脸，嘴上轻轻地吐出这个"军……"字，然后满面含羞地右手一捂嘴。这段表演虽只有几秒钟的工夫，但它变动的幅度已经超出了任何一个旦角的表演技艺，就可以想象它的难度所在。著名电影导演崔嵬曾讲："激情是艺术的生命，必须保证激情！"在表演学习过程中，若能清楚准确、节奏鲜明地表现到位，不仅要求演员具有深厚的表演功底，更需一个表演者具有精深的艺术造诣，以及对艺术充满的激情！

此剧核心抒情的唱段《叨叨令》曲牌，也是全剧中的华彩乐章。在两人行花烛之礼时，是演唱了一支非常抒情、浪漫的曲牌《叨叨令》。她强作欢颜"银台上煌煌的风烛炖"，用谄媚的眼神挑逗"一只虎"，使其误以为真。同时，这段唱腔虽大多是端坐在一只虎的对面，却时刻要以妩媚的表演来拢住他的视线，以美貌来取悦他，迷惑他。在表演中快而不乱，敢于重复动作，行动中见人物，这都是戏曲艺术特点。一出戏中身段动作切忌重复，重复就意味着"繁采寡情，味之必厌"。但假如在内容上合理的重复，不仅能使观众印象深刻，而且体现着人物思想在不断地深化，又可体现出剧情和人物思想的前后呼应。我常用这个范例提示学生，在艺术创作中善于利用重复递进的手法，如《刺虎》中唱到"银台上煌煌的风烛炖"一支曲牌里，她当面欢笑、背面切齿的表演，瞬变的表演前后重复六次。不仅不嫌其繁琐，反更突出了费宫人"佯娇假媚装痴蠢，巧语花言谄佞人"，忍辱报仇的决心。这段重复"变脸"的技艺，配有"流苏帐暖洞房春，高堂月满巫山近"，这些比喻洞房中男女情爱的浪漫描述，蕴含着我们耳熟能详的典故。费贞娥强作欢笑，让一只虎误以为她是真公主，一只虎熏熏欲醉，在一旁欣赏着费贞娥，这里带有挑逗而又灵活的眼神，是结合了一些贴旦的表演特点，同时配合柔美的手势和腰部的动作相互交替表演。以身体的姿态美为重点，以传统的典型动作为依据，使得动作表现得生动多变，使之成为具有独特表演形式。

舞台上这段表演，是一场费贞娥与一只虎正面"交流"的两人对戏，它需调动表演内部技巧的元素，对应往来频繁的"交流"。所谓"交流"，在戏曲界常用的是"给肩膀"一词，意指侧重于表示舞台相互配合的高级技巧，但也与"交流"的含义有关联。戏曲界的前辈教育家刘仲秋先生曾讲：演员要把戏演好，在舞台上必须懂得"给"。以上的这段话，在我与周万江老师联袂录制《刺虎》一剧时，得到了充分的体现。所谓"千生万旦，一净难求"，周万江老师多年随北方昆弋名净侯玉山先生学戏，习得大量北方昆弋净行代表剧目。其中《刺虎》一剧就得到侯老的亲传。当年，他也曾随韩世昌先生到河北传授《刺虎》一剧，将韩先生在剧中这段两人的"对儿戏"的表演，精錬、精准地传达在我们之间的对手戏里。起初，在表演与一只虎当面欢笑、背面切齿时，由于前后需重复六次，每次瞬间的时间差都要做到严丝合缝。不知是对人物此刻感情的流露揣摩不到位，还是技艺不够娴熟，总是做得不是那么自然，也没有把情感与动作融为一体。此刻，周老师就耐心地启发我，并忆起他当年与韩先生表演这段对手戏时的情景：每次我们四目相对时，韩先生的双眸透摄出那种妩媚，如似水秋波，既稳又准，不前不后，不多不少，恰到好处的"等着你"，让人望之即刻全身酥麻了半截。此话虽不长，但却醍醐灌顶，使我茅塞顿开，领悟其中的曼妙之处！

以上的实例表明，周万江老师不仅是舞台上的"一只虎"，更是见证"费贞娥"韩派传承表演者的一位检验者。事实上，为了能够全面传承"韩派"的代表作《刺虎》一剧，在与周老师"对儿戏"的交流过程中，时常得到他的提醒和指导，哪怕是一个细小的动作或是一个眼神，他都不放过，直到他觉得我在传承"韩派"表演时，真正悟到了其中的精髓，并达到了韩先生所提倡的"魂似"，他才会点头示意继续我们的"对儿戏"表演。如此弥足珍贵的舞台实践体验，让我感觉穿越了时空，将韩先生的艺术真传，通过他直接以"给肩膀"的方式传达给了我，使我们彼此用唱、念、推杯换盏时的眼神和表情等，不断地进行着"给"和"受"的刺激与反刺激，不仅推进了戏剧矛盾的发展变化，在默契表演中展示人物性情。舞台上必须懂得"给"是需要经历多年的舞台实践，才能总结出来的。就是这样一个"给"字，"给"的另一面就是"受"。

透过《叨叨令》这段看似波澜不惊，却又是暗潮涌动的情感表演，从规定情境，再到理解人物，分析唱词，体验此刻的费贞娥的心境和她的心理变化，具体的表演处理已发生了微妙的变化，正是这些微妙的变化会使唱腔更感人，韵味也更为浓郁。我以为，在这段唱腔的韵味中不仅包含着剧种、流派以及艺术家个人的表演风格，同时也涵盖着费贞娥"这一个"人物此刻的思想与情感上的一种恰当表达方式。从而，进一步引深和总结出"主与次""多与少""快与慢""动与静""取与舍""增与减""藏与露""虚与实""拙与巧""会与精"等诸多对立统一的舞台表演的真谛。在我的艺术传承时，不仅要珍视和谨记，也应把这一部分艺术理念传达给学生，即使现在他们可能不能完全理解和掌握，但对于他们今后的舞台表演，应可视为是一个具有深远影响力的艺术观的建立。

《刺虎》在最终刺虎时，出现了文戏武唱的表演形式。费贞娥势必将"一只虎"

刺死，她把"心窝内宝刀抡"。第三场给予了更多的情景铺垫，"趁夜色正浓，悄无一人"，趁着夜色下手行刺。这句"心窝内宝刀抡"，此刻在塑造人物时，更要表达出她刚毅强大的内心以及柔弱的身躯。还要讲究演唱时，突出其中关键字"抡"字。它与《千忠戮》中的"收拾好大地山河一担挑"的"担"字，两剧用词的力度相似。我们需要不断地告诉学生，每学一出戏，对于唱词的理解是至关重要的一门功课，只有建立好这个牢固的根基，才能双绝呈现。最终的刺虎一段，为展现她与李固之间的生死搏斗的场景，舞台上采用了一系列的刺杀旦的身段如"跪步""屁股座子"等程序动作，以表现她惊慌失措的神情。宫中仕女的她，从没有见过，更没有摸过武器，但这一切确实以极其自然而富有精巧设计的图案的方式表演出来了，使其戏剧性气氛达到了高潮。一只虎既死，费贞娥大愿已了，此刻她处于一种精神高度亢奋的状态，目光呆滞，如抽去了灵魂的一个躯壳，直到四个宫娥上场，费贞娥悲壮地唱出了她最终的一曲，这首《朝天子》曲牌为北曲名曲，唱腔是荡气回肠，同时，唱词更为诗意化，渲染了主题中爱与恨、生与死的情节。值得一提的是《刺虎》一剧，在最后将要落幕时，剧作家为费贞娥谱写了这支大曲，甚为精妙一笔。既表现了她玉石俱焚的壮烈，又在宫娥的衬托中，使这个人物形象愈显高大。随后，提剑自刎，把悲剧气氛推向极致。这一剧目，也为表演者提供和创造了一个极为宽广和发挥的空间，使人物愈加丰满，拓宽了表演艺术的深度和广度。著名京剧表演艺术家宋德珠先生曾讲："多学、巧练、精研、善择。"我以为，在剧目传承细节的同时，也需重视对表演理念、表演原则的解剖、分析与说明。或许这就是我要把《刺虎》传承下去的意义和价值所在吧。

三、内涵集萃 融会贯通

所谓"演"则指的是艺术传承不仅限于课堂，更在于舞台上的呈现。通过舞台表演艺术的实践，将昆曲在表演传承中所传递的内涵与集萃，再融会贯通地传给下一代。在体现"演"的具体实践中，除了通常的舞台演出之外，曾多次代表国家赴美国、意大利、瑞典、俄罗斯、芬兰、德国、日本、泰国等国家访问演出。作为我国"非遗"专家，文化部派遣的文化使者，曾受邀赴美国加州圣塔芭芭拉大学、德国马丁路德大学、伊朗艺术研究院、新加坡及香港大学等高等学府做"中国传统表演艺术特色与美学意蕴"系列讲座。近些年，也参与中国艺术研究院组建的"艺苑国风"，这是一个集多种艺术门类融合的艺术家小组，并多次应邀参加了一些国家重要的对外艺术交流活动。如在泰国中国文化中心举办的"游园寻梦"演出活动时，曾受到泰国诗琳通公主的赞誉。为更好地体现"演"对于传承的艺术影响力，我还专门参与了一些有特殊意义的演出活动，如应邀赴俄罗斯、德国、泰国等国参加为纪念"汤莎"文学巨匠"游园寻梦——与民乐经典"的演出、"中国非遗日"及中英两国共同主办"中英文学对话"等演出，作为中方艺术家演出《游园惊梦》等剧。二〇一七年，正逢北方昆曲的"荣庆社"成立一百周年，又逢北方昆曲剧院建院一个甲子，因此，是以北方昆曲的表演风格为主题。一九五七年，在北方昆曲剧院建院庆贺演出的唯一保留上演的全本大戏即是《百花公主》。时光荏苒，六十年后，在文化旅游部举办的"良辰美景·恭王府非遗演出季"演出活动中，我们特别选取全本中最精彩、好看的《百花赠剑》一折，以此向我们的前辈表达由衷的敬仰之情。由本人饰演百花公主，海俊的扮演者现为中国戏曲学院教授，梅花奖得主王振义，以及江花佑的扮演者是由北方昆曲剧院国家一级演员王谨合作演出了《百花赠剑》一折。我们知道，表演艺术历久常新，每一代的艺术家都会以自己的人生感悟和艺术体会赋予作品新的生命。这次我们再次同台表演，也融入了对《百花赠剑》这一经典剧目的艺术表达中的新知与旧学。

另外，为了使学生们有更多的舞台实践机会，特别安排了他们参与"北方昆曲经典剧目传承项目"等一系列相关传承工作。在拍摄《刺虎》影像时，剧中的四位宫女扮演者全部由我们传承小组的学生担当。他们一边学戏，一边可观摩老师的舞台表演，促成了师生同台演出的机会。二〇一九年，在"中国艺术研究院教育成果"庆祝晚会上，本人携戏曲表演创作与研究方向的博士生孙良，我们师生合演了昆曲《游园》一折。再次实践了在表演艺术上的薪火相传。在这样教与学"沉浸式"的艺术氛围中，使他们零距离感受到老师对于戏曲表演艺术的演绎和阐释角色的表演技艺，这对于戏曲表演传承，得到了更多的收获，使其事半功倍。我认为，对于艺术传承，学生们的观摩与学戏是同样不可缺少的一门功课，这将对他们今后在艺术精进，将起到不可估量的意义。

四、艺术精华　传承研究

明代吕坤在《问学》讲："学者贵好学，尤贵知学。"如要把舞台上动态的人物形象转为文字，不仅需下一番青灯黄卷的苦读，更艰难的是从感性提升为理论研究，从形象思维到逻辑思维的深化。当无形的音乐转化为有形的乐谱，身段舞蹈转化为静态的舞谱，就要从技术层面进入到学术层面，这种转化应是有助于艺术传承与研究。由此，"研"即是在我的艺术传承进行中，特别注重文字和影像双轨纪录，力争做到学术研究和理论总结，再让研究成果反馈予传承实践，更是对表演艺术这种活态艺术做一最大程度的保护和保存。

昆曲艺术这种活态艺术中，蕴含着极其丰富的艺术精华，而这些往往会是体现在老师教授学生的讲解过程中，甚至富有更加深入的艺术经历所积累的艺术之韵，它不仅仅呈现于舞台之上，反而更多融入了学与教的过程中，这不是简单意义上的老师一边教、学生一边学的一堂课，它所传承的是昆曲的根与魂。往往在这样一种特殊的教学中可以体现出艺术家们，在长期艺术表演实践中所积累的一些极其珍贵的表演经验和体会，因此，对于表演传承研究也就体现出其价值和意义。这一部分过去总是被忽略，重视不够，但它却是昆曲精髓，昆曲艺术的真传所在。它是传递昆曲表演的规则、规范与规律，并对这些珍贵的教学成果进行准确记录与理论提升，完成口传心授与精准传承在当下的价值重现，实现舞台表演传承与表演理论提升双轨并进。由此，在传承进行中，我们注重文字和映射双轨纪录，并及时进行学术研究和理论总结，让成果再次反馈予传承实践。在传承期间里，取得了阶段性的舞台成果为《刺虎》《痴梦》《百花赠剑》等代表性剧目，以及近三百小时的录像和照片。作为"研"与"用"的具体呈现，把相关理论研究成果撰写成《昆曲之美》和《北方昆曲与韩世昌》等专著及数十篇学术论文。

五、创意思维　用之实践

我所提及的"五位元一体"的创新模式，最终是要落实在"用"之实践上的，它也是传承的循环与推进。如传承者能够将前四部分的成果予以消化和解读，将其融入新一轮的"承、传、演、研"的过程，通过"五位一体"的传承模式，做到"在传承中发展，在发展中传承"。同时将"承""传""演""研"融会贯通，在"用"上下功夫。作为"承"与"传""演"与"研"的一个实际体现，在二〇一六年，我以传承和演出昆曲经典剧目《刺虎》为契机，由国家图书馆摄制成完整的影像，已成为国家级"中国记忆"的代表性项目之一。紧接着又拍摄了《粉墨春秋》纪录片，这是基于本人的创意和思路，通过一件传承了百年历史的戏装，真实地记录了四代艺术家的舞台生命，再现了我们是如何将艺术血脉延绵不断的传奇历程。同时，由山东电视台摄制以本人艺术传承为主题的《守得春色再满园》专题片。在拍摄完成的《刺虎》《粉墨春秋》《昆曲旦角教学》三部传记片，这对于中国戏曲的教学、排练、老艺术家的口述，以及昆曲表演艺术，特别是即将失传在舞台上的代表剧目进行了抢救式的传承和保留。本人将教学和排练所记录的文字资料整理后，又撰写了《北方昆曲旦角表演艺术》一文，在大陆与台湾地区"昆曲传承与发展"研讨会中做大会报告。另有，中国戏曲学院的研究生，他们把学习和继承的《刺虎》一剧作为毕业汇报演出剧目，并以题为"浅论韩（世昌）派刺杀旦的表演艺术特色——以昆曲《铁冠图·刺虎》为例"作为硕士研究生的毕业论文。

另有，在二〇二一年，参加"澳门国际艺术双年特展"，在"镜像大千"当代艺术展上，我结合了富有创意的《生命镜像》作品，融入戏曲表演语汇，与陶艺、当代音乐三者交融，创作了以"圆融、立体、多元、丰富"为喻义的艺术作品。由此，使得"承、传、演、研、用"成为"五位一体"的一种创新模式，在不断的实践与运用中得到全面的提升和发展。

六、结语

中国戏曲作为人类非物质文化传承需要深入研究和挖掘的文明宝库，是一个极其重要的学术领域，也是理解中国文化审美结构的一把钥匙。在昆曲表演艺术传承中，我们不应仅仅停留在对昆曲表演一招一式的模仿与复查，而是应集中于对昆曲文化内涵和表演体系构建的整体关注和全面领会。自二〇〇二年受聘于中国艺术研究院以来，一直努力将自己长期的舞台实践融入到我的学术研究和教育教学中，并在遵循传统与现代教学理念相结合的同时，借助于现代科学技术，通过让学生们观看舞台影像、精读历史文献、剧本，加上小组讨论，讲述舞台表演创作与研究。在传承前辈表演艺术时，尽可能做到全部继承，但并不是生搬硬套、一点不改动地直接传授给后辈，而是在经过深思熟虑，领悟其中的艺术创意，再进行分析处理、细致研磨后，化用到自身的表演中，再将艺术精髓传给后辈。这其中，已融入了我对艺术的思考，对表演的梳理和研究，以及在表演艺术上的再创作。这些努力不仅实践了将实用性与理论性有机地结合起来，更是做到了把艺术传承与人才培养紧密地融合起来。

千淘万漉虽辛苦，吹尽狂沙始到金。相信，由承与传之思考和实践中总结归纳成的"承、传、演、研、用"五位元一体的创新模式定将在昆曲艺术传承中起到应有的作用，并产生深远的影响。

昆曲《牡丹亭》：从青春版到校园版
——兼忆张继青老师

· 何华

新加坡《联合早报》专栏作家

一、缘起

我很幸运，一九八七年春在复旦就读大四、行将毕业的时候，遇到了白先勇老师。当年，白老师来复旦讲学，并指导了我的论文，同时启发了我对文学、戏曲的审美意识，这种影响一直持续着。

二〇〇三年，白先勇开始筹划青春版《牡丹亭》时，我就一直关注着。之后，我在苏州（二〇〇四年）、杭州（二〇〇四年）、北京（二〇〇七年）、新加坡（二〇〇九年），看过四轮十二场青春版《牡丹亭》，而且也在南开大学看过一场校园版《牡丹亭》。自始至终目睹和见证了从"青春版"到"校园版"的传承。下文重点谈二〇〇四年苏大存菊堂的演出和二〇一八年南开大学"校园版"的演出。

青春版《牡丹亭》有一个最重要的特点就是走进大学校园，在大学生中播下昆曲的种子、进行美学教育、复兴中国传统文化。固然，青春版《牡丹亭》也有商演，但和进校园相比，商演的意义就没那么大了。昆曲进校园，是白先勇和他的团队最初定下的文化策略，是他文艺复兴计划的一部分，可谓用心良苦。进大学演出，基本上就是非营利表演，这背后又关乎到企业赞助文化的现象，这是另一个研究课题，在此不赘。

二、大陆首演在苏大存菊堂

经过一整年魔鬼式训练，二〇〇四年四月底，青春版《牡丹亭》在台北首演，接着在香港演出，两地演出都引起巨大轰动，好评如潮。二〇〇四年六月九至十一日，中国大陆的首演，白先勇非常有远见地选择了苏州大学的存菊堂，这是青春版《牡丹亭》第一次走进大学校园。从此，青春版《牡丹亭》几乎演遍了中国大陆及港台地区所有重要的大学。记得，二〇〇四年六月我从新加坡飞回来看戏，六月的苏州很热，存菊堂没有冷气，二千多张椅子座无虚席，走道里还挤满了人。苏大的学生以及北京、上海、杭州、南京等地赶来的观众，第一次领略了上中下三天全本大戏《牡丹亭》。虽说是"青春版"，但并非追求新潮、追求时髦，整台戏给人的感觉完全是最正宗、最正统、最正派的昆曲演出。白老师一再强调："尊重传统，但不因循传统；利用现代，但不滥用现代"。白先勇心里有谱，像《牡丹亭》这样经典中的经典，是不能随便改动的。青春版《牡丹亭》是在尊重传统的基础上，利用新的科技元素，完善舞台的美感。科技元素的利用，必须谨慎再谨慎，庸俗的声光电雾，碰都碰不得，这些花里胡哨的东西会严重破坏昆曲的抒情诗化美学。"青春版"的改良只是舞台设计更合理，背投幕布上加入了董阳孜的书法、抽象水墨画。"离魂"一折杜丽娘身披数丈长的大红披风缓缓走向舞台深处，手举梅枝，回眸一笑，效果好极了！"青春版"谨守昆曲舞台极简主义规矩，道具能少则少，绝不胡添乱加。昆曲作为一种近乎完美的艺术形式，它的"核心内容"譬如唱腔、唱词、舞蹈、表演程序，经过五六百年的千锤百炼，无疑达到美的极致，怎么可以轻易变动！所以白先勇给剧本定的原则是"只删不改"。唱腔、唱词更是丝毫不动。《牡丹亭》的文字多美呀，现代人接受白话文教育，哪能填得出比汤显祖更典雅的曲词，你一改动唱词就是一个"佛头粪"。

这次在苏州，我的一个意外收获就是结识了张继青老师，关于张老师，下文再说。

苏大存菊堂演出之前，我陪白先勇和古兆申去灵岩山礼佛。灵岩山位于苏州吴县木渎镇，是佛门圣地，民国高僧印光大师晚年驻锡于此。中国改革开放后，商业行为也渗透到佛教寺庙，但灵岩山寺的方丈明学老和尚智慧深厚，他坚决拒修盘山公路，所以这座佛教名山至今甚为清净，不像其他道场那么俗气喧闹。好在山不太高，走走歇歇，一个多小时就到了山顶的寺庙。我们请香祈祷，白先勇更是跪在拜垫上行叩头大礼，祈祷演出成功。这是白老师为青春版《牡丹亭》点燃的"第一炉香"，至今（二〇二二年）已经经历了"十八春"。今年初，古兆申先生走了，提到古先生，白老师一直感恩的。实际上，最早把苏昆及俞玖林推荐给白先勇的就是古兆申，白先勇提到"青春版"，总是用开玩笑的口气说古兆申是"始作俑者"。白先勇广西人，古兆申广东人，与昆曲大本营江苏昆山八竿子打不到一起，他俩互相打趣："昆曲本不该两广人来推动的，我们是越俎代庖呀！"此话倒也令人深思。

事隔多年，白老师说："台北的商业首演固然非常关键，但大陆首演在苏大存菊堂的意义更加重大。复兴昆曲，当然要在中国大陆，要在大学校园。"存菊堂，是青春版《牡丹亭》的发迹地，拍纪录片《牡丹还魂——白先勇与昆曲复兴》时，白老师重回存菊堂，感慨万千。

存菊堂首演的成功，有三个人需要特别提出来感谢。

白老师说，第一个要感谢的是时任苏州市委常委、宣传部部长的周向群。《牡丹亭》排练时期，安排财政预算的时间已经过去，而且，苏州昆剧院与台湾合作的另外一个剧目《长生殿》剧组已经开排，很难挤出资金来排《牡丹亭》。苏昆跟周向群汇报后，周向群非常支持，她去昆山为"青春版"募来四十万元。周部长对《牡丹亭》在物质和精神上双重支持，她懂得这台戏的深远意义。每次新闻发布会（包括下面提到的上海新闻发布会），周部长都到场支持，把这台戏当作苏州政府的文化大业对待。她说："白先勇先生为昆曲感动，我为白先勇的精神感动。"

其次要感谢萧关鸿先生，在他的帮助下，演出前白先勇得以在上海"文新报业大厦"四十楼大厅召开记者发布会，四十多家媒体出席。上海到底是个新闻集散地，消息很快传播到全国各地。这个发布会很重要，为苏大存菊堂首演一炮而红在舆论上立下功劳。白老师说，他是通过大导演谢晋认识萧关鸿的，萧关鸿是《文汇》月刊副主编，当年这本杂志在文化圈享有极高的口碑，白老师一九八七年第一次重访上海，写了一篇《惊变——记上海昆剧团长生殿的演出》，就发在《文汇》月刊上。萧关鸿也帮白先勇在文汇出版社出了三本散文集。《牡丹亭》初期，在媒体宣传上，萧先生功不可没。

这里需要说明一下，白先勇为什么把新闻发布会设在上海？二〇〇四年六月下旬

"世界非物质文化遗产"大会在苏州开幕，苏昆的另一台戏《长生殿》被定为重头开锣戏，青春版《牡丹亭》却押在最后第十天才上场。白老师心知肚明，这样一来，到了第十天，媒体和外地观众早跑光了，"牡丹亭"大陆首演岂不有吃"闷头棒"的危险！于是，白老师急中生智，提前在苏大首演，抢在"世遗"大会前一周。同时，避开苏州，把发布会轰轰烈烈开到上海去。

最后要感谢苏州大学朱栋霖教授，据白老师说，多亏他和苏大校方沟通商量，解决了很多棘手问题，演出才得以进行。朱栋霖一开始建议在苏大一个四百人的小礼堂演出，白老师说首演一定要大场面，要有规模效应，四百人太少。朱栋霖才建议去两千六百个座位的存菊堂，但他担心三天的戏七千多座位，哪里去找观众？白老师于是发挥个人影响力，把发布会开到上海，掀起宣传攻势；同时，朱栋霖教授印了三百张演出海报，请学生寄到全国几十所大学的中文系，请他们把海报贴在校园，海报上有电话，注明只要打来电话就留票。朱栋霖说："那几天我们的电话打爆了，一票难求。"结果，首演当天江苏、浙江、上海、北京、湖北、四川的观众都来取票。此外，苏昆的演出费一场五千元，三天一万五，朱栋霖和校领导商量，校方决定五个院系一个出三千，费用也解决了。

存菊堂的舞台条件并不适合演昆曲，很难完美呈现《牡丹亭》这台大戏的舞美灯光效果，为了弥补不足，朱栋霖出面和校办商讨改善方案，临时搭建简易的棚子作为服装间、化妆间等用途；灯光也不够，临时拉线，解决电力、灯光问题。诸多琐碎细节，都靠朱栋霖教授去协调，正是有了朱先生的前期工作，才保证了演出的成功。除此之外，朱教授还在苏大开讲座，宣传青春版《牡丹亭》，普及昆曲知识，为学生能够欣赏昆曲打下了基础。

朱栋霖老师后来告诉我，早在二〇〇三年九月，他就请白先勇来苏大演讲，顺便也为青春版《牡丹亭》做了宣传。二〇〇四年三月《牡丹亭》在苏昆简陋的排练场彩排，一个月后就要去台北首演了。朱教授带了几十个研究生来看彩排，白老师也想借此试探一下大学生的反应，结果学生们都被昆曲的美迷住了，十分沉醉。这些第一批的大学生观众，他们积极的反应，一定给了白先勇"昆曲进校园"设想的信心和动力。

三天的演出，存菊堂人山人海，喝彩声不绝。虽然存菊堂的舞台条件不尽如意，但经过台北、香港演出的锻炼，这群"小兰花"演员见过了大世面，更加自信了。沈丰英的《惊梦》《寻梦》《离魂》，完全继承了张继青的表演风格，"张韵"十足。沈丰英一向沉稳，举手投足，尽合规范，是不可多得的闺门旦人才。俞玖林的《拾画·叫画》简直就是"男游园"，潇洒自如。打北昆白云生起，舞台上表演《拾画》就不唱"锦缠道"了，甚是遗珠之憾。所幸，"青春版"恢复了这一曲牌。俞玖林那把嗓子天生是吃巾生饭的，尤其高音挑起来的时候惊心动魄，有股子摄人的美感。虽尖高但不刺耳，仿佛声音裹了一层绸缎。昆曲小生高低音起伏很大，甚至直起直落，美就美在"陡峭"二字。他唱的"锦缠道"高亢低回，上下翻转，妙不可言，尤其"敢断肠人远，伤心事多"一句令人黯然销魂。

演完后还有几百名学生观众涌到前台拍照，场面热烈。甚至还有学生在礼堂外不肯散去，等候白老师及演员，令人感动。一出戏唤醒了学子们对中华传统文化的认同感和骄傲感。中央电视台、上海东方卫视、浙江卫视、昆山电视台等媒体都去采访，争相报道，青春版《牡丹亭》大陆首演，旗开得胜，为后来一系列的巡演奠定了基础。

据朱栋霖说，今年（二〇二二年）存菊堂刚翻新，确定十一月演出青春版《牡丹亭》，十八年后，"青春版"将再度走进苏大，走进存菊堂，令人欣慰。

三、校园传承版《牡丹亭》到南开为叶先生祝寿

到了二〇一七年七月，青春版《牡丹亭》一路演到近四百场时，开始帮助排练校园版。以北京大学为首的北京十六所高校（北大、清华、北师大、中央音乐学院、中央戏剧学院、中央民族大学、中国科学院大学、中国政法大学、中国戏曲学院、北京化工大学、中国石油大学、外交学院、首都师范大学、北京理工大学、北京科技大学、北京第二外国语学院）和一所中学（北师大附属实验中学），联合组成一个校园传承版《牡丹亭》演出班底，苏州昆剧院专业老师严格指导，"青春版"演员俞玖林（巾生）、吕佳（六旦）、唐荣（花脸）、屈斌斌（老生）、陈玲玲（老旦）一对一，手把手教授学生演员。学生们三次下苏昆集训，最后经青春版《牡丹亭》总导演汪世瑜点拨、修正、提升。

二〇一八年七月十三日，农历六月初一，叶嘉莹先生九十四周岁生日。这一天，白先勇老师带了校园传承版《牡丹亭》到天津南开大学为叶先生祝寿。

当晚的演出，叶先生看得不亦乐乎，之后她发表感言："本以为演几出折子戏，没想到学生们演得这么全面，真是太难得了，按大学生的要求来衡量，演出水平之高，可以说是空前的。"叶先生用"空前的"一词赞美校园传承版《牡丹亭》，可见先生多么欣赏和推崇。二〇〇三年春，白先勇开始邀请汪世瑜、张继青等昆曲大师训练年轻演员，制作青春版《牡丹亭》，为复兴昆曲、复兴中华文化立下汗马功劳，这是有目共睹的。当年白先勇就发了一个悲愿：希望昆曲进校园，让大学生看到中国戏曲最优美最有情的表演种类——昆曲。于是，青春版《牡丹亭》二〇〇四年从苏大存菊堂起步，二〇〇五年又开始昆曲"北伐"，到北京大学演出并启动了校园巡演计划，之后在海内外约四十间大学上演，所到之处，受到大学生们的热烈追捧。二〇〇九年，"昆曲进校园"计划进一步深入，除了校园巡演，在白先勇的推动下，北京大学设立了"经典昆曲欣赏"课程。二〇一三年，更是建立了"北京大学昆曲传承与研究中心"，专门推动昆曲的校园教育。校园版《牡丹亭》经过大半年的集训、排练，终于成熟，开始巡演，他们先后在北京上海演出，天津南开大学是他们演出的第三站（之后，校园版《牡丹亭》二〇一八年十二月赴香港中文大学演出，二〇一九年六月赴台湾高雄演出）。说实话，来天津之前，白老师在电话里大赞这批大学生的演出，那口气好像有点"吹过头了"。我其实没抱什么希望，心想去给白老师捧捧场，凑个热闹吧。看完演出，才知道，演出水平之高出乎预料，白老师的赞美一点没夸张，叶先生评价"空前的"三字，恰如其分。

"校园版"里的演员如下：《游园》：杨越溪（北大）、汪晓宇（北京第二外国语学院）、李泽阳（北师大附属实验中学）；《惊梦》：席中海（北大）、陈越扬（北师大）；《离魂》：张云起（北大）；《幽媾》：饶骞（中国戏曲学院）、汪静之（北大）；《冥判》：胡艳彬（中国戏曲学院）。他们个个表现非凡。《游园惊梦》是经典里的经典，最考演员功夫，"校园版"男女主角柳梦梅和杜丽娘及春香的扮演者中规中矩，唱作俱佳。《离魂》一折里的《集贤宾》，不容易唱，这位"病丽娘"的扮演者张云起，一字一泪，声情并茂，把这首"离魂曲"唱得令人心碎，大概她张继青的唱片没少听，学得惟妙惟肖。《幽媾》一折的两位演员，举手投足一招一式，非常到位。白老师极欣赏这对演员的默契配合，直叹："了不起，了不起！"全场最令我惊讶的是《冥判》一折，舞台的立体美、大红大白服装色彩的对比、演员的唱念做打，达到了接近专业演员的水平，饰演判官的胡艳彬，台下个头不高，但扮起来颇有花脸的架势，台上简直换了一个人似的。

这台戏的意义，不仅仅表现在演出水平上，更主要的是体现在大学昆曲教育的收获上，"青春版"之后又有一个"校园传承版"，足以说明北大昆曲教学实践，有了一个完美的、总结性的成果展示。白先勇带着这台戏来南开大学为叶嘉莹祝寿，意义也就非比寻常了。叶先生和白先生，他俩都是中华文化的传播者和持灯人，一个讲授中国古诗词，一个宣扬昆曲和《红楼梦》，他俩要把中国文化最美好的瑰宝奉献给天下所有人，尤其是年轻人。一个民族要有文化自信，一个拥有唐诗宋词、《牡丹亭》《红楼梦》的民族，能不为此自豪吗？

四、以《牡丹亭·寻梦》为例：钱宝卿、姚传芗、张继青、沈丰英四代传承

张继青是梅花奖得主，现在的梅花奖和院士评选一样，说得不好听就是"门槛低了"，要知道张继青早在一九八三年，获得第一届梅花奖，而且得票最多，是首届梅花奖的榜首。

张继青的三梦，得三位前辈真传：《惊梦》来自尤彩云，《寻梦》来自姚传芗，《痴梦》来自沈传芷。

这里重点谈一下《寻梦》。《牡丹亭·寻梦》和《疗妒羹·题曲》到了民国初年，只有全福班的钱宝卿老先生会演，是钱老先生的独门绝活。谁要学这两折戏，得交上两百大洋学费。一般年轻艺人哪里付得起这笔天价，也多亏了张宗祥先生（著名学者，曾任西泠印社社长）资助，他垫上这笔钱，让"传字辈"的姚传芗，去向已经七十五岁病废在床的钱宝卿抢学下《寻梦》和《题曲》。钱老先生好鸦片，他在病榻上一边抽烟提神，一边口授，几乎不能下床示范了，好在，姚传芗有悟性，仅凭老先生的言传，就能做出身段动作，再经老先生修正、补充、认可。这样反反复复，终于把两折戏抢了下来。多年之后，姚传芗把《寻梦》传给了张继青。张继青在《师忆点滴》一文里写道："一九七九年那年正值盛夏酷暑，我单身一人悄然来到了杭州黄龙洞浙江省艺校的所在地，向姚传芗老师学习《牡丹亭·寻梦》。……在学寻梦的过程中，老师多次向我指出：寻梦这出戏不应走花哨和讨好观众的路子，

而要从人物出发，从整折十四支曲子中，从上场'懒画眉'开始到结尾'江儿水'止，找出杜丽娘曲折多变的内心活动，而且要找到身段动作造型与情感结合，既要层次分明，又要循序渐进，步步扣牢，不断推向高潮，才能使杜丽娘这个多情少女在牡丹亭畔闪出艳丽的光彩来。"

现在年轻人演《寻梦》，大都删去《品令》《三月海棠》《二犯六么令》《川拨棹》诸曲，演出时间约二十五分钟，故称"小《寻梦》"。张继青演的是四十分钟的全本，是"大《寻梦》"。大寻梦最考闺门旦的基本功，一个人的独角戏，载歌载舞，曲牌一支接一支唱，完全是中国式的浪漫、中国式的性感、中国式的缠绵和中国式的哀怨。若功力不够，一个人撑不住四十分钟，观众也坐不住。常言：男怕《夜奔》，女怕《思凡》。依我看，女更怕《寻梦》吧！张继青的表演气质，令我联想到德国女高音施瓦茨科普夫，有日薄崦嵫之美。

当年制作青春版《牡丹亭》计划一敲定，白先勇立马想到张继青，力邀她"出山"指导沈丰英。张继青也深感昆曲传承的紧迫，毫无保留，将压箱底的秘宝倾囊相授。几度春秋，不断修炼，沈丰英在"青春版"里饰演的杜丽娘做功细腻，凄楚迷离，眉眼生情，妩媚典雅之极，深得张派三昧，尤其是《寻梦》，行家看了沈丰英的表演后直说："完全是张派风范！"

张老师的《烂柯山·痴梦》，不像《惊梦》《寻梦》那么流传广泛，这出《痴梦》不同于《惊梦》《寻梦》的优雅，是另一种风格，舞台上张老师判若两人，又凶悍又痴狂，也令人同情，她演活了崔氏，好演员真是无所不能。如果没有《痴梦》，也就不会有后来延伸的整台戏《朱买臣休妻》，因为这个"马前泼水"的故事，深入民间，雅俗共赏，颇有教育意义，所以在工厂、农村、学校，《朱买臣休妻》广受欢迎。

说到张继青，离不开"三梦"，除此，我个人也非常喜欢她的《离魂》，若用"三梦一魂"来概括张老师的艺术成就，或许更恰当。《离魂》里的《集贤宾》一曲，那种揪心的悲戚，张继青唱得回肠荡气，我觉得这支曲子和王文娟的越剧《黛玉焚稿》是中国戏曲中最感人的两首"离魂曲"。张老师唱到最后一句"在眉峰，心坎里别是一般疼痛"几乎用哭腔了，大恸。

上面提到，张继青得益于尤彩云、姚传芗、沈传芷三位名家，其实还有一位曲师俞锡侯先生，对张继青帮助也很大。张继青回忆说："我原本嗓音细窄，高音虽能上去，但无力度，低中音部又不够宽厚，俞老师为了对症下药，亲自找了一些有针对性的曲子要我学，拓宽音域，增加厚度。"俞锡侯先生压得一手好笛，为了强化训练张继青，一天三次拍曲练唱，他亲自压笛。每支曲子要张继青唱二十遍，他将二十根火柴棍放在桌子上，每唱一遍，移动一根火柴棍，直至全部移完才能下课，非常严格。张继青若唱得不错，他就用一块咸奶油糖奖励。张继青记得："俞老师竹笛筒内倒下来的气息之水，总是汪了一大片。"为了培养年轻人，俞锡侯先生可谓呕心沥血，令人感佩。俞锡侯年轻时从俞粟庐习昆曲，工旦角。俞粟庐对生、旦两行皆精通，其子俞振飞继承了他的小生唱法。据姚继焜老师说，俞粟庐的闺门旦唱口，追溯源头，来自清朝乾嘉时期的闺门旦演员金德辉。

我和姚老师张老师有缘，在上海、北京、苏州、新加坡多次相聚。二〇〇四年秋，请他们夫妇来新加坡居士林清唱昆曲，张老师唱了"三梦"里的多支曲牌，一晃十七八年了。新加坡早年的移民多来自闽粤，此地观众主要听福建梨园戏、粤剧、潮剧，昆曲相对比较陌生，也极少有昆曲的演出。况且，南洋这片蕉风椰雨的热土，与杏花烟雨莺飞草长的江南，在地理及人文气质上相差甚远。不过，那天张老师的昆曲表演给狮城听众带来了美的享受，很多人至今还念念不忘这场演出。

曾陪姚老师张老师夫妇去新加坡植物园赏胡姬花。南洋游园，天不作美，比不得江南庭园春光宜人，那天上午一阵大雨，雨后更加湿闷，走着走着，张老师开始汗流不止，我连忙去礼品店买了把南洋风味的峇迪折扇给她打消暑意，谁知张老师手提包里备了一把纸折扇，她掏出来，说："好，我们交换，你买的给我，我这把就送你。"接过扇子，立马想到《寻梦》，张老师的扇子可不是寻常物，《忒忒令》一曲，杜丽娘"那一答这一答"，用白老师的话来说，就是"张老师一把扇子就搠活了满台的花花草草"。

二〇一九年夏，我随白先勇老师去南京看俞玖林主演的昆曲《白罗衫》，白老师请客，那天张继青身体不适，没能来赴宴。我从新加坡给她带了几盒糕点，托苏昆李洪义先生送去她家。时间匆忙，没能去拜访，第二天就返新了。后来疫情发生，再也没机会见上张老师。

姚继焜老师极厚道，戏也唱得好，他和张老师合演的《朱买臣休妻》，无人能及。老夫妻俩恩恩爱爱，姚老师对张老师更是礼让怜惜，尊敬她的艺术。姚老师亲口对我说，很多年前，他们出访巴黎，姚老师背了个电锅，一大早起床在宾馆里给张老师熬粥，因为张老师习惯了中式早餐，还吃不惯牛奶面包等西式早餐。张老师性子急，姚老师性子稳，他总是对张老师说："不要急，不要急。"

张老师走了，张派艺术永存！青春版《牡丹亭》永葆青春！

定稿于二〇二二年十月三日

· 王悦阳
《新民周刊》记者

白先勇"昆曲新美学"之意义

刚刚听了傅谨教授的发言，很有一些感触。因为我是一个媒体人，媒体对于青春版《牡丹亭》将近二十年来的宣传，我参与了其中一大部分。媒体作为一个传播作用，同时也是一个传声的工具，宣传的工具，我们需要写的是一个演出它的重要看点，如何吸引大众或者年轻观众走进剧场，那么势必我们会舍本逐末，很多的媒体同仁一定会去写它的服装很漂亮，舞美很精彩，很创新，通过这样一种看点的写法，才能够吸引观众去走进剧场，而不一定是说这个戏的美学价值有多高，这是我们今天开会讨论的话题。同样我们今天会议那么一个宏大的学术主题，到了媒体报道当中又能够展现多少的篇幅呢？很难，我们可以谈得很深很透很现实，但是媒体的报道就是说青春版《牡丹亭》与白先勇这个学术研讨会召开了，谈的只能是这个，这是媒体人在当代的价值来说，对于昆曲的宣传，是一种鼓吹的，是一种宣传的价值，而并非其他的作用，在这点上是比较难解决的一个问题，这是我作为媒体人回应刚刚傅谨教授的发言。

我谈的这个题目，是我坚持认为白先勇的昆曲观是情与美的青春表达。首先，在今天探讨青春版《牡丹亭》要放在一个接近二十年前的环境下面，我是从小看戏的人，我非常清楚，二十年前的戏曲环境，剧场里面绝对是白头发多于黑头发的，虽然昆曲在二〇〇一年就已经拿到了世界"非遗"的榜首，但是观者了了，演出者哪怕是像蔡正仁这样的国宝级艺术家，当时的观众几乎是只有五十到一百人，我们上海昆剧团每个周末的演出，能够维持五十个人就很不错了。在这样的情况下，"青春版"的应运而生，确实让整个古老的昆曲艺术焕发新的青春和活力，因此它的价值我觉得首先符合了昆曲发展的历史规律，因为在完善的演唱体系之外，高浓度文化的参与与介入，使得昆曲能够流传这么多年，能够成为百戏之祖，白先勇参与昆曲作品表达他的新美学观点，也恰恰符合这一点。同时我觉得他是以昆曲作为一种载体，他希望的是中华文化在新时代的复兴，因此并非简单的救亡图存，或者是抢救遗产，而是文化责任、文化自信、文化自觉的体现，它的意义和价值不能仅仅局限于戏曲的领域去体现它，这是我作为媒体人的看法。昆曲只是一个载体，就像他也愿意去传播《红楼梦》，他也愿意去做很多新的舞台尝试，包括他自己的《台北人》等等这些当代小说和舞台的结合。所以说昆曲是作为古老中华文化在当今文化复兴和文化自觉的一个载体，它的一种表现形式，我们不能将之局限于仅仅是在一个昆曲的范围内去讨论。

在他的艺术观点来说，第一个字最重要的就是"美"字，就像白先勇自己说的昆曲的美，辞藻美、舞蹈美、音乐美、人情美，是中国美学理想的集中体现，中国传统文化的一种精致，都体现在这方面上，这一点是能够吸引观众的。第二点是一个"情"字，就像白先勇在香港的讲座说的，他的题目叫"昆曲里的男欢女爱"，我作为一个媒体人也好，作为一个观众也好，作为一个学生也好，这题目它本身就非常吸引我，如果你说"昆曲里的生旦戏"，肯定是"昆曲里的男欢女爱"这个题目更吸引人。同时它表达的是一种情感，用最美的形式表达中国人的深情、至情和痴情，做到了以情动人。第三个他的艺术观表达是一种青春的表达，很多人也模仿着去做"青春版"，用更年轻的人去做，但确实用青春的演员和表演吸引年轻的观众，喜爱和参与其中，扩大了昆曲艺术的影响和传播，从校园演出到"校园版"，我就是一个从昆曲的观众到成为昆曲义工的参与者，所以我觉得青春还是很重要的一点，情与美的青春表达是古老戏曲，你看《红楼梦》也好，我们自己很多戏曲的经典也好，包括像《天仙配》也好，首先得美，然后是青春，一定是能够吸引到观众。

同时这个情感表达是符合现代的审美和价值的，我觉得在表达方式和手法上，就以我参与的潘金莲为例简单说一下。白老师邀请我参加了苏昆潘金莲的剧本整理改编，在这个整理改编当中，基础是上昆梁谷音老师的潘金莲剧本，她根据《义侠记》再加上自己的整理改编，形成了这样一个大戏，然后她把这个戏原汁原味地传承给了自己的学生吕佳，吕佳也演了传承了这个《义侠记》。但在白老师重新制作这个新版的时候，他就觉得有很多的不满足，在开头的巾丑里面，白老师就跟我进行了一些讨论。我的设想是潘金莲遇到了这样一个非常丑陋的武大郎之后，是害怕的，武大郎很善良，就跟她说了如果你不愿意接受我的话，你就走吧，但是白老师后来来了一个邮件跟我说，如果武大郎这里就已经让潘金莲走的话，后面就不可能有捉奸的事情发生，所以我们戏的设计到巾丑，武大郎把这个帘子掀开以后，潘金莲看见自己的老公是这么一个矮小丑陋的人，吓得昏过去，就结束。再到《投毒》这一场，梁谷音老师的整个表演是一场干的一种形式，完全是个人的唱作念一大套的唱一支曲子完整的表演，非常精彩。白老师觉得我们应该在这方面进行得更丰富，对吕佳进行量身定做，所以我把这个曲子拆成了三段，加上了旁白，加上了王婆对她的影响，加上了西门庆的感情对她的影响，让潘金莲的投毒变得更加合情合理。还有最后的武松杀嫂，传统的演艺当中邻居的出现，他们非常冷漠，白老师就说总觉得这些邻居非常冷漠，怎么在边上什么反应也没有，所以我们就丰富了邻居作为旁观者和见证者，对于杀嫂的参与。那么这些点的改动，在传统的基础上尊重了昆曲艺术的本体，又以当代审美的表达方式进行呈现。我们在北大的首演、在台湾的演出、在上海的演出都获得了好评，整个戏在梁谷音传统版本上丰富完整，同时关键合情合理地进行了一个小改大变样。新版的《义侠记》无论在制作方面还是表演方面，它较之青春版《牡丹亭》毫无逊色，同时它体现了纯粹唯美和浓烈的古典主义精神，也就是移步不换形的原则；同时也利用现代不滥用现代，遵循古典但不因循古典。

最后我非常赞同傅谨教授的观点，青春版《牡丹亭》是无法复制的。尽管我们有数以万计的新的戏曲创作，但是它的文化影响力我觉得远远不够得到重视，应该来说整个戏曲演出体系，以基金、评奖达到极限，包括我们看刚刚结束的中国文化艺术节，很多舞剧反而拿奖了，为什么呢？现在很多的舞台创作，尤其是戏曲创作，我作为一个观众，或者作为一个媒体，我客观感受到不说人话，不尊重传统的表达。这个戏的剧本拿出来，说它是京剧也可以，说它是沪剧也可以，说它是越剧也可以，已经缺乏、不尊重剧种本身的艺术特色。同时人物的表达，你的观众要走进剧场，首先得合情合理，得好看，得让观众买账，他才会买票来看。为什么我们的舞剧这两年发展得这么好，比如《只此青绿》《永不消逝的电波》之类，因为它表达的一种是情感的，是美的东西，它有现代人共鸣的东西，而相反关照今天的戏曲创作，我们很多的戏曲创作不说人话，这一点是很可悲的现象。

我非常希望白先勇昆曲新美学的概念，不光是学术界，高校里面能够引起广泛的传播，应该更多的是在戏曲剧团当中，让大家看到，让大家知道，并不是视若无睹的概念。他的经验和手法，就像他跟我说过，他已经把整个一套完整的方法展现出来，表达出来了，为什么大家不去学呢？因此呼吁现代的戏曲创作院团也好，团队也好，研究者也好，在更大的层面上能够把这种新美学的概念体现出来。

最后我想以白老师这句话总结，他说："我已经是八十四岁高龄了，其实早该退休，但对于民族的文化艺术有一种不舍，更希望在二十一世纪能迎来一次属于中华文化的文艺复兴，我以昆曲为切入点，如果能做成，相信不久的将来，文学艺术哲学都会迎来繁荣兴盛，我个人期待着这一天的到来。"

· 侯君梅

北京大学科学技术与医学史系行政助理

属于我们的《牡丹亭》
——校园传承版《牡丹亭》排演实践的探索

二〇一七到二〇一九年，由北京大学领头，北京十七所高校普通学生共同完成了一项不可能完成的任务——完整排演一台昆剧《牡丹亭》，并且全国巡演十五场，优质的演出感染了无数观众，这就是校园传承版《牡丹亭》项目。

本文系统性梳理、介绍项目各阶段情况和当时的思考，并通过巡演过程中的媒体报道、观众反馈，以及项目结束后对成员的问卷回访等，对项目取得的实际效果进行实事求是的分析总结。

一、厚积薄发的校园传承版《牡丹亭》

近二十年前，白先勇先生在苏州昆剧院开始制作著名的青春版《牡丹亭》，这部作品可以说是改变了昆曲的命运，从"台下人比台上多"到重新回到了大众视野，与白先勇的青春版《牡丹亭》排演成功不无关系。

在传播昆曲上，白先勇先生的眼光非常精准，结合昆曲自身文辞典雅、唱腔身段细腻、以小生闺门旦行当为主等特点，他将昆曲传播的主要受众定为大学生。也正因此，青春版《牡丹亭》巡演最多的地方是大学。在十五年的时间里，白先勇带着昆曲走进了无数校园，亲力亲为的演讲，利用自身的名人效应，吸引了大批青年学子走进剧场观看昆曲。十几年的努力，白先勇让昆曲这门古老典雅的艺术的欣赏人群年轻化，高知群体也迅速增加。

白先勇在昆剧传播上并不是仅宣传青春版《牡丹亭》一个戏，而是更注重昆曲本身。他的所作所为也十分扎实且富有远见。自二〇〇九年起到二〇一八年止，白先勇与北京大学知名教授叶朗一起，开启了"北京大学昆曲传承计划"，他利用自己的影响力找资助、请大师，送免费的昆曲演出进校园，让学生多维度感受昆曲之美。

白先勇先生让把中国人重新热爱自己本国的文化艺术瑰宝——昆曲，看作是一种文化认知上的觉醒。从这层意义上来看，白先勇的昆曲事业不仅仅在昆曲艺术本身，更具增强民族意识，增加民族自信之意义。白先勇在青年学子中进行的昆曲复兴，有着非常深远的意义。

1. 十年辛苦不寻常——北京大学经典昆曲欣赏课

北京大学昆曲传承计划的核心内容之一是开设一门"经典昆曲欣赏"通选课，课程设在春夏学期，每周两课时，延请全国最知名的专家、艺术家，轮流到北京大学讲座，从昆曲历史、声腔、文学等理论知识，到各个行当的表演艺术，在一个学期内系统讲解给学生，在讲座中穿插苏州昆剧院的艺术家带来的正规昆剧演出，每次开课还配以在正规剧场举行、选课生可免费观摩的昆曲演出。

二〇〇九到二〇一八年十年间，前来北大授课的艺术家有：张继青、侯少奎、蔡正仁、华文漪、岳美缇、汪世瑜、梁谷音、计镇华、刘异龙、张铭荣、王芝泉、姚继焜等等；知名专家学者有白先勇、叶朗、吴新雷、王安祈、华玮、郑培凯、辛意云、周秦、江巨荣、傅谨、陈均、赵天为、刘静等等。大师云集的课堂和持续不断的校内宣传，使这门"经典昆曲欣赏"课从二〇〇九年一开始的满学校撒传单，加上校外旁听者才能勉强坐满一百五十人小教室，到二〇一六年时已经成为了顶着北大四百人的选课人数上限开课，每次选课抢名额需要拚运气的北大明星课，每节课都有校内外慕名而来的旁听生全程站着听完课。每次轮到白先勇亲自上的那节昆曲课，人多到教室门口需要有人拦截、限流。昆曲已经在北大校园生根发芽，各类学生活动蓬勃发展，好的昆曲演出一票难求，白先勇对昆曲的传播可谓非常成功。

2. 从校园版《牡丹亭》到校园传承版《牡丹亭》[1]

对于如何让青年学子更进一步的了解昆曲，白先勇老师设计了一门昆曲唱腔身段体验课，取名为"昆曲工作坊"。由"北京大学昆曲传承计划"第一个五年计划的执行单位，北京大学文化产业研究院策划并实行。工作坊的活动主要为邀请如梁谷音、张洵澎等知名昆曲艺术家，为感兴趣的学生免费上两小时的戏曲身段、唱腔体验课。后来在此基础上衍生出"北京大学校园版《牡丹亭》昆曲工作坊项目"（以下简称"校园版《牡丹亭》"）。项目在二〇一〇年三月十八日启动，当天由白先勇、张继青、姚继焜、俞玖林、沈丰英组成的评委组进行了学员甄选，活动吸引了八十余名北大校内外学生参与。

在校园版《牡丹亭》项目进行的年代，广大高校在校生对昆曲的认知并不高，能够主动参与昆曲学习的学生更少，因此这次的校园版《牡丹亭》项目，白先勇求的是在广度上普及昆曲，也希望通过当时比较时兴的"选角"等方式引大众的兴趣和媒体的传播，让昆曲快速进入广大学子的视野。

当年三到六月，校园版《牡丹亭》在北京大学校内进行了每月两天的排练，以二十到三十人的大课为主，选中的学生和没选中的学生都可以免费参与学习。张继青、姚继焜两位大师领衔，苏昆演员们亲自教授，白先勇更是亲临教学现场鼓励学生。七月暑期，最终选定的校园版《牡丹亭》演员九人完成了为期十天左右的校内集训，最终排演了《游园》《惊梦》《忆女》《回生》四折，集训后进行了定妆照拍摄和内部演出。

二〇一一年四月七日，校园版《牡丹亭》正式在北京大学百年纪念讲堂多功能厅[2]演出。五月二十三日，作为由中华人民共和国文化部主办，文化部艺术司、上海市文化广播影视管理局联合承办的二〇一一全国昆曲优秀中青年演员展演周交流演出，在上海戏剧学院戏曲学校公演，取得了良好的效果。

校园版《牡丹亭》引起了媒体的广泛关注，《中国文化报》《中国教育报》《科学时报》《中国青年报》、中国新闻社、《北京晚报》《光明日报》《南方周末》《北京日报》等多家媒体竞相报道，予以高度肯定。

3. 校园传承版《牡丹亭》立项之前的思考

基于二〇一〇年校园版《牡丹亭》的成功尝试，在二〇一四年，在北京大学昆曲传承计划第二个五年计划启动之时，白先勇先生再次提出更加全面完整的排演属于大学生的昆曲《牡丹亭》构想。

再次启动"校园版"有一定的优势，因为经过第一个五年计划的努力，此时北大甚至北京的大学生昆曲群众基础已经打得很好了。但是也有新的疑虑：上一次校园版《牡丹亭》项目设计新颖，组织得当，取得了不错的成绩，赢得了媒体广泛关注，吸引来了大量参与的学生。如果是同样的项目再做一次，因为项目已不再新鲜，效果未必会好，那么对于该项目就要有新的思考、新的定位和预期成果。

白先勇提出的希望是由大学生完整的演出一整台昆剧《牡丹亭》。分析提案可以看出，之前的项目主要是求在广度上普及昆曲，让更多的人对昆曲有粗浅的体验，也就是说泛参与——广泛参与、泛泛参与，项目的重点也在广大学生的排演感受上；而这次的计划，所追求的是深度，即要让一部分学生深度参与，以完成一台完整的、具备一定欣赏水平的昆剧《牡丹亭》演出为目标。让核心学生成员深度领略昆曲之美，再由他们去影响广大受众。也就是说，这次的重点在演出甚至巡演上。

二〇一四年时，昆曲在北京大学生群体里已有一定的普及度和认知度，不少大学也已经有了昆曲社团，所以此时开设这一项目具备一定的可行性。

4. 不断修正的项目策划案——提出困难、实践摸索、解决困难

想真正由业余大学生排演一版具备一定演出水平，可供观众欣赏的昆曲《牡丹亭》实在困难重重。方案一经提出，罗列出来的一连串难题让人觉得这简直不可能完成：

短时间内，是否可以将业余学生培养到能演出的地步，甄选学生时可以接受业余到什么地步？零基础的学生可不可以？学习模式是像上次一样的大班教学、小班教学，还是只设一对一、一对二的教学？

一台相对完整的《牡丹亭》演出，至少需要二十名演员，如果化妆师全部外请则需要另请八到十名化妆师，人数过于庞大，只能支撑个别场次演出。如果想多演甚至巡演，大学生有没有可能自己学会化妆？

每次昆曲演出，至少需要八到十人的乐队伴奏，如果用昆剧院团的乐队，则学生演员往往只能有一到二次合乐彩排的机会，学生本就业余，合乐机会又少，演出质量只能更差，那么可不可能组建自己的学生昆曲乐队？

…………

…………

以上难题不解决，盲目将项目上马肯定会失败。在项目正式成立之前，必需赶紧想明白几个主要难点要如何解决，并摸清业余大学生的学习接受程度。

二〇一四到二〇一六年，北京大学昆曲传承与研究中心（以下简称"北大昆曲中心"）[3]陆续进行一些实验性教学，以求证以上问题。昆曲中心利用周末开设了几期免费参与的小班课，模式均为聘请一名专业教师，开放十个名额供大学在校生自由报名，每期班十节课，频率为每周一次，每节课两小时。课程对学生所在学校、年级以及是否有基础均不做要求，只要求必需上满十节课。开设过的小班课有昆剧表演班、昆笛演奏班以及昆剧妆容班等。

一系列小班课尝试的结果可以说结果是惊喜的，不少大学在校生的综合素质非常高，零基础学习表演和零基础学习化妆均可以有部分学生达到一定的水平，只有昆笛演奏班效果不理想。这些尝试的结果直接指导了后续项目计划的制定。

三年时间更积攒了一些出色的人才，其中昆曲妆容师，北方昆曲剧院的李学敏老师高超的技艺，优秀的教学水平，使她成为了校园传承版《牡丹亭》的化妆教师，校园传承版团队的演员在她的指导下掌握了自己化妆的技能，为巡演铺平了道路。

中国戏曲学院作曲系学生孙奕晨，在也在这一阶段被发现，她出色的乐队理论基础和指挥能力，使她后续她也成为了校园传承版《牡丹亭》乐队队长，带领这支全国首个业余大学生昆曲乐队，一路披荆斩棘，圆满完成所有演出场次。也可以说，正因为发现了孙奕晨这样的人才，业余乐队才敢于组建。

经过三年的经验积累，各项准备相对完善。二〇一七年七月，由北京大学牵头，联合全北京各大高校学生共同排演一部相对完整的属于大学生自己的昆剧《牡丹亭》计划，由北大昆曲中心负责，正式开始实施了。白先勇将其定名为校园传承版《牡丹亭》，既区别于之前的项目，又突出传承。

由于资金紧张，项目最初计划是在一年的时间里完成队员征集和排练工作，并进行至少三场正式演出。正在项目准备启动的时候，北京师范大学的邹红教授带来了雪中送炭的消息，北京市文化艺术基金新修改了规定，昆曲中心符合申报条件。昆曲中心立即组织了项目申报，最终成功通过层层选拔获得了资助款。有了北京市文化艺术基金的大力支持，校园传承版《牡丹亭》项目计划也调整为总时长一年半，全国巡演十场。

二、校园传承版《牡丹亭》的选人、排练与演出

校园传承版《牡丹亭》项目由白先勇担任总制作人、艺术总监，浙江昆剧院著名昆剧表演艺术家汪世瑜担任导演、艺术指导，北京大学艺术学院副教授、北京大学昆曲传承与研究中心副主任陈均担任策划、制作、编剧，北京大学昆曲传承与研究中心研究助理侯君梅担任统筹、执行。

历经两轮人才选拔、前后三次赴苏州集训，每周校内集训，寒假校内联排，内部选拔等环节，最终确定演员二十五人，演奏员十四人，共计三十九人，他们来自北京十七所大学，分别是：北京大学、北京师范大学、中国戏曲学院、中国科学院大学、第二外国语学院、中央民族大学、清华大学、北京科技大学、中央音乐学院、北京理工大学、北京化工大学、中央戏剧学院、中国政法大学、中国石油大学、首都师范大学、外交学院，以及中华女子学院。

所有人员均为非昆剧演员演奏员专业学生，他们来自中文、哲学、生物学、新闻学、心理学、戏曲导演、法学、舞蹈、幼儿师范、自动化、戏曲作曲、音乐史、戏曲文学、计算机、光电信息工程、工商管理学、能源与自动工程、俄语、英语翻译、戏剧理论、材料工程、艺术硕士、政府管理、基础医学、生物医学工程等二十五个专业。

1. 榨干所有业余时间的排练

二〇一七年七月六日，校园传承版《牡丹亭》第一次演员队成员预选暨夏令营营员选拔面试开启。有别于之前"校园版"选角的"轰轰烈烈"，这次选角非常低调。评审员是由北方昆曲剧院著名导演、演员丛兆桓先生担任的。丛兆桓先生认真负责、经验丰富，经过一下午的甄选，校园传承版《牡丹亭》演员队首批九名学员诞生了。

校园版《牡丹亭》选角现场。左起：姚继焜、张继青、白先勇、沈丰英、俞玖林。（侯君梅／提供）

七月十七到三十一日，校园传承版《牡丹亭》第一次夏令营集训在苏州昆剧院（以下简称"苏昆"）内进行。这次的夏令营依旧有一定的教学实验性质，安排十天学习和一天彩排验收，以检查学生的接受程度。九名成员中有一名曾学过其他剧种，五名参加过业余戏曲社团，三名戏曲零基础成员，年级也是从本科生到博士生均有。集训中学生分别学习了《闺塾》《游园》《惊梦》《寻梦》《离魂》片段，最后彩排验收的结果差强人意。据此，北大昆曲中心与苏昆就项目教学方案进行再商讨，认为排演计划基本可行，但需要增加学习时间。根据这个情况，项目将原计划学期中每周半天排练计划调整成每周至少一天，并制定后续完整计划。

　　九月八日，昆曲中心发布了第二轮人员选拔通知，同时选拔演员队和乐队成员，在活动要求中明确提出需要能在二〇一七年九月二十日到二〇一八年九月三十一日间课余时间无条件积极参与一周一到两天教学、排练；能保证参加一般设在假期的外地集训、演出。在报名资格中，明确提出需要是非专业戏曲表演人员、非专业演奏员，同时参选演奏员者需要有所报乐器两年以上学习基础。当月十四日，校园传承版《牡丹亭》第二轮选拔由苏昆书记、演员吕福海，优秀演员吕佳担任演员选拔评委，苏昆乐队队长、笛师邹建良，二胡演奏师姚慎行担任演奏员评委。两次选拔后，校园传承版《牡丹亭》的人员基本选拔完备。九月三十日到十月八日，赶在国庆、中秋两节连休的时候，校园传承版《牡丹亭》全体成员赴苏昆进行了第二次集训。

　　校园传承版《牡丹亭》的团队集训的氛围是友善竞争、和谐愉快的。由于每出戏安排两组学生学，在学习过程中，两组学生既互相竞争，又互相帮助。到了休息的时候，全队成员打成一片。每天晚上吃饭的时候，大家会一起玩些集体游戏，或者聊一些昆曲知识。如乐队队长孙奕晨曾普及了昆曲打击乐器的规则，并带大家一起兴致勃勃地用拍桌子拍手来尝试打昆曲武场的几种锣鼓经，其乐融融。

　　而回到北京，在北京大学校内的排练就多了些疲累与紧张。因为排练安排得太过密集，从十月十四日起至十二月二十四日，校园传承版《牡丹亭》项目在每个周末于北京大学排练，每周由苏昆派教师前来教学。同时为演员队开设了化妆课。在这期间，学生的所有业余时间全被满满的排练榨干。很多学生非常辛苦，白天训练，晚上经常要熬夜完成学业重任。但学生们完全不以此为苦，他们自觉、主动、积极、认真地排练，他们有极强的集体意识，谁也不想因为自己给演出拖后腿，他们期待这台演出以最优秀的状态面世，在他们心里，这就是"属于我们的《牡丹亭》"。

相对演员队的经常学习新内容，以及学生对舞台演出至少有些概念和感觉，乐队训练就枯燥得多，茫然得多。由于乐队的成员以前多接触的是民乐演奏，对于昆曲乐队如何配合台上演员没有概念，乐队学生达到熟练演奏之后缺乏实践很难进步。北大昆曲中心与苏昆教师充分讨论后，修改排练计划，在排练时让演员队学生分批到乐队练乐室合乐练习，一段时间之后，让乐队与演员队开始合练，找到合作的感觉。在磨合一段时间之后，北大昆曲中心又主动组织一些小型演出，让乐队学生逐渐有了昆曲乐队的概念和感觉，而演员队的学生因为可以经常合乐练习，并且可以有符合自己演出节奏的乐队配合也觉受益匪浅。学员们就在这段时间迅速成长起来。

2. 可遇不可求的合作伙伴——苏州昆剧院

校园传承版《牡丹亭》排演的底本是苏州昆剧院青春版《牡丹亭》中的经典折目。项目启动即得到了苏昆的鼎力支援。时任院长蔡少华、书记吕福海，以及青春版《牡丹亭》的柳梦梅饰演者，国家一级演员俞玖林给予项目高度关注，国家一级演员吕佳更是白先勇老师钦点的校园传承版《牡丹亭》教学负责人。

在教学方案上，北大昆曲中心与苏昆经过认真讨论，双方一致同意既然要传承一台完整的剧目，就要稳扎稳打，像正规院团演员传承新剧码一样按部就班的教学，不断打磨成型。为了保证教学质量，教学方式设为全部"一对一"或"一对二"，即每名老师最多同时教两名学生，以青春版《牡丹亭》原班人马为主力教师，另配多名青年演员作为助教配合教学。如此一来，苏昆院的演员几乎全部被调动起来参与了教学。

以小生教学为例，小生的主教老师是俞玖林本人，主教《牡丹亭》里小生的具体身段唱腔，而苏昆院年轻演员吴嘉俊、王鑫、唐晓成、丁聿铭四人则是助教老师，他们负责带学生练基本功，并在俞玖林老师课程结束后为学生们"看功"，以防止初学昆曲的学生，练习中唱腔、动作走了样子而不自知。由于这些青年演员与大学生们年龄相近，在教学过程中，不少"小师父"与"大学生"建立了深厚的友谊，在校园传承版《牡丹亭》项目结束之后，这份友谊依旧存在，他们经常互相交流对昆曲演出的心得体会，实现了真正的教学相长。

校园传承版《牡丹亭》组建了自己的乐队，而训练业余昆曲乐队对苏昆来说也是头一次。在苏昆，乐队的老师们让出了自己平时的练乐室给"校园传承版"乐队的学生用，不少乐师甚至悄悄给自己的学生"吃小灶"。在北大，由于找不到吸音的练乐室，排练环境往往相当恶劣，半天下来回音震得耳朵嗡嗡响，乐队老师们就在这样的环境下一天天为学生乐队排练、磨合，实在受不了了，就休息十分钟再继续。

苏昆院对这批大学生的用心，竟不像是培养一批业余爱好者，更像把他们与自己院团未来的年轻演员同等看待，并且这样一教就是八个月。遇到寒暑假、小长假，学生们从北京到苏昆集训，遇到周六日，苏昆的老师们轮流到北大去教学，周五晚上出发，周六整天，周日上午半天教学，下午再匆忙回苏州去。苏昆的演员平时演出本来就忙，难得可以休息，为了"校园传承版"的学生们，他们又放弃了大把大把的假期。

到了校园传承版《牡丹亭》巡演的时候，苏昆舞美队在完成本院演出任务的同时，想尽办法协助巡演。由于苏昆演出任务多，舞美队本身常年超负荷运转着，再挤出时间和精力协助校园传承版《牡丹亭》几乎人人都拼了命。但就这样，苏昆舞美队毫无怨言，默默承担。

据统计，苏昆全院职工百余人，至少六十人参与过校园传承版《牡丹亭》项目。没有他们的付出，就没有校园传承版《牡丹亭》，全院用实际行动证明了他们传承昆曲之心。正如吕佳所说："青春版《牡丹亭》不能到我们这里就结束了！"苏昆这个优秀的艺术团体，在传播推广昆曲上，以极强的责任心践行着他们的使命。

3. 厥功至伟的导演——汪世瑜

"校园传承版"的大学生们与苏昆的老师们通力协作，到二〇一八年一月时，大学生们已经分组排成了《牡丹亭》的部分折目：《标目》《训女》《闺塾》《游园》《惊梦》《言怀》《寻梦》《道觋》《离魂》《冥判》《忆女》《幽媾》《回生》共十三折，全部演下来需要三个小时有余，每折戏均有两组演员可以熟练演出。其中几个片段已经受邀参加过表演，观众反响热烈。

校园传承版《牡丹亭》在二〇一八年一月十七到二十三日也进入到了寒假校内第三次集训，也是剧目最关键的合成阶段。全员既欢欣鼓舞又忐忑不安——这次将由著名昆剧表演艺术家、青春版《牡丹亭》总导演汪世瑜亲自指导完成，他将确定每折剧目最终演出的人员，和对已学的折目进行精简。

　　汪老师亲审全部折目后，迅速选定AB组演员，并删掉了《训女》《闺塾》与《寻梦》三个完整折子，以及《惊梦》的《山坡羊》部分。这样的删减一时让很多学生难以接受，毕竟排演昆曲并不简单，每个完整排演的折子都浸透了师生的心血。尤其《闺塾》一折，排演难度非常大，师生历尽艰辛排演完成，并在北京大学附属中学取得了非常好的试演效果。舍弃《闺塾》，连主教的苏昆老师也非常心痛。但是大家也理解汪老师保主线剧情、控制演出总时长的思路，全员调整心态，力图精益求精。

　　汪世瑜是了不起的艺术家，短短的寒假集训里，他全心全意地为这群业余的大学生排演。精湛的演技和高超的教学水平，往往一针见血地让学生领悟到表演的精髓。一名饰演杜丽娘的学生说："我一直没能明白怎样将情感融入人物，直到汪老师排练，他示范的时候亲自示范柳梦梅来跟我演对手戏，一个眼神就让我瞬间触电了！"汪世瑜还非常擅长因材施教，一名饰演柳梦梅的同学说："毕竟不是专业的演员，我没有童子功，腿硬，在做一个弯腿身段的时候总是做得非常丑。汪老师看过之后就给我改成了直腿向前轻踢褶子，一下就漂亮多了。汪老师说：'你演的是巾生，踢褶子的动作一样符合人物身份。'"

　　经汪世瑜的教学，校园传承版《牡丹亭》有了质的飞跃，从之前的学演下来，到戏有了内涵、有了感觉、张弛有度，是一个值得观众欣赏的剧目了。在这次排练后，为了将汪老师的指导落实到位，一月二十七日到二月七日校园传承版《牡丹亭》又组织了部分主演赴苏昆进行第四次集训。

　　"校园传承版"项目的学生们领悟力也确实强，当四月五到七日，这版《牡丹亭》首演之前，汪世瑜导演再次来北京，在北京师范大学学生活动中心给学生们进行最后的响排、彩排时，学生的进步也令他特别欣喜。短短几天排练，汪老师耐心细致地为学生们抠戏，正像他对待青春版《牡丹亭》演员那样。到了最后，这些学生的完成程度也让汪老师很满意，他为此要求加了原青春版《牡丹亭》的全套舞美道具，让演出的整体水平再次提升一大截。

　　二〇一八年十二月，当校园传承版《牡丹亭》已完成十二场全国巡演，在香港演将要演出第十三场的时候，汪世瑜老师再次亲临了现场，他到后台来为学生们把场，当看到学生"柳梦梅"饶骞时会心地笑了，他说："像我年轻的时候！"

4. 欢笑泪水并存的巡演路——舞台教导每个人成长

校园传承版《牡丹亭》的首演虽然是在二〇一八年四月十日，而巡演路却是从二〇一八年三月二十四日，上海全季酒店特别场演出开始的。原来，白先勇老师在北大首演前特意在自己主要参与的"《红楼梦》与我们的'文艺复兴'"活动中安排了这场特殊场次的演出，演出现场邀请了吴新雷、蔡正仁、岳美缇、张洵澎、梁谷音、计镇华等著名昆曲学者、昆剧表演艺术家亲临现场观看。大师们观演后均给出了专业认真的点评，多家媒体连篇报道，让学生们倍受鼓舞。这次演出的成功举行给所有人极大的鼓励。

自这场起，到二〇一九年六月二日，赴台湾高雄市演出最后一场，在一年零三个月的时间里，校园传承版《牡丹亭》总共演出十五场，巡演城市包括：北京、天津、上海、南京、香港、高雄、抚州、苏州、苏州昆山九座，总观演人数达到一二一〇七人次。

校园传承版《牡丹亭》演出场次信息表

序号	场次	演出时间	演出所属（演出地点）	具体项目	剧院名称	剧院规模	演职人数	观众人数	特别嘉宾
一	第一场	二〇一八年三月二十四日	上海	《红楼梦》与我们的"文艺复兴"	全季酒店吴中路店	二〇〇席小剧场	六〇人	二〇〇	白先勇、南京大学知名教授、红学家、曲家吴新雷、著名昆剧表演艺术家蔡正仁、岳美缇、汪世瑜、张洵澎、梁谷音、计镇华
二	第二场	二〇一八年四月十日	北京	北京大学建校一二〇周年系列演出	北京大学百年纪念讲堂观众厅	二〇六三席大剧场	七〇人	二〇六三	白先勇、汪世瑜等
三	第三场	二〇一八年四月二十一日	江西抚州	纪念《牡丹亭》诞生四二〇周年的特别演出	汤显祖大剧院	一五〇〇席大剧场	七〇人	一五〇〇	抚州市副市长徐国义
四	第四场	二〇一八年六月八日	北京	二〇一八高雅艺术进校园	北京第二外国语学院明德厅	八〇〇席中剧场	五〇人	三〇〇	二外文学院书记周连选、副院长李瑞卿

五	第五场	二〇一八年六月九日	北京	校园传承版《牡丹亭》北京高校巡演	北京理工大学综合演艺厅	三〇〇席小剧场	五〇人	三〇〇	
六	第六场	二〇一八年六月十日	北京	北京师范大学传统文化推荐月昆曲篇	北京师范大学北国剧场	三〇〇席小剧场	五〇人	三〇〇	
七	第七场	二〇一八年七月十三日	天津	天津南开大学叶嘉莹老师寿诞专场演出	南开大学津南校区大通学生中心音乐厅	一〇〇〇席大剧场	六五人	一〇〇〇	白先勇、教育家、中国古典文学研究专家叶嘉莹、南开大学知名教授宁宗一、南开大学校长曹雪涛、原校长侯自新、天津南开翔宇学校理事长康岫岩、南开大学副校长朱光磊
八	第八场	二〇一八年七月二十一日	苏州	校园传承版《牡丹亭》"回娘家"演出	中国昆曲剧院	三一九席中剧场	六五人	三〇〇	
九	第九场	二〇一八年七月二十二日	苏州	校园传承版《牡丹亭》"回娘家"演出	中国昆曲剧院	三一九席中剧场	六五人	三〇〇	
十	第十场	二〇一八年七月二十四日	苏州昆山	青春做伴好还乡	昆山文化艺术中心大剧院	一四〇〇席大剧场	六五人	一二〇〇	昆山市领导
十一	第十一场	二〇一八年九月八日	南京	校园传承版《牡丹亭》南京大学巡演	南京大学仙林校区恩玲剧场	一一四四席大剧场	六五人	一一四四	吴新雷、著名昆剧表演艺术家张继青、姚继焜、南大文学院刘俊教授等
十二	第十二场	二〇一八年十月十四日	苏州	第七届中国苏州昆剧艺术节	中国昆曲剧院	三一九席中剧场	六五人	三〇〇	
十三	第十三场	二〇一八年十二月二日	香港	校园版《牡丹亭》京港联合会演	香港中文大学逸夫堂	一四〇〇席大剧场	六五人	一六〇〇	香港中文大学校长段崇智,北京大学校务委员会副主任海闻,外交部驻港特派员谢锋,香港中文大学博文讲座教授白先勇,赞助人梁凤仪、余志明,北京大学名誉校董陈国巨,香港中文大学文学院院长赖品超,北京大学艺术学院党委书记雷虹,教育基金会副秘书长耿姝,校团委副书记李杨等

十四	第十四场	二〇一九年 四月 二十七日	北京	北京大学首届校园戏曲文化节展演专场	北京大学百年纪念讲堂李莹厅	三〇〇席位小剧场	六五人	三〇〇	
十五	第十五场	二〇一九年 六月 二日	台湾高雄	校园传承版《牡丹亭》台湾高雄巡演	高雄市立社会教育馆	一三〇〇席位大剧场	六五人	一三〇〇	白先勇、时任高雄市长韩国瑜
小计								一二一〇七	

　　一年多的时间里这样大规模的巡演对于整个团队都是不小的挑战。对于北大昆曲中心来说，要协调学生时间、各地邀请演出的单位、场地、时间、差旅、道具、乐器运输、通关档、苏昆人员、时间、置景使用情况等等，每一场演出都像打仗一样。所幸到处都有热爱昆曲的师长在各个方面伸出了援助之手。巡演所到之处，承接演出的单位都给予了最大程度的支援。

　　对学生来说，他们要兼顾学习与演出，同学们几乎都是带着课业走在巡演路上，校园传承版《牡丹亭》所到之处都伴随着浓厚的学习氛围。记得在赴香港演出时，因为通关手续问题，全员滞留机场等待，乐队琵琶演奏员郝一霏掏出俄语课本开始全身投入的朗读背诵。在巡演的高铁上、酒店里，学生们都见缝插针地温习着各自的课业。在项目执行的两年里，团队成员不少保研考博成功，也有一些现已出国留学，还有不少学生拥有了理想工作。回首这个把大家逼得不得不把各种零碎时间都利用起来学习的项目，学生们并不觉得那段日子辛苦，而是非常珍惜这个美好的团队。因为这个大家"用了洪荒之力"的项目让大家收获的远远不止是演出的技艺和经历。

　　除了团结协作，坚持着、努力着，快乐地完成了一台如此难的昆曲剧码的成就感外，大家更多留恋的是团队氛围，以及不知不觉改变的心态。

　　特别要提出的是，巡演十五场与只演一两场对学生也是完全不一样的体验，当演出只演一场时，成员更在意的是台上那一刻的感受；当学员知道自己会演很多场，每场演出之后更多的是总结上次演出的不足，并且有机会改正，每一次又有新的所得和遗憾。当学生觉得我已经很好了，短时间内无法进步的时候，苏昆老师会主动出来再次向更深层次教学，很多同学正是在这个过程真正体会到了艺无止境，对昆剧艺术的心态都变得更加郑重和虔诚。而有的同学因为一次演出失利而心情沮丧，这时候队内的老师和同学会通过各种方式协助其走出阴影，重新振奋。通过校园传承版《牡丹亭》的巡演，许多队员心理更加成熟健康，让他们在之后的学习和工作中获益良多。

校园传承版《牡丹亭》团队成员中有像清华北大这样的顶尖大学，有些学生习惯性的苛责自己，做什么事都要做到最好。在昆剧排演中，他们逐渐意识到了有些事并不需要争第一，每个人可以有每个人的风格，在昆剧表演中将自己的风格演绎到最好就是好的，别人自有别人的风格，有别人的优秀，并无第一第二之分。当他们重新回到自己的课业里，突然变得豁达了。

也有一些平时几乎做什么都非常优秀的学生，原本并不把演一个小角色当回事，但当自己上台出了糗后非常失落难过，之后总结失误，沉下心来用功努力，几个月的时间脱胎换骨，让老师们也称赞不已。

项目中还有一些专业较"专一"的大学，如中国戏曲学院、中央音乐学院等院校，这部分院校的学生平时难以接触到多学科的同学，在"校园传承版"的团队里，来自各方面的学生都有，认识更多的朋友，了解大家思维异同，对这些学生走向社会起到了良好作用。

多种专业、不同背景的学生在一起探讨同一件事，因为术业的专攻，思想的碰撞，也使每一个人对昆曲，对《牡丹亭》，对中国传统文化有了更深层次的认知。很多人对自己的主攻学业甚至有了新的想法和探索方向，可谓意外之喜。

更多数的学生，平时面临着强大的课业压力，他们通过排演昆曲艺术，使身心得到了舒缓，排解了部分心理压力；通过团队成员互相鼓励，共同进步，获得了更大信心；这些因素促使学业变得更高效率。

三、项目的回顾与总结

校园传承版《牡丹亭》项目由二〇一七年七月一日正式开始到二〇一九年六月二日结束最后一次巡演，历时两年。在巡演阶段，这个由业余大学生进行的演出现场甚至超过了一般专业剧团的火爆程度，所到之处几乎座无虚席。在北京大学、天津南开大学、南京大学演出时，前来观看的师生甚至排起几个小时的长队。作为一个业余团队，还破天荒地受邀参加了由文化与旅游部主办的第七届中国昆剧节展演，而且取得了满票的好成绩。在高雄、抚州、昆山演出时受到了当地市政府领导的高度重视，在香港演出时，北京大学和香港中文大学一个正值双甲子校庆，一个建校五十五周年校庆，校园传承版《牡丹亭》的上演不但获得了双方校领导的高度重视，成为了两所学校友谊的佳话。

这版《牡丹亭》的演出质量也震惊了许多资深昆曲爱好者和专家学者。而普通观众很多人被演出内容感动，他们惊叹昆剧的细腻优雅，惊叹优美典雅的曲词念白，深深沉浸在"生可以死，死可以生"的中国式浪漫里……他们的反应正如看了一场专业院团演出的《牡丹亭》那样。校园传承版《牡丹亭》真正做到了"演一台有欣赏价值的昆剧"这个目标。

巡演所到之处，广大媒体竞相报道：中央电视台、北京电视台、天津电视台、人民日报、新华社、《人民日报海外版》《中国日报》《人民政协报》《中国艺术报》《中国文化报》《北京晚报》《大公报》《新法制报》《星岛日报》《苹果日报》《成报》《大纪元时报》《灼见名家》《明报月刊》《瞭望东方周刊》《壹周刊》、央广网、光明网、中国新闻网、新浪、腾讯、搜狐、文汇网、中国作家网、众新闻、抚州新闻网、昆山市人民政府官网、学习强国APP、理想国公众号、北京大学官网、南开大学官网、香港中文大学官网……项目故事也被台湾导演邓勇星收录到纪录片《牡丹还魂——白先勇与昆曲复兴》中，成为白先勇老师昆曲复兴的重要一环。

1. 学生的现状与对项目反馈

自项目结束后三年半，即二〇二二年十一月时，笔者向校园传承版《牡丹亭》项目学员发放问卷，就项目参与前后的部分情况加以了解。校园传承版《牡丹亭》项目最终成员三十九人，其中三十五人填写了有效问卷。

根据问卷可知，参加项目前学员对昆曲有很浅了解占40%，有一定了解占40%，有很深了解占11.43%，资深爱好者8.57%。参加项目前有戏曲表演、演奏基础的情况是：完全没有34.29%，有一点点25.17%，有一些28.57%，资深票友5.71%，曾科班学习5.71%[4]。以上调查结果与项目申报时北大昆曲中心留存的成员资料完全相符。

现在，这些学生中37.14%仍在国内就读，8.57%留学海外，51.43%已经在国内走上工作岗位，还有2.86%就职于国外。谈及项目的收获，他们反馈如下：

选项（多选）	小计	比例
学习了昆曲表演、演奏知识	34	97.14%
从此多了一项爱好	16	45.71%
为传播昆曲做出了贡献	23	65.71%
拥有了一段难忘的经历	32	91.43%
收获了一群可爱的同伴	32	91.43%
磨炼了意志、锻炼了心理承受能力	24	68.57%
其他	4	11.43%
本题有效填写人次	35	

选择"其他"的主要是：a.结交了一些良师益友，受益匪浅；b.对原本比较零散的传统文化有了一些系统性、整合化的认识。昆剧把国画里的写意、民乐演奏、古典舞、刺绣这些艺术元素得到了综合完整地呈现，让我感受到了文化庞大的根基；c.工作上受到启发；d.整个人状态好了很多，收获很多快乐。有时也有一些使命感，觉得自己在做有意义的事情；e.为将来学习相关专业打下了基础。

综上所述，项目让成员最在意的是昆曲本身和团队。首先，绝大部分参与项目的学生都爱上了昆曲；第二，绝大部分成员珍惜这段难忘的经历和团队同伴；第三，成员学习到了昆曲表演、演奏知识；第四，有过半的成员认为对传播昆曲和自我意志的磨炼有帮助。

无论是否认为在做项目本身时对昆曲有过传播，在结束项目至今的三年半里，他们均在不同程度上对昆曲进行了传播。问卷中，针对项目结束至今是否主动进行过昆曲传播的问题统计结果如下：

选项	小计	比例
完全没有	0	0%
向周围人传播过	31	88.57%
参与过其他昆曲传播活动	20	57.14%
进行过相关研究	10	28.57%
本题有效填写人次	35	

2. 项目成员有关昆曲的成就

在这三年半中，校园传承版《牡丹亭》的成员们在传播昆曲中具体都做了什么呢？

乐队队长孙奕晨由于业务出色，毕业后加入了昆山当代，成为了一名职业笛师，她从业期间创作昆剧作品《半条被子》参加第八届中国昆剧艺术节，并获得湖南省"五个一工程"奖、湖南省田汉新剧码奖等。

演员队杜丽娘扮演者之一的张云起在北大京昆社开设昆曲传帮带，教学昆曲选段身段表演。她还参与筹办校园戏曲节，并在戏曲节表演，开办及维护北大京昆社 b 站影片号。还在京昆社参与策划筹办、参演京昆社三十周年社庆演出昆曲《临川梦》。最近她刚刚以交换生的身份去了美国芝加哥大学，与其他留学生一起在芝加哥大学组建了昆曲社团，并正在为跟芝加哥大学声乐系办 workshop 交流展示昆曲活动做筹划。

乐队二胡演奏员张露凝在学校完成的毕业作品拍摄了苏昆笛师的邹氏父子二人的昆曲故事；张露凝平时还运营自媒体，她和国家话剧院合作的关于《牡丹亭》现代转译再创作的话剧导演采访、宣传系列影片获得网友广泛关注，其中一条影片获点赞过千。

演员队杜丽娘扮演者之一的陈越扬大学毕业后在深圳做小学教师，她将昆曲教学引入课堂，在学校开展戏曲项目式学习，并教授学生昆曲唱段。取得了优异成绩。她带领学生参加《中国少年说》，用英文介绍昆曲。也在自己参加的"深圳遇见多伦多"活动中向加拿大专家介绍昆曲。毕业后同样成为教师的乐队二胡演奏员武殊言在北京任教，她也将昆曲引入课堂，带领学生学习昆曲。

演员队杜丽娘扮演者之一的杨越溪在国内多次演出昆曲，包括不限于晚会、拍摄城市宣传片、广告、个人专访等。现在她正在英国留学，昆曲是她的研究的内容的重要一环，她的国内外学校论文写的都是青春版《牡丹亭》相关内容。"我所学的文化遗产属于考古学和人类学的交叉学科，从这个角度研究的昆曲。"提及她的研究她这样解释。同样留学过英国的演员队石道姑扮演者高艺涵求学期间也做过关于昆曲的课堂汇报。

演员队柳梦梅的扮演者之一饶骞毕业后就职与戏曲艺术类院校，主要负责豫剧方面，他将昆曲《石秀探庄》以及《牡丹亭·游园》片段引入课堂，要求豫剧演员学习、揣摩。他还参加了在江苏昆山举办的"首届全国高校昆曲社团展演"活动，与老搭档汪静之一起演出了《幽媾》一折。

演员队花神扮演者之一的李月毕业后就职于出版社，她亲自参与了几种昆曲类图书的编辑工作，并不断努力研究相关选题。

演员队小鬼扮演者之一的张淼研究生期间一直在参加校内外昆曲学习与演出，先后在北大版《牡丹亭》、全国高校版《牡丹亭》、其他昆曲相关活动中扮演春香、石道姑、柳梦梅等角色；还参加了昆曲教学助教工作，和参与撰写北方昆曲剧院图史。

演员队春香扮演者之一的汪晓宇毕业论文是关于青春版《牡丹亭》的传播效果研究，后来还主动去跟北昆的老师学习了韩派的《闹学》。

还有很多成员活跃在自己的校园里、工作单位里，潜移默化的传播昆曲在自己的亲朋好友之间，也有成员在伺机而动，许下心愿未来会为昆曲尽一份心力。在谈及如

二〇一八年一月十七日至二十三日，汪世瑜导演为校园传承版《牡丹亭》校内集训合影。（侯君梅／提供）

果将来有机会是否会为昆曲做点什么之时,79.14%的人选择会,可见正如白先勇所说,一枚种子已经真实的埋在了这批学生的心里,这些来自各个大学各个专业的学生,未来将把昆曲带入各行各业。将来也许某个机会,他们会促成另一项对昆曲极有意义的事情,未来可期!

校园传承版《牡丹亭》白先勇老师开创的具有重大意义的项目,它让昆曲更深入的扎进许多人心里;是一次觉醒,让无数青年学子看到了一种全新的可能性,使国内大学掀起一场排演昆剧热,也让业内为之振奋。而对于项目的参与者来说,这是一次难忘的回忆,伴随了很多年轻有为学员的青春;是一节无言的课程,让大家在其中明悟了自己的使命。它改变了很多人的人生轨迹,它也召唤着更多人参与昆曲事业,在传承、发展、研究昆曲的路上创造新的辉煌。它对昆曲的传播功在当下,后劲绵长。

附录:部分学生个人感想

本次调查问卷收集了"校园传承版"学生的感想,现选登部分。

演员队队长、杜丽娘的扮演者之一汪静之(北京大学中文系)

1. 关于昆曲艺术本身

校园传承版《牡丹亭》项目大约持续了两年时间,在这两年里我几乎没有唱《牡丹亭》以外的其他戏,甚至几乎没有听和看其他戏,这对于一个戏曲爱好者而言似乎有些不可思议,但到项目结束的时候我竟然还对排练和演出有很强烈的眷念不舍,因为确实如吕佳老师所说,我在这里感受到了"艺无止境"。我最不舍的并非舞台上的光鲜感觉,而是我花了将近两年的时间和老师搭档乐队一起打磨《幽媾》这折戏,从连贯动作到饱含深情再到靠近人物,我知道这折戏还有进一步进步完善的空间,但是我们不得不到此为止了,我因此觉得非常惋惜难过。

"纸上得来终觉浅,绝知此事要躬行",《牡丹亭》项目就是让我"躬行"了"精益求精"四个字,我在此体会到了"十年磨一剑"其实并没有夸张什么。也是因为这段经历,我欣赏戏曲时的感受变得更加敏锐,学新戏的时候变得更加耐心、有了更高的目标，我对戏曲艺术的理解大大加深了。

2. 关于个人发展

首先，对"艺无止境"的生动体会当然也深深影响了我的个人发展。因为明白了"艺无止境"，所以我一方面变得更不容易自我满足，另一方面也变得更不容易感到受挫和失落；因为"艺无止境"，所以当下的成就是微不足道的；也因为"艺无止境"，所以当下的暂时困难是极其平常的。这种平和而充满信心的心态让我在面对学业的时候也变得更加坚韧。

其次，这次经历也让我重新认识了"竞争"这件事。应试教育当然有其合理性，但也在我心中养成了"所有人可以被放在一个单一尺度上衡量高下"的观念。其实我相信当下高校里十分常见的抑郁现象有很大一部分都来自这个观念。在校园传承版《牡丹亭》项目里，我因此一度非常纠结我和另一位主演朋友究竟谁高谁下，每一次演出结束都认真地逐帧对比我俩的演出录像，在这个过程中我终于发现我和她完全是两种不同的风格，其实很难放在一个尺度上评判。于是我心中豁然开朗：其实我和我的同学在学业上也是如此，每个人的知识积累不同，兴趣方向不同，思考习惯不同，即使是同一个题目，我和我的同学也会做出不同的成果，这根本无所谓高下，再推广到一个人的综合素质就更是如此了。这个道理看似浅显，可是我真的糊涂了好多年，也因此痛苦了好多年。

3. 关于文化复兴

无论是在校园传承版《牡丹亭》项目中还是在青春版《牡丹亭》项目中，白先勇老师都是我们的精神领袖。在这将近两年的时间里，我们见到白老师的机会并不多，但是我每见他一次，都会感到被深深地鼓舞。白老师反复说，我们有这么好的文化，我们应该好好地把它们挖掘出来发扬光大，西方的文艺复兴是从戏剧开始的，我们就从昆曲开始搞我们的文艺复兴。他又说，北大是从前掀起新文化运动的地方，现在我们要搞中国的文艺复兴，也要从北大开始，我们作为北大的学生，也要有这样的使命感。

其实生活在当代中国，多少是能感受到一些时代的脉搏的。从二〇〇八年奥运会开始，"中国风""传统文化"一再成为流行元素，随着经济发展，国人越来越希望能有属于自己的文化自信。我能感受到时代趋向，也明白传统文化中有太多太美好的精华，但是是白老师让我意识到自己可以也应当为这份"中国文化复兴"的事业做出自己的贡献。事实上，我最后下定决心读博也是因为白老师这几句话。虽然我在学术的道路上走得并不顺利，虽然我并不确定自己究竟能为戏曲、为中国的文化复兴做出什么具体贡献，但那个时候白老师那几句话让我觉得，在这个年纪上，再在传统文化的领域深耕几年是值得的，只有继续深入钻研我们的传统文化，将来才能更好地为发扬光大传统文化、为中国的文化复兴做出更好的贡献。可以说，《牡丹亭》项目的经历和白老师的影响，在我心中确立了一个虽然并不特别清晰，但非常坚定的理想。

乐队大锣及其他打击乐陆秉辰（中国石油大学自动化专业）

校园传承版《牡丹亭》项目是一段美好的回忆。曾经我对昆曲知之甚少，以为《牡丹亭》的武场只一面小锣便足够"打上打下"，直到看到招新公告，便带着对"《牡丹亭》还需要大锣？"的疑问前来一探究竟。初期排练，在北大王克桢楼504里围桌而坐，数次静听齐奏"花神"音乐，每每觉其"如听仙乐耳暂明"，却无用"武"之地而感无力，甚至屡有退出之意。及至为外国留学生小演片段，才觉力有所施。再到与演员合练，苏昆老师带乐"拉练"，这才一点点地步入门槛，步上高阶。每次演出都总有那么一下两下打不上，众乐队莞尔一笑，达成"失误的默契"。

白先勇先生每每提及中国石油大学，我在乐池里便微微起身向"看不见的场内观众们"挥手致意——也不为让他们看见，就是犯一下——看不见正好。上海预演的振奋、北大首演的兴奋、各地出差跑码头的亢奋，一次次加深着战友间"一起扛过枪"的革命情谊。如果说遗憾，恐怕是与几场演出失之交臂，比如封箱后的再见——台湾之行。如果说昆曲给我个人留下的情感可能只是一个载体，那么一帮人不计得失的共同为了一件事而簇拥成群的这种精神、这种力量更值得刻入记忆。我时常想着，假如还有机会，再把大家聚到一起，也不为演出，哪怕就是漫无目的的排练。我也想，坐在台下，现场看一遍大家为之努力的艺术成果，台上演出着《牡丹亭》，台下回忆着"校园行"。

柳梦梅的扮演者之一席中海（北京大学心理学系）

关于校园传承版《牡丹亭》的成功，有以下几点体会。

一是需要核心人物引领。白先勇老师十分重视"校园版"创排工作，从主题策划到付诸实践，全程引领方向，协调资源，关心支持，亲力亲为，以其巨大的社会影响力和文化感召力，团结了一大批社会各界人士，共同支持打造"校园版"这部力作。正是在白先勇老师的旗帜引领下，"校园版"主创团队主动有为、奋发进取，克服重重困难，才打赢了一场又一场攻坚战。

二是发挥各方工作合力。由大学生演出一部昆曲大戏，绝非一人一方之力能为，需要凝聚多方面合力。对内，领队老师锐意进取、担当作为，团队成员各司其职、齐心协力。对外，不论是策划方案、招募成员，还是组织集训、安排巡演，主创团队积极争取高校、专业院团、地方政府、媒体等部门大力支持。正是在多方参与、上下联动、协同推进下，充分发挥集中力量办大事的优越性，"校园版"才得以取得成功。

三是遵循客观成才规律。艺术表演创排需要遵循艺术成长规律、遵循教育规律，稳扎稳打，讲求实效。团队注重集中火力和细水长流相结合，组织多轮集训，邀请专业老师每周授课，学员坚持日常自学自练，团队表演水平持续提升。注重全面推进和重点突破相结合，学员不仅学习四功五法，还要学习化妆、昆曲知识，全面提升对昆曲的把握能力；同时因材施教，根据个人特点合理调度，通过"吃小灶"等方式补短板、强弱项，确保团队水平"齐步走"，切实提高学习的主动性、针对性、有效性。

乐队队长、指挥兼笛师孙奕晨（中国戏曲学院戏曲作曲专业）

校园传承版《牡丹亭》是我在本科阶段参与的最重要且最难忘的一个项目。记得之前侯老师让我们写一些感受的时候我写过一段这样的话："希望以后可以从事这个行业，把这份薪火相传的艺术继续学习下去。"而现在我如愿成为了一名专业戏曲剧团的从业者，再回忆起之前排练演出的经历，也不单单是两年前写下的从舞台实践上了解昆曲、参与演出、交了朋友这样对于当下心里情感的感受，更多了一份对于戏曲传播重要性、传统与创新的深刻体会，同时也发自内心的感叹白先勇老师在为昆曲做

白先勇与校园传承版《牡丹亭》学生演员谈话。左二起高艺菡、汪晓宇、杨越溪、席中海、陈越扬、陈卓、张云起。

一件多么有意义并且是需要付出勇气和毅力的事情。也正是因为在这么多坚持付出者、从业者、爱好者和弘扬中华民族传统文化的大背景下，现在有更多的人群和媒体平台都在关注宣传传统戏曲艺术，也有很多在新创作的流行歌曲或者影视作品中加入戏曲的元素，让更多人重新了解认识这个行业的崭新面貌。六百年昆曲潮落潮起，数代人心血无怨无悔。时隔几年再想起在百讲首演时大家一起合唱"但是相思莫相负，牡丹亭上三生路"的画面依旧心潮澎湃。经过"校园版"这几年的沉淀，对我来说不管是从继承传统和守正创新上，这部剧的演出和排练过程都让我有了更多的启发和感悟，也希望自己可以在未来艺术道路上追求专业之能、匠人之神，不忘初心，坚守正道，薪火相承。

演员队大花神饰演者刘乃熙（清华大学计算机系）

还是非常感谢能有参加校园传承版《牡丹亭》的机会。作为中途加入、没有表演基础且平时时间不稳定的一员，大家给了我很大的包容和鼓励，也让我拥有了一段很难得的回忆。我是因为《红楼梦》和昆曲结缘的，大抵性子里也有那种痴性。昆曲也是我第一个主动接触的剧种，对我来说有很特别的意义，一直以来也很想走上舞台体验一番。第一次演出的情形也让我记忆至今。当从一个观众向演员转变的时候，我对昆曲的认识也在加深之中，了解了很多平时不会去了解到的台前故事。我一直相信戏曲是我们民族文化里非常精粹的内容，是值得传播和弘扬的，不应该被时代所遗忘。传播传统文化是我一直很愿意花时间和精力去做的事情。也很希望未来能有机会继续为戏曲传播做出更多的努力。

乐队琵琶演奏员之一卢畅（外交学院英语翻译专业）

在刚刚步入大学校园的时候参加校园传承版《牡丹亭》项目，这对我来说是非常荣幸且重要的一份经历，这段经历定义了我的大学生活和之后学习科研的努力方向。在北京大学训练和全国演出的日子丰富了我的大学生活，也让我认识到了许多不光学习科研出色，还在亲身实践传承我国优秀文化的学长学姐、老师和昆曲专业演职人员。这段经历开阔了我的视野，丰富了我的个人经历，同时还给了我一个千载难逢的能为昆曲文化、中国传统文化的传承做出切实贡献的机会。在项目结束后的日子里，我在本专业发展的方向上也融入关于昆曲、中国传统文化的内容。本科时作为英语翻译专业的学生，我在学期翻译论文写作时选择了《牡丹亭》英文译本翻译对比研究。研究生阶段，我的专业方向也将从中国文化对外宣传、文化外交的角度展开，为我国优秀传统文化的发展、传承以及对外宣传作出切实思考和努力。

演员队杜丽娘扮演者之一张云起（北京大学哲学系）

校园传承版《牡丹亭》让我对舞台有了更深的理解和更高的追求，也让我更多了解到台前幕后演出的整体。项目培养出我们这一波对台前幕后有了解，对舞台有敬意，也有基本表演能力的朋友，让我们能够自己有能力在学校的京昆社也组织一些（虽然没那么严格的）传习排演，把这个传承循环下去。"校园传承版"之后京昆社逐渐恢复了停滞多年的学、演氛围，从这批同学带动了更多人，可以说"校园版"很大程度上推动了"复兴"了京昆社。

乐队扬琴演奏员毛嫣然（中央民族大学法学院）

参与到昆曲校园传承版《牡丹亭》项目，非常荣幸和自豪，不仅结实一群志同道合的朋友，和大家名师学习到专业知识，更是近距离的体验了昆曲文化艺术的魅力，了解昆曲的发展和基本知识，增加了对于戏曲文化的认同感和民族自豪感。就像白先勇老师对年轻人的期望是，"希望把我们昆曲艺术——这是我们中华文化的瑰宝——像你们老师那样传承下去，要让昆曲艺术继续在二十一世纪的舞台上重放光芒"。

注释

1. 本小节内容根据校园版《牡丹亭》项目执行人汪卷提供《"校园版"历程》《关于申请中华人民共和国文化部对北京大学校园版昆曲工作坊给予支持的请示》两份资料档完成。

2. 北京大学百年纪念讲堂多功能厅是讲堂内的小剧场，可容纳三百余名师生观演。二〇一九年重新整修后更名为"李莹厅"。

3. 北京大学昆曲传承与研究中心成立于二〇一三年六月，由加州大学圣芭芭拉分校荣退教授、著名作家、青春版《牡丹亭》总策划人白先勇倡导建立，是致力于北京大学的昆曲教育、推动昆曲在高校的传承、发展与学术研究的校级科研机构，也是迄今为止中国大陆高校成立的第二所专业昆曲研究机构。主要完成了北京大学昆曲传承计划新五年计划，及校园传承版《牡丹亭》项目。

4. 在参加项目前曾有科班学习的二人，其中一人为演员队春香、花神的饰演者之一刘瑶，其中学曾科班学习京剧，后回归传统学校，研究生就读北京理工大学生物医学工程专业，另一人为乐队队长孙奕晨，中学阶段为京胡演奏专业，大学就读于中国戏曲学院作曲系，二人均符合项目选人要求。

礼花与兰花
——评说全本《牡丹亭》和青春版《牡丹亭》

· 孙玫
中央大学荣休教授

　　本文所论的全本《牡丹亭》不是指汤显祖的五十五出《牡丹亭》的文本，而是指美国纽约的林肯表演中心投下巨资、由美籍华人导演陈士争制作导演、号称全本《牡丹亭》的演出[1]。为什么说这一戏剧艺术制作是"号称全本"呢？后文将会作出解释。这一项目本来是一九九八年跟上海市文化局合作的，但是后来由于双方在创作理念上的分歧巨大而终止[2]。而后陈士争另起炉灶，以个别邀约的方式，把上海昆剧团的旦角钱熠、笛师周明和北方昆曲剧院的小生温宇航邀请到了美国，同时也在美国招募了一批原本已经旅居美国的中国戏曲演员（并非昆剧演员）和其他艺术工作者，排练，制作，最终于一年之后在林肯表演中心的艺术节开幕演出。随后，这个全本《牡丹亭》又先后在美国、欧洲、澳大利亚巡回演出。[3]

　　二十多年过去了，回顾当年全本《牡丹亭》的舞台演出，可以说只有在二十年多前，在新旧世纪交替之际的那个历史关节点上，才会在西方的舞台上出现这样由西方人投巨资制作的中国戏剧演出[4]。如果以二十年为时段来审视：四十年前，中国刚刚开始改革开放的一九七〇年代的末期和一九八〇年代的初期，中国在国际上还不太引人注目，彼时当然不会有人有意愿去投巨资如此浩大的文化盛事；二十年前，新旧世纪交替之际，中国的经济已经起飞，并且呈现出愈来愈强劲的发展势头，与中国相关的题材也随之越来越为西方的文化界所看重[5]。至于二十年后的今日，则完全是另一番光景了，恐怕再也不会有西方人像当年林肯中心投巨资全本《牡丹亭》那样，去操办与中国文化相关的巨型活动了。各种原因与本文所论无关，故不再进一步论述。

当年林肯中心愿意大手笔花费巨资排演制作全本《牡丹亭》，这或许多少还与西方人某种猎奇、某种类似观赏大熊猫的心态相关？君不见，该制作大打"全本"的旗号，并以此作为卖点。事实上，在西方戏剧中是不存在像中国明代传奇那样动辄几十出的浩大体制的。亚里士多德在《诗学》里面不就说过，悲剧演出的时间不超过太阳一周，也就是指白天[6]。亚里士多德的这一说法后来被古典主义曲解为"三一律"中的"时间律"，严格规定剧中的故事，即演出所要表现的内容（而非演出自身所需的时间）不能超过二十四小时。如此一来，剧作演出的时间必然也就更短了。

全本《牡丹亭》于二〇〇三年二月春节期间，在新加坡艺术节举办亚洲首演。当时笔者已经离开了新加坡国立大学，教于新西兰的威灵顿维多利亚大学。但是那年正逢我休学术假，回新加坡做研究。新加坡的华文第一大报《联合早报》得知后，就抓我的差，约我写一篇关于全本《牡丹亭》演出的剧评。因此缘故，我遂将这部大制作从头到尾认认真真地看了一遍，一共是六个演出时间段，每次三小时左右，共计超过十八个小时。持平而论，这么大的一部戏剧演出制作，能够争取到庞大的经费，在海外组建起完整的创作团队，最后成功上演并巡演多国，这是一件很了不起的事情。借用鲁迅先生的话说，这是吃螃蟹的第一人。此外，还需要指出的是，全本《牡丹亭》的问世要早于联合国教科文组织宣布昆曲为口述和非物质文化遗产[7]，有引领风气之功。

本文开篇提到，这一戏剧艺术制作是"号称全本"，因为它虽然把汤显祖的五十五出《牡丹亭》全部都搬上了舞台，但是其中第十四出《写真》和第二十六出《玩真》是用苏州弹词（即曲艺）而非用戏曲的方式来表演的。除此之外，陈士争自然不可能在美国招募到全班人马的昆曲（甚至是京剧）演员，所以全本《牡丹亭》中的一些表演者是地方戏演员，比如，川剧演员，一开口念白就是川味儿。不过，这在欧美演出是没有关系的。就像电影《卧虎藏龙》中，周润发说的是香港腔的普通话，杨紫琼说的是马来西亚华语，而章子怡则是一口字正腔圆的京腔，这些凑到一块，在说中文的观众听起来，南腔北调，多少会有些不大顺耳。可是对于不懂中文的欧美人来说，完全不是什么问题。

前文还提到了西方人猎奇、观赏大熊猫心态的问题。全本《牡丹亭》中出现了不少跟昆曲无关的中国民俗场景。比如，踩高跷、耍武术、抖空竹、跳猴皮筋等等。还有，导演让演员在舞台上刷马桶，然后居然还把马桶里的水往舞台前的池塘里倒。[8] 这就只能属于是一种恶趣了。陈士争很聪明，也很善辩。他曾说，我并不是在排演昆曲啊。他的回答很巧妙，但是这并不能够服人。因为大家都知道，不同的戏曲剧种的重要的标志之一就在于它的声腔和它的主伴奏乐器。一听到板胡，就知道是梆子；一听到高胡，就知道是广东大戏；而一听到京胡，自然也就明白了那是皮黄。既然全本《牡丹亭》采用了叶堂的曲谱，以曲笛作为主伴奏乐器，又由昆曲演员担纲主演，那么人们就有理由把它当做昆曲演出来看待。

当时大家对钱熠比较看重，但是笔者的剧评对她却着墨不多，因为她没有达到我心中已有的一个很高的艺术标准——那就是我曾经看过的正值盛年但尚未有全国声誉的张继青演出的《寻梦》[9]。不过，我对温宇航的评价很高。这篇剧评，《联合早报》要求我不能超过两千字。然而，我在文章最后专门用了一段来写温宇航：

> 温宇航是不可多得的小生。戏曲演员须从小习艺，男性变声期长，不易平安度过，比起女演员来，能以唱见长的男演员不多。宇航有一条穿云裂石的好嗓子，全本《牡丹亭》又为他提供了用武之地。于是，观众看到的就不再是折子戏中，那个只是杜丽娘爱情陪衬的俊雅书生，而是有爱有恨、敢作敢为、七分倜傥三分狡黠，落魄时一肚皮块垒，得意时满面春风，活脱脱的柳梦梅。[10]

至于青春版《牡丹亭》，迄今有关它的文字已经是汗牛充栋。据"中国期刊全文数据库""全文"类搜寻、统计，与"青春版《牡丹亭》"相关的文章共有一千九百二十一篇。这些文章从排练、演出、翻译、传播等诸多方面论述了青春版《牡丹亭》。为了不落窠臼，这篇短文另辟蹊径，在介绍全本《牡丹亭》的基础之上，将青春版《牡丹亭》与其作一对照，从而从另一视角来观察、审视青春版《牡丹亭》的特色。

如前所述，青春版《牡丹亭》走的是和全本《牡丹亭》不同的另一条路径。曾有记者采访白先勇后作如是说："白先勇认为陈士铮[11]的新派《牡丹亭》是一部好看的歌舞剧，而青春版《牡丹亭》则着重唱功和动作等传统昆剧艺术。"[12] 而笔者则认为，若论青春版《牡丹亭》与全本《牡丹亭》之不同，更可用两个字来概括——一是

"精",二是"深"。

先说"精"。白先勇先生以他强大的号召力和卓越的组织能力,募款,调动了两岸三地一流的专家。编剧、音乐、导演、表演、舞美等等,形成了一条龙的精英创作团队,在每一创作环节上都是精益求精。同时,青春版《牡丹亭》也不像全本《牡丹亭》那样求全、求大,而是只采撷汤显祖《牡丹亭》中的精华部分,并且严格遵守这样一条原则:"改编只做减法,有秩序颠倒,但只删不改。"[13]将演出本的篇幅压缩到汤显祖原作的一半左右。"删减后戏的串场连接,很考功夫。结果改编就用了五个月。"[14]如此一来,就彰显了汤显祖原作中最精彩、最有生命力的那些部分。

再说"深"。虽然当年全本《牡丹亭》在海外引起轰动,产生过一定的影响;但是在二十多年后的今天,它几乎不再被提起,甚至不大为年轻的一代所知道。就好像是高悬空中耀眼的烟火礼花一样,非常绚烂,但是稍纵即逝,时过境迁之后,已经再无踪影了。青春版《牡丹亭》则不同,它也曾在美国加州大获成功[15],而后又赴英国和希腊巡演,但是它更立足于本土大面积的巡演,特别是进入多个大学的校园演出。迄今演出已经超过四百多场;假如刚过去的这三年不是因为新冠疫情封控之故,说不定青春版《牡丹亭》的演出早已超过了五百场。青春版《牡丹亭》进入大学校园,吸引了一大批原来根本不知昆曲为何物的大学生,从而使得昆曲扎根于年轻学子的心中。这一举措对于昆曲的薪火相传,无疑具有更加深远的历史意义。

相对于物质文化遗产,例如,五台山的寺院、古希腊的石雕,等等,几百年后,它们依然会在那里;但是作为非物质文化遗产的戏剧表演艺术,它是要靠一代一代的表演者的身体才能传承下去的,否则它就会失传。北杂剧不是就失传了吗?昆曲当初也是差一点就失传了!首先,假如没有一九二一年成立的昆剧传习所,那么就不会有"传字辈",那么昆曲在上个世纪上半叶就会失传;再者,假如没有一九五六年浙江的《十五贯》轰动京城,那么就不会有江苏张继青等人的"继字辈",也不会有上海的"昆大班"和"昆二班"(或称"昆小班"),等等,那么昆曲在上个世纪下半叶也就失传了。

昆曲的传承既要靠表演者,也要靠观众,后者是昆曲这朵兰花赖以生长的土壤。兰花的根要扎在那里?当然是要扎在中华,扎在两岸三地年轻人的心中,如此,昆曲才能长存。所以从这个意义上来说,青春版《牡丹亭》进入大学校园,带出了一批批年轻的昆曲观众,功德无量!

注释

1. 林肯表演中心（Lincoln Center for the Performing Arts），简称林肯中心（Lincoln Center），是美国第一个将主要的文艺机构集中于一地的表演中心，也是全世界最大的艺术会场。它的影响力在当代的世界艺术中举足轻重。

2. 参见蔡颖：《连演三天三夜方能演完 全本〈牡丹亭〉搬上舞台》，《扬子晚报》一九九八年四月二日，第五版；林人余：《〈牡丹亭〉赴美柳暗花明》，《联合早报》一九九八年六月二十七日，第十七版；越明：《〈牡丹亭〉风波之两面观》，《联合早报》（网络版）一九九八年八月九日。

3. 参见温宇航：《〈牡丹亭〉往今情话·温宇航五十》（台北：时报文化出版公司，二〇二一年），七五页——一三八页。

4. 一九九八年，林肯中心为全本《牡丹亭》投资五十万美元。参见蔡颖：《连演三天三夜方能演完全本〈牡丹亭〉搬上舞台》，《扬子晚报》一九九八年四月二日，第五版；越明：《〈牡丹亭〉风波之两面观》，《联合早报》（网络版）一九九八年八月九日。在上个世纪的一九九八年，五十万美元可以说是一笔巨资。

5. 例如，一九九八年中外合作创作演出歌剧《图兰朵公主》，一九九八年华特迪斯尼制作动画片《花木兰》，二〇〇一年，电影《卧虎藏龙》在第三十七届奥斯卡颁奖典礼上获奖，二〇〇八年，梦工厂制作动画片《功夫熊猫》，等等。

6. 亚里士多德：《诗学》（罗念生译），《西方文论选》上（伍蠡甫主编）（上海：上海译文出版社，一九七九年），五六页。

7. 二〇〇一年五月，中国的昆曲和印度的库提亚特姆、日本的能乐等（一共十九项），一起被联合国教科文组织宣布为首批"人类口述和非物质遗产代表作（Masterpiece of the Oral and Intangible Heritage of Humanity）"。

8. 全本《牡丹亭》在舞台前方安置了一个很大的池塘，还在其中放养了一对活的鸳鸯。

9. 一九八一年秋，纪念昆剧传习所六十周年，昆曲界群英齐聚苏州，争奇斗妍。例如，俞振飞、郑传鉴表演的《千忠戮·惨睹》；又如，上昆的新编古装戏《钗头凤》——由计镇华饰陆游，华文漪饰唐婉，蔡正仁饰赵士程；而张继青呈献给观众的则是《牡丹亭·寻梦》，她独自一人载歌载舞四十多分钟，唱作极佳，把台下的观众看得是如痴如醉。那可不是一般的观众，都是些专家学者（如张庚、郭汉城），还有当时各大昆曲团（上昆、苏昆、浙昆、北昆、湘昆等）的同行们。

10. 孙玫：《赏心乐事，超越时空——观全本〈牡丹亭〉亚洲首演》，《联合早报》，二〇〇三年二月十二日，第八版。

11. 原文如此，并非笔者打字错误。

12. 张紫兰：《他圆了昆剧的永恒青春梦》，《亚洲周刊》二〇〇四年四月二十五日，五一页。

13. 麦哲伦：《白先勇苏州捏造靓丽〈牡丹亭〉》，《联合早报》二〇〇四年四月二十日，第六版。

14. 同前注。

15. 吴琦幸：《昆曲走出国门之我思——从青春版〈牡丹亭〉赴美演出谈起》，收入《海派文化与传播》（第二辑）（上海：上海世纪出版股份有限公司、上海古籍出版社，二〇〇八年），三〇二页—三一七页。

昆曲《牡丹亭》——从青春版到校园版

· 费泳

上海戏剧学院副研究员

一、偏爱青春版《牡丹亭》的原因

在二十与二十一世纪之交，世人给予《牡丹亭》这部名剧的关注超出了数百年来的任何时期。二〇〇四年四月，由台湾作家白先勇制作、策划的苏州昆剧院青春版《牡丹亭》终于在台北"国家剧院"举行世界首演，而此前的美国演出版《牡丹亭》[1]和沪版《牡丹亭》[2]也相继在美国和上海掀起《牡丹亭》的演出高潮，从而使《牡丹亭》在其四百年的演出史上创造了一道最亮丽的景观。

沪、台、美三地《牡丹亭》的演出版本，各有所长：有场次上的删改，念白上的更改，唱词上的增减等。舞台呈现上也各不相同：有人物的不同变化，语言（方言）的不同运用，舞美的不同呈现等。而青年人对"青春版"偏爱的原因主要有以下三点：

1. 青春版《牡丹亭》的表演风格：青春亮丽倾倒众生

舞台艺术说到底是表演艺术，对于一个初次接触昆曲艺术的观众来说，演员的表演将会对观众产生决定性的影响。

青春版《牡丹亭》的男女主角一出场，即刻有颠倒众生的效果，这无疑归功于白先勇先生的敏锐观察和对现代那些不熟悉昆曲的观众的准确定位。这一定位的准确，加上让两位后起之秀沈丰英和俞玖林在当代最优秀的旦角演员张继青和最优秀的巾生演员汪世瑜老师的艺术指导下，辛苦学习一年，这才演出了一出"歌颂青春爱情、歌颂生命的赞美诗"，这不仅符合剧中人物形象的塑造，对昆曲的前途也大有拓展：既培养了青年演员，又培养了青年观众，可谓是一举两得。

另外，"青春版"的演员又都是在昆曲的故乡——苏州选出，依托故乡深厚的根底[3]和班底[4]，对昆曲的艺术传承就更富有积极而又深远的意义，同时，为昆曲的复兴和繁荣打下了坚实的基础。

2. 青春版《牡丹亭》的文本取舍得当，做足"情"字文章

哪个少男不钟情哪个少女不怀春？青春版《牡丹亭》整部剧紧紧围绕"情"字上下功夫，从第一本的"梦中情"启蒙，转折为第二本的"人鬼情"，最后归结到第三本的"人间情"，由此，汤显祖笔下的"天下第一有情人"杜丽娘因梦生情，一往情深，上天入地，终返人间，与柳梦梅结成连理的爱情故事被演绎得入情入理。既贴近汤显祖"情至""情真""情深"的主要意蕴，又让人"情不知所起，一往而深"。

另外，在缩编剧本中，白先勇、华玮等专家还注意到了旦角与巾生的平衡之美。剧本还原了汤显祖的原著精神，加强了柳梦梅的角色，生旦并重。合并《拾画》《叫画》这两折为一出。三十分钟的独角戏将巾生表演艺术发挥得淋漓尽致，至今俞玖林在台上的一声对梦中人——"姐姐"的深情叫唤让台下观众心荡神迷、难以忘怀！正如汪世瑜先生的评述：此时的观众因为已经跟着柳梦梅的剧情入境了，急于想知道他是否可以在这里和杜丽娘相见，因此，柳梦梅痴心呼唤后，观众几乎都能感同身受，而等杜丽娘在《魂游》《幽媾》出现时，仿佛是因为柳梦梅的深情呼唤而现身似的。[5]如此心心相印灵犀相通，才能感天动地泣鬼神。正如汤公在四百多年前所说："梦中之情，何必非真？天下岂少梦中之人耶！"

3. 青春版《牡丹亭》的舞台呈现：符合中国戏曲美学精神

青春版《牡丹亭》最成功的地方，就是坚持以演员的四功五法为核心，呈现给观众美妙而细致的水磨昆腔，配以优雅灵动的身段舞姿。一切舞台美术、配乐、灯光、服装设计，都环绕着这个中心理念来制作，因此，没有打乱或混淆昆曲呈现的基本精神，这使得它的演出得到了昆曲专家以及众多昆曲爱好者、青年观众的喜爱。

仅以它的服装设计来说，它的图案、花色、构图都能突显人物的个性，给予昆曲美以加分的效果。例如：为了符合"青春"二字，服装设计的色调就以柔雅、粉嫩为主调。男女主角、花神、春香等服装都是淡淡的，轻柔的，充满春天的气息。服装既不紧绷影响演出，也不松垮而失去美感。两百多套戏服每一件都由苏州的绣娘绣花，真丝质料制成，精细美丽。连服装的细节——飘带，都设计得与剧情完美结合。

另外，扇子上的花、腰巾上的花以及生角的巾生帽、桥梁帽、冠帽等的配色与服装的搭配，林林总总，都有着名服装设计的考量在里面，难怪"青春版"的戏服人人看了都叫好。白先生说："昆曲的美学是眼里揉不得一粒沙的。"

总之，青春版《牡丹亭》的舞台文本既符合现代审美要求，又体现汤公的原著精神；演员表演既注意吸引青年观众，又注意昆曲传统的传承；舞台呈现既简约有诗意，又不失氛围渲染：这就是青年人心中的《牡丹亭》。

二、走近校园版《牡丹亭》的原因

昆曲的观众也能成为昆曲的演员吗？从白先勇二〇〇四年制作的青春版《牡丹亭》在中国八大高校成功巡演的十四年之后，竟能在北京大学诞生校园版《牡丹亭》[6]的演出，这不得不说是一个奇迹。因为，笔者在二〇一四年采访上海昆剧团原团长蔡正仁时，他说：培养一个戏曲演员，从入门到登台，至少需要十六年时间[7]。那么，是什么让昆曲观众一跃而成为昆曲演出者的呢？

1. 昆曲进校园

首先,"昆曲进校园"培养了北京高校大批热爱昆曲的爱好者。

总的算来,青春版《牡丹亭》进校演出,到目前为止,已长达十几年时间,这在昆曲演出史上是破纪录的。就拿北大来说,其百年讲堂有两千多个座位,青春版《牡丹亭》剧组就先后去了三次,演了四轮,有一回是一次演两轮,总是一票难求。可见,它在大学里的受欢迎程度。[8]

有了这些青年观众和昆曲爱好者作为基础,昆曲传承的条件就具备了,"北大昆曲传承计划"随之应运而生。

2. 北大昆曲传承计划

自二〇〇九年开始,北京大学在校长周其凤的带领下,由北大艺术学院及文化产业研究院负责昆曲传承计划。"计划"的实施主要通过教学、演出和社团活动三种传播方式来进行,内容包括:"在北大开设昆曲公选课,举办昆曲文化周,优秀昆曲剧目展演,推动数字昆曲工程,成立百位名人·昆曲倡议大联盟,建立昆曲传承扶持基金等。'计划'用两个五年来落地实施,当'计划'步入新五年(二〇一四至二〇一八年)时,也标志着北京大学昆曲传承与研究中心宣告成立。"[9]校园版《牡丹亭》就是北大昆曲传承与研究中心策划主办的一个项目,是"计划"的主要成果之一,它依托课程、学分、邀请剧团演员、艺术家、学者到校授课、讲座等开始运行项目,并以校园版《牡丹亭》成功巡演的方式来结项,这在北大校园历史上也还是首次。

3. 校园版《牡丹亭》的诞生和成功巡演

早在二〇一〇年至二〇一一年,"北京大学昆曲传承计划"就曾以工作坊的形式发起校园版《牡丹亭》的排演计划。据北京大学昆曲传承与研究中心主任陈均介绍,校园版《牡丹亭》的演员是来自北京十六所高校的学生,二十四位演员以北大学生为主,北京师范大学、中国人民大学、清华大学、政法大学、第二外国语大学、民族大学等学生都共同参与了演出。[10]

校园版《牡丹亭》的演员是通过海选诞生的，这是最快寻找到"校园版"演员的最好的办法。这些选出的演员大多数是有戏曲表演功底的，然后，再与青春版《牡丹亭》的演员结对子，以"折子戏"为学习单元，一对一地进行学习和训练。

　　经过大半年的集中训练，从二〇一八年三月至二〇一九年六月，在白先勇先生的总策划下，校园版《牡丹亭》在全国巡演共十五场，其足迹踏遍了北京、抚州、天津、苏州、昆山、南京、香港、台湾等地，获得了业界的好评。

　　校园版《牡丹亭》的演出总时长为两小时三十分左右，其中有四个演员扮演杜丽娘、三个演员表演柳梦梅、两个演员饰演小春香。

　　其中，扮演书生柳梦梅的演员席中海是北京大学二〇一一级生物专业的本科生，他从小就喜欢京剧，他说他之所以能成功入选，归功于他入学后多次选修的《经典昆曲欣赏》这门课。这门号称北京大学"最火公选课"的昆曲课于二〇一〇年开设，包括十余次昆曲名家讲座、表演工作坊、折子戏文本细读、昆曲大师清唱会，以及三场苏州昆剧院青年演员的折子戏示范演出等。凡是选修此课的学生还可以免费获得其中一场示范演出的门票……[11] 席中海就是这样通过大量的学习、阅读、观摩，彻底地爱上了昆曲。当笔者问他排演是否会影响专业学习时，他表示：

> 做自己喜欢做的事情就会积极发挥自己的主观能动性。我们一般都用周末、节假日和自己的业余时间去进行排练和演出，这样就不会影响自己的专业学业。相反，整个阅读、欣赏、实践昆曲的过程恰恰是被昆曲熏陶的过程。那种在舞台上的表演的感觉是平日乏味的生活中所体验不到的。

　　和他一样被幸运选中担任演员的还有很多同学，如第一个扮演杜丽娘闪亮登场的北大艺术学院十六级本科的杨越溪同学，她也表示：

> 这样的专业实践对我而言只有促进和提高，激发我不断地去接受挑战，毕竟，这样的机会对我们学生而言实在是太难得了，我们都非常珍惜！

　　校园版《牡丹亭》的成功巡演向社会证实了：昆曲观众是能成为昆曲演员的，正如白先勇所说："昆曲的观众也能成为昆曲的演出者，从传播到传承，再到更进一步的传播,形成了昆曲教育的良性循环。"[12]

现在,校园版《牡丹亭》和青春版《牡丹亭》一样,已成为一个引人注目的昆曲文化现象。[13]

三、从"青春版"到"校园版"成功巡演的启示

由"青春版"到"校园版",从策划、排演到接受,再到进一步传播,校园版《牡丹亭》不仅促成了昆曲观众群的年轻化,而且把热爱昆曲的青年观众培养成为昆曲演出者,这足以显示校园昆曲教育的高度与深度。同时,从培养青年学生的文化素养来说,这也突显了高校美育、艺术教育的独特功能和重要责任。这是一次昆曲演出与昆曲教育结合的成功尝试。

1. 昆曲演出与昆曲教育结合的成功尝试

对于业界来说,高校不仅是政府倡导的"高雅戏曲进校园"的演出基地,它们更应是培养青年戏曲观众,传播戏曲艺术和扩大戏曲影响力的实践基地。苏州昆剧院与北京大学的对接,并成为校园版《牡丹亭》的孵化基地,不仅完成院团自身的昆曲传承计划,也与名校共同构建了一个系统的昆曲文化工程,这是双赢的教育和孵化。

对于高校来说,大学教育的本质是"帮助学生寻找自我,帮助他们找到自己的使命,而不是培养一群精致的利己主义者"[14]。

对于学生来说,忙碌的排演活动让大家提前体验了社会,也给予了他们丰富的自我探索的机会。学生们通过阅读、欣赏《牡丹亭》、学练学演《牡丹亭》,懂得了戏曲的手、眼、身、法、步以及唱、念、作、打,不断在实践强化自己的表演的本领,可以说,整个排演的过程就是一个教育的过程,通过经典剧本的演出实践,这些学生演员更加切身体会到了优秀的传统文化富含的生命哲学,富含的普世价值观,以及富含对人生价值、人生意义思考的人文主义精神力量。

二〇二〇年毕业于北大,完成北京大学第一个硕士学位就读的杨越溪(前文说到的杜丽娘的扮演者),目前在 UCL(伦敦大学)攻读第二个硕士学位,她的毕业论

文题目就是《昆剧当代保护中的女性主义及其作用——以青春版〈牡丹亭〉为例》，按她自己的话说：就因为参加了"校园版"的演出，感受到了白先勇对昆曲艺术的爱以及对昆曲事业的付出，她才坚定地选择了这一研究方向。笔者相信，看过"青春版"和"校园版"的观众，都会被这样的纯粹和美所感召。

综上，北京大学通过传承一部戏曲经典，依托"昆曲进校园"和"北京大学昆曲传承计划"来因材施教、循序渐进，并分两个五年计划去完成，这种做法本身就很接地气。尤其在教育过程中，通过"经典昆曲欣赏"课，让学生解读很多昆曲的历史、美学、文化和经典文本，有机会观赏到苏州昆剧院、北方昆剧院等青年演员的演出，并能与演员们、老艺术家们（如梁谷音老师等）切磋技艺，琢磨人物等，这种场上和场下相结合的教学方式使学生们近距离、全方位地接触并融入进了昆曲，自觉地就有传承和传播昆曲的美的责任，哪怕是发个朋友圈、写个微博等都会影响昆曲当下的传播（杨越溪同学写的昆曲表演相关的微博，其阅读量就达一点八万）。

校园版《牡丹亭》的成功巡演再次证明：经典的传统文化事实上是存活在人们心里的，存活在人们的价值关怀和精神信念中的。

2. 文人策划和社会资源的强强联合

《牡丹亭》观众突降三十岁，当然少不了青春版《牡丹亭》在中国大陆各高校的巡演之功，其中，也有"非遗热""昆曲热"等时代氛围的浸染。校园版《牡丹亭》的成功可以说是高校业余昆曲爱好者、苏州昆剧院与昆曲学界、业界专家学者和艺术家通力合作的结果。但是，不可回避的一个事实便是：无论是"青春版"还是"校园版"，《牡丹亭》"还魂"的功劳还应属于总策划师白先勇先生。

二〇〇六年十月八日，青春版《牡丹亭》在美国巡演后许多美国戏剧行家表示："这是自一九三〇年梅兰芳赴美演出后，中国传统戏曲在美国最大规模及最轰动的演出。"[15]

事实上，"近代以来，昆曲于中国社会之浮沉多与文人有关。"[16]梅兰芳先生在世界的成功巡演也是因为身边有齐如山等文人的策划。

翻阅近代史，每一次的昆曲复兴也总和文人有关。一九一七年至一九二二年，现代戏曲理论家、教育家吴梅先生担任北大教授的五年里就致力于《词余讲义》[17]和《中国文学史》[18]的讲授。一九一九年一月三十日，北京大学音乐研究会成立，蔡元培兼任会长。据会员录记载：当时在昆曲组的就有三十二人[19]。"更为重要的是，由于北大师生对昆曲的提倡，与昆弋班进京、皮黄名伶学演昆曲合流，形成了近代以来昆曲'久衰'后的第一次复兴。"[20]之后，一九二一年由穆藕初、徐镜清、张紫栋等创立的苏州昆曲传习所培养出了周传瑛、施传镇、王传淞等一批"传字辈"昆曲演员。演员名字中间的"传"字即是薪火相传的意思。时至今日，江浙沪等地的昆曲演员绝大部分都是在他们培养下成长起来的。第三次昆曲复兴，便是一九五六年四月至五月间，由周传瑛、王传淞主演了经过田汉、郑振铎、金紫光等整理改编的《十五贯》，"一出戏救活了一个剧种"[21]。一九二八年、一九五六年吴梅的学生俞平伯相继又创立了北京曲社和北京昆曲研习社[22]。一九五七年十月，北京昆曲研习社还演出了华粹深缩编的《牡丹亭》全本戏[23]。

在上海，中国戏曲研究家、教育家赵景深等也都躬身于复旦大学的教学实践，支持和参与昆曲班社的演出活动。为深入理解昆剧艺术，赵景深曾拜名旦张传芸为师，学艺八年。为使学生对昆曲有感性的认识，他曾多次亲率"赵家班"（他的夫人、女儿、儿子）登台表演，并以"上海昆曲研习社"的社长身份请来同道人马助兴。他认为作家的剧本仅是工程的一半。只有付之场上演出实践，才能判定创作的成败与水平的高低，才能构成完整的艺术生命。

第四次复兴，就是世纪之交，"沪、台、美"三地的昆曲《牡丹亭》演出之盛况了，尤其是白先勇先生的青春版《牡丹亭》，是自二〇〇一年五月昆曲成为"非遗"之名录后，在世界巡演中、在青年观众中影响最大的一次演出盛况。

事实证明，自古以来，文人都是文化的继承者和传播者，文人的家国情怀、济世情怀、文化情怀和忧患情怀通常都比常人来得深切。在接受媒体采访时，白先勇也曾感叹道："在我的生命里，艺术高于一切。昆剧这么美的艺术，如果在我们这一代断绝，是一个罪过。"[24]

在白先勇先生的左右，也都聚集着这样的文人和艺术家，白先生说："其实台湾也好，大陆也好，香港也好，有很多艺术家内心中有很多的这种对我们的文化衰微的这件事情，都有一种隐痛的。但是，没有一个平台，没有一个聚焦让大家一起来做这件文化事业。这次我来做青春版《牡丹亭》好像触动了大家的使命感了。"[25]

正因为有着中国传统文化复兴的使命感和责任感，白先勇先生的"托钵化缘"才能引来社会各界的支援。"在'北大昆曲传承计划'的第一个五年计划中，北京可口可乐饮料有限公司友情赞助五百万，第二个五年计划由美国 FCCH（Foundation for Chinese Cultural Heritage，USA）基金会赞助。而青春版《牡丹亭》从制作、训练、演出到宣传推广等共耗资三千多万元，其中百分之八十的经费来自于海内外的赞助。"[26] 另外，青春版《牡丹亭》美西的巡演，苏州昆剧院两百多人的来往费用，都由白先生的台大校友香港报业集团主席刘尚俭先生和台湾趋势教育基金会文化长陈怡蓁女士慷慨伸出了援手、捐助了巨款。[27] 众人拾柴火焰高。白先勇先生用二十年心血，举起了昆曲复兴大旗，不仅扩大了世界范围内的昆曲观赏人口，并且为昆曲的全球化发展做出了贡献。正如北大昆曲研究中心的陈均主任所言，"像先生以东西方美学贯通，又兼以文学、审美交融，且存有昆曲之复兴、中国文艺复兴之理想，及有意志力、行动力实行之人，若论二十一世纪之中国，唯先生一人。"[28]

3. 经典剧本和青春传承的蝴蝶效应

当然，《牡丹亭》演出的成功首先得感谢剧作家汤显祖。剧本乃一剧之本，事实上，白先勇选择制作《牡丹亭》是经过慎重考量的：

> 我之所以选择主持制作《牡丹亭》，是因为《牡丹亭》本身就是歌颂青春、歌颂爱情、歌颂生命的。我很谨慎地选了这出戏：一是它本身是明代的巅峰之作；二是这出《牡丹亭》是几个世纪以来在舞台上面出现最多的一出戏；三是它的确美，辞藻美、故事美，整个结构、主题表现都很好，情真、情深、情至，它把情的各种层次表现得最为复杂。我只能选一个，就选了《牡丹亭》，我自己回头看时对的，选对了。[29]

白先勇先生是选对了，很多学生在看完《牡丹亭》的演出之后，宁愿醉死在《牡丹亭》中，不愿醒来。

纵观世界各地的演出，选择《牡丹亭》演出的剧种除昆剧外，还有舞剧、赣剧、淮剧、越剧等。仅中国大陆就有几十种不同的版本演出。二〇一八年九月二十一日至十月二十六日，美国位于洛杉矶的"汉庭顿博物馆"就再一次上演了《游园·流芳》。

这是一部融入《牡丹亭》的折子《游园惊梦》表演和西方爱情故事的一部全新的作品，由美籍华裔的赖声川编剧执导。

这部近两个小时的作品，是专门为流芳园定制的夜游演出，全英文对白。取材于中国昆曲《牡丹亭》中《游园惊梦》的故事线索，同时将汉庭顿本人以及与《游园惊梦》几位相似的西方爱情故事融入其中，观众分东、西双线游走观看，两队人马在剧情中点相遇，后再度分开最后又会合，从而看完整个发生在流芳园中的"人鬼情未了"的故事。[30]

据悉，该演出在首演前，三十一场演出票便早早售罄。美国媒体盛赞其为"一次模糊了现实与幻想界限的夜行"，中国媒体称其为"跨越东西方的瑰丽梦境"。无疑，这是中西文化合璧的又一次开创性演出。也许，在不同文化之间，东西方最终是可以达成某种精神层面的共识的。正如纽约的经济商赫曼（Jane Heman）表示：

> 精美的艺术是世界性的，虽然绝大部分美国观众都是首次接触中国传统戏曲，《牡丹亭》优美的唱腔、东方的屋子、悠扬的音乐、充满象征意义的淡雅服饰、具备浓郁东方韵味的舞台设计，令美国观众惊叹不已。从每场演出中观众对幽默剧情的热烈反应，演出完毕后全场起立经久不息的掌声，就可以看出，美国观众不仅看懂了，而且很喜爱。[31]

《牡丹亭》又一次穿越时空，成为对话东与西、古与今、真与幻的媒介。这大概就是今人对经典的又一次致敬,也同时是对伟大作家汤显祖逝世四百多年最好的纪念。与此同时也验证了：中国的昆曲艺术已真正成为世界人民共同欣赏的文化遗产。

经典昆曲可赢得世界观众，青春传承也同样引发了蝴蝶效应。所有欣赏、参加青春版与校园版《牡丹亭》演出的学生也都从白先勇老师身上感悟到了一种精神，校园版《牡丹亭》的演员杨越溪感慨地说：

> 我最感动的一点就是看到白老师对昆曲事业的付出。在整个过程中，他为我们操碎了心，我们吃的住的等等，他都在跑前跑后地为我们张罗。他对昆曲的爱是那么的纯粹，可以放下所有的名和利，可以说，为昆曲传承，他可以付出全部，这对我非常地有触动！[32]

在杨越溪登台演出的前前后后,她深刻地感受到她身边同学、朋友对待昆曲的态度的变化,他们都因为她的影响而慢慢开始接触昆曲了。以前他们都觉得传统的东西太古老,距离较远,内心较为抵触,没想到,通过观看她的演出,校园里又提供这么好的平台,让大家觉得昆曲其实离他们并不远,并不是遥不可及的东西。相反,他们在欣赏昆曲的同时,还会为她做宣传,他们会用 Vlog、微博、微信以及抖音、快手等短影片来表达自己的观感。杨悦溪自己就曾拍过"杜丽娘"换装前后的短影片,她说:

> 配上换装音乐,效果真的很神奇!短影片一经发送后,一天的点击量就到了两万左右,十五秒的短影片一下增长了几千个粉丝,传播速度之快,让我觉得很兴奋。[33]

其实神奇的场景,昆曲中本身就有,如判官"喷火"等。杨越溪表示,她有时就站在后台与同行们拍下这些美妙的瞬间,好让更多人了解昆曲的美。

看来,昆曲,这一最古老的艺术,在这里却焕发出最现代的魅力。经典的剧本、精彩的表演,加上青春的演员,它的蝴蝶效应正在显现:如青春版《桃花扇》、青春版《荆钗记》、青春版《红楼梦》等,它们都追随、效仿了青春版《牡丹亭》的创作模式进行新编昆剧的创作。青春版《牡丹亭》在美西的巡演,也对美国学界产生了深远影响,一些学者开始把昆曲当作专门学问来研究。在高校,继校园版《牡丹亭》之后,学生版《长生殿》也于二〇二一年五月十五日成功地在上海同济大学进行了首演。在北京大学和同济大学校园的官方平台上,你也能发现他们的宣传已向全媒体开放。

在全媒体时代下,我们可能更应正视人的内心视界,正视不同文化背景的独特传统和独特表达。不管科技怎样发达,我们人类对经典文化的诉求永远不变。正如著名戏曲家罗怀臻所言:

> 当我们迎接全媒体时代的到来之时,我们恰恰所要唤醒的就是向传统、向内心的回归,更加自觉地在全媒体的背景下展示各自的独特,这也是中国戏曲生命力的传承。

毕竟,认清自我,才能走向未来。

注释

1.一九九九年七月七日,由陈士争导演,温宇航、钱熠主演的全本五十五出《牡丹亭》在美国纽约林肯艺术中心首演,演出时间长达二十小时,用了三天三夜演完全剧。

2.一九九九年十月,由王仁杰整编,郭小男导演的三十四出《牡丹亭》有上、中、下三本,三个场次六小时演完。首演于上海戏剧学院实验剧场。当年十二月到北京长安大戏院公演。二〇〇〇年四月又参加了苏州市首届昆剧艺术节的公演。演员阵容为上海昆剧团老中青三组四十多位元演员的组合,主角杜丽娘、柳梦梅的扮演者分别为沈昳丽、张军(上本),李雪梅、岳美缇(中本),张静娴、蔡正仁(下本)。

3.昆曲发源于十四世纪中国的苏州昆山,后经魏良辅等人的改良而走向全国。另外,中国历史上最著名的戏剧教育机构——昆剧传习所也是一九二一年秋,由穆藕初、贝晋眉、徐镜清、张紫东等创办于苏州市桃花坞五亩园。

4.江苏省苏州昆剧院为青春版《牡丹亭》的演出班底。

5.白先勇《牡丹还魂》连载,摘自http://book.sina.com.cn。

6.校园版《牡丹亭》是由大学校园的学生作为演员演出的《牡丹亭》。

7.叶长海主编《〈长生殿〉演出与研究》,上海文艺出版社,二〇〇九年四月第一版,五九页—六七页。

8.白先勇:《青春版〈牡丹亭〉的演出历程和历史经验》,《民族艺术研究》,二〇一七年第五期。

9.王帅统:《北京大学昆曲传承模式研究》,《湖北科技学院学报》,第三六卷第九期,二〇一六年九月。

10."从演员的简历与学习情况来看,可以分为三种:第一种是曾经学习较长时间的昆曲,有一定的基础。第二种是有过不长的学习昆曲的经历,或者只学过唱曲,没有学过表演。第三种是毫无昆曲基础。"引自陈均《昆曲校园教育与活态传承的新实践——以校园传承版〈牡丹亭〉为例的探讨》,《中国艺术学年度报告2018—2019》,社会科学文献出版社,二〇二〇年版。

11.陈均:《京都聆曲录》,商务印书馆,二〇一五年版,一二二页。

12.张盼:《白先勇:校园版〈牡丹亭〉实践了我的理想》,《人民日报》(海外版)二〇一八年四月二十一日。

13.陈均:《昆曲校园教育与活态传承的新实践——以校园传承版〈牡丹亭〉为例

的探讨》,《中国艺术学年度报告2018—2019》,社会科学文献出版社,二〇二〇年版,一四六页。

14. 哈佛大学的Harry R.Lewis教授观点,来源:思想潮,《翻译教学与研究》,二〇二二年九月十日。

15. 陈青:《令观众惊艳青春版〈牡丹亭〉在美公演结束》。http://www.china.com.cn/txt/2006-10/10/content_7228125.htm,中国网,二〇〇六年十月十日。

16. 陈均:《京都聆曲录》,商务印书馆,二〇一五年版,一五一页。

17. 此书日后改订为《曲学通论》,由商务印书馆刊行,与吴梅先生的《顾曲麈谈》《南北词简谱》鼎足而三,成就吴梅"曲学大师"的盛名。

18. 《中国文学史》课程,每周三学时,其中第一学年讲"上古迄魏",第二学年讲"魏晋迄唐",第三学年讲的正是"唐宋迄今"。引自陈平原:《吴梅在北大教中国文学史的"鸿泥雪爪"》。

19. http://memory.library.sh.cn/?q=node/77084。

20. 陈均:《昆曲如何进校园?——从"北京大学昆曲传承计划"说起》,《文艺报》,二〇一五年四月十三日。

21. 王秀芳:《民国年间的振兴昆剧运动》,《民国春秋》,一九九二(六):一八页—二〇页。

22. 李花:《管窥昆曲在当代高校的传承与保护——以对"白先勇昆曲传承计划"的讨论为中心》,《戏剧之家》,二〇一五年第九(上)期,总第二〇九期。

23. 吴新雷:《一九一一年以来昆曲〈牡丹亭〉演出回顾》,原载于白先勇策划《姹紫嫣红牡丹亭——四百年青春之梦》,广西师范大学出版社,二〇〇四年版,五七页。

24. 马平:《白先勇与昆剧的不解之缘》,《华人》杂志八月号,二〇〇六年。引自《青春版〈牡丹亭〉美西巡回演出二〇〇六年》剪报第一部分。

25. 白先勇:白先勇牡丹亭的博客影片,http://blog.sina.com.cn/s/blog_4cee40a30102e5ko.Html。

26. 王帅统:《北京大学昆曲传承模式研究》,《湖北科技学院学报》,第三十六卷第九期,二〇一六年九月。

27. 吴新雷、白先勇:《中国和美国:全球化时代昆曲的发展》,《文艺研究》,二〇〇七年第三期。

28. 陈均:《明月初天山,苍莽云海间——〈牡丹情缘——白先勇的昆曲之旅〉手记》,原载于白先勇著:《牡丹情缘——白先勇的昆曲之旅》,商务印书馆,二〇一五年版。

29. 白先勇:《青春版〈牡丹亭〉的演出历程和历史经验》,《民族艺术研究》,二〇一七年第五期。

30. 如梦剧场"央华古宅戏"前戏——赖声川美国造梦编创全新夜游戏剧奇境《游园·流芳》,央华戏剧,二〇一八年十月二十四日。

31.《世界日报》（World Journal New York），二〇〇六。http://www.china.com.cn/txt/2006-10/10/content_7228125.htm。

32.笔者对杨越溪的采访。采访时间为二〇二〇年八月十日晚上七点。

33.同前注。

· 邹元江

武汉大学哲学学院教授

论青春版《牡丹亭》创制的"文人义工制作人"范例

我们知道，戏曲艺术传统的制作人体制有几种模式，一是以剧作家为主体的制作人体制，这以元代的关汉卿、明代的汤显祖为代表，明清戏曲家班的运作方式大体也与此相关。二是以剧作家兼班主的制作人体制，这以清代的李渔最具代表性。三是以演员为中心的制作人体制，这以梅兰芳的"梅党"为代表。四是以导演为核心的制作人体制，这以余笑予、张曼君为代表。显然，青春版《牡丹亭》的"文人义工制作人"完全不同于以往这些制作人体制。苏州昆剧院的蔡少华院长说："白老师起的最大作用就是把一些人聚集起来，特别舞美、灯光都是台湾主创的，我们这边是张老师和汪老师的戏，还有音乐，扬长避短。讨论的时候，最终白老师拍板。我们公认的确定他就是艺术总监、总制作人。"[1] 所谓"艺术总监"，尤其是"总制作人"这个定位对于一个并不懂昆剧的行外人白先勇来说，是意义非凡的！[2] 他创制了一种"文人"游走于戏曲传统制作人体制和建国后以政府为主导的创作体制之间，以一群对传统文化保护、传承和传播为使命和担当的文人群体在文化领袖的引领下的独特文化景观。所谓"文人义工"，并不仅仅是"知识主管"[3]，也即白先勇不只是弘扬传统文化的擎旗者，他甚至可以舍弃一切一般常人的名利羁绊，他不仅到处做宣传"基本上全免费"，拿出了自己的全部稿酬培养学生[4]、投入制作[5]，而且，为了去美国演出，以及更多的对青春版《牡丹亭》的包装、宣传、推广和出版事宜，他把"所有的人情都用光了"[6]，筹措了大约三千万元经费，这是令人十分惊叹的义举！白先勇之所以被全体演职人员公认为青春版《牡丹亭》的"艺术总监、总制作人"，正是基于他独立崇高的文化大家的义工人格。所谓"文人义工制作人"，包含白先勇的文化理念、用人方式、现代视野等主要内涵。

一、白先勇的文化理念

所谓"文化理念"也即"文人义工制作人"的最高理想。白先勇的确从一开始策划青春版《牡丹亭》时就秉持着救赎昆曲的"文化仪式"这一崇高的理想。他曾经不无感慨地说："看看我们的历史，从十九世纪末以来，到现在二十一世纪，我们的传统文化，一直处于弱势，有时候几乎快崩溃。比起西方文化，他们十九世纪、二十世纪完全是强势文化，可以说在文化上几乎是他们西方人的发言权，他们说的算数，什么是最好的戏？什么是最好的音乐？什么是最好的舞蹈？都是西方人说了算。……中华民族每个人的内心中，都有一种伤痛——我们辉煌了几千年，怎么会落到今天？怎么会衰退下去？……中国文化……这种衰退的状况，的确需要一种救赎。……心灵上怎么救赎？所以我选择昆曲。昆曲两个字可以形容它。一个是'美'，一个是'情'。……我觉得'美'与'情'这两个元素就是我们救赎的力量。……如果我把我们的昆曲'回春'，恢复它的青春生命；如果我能借昆曲为例把我们的传统跟现代结合起来，给我们的传统文化复兴一个启蒙范例，这是我的梦想。我也希望二十一世纪我们再来一次文艺复兴，再来一次'五四运动'。"[7]

所以，蔡少华说："白老师是最大的昆曲义工，是文化艺术的引领者，优势推广运作高手，他有文化理念，中西文化的比较。"[8]作为文化艺术的引领者，最关键的就是要有建立在中西文化比较视野下的文化理念——"昆曲新美学"[9]，这是文人制作人的审美文化底色。而义工的善举正是基于坚定的文化理念所蕴生的文化使命意识。蔡少华说，白先勇把青春版《牡丹亭》"作为自己的事情来做了，好像这个就是他的使命，他的价值"[10]。对此，汪世瑜深有感触。他说白先勇："提出一个理念，我们实施，说明他的理念是非常正确的。有的时间跟我一打电话，要打两三个小时。我有一次在香港,我买了两百块钱的一张卡,一次给他打光,打没了,他在美国打过来,他的脑子想到一点,马上给灌输。比如……《惊梦》跟《幽媾》再跟《如杭》这三个,一个是体现它的'梦中情',第二个体现他的'人鬼情',第三个体现他的'人间情',这三种爱、三种情,怎么表现它的不同?"[11]

其实,严格来说,"昆曲新美学"并不是一开始就有的文化理念,而是在白先勇不断深刻介入青春版《牡丹亭》的创作过程中逐步形成丰富的。白先勇最初并没有要承揽这宏大的、艰巨的传承、传播濒危的中国传统文化精粹——昆剧——的意愿和动机,最重要的契机是古兆申建议他在给香港中学生演讲《牡丹亭》时请苏州昆剧团的青涩演员俞玖林、吕佳示范表演,蔡少华团长也借机"精心策划",连续四个晚上与白先勇长谈,给他"洗脑"[12],极力邀请他做这个戏,终于打动了原本安静地在讲台上授课、在书斋里写作的白先勇出山,扛起了振兴昆曲的大旗。蔡少华虽然是政府任命的官员,但他的行事风格却并不像过去的官员那样一切听命于上级主管部门的指示而动,而是有一种特殊地位地域文化传承传播的使命感。他虽然过去是学哲学的,"跟戏曲一点关系都没有"[13],可以说是完全不懂昆剧艺术,但他在文化局外事部门工作的经历,使他的眼界显然不同于只向内看,而不关注文化走出去发扬光大的一般官员。他非常清楚他念兹在兹的这一方水土上,什么东西是最具有文化内涵和独特价值的。所以,当他走马上任苏州昆剧团团长的岗位时,他就积极谋划如何将苏州的名片——昆剧——擦得更亮,走出低谷,进而走向世界的问题。正是这个具有大格局的文化振兴心胸,机缘巧合又遇到了白先勇借用团里"小兰花"的青年演员到香港为一千多名中学生示范表演。虽然白先勇最初并不同意让几个名不见经传的草台班子的青年演员来示范,但古兆申的担保和怂恿,尤其是俞玖林虽稚嫩却天然具有的书生气的表演使他的讲座大获成功,这给后续的蔡少华步步紧盯与白先勇的合作意愿,奠定了非常重要的情感基础。但,白先勇非常有自知之明,当蔡少华明确提出请他领衔创作青春版《牡丹亭》时,白先勇"一口回绝"了,谦逊地说:"我是写小说的人,不能做昆曲的"[14]。显然,这不是故作姿态,而是非常真诚、实事求是的。可蔡少华看中的并不是白先勇是否懂昆剧艺术本身,而是他的文化身份和特殊的艺术气质。他认为,"昆曲需要引领者",他相信白先勇正是这个"引领者"。他诚恳地对白先勇说:"我对昆曲的理解,真的是要靠演员,但是做成什么样的戏?怎么去传承?……需要高人的指点,登高一呼。"[15]于是,两个都不懂昆剧的官员和文人,就这么携手操办起如今看来是前无古人、后难有来者的惊天动地的伟大工程！

"昆曲新美学"的核心内涵首要的是传承正宗的昆曲经典。白先勇说青春版《牡丹亭》"要保持传统的，一定要是昆曲的。就是正宗、正派、正统"。[16]对此，汪世瑜有非常清醒的认识。他说："表演上的东西当然我们遵循正统、正宗、正派，巾生就是巾生表演的一种套路，闺门旦就是纯闺门旦的。花判是判官，那是纯大花脸。像李全，那么就是纯白脸，就是二花脸。有些小花脸就是小花脸，这些没有去变大。"[17]为了保持传统表演的行云流水审美特性，虽然舞台上用了高平台，第一本"是两个台阶，第二本是中间平台，但是我们绝大部分的时间表演，我们生（行）穿的厚底（靴）还是都不到平台上去"。[18]

当然，保持传统不等于没有变化，但所有对传统的变化、取舍都是小心谨慎的，衡量的标准就是"适度"。何谓"适度"？最好的解释就隐藏在创排实践不断地微调中。譬如，梅兰芳过去曾用过十二个女花神。青春版《牡丹亭》为什么除了女花神，还要增加男花神呢？这是白先勇对汪世瑜提出的问题。以前从来没有用过三个男花神。之所以如此，这是为了达到舞台上的阴阳平衡。十二个女花神和三个男花神的同时出场，不仅是这个戏的点缀，关键是烘托了"梦中情""人鬼情"和"人间情"三场重头戏的分量[19]。这是对传统的"适度"变化。

又譬如"梦中情"如何表现？杜丽娘梦中向往的是什么？其实就是男女的性爱。可杜丽娘在梦中与柳梦梅初次相见的性爱如何表现？这也是白先勇对汪世瑜提出的问题。按照传统的演法，杜、柳"都是内心的那种害羞，碰一下袖子缩掉了……但是白老师给我们一个解释……他说梦里你什么都做得出来。有这种解释就好了"。[20]既然白先生已经这么解释了，作为总导演的汪世瑜就要设法朝着杜、柳"大胆去爱"的方向修改传统的比较含蓄的表达方式。但老实说，在传统昆剧舞台上表现性爱是比较困难的。难道昆曲要把杜丽娘的衣服当众脱掉？过去西德有一个《牡丹亭》，就是在台上一件一件脱衣服。郭小男的这个戏，也是脱衣服。美国塞拉斯的"先锋版"《牡丹亭》就更直接在透明的有机玻璃平板（暗示床）上让穿着乳白丝绸内衣的柳梦梅压在穿着性感亵衣的杜丽娘身上扭动。[21]汪世瑜能用什么方式表现呢？他说："用水袖，用眼神，用一种姿态，用一种舞蹈。总而言之，还是用一种比较传统的，一种舞蹈的，一种造型姿态，一种水袖的勾搭，用这种形式表现。"[22]正是运用这个传统的水袖具身表情[23]，创造出青春版《牡丹亭》已成为新经典的杜、柳搭袖造型！这就是最好的对"适度"的解释。

其实，杜丽娘与柳梦梅调情的水袖相搭，就是通过具身姿势化而不脱离传统的情感"暗示"表达。沙特在观看了中国戏曲艺术的表演后，认为中国戏曲的审美特征就是通过动作而"暗示"出所要表达的精神世界及其环境。而在沙特这里，"暗示"包含着"创造"之意，表示一种创生、缔造的过程。对戏曲艺术而言，"创造"是由动作来实现的。沙特称具有创造能力的动作是姿势："姿势是什么？姿势即非行动（acte）的东西。是一个并不以自身为目的的行动，是一个旨在展现其他事物的行动或动作。"在沙特看来，戏剧动作是姿势、意指活动（signification）和展示（présentation）[24]，它代表的是另一事物而绝非它自身。沙特认为，"在戏剧中，演员的姿势（geste）比事物更重要。确切地说，事物诞生（naissent）自姿势。尚－路易·巴勒侯（Jean-Louis Barrault）说模仿爬楼梯就是创造（fait naître）楼梯，他说得对。……中国戏曲中也是如此。事物不必在场。事物是多余的。姿势在使用事物的过程中产生（engendre）简洁的事物。"[25] 显然，汪世瑜深谙此理，而且运用的极其娴熟，创造了杜、柳二人的一系列极具诗意暗示意象的美轮美奂的具身姿势。

当然，无论如何对传统"适度"的变化，昆剧的根基总是不能变的。从汪世瑜对白先勇提出演员必须有不少于四个月的基本功训练来看，他是非常清楚昆曲的正宗传统是建立在演员极其繁难艰奥的行当童子功基础之上的。他借鉴了自己曾在浙江"小百花"剧团为了一年后到香港演出，请浙江省最好的老师和导演一天三班在那里培训整整一年的经验，提出也要对苏州昆剧团这个原本像个草台班子的青年演员加以基本功训练，最初的这个想法原本是想吓退白先勇的这个计划。但没想到的是，不到一个星期，白先勇就说马上召集组织一些老师来按照汪世瑜的要求，从早上七点到晚上十点培训演员[26]。这个后来被称作的"魔鬼式训练"，毫无疑问从昆曲表演的传统根基上确保了青春版《牡丹亭》的正宗传承的目的。

凡参加了这次训练的青年演员过后都还既心有余悸，又十分庆幸。沈丰英说："当时我很胖，'魔鬼式训练'我掉了十五斤肉，两三个月，太辛苦了，不给我吃的，白老师那时最大关照就是不允许吃零食……如果再回到过去的话，已经不敢想象有没有再次的勇气承受这样的折磨。"她承认这次训练的确是"苦的，六点起床，然后早功，那个早功不是压腿什么的，就专门请的舞蹈老师，那就是训练芭蕾的那种开肩。让我躺在地上就是掰，膝盖顶着你的背，肩膀往后拉，我是每天早上看见他心理就开始祷告，轮到掰的时候女生都哭了，每天都要哭一场，男生的话，也是很苦。掰的时候脸从红到白到绿，发现绿了才放下来。不过幸亏有那一次的训练，我们原来在舞台上站都站不直，现在经过了训练，知道了基本功的训练。以前这么练可能都是错的"。最让沈丰英记忆深刻的是跑圆场，她说："我在圆场上特别费功夫，马老师是汪老师的爱人，她特别在乎脚下，她说那么大的剧场，你一个人在台上走，你又在规定的唱腔里面完成这么大的串联，一出《寻梦》下来，没有脚底下的功夫是不行的。那个时候马老师让我每天跑一个小时，不停地圆场。后来她还不满意，说你给我绑沙袋，绳子系起来，只能在这个幅度里面。后来她说不行，速度不够，为什么速度不够？你的脚底下还是没有功，就绑沙袋，沙袋解开了以后就会觉得轻松，我们基本上绑了一年，每天都要一小时的圆场，那时鞋子不知道跑破了多少双。那个汗不是说一滴滴的，是从手指滴下去，要带几身衣服过来换。"[27] 对此，连看了魔鬼式训练的白先勇也非常感动，说："早上九点，到下午五点，魔鬼式的训练，磨得那个女主角常常掉泪，男主角今天穿的在排演时候的戏服，上面还有血迹，跪得膝盖都破掉了，所以我们这台戏是血泪打造了的。这些演员真的流了很多血，流了很多眼泪，流了很多汗，非常辛苦。昆曲是非常难的，我跟他们在一起，看他们排演，对这种艺术又增加十二分尊重。他们的训练一个动作，一个水袖动作可以三十多次，那个笛音吹到哪里，水袖要到多高，完全有讲究，非常规范。"[28]

在紧紧抓住演员表演能力的迅速提高这个舞台呈现的关键因素的同时，白先勇将"昆曲新美学"以美为核心内涵的要求落实到剧团的各个部门，整个团队的制作处处都以"完美主义"为出发点，蔡少华说："舞美做了两批，服装也做了两批，要修改。白老师决定，我没有意见，不行就换。……包括美国进口的防火幕布，整个第一轮扔掉，第二轮又做。做的讲究精致，服装在苏州做的……整个服装大概是两百万，那个时候就两套。他要求全部要人工手绣，要有飘逸感，选用重磅丝绸，不做机绣。"[29] 汪世瑜也称道："小道具不能用常规的小道具，让人家在不知不觉当中看出你的创造，你在变，符合今天人的审美情趣。所以我们的桌子都加高加宽。因为是大舞台。……大舞台上还用我们的椅、桌子，太小，观众的视线觉得有点不协调，需要加宽加高。小道具精致到一把扇子、一面镜子……这些都是白先勇的完美主义在那里，体现在舞台上。"[30] 这个"完美主义"就是白先勇文化理念的最高境界！

二、白先勇的用人方式

为了更有效地贯彻"昆曲新美学"的核心内涵，白先勇采取了独特的用人方式。所谓"用人方式"也即文人义工制作人并不太多考虑体制规范内的因素，而是从审美直觉和文化理念出发选对的人（张继青、汪世瑜和年轻演员），甚至可以打破省市疆界、剧团间藩篱、新老演员的差距等等因素的羁绊。与剧作家、班主、演员和导演为制作人的体制不同的是，青春版《牡丹亭》的制作人白先勇既不是剧作家、班主，也不是演员和导演，但他却以知名文化人的身份和义工的人格魅力、感召力，将一群跨界的文化艺术精英群体聚集在他的麾下，心甘情愿地、不求报偿地来共同实现他的传承剧目、传承人才、传承观众的"昆曲新美学"梦想。

作为"文人义工制作人"，白先勇不仅有高雅的审美理念，而且也具有识人用人的独特慧眼。他说"昆曲经典一定要保住"，这是他的"昆曲新美学"的一个核心。[31] 那么，如何才能保住呢？这里面关键的第一步就是他极其真诚地约请了昆曲"旦角祭酒"张继青和昆曲"巾生魁首"汪世瑜。

白先勇约请张继青指导沈丰英，是基于他对张先生表演艺术的极为倾慕。张继青曾得到晚清昆曲老艺人尤彩云的亲炙授戏《游园》和《惊梦》，也得到昆曲大师俞振飞的提携配戏《断桥》，还曾接受江南著名曲家俞锡侯的清曲格范。让她不能忘怀的是"传字辈"老师给她的馈赠。她曾说："老师给了我两碗饭，一是姚传芗先生的《牡丹亭》，另一个是沈传芷先生的《朱买臣休妻》。"[32] 沈传芷亲授的《朱买臣休妻》中的《痴梦》，姚传芗亲授的《牡丹亭》中的《寻梦》及尤彩云亲授的《惊梦》，成为她最拿手的剧目，她也由此被业界誉为"张三梦"，在上世纪八〇年代初的国内外演出时曾引起巨大的轰动，并在一九八三年获得第一届"梅花奖"头奖，在还没有开放大陆之行的台湾，知名曲家也在私底下传递张继青的演出录像带，无不惊为天人！[33] 白先勇与张继青相识始于一九八七年他第一次回南京的省亲怀旧之旅。他到依稀记忆中的昔日都城，一方面是想看看小时候曾经居住过的南京模样，另一个目的就是想亲眼观摩一下早就听说过的张继青的"三梦"绝唱。可那时候张老师并没有演出，于是他就托请了很多人，终于圆了他的这个梦，了却了平生的一桩夙愿。张继青专场为他演出的"三梦"，让他如痴如醉，久久难以忘怀。为此，一九九九年他约请张继青在台北对谈时，还专门向她诚挚致谢！[34]

白先勇约请汪世瑜指导俞玖林，不仅是基于他曾得到俞振飞的指导，而且他作为"传字辈"周传瑛的弟子"非常灵活"，周传瑛曾亲授汪世瑜柳梦梅的折子戏《惊梦》《拾画》《叫画》和《硬拷》。白先勇还诚聘汪世瑜为总导演，是因为他有总览全域的能力，而且"不守旧"。就在白先勇动议创排青春版《牡丹亭》的两年前（二〇〇〇—二〇〇一），担任艺术总监的汪世瑜曾与浙江昆剧团的"世字辈""盛字辈"同门排演了《牡丹亭》上、下本。上本除继承了姚传芗传授的各折外，还增加了《闹学》和《言怀》（与《怅眺》合成）两折。下本除传统折子戏《花判》和《玩真》（合《拾画》《叫画》两折）外，《魂游》《幽欢》（即《幽媾》）、《冥誓》（与《欢挠》合成）和《圆梦》（即《回生》）均是重新创排。这个上、下本的《牡丹亭》在两岸三地的演出，均十分成功。所以，古兆申甚至认为，汪世瑜的上、下本《牡丹亭》与张继青的一晚本《牡丹亭》（即由姚传芗和胡忌将尤彩云亲授的《游园》《惊梦》，姚传芗亲授的《寻梦》并创排亲授的《写真》《离魂》五折戏连成一晚本叠头戏），成为当代《牡丹亭》演出的新传统，"张继青和汪世瑜是《牡丹亭》这种经典性的主要建立者。"[35]

而从青春版《牡丹亭》的创排来说，蔡少华甚至认为"汪老师是一个很大的关键点"[36]。之所以这么说，是因为汪世瑜不仅仅是手把手的口传心授俞玖林的小生戏，关键是，汪世瑜还具有过去戏班班主、"总讲"捏戏、创造、统筹的巨大潜力，这是充分保证该剧的完整性、统一性和现代性呈现的必备前提。对于这一点，汪世瑜对白先勇颇为钦服，认为白先勇不仅培养了俞玖林、沈丰英两个"梅花奖"的演员，而且"也培养了一个导演，昆曲导演"[37]。这个导演就是从未当过导演的汪世瑜自己。所以他说："白先生确实是慧眼。像我这样的导演，一般人怎么会敢用？我可以把里面三分之一的戏，重新'捏'出来，给人家感觉像个昆曲，跟前面的《游园》《拾画》《叫画》基本上一致，不会露出很多的痕迹来。这一点，一般新的导演、正规导演，排不出来的。他就让我去排。"[38]的确，汪世瑜排戏，从来不是只走程序，而是"创排"。当你问他排戏追求什么时，他总说"追求不一样的"。所谓"追求不一样的"，这就是"创排"。这是白先勇最为欣赏的，虽是"创排"，但不偏离昆曲的审美本质。譬如柳梦梅的出场，过去的表演只要按巾生的基本程序上场即可。但汪世瑜给俞玖林编排的柳梦梅的十二个出场，就是十二个都不一样的创排出场，用他的说法就是"把巾生的表演静静地挖出来，比如说第一个出场，他是梦中飘跃感，第二个出场是《言怀》。'言

699

怀'是什么？他是在寻思，为什么我是一个在广州城里也是数一数二的才子，今天落魄到还要一个老员工来养活自己，供自己念书？所以他也要发奋图强，拿了本书，在看书，这个出场是慢悠悠的，但是又带一点愁思的出场。第三个出场就是《旅寄》，他要走，他要去'寻梦'，风雪不动，就拿了一把伞，用伞舞来表现柳梦梅跟这恶劣的天气搏斗。第四个出场就是《拾画》，《拾画》就是在石道姑的照料下，他大病初愈，又是客居异乡，所以心情非常压抑，所以这个出场，因为他身体不是那么好，尽管也像巾生的小方步出场，但是他有一种病态。但是病态又不能完全是一个病人的行走，要带一点巾生的小方步"。[39] 显然，这既丰富了巾生的表演，但又不脱离昆剧的神韵。

保住昆曲经典关键的第二步是选择了年轻演员。为何青春版《牡丹亭》会取得成功，沈丰英认为关键是"一、白老师会用人。二、宣传力度。三、戏好。"沈丰英这里所说的"会用人"指的并非仅仅是白先勇找了张继青、汪世瑜等这些大师级的老师口传身授昆曲经典，而是指"用我们年轻的人"。为什么那么多成名的艺术家白先生不用呢？沈丰英认为是"他们已经有自己的痕迹在那里了。《牡丹亭》是昆剧里面最好的一个剧本，他怎么把最好的剧本塑造成他心目当中最完美的东西，呈现出来，我觉得他是用对了人，就要找年轻的演员。他不在乎我的演技有多高，他可以把自己的理念灌输在我们身上，按照他的模式让我们慢慢成长起来，而且我觉得他的理念是对的，他的眼光是对的"。[40] 的确，白先勇选青年演员的眼光不同于艺术家，他更多凭直觉。汪世瑜曾回忆说，到了看戏选演员的时候，白先勇"看来看去就是看中两个人，一个是俞玖林，一个是沈丰英。当时我对沈丰英还是有一定的看法，我觉得，作为对杜丽娘的要求，好想她还不是太水灵。但是他看中她的两只眼睛，认为她两个眼睛传神，能够说话，因此他就看中了"。[41]

白先勇还特别在二〇〇三年十一月十九日，为从不收徒的张继青、汪世瑜在苏州举行了隆重的收徒仪式，两位著名的昆曲表演艺术家分别将沈丰英、俞玖林正式收入门下，使青年演员成为老一辈表演艺术家的入门徒弟。刘俊说："为了显示这种师徒关系的严肃性、正式性、牢固性和不可更改性，白先勇还要求拜师的年轻人要向师傅行三跪九叩的跪拜大礼，以传统的礼仪形式对师徒关系形成一种约束力和责任感——"因为在白先勇看来，"这种有约束力和责任感的师徒关系，是年轻人得到师傅倾心传授的保障，而有了这种保障，昆曲表演的精髓才能够薪火相传，延绵不绝"[42]。

除了选择大师级的老师口传身授年轻演员外，白先勇保住昆曲经典关键的第三步是选择了年轻观众群体。白先勇之所以培养年轻演员除了赓续昆曲传统的用心之外，也从市场的角度培养观众。但所谓"培养观众"首先是要"选择观众"。之所以要"选择观众"是基于昆曲的雅化传统不是所有的当代观众都能够接受的，对此，古兆申有非常清醒的认识："昆剧的生态，与其他剧种不同。声腔是由文人改造的，剧种是文人创造的，演员是文人培养的，理论是文人总结的，演出体系是文人建立的。其生存土壤是文人阶层"[43]。因此，当昆剧的生存土壤在清末民初文人阶层发生了断裂的状况下，选择在文化知识层面最有可能接近文人传统的大学生观众群体就是极为明智的，大学生长期养成的对新事物好奇专注的学习习惯，能够确保他们在观看青春版《牡丹亭》前会做足功课。

这一点俞玖林有很深的体会。他以前也听说过"昆曲最好的演员在大陆，最好的观众在台湾"这类话，但直到二〇〇四年四月二十九日在台湾"国家戏剧院"首演青春版《牡丹亭》时，他才真切地意识到这一点。他说："我知道他们有的人来看是拿着书来看的，拿着本子来看戏的……看戏真的要做功课，不做功课就看不到昆曲的真谛。功课做好之后让你去看，肯定得到的东西，欣赏的东西都不一样。他们就是这样，认认真真，一点声音都没有。"[44] 除了做足功课，不同的观众群体，对昆曲的知觉也是大相径庭的。这一点俞玖林也体会很深，他说："因为人在工作之后和在学校里是不一样的状态。工作的人比较冷静，他看东西的时候，即使坐在那看戏看得很喜欢，他可能不一定有笑容。他看得很苦但不一定会流泪，他心里都有了，但是情绪不外漏……在社会上演出，商演，人很复杂，各种人都有，那个场子比较冷……但是在大学里完全不一样，那个呼应，该笑的时候就笑，该热的时候就热……互动的感觉特别的强烈。"[45] 的确，在前二百场演出中，有八十九场是在大学里演出的，占青春版《牡丹亭》前两百场演出总数的44.5%，接近一半，真真切切让昆剧的观众下降了三十岁！[46]

白先勇保住昆曲经典关键的第四步是选择非戏曲界的吴素君来做花神舞蹈设计、王童来做服装设计，并赢得了巨大的成功。白先勇二〇〇三年一通长途电话从美国打给台北的吴素君。白先勇之所以想到邀请她为剧中的花神编舞，甚至每回讨论构想都会超过一小时，并不只是因为她出身于舞蹈科班，曾在云门舞集及台北越界舞团担任现代舞舞者，并为许多当代跨领域舞台表演担任编导，而且也基于她对传统戏曲的热爱，早年曾拜师于京剧名家梁秀娟门下学习旦角身段，亦承昆剧大师华文漪亲授《游园惊梦》，并登台演出过杜丽娘一角。华文漪在台湾演出《牡丹亭》时，也曾委托她编排花神舞蹈。毫无疑问，白先勇既看重吴素君承名师学演过杜丽娘，甚至编排过花神舞蹈，更期冀她能够为"昆曲新美学"注入新内涵。作为现代舞者，她甚至表演过根据白先勇的小说《游园惊梦》改编的现代独舞，这种与《牡丹亭》的多重缘分，与白先勇的"昆曲新美学"观念的某种暗合，吴素君显然是不二人选！

事实证明，白先勇完全没有看走眼，吴素君在《惊梦》《离魂》《回生》三大段落花神舞的编排上不仅完全超越了梅兰芳电影版花神舞，而且极大地提升了该剧的艺术感染力，给全剧增添了令人回味无穷、浓墨重彩的一笔！之所以会取得令人惊叹的美的极致的艺术效果，就是因为吴素君完全领会了白先勇唯"美"的现代创造意图。之所以要为众花神编舞，吴素君认为有几个原因："一方面，就演出场所而言，青春版《牡丹亭》的表演设定在大型剧场的表演空间，传统昆曲的表演场所一般为中小型舞台，与观众的距离较为接近，因此演员的身段，尤其是旦行的身段一般多趋于精致内敛。而青春版《牡丹亭》是针对大型剧场编创的舞台制作，有必要在各方面根据实际情况进行适切的调整。在高耸空旷的剧院大舞台，需要有众花神的群舞来烘云托月，塑造氛围情境，传达大场面繁花纷飞的美感。"[47] 显然，为大场面编创花神舞这一点，的确被后来的两岸和海外的三百多场演出所证实。

二〇〇六年，青春版《牡丹亭》在北加州加州大学伯克利分校 Zellerbach Hall 剧场美国首演。据汪班回忆，"由于剧场极大，舞台宽而深，座位达数千之多，演出单位考虑到，如完全按照具有细致优雅特色的传统昆曲形态演出，可能会显得单调微弱，因而做了不少与传统昆曲略有不同的改动。全剧布景道具丰富齐全，灯光华丽多端，文场乐器增加，音响随剧情变化而强弱，武场也在多处显得火爆热闹，较传统昆曲配乐要西化些。这些舞台和音乐上所必须有的改动收到了效果，三天演出，场中观众情绪一直保持高涨，没有人抽签早退。剧终时，全体观众起立鼓掌欢呼，给予最高最热烈的肯定。这是中国古典戏曲在美国极为成功的一次演出。"[48] 其实，不仅仅是布景道具、文武场音响、灯光的增益，这其中最具感染力的就是在全新服装的衬托下，十二花神舞在硕大的剧场里掀起溢满全场的情感浪潮。

这就是为众花神编舞的另一个原因，吴素君说："就剧情而言，花神专掌惜玉怜香，即是花园中百花之神祇，又可托为作者汤显祖化身，从戏份上来说，众花神虽只是边配角色，但因为他们带领并见证了柳梦梅和杜丽娘在现实及梦境中所发生的一切，是推动剧情发展极其重要的角色。"[49] 所以，在众花神的舞台塑造及表现上，吴素君不仅在舞蹈的编排上贯彻白先勇所坚持的"古典为体、现代为用"原则，既不脱离传统戏曲身段韵味，又有现代舞蹈的飘逸感，而且在服装造型设计、舞台布景运用及道具的选择上，也与跟其他主创者一起合作花费了极大的心思。

在服装造型设计上，王童虽然是做电影导演的，但他有一种线条感，一种色彩感，而且一直泡在苏州，连绣娘都一个一个的挑，每一根线都看着绣娘绣，所以，他特别注重在质料与样式上利用大斗篷的张弛飘动，来衬托舞台上飘花行云的流动感，以服装斗篷上不同的花绣来传达十二个月份各色花神的代表身份，女花神采用披帛长巾代替了水袖，以利于吴素君的舞蹈动作设计。

在舞台布景的运用上，最初的设计虽然特别强调在不影响戏曲进行的原则下，设置了从舞台深处的高平台向观众席延伸的花道，便于花神的降临，展现高低、深浅不同的层次，以制造空间能量转换的效果，并勾勒出浓淡不同的情感反应。但这种设计显然是对原本移步换景、身段画景的戏曲表演产生了一定的妨碍。后来的设计将高平台改为略高出台面的低平台，在低平台的尽头陡然三百六十度延伸出一段斜台仍构成花道的意象。这种简约而雅致的设计，既牵引出花神从天而降、又飞升而去的行进轨迹，让花神舞蹈的意象能更清晰地展现，又尽可能不影响戏曲演员行云流水般的场上律动。

在道具的选择上，面对高耸宽阔的舞台空间，吴素君选择以高大的男演员扮演主花神。但如何取代梅兰芳以手执花束而舞的花神象形，吴素君与道具制作师反复尝试，她"更期待能有适当的道具可划破空气、带动气流、捎来神迹。一开始着眼于柳梦梅的柳枝意象，请道具组制作长柳枝进行排练，但送来的道具长度不足，又粗糙俗气效果不佳。"于是，她设定了长度，请道具制作师就"长幡的意象重新设计，因此细长竿加长条丝绸飘带，三个回目的舞蹈主要道具就此定调"。[50] 这个"长幡"意念的神来之笔，尤其是《惊梦》绿幡（嫩柳春萌，男女欢爱）、《离魂》白幡（苦离丧殇，生命离逝）和《回生》红幡（魂兮归来，团圆喜庆）的色彩变换，更是将三个场景的不同情感透过色彩的明晰意象传递出来，切合了白先勇"梦中情""人鬼情"和"人间情"的三段情感内涵的设定，直观隐喻地诠释了杜丽娘由生入死、由死回生的生命轮回轨迹。

三、白先勇的现代视野

白先勇"昆曲新美学"的理念不仅仅是传承正宗经典，而且，也要具有现代视野。汪世瑜对"昆曲新美学"的理解是："白先勇的意思就是说用现代的架构去完成传统的理念，用现代人的眼光和审美再现传统的东西。也就是说命脉还是传统，但是呈现的东西要有时代感。"[51] 什么是时代感或现代性？汪世瑜说主要就是舞台体现的问题[52]，这涉及到诸多中西戏剧观念可否、如何"置换"、融合、偏离等极为复杂的问题。

虽然花神的服装设计和舞蹈在"古典为体、现代为用"上取得了很大的成功，但青春版《牡丹亭》在整个创作过程中也不是没有争议的。譬如，一向以曲牌套曲为基础打谱的昆曲格范，能不能按照西洋作曲法作曲配器呢？周秦就是明确反对昆曲作曲的，更不认可按现代西洋的作曲套路为昆曲设置"主旋律"。他批评道："更令人忧虑的是所谓音乐编配，作曲家根本不理会昆腔音乐的传统规范，将曲牌、宫调和字声腔格弃置一边，从《皂罗袍》里跳出一句旋律，加花变奏，凑合场上表演情节，或高或低，时快时慢，反复出现，万变不离其宗。至于随意乱用凡、乙，乱用豁腔，比比皆是，早已恬不为怪。"[53] 周秦的意见是有根据的，该剧的作曲的确不太懂昆曲音乐，所以才会弄出一些硬伤，甚至连古谱抄写都有错误。要不是周秦及时纠正，真的会是以讹传讹、贻笑大方[54]。

对于昆曲能不能有作曲配器，张继青、汪世瑜都有自己的不同看法。张继青说，当时沈丰英学的是江苏昆的声腔，这也是白先勇约请她来的目的，就是学习正宗的南昆声腔、"南昆的风格"[55]。但青春版《牡丹亭》沈丰英在表演的时候却没有用她教的声腔，张继青说："整个三本《牡丹亭》贯穿，音乐是重新写的。从我个人讲起来，当时听我们自己的音乐比较习惯，这个音乐我觉得好像有一点出格，新的东西好像多了一点，我听了好像有点不习惯。但是这个话我从来没有讲过，因为这是它的风格。"[56] 对于该剧的音乐是不是不太传统的问题，汪世瑜显然不太认同。他说："音乐应该说主要是唱腔，唱腔这是代表一个剧的音乐。但是这个音乐，我们是彻底的昆曲，全部都是曲牌，这个曲牌是一点没有动的，原封不动地保持。当然唱法上是有变化的，但是他们笼而统之就讲音乐是好音乐、不好的音乐，我认为这样讲不是合情合理。应该讲唱腔是完全不动的，但是配乐，舞蹈音乐，相对来讲是比较新的，我认为这也是可以的，就看它衔接得好不好。衔接得好，我认为这也是在发展，也是可以的。所以有的人认为这音乐好像太新了，包括我们音乐里面也有配器，他们听起来不像老昆曲，老昆曲是没有配器的。"汪世瑜认为，正是配器营造了现代剧场的演出氛围。如果器乐还是过去的四大件，一个笛子，一个笙，一把三弦，一张琵琶，其实包括三弦、琵琶，以及二胡、扬琴、萧，都是后来加进去的。汪世瑜说："就这么几大件的东西，在这个舞台上用，那根本就不行。"很显然，汪世瑜之所以认同这个剧目音乐的改变，就是基于该剧演出场所的变化。现代大剧场的空间，原本的四大件乐器已无法再达到古典氍毹、厅堂演出场所的听觉效果。所以，他特别强调舞蹈和其他音乐配器的现代剧场效果，而不断申明"昆曲最经典的唱段"都保留了。[57]

其实，在百年来的新创剧目中，对传统的变革究竟应采取一种什么态度，一直是戏曲演艺界和学界争论探索的话题。梅兰芳曾谈及一九二二年排演《霸王别姬》时虞姬舞剑的身段来源，虽然在此之前他也请武术老师学过太极拳和太极剑，也向凤二爷学过《群英会》的舞剑和《卖马》的耍剑，但在《别姬》的剧情中舞剑只是"表演性质的，所以里面武术的东西我用的比重很少，主要还是京戏舞蹈的东西，其中还有一部分动作是外行设计的，其中齐如山就出了不少点子。姚玉芙曾说过：'齐先生琢磨的身段有些是反的。'我说：'有点反的也不错，显得新颖别致，只有外行才敢这样做，我们都懂身段有正反，也不会出这类的主意。'"[58]实事求是地说，白先勇也是外行，也不太懂昆剧表演的，他也会出现所说的话并不符合昆剧表演规律的问题。但显然，无论是汪世瑜、张继青这些行内大家，还是所有合作者，都像当年的梅兰芳对待齐如山"琢磨的身段有些是反的"而采取的包容、豁达的态度，总是能从"显得新颖别致"的积极的方面来看待这种破格求变之处，这就营造了让整个创作团队有一种开放的、没有试错的心理负担的创新环境。

毫无疑问，追求现代性、现代视野，也必然习以为常的用西方戏剧表演观念来解释、"置换"[59]传统戏曲的表演观念的问题，这其中，斯坦尼斯拉夫斯基的心理"体验论""人物小传"分析、"进入角色""最高行动线"等观念都是重要的内容。关于这一点，沈丰英受到张继青、汪世瑜的双重影响都极深。张继青给她的是扎实的传统表演的旦角基本功口传身授，而汪世瑜给予她更多的则是深入人物心理的掌控力。显然，沈丰英受到汪世瑜的影响更深一些，这透过她的言说也能看出一些端倪。她说，表演像"青春版"这样的全本戏，"我要想一遍人物，这个角色是什么？几岁？生活环境、背景是什么？状态是什么状态？要把这个人物基调定好"[60]。由此，沈丰英也像话剧演员一样有了所谓表演的"瓶颈"期，即"突破不了自己的时候非常痛苦"。譬如天天到校园演出，又"没有什么突破，自己就觉得像拷贝一样，一遍遍的拷贝一出戏"[61]。在这里，沈丰英所说的并非是表演技艺的提升问题，而是对角色的理解体验深入不下去的"痛苦"。她迷茫无助地说："就是你把戏挖到一定的程度，没有新的东西挖了，你的思路，你的智商只有这一点的时候，你就觉得找什么新鲜的东西来刺激自己呢？这是一种精神上的消耗，体力上的消耗，没有愉悦感了，只有疲惫。"[62]甚至，原本话剧般设置的布景突然被撤掉，也让她很敏感，"我觉得我自始至终对舞台上这个杜丽娘的形象想得最多。如果说哪一次把我的一个什么布景拿掉我会很敏感的，我就会很生气……有一次我还跟白老师生气了，去美国的时候，为什么把我的游园的前半部分的吊景拿掉，后来还是把我的放上去。"[63]显然，沈丰英已对昆曲原本不存在的布景有了依赖。

  沈丰英之所以这么痛苦迷茫，这与汪世瑜有意无意的史坦尼心理体验表导演理念的灌输与张继青固守传统的表演观念的冲突很有关系。事实上，张继青只负责上本沈丰英的戏码一字一句地口传身授，比如："《离魂》那段就是一个字一个字地教，念白也是一句一句地教"[64]，并兼顾一下沈国芳的春香戏的气口、节奏与气韵与杜丽娘的保持一致。而据沈国芳的观察，"张老师的动作就比较规范，她没有什么特别舞蹈性的。我在边上看到，张老师比较传统一点，她的腰动的幅度都是很小的。……汪老师的创新，都是放在杜丽娘死了以后，变成鬼，中本那一部分比较多。上本都是原汁原味张老师的。我记得沈丰英的《游园》进门，抬头再一个扭腰，张老师都是一点一点说的。上本完全是张老师的。"[65]

  当然也有例外，譬如，汪世瑜甚至修改了张老师《惊梦》中杜丽娘的身段动作。在传统表演中，这一折杜丽娘的唱词"和春光暗流转"一句是演员将身子靠在桌子边，上下慢慢地磨蹭两三次。过去，梅兰芳从传统的表演方式中看出这是"荡妇淫娃非礼的举动"，是"露骨地描摹"（性行为），"是刻画得最尖锐的一个身段了。"[66]这原本是匪夷所思的！梅兰芳为了淡化传统身段的"淫"态，按照《惊梦》杜丽娘唱词的词意"添了一些并非强调春困一方面的身段……这样的改动，是想加强表情的深刻，补偿身段的不足。"[67]可这种改动的理由又从何说起呢？其实，这种从"合道理"诉求出发的身段修改就并非是为了"美"[68]，而是为了"真"[69]。

  张继青在教授沈丰英这一句时原本只用了一磨蹭的身段，但后来却改为两磨蹭的身段。为什么要改为两磨蹲呢？沈丰英说"是白老师提出来的。他说，张老师磨一磨会比较内敛，两磨表现出来那种春情荡漾的感觉，更加充分，张老师也觉得是对的，所以她同意可以加进去"。[70] 其实，张继青是不是真的认同汪世瑜的这个改动还是可以存疑的。之所以尊重汪世瑜的一系列改革，这或许是她意识到汪老师传递的是白先勇的看法有关。譬如，对于汪世瑜增加《惊梦》十二花神的舞蹈，张继青最初也是不认同的。沈丰英说："张老师可能刚开始的时候觉得不顺，慢慢排了以后，想通了也就可以了。"[71] 显然，传统观念与现代意识在这里是有博弈的，张老师虽然有不同看法，但从传统戏的现代探索来看，她也是尊重汪老师，尤其是敬重白先勇先生的，所以，面对创新，她从不做争辩。但不做争辩，并不表明她没有自己的态度，只是更重要的是看改革的效果如何。改得好，能收获满堂的掌声，她自然也就"想通了"。

其实，像汪世瑜这一辈的艺术家能够接受白先勇的现代意识，与他或多或少受到现代话剧观念潜移默化的影响有关，因而，汪老师甚至在排戏时习焉不察地就像话剧导演般让昆曲演员自己去琢磨如何表演就并不难理解了。问题是如何评价这种泛话剧式的昆曲导演观念。沈国芳回忆说："汪老师帮我说了一个大概，告诉我人物的基调是什么，就让我自己去弄。就像《忆女》的时候，汪老师说你们自己安排，给你们十分钟，等会儿我来看你们行不行[72]。"这就是像话剧导演让演员写人物小传的方式来厘清表演的思路。汪世瑜还启发沈国芳：小姐已经死了三年，春香的"心情要沉下来了"。这让沈国芳"去想春香连贯性的东西"，也就是人物性格的发展、"最高行动线"。由此，让沈国芳"在创造的时候没有按行当去局限自己"[73]。如果是一位话剧导演让沈国芳如此这般思考，这也就再正常不过了。可现在明明是业内公认的昆曲表演大师级导演让沈国芳如此这般思考，这就另当别论了。这也是百年来中国戏曲界不得不面对的尴尬局面——话剧观念作为强势话语对传统的戏曲艺术的强制解释。[74] 批评这种异族戏剧观念对本民族传统戏曲观念未加辩难的"置换"（displacement）[75] 是容易的，但问题是，这种你承认也好，不承认也罢的外来戏剧观念，对我们传统戏曲的解释和运用究竟带来了什么样的后果。

毫无疑问，戏曲界对话剧观念的盲目引进和用话剧观念对戏曲观念的强制"置换"，对传统戏曲艺术的伤害极大！[76] 但也要加以区分，看是谁在有意无意运用这种观念来指导传统戏曲经典的现代转换。从青春版《牡丹亭》轰动世界的效果来看，毫无疑问，白先勇对张继青、汪世瑜、周秦的选择，汪世瑜对翁国生的选择[77]，蔡少华对白先勇的应和，古兆申在白先勇与苏州昆剧团之间的斡旋，都促成了古老的昆曲经典《牡丹亭》向现代转换的非常成功典范的诞生。在传统与现代转换之间，由于汪世瑜、翁国生"适度"的把握到位，因而，"不会漏出很深的痕迹来"[78]，这对当代戏曲的创作和改编是一个非常具有借鉴价值的示范！

四、结论

学界有人认为，一些文化名人也是可以做像白先勇青春版《牡丹亭》传承传播经典这样的事情的。对此，蔡少华表示怀疑，认为："这个无可比拟……我们在呼唤第二个白先勇，有吗？很难。这种事情真的是可遇不可求，再过五十年有没有都不知道？"[79]的确，"文人义工制作人"是一个崭新的创制，它不同于过去的任何一种制作人（或政府主导）体制，因而，它只是一个有着巨大价值的成功范例，而不是一种有章可循的"体制"制度，严格说来它是不可重复、也难以复制的！这涉及到"文人义工制作人"的聚力渡人成己的人格魅力、传承文脉的使命意识、非功利的审美境界、纯粹直觉的艺术修养和独具只眼的现代视野，而这些素养并不是任何一个文化名人都能够具备的。但也正是这个弥足珍贵的成功范例，给予我们如何将传统面对现代的诸多启示：一是任何艺术创作，尤其是对传统经典的创新，不能缺少文化理念的深度干预和审美自觉。二是对传统经典的再造首要的是选对的人，无论是传授者的正宗权威性，还是被传承者的潜质可造就性，都应该是一时之选。三是艺术创造的无目的性与合目的性的契合，不为评奖、不为艺术节（会演）、不为政绩的价值担当，坚守赓续传统精粹的文人使命意识。四是从创构之始就有目的的选择义演、商演的恰当的观众群体，而不是为任意的大众观赏群体，更不是为所谓的"专家"评审群体。

注释

1. 傅谨主编:《白先勇与青春版〈牡丹亭〉》,中央编译出版社,二〇一四年,六六页。
2. 事实上当年不光是苏州昆剧团内部,社会上也有一些人对白先勇操持青春版《牡丹亭》是有疑虑的,"怎么做昆曲?他怎么是专家了?我们没人了吗?"见蔡少华访谈录。同上书七三页。
3. 白先勇主编:《圆梦:白先勇与青春版〈牡丹亭〉》,花城出版社,二〇〇六年,一三页。
4. 二〇二二年九月十七日清华大学陈为蓬在"传承与传播:青春版《牡丹亭》与昆曲复兴国际学术研讨会"上披露,白先生将青春版《牡丹亭》第二百场纪念演出的国家大剧院一百套三百张学生票赠送给清华大学的学生。
5. 蔡少华访谈录。见傅谨主编:《白先勇与青春版〈牡丹亭〉》,六八页。
6. 蔡少华访谈录。见傅谨主编:《白先勇与青春版〈牡丹亭〉》,六八页。
7. 白先勇演讲稿:《青春版〈牡丹亭〉的十年历程和历史经验》,见傅谨主编:《白先勇与青春版〈牡丹亭〉》"特稿",一页—三页。
8. 蔡少华访谈录。同上书六七页。
9. 翁国生访谈录。同上书一〇五页。
10. 蔡少华采访录。同上书七四页。
11. 汪世瑜采访录。同上书八〇页。
12. 蔡少华访谈录。同上书七三页。
13. 蔡少华采访录。见傅谨主编:《白先勇与青春版〈牡丹亭〉》,六八页。
14. 蔡少华采访录。同上书六三页。
15. 蔡少华采访录。同上书六三页。
16. 汪世瑜采访录。同上书八页〇。
17. 汪世瑜采访录。同上书八一页。
18. 汪世瑜采访录。同上书八一页。
19. 汪世瑜采访录。同上书八〇页。
20. 沈丰英采访录。见傅谨主编:《白先勇与青春版〈牡丹亭〉》,一五五页。
21. 参见邹元江:《彼得·塞勒斯导演的"先锋版"〈牡丹亭〉是"复兴昆曲的努力"?》,《首都师范大学学报》二〇二一年第六期。

22.汪世瑜采访录。见傅谨主编：《白先勇与青春版〈牡丹亭〉》，八〇页。

23.参见邹元江：《梅兰芳表演美学解释的当代视野及价值》，《哲学动态》二〇二三年第一期。

24.Jean·Paul Sartre, Un Théâtre de situations, Paris: Gallimard, 1973, p118, p86.

25.Jean·Paul Sartre, Un Théâtre de situations, Paris: Gallimard, 1973, p118, p310.参见赵英晖：《作为戏剧美学概念的"暗示"——沙特在中国戏曲演出中看到了什么？》，《文艺研究》二〇二二年第四期。

26.汪世瑜采访录。见傅谨主编：《白先勇与青春版〈牡丹亭〉》，七八页。

27.沈丰英采访录。同上书一五二页—一五三页。

28.白先勇演讲稿：《青春版〈牡丹亭〉的十年历程和历史经验》，见傅谨主编：《白先勇与青春版〈牡丹亭〉》"特稿"，七页—八页。

29.蔡少华采访录。见傅谨主编：《白先勇与青春版〈牡丹亭〉》，六九页。

30.汪世瑜采访录。同上书七九页—八〇页。

31.蔡少华采访录。见傅谨主编：《白先勇与青春版〈牡丹亭〉》，七一页。

32.朱禧等编著：《青出于兰：张继青昆曲五十五年》，北京：文化艺术出版社，二〇〇九年。

33.朱禧等编著：《青出于兰：张继青昆曲五十五年》，北京：文化艺术出版社，二〇〇九年。

34.https://www.bilibili.com/video/BV1Vo4y1J7mt/。

35.古兆申：《昆剧生态环境的重建：青春版〈牡丹亭〉的珍贵经验》，见傅谨主编：《白先勇与青春版〈牡丹亭〉》，二九八页。

36.蔡少华采访录。同上书七三页。

37.汪世瑜采访录。同上书七七页。

38.汪世瑜采访录。同上书七九页。

39.汪世瑜采访录。同上书八二页—八三页。

40.沈丰英采访录。见傅谨主编：《白先勇与青春版〈牡丹亭〉》，一五八页。

41.汪世瑜采访录。同上书七七页。

42.刘俊：《情与美：白先勇传》，花城出版社，二〇〇九年版，二二五页。不仅仅是俞玖林、沈丰英，吕佳也在白先勇的安排下拜师梁谷音。参见吕佳：《牡丹之后——和梁谷音大师的师徒缘》，"白先勇衡文观史"二〇二三年七月十九日。

43.古兆申：《昆剧生态环境的重建：青春版〈牡丹亭〉的珍贵经验》，见傅谨主编：《白先勇与青春版〈牡丹亭〉》，二九〇页。

44.俞玖林采访录。见傅谨主编：《白先勇与青春版〈牡丹亭〉》，一三六页。

45.俞玖林采访录。见傅谨主编：《白先勇与青春版〈牡丹亭〉》，一三八页—

一三九页。

46.刘俊：《昆曲与青春同舞，雅音共校园齐鸣——青春版〈牡丹亭〉的"青春"之路》，美国《红杉林》（夏季号），二〇二三年第二期。

47.吴素君：《飘花无声——青春版〈牡丹亭〉中的花神舞蹈编创》，"白先勇衡文观史"公众号二〇二二年十二月十四日。

48.汪班：《再看牡丹——谈白先勇青春版〈牡丹亭〉纽约演出》，《艺术评论》二〇一三年第一期。

49.吴素君：《飘花无声——青春版〈牡丹亭〉中的花神舞蹈编创》，"白先勇衡文观史"公众号二〇二二年十二月十四日。

50.吴素君：《飘花无声——青春版〈牡丹亭〉中的花神舞蹈编创》，"白先勇衡文观史"公众号二〇二二年十二月十四日。

51.汪世瑜采访录。见傅谨主编：《白先勇与青春版〈牡丹亭〉》，八一页。

52.汪世瑜采访录。见傅谨主编：《白先勇与青春版〈牡丹亭〉》，七九页、八一页—八五页。

53.周秦采访录。同上书一二四页。

54.沈国芳采访录。同上书一六九页。

55.张继青访谈录。同上书八七页。

56.张继青访谈录。同上书八八页。

57.汪世瑜采访录。同上书八四页—八五页。

58.梅绍武等编：《梅兰芳全集》壹，河北教育出版社，二〇〇〇年，六六四页。

59.参见田民：《梅兰芳与二十世纪国际舞台：中国戏剧的定位与置换》，江苏人民出版社二〇二二年出版，三一七页。田民正是以"置换"（displacement）理论来研究梅兰芳与二十世纪的国际舞台。

60.沈丰英采访录。见傅谨主编：《白先勇与青春版〈牡丹亭〉》，一六一页。

61.沈丰英采访录。同上书一五六页。

62.沈丰英采访录。同上书一六一页、一五六页。

63.沈丰英采访录。同上书一六〇页。

64.沈丰英采访录。同上书一六六页。

65.沈国芳采访录。同上书一六七页。

66.《梅兰芳全集》壹，一七七页。

67.《梅兰芳全集》壹，一七七页—一七八页。

68.青春版《牡丹亭》在这一处的表演，沈丰英承袭张继青的仍是这个极为优美的传统的下蹲身段，并没有任何人会感到这个优美的身段所暗示的"淫"来。

69.关于这个问题参见邹元江：《对"梅兰芳表演体系"的质疑》一文，载《艺术百家》二〇〇九年第二期。

70. 沈丰英采访录。见傅谨主编：《白先勇与青春版〈牡丹亭〉》，一五五页。华文漪在彼得·塞勒斯导演的"先锋版"《牡丹亭》中仍是坚持传统的三磨下蹲表演。见"先锋版"《牡丹亭》影像。

71. 沈丰英采访录。同上书一五五页。

72. 沈国芳采访录。同上书一六八页。

73. 沈国芳采访录。同上书一六七页。

74. 参见邹元江：《走不出的西方戏剧美学强势话语语境——对张庚戏曲美学思想的反思之一》，《戏剧》二〇〇六年第二期。

75. 参见邹元江：《如何理解中国戏曲艺术的"间离效果"与"设身处地"？——田民〈梅兰芳与二十世纪国际舞台：中国戏剧的定位与置换〉献疑》，《文艺研究》二〇二三年第四期。

76. 青春版《牡丹亭》最初也在一些方面走过弯路，比如："第一版的舞美跟现在的是不一样的。第一版是做了一个特别的空间，是全部封闭的。"蔡少华采访录。见傅谨主编：《白先勇与青春版〈牡丹亭〉》，六六页—六七页。

77. 参见邹元江：《从青春版〈牡丹亭〉上演十周年看昆曲传承的核心问题》，《戏曲艺术》二〇一五年第二期。

78. 汪世瑜采访录。见傅谨主编：《白先勇与青春版〈牡丹亭〉》，七九页。

79. 蔡少华采访录。同上书七〇页。

汤显祖剧作的当代阐释
——缘起于青春版昆曲《牡丹亭》

· 邹自振

闽江学院人文学院教授

一

二〇〇一年五月十八日,这在昆曲史上是一个永远值得纪念的重大日子。联合国教科文组织首次宣布"人类口述与非物质文化遗产代表作"名录,一共十九项。中国的昆曲在入选项目中名列榜首,这是联合国教科文组织对中国昆曲的最高礼遇,也是对昆曲在人类文化传承中的特殊地位、贡献和价值的高度认定。这表明昆曲这项艺术已臻世界地位,属于全人类的文化遗产。一种艺术,尤其是表演艺术,能够超越时空限制、文化隔阂而达到世界性的地位并不多见,其艺术境界必需提升到一定的高度,才能为世界专家所欣赏。

我正式接触和了解以致爱上昆曲是一九八二年。此年,我求学苏州,游园林、品昆曲、听评弹,开始对明清传奇、江南文化及昆曲有了直观感性的认知。

四五月间,苏州举办了江、浙、沪二省一市昆曲会演,我观摩了《牡丹亭》的三个整本戏和"临川四梦"的十几个折子戏。整本戏有上海昆剧团改编的《牡丹亭》,分《闺塾训女》《游园惊梦》《寻梦情殇》《魂游遇判》《投观拾画》《叫画幽遇》《回生拷园》等七场,江苏昆剧院缩编的《牡丹亭》(上本),还有浙江昆剧团演出的《学堂》《拾画》《叫画》等《牡丹亭》折子戏。这段经历对我后来研究汤显祖的戏剧诗文打下了坚实基础。十月，在汤显祖故里江西，举办了纪念汤翁逝世三六六周年活动，用赣剧弋阳腔、赣剧青阳腔、宜黄腔、盱河戏高腔、抚州采茶戏等唱腔、剧种演出"临川四梦"及其折子戏。

我为在抚州—南昌召开的纪念汤显祖逝世三六六周年学术研讨会撰写了《从崔莺莺到杜丽娘》的论文。此文得到戏剧史家蒋星煜的肯定。蒋先生在《〈西厢记〉与"临川四梦"》中指出："在江西，汤显祖故乡抚州临川，邹自振有《从崔莺莺到杜丽娘》的论文。……徐朔方、邹自振、熊谷祐子等诸位已经在《西厢记》与《牡丹亭》、崔莺莺与杜丽娘的比较研究上做出了不少成绩，带了头，这是可喜的良好的开端。"同年我还在苏州大学《明清诗文研究丛刊》发表了《汤显祖诗歌选评》。

时隔十八年，二〇〇〇年十月，我应邀参加抚州撤地设市暨汤显祖诞辰四五〇周年纪念活动，又集中观看了抚州采茶戏《牡丹亭》，以及用古老的海盐腔等唱腔演出的"临川四梦"折子戏：《牡丹亭·游园》《牡丹亭·冥誓》《紫钗记·怨撒金钱》《邯郸记·生寤》等。此外，我在抚州工作期间，还曾与剧作家龙雪翔、夏雪庆等友人商讨过"临川四梦"折子戏的改编，如《南柯记·蚁斗》《邯郸记·召还》等。

然而，戏曲经典的现代演绎毕竟会带来许多新问题。无论是《牡丹亭》，还是《南柯记》《邯郸记》或《紫钗记》，在现代大舞台的演出形式与古典文本之间，均存在着不适应不和谐的地方。古典文本的演出形式是将戏集中在一两个演员身上（包括舞台美术、舞台调度等），一旦搬上现代大舞台，就显得空荡荡的空间面对一两个演员的挤迫。如何充分利用舞台空间，就是编导在进行现代演绎时必须考虑的。从有利的方面来看，这是解决现代观众与古典文本之间差距的有力手段。

世纪之交的《牡丹亭》四个演出本：

1. 一九九九年上海昆剧团的上、中、下三本三十四出《牡丹亭》
2. 由谭盾作曲、彼得·塞拉斯导演的歌剧《牡丹亭》
3. 由美籍华人陈士争执导的五十五出全本《牡丹亭》
4. 由在美的中国戏剧工作坊，以及由昆曲演员和玩偶交错演出的《牡丹亭》。

这些无论是从古典文本中重新组合还是衍生出的歌舞，都使观众对经典演绎有了亲近感。但不利的地方也显而易见，即现代演绎将同时面对古典文本和传统戏剧表演艺术的继承，让现代观众和专家认可搬上现代大舞台演出的仍然是昆剧《牡丹亭》，而不是同名歌剧、玩偶剧或其他什么东西。在继承传统经典和现代演绎之间，戏剧艺术家们走了一回钢丝，并且走得颇为成功。从大文化角度来思考，这里面提供的东西具有文化普遍意义：如何让古老的中华文化发扬光大，走向世界，需要解决的就是对其进行现代演绎并使之能为今人接受，同时又不使其精义走样变味而保持"原汁原味"。

美国林肯艺术中心总监约翰·洛克盛尔在读完陈士争向他推荐的《牡丹亭》伯奇英译本后，和众多的中国人一样激动不已，遂投资五十万美元，一定要将中国戏剧史这部足以与莎士比亚的《罗密欧与朱丽叶》相媲美的经典之作完完整整地搬上世界舞台。这一愿望的实现也使众多的异国戏剧爱好者激动不已。继之，上海昆剧团在美国舞台上成功演出五十五出全本《牡丹亭》，杜丽娘、柳梦梅的一往情深流淌于大洋彼岸，不能不说是世纪之交世界戏剧史上的一件幸事。

据清人焦循《剧说》记载，当年汤显祖在写《牡丹亭》时，"运思独苦，……乃卧庭中薪上，掩袂痛哭"，其中深意已不知几人能领会。汤氏亦自云："伤心拍遍无人会，自掐檀痕教小伶。"然而，《牡丹亭》这一世界文化遗产的风华绝代还不断"迤逗"着四百多年后的人们，总想为着当年的"如花美眷，似水流年"，再去"惊梦""寻梦"一番。

二〇〇一年，巴蜀书社出版了我的第一部"汤学"专著《汤显祖综论》（一九九六年百花洲文艺出版社出版的《临川才子论集》汇集相关研究论文四十余篇，其中有关汤显祖的论文十二篇）。《汤显祖综论》将汤显祖放在整个中国文学发展史、乃至世界文学的大背景下进行综合考察，将汤显祖与明清戏曲作家，将"临川四梦"与元明清戏曲名作，将汤显祖的文艺创作与中国古典小说、与莎士比亚的《罗密欧与朱丽叶》进行纵向横向比较，通过多角度全方位观照，全面论述了汤显祖的生平与戏剧创作、汤显祖与中国古代文学及明清文艺思潮的关系、汤显祖在中国乃至世界文学中的地位等重要问题。苏州大学王永健教授在本书《序》中说："《汤显祖综论》不仅对前人和时贤的研究成果有所吸收和借鉴，更有自己的独到见解。比如第二编《汤显祖与古典文学名著》，可以说每一节皆有新意和创见，与泛泛之综论不可同日而语。"

二

二〇〇四年，由白先勇先生主持制作，并由大陆、香港和台湾艺术家携手打造、苏州昆剧院青年演员担纲演出的青春版《牡丹亭》开始演出。《牡丹亭》这部经典戏曲，案头剧本与场上演出同时并举，互相辉映，这无疑是昆曲的光辉与荣耀。白先勇先生说：

> 我们以"青春版"为号召，有几层涵意：首先《牡丹亭》本为一曲歌颂青春、歌颂爱情、歌颂生命的赞美诗，男女主角正值花样年华，因此，我们举用青年演员饰演杜丽娘与柳梦梅，符合剧中人物年龄形象。昆曲是有四百多年历史的古老剧种，但昆曲的演出不应老化，昆曲的前途，在于培养年轻的演员，吸引年轻的观众。

在"临川四梦"中，作者自己最为得意，在社会上影响最大，并奠定汤显祖作为中国古代戏曲大家地位的是《牡丹亭》。《牡丹亭》以五十五出的篇幅，敷演了生死梦幻的奇情异彩——"梦中情""人鬼情""人间情"。全剧通过杜丽娘现实生活中的悲剧和幻想中的喜剧，深刻地揭露了封建礼教的残酷，表现了封建礼教的叛逆者冲决礼教罗网的决心，歌颂了他们为追求理想的婚姻所作的不屈不挠的斗争。《牡丹亭》这部悲喜剧，在中国古代文学中，透露了要求个性解放的可贵信息。《牡丹亭》给予爱情最高的礼赞。爱情可以超越生死，冲破礼教，感动冥府、朝廷得到最后的胜利。

青春版《牡丹亭》，即以《训女》《闺塾》《惊梦》《言怀》《寻梦》《虏谍》《写真》《道觋》《离魂》等九出为"梦中情"（上本），以《冥判》《旅寄》《忆女》《拾画》《魂游》《幽媾》《淮警》《冥誓》《回生》等九出为"人鬼情"（中本），以《婚走》《移镇》《如杭》《折寇》《遇母》《淮泊》《索元》《硬考》《圆驾》等九出为"人间情"（下本），展开全剧，敷演四百年前"生死梦幻的奇情异彩"。

青春版《牡丹亭》尽量保持昆曲抽象写意，以简驭繁的美学传统，也利用现代剧场的崭新概念，使全剧的演出既适应现代观众的视觉要求，又遵从昆曲委婉绮丽的古典精神，在音乐、唱腔、美术、服装、舞台、灯光、舞蹈乃至书法、绘画等艺术形式上都做了全新的追求与探索，让人耳目一新，自然激起了青年一代对民族优秀文化和高雅艺术的关注和热情。

  高等院校不仅是现代流行文化和艺术聚集的场所，也是民族传统优秀文化和高雅艺术展现的舞台。昆曲艺术融会中国文学、戏剧、表演、音乐、舞蹈、美术于一体，是最富有诗情画意的综合性舞台艺术，它集中国古典艺术与美学之大成，是东方艺术的杰出代表。《牡丹亭》的改编与演出，让青年一代面对面地领略中国传统文化的美，感受到中国传统文化精髓，产生了对博大精深的中国传统文化的高度认同。

  汤显祖《牡丹亭》上承"西厢"，下启"红楼"，是中国浪漫主义文学传统中一座巍巍高峰，四百多年来不绝于舞台。在崭新的二十一世纪，作为世界文化遗产的中国昆曲和它的代表作《牡丹亭》，随着青春版《牡丹亭》在世界的巡演，标志着昆曲的全面复兴，它给予这门古老艺术与经典名著以青春的喜悦与生命，并必将以超越时空的限制和文化的隔阂走向世界，在世界多元文化中展示其永不熄灭的艺术风采。

  从世界范围内考察汤显祖与莎士比亚这两颗同时代的剧坛巨星，一位被誉为"东方的莎士比亚"，一位被马克思推崇为人类最伟大的戏剧天才。历史有时竟是这样地巧合，汤显祖和莎士比亚同时在东西方铸造了《牡丹亭还魂记》《罗密欧与朱丽叶》等戏剧巨制，又在同一年辍笔辞世。这两座分别隆起于亚、欧两端的高峰，成为世界文化中的奇观。他们虽然早已在四百多年前同时陨落，但是他们的作品却永留人间，至今在世界舞台上历演不衰。他们不朽思想的翅膀依然在我们头上翱翔，他们剧作的激情火焰将永远在我们心头燃烧。

三

  青春版昆曲《牡丹亭》启示我们：如何看待、保存与继承中华文化的优秀遗产，以二十一世纪的眼光阐释与弘扬经典名著，这是时代交给我们当代学人的责任。所以，我们应该把《牡丹亭》盛名之下所固化的汤显祖不断扩充延伸，将其作品背后所折射的思想性与时代性结合起来，赋予人物与作品以时代的意义。四百多年前，汤显祖所追求的"情"与"梦"与二十一世纪的人们所追求的"情"与"梦"并没有本质的区别，这种对于美好的向往是人类与生俱来的需求。总而言之，对汤显祖的研究还有许多空白需要学者去填补，有更加宽阔的领域等待研究者去开拓，也有层出不穷的问题值得后人去重新思考。这就可以充分说明，汤学研究只有开始，没有结束。我们后来汤显祖研究论著的推出都缘于青春版昆曲《牡丹亭》巨大的感召力。

二〇〇六年九月，抚州举办纪念汤显祖逝世三九〇周年国际学术研讨会，我为此积极出谋划策，为抚州邀请来大批著名学者。二〇〇八年，抚州汤显祖大剧院落成，我通过周秦教授，联系白先勇先生，邀请青春版昆曲《牡丹亭》剧组来抚州演出三天。

二〇〇七年，江西高校出版社出版了我的又一部"汤学"专著《汤显祖与"玉茗四梦"》（百花洲文艺出版社二〇〇四年出版《汤显祖》）。该书确切说是一部汤显祖传论。全书共八章，前五章以汤显祖的生平为纲，阐述汤显祖生命的各个重要时期最为重大的事迹，涉及时代、师承、学术、思想、社交、政治、诗文创作和戏曲创作，可说是一部内容丰富而清晰的汤显祖评传；后三章《"玉茗四梦"的因袭与创新》《"玉茗四梦"的启迪与影响》《人类永恒的文化遗产》则是对汤显祖在文化史上承前启后的历史地位的综合评价。周育德先生在该书序中说："邹自振在汤显祖诞生四五〇周年之际，出版其《汤显祖综论》，在汤显祖逝世三九〇周年之际又出版其《汤显祖与"玉茗四梦"》，以其信心之诚，笔力之健，称得起是汤显祖研究领域中的一位'壮劳力'了。"

二〇一〇年，我应香港特区政府中国文化研究院之邀，制作《灿烂的中国文明·汤显祖与"临川四梦"》的网上专题，并在联合国教科文组织的"中华文明之光"栏目播出（该专题的国内版《汤显祖及其"四梦"》二〇一三年由中国文史出版社出版）。此书及网上专题以浅近清新的文字，图文并茂的巧思安排，把汤显祖的思想、传略，"四梦"创作的背景，四剧思想主旨、艺术成就等，通过简洁明白的语言叙说出来。其中采集、插录的汤显祖手迹，"临川四梦"的版本、刻本、插图、名家题词、演出剧照等一一得以展现。我在汤显祖家乡生活了三十余年，通过悉心寻访，搜集了许多有关汤翁的珍贵的文物资料，以及新建修复的汤显祖的文物建筑，如汤显祖墓、汤显祖纪念馆等，配以形象的图片，使该书及网上专题既有学术的严谨规范，又有便于广大受众视听的简明通俗。

为纪念汤显祖诞辰四六〇周年，南昌大学于二〇一〇年十二月举办了以"江西的汤显祖，世界的汤显祖"为主旨的学术研讨会。南昌大学人文学院邀我参与会议的组织与筹划。会议就汤显祖文学思想研究、汤显祖诗文研究、汤显祖与赣鄱文化的关系等展开深度探讨。会议期间,还演出了赣剧"临川四梦",包括《紫钗记·怨撒金钱》《牡丹亭·游园惊梦》《南柯记·南柯梦寻》《邯郸记·魂断黄粱》四个折子戏。

同年,百花洲文艺出版社为弘扬和传承中华文化,推进汤显祖戏曲研究和普及,决定编辑出版《汤显祖戏曲全集》,请我牵头促成。此前我亦曾有《邯郸记评注》,中国戏剧出版社二〇一〇年出版。我力邀中山大学黄仕忠教授、苏州大学周秦教授、闽南师范大学胡金望教授、南昌大学王德保教授及五位文学博士共同完成。

经过近五年的努力,《汤显祖戏曲全集》评注本(含《紫箫记》《紫钗记》《牡丹亭》《南柯记》《邯郸记》,共五册)于二〇一五年出版,并于二〇一六年推出精装本。此书以二十一世纪的眼光,对四百年前的明代剧作进行了全新阐释,注解详细,评析到位,对于当代读者理解汤显祖的剧作有很大的启示。

我们编撰的这套《汤显祖戏曲全集》即以毛晋汲古阁刻本为底本,并与明清其他版本参校,尤其参考了当代钱南扬、徐朔方诸先生悉心整理的笺校本。我们的工作是对汤显祖的全部戏曲进行精当的注释和评析,力求通过简洁准确的注释为读者扫清阅读障碍,并从文本出发,联系舞台演出,涉及情节发展、人物性格、艺术特色等诸多方面,帮助读者进一步鉴赏和品评汤显祖戏曲,使全书成为一套兼顾学术性和普及性的汤显祖戏曲读本。

《汤显祖戏曲全集》出版后,得到学术界、出版界的赞誉。《汤显祖戏剧全集》(英文版)的翻译者汪榕培教授评价道:"这部全集的编纂有承前启后的作用,既体现了前人的研究成果,又有新的发挥;既有字词的解释,又有句子的阐释;既标明了集句诗的作者,又引述了原诗的全文,是到目前为止最有参考价值的汤显祖研究专著。"

同时,百花文艺出版社于二〇一五年出版的《汤显祖与明清文学探赜》一书,则是我的学术考证之作。其中关于罗汝芳、李贽和陆王心学的考述,具体论证了汤显祖与其"四梦"创作的思想基础。关于"临川四梦"对《长生殿》《红楼梦》等明清戏曲、小说的影响,关于汤显祖诗歌、散文的论述,反映了我对汤显祖成就多方面的认识和研究。尤其引起学术界关注的,是我较早地把"临川四梦"作为《西厢记》与《红楼梦》之间重要的一环,写过系列文章,阐释其传承、发展与影响,多有新的创见。

另外,我主编、汪榕培教授作序的"汤显祖研究书系"由江西高校出版社于二〇一六年出版。"汤显祖研究书系"共四册,分别为《汤显祖与"临川四梦"》(邹自振著)、《汤显祖与罗汝芳》(罗伽禄著)、《汤显祖与蒋士铨》(徐国华著)、《汤显祖与莎士比亚》（张玲、付瑛瑛著）。以专著组合的方式策划的这套书系，是汤显祖研究的一个创举。如果说，《汤显祖与"临川四梦"》所涉及的是汤显祖的本体研究，那么，其余三本则是从三个完全不同的角度来解读汤显祖的。其中《汤显祖与罗汝芳》上溯他的思想渊源，《汤显祖与蒋士铨》《汤显祖与莎士比亚》则侧重于研究他的影响，这又包括国内与国外两个方面。汪榕培先生在序言中所期待的汤学研究的世界意义和汤显祖研究的深入与拓展，在这套书系中已经有了初步的显现。我们从不同角度考察"临川四梦"、罗汝芳、蒋士铨、莎士比亚等与汤显祖之间的关系。这就为书系从多角度观照、研究汤显祖，提供了开阔的视野。

我对汤显祖关注的视角是多方位的。《汤显祖综论》《汤显祖与明清文学探赜》《汤显祖与"临川四梦"》等专著都涉及汤显祖的生平与思想、戏曲与诗文，涉及汤显祖对中国文化多方面的影响，以及汤显祖文化的国际传播等广阔的论题。这些著作既有学术的严肃性，又有便于广大受众视听的通俗性。二〇一六年，抚州汤显祖纪念馆做升级版改造，我为之撰写了一整套展板解说词，也是属于学术性与通俗性相结合的产物。多年来我省内外高校、图书馆、电视台等开设相关汤显祖的专题学术讲座约五十场，特别注意学术性与普及性相结合，引导听众、读者观赏《牡丹亭》，读懂汤显祖及其剧作。最近几年的主要活动有：

《读文学经典之"临川四梦"》，江西教育电视台二〇一七年八月首播。二〇一六年，中英两国举行了纪念两位元世界文化名人的系列活动。在中国，多种汤显祖的作品集隆重出版，多种"临川四梦"重排上演，多种研究论著相继问世。我在讲座中指出，当莎士比亚的辉煌剧作轰动英国舞台的时候，中国的汤显祖也成为闪耀明清剧坛的最明亮的星辰。作为剧作家，汤显祖当属世界第一流。汤显祖还给我们留下二千二百多首诗歌、六百多篇散文，新近发现的皇皇巨著《玉茗堂书经讲意》足以证明他还是一个称职的学者。汤显祖的学问涉及政治、哲学、宗教、文学、艺术、教育等方面。就天纵逸才和学问广博而论，在世界戏剧史上也很难找到与汤显祖并肩的人了。

为中央纪委、江西省纪委《汤显祖家风家训的启示》专题片撰稿，江西电视台二〇一七年九月首播。我在文中指出：临川号称"才子之乡"，这种荣誉的取得，与历代重视书香传家的家风、重视教育的民风息息相关，以汤显祖为代表的悠久的家学文化传统是临川文化乃至中华文化绵延至今的一个重要原因。

二〇一八年四月二十二日，"世界读书日"前夕，我与周秦教授接受江西省宣传、文化部门特邀，在南昌面向汤显祖故里的听众、读者作了一场《昆曲与赣剧双语背景下的〈牡丹亭〉》学术讲座。讲座之后，我们与来自苏州的昆曲名家和江西省赣剧院的青年演员当场互动，演唱了昆曲、赣剧《牡丹亭》《邯郸记》片段，回答了戏曲爱好者、青年演员和听众的提问。大家一致表示要弘扬和传承中华优秀传统文化，加强文化自信，让中国文化走出国门、走向世界。

二〇二一年，深圳卫视邀我做《东方戏剧巨匠的寄梦人生》电视纪录片，片中插播了青春版昆曲《牡丹亭》及乡音版盱河高腔《牡丹亭》折子戏，引起较大的社会反响。

我也注重昆曲艺术的传播与弘扬。我先后二十余次到苏州、昆山参加中国昆曲学术研讨会、中国昆剧艺术节以及相关会议。发表的学术论文主要有：《汤、莎剧作比较论》（《中国昆曲论坛2005》）、《临川剧作与洪升的〈长生殿〉》（《中国昆曲论坛2006》）、《走向世界的汤显祖研究》（《中国昆曲论坛2007》）、《汤显祖剧作的当代阐释——〈汤显祖戏曲全集〉总序》（《中国昆曲年鉴2016》）、《汤显祖研究的回顾与前瞻》（《中国昆曲年鉴2017》）、《冯梦龙编剧学理论初探》（《中国昆曲年鉴2021》）、《汤显祖戏剧对前代文学的继承与革新》（《中国昆曲年鉴2019》）、《论徐渭对汤显祖的影响与启迪》（《中国昆曲年鉴2022》）。后二文分别入选"中国昆曲2018年度推荐论文""中国昆曲2021年度推荐论文"。

在此疫情肆虐全球的情况下，我们召开"传承与传播"：青春版《牡丹亭》与昆曲复兴国际学术研讨会，对于弘扬民族文化的精粹，促进包括《牡丹亭》在内的中国文学经典名著的研究都具有深远的意义。无疑，时值今日，作为世界文化遗产的中国昆曲和它的代表作《牡丹亭》，已从"美丽的古典"走向"青春的现代"。

感谢白先勇先生，感谢各位与会同仁，感谢主办方东南大学艺术学院。

论服饰图案在青春版《牡丹亭》审美意象建构中的作用

· 邹璐

湖北美术学院时尚艺术学院副教授

青春版《牡丹亭》从二〇〇四年首演至今已有十数载，其在昆曲发展式微之际引起了现象级的观剧热潮，引发了各界对传统戏曲发展的持续讨论。青春版《牡丹亭》中匠心独运的舞台美术，特别是精美雅致的服饰设计，不仅为相关创作领域提供了新的审美范式，也对传统戏曲舞台美术的当代创新颇具启发意义。对青春版《牡丹亭》中服饰创作的分析，目的不仅在于探索在审美意象统摄下舞台媒介物创作观念的生成，更重要的是通过服饰去探讨戏曲艺术发展的本质性问题，即怎样从"为何"中发现"何为"，继而在戏曲的审美感知方式和艺术表达形式的关系上提出有建设性的学理思考。

一、青春版《牡丹亭》的审美意象

青春版《牡丹亭》呈现给观者一个完整的、"中国式"的视觉图景。图景中的舞台媒介物具有典型的中国戏曲审美特征，它们既有独立的审美价值，也共同参与到整体审美意象的建构中。在探讨服饰这一媒介物的艺术创作观念之前，需要先探明本剧意欲呈现的审美意象为何，以及这种意象是基于何种审美感知方式产生的。

1. "中国式"的审美意象

《牡丹亭》在中国传统艺术中的经典地位与原作蕴含的"情"与"美"密不可分。孙英春说:"《牡丹亭》从追求个性解放、人性自由梦想的文学作品、语言符号,转化为昆曲雅韵、戏曲精粹的标志性符号,被士绅阶层奉为堂会雅集中追求风雅、表征品位的身份象征,到伴随国学的复兴、衰落,历经沉浮,凝结为高雅艺术、传统艺术的代表,其符号意义的构建、认知始终是在人与符号的社会互动中形成和维持的,并通过个体的解释得以修正。"[1] 其表述中的"个体的解释",可以理解为不同编演者基于对剧作文本的解读,在舞台艺术中进行的创新性表达。虽然创新形式各异,但令《牡丹亭》生命力延续的是在创作者和观者心中不变的、对"情至"思想的共鸣和对传统审美精神的认同。其中,"情至"思想是毫无争议的创作圭臬,但《牡丹亭》的审美意象及相应的呈现方式却很少在二度创作中被给予明确的定义。

白先勇在谈青春版《牡丹亭》创作理念时说:"昆曲艺术包含了文学,更强化了文学,感染的力量变得非常大;再加上苏绣,书法,笛声,水袖,全都是中国的传统艺术,所有中国式的美加在一起力量就更大了。"[2] 这里所说的"中国式的美",可以认为是对青春版《牡丹亭》意欲呈现的审美意象的定义。在剧中这种"美"是由多种传统艺术形式共同去呈现的。宗白华认为中国各门传统艺术虽各有体系,但存在审美观上的共通之处,因此,应该将它们联系起来研究。[3] 在青春版《牡丹亭》中,书法、绘画、音乐与服饰这些具有审美共通性的传统艺术形式化身为舞台媒介物,共同参与到了对"中国式"的审美意象的建构中。

2. "非物件化"的审美感知方式

戏曲的艺术观念需要借助媒介物来呈现,此处所指的"媒介物"包括舞台装置与舞台表演两个主要组成部分。在中西方戏剧观念中,对舞台媒介物的审美感知方式存在着巨大差异。邹元江将中国戏曲媒介物的审美感知方式定义为"非物件化"的,他说:"戏曲艺术的各种媒介物却并不是拟真的,这些媒介物只是具有审美意味的假定的存在物,我们可以单独欣赏中国戏曲的每一个构成元素,而决不会去单独欣赏亚里士多德戏剧舞台上各种媒介物。也正是因为此,中国戏曲艺术的媒介物永远不会将欣赏者的眼光限制在具象的实物上，而只会诉之于观赏者驰骋自由的想象力。"[4] 也就是说，服饰、脸谱和道具等戏曲舞台媒介物之所以会形成有指称能力的符号系统，且具有独立的审美价值，原因在于其不是对表现物件的刻摹与再现，而是经过概括与提炼之后形成的程序性表达，是"非物件化的"。对程序性表达的欣赏需要充分调动想象力，这也是中国艺术的抽象化、类型化的审美感知方式的体现。关于西方戏剧舞台美术的特征，苏珊·朗格说："戏剧又能吞并进入它的舞台范围之内的一切可塑性艺术，但这些可塑性艺术本身所具有的绘画的、建筑的或雕塑的美，其目的却又在于加强戏剧的美，如果把一件伟大的雕塑品放在一幕戏剧或悲剧的舞台之上，它就只能起到舞台背景的作用，或只能作为戏剧的一个元素而存在。在服务于这样一种目的的时候，它的作用甚至抵不上一件用纸板做成的复制品。"[5] 西方戏剧的舞台媒介物作为表演的附属物，注重对表现对象的真实性还原，是"物件化"的。它不具有表达意象的功能，难以激发观众的想象和情感，无法去"单独欣赏"。中西方戏剧舞台媒介物的不同特征说明了两类文化在审美感知方式上存在巨大差异，而青春版《牡丹亭》的"中国式"的审美意象正是基于极具中国文化特色的、"非物件化"的审美感知方式去建构的。

3. 戏曲服饰"不变"中的"可变"

在"以虚代实"的传统戏曲舞台空间中，服饰作为角色重要的外在表现形式，承担了展现装饰美、塑造人物等具象性表达的功能。传统戏曲服饰虽已发展出稳定的程序，但并非是"不变"的。首先，服饰的创新变化是戏曲自身发展的结果。朱家溍在《清代的戏曲服饰史料》中谈及《牡丹亭》的装扮程序时说："在舞台上同一人物、角色的穿戴基本上一样（指的是穿戴衣物从名称上看来相同）。当然也有和近数十年不一样的，例如昆腔中的《游园》《惊梦》的杜丽娘，题纲载：'游园，杜丽娘，月白衫子，小云肩，裙。'按近数十年已没有用小云肩的了。'惊梦，杜丽娘，红袄，软披，云肩，插凤；柳梦梅，晋巾，红褶子，柳枝'，都和近代现代不同。"[6] 可见，传统剧目在搬演的过程中，同一角色的装扮会随时代的审美风尚、表演方式等发生改变；其次，在戏曲人物的塑造中也有通过服饰来求"变"的需求。宋俊华在谈戏剧服装设计时指出："中国古代戏剧又总是尽量在程序范围内创造出丰富的个性形象来，表现为同一类型的不同人物在穿戴上既遵循本类型穿戴的规则，又有所变化，即是通过服饰部件，如颜色、款式、配饰、穿着的变化来展示扮相的个性。"[7] 这种"变化"的需求最明显地体现在以行当划分的装扮程序中，如杜丽娘和崔莺莺虽然同为闺门旦角色，可通用颜色柔美、纹饰清雅的女帔，即用"不变"的装扮程序来表明"未出阁的大家闺秀"这一身份。但《牡丹亭》原剧中杜丽娘的命运充满了奇幻色彩，这也意味着舞台上的人物扮相必然要从视觉上去呼应文本，进行有别于程序的表达。可见，戏曲服饰在"不变"的程序基础上存在"可变"的空间，也有"求变"的必要性。那么，如何在"不变"中合情合理地"变"，也就成为了传统戏曲舞台美术在创新的过程中所面对的一个难题。

二、服饰图案与人物塑造

青春版《牡丹亭》的艺术总监及服装设计负责人王童在采访中谈到："昆曲已有数百年的历史，它的服装结构严谨，有一定的规矩，我们决定维持其形式，将设计重点放在图案的花色、构图。"[8] 这一创作思路可以视为是对"不变"中的"可变"的探索，即基于对剧作文本的理解和对昆曲传统服装程序的尊重所进行的"有限度"的创新。此处谈到的"花色"和"构图"两个设计重点，和前文白先勇提及的"中国式的美"中包含的"苏绣"，同属于服饰图案的创作范畴，也是本剧服饰创作中最重要的"可变"之处。

1. 戏曲服饰图案的类型化特征

图案不仅是手工技艺的物质载体，更是文化的传播媒介和符号化象征。在中国文化的发展过程中，图案的能指形态和所指意义之间形成了相对稳定的关联，并在社会中具有广泛的认知基础。服饰图案的"传情达意"功能尤为突出，到明清时期甚至达到了"图必有意、意必吉祥"[9] 的地步。如在赠予情人的荷包上绣表现缠绵爱情的"蝶恋花"，在初生婴孩肚兜上绣用于祈福驱邪的"蝙蝠"，这些服饰图案委婉地传递着中国人心中的情思和寄望。戏曲服饰虽源于日常生活，但在发展的过程中，基于戏曲特殊的表演方式进行了提炼和夸张化表现，服饰图案具有了与脸谱相似的"类型化"

的表意功能。观者能基于认知经验解读服饰图案与角色的对应关系。因此，戏曲服饰图案的创作不应只做形式上的考虑，还应基于对剧作中"人"与"情"的理解，以类型化思维来建立图案的能指与所指之间的关联。

在《牡丹亭》的原剧作中并未直接描写人物装扮，而是通过抽象性、类型化的语言表达方式来呈现人物的外貌特征。如杜丽娘的自白："你道翠生生出落的裙儿茜，艳晶晶花簪八宝填。"[10] 其中，"裙儿茜"与"石榴裙"一词用法相似，用以指代青年女子的动人美貌，而并非对服装色彩的直接描述；"八宝簪"是对镶嵌各色宝石发簪的统称，它同样只是对杜丽娘华美装扮和优渥出身的一个意象性指称。虽然原剧作中没有直接的服饰形态描写可供参考，但提供了一系列视觉创作上的"关键字"，如贯穿全文的"柳""梅""牡丹"等与人物性格、命运密切关联的词语。在中国传统文化认知中，这些词语本身就是审美符号，从能指到所指都有类型化的美学意味，能够引导观者对人物进行诗意化的想象，这也是原剧作的高妙之处。也正因为这些"关键字"与其对应的图案意义相通，创作者可以借图案来"喻人""抒情"，为角色赋予能标识身份、传情达意的视觉形象，让"杜丽娘"在符合中国的传统审美理想的同时，也成为了"情至"思想的化身。

2. 服饰图案对人物的塑造

"花"是《牡丹亭》原剧作中最重要的视觉关键字，也是青春版《牡丹亭》服饰的主要图案题材。剧中服饰在花的类型选择和图案设计上颇具巧思，不仅以"花"来装扮人物外形，还通过其寄托人格精神、抒发内心情感。

Ⅰ."花"与爱情意象

"爱情"是《牡丹亭》中的第一主题，自然也是剧中"借物抒情"的表达重点。以原剧作中最重要的意象符号——"梅"为例，在其包含的梅子、梅花和梅树等形态中均蕴藏着不同的文化内涵。如《寻梦》中杜丽娘因梅树"梅子磊磊可爱"[11] 而发出了"得葬于此，幸矣"[12] 的感叹，为何是梅树？因为从《诗经·摽有梅》开始，"梅子"就是传统文化认知中的爱情信物，这一隐喻让梅树成为了爱情的魂归之地和重逢之地；再如，柳梦梅的名字不仅是缘其梦中"梅花树下，立着个美人"[13]，汤公还借梅花"傲骨寒霜"的品格来表现柳梦梅出身贫寒却自强不息的人物特点。在青春版《牡丹亭》的舞台美术中主要运用了"梅花"的表象与意象。梅花在剧中服饰的图案体系里是柳梦梅的代表，当他在《惊梦》中身着绣了梅花图案的月白色褶子登场时，无需任何言语即可表明身份。这一借由图案指代身份的表意方式延续到了之后的《写真》《离魂》两折中，用一支始终伴随着杜丽娘的白梅，既暗指了柳梦梅是其"因梦而亡"的情感对象，也表达了杜丽娘坚贞的情感。梅花作为爱情的象征符号，不仅勾连起了这三折戏的前后剧情，也将观众的视觉认知和情感体验联结起来。

除了用单独图案来传情达意，剧中还通过组合图案的方式来暗示杜、柳二人的关系。其中，最值得注意的并非是图案形式，而是基于视觉心理和审美感知方式，利用图案来表意的创作方法。一是突破图案母题原有的平面结构，用动态的图形组合来表达情感意象。在表现杜、柳两人相会的两折戏中，均借助了爱情题材图案"蝶恋花"来传情达意，但并未直接将"蝴蝶"与"花"两种图形元素按原有构图绣于同一件服装上，而是分别放置于两人服饰上。在《惊梦》中，柳梦梅身着绣了梅花图案的褶子，杜丽娘身着绣了蝴蝶图案的帔；在《冥誓》中，柳梦梅身着绣了水仙图案的褶子，杜丽娘身着绣了蝴蝶图案的云肩、帔和裙。两人原本独立的服饰图案借由舞蹈中肢体的交流构成了全新的图示语言，宛如花与蝴蝶都活了过来，生动地传递了"蝶恋花"图案的爱情意向，这一创作手法可以视为是对观众知觉识别系统的巧妙调动。二是通过对同一题材图案在不同场合的运用去暗示人物的离合。当杜、柳两人并未真正处于同一时空中时，同一题材的图案在两人的服饰上是分别出现的。如兰花分别出现在《闺塾》的杜丽娘和《幽媾》中的柳梦梅服饰中，玉兰分别出现在《惊梦》的杜丽娘和《婚走》中的柳梦梅服饰中；当两人结为连理后，就出现了现代意义上的"情侣装"，也就是戏曲中的"鸳鸯装"。在《如杭》中，柳梦梅身着绣了黄色菊花图案的褶子，杜丽娘身着绣了橘色菊花图案的帔，配以手持"鸳鸯扇"的舞蹈，表现出两人琴瑟和鸣、团圆美满的情感状态。图案题材的统一带来了视觉上的"成双成对"之感，菊花这一意喻"长寿"的图案也表达了对爱情长久的美好寄愿。

Ⅱ．"梅、兰、竹、菊"与文人身份

青春版《牡丹亭》在塑造柳梦梅这一角色时，主要运用了"梅、兰、竹、菊"这一传统的文人象征符号。"梅、兰、竹、菊"是中国文人画中用以托物言志的经典题材，代表了不畏压迫、高洁坚贞的人格精神。在明清时期，此题材的文化意义也延续到民间工艺美术中，成为了明清服饰中广受欢迎的图案主题，但其寓意与书、画中的同类题材有一定区别。邓福星说："在民间美术中，梅被赋予的含义与在文人艺术中的寓意不尽相同，梅的民俗内涵往往带有某些现实的功利意义。……又谓梅的五瓣象征'五福'，即幸福、快乐、长寿、顺利、和平……梅与竹组合（文人化画中成'双清'），在民间艺术中被喻为夫妻。"[14] 同理，"菊"在"万字菊花"图案中表长寿、"兰"在"兰桂齐芳"图案中表家族兴旺。这种"功利意义"虽然是从原本的文化寓意中引申而来，但演变成了与日常生活关联更紧密的吉祥祈愿，体现了民间工艺美术与文人艺术在审美追求上的区别。青春版《牡丹亭》的服饰中对"梅、兰、竹、菊"的运用，突破了其作为服饰图案的传统意义，反而回归到对文人气质的体现上，这一变化可以视为是对舞台服饰与书、画等传统艺术形式的审美共通性的探求。"梅、兰、竹、菊"是剧中柳梦梅服饰的主要图案题材，包括《言怀》中的竹、《惊梦》中的梅、《幽媾》中的兰、《如杭》中的菊。此外，《婚走》中的玉兰和《冥誓》中的水仙也是寓意相近、用于意喻高洁品格的花卉。此外，剧中同类图案对文人气质的表达并非专属于服饰，还运用在对文化空间的表现上。如在《闺塾》中，杜丽娘身着绣了兰花图案的帔，她的桌帷椅披上是竹枝图案，陈最良的桌帷椅披上是松枝图案，加之舞台背景悬挂的《腊梅山禽图》中的梅花和兰花，在视觉上形成了"岁寒三友"这一与"梅、兰、竹、菊"意义相似的文人艺术主题，表明了书房这一空间的特性。在同一个场景中，通过服饰、道具和布景等不同媒介物上的图案，建立了整体视觉感受与文化意义之间的关联，细细品来，别有意趣。

三、服饰图案与空间意境营造

服饰作为舞台美术的重要组成部分，无论其视觉形态还是意象表达，都参与到整体审美意象的建构中。关于视觉个体与环境的关系，阿恩海姆认为："看到任何一个处于空间中的物体，就意味着看到它处于某种前后关联或背景中……更确切地说，任何观看都是在一套关系中观看。"[15] 可见，对服饰创作的分析不能脱离其所处的空间环境，要将其放置在与其他舞台媒介物的关系中进行探讨。

1. "以虚写实"的空间意境表达方式

宗白华在谈到戏曲舞台的特点时说:"中国舞台表演方式是有独创性的,我们越来越见到它的优越性。而这种艺术表演方式又是和中国独特的绘画艺术相通的,甚至也和中国诗中的意境相通。中国舞台上一般地不设置逼真的布景(仅用少量的道具、桌椅等)。"[16]青春版《牡丹亭》的舞台设计不仅保留了传统戏曲"空的空间"的特征,还运用"以虚写实"的手法来表达空间意境。一是用书法、绘画来表现室内空间,并暗示场景中的人物身份。如在《训女》的舞台上悬挂的书法《赠花卿》,暗合杜宝自称为杜甫后人的身份,也借"此曲只应天上有,人间能得几回闻"来表明《牡丹亭》的幻想性主题和艺术价值;《言怀》的舞台背景是柳宗元的书法《永州八记·袁家渴记》,亦是对柳梦梅自称为柳氏后人这一身份的暗示;二是用抽象的图像投影来表现室外空间。在舞台设计中将室外复杂的环境因素一律省去,一"虚"到底,用"空场景"或与场景特征对应的抽象背景来表达空间意象。如在《惊梦》中用斑驳的光影来表现"姹紫嫣红"的园景;在《婚走》中用一笔挥就的水墨晕染来表现夜色中朦胧的江河。与抽象写意的"虚"的空间形成鲜明对比的是精致的人物装扮,特别是具有符号化表意功能的服饰图案,与舞台空间形成了抽象与具象、平面与立体、简与繁的对比,在审美意象的整体性中突出了视觉效果上的层次感。

2. 服饰图案对空间意境的呼应

戏曲舞台不只是物理意义上的活动场所,还是具有虚拟性和隐喻性的叙事空间。刁生虎和白昊旭认为:"《牡丹亭》戏曲文本具有明显的叙事空间化倾向,其空间呈现丰富多样,包括涵盖闺阁、花园、社会的现实空间与涵盖梦境、冥界、心理的超现实空间两大类别。"[17]只凭借简洁的舞台布景,难以清晰地呈现剧中多元的空间形态以及空间的并存与转换等复杂设定。青春版《牡丹亭》通过对布景和服饰的关联性设计,配合演员的表演共同实现了对空间意境的表达,充分体现了戏曲舞台时空的虚拟性特征,达到了人在景中、人亦为景、情景交融的艺术效果。

Ⅰ．"花"与花园空间

"花园"在中国文化中有特殊的象征意义，因为空间的开放性和与外界的连通性，往往在文学作品中被设置为情感活动的发生场所。青春版《牡丹亭》将原剧作中的《游园》和《惊梦》合为《惊梦》一折，满园春色激发了杜丽娘"不到园林，怎知春色如许"[18]的感叹，游园后的情动引来花神为其造梦。在这一折戏中，花园和闺阁两种不同的空间意境是由服饰和舞台布景共同去营造的。

杜丽娘登场时处于闺阁空间中，舞台后部悬挂了三幅垂柳牡丹题材的工笔画。从叙事角度看，画的内容提示了本折中"牡丹亭"这一重要地点；从视觉构图看，挂画如同窗子一般展示着室外景色，表明了人物所处的是室内空间。当杜丽娘和春香进入花园之后，舞台霎时间被"花荫树影"所包围，也意味着场景切换到室外。此时的背景幕布并未使用具象图形去表现"花开满园"的场景，而仅用了一个光影斑驳、绿意盎然的虚化图像投影，让观者更有身在园中的临场感。从人物服饰与空间的关系来看，根据知觉心理学中的"图—底"关系理论[19]，在有虚实对比关系的视觉形象组合中，视觉焦点会自然地集中在具象的物体上，由此形成景深效果。背景的"虚"更好地突显了人物赏景的愉悦情态，演员通过唱词、唱腔和手势引导观众从"空的空间"中看到了姹紫嫣红的美景；同时，与"虚"的花园意象呼应的还有人物服饰上"实"的图案。杜丽娘、柳梦梅、春香与众花神的服饰图案皆为"花"，众人的领边和衣摆如同园林空窗中透出的一方春色，以精巧的花卉图案含蓄、有节制地展示着无边美景，引发了观者无尽的联想与幽思。

Ⅱ．"蝴蝶""云气"与超现实空间

梦境和冥界作为《牡丹亭》中的两大超现实空间，既是让"因梦感情而亡，又因情而复生"的奇幻情节得以成立的必要设定，也是汤公在精神世界自由挥洒的空间载体。与运用布景来区分室内外空间的方法不同，剧中对超现实空间意境的表现主要借助了人物的服饰图案，这也是青春版《牡丹亭》的服饰设计的重要创新之处。

《牡丹亭》中最重要的超现实空间是梦境。原剧作对梦的空间意识与存在意义的认识非常深刻，杜柳二人在"梦"中相遇相爱，其后杜丽娘因"梦"感伤而亡。梦境在剧中不仅是故事的发生地，更是一个自由的、纯粹的"至情"空间。荣格在阐述佛洛德对梦的解析时说："梦像所有复杂的心理产物一样是一个创造，一件有其动机，有其先行联想序列的作品，并且像所有思考活动一样是一个逻辑过程的成果"[20]。因此，如果将梦视作根据主观感受创造的产物，那么必然要依据创作者赋予梦的特殊意味，并以"逻辑过程"来实现梦的具象化呈现。在青春版《牡丹亭》的《惊梦》中，现实空间与超现实空间的两次切换不是通过舞台布景的改变，而是借由杜丽娘服装的变换来提示的。杜丽娘在游园时身着绣了木兰图案的鹅黄色帔，进入梦境后，演员在花神衣袖的遮蔽下换成了蝴蝶图案的月白色帔，此时的服饰图案正是对梦境空间意象的呼应。蝴蝶因其形态优美且读音通吉祥字"耋"，是传统女性服装中常用的图案题材，多与其他图案组合成寓意美好的吉祥图案，如象征长寿的"猫蝶图"和象征爱情的"蝶恋花"等。在青春版《牡丹亭》的这件蝴蝶女帔中，蝴蝶图案占据了服饰的主体位置，只在底摆处放置了小面积的花卉图案。这一强化蝴蝶的设计弱化了"蝶恋花"图案原型的爱情意味，反而让人联想到"庄周梦蝶"之典。身着这件帔的杜丽娘真如庄子一般幻化成"栩栩然"的蝴蝶，在梦境中尽情地抒发情感，自由地追求现实中无法得到的解放与欢愉。

剧中的另一个超现实空间是冥界。杜丽娘病逝后化为幽魂与柳梦梅在人间重逢，并最终还魂重生为人。青春版《牡丹亭》的杜丽娘在《离魂》《魂游》和《幽媾》三折中均身着一件绣了云气图案的月白色帔，遍布全身的图案如同一阵如影随形的云烟，既暗示了杜丽娘即将离世的故事发展，也为在她人间游荡的"幽魂"平添了几分缥缈之感。这件帔选用了明代的团云纹样式，由三股或四股云气组合而成，数条云尾如翅膀一般在如意云头周围展开，加之柔和的刺绣配色，让这件帔在一众花卉题材的服饰中更显雅致脱俗。云气图案因汉代道教的兴起而盛极一时，与仙人、珍禽异兽等图案一起构成了人们对世外仙境的艺术想象，后又随着道教和佛教的交流融合获得进一步发展，成为了宗教艺术中的经典图形符号。在这三折戏中，用云气图案来提示超现实空间，是对其传统文化意义的依循，从题材选择的角度看是非常恰当的。与上文所述的蝴蝶图案帔一样，这件帔的设计也突破了常规的构图方式，让长期处于配角的云气图案成为了装饰主体，不仅突显了图案的文化内涵和形式美感，更增强了其对空间意境的表达效果。

四、结语

对戏曲服饰图案的探讨，意义在于通过对"从文本到视觉"这一创作思维的具象化过程的分析，去认识舞台审美意象建构中审美感知方式和艺术表达形式之间的关系。首先，青春版《牡丹亭》的舞美创作体现了对中国审美感知方式的坚持。"青春版"的创演目标观众群体——高校师生，作为新一代的文化生力军，具备"以物取象"的审美习惯和对"情景交融"的艺术想象力，对"中国式"的美有感知能力上的优势，这种能力恰恰是戏曲艺术生命力延续的宝贵养料。虽然，近年来有观点认为应该引入更直观的、西方戏剧式的视觉表达方式来吸引年轻观众，但"青春版"的成功恰恰说明了中国社会对传统艺术的审美感知能力从未消逝，只是需要良好的艺术形式对其进行唤起和滋养。如果不能清晰地认识到中西方戏剧审美观念的本质性差异，而只一味地追求更逼真、更新奇的视觉表现形式，反而是阻断了传统艺术生命力延续的可能性。其次，青春版《牡丹亭》的舞美创作是对"中国式"的审美意象的完整表现。这种"完整"是通过对传统艺术形式的审美共通性的把握来达成的。书法、绘画、音乐和服饰等作为舞台媒介物共同建构了"中国式"的、写意化的审美意象。在诸多媒介物中，服饰图案借"物象"传情达意、比德比兴，不仅生动地塑造了人物，还与其他媒介物共同营造了舞台空间意境，充分发挥了服饰在戏曲审美意象建构中的重要作用。服饰图案的创作观念反映出了青春版《牡丹亭》的主创者对传统戏曲创新的本质性思考，即立足戏曲本体，在传统审美感知方式和现代艺术表达形式之间建立联结，从而让传统戏曲在与观众的良性沟通中不断焕发出新的生命力。

参考文献（依姓氏笔画序）

白先勇：《姹紫嫣红〈牡丹亭〉》，广西师范大学出版社，二〇〇四年版。
邹元江：《中西戏剧审美陌生化思维研究》，人民出版社，二〇〇九年版。
雷圭元：《雷圭元图案艺术论》，上海文化出版社，二〇一六年版。
郑培凯：《普天下有情谁似咱——汪世瑜谈青春版〈牡丹亭〉的创作》，北京大学出版社，二〇一三年版。
谭元杰：《戏曲服装设计》，文化艺术出版社，二〇〇〇年版。

注释

1. 孙英春：《跨文化传播学》，北京大学出版社，二〇一五年版，二一四页—二一五页。
2. 白先勇：《白先勇与青春版〈牡丹亭〉》，花城出版社，二〇〇六年版，八五页。
3. 宗白华：《美学散步》，上海人民出版社，二〇二〇年版，三页。
4. 邹元江：《对京剧表演物件化思维的反思》，《戏剧艺术》，二〇一六年第四期，四二页。
5. 苏珊·朗格著、滕守尧等译：《艺术问题》，中国社会科学出版社，一九八三年版，八一页。
6. 朱家溍：《清代的戏曲服饰史料》，《故宫博物院院刊》，一九七九年第四期，二七页。
7. 宋俊华：《中国古代戏剧服饰研究》，中山大学，二〇〇二年，一〇五页。
8. 陈怡蓁：《青春、柔雅、粉嫩的服装设计——专访王童、杨文莹》，http://www.bookzone.com.tw/event/ct001_003/p03.as。
9. 郑军：《民间吉祥图案》，工艺美术出版社，二〇一五年版，一〇页。
10. 汤显祖著、徐朔方等校注：《牡丹亭》，人民文学出版社，二〇〇五年版，五三页。
11. 同前注，六七页。
12. 同前注，六七页。
13. 同前注，四页。

14.邓青:《寒香——邓福星梅谭暨咏梅书画》,天津人民美术出版社,二〇〇七年版,七四页。

15.鲁道夫·阿恩海姆著、滕守尧译:《视觉思维》,四川人民出版社,二〇一九年版,七五页。

16.宗白华:《美学散步》,上海人民出版社,二〇二〇年版,九三页。

17.刁生虎、白昊旭:《〈牡丹亭〉的空间叙事及其文本建构意义》,《文化艺术研究》,二〇二〇年第二期,七七页。

18.汤显祖著、徐朔方等校注:《牡丹亭》,人民文学出版社,二〇〇五年版,五七页。

19."图—底"关系理论最早由·鲁宾(Edgar Rubin)引入心理学研究,后常被运用于探讨视觉艺术中的"图形"与"背景"的空间结构关系。该理论指出人的知觉会自然地将形态明确的"图"从没有特定形态的"底"中分离、突显出来进行辨识。参见(美)鲁道夫·阿恩海姆著、滕守尧译:《艺术与视知觉》,四川人民出版社,二〇一九年版,二三五页—二三八页。

20.卡尔·古斯塔夫·荣格著、谢晓健等译:《荣格文集》第一卷,国际文化出版公司,二〇一一年版,一九页。

传统复兴与中国经验
——白先勇青春版《牡丹亭》海外改编与传播

- 张娟

  东南大学人文学院教授

- 赵博雅

  东南大学人文学院硕士研究生

汤显祖的《牡丹亭》是十六世纪中国昆曲发展的巅峰之作,"独汤临川最称当行本色,以《花间》《兰畹》之余彩,创为《牡丹亭》,则翻空转换极矣。"[1] 昆曲经历了六百年兴衰起伏,《牡丹亭》也被多次整编上演,二十一世纪著名作家、旅美华人白先勇先生带领两岸三地的文化精英创制了青春版《牡丹亭》,并形成了青春版《牡丹亭》演出热潮,成为中国传统文化复兴的一个典型案例。青春版《牡丹亭》不仅在中国大陆和港澳台地区演出火热,也传播到美国、英国、韩国、希腊、荷兰并得到一致好评。

青春版《牡丹亭》在学术界引起热烈反响,讨论的焦点在青春版《牡丹亭》的文化现象与成功经验,这些文章大致分为两类,一类是关注青春版《牡丹亭》自身的内涵与艺术性,一类是侧重传播学层面的分析,前者有邹红的《在古典与现代之间——青春版昆曲〈牡丹亭〉的诠释》[2] 在分析青春版《牡丹亭》的整编中关注现代与古典的融合,何西来的《论白先勇青春版〈牡丹亭〉的成功及其意义》[3] 分析青春版《牡丹亭》的青春气息与至情理念;后者有王省民《民族艺术走向文化市场——对青春版〈牡丹亭〉演出成功的另类解读》[4]、胡友笋的《传播学视角下的"青春版〈牡丹亭〉现象"解读》[5]、傅谨的《青春版〈牡丹亭〉的成功之道》[6],这三篇重点讨论青春版《牡丹亭》

传播的成功之处。从海外演出角度考察青春版《牡丹亭》的文章以美西巡演为讨论物件，如陈均的《青春版〈牡丹亭〉如何走出国门——以〈青春版《牡丹亭》美西巡回演出二〇〇六剪报册〉为例》[7]介绍美西巡演时英文剪报册上的报道与评论，向勇的《中外文化差异与国际文化传播——基于昆剧〈牡丹亭〉美西成功演出的分析》认为美西演出成功主要原因是产业化的手段和普适性价值观念的输出[8]。吴新雷的《昆剧青春版〈牡丹亭〉访美巡演的重大意义》认为美西巡演能够做到"民族传统与时代审美观念相融合，商业演出与社会运作相结合"[9]。除以上期刊论文外，相关演讲、访谈、剧评等材料也有集结出版，包括《姹紫嫣红〈牡丹亭〉——四百年青春之梦》《白先勇说昆曲》《白先勇与青春版〈牡丹亭〉》《圆梦：白先勇与青春版〈牡丹亭〉》《牡丹情缘：白先勇的昆曲之旅》《牡丹还魂》，这些著作展示了青春版《牡丹亭》多年策划演出的一手材料。本文结合这些材料，介绍《牡丹亭》海外演出历史与青春版《牡丹亭》海外演出情况，从艺术改编和传播两个方面分析青春版《牡丹亭》海外造成的"文艺复兴"，探索中国传统文化当代复兴的中国经验。

一、青春版《牡丹亭》的海外传播

在青春版《牡丹亭》海外演出之前，《牡丹亭》的文本与其他改编版《牡丹亭》已经在海外有一定的流传度。一六四六年，日本的《御文库目录》已有《牡丹亭》的记载，一九二一年官原民平翻译的《还魂记》载于《国译汉文大成》。《牡丹亭》的西方译文最早是一九二九年徐道灵以德文形式在德国汉学杂志《中国学》第四卷发表《中国的爱情故事》，他摘译并介绍了《牡丹亭》，一九三一年该杂志第六卷又刊出德国汉学家洪涛生翻译的《牡丹亭·劝农》，此后洪涛生陆续翻译《牡丹亭》的其他曲目，一九三七年洪涛生全本翻译的德文《还魂记：汤显祖浪漫戏剧》由苏黎世与莱比锡拉施尔出版社出版。《牡丹亭》最早的法文版是一九三三年巴黎的德拉格拉夫书局出版徐仲年译著的《中国诗文选》，其中有《牡丹亭·腐叹》的摘译文及评价文字。最早的俄文版《牡丹亭》则是一九七六年载于《东方古典戏剧·印度·中国·日本》的孟烈夫选译的《牡丹亭》[10]。

《牡丹亭》在英语世界的最早传播是一九三九年哈乐德·阿克顿选译的《春香闹

学》，载《天下月刊》第八卷四月号。该译本原文直接来自《牡丹亭》第七出《闺塾》的京剧改写版，主题是侍女和学究的玩笑闹剧。一九七三年剑桥大学东方学院教授张心沧（H.C.Chang）面向汉学与高校读者出版了文学史读本《中国文学：通俗小说与戏剧》（*Chinese Literature:Popular Fictionand Drama*），其中选译了《牡丹亭》中的《闺塾》《劝农》《肃苑》《惊梦》。翟楚、翟文伯（Chu Chai and Winberg Chai）一九六五年出版《中国文学瑰宝：散文新集》（*ATreasury of Chinese Literature:A New Prose Anthology, including Fiction and Drama*），二人在杨宪益、戴乃迭夫妇发表于《中国文学》杂志一九六〇年第一期翻译的《牡丹亭》基础上编译了《标目》《惊梦》《寻梦》。最早的全译本也是影响比较大的译本是一九八〇年印第安纳大学出版社出版的由美国伯克利大学教授白之（Cyril Birch）翻译的《牡丹亭》，在此之前，他的《中国文学选集（2）》（*Anthology of Chinese Literature:From Early Times to the 14th Century*，一九七二年）曾选译《牡丹亭》中的《闺塾》《惊梦》《写真》《闹殇》。一九九六年，哈佛大学教授宇文所安（Stephen Owen）在他编撰的《诺顿中国文学选集：从初始至一九一一年》中重新翻译了《惊梦》《玩真》《幽媾》以及《牡丹亭·作者题词》[11]。

以上可以看出，二十世纪上半叶《牡丹亭》的译文已经广泛传播到欧美、日本等国，通常作为中国文学或中国戏剧的组成部分被介绍给海外学生和汉学爱好者。

《牡丹亭》的海外舞台有海外改编和国内改编两种模式，影响较大的海外改编版的《牡丹亭》有彼得·谢勒斯的"后现代版《牡丹亭》"、陈士争全本《牡丹亭》、玩偶剧场版牡丹亭和中日合作版《牡丹亭》。一九九八年五月美国先锋派导演彼得·谢勒斯（Peter Sellars）依据白之（Cyril Birch）英文译本制作"后现代版《牡丹亭》"，全剧约三个小时，在维也纳首演，随后赴巴黎、罗马、伦敦等地巡演。此版本由中国演员华文漪、黄英等人与外国演员合作，综合昆曲、话剧及歌剧的形式，杜丽娘从大家闺秀变成一个充满肉欲的少女的形象，野蛮原始的性爱元素被突出[12]；一九九九年七月，华裔导演陈士争编排的全本《牡丹亭》在美国林肯中心上演。该版本排演了汤显祖《牡丹亭》的全五十五出，演出时长三个下午加三个晚上，舞台"搭建中国传统苏州园林场景，用鱼池、金鱼、鸳鸯、鸟语花香，把中国明代看戏的那种文人的欣赏习惯，都转换到这个环境里。"[13]除昆曲外，该版本糅杂了许多中国传统文化元素，如地方戏曲、各地方言木偶、杂耍，因为过度承载舞台元素，多有争议；二〇〇〇年二月二十四日至三月十二日，由美国的中国戏剧工作坊主办，冯光宇（Kuang-Yu

Fong）和史蒂芬·凯派林（Stephen Kaplin）导演的玩偶剧场版《牡丹亭》在纽约多罗茜剧场（Dorothy Williams Theatre）上演，该版本融合欧洲十九世纪的玩偶剧场和中国的昆曲，以昆曲演员和玩偶交错演出的方式，表演了从"游园"到"回生"的故事[14]；二〇〇八年日本歌舞伎著名演员坂东玉三郎与苏州昆剧院联合，在日本京都南座进行"坂东玉三郎特别公演《牡丹亭》——中国昆曲合作演出"，坂东玉三郎与其他两名中国昆剧男演员饰演杜丽娘，俞玖琳饰演柳梦梅，演出《惊梦》《离魂》《写真》《游园》四折[15]。

本土《牡丹亭》的海外演出肇始于梅兰芳一九三〇年代的访美巡演，梅兰芳表演了京剧《春香闹学》。二十世纪时，著名昆曲演员张继青等人多次海外演出《牡丹亭》的经典折子戏，一九八二年出访威尼斯，一九八五年参加西柏林和意大利的艺术节，一九八六年访问日本，均获得良好反响[16]。一九八九年华文漪和名小生尹继芳、名旦史洁华合演《牡丹亭》中的二折《游园惊梦》在英国伦敦和中国香港上演[17]。进入二十一世纪，除去青春版《牡丹亭》，二〇一〇年六月由林兆华和汪世瑜联袂改编的厅堂版《牡丹亭》[18]受意大利孔子学院邀请，在威尼斯市政厅、波罗尼亚大学法学院、都灵皇后行宫三地进行了七场巡回演出，表演场地有所创新，布置了四方金鱼池和白色烛台。一小时左右的演出表演了从《惊梦》到《回生》的八个曲目[19]。谭盾改编并导演的大型园林实景版昆曲《牡丹亭》，将《牡丹亭》的表演放置于搭设精美的园林实景中，该版《牡丹亭》从二〇一二年至二〇一九年分别纽约大都会艺术博物馆、法国巴黎拉塞尔圣克卢宫、德国德累斯顿萨克森州立博物馆和莫斯科州立大学药剂师花园进行演出。[20]

从对《牡丹亭》海外版本和本土版本的介绍可以看出，海外版本改编的《牡丹亭》在不同程度上颠覆昆曲表演的基本程序（除中日合作版），以西方审美审视中国传统戏曲创作的"混血儿"削弱了昆曲的主体性地位。本土《牡丹亭》的改编在二十世纪的海外演出中依然遵循传统，进入二十一世纪则尝试在传统基础上创新。这些改编版本均为昆曲在海外传播做出有益贡献。

相比于厅堂版《牡丹亭》和园林版《牡丹亭》，青春版《牡丹亭》是一次舞台型演出的再创作，青春版《牡丹亭》从二〇〇四年开演至今，已经多次走过两岸三地，传播到韩国、美国、英国、希腊、荷兰。青春版《牡丹亭》的海外演出大体可以分为两个阶段：全本演出阶段（二〇〇五年至二〇〇九年）和精华本演出阶段（二〇一二年至二〇一九年）。在全本演出阶段，青春版《牡丹亭》刚刚崭露头角，在全本演出中打响名声。二〇〇五年青春版《牡丹亭》最早在韩国小试牛刀，参加了金海市"加耶世界文化庆典"和釜山市"剧场艺术节"，这是昆曲首次在韩国亮相，演出团共十六位演员，在八天内表演六场精华折子戏。如果青春版《牡丹亭》的第一次海外演出更像一次试水，二〇〇六年九月，美国加州大学四大分校的演出将近百人的台前幕后团队基本全数到场，以商业化演出模式在加大四大分校的剧院内演出全本四次，共十二场。二〇〇八年青春版《牡丹亭》先在英国伦敦萨德勒斯威尔斯剧场演出上、中、下两轮，共六场，随后赴希腊艺术节演出全本一轮。二〇〇九年，为纪念中新合作十五周年，青春版《牡丹亭》第一次在除中国以外的亚洲国家新加坡上演上、中、下三场。二〇一二年至二〇一九年是青春版《牡丹亭》精华本演出阶段，此阶段青春版《牡丹亭》名声已然打响，考虑到跨国成本、人员调度等问题，除了二〇一六年在英国演出全本以外，其他场次均是精华本演出。精华本演出一天内三个小时完成，让海外观众能够短时间内领略中国昆曲的审美特质和文化精神。

青春版《牡丹亭》海外演出统计[21]

时间	国家	地点
二〇〇五年十月十一至十三日	韩国	金海市"加耶世界文化庆典"
二〇〇五年十月十四至十七日	韩国	釜山市"剧场艺术节"
二〇〇六年九月十四至十七日	美国	加州大学伯克利分校 Zellerbach Hall
二〇〇六年九月二十二至二十四日	美国	加州大学尔湾分校 Irvine Barclay Theatre
二〇〇六年九月二十九日至十月一日	美国	加州大学洛杉矶分校 Royce Hall UCLA
二〇〇六年十月六至八日	美国	加州大学圣塔芭芭拉分校 Lobero Theatre
二〇〇八年六月三至五日	英国	伦敦萨德勒斯威尔斯剧场 Sadler's Wells Theatre
二〇〇八年六月十二至十五日	希腊	雅典国家音乐剧场
二〇〇九年五月七至九日	新加坡	新加坡滨海艺术中心剧院
二〇一二年九月二十九日	美国	密歇根孔子学院演出"精华版"
二〇一二年十月七日	美国	纽约凯伊剧场（Kaye Playhouse）
二〇一六年九月二十五至三十日	英国	伦敦特洛西剧场（Troxy Theatre）
二〇一七年七月十二日	希腊	雅典阿蒂库斯露天剧场
二〇一九年九月十九日	荷兰	海牙南沙滩剧场

青春版《牡丹亭》的海外演出基本上是依托艺术节、文化交流项目，以商业化模式在现代剧场中售票演出。[22] 与国内演出的差别首先是增加了翻译字幕或者现场实时讲解（韩国演出），英文翻译字幕由加州大学李林德教授完成，保证唱词的传情达意效果。其次，海外演出剧场条件差异很大，有金海市容纳三百人左右的国立博物馆小剧场，英美容纳上千人的剧院，也有希腊和荷兰的露天剧场，青春版《牡丹亭》需要随时根据演出场地排演与调整。最后，青春版《牡丹亭》在跨国家、跨文化传播时，既希望保持昆曲的本土化特色，也在具体演出实践中根据不同文化场合做出融合。比如二〇〇五年昆曲演员在釜山表演时融合无锡歌舞团的舞蹈，二〇一九年精华本在荷兰表演结束后，苏州昆剧院演员与荷兰现代舞团进行了合作实验演出，这些都是靠拢海外观众的文化与审美的尝试。

青春版《牡丹亭》在这些国家演出的反响热烈，二〇〇六年的青春版《牡丹亭》的美西巡演称为继一九二九年梅兰芳访美戏曲界最大的文化盛事，二〇〇八年的伦敦演出达成中英文化交流史上演出团体规模最大、票价最高、影响最大的纪录。二〇一七年希腊演出结束后，当地发行量最大的报纸《每日报》和《海运报》均对《牡丹亭》进行了大篇幅图文并茂的报道。《牡丹亭》主创团队还受邀做客希腊国家电视台进行访谈和现场表演，可以说青春版《牡丹亭》在海外掀起了"昆曲热"。

二、"昆曲新美学"：青春版《牡丹亭》的文艺复兴

青春版《牡丹亭》将昆曲带入世界视野，它在海外造成的轰动效应和文化现象是其他版本的昆曲难以企及的，其舞台呈现的"昆曲新美学"是打动海外观众的核心要素，本节讨论"昆曲新美学"三个层面上的美学范式：跨界的艺术融合，传统与现代的统一，高雅艺术与平民欣赏的结合。[23]

首先，青春版《牡丹亭》利用跨界的艺术融合，打造全新昆曲形式。王国维在《戏曲考源》中说："戏曲者，以歌舞演故事也。"[24] 昆曲作为戏曲的一种门类，其诞生之初就容纳文辞、音乐、舞蹈、歌唱等多种艺术形式，是一种综合性艺术。青春版《牡丹亭》在制作中重新编制音乐、舞蹈，强化二者的艺术表现力，同时配合舞台空间装置的书法与国画，实现琴曲书画的跨界，渲染昆曲美的意境。在音乐方面，青春版《牡

丹亭》有一套大乐队演奏团体，在原有的昆曲四大件基础上增加更丰富的配器，总共有涵盖笛子、唢呐、笙、箫、琵琶、扬琴等二十多件乐器，尤其设置提胡、箫、埙、高、编钟等色彩性乐器，乐器之间或合奏或独奏烘托昆曲表演[25]。在舞蹈方面，一方面是在《惊梦》《回生》《移镇》等回目中重新编制或增设大型舞蹈，使舞台增加流动感。另一方面是增强演员身段动作的舞蹈化。演员通过翩跹的姿态与舞蹈延伸空间与叙事。在舞台空间中，既有台湾名画家奚淞为柳梦梅《叫画》绘制的小幅精致的粉彩美人图，也有舞台背景中悬挂的大幅书法和花鸟画置换原本戏曲舞台的屏风。以《惊梦》为例探讨青春版《牡丹亭》的艺术跨界融合，《惊梦》开场的舞台背景垂挂了三幅清新淡雅的国画，绘有柳枝和淡粉牡丹，营造春天氛围，柳意象和花意象分别象征柳梦梅和杜丽娘。杜丽娘和春香上场时的"音乐先由高胡、编钟、古筝等乐器奏出三个音的主导动机，而后是一段笛子独奏"[26]，舒缓悠扬，此时是杜丽娘游园前的准备阶段。随着舞台的国画收起，原先暗处的背景荧幕被投影为抽象的红绿色彩渲染，暗示杜丽娘和春香进入春光明媚的花园，音乐转为节奏较为欢快的《皂罗袍》曲牌的变奏，烘托二人赏春的喜悦心情。赏春后，杜丽娘昏昏欲睡，十二位小花神和两位男花神在多乐器合奏的杜柳主题音乐下演绎轻柔缥缈的舞蹈，将杜丽娘引入梦境，杜丽娘在梦中与柳梦梅相会，二人运转水袖翻来勾去，翩翩舞蹈，传达交融的情愫。

陈多在《中国戏曲美学》中认为戏曲中独立的"形式美的要素是如形状、线条、色泽、声音、语言等能直接诉诸人们感官、给人们以美的感受的物质材料，以合规律的、和谐完整的形式进行组织结构"。"它本身是一个物件，即它本身作为目的出现着，于是它们在戏曲中，不仅要影响到表演与文学语言的关系，进而还要引起表演艺术内部的结构变化。"[27]书、画、舞、乐在中国艺术传统中有共通性，他们在技法上互相启发，互相渗透，遵循着和、清、淡、雅的美学理想。青春版《牡丹亭》中书法的飘逸俊秀、国画的写意清新、舞蹈的优美灵动、音乐的悠远柔雅都深刻地渗透进表演中，"昆曲的音乐唱腔、舞蹈身段犹如有声书法、流动水墨，于是昆曲、书法、水墨画融于一体，变成一组和谐的线条文化符号。"[28]其形、色、声与昆曲浑然融通，共同营造既雅致又纯净的意境。

青春版《牡丹亭》也是传统和现代的融合。白先勇表达为"将原汁原味的昆曲放入现代的博物馆"[29]。"原汁原味的昆曲"要求回归昆曲艺术本体，传承古代戏曲美学。陈多将中国戏曲美学概括为"舞容歌声、动人以情、意主形从、美形取胜"[30]。"舞容歌声"是指将声容和歌舞完美地融会一体,做到"随口发声,皆有燕语莺啼之至,不必歌而歌在其中矣……回身转步,悉带柳翻花笑之容,不必舞而舞在其中矣"。[31]

"动人以情"是指相对于西方戏剧叙事的关注,中国戏曲更注重抒情,即景写情,言情是主要目的。"意主形从"强调戏曲的抽象写意,也即表演方式的程序化和虚拟性。"美形取胜"是指戏曲极力发展形式美,通过各类艺术手段呈现表演艺术。昆曲不仅完美地容纳上述美学特点,还将"雅"视为它的美学品格。白先勇表述为"抽象、写意、抒情、诗化"。[32] 其中"诗化"形象地传达"雅"的风格,因为昆曲转化古典文学资源,又得到江南文化的滋养,它的曲词典雅,唱腔婉转,表演细腻。青春版《牡丹亭》以这些美学理念为方向,它对《牡丹亭》原五十五出唱词删繁就简,弱化政治背景和战争因素,将上、中、下三本的主题定为"梦中情""人鬼情""人间情",无非是更加凝练地表达昆曲的情美;它的唱腔在保持南昆轻柔婉转的特色的基础上做出一些调整,经典唱段基本不动,只在前奏、间奏、尾奏上进行补充和延伸,演出较少的唱段进行润腔,使曲调流畅,极少的没有曲谱或与情节相悖的唱腔则按照昆腔原则重写。[33] 造型艺术方面,传统昆曲服装的浓艳颜色是为了适应历史舞台演出的简陋条件,但是与昆曲的高雅艺术品格相矛盾,强烈的对比色、浓艳的配色是民间文化的体现,放在闺阁小姐、儒雅书生身上则显得格格不入。因此青春版《牡丹亭》特意降低服装彩度、亮度,采用鹅黄、淡粉、浅蓝等颜色,梅兰竹菊等图案,只为突显人物的身份性格和表现《牡丹亭》的戏曲意境。以上从剧本、唱腔、服饰三方面举例说明青春版《牡丹亭》如何坚持"原汁原味的昆曲",可以看出它和传统昆曲相比虽然有变化,但是不仅没有越出昆曲的基本原则(表演的四功五法,腔调的优美,词曲的韵味等等),还在树立古典美学新范式,真正做到了"尊重传统而不因袭传统"[34]。

白先勇所比喻的"现代博物馆"即现代舞台艺术和技术。传统戏曲因为极强的程序化、虚拟性和流动性并不关注舞台的景物造型,只有一桌二椅和全场打光,这已经不适应现代观众的审美。孟繁树认为新时代戏曲改编戏的景物造型应该遵循两条原则"一是从规定情境出发,以烘托气氛和刻画人物形象为归宿;二是具有独立的审美品格。也就是说,舞台美术除了作为一种表现形式为内容服务之外,它还以独立的形式美显示自己的价值。这种形式美主要表现为对画面、质地、色调的重视和对意境的追求"。[35] 青春版《牡丹亭》舞台设计的客观环境不是装置写实的舞台布景,而是以抽象写意对照昆曲的虚拟假定,营造灵动、立体的舞台氛围。它的舞台后侧采用非具象的梯阶设置，由简单的台阶，台阶上的平面和台阶左侧连接的缓坡组成，台阶上是舞台调度空间，大型舞蹈多利用其走位，台阶下是表演空间，一定高度的台阶设计形成从舞台调度到舞台表演的空间过渡，增加舞台的视觉立体度。阶上阶下还形成富有层次的演出效果，《魂游》一出有一幕是地府小鬼走后，杜丽娘凄艳地在舞台上游荡徘徊，此时柳梦梅在台阶从左至右边走边拿着美人画图呼喊"姐姐"，两人呈现出充满情感张力的互动。舞台背景一是使用国画／书法置换作为传统屏风，二是利用投影式布景在天幕上投出渲染堆栈的色彩，这些色彩并不形成具体的形象，而是以抽象的组合暗示场景。舞台背景的设置为场景提供自然的转换感，当国画／书法的条屏转化为投影式布景，或者投影的布景发生变幻，就表明发生了转场。青春版《牡丹亭》的舞台灯光采用以明暗，冷暖的色调变化，光具、投光方式的不同组合体现人、物、景的结构关系，构造舞台空间的场域。白先勇制作青春版《牡丹亭》时注重每一出的虚实比例[36]，因为《牡丹亭》涵盖了梦、鬼魂、地府等虚幻元素。制造"虚景"与"实景"离不开现代灯光。还是以《魂游》为例说明灯光对虚实情境的构造，舞台上以魂魄之姿舞蹈的杜丽娘被虚虚笼上一层冷光，灯光勾勒杜丽娘的身形轮廓。台阶上的柳梦梅则以暖光强调肉身，人鬼、虚实的对比很好地呈现了出来。以上分析可以看出舞台的各项设计简约干净，趋向一致的美学理念，自身就形成了独特的舞台美学，这种舞台美学又有效地烘托了昆曲情境和表演。总结来看，青春版《牡丹亭》处理现代与传统时，立足昆曲的美学传统，现代技术为昆曲艺术的主体性而生，形成既古典又适应现代审美的美学气质。

青春版《牡丹亭》注重高雅艺术与平民欣赏的融合。虽然昆曲在中国戏曲文化中是最典雅的代表，但是中国戏曲在传统中被定位为俗文化，因为中国戏曲"为民间所爱好。也在民间自我成长，其精神和传统长存在民间"。[37]昆曲前身是宋元南戏，南戏是在民间的里巷歌谣的基础上吸收加工其他曲调发展而来，因此昆曲事实上沉淀着民间文化，明清时期，文人创作传奇兴盛，昆山腔文人化色彩浓厚，唱词日趋雅化，后来在清代的花雅之争中落败，逐渐式微。纵观昆曲历史，可以看出昆曲存在着雅俗的辩证发展。当代的昆曲演出面临着观众流失，而历来《牡丹亭》的演出又基本围绕杜、柳二人。青春版《牡丹亭》则雅不轻俗，雅俗交融，注重发掘昆曲中普通观众喜闻乐见的滑稽戏、武戏。在具体实践中表现为剧本结构上雅俗双线的诗文与戏文，表演上生旦与净丑的冷热对照。青春版《牡丹亭》的主线是杜、柳爱情，是闺阁小姐与儒雅书生的才子佳人组合，他们的爱情词曲继承古典文学的精华，词旨优美，音韵婉柔。作为青春版《牡丹亭》中的生、旦代表，他们表现出昆曲最正统的水磨腔调和最细腻抒情的表演，将各种情态美熔铸一体。青春版《牡丹亭》的副线包括杜宝奉旨平贼、强盗李全杨婆的行动、地府鬼判的活动、陈最良和石道姑的出场穿插。除杜宝外，其他人物形象均带有民间文化的印记，符合平民的欣赏趣味。李全和杨婆是一对江湖夫妻，李全性格难以自主，只听杨婆吩咐，而杨婆武艺高强，足智多谋。他们被金国招安攻打淮阳，最后两人回归草莽。地府鬼判身着五颜六色的服装，脸上涂抹成鬼脸，代表地府文化。陈最良是教导杜丽娘的迂腐儒生，因腐成趣。石道姑代表道家文化，是唯一以方言念唱的角色，也是杜柳爱情的催化剂。这些角色的语言质而直，俚俗易懂，多谐谑打趣，带有民间口语的特征，因此演唱的曲调也相对活泼，他们多是净、丑行当（陈最良是净角），在青春版《牡丹亭》的演出中重技艺、喜滑稽，制造许多热闹场面，穿插在生、旦舒缓优美的表演中，提高喜剧气氛，松散观众精神。这些人物中，最具代表性的是李全、杨婆，他们身着色彩鲜艳的服装，以武戏为主场，在强烈刺激的音乐下窜来转去，尤其是杨婆表演舞枪和舞剑，动作翻腾变幻，柔中带刚，比如唱到"一支枪洒落花风，点点梨花弄"[38]时，用"急速圆场变原地旋转接串翻身掏翎子"[39]表现，十分亮眼。李、杨爱情粗犷而直白，李全曾说："罢了。未封王号时，俺是个怕老婆的强盗；这封王之后么，也要做个怕老婆的王。"[40]除去语言的直白热烈，二人常以背、抱、靠的姿势表达感情。他们出现的回目位于中本的《淮警》，下本的《折寇》，正好与杜、柳爱情互相映照，形成浓艳热烈与淡雅清丽的风格对比。总结来看，青春版《牡丹亭》中融合了平民欣赏的俗文化元素，其中呈现出的民间人物形象，热闹的滑稽场面与昆曲的高雅艺术结合形成了雅俗共赏的演出效果。

三、文艺复兴：青春版《牡丹亭》文化输出的中国经验

　　白先勇童年时偶然在上海看了俞振飞和梅兰芳唱的《游园惊梦》，《皂罗袍》的曲调就成为童年的倩影。离开大陆以后，在香港和台湾完成学业，随后赴美深造，在美定居。一九八七年，白先勇回到大陆分别于上海和南京观赏了蔡正仁、华文漪主演的《长生殿》和张继青的"三梦"，又将他带入婉转优雅的昆曲世界。[41]多年来，他

横跨两岸三地，游走大洋彼岸，领略过多种形态的文化艺术。正是欣赏过其他国家和地区的艺术成就，才更珍惜与反思代表本民族最精致古典的表演艺术，才认识到要保证昆曲的原汁原味，用现代科技与之结合而不有损其风采才是古典创新之道。

白先勇说："希望二十一世纪我们中华民族像欧洲那样迎来'文艺复兴'。"[42] 白先勇的"文艺复兴"不是简单地回归传统，而是扎根传统的现代创新。文艺复兴（Renaissance）意为再生，是十四至十七世纪欧洲在文化、政治、艺术和社会等方面发生的深刻变革，人们发掘了古希腊、古罗马的文献，复兴了古希腊、古罗马的艺术思想、学科以及古典时期的价值观，文艺复兴首先发生在意大利，新兴的市民阶层兴起，以彼得拉克为首的知识分子虽称复兴，实则创造，他们借助古希腊、古罗马文化与思想形成人文主义精神，挣脱神学桎梏。布克哈特指出："文化一旦摆脱中世纪空想的桎梏，也不能立刻和在没有帮助的情形下，找到理解这个物质的和精神的世界的途径。它需要一个向导，竟在古代文明的身上找到了这个向导，因为古代文明在每一种使人感到兴趣的精神事业上具有丰富的真理和知识。"[43] 意大利人从古典文化中找到导师，对古典文化加以改造，以面对中世纪末期的时代问题。

当白先勇说"二十一世纪的文艺复兴"时，中国面临具体而特殊的实践要求，为了民族国家的现代化，五四新文化运动要求强烈地挣脱中国传统的"束缚"，拥抱西方文化和西方现代文明，还来不及反思西方文明背后的悖论，跃入现代的代价是中国传统文化的断裂，白先勇面对中国这样的现实才提出了二十一世纪中国的文艺复兴。西方的文艺复兴运动中，艺术家们吸取希腊罗马艺术理念重新创作，在古文献中汲取思想创造人文精神，二十一世纪中国的文艺复兴"必须重新发掘中国几千年文化传统的精髓，然后接续上现代世界的新文化，在此基础上完成中国文化重建或重构的工作。"[44] 扎根传统是中国文艺复兴的根本，在此基础上进行现代创新，白先勇制作青春版《牡丹亭》为代表的昆曲，首先做到保留昆曲艺术的原汁原味，再思考如何用现代技术加强昆曲艺术的特质。不仅是青春版《牡丹亭》，溯源白先勇的艺术生涯，他最早的文学影响来自儿时接触过的中国古典文化[45]，他小说的艺术风格是在中国古典诗词的浸润下结合了西方现代小说技巧。以《纽约客》和《台北人》为代表的小说描绘被放逐的异乡人的悲剧命运，无时无刻不飘荡着文化乡愁，中国传统文化认同依然是小说的精神动因。白先勇推广昆曲之后，他又开始推介中国古典文学的巅峰——《红楼梦》，出版《白先勇细说〈红楼梦〉》，保存已然式微的程乙本《红楼梦》，从小说艺术层面结合西方现代小说理念分析《红楼梦》，目的是推广《红楼梦》的普及与阅读。无论制作青春版《牡丹亭》、创作小说还是重读《红楼梦》，传统文化始终贯穿于他的艺术实践，他谨慎的现代接续使传统文化重新焕发本身蕴含的却被时代蒙尘的美。

白先勇承接了五四启蒙意识的现代精神，比如他的平民意识、艺术上的开放观念。五四时期胡适提出"八事"倡导白话文体，陈独秀的"三大主义"提出建设"国民文学""写实文学""社会文学"，钱玄同、刘半农等人也撰文支持白话文取代文言文，鲁迅创作《狂人日记》率先实践白话文学，白话文运动将人民群众纳入文学活动，为更广泛的中国人提供阅读与写作的机会。一九一九年初周作人写《平民的文学》提倡文学的平民精神："普遍""真挚"[46]，也就是文学关注更普遍的人的生存境遇，纪录人类普遍的思想感情。从形式到内容，平民精神都是五四文学的重要特征，白先勇从推广青春版《牡丹亭》开始，到制作昆曲《玉簪记》《白罗衫》《潘金莲》、重读《红楼梦》，目光的落脚点始终在更广泛的观众／读者。在昆曲青春版《牡丹亭》制作时他就在考虑现代观众的审美情趣，同时在各高校和其他文化空间举办讲座，希望普通人也可以欣赏昆曲，开展"重读《红楼梦》"的活动也是举办系列讲座，同时他自己把《白先勇细说〈红楼梦〉》定位于导读，文字晓畅明白，有思想的同时易于学生群体的理解。在对待艺术的态度上，他也承接了五四对艺术的开放心态，五四时人多有国外留学经验，造就了他们开放包容的心态，他们不仅吸收各国小说艺术同时关注国外美术、雕塑等艺术的发展。比如鲁迅收藏有多国的创作版画，诗人李金发在法、德学习雕塑。白先勇在制作新版昆曲的过程中，他都允许团队成员用现代剧场理念、电影理念、舞蹈艺术去不断尝试，正是白先勇的开放胸怀，才制作出现代与传统融合恰当的昆曲作品。

白先勇的青春版《牡丹亭》的成功，不仅在于传统的文艺复兴，也在于他在海外视角下深刻洞察现代社会的传播规律和文化。传统的文艺复兴必须建立在现代的传承与改造下。从传播角度来看青春版《牡丹亭》海外传播的"文艺复兴"，一是利用市场行为进行文化输出，传统文化首先需要遭遇更广泛多层次的观众群体，市场化运作是工业化时代成功的产物，经由市场行为，传统文化不仅做到拥有更丰富的观众，也可以解决资金问题。传统文化走出去的过程中不能仅仅把传统文化推介出去，而是化被动为主动，让文化区隔的消费者通过购票行为主动了解中国的传统文化。白先勇带领团队以现代"制作"理念完成青春版《牡丹亭》，做到了在保存传统昆曲文化的基础上商业化演出的良好成绩。二是依托公共空间和网上媒介进行宣传，例如美西巡演提前两个月就开始宣传，海报、广告、报纸上不断有预热报道，团队还在各种文化空间诸如世界日报活动中心、伯克利加大中国研究中心、旧金山亚洲艺术博物馆等进行讲座与演讲。演出结束后，中国大陆、中国港台、美国多方媒体争相报道。较长跨度的一系列报道、演讲等活动产生了综合的反映良好的社会效果，形成"议程设置"效应[47]。三是团队精准定位受众群体，文化输入需要考虑不同文化成员之间的关系和文化之间的关系，由于不同国家之间的文化区隔，昆曲对于海外观众相当陌生，团队把目标观众定位于审美水平较高的国际大学的外国大学生、大陆与港澳台留学生、教授、华侨、汉学家，在青春版《牡丹亭》演出结束后团队与观众进行交流，演出前后的座谈会也达成更深入的文化沟通，培养了潜在的昆曲爱好者。白先勇认为昆曲传承不仅是演员的传承也是观众的传承，需要一代又一代年轻的欣赏者，因此除了座谈会、交流会，加州大学伯克利校区音乐系及东方语文学系、加州大学尔湾校区戏剧系、伦敦大学亚非学院音乐系、雅典艺术学院等国际一流院校都陆续开设昆曲课程或昆曲讲座，从而促成昆曲与他国平等对话的文化交往伦理，形成国际传播共同体。

  白先勇是借助昆曲的复兴，在世界视野下寻找失落的文化认同，重塑中国的文化自信。在美求学时，白先勇就对西方现代小说有深入研究，他又旅美多年，日常生活中经常接触到欧美的文化艺术，这样的世界视野使他意识到每一个国家或民族都应该有它代表性的，且被世界普遍承认、欣赏的文化艺术，英国有莎士比亚戏剧，意大利有歌剧，德国有古典音乐，俄罗斯有芭蕾……但是中国典雅精致的昆曲中国人自己还没有发掘好它的艺术性和文化精神，海外更是相对陌生，世界各国人民没有在中国和某种艺术之间建立普遍联想，因为中国曾经被西方的坚船利炮打败，民族生存危机导致文化认同危机，一百年前不得不发生的文化上的矫枉过正加剧了西方崇拜，二十世纪六〇至七〇年代的"文化革命"又再次破坏了传统文化，白先勇因为他的世界视野，有比较平衡、端正的文化态度，所以并没有厚西薄中，而是为中国没有代表性的艺术扼腕叹息，他以昆曲复兴推进中国人走出文化上的自卑心理，对中国传统文化产生认同感，重新确立起新的文化身份，重塑中国的文化自信，再用自己的文化影响世界，推动一种新的文化形态的建构。

注释

1. 陈继儒：《批点〈牡丹亭〉题词》，徐朔方笺校：《汤显祖全集》，北京：北京古籍出版社，一九九九年，二五七三页。

2. 邹红：《在古典与现代之间——青春版昆曲〈牡丹亭〉的诠释》，《文艺研究》二〇〇五年第十一期，一〇四页——〇九页、一六二页。

3. 何西来：《论白先勇青春版〈牡丹亭〉的成功及其意义》，《华文文学》二〇〇五年第六卷，四页—十九页。

4. 王省民：《民族艺术走向文化市场——对青春版〈牡丹亭〉演出成功的另类解读》，《文艺争鸣》二〇一〇年第十卷，五九页—六二页。

5. 胡友笋：《传播学视角下的"青春版〈牡丹亭〉现象"解读》，《民族艺术研究》二〇〇八年第五卷，四二页—五〇页。

6. 傅谨：《青春版〈牡丹亭〉的成功之道——在"白先勇的文学创作与文化实践"学术研讨会上的发言》，《文艺争鸣》二〇一三年第七卷，一一〇页——一三页。

7. 陈均：《青春版〈牡丹亭〉如何走出国门——以青春版〈牡丹亭〉美西巡回演出二〇〇六剪报册为例》，《戏曲艺术》二〇一五年第四卷，一一一页——一七页。

8. 向勇：《中外文化差异与国际文化传播——基于昆剧〈牡丹亭〉美西成功演出的分析》，华玮主编：《昆曲·春三二月天：面对世界的昆曲与〈牡丹亭〉》上海古籍出版社二〇〇九年版，七〇页—七六页。

9. 吴新雷：《昆剧青春版〈牡丹亭〉访美巡演的重大意义》，华玮主编：《昆曲·春三二月天：面对世界的昆曲与〈牡丹亭〉》上海古籍出版社二〇〇九年版，七七页—九〇页。

10. 王丽娜：《中国古典小说戏曲名著在国外》，学林出版社一九八八年版，五二七页—五二九页。

11. 见赵征军：《中国戏剧典籍译介研究：以〈牡丹亭〉的英译与传播为中心》，中国社会科学出版社二〇一五年版。赵天为：《〈牡丹亭〉研究四百年》，邹元江，张贤根主编：《美学与艺术研究》（第八辑）武汉大学出版社二〇一七年版，三六五页—三七四页。王宏：《〈牡丹亭〉的英译考辨》，《外文研究》二〇一四年第一卷，八四页—九二页、一〇八页。

12. 廖奔：《观念挪移与文化阐释错位——美国塞氏〈牡丹亭〉印象》，《文艺争鸣》

二〇〇〇年第一期，五五页—六〇页。

13. 陈士争：《导演陈士争谈〈牡丹亭〉》，中国科学文化音像出版社《DVD关于作品说明》，一二页。

14. 《玩偶剧场〈牡丹亭〉在美上演》，《文汇报》，二〇〇〇年三月十四日。

15. 何静：《中日合演〈牡丹亭〉观众反响很热烈》，《中国文化报》，二〇一〇年十月二十六日。

16. 朱禧，姚继焜编：《青出于蓝——张继青昆曲五十五年》，文化艺术出版社二〇〇九年版，七一页—九五页。

17. 白先勇：《白先勇说昆曲》，中国友谊出版公司二〇一八年版，一六页。

18. 厅堂版相对于舞台版而言因为在较宽敞的厅堂表演，更类比昆曲原始的表演样式。

19. 马赛：《昆剧〈牡丹亭〉征服意大利观众》，《光明日报》，二〇一〇年六月二十九日。

20. 《在莫斯科古老园林里，昆曲〈牡丹亭〉让俄罗斯观众沉醉》，《文汇报》，二〇一九年五月十五日。

21. 尹建民：《昆音悠悠飘韩国——苏州昆剧院青春版〈牡丹亭〉剧组赴韩演出掠影》，《剧影月报》二〇〇五年第六期，二八页—二九页；陈均：《青春版〈牡丹亭〉的足迹（二〇〇三—二〇一三）》，傅谨主编：《白先勇玉与青春版〈牡丹亭〉》，中央编译出版社二〇一四年版，九页—五〇页；微博"白先勇《牡丹亭》"，https://weibo.com/u/1290682531。

22. 在这些现代剧场的演出中，二〇一二年在美国纽约凯伊剧场（Kaye Playhouse）采用传统的一桌二椅，简单灯光的昆曲演法，而不是现代剧场的模式。

23. 本节讨论的"昆曲新美学"以青春版《牡丹亭》多数演出情况为准，少数如二〇一二年在美国纽约凯伊剧场(Kaye Playhouse)采用传统昆曲表演模式的情况忽略不计。

24. 王国维：《戏曲考原》，《王国维戏曲论文集》，中国戏剧出版社一九八四年版，一六三页。

25. 详情见顾礼俭：《简评昆剧青春版〈牡丹亭〉的音乐》，《人民音乐》，二〇〇六年第四期，页八—九。林萃青：《世界音乐文化全球化对话中的昆曲音色与音响体质》，华玮主编：《昆曲·春三二月天：面对世界的昆曲与〈牡丹亭〉》，上海古籍出版社二〇〇九年版，一四页。

26. 周友良：《青春版〈牡丹亭〉音乐写作构想》，周友良：《青春版〈牡丹亭〉全谱》，苏州大学出版社二〇一四年版，二三三页。

27. 陈多：《中国戏曲美学》，百家出版社二〇一〇年版，三四五页。

28. 白先勇：《琴曲书画——新版〈玉簪记〉的制作方向》，白先勇：《牡丹情缘：白先勇的昆曲之旅》，商务印书馆二〇一六年版，二九三页。虽然引述讨论的是《玉簪记》，但是在青春版《牡丹亭》中同样适用。

29. 该说法来自翁国生的转述，见《翁国生访谈》，傅谨主编：《白先勇与青春版〈牡丹亭〉》，中央编译出版社二〇一四年版，一〇五页。

30. 陈多：《中国戏曲美学》，百家出版社二〇一〇年版，六一页。

31. 李渔：《李笠翁曲话》，中国戏剧出版社一九六二年版，一六三页。

32. 白先勇：《青春版〈牡丹亭〉的十年历程和历史经验》，傅谨主编：《白先勇与青春版〈牡丹亭〉》，中央编译出版社二〇一四年版，七页。

33. 周友良：《青春版〈牡丹亭〉全谱》，苏州大学出版社二〇一四年版，二三三页。

34. 白先勇、吴新雷：《中国和美国：全球化时代昆曲的发展》，白先勇：《牡丹情缘：白先勇的昆曲之旅》，商务印书馆二〇一六年版，二七〇页。

35. 孟繁树：《现代戏曲艺术论》，北京时代华文书局二〇一七年版，八五页。

36. 白先勇：《一个人的"文艺复兴"》，广西师范大学出版社，二〇一九年版，一四六页。

37. 唐文标：《中国古代戏剧史》，中国戏剧出版社，一九八五年版，一三八页。

38. 周友良：《青春版〈牡丹亭〉全谱》，苏州大学出版社二〇一四年版，一页—二页。

39. 详情见杨婆扮演者吕佳微博：http://blog.sina.com.cn/s/blog_4c751e5901001911.html。

40. 周友良：《青春版〈牡丹亭〉全谱》，苏州大学出版社二〇一四年版，一页—二页。

41. 白先勇与昆曲的情缘见《我的昆曲之旅，兼忆一九八七年在南京观赏张继青"三梦"》，《白先勇说昆曲》，中国友谊出版社，二〇一八年版，四四页—四五页。

42. 白先勇：《一个人的"文艺复兴"》，广西师范大学出版社，二〇一九年版，二九九页。

43. 雅各·布克哈特：《意大利文艺复兴时期的文化》，商务印书馆，一九七九年版，一八九页。

44. 丁果，白先勇：《中国需要一次新的"五四"运动——丁果、白先勇谈话录》，《一个人的"文艺复兴"》，广西师范大学出版社二〇一九年版，二九二页。

45. 包括古典诗词、《红楼梦》和古典戏曲，见白先勇：《我的创作经验》，《一个人的"文艺复兴"》，广西师范大学出版社二〇一九年版，五六页—七〇页。

46. 周作人：《平民的文学》，《周作人全集》（第二卷），广西师范大学出版社二〇〇九年版，一〇三页—一〇四页。

47. "议程设置"由唐纳德·肖提出，指媒体议程设置影响公众议程。

・辑六・

重要文献

· 余秋雨

文化史论学者，名作家

守护

一

在烟尘滚滚的现代忙碌中，文化常常被挤在一边。有时大家想起它来，往往也是为了利用、搭台和包装，而不是想用文化的大构架来重塑社会。

这对文化人来说，实在是无可奈何的事情。

文化人能做的，至多是在面对一切社会实务时固守文化品位。至于这种固守能不能被肯定、被赞赏、被弘扬，那就顾不上了。

除此之外，还有一种更艰难的固守。有一些远离当代时空的脆薄文化，极为精致却又极易湮灭，只能靠几个文化人敏感的心、纤弱的手来小心翼翼地守护了。不仅守护，而且还要掸去灰尘、擦拭污渍、揩掉霉斑。寂寞，艰辛，但心里知道，繁忙的世人不会在乎这一切，只能靠我们。如果很多人终于明白了珍贵之所在，也都纷纷伸出援助之手，我们在高兴之余还怕碰坏了呢，因此更要紧紧地站在一边，不敢离开半步。

人类历史上，很多最珍贵的文化往往是最不实用、最不合时宜的，因此也是最不安全、最易碎的。它们能在兵荒马乱中保存下来，都是因为出现了一批又一批这样的守护者。

在当代华文世界，让人感动的一个范例，就是著名作家白先勇先生对于昆曲的守护。

二

多年来，我每次见到白先勇先生，都会听到他谈昆曲。尤其这两年，我不管是盛夏还是寒冬去苏州，都会看到他在苏州市昆剧院打造昆剧《牡丹亭》。每次去香港，又都能看到街头贴着的他向香港市民讲述昆曲的海报。这位大作家似乎是下决心拼将晚年全然投入对昆曲的弘扬了。一腔赤诚，万里脚印，感人至深。

他在苏州打造昆曲其实十分艰难。现在中国大陆任何一个戏曲剧团如果没有特殊的行政安排，要排演一台受观众欢迎的戏都十分困难，更何况他这么一个对大陆的行政架构和文化体制都非常陌生的外来人。但他最知道昆曲的稀世价值，更知道苏州是昆曲的诞生地，因此非要在这座古城创造一个理想化的奇迹不可。

他相信古老的昆曲在本质上是青春的艺术，因此一定要让最年轻俊丽的演员来担纲主演。他选中了沈丰英和俞玖林两位，他们在眉眼神情上都能传达出没有时代界限的江南春色，而且是真正的春色而不是秋天对春天的回忆。但是，如何让他们稚嫩的生命完满地传承昆曲艺术的最高技艺呢？他凭着自己对当今昆曲世界的充分理解，到南京找来杰出的表演艺术家张继青女士，又越出省界到浙江找到了另一位杰出的表演艺术家汪世瑜先生，动之以情，百般邀请，使两位已经不收学生的老一辈艺术家来到苏州，住下来，收了徒弟。白先生要两位年轻演员遵照剧坛祖例对师傅行跪拜礼，这在中国大陆早已是一件稀罕事，似乎成了新的一代对于传统文化重表虔诚的象征。然后就开始了"魔鬼训练营"一般的紧张教学，并请汪世瑜先生出任总导演。在中国大陆，各地艺术家归属不同的行政区划，虽然偶尔也会有一些合作，却很难在师徒传承、绝技授受等深度层面上接通血脉，但居然让白先生做到了。不仅如此，他还裁接更大的空间，调动了很多台湾的艺术精英，从剧本、舞台设计、灯光、服装、舞蹈等方面直接参与。他们大多具有国际等级的教育和实践背景，又因此而更加明白什么是真正的东方神韵，一上手就把整台演出定在一个极高的水平线之上。于是，苏州市企图通过振兴昆曲来呈现千年古城风范的愿望，加倍地实现了。苏州的官员和艺术家们被白先勇先生的一片挚情所感动，也都焕发精神，悉心投入，终于惊讶地发现了这座城市的深巷间蕴藏的文化潜力。

青春版《牡丹亭》在台北和香港造成的巨大轰动，已有大量报道，不用我来复述。在如此繁忙的都市生活中花费整整三个晚上的时间才看完一台戏，这对很多人来说是不可思议的，但奇怪的是，场场爆满，没有一个人离开，每次终场时掌声之响亮、赞叹之热烈，超乎异常。在香港的演出现场，我就见到好些从来没有看过昆曲的工商界人士，他们说，从现在开始，自己就成了终身的昆曲迷。就在我写作这篇文章的时候，白先勇先生和苏州昆剧院的蔡院长又打来电话告知，这台戏在苏州大学的演出也获得极大成功，观众大多是年轻的当代大学生，也对舞台上缓缓展出的一切深深陶醉。至此可以高兴地说一句：一条贯穿四百年的集体审美缆索终于被找到了。除了这条缆索，一切都不可解释。沈丰英、俞玖林的秀丽俊雅一下子囊括了人们失落了数百年的诗意人性，甚至超越了现代学府的深厚和现代都市的富裕，让后代憬悟中华民族曾经有过而又有可能唤回的美丽。这种似远似近的美丽，深深地刺激了当代，刺激了古城，又喜又痛，无以言表。

这些感动，也充分体现了白先勇先生和其他许多有心人平日寂寞守护的意义，使人们从惊讶中明白，每一个文化奇迹都不是来自于"假大空"的热闹。任何文化精品都不是大张旗鼓地评出来、奖出来、争出来的，真正的文化精品存在于巷陌深处，那儿，仅有轻轻的嘱托、幽幽的笛声。偶尔展示，则山河肃穆。

苏州昆剧院的青春版《牡丹亭》为什么会让当代观众那么喜欢？我认为是得力于"大刀阔斧"之后的"小心翼翼"。一大一小，一粗一细，相得益彰。

"大刀阔斧"，指的是在庞大的中华文化中严格汰选。中华文化时间长、规模大、名目多、品类杂，其中的任何一点都有三千理由申述自己弘扬于今天的必要性，结果一片眼花缭乱，造成今天的中国人一讲传统就负担重重又冲突重重的悲剧情景和滑稽情景。这就需要在至高的文化标准下来大刀阔斧地裁夺了。在审美领域的裁夺，更是关及一系列精微的艺术判断，包括对某种古今相通的感性触觉的捕捉，正少不了白先勇先生这种具有国际性艺术视野、东方美学情怀和自己创作实践的大文化人。

一旦选准，则视若至宝，立即变得无限虔诚和谦恭，连跪拜叩头都可以了，让远年的珍奇以最本真、最朴实的形象面对今世。因此，这种虔诚和谦恭中包含着充分的信心，既是对文明最精致部位的信心，又是对自身选择眼光的信心，以及对现代人的信心。由信心支撑的小心翼翼，台下每一个观众都能感受到。于是，他们先放心了，然后又把心放细、放软了。剧场门外市嚣如浪，而门内，连三四百年前一个最含蓄的眼神，一声最缥缈的叹息，也不会漏过。

与这种文化态度相反，我们常见的新排传统剧目，常常在开始的时候疏于选择，未能澄清美丑驳杂的陈年浑浊，而在排演过程中又呈现出一种现代蛮横，搓捏过度，排场过度，结果使观众在心理上一直由阵阵惊异加阵阵慌乱而摇曳不定，无法进入古典审美的所必须具有的安静。

三

对于白先勇先生的长期守护，我在不经意间提供了学术援助。

后来，这种不经意变成了一种很深的缘分。

快二十年了。我先在上海昆剧团演出《长生殿》的剧场里初遇白先勇先生，后来担任他的话剧《游园惊梦》的文学顾问，大概在那时，他读到了我写的《中国戏剧文化史述》，知道了我对昆曲的论述。十二年前台湾《联合报》召开昆曲研讨会邀我发表演讲，我又同时与白先勇先生举行了一次昆曲对谈在《中国时报》发表。当时我的《文化苦旅》等书还没有在台湾出版，我在台湾朋友心目中的印象，是一个背时的昆曲研究者。

其实我当时并不是一个像白先勇先生那样的"昆曲迷"，而是从文化研究的宏观图谱中，认识到了昆曲对于中国文化的重要性。

我的文化研究，已经运用文化人类学的思维，非常注意每一种文化范型对于一个民族的集体心理的对应关系。任何自称的重要都不算重要，任何从概念到概念的理论阐述也无法揭示真正的重要。我通过仔细的比较，发现曾经吸引这个民族广泛投入、并因此左右了集体心理的艺术样式，有唐诗和书法，而比唐诗和书法更深入的，则是昆曲。

我以大量史料证明，昆曲曾使这个民族的重要人群进入了整整两百年的审美痴迷状态，因此毫无疑问已渗入我们的"文化基因"。痴迷是一种不讲道理、也讲不清道理的集体感性选择，对于研究"集体无意识"极有帮助。

当我要用这样的观点来论定昆曲的文化定位时,遇到了很多学术障碍。坊间论述昆曲的文章已有一些,但大多就昆曲说昆曲,不作横向和纵向的比较。因此,我要大胆地把事情拿到中国戏曲的范围之内作比较已经十分艰难,例如大家早已认定关汉卿是顶峰、京剧是"国粹";而更艰难的则是我并不想只在戏曲圈内,而是要在整体中国文化的大范畴内作这种论定。

至少,我面对着难以逾越的两座学术大山。一座是我敬重的王国维先生,他是中国戏剧史这门学科的开山鼻祖,但他早已论定中国戏曲的发达"至元代而止",明清的戏曲根本无法与元剧相比。与王国维先生相反,另一座学术大山胡适之先生则用进化论的观点论定"昆曲不能自保于道威之时,决不能中兴于既亡之后",认为更应关注的是戏曲的近代形态。

总之,他们两位大师,一位着意于昆曲之前,一位着意于昆曲之后,独独把昆曲避开了。我要突破他们,全部依据只在于文化思维的观念不同,以及掌握的演出史料的比较充分。王国维先生以文学思维代替戏剧思维,又把自己的高层次赏析代替全民接受;胡适之先生热情地相信文化史在强胜弱败的必然选择中逐代进化,而不太在乎集体心理沉淀,即表面上退出历史舞台的文化现象,未必退出了人们的心理构成。

在他们之后行世的文化人类学显然划出了另一个学术时代,但不要说王国维、胡适之先生,即便是到了二十世纪八十年代,无论是中国的戏曲界、艺术界、历史学界,还是整体文化界,对于这种学说仍然陌生。因此,我的论述长时间孤掌难鸣。

只有白先勇先生最早诚恳地对我说:"你用'最高范型'来论述昆曲在中国戏剧史上的地位,我无保留地支援!"

他更以不懈的奔走和忙碌,减去了我在这个问题上的学术孤独。

这种尴尬而寂寞的情景,一直延续到前几年一件事情的发生:二〇〇一年五月十八日,联合国把昆曲评定为人类文化遗产(全名为 a Masterpiece of the Oral and Intangible Heritage of Humanity),并以评委会的最高票,列于同类文化遗产的首位。

当时我正在地球的某个角落考察早就湮灭的其他人类文明,听到这个消息,陡然一振,在第一分钟里想了想中国明代,在第二分钟里就想到了白先勇先生。

果然,他比我还兴奋。他觉得昆曲既然已经获得了可以代表中华文明而进入人类共同遗产的标志性地位,就应该以高贵而优美的实际面目让海内外人士感性地确认这种地位。这就是他开始策划苏州昆剧院青春版《牡丹亭》的动因。

我为了声援他，把十余年前对于昆曲的艰难论述编成一本书，首先收了十二年前在台湾的那份演讲稿，专门找在苏州出版，名为《笛声何处》。出版社叫古吴轩，离白先生的排演场所不远。

这是对一段遥远的历史和一段我所经历的历史的交代，也是对一种文化态度的交代。

传来消息，世界遗产大会也要选在苏州召开了。于是我在《笛声何处》的自序中加了一句："苏州有这个资格。种种理由中有一项，必与昆曲有关，我想。"

又传来消息，苏州要为世界遗产大会立一个纪念碑，苏州人民选我书写碑文。至于选我的理由，我想可以套用刚刚引过的那句话了："种种理由中有一项，必与昆曲有关。"

以纯美表现纯情

· 许倬云
"中央研究院"院士

白先勇先生鼓吹昆曲复兴，不遗余力。今年（二〇〇四年）四月，江苏的苏州昆剧院，在白先生极力推动下，以其青春版的《牡丹亭》在台北公演。此次演出，吸引观众数千人，轰动一时，堪谓文化界的盛事。在演出前，"中研院"文哲所的华玮教授又广邀海内外研究汤显祖的学者，讨论明清戏曲，则又是学术界的盛事。

台北在三二〇之后，因为选情诡谲，败者悻悻，胜者也颇讪讪，举城气氛，阴霾不开。青春版《牡丹亭》的演出，以其纯情的故事、纯美的表演，竟似在上述气氛怪异的社会，忽然注入一股不着人间烟火的清风。有友人见告，以在选后的台湾，这次的演出，毋宁是一次集体性的治疗。青春版《牡丹亭》演出是否真有如此功效？大约还是见仁见智；我也但愿如此，只是犹有一些存疑，因为天下最难降伏的心魔，名与利耳，而政治权力，足以兼之。政治人物，早已迷于权力，那能为纯情纯美救赎？

然而，政治人物之外，大多数芸芸众生，还是有良心的。平时为了谋生，营营终日，未免遮蔽清明，天下真能解除俗障者，唯有纯理、纯情。纯理须有一番修炼的功夫，我辈平凡之人，尽其一生参谛，还是不能走到这一境界。"情"之一字，人人胸臆中生而有之，唯在能否从迷惘里寻回来，从尘封下透出来。汤显祖铸造《牡丹亭》的情节，其原来本事是宋人话本《杜丽娘慕色还魂》。"慕色"原是由欲而起；在汤氏笔下，则升华为情，情之所钟，生者可以死，死者可以生，其威力足以推翻生死的自然现象。

理想的纯情，不受时空的限制

吴宓日记，记录了他与陈寅恪先生讨论《红楼梦》的谈话。陈先生认为："情之最上者，世无其人，悬空设想，而甘为之死，如《牡丹亭》之杜丽娘是也。与其人交识有素，而未尝共衾枕者，次之，如宝、黛等，及中国未嫁之贞女也。又次之，则曾一度枕席，而永久纪念不忘，如司棋与潘又安，及中国之寡妇是也。又次之，则为夫妇终身而无外遇者。最下者，随处接合，惟欲是图而无所谓情矣。"这一段文字，转引自刘梦溪先生大作《学术思想与人物》（一三〇页——一三一页），诚堪谓"非常异议可怪之论"（何休《公羊春秋解诂序》），却真的是微言大义。窃以为陈先生注意到了汤氏铸造的爱情，已经超越了人的性格的个人特质，杜丽娘梦中所邂逅的柳梦梅，乃是杜丽娘心中的理想情人。《寻梦》与《叫画》，是一次又一次肯定其追求与寻索；而《惊梦》与《幽媾》，则是一次又一次肯定其完美的结合，以及理想的实现。整本《牡丹亭》是一场未醒的大梦，因此，纯情的理想，不会因为有具体的人物，而受时空的限制。这一梦中未醒的"情"，系"情"的理想型，遂是最纯真的。自其次以下，每降一级，即多一层具体的时空制约，遂是特殊的，不再是普世的"情"了。

若陈寅恪先生确实掌握了汤显祖的想法，则毋怪《牡丹亭》的一生一旦两位主角，大多单独出场；即使两人同场时，也是有主有从，颇少生旦完全平等，一句一句有来有往的对手戏。这次台北的演出，俞玖林及沈丰英，各自由汪世瑜先生与张继青女士二位老师传授，也轮流在其主唱的部分，发挥唱功身段。窃以为，汤显祖理想的"纯情"，不宜有时空限制，于是一个角色的单独表演，遂是不含杂质的陈述。当然，生旦同台时的身段与情欲，则是传达交融的情愫，又是配合纯情的陈述了。

唯有纯美最能表达纯情。白先勇先生坚决主张选拔青年演员担纲，是着重"青春"二字。此中缘由，一方面是为了昆曲艺术，由已有大成就的大师，传授青年一代，庶几继薪传火，得以持续不断；另一方面，窃以为不少宗教都以童男少女奉献神祇，或者白先勇先生也有以童真献祭纯情为"神圣礼仪"之构想？如果由此途径思考，这次青春版《牡丹亭》，似乎可以删去有关李全诸节，将全剧浓缩于生旦二角的部分，则于汤氏纯情的宗旨，能有所集中。郢书燕说，质之先勇，以为当否？同时，"青春版"连续三场，经此删节，可以两场演毕主要的几出，于剧场及观众，均较易措置。

演员、舞台及服装，均有其创新之处

这次演出，两位主角均十分努力，十个月的训练，能有如此成绩，已经不易。在台北两轮，第二轮的演出又胜于第一轮，由此可知，俞、沈二位都在仔细揣摩，力求超越自己。中国谚语："师父带进门，修行靠自身。"有汪、张二位名师教导，自属新进者的幸运；我尤盼俞、沈二位潜心努力，庶几一场比一场好。昆剧的剧本与导演，诚然都是创作，演员在身段、唱腔与表情，其阐释之处，也是创作。好演员即是能够不断揣摩体会，将人生智慧，融入演技。以《牡丹亭》为例，若以拙见揣度：全剧只是杜丽娘一人的"情"，由怀春的春思，升华为全心投注的纯情；柳梦梅其实只是杜丽娘投射寄情之人。两个角色陈述的均在纯情——身心交融的纯情。窃盼俞、沈二位能于此处多所体会，庶几一个"情"字发动作可歌唱的泉源。

"青春版"的舞台及服装设计，均有其创新之处。颜色淡雅，以简洁取胜，给予演员完全的空间，是其最可取之处。花神的长幡及百花的衣服，均呈现楚文化图像的风味；甚至柳梦梅长袖翩翩，上下飞舞的舞姿，也有楚风。设计者及舞蹈指导，或可能取撷楚文化的灵感？另一方面，杜丽娘复活成婚，全台以大红色为主调，既呈现中国文化婚礼吉庆的颜色，也隐喻欢会的落红遍地，日下鲜明的象征。"青春版"的背景音乐，时时以大提琴吟唱《游园》的《皂罗袍》等诸曲牌，昆曲以笛声为主，大提琴的旋律，居然不显突兀，这也是可喜之处！

以纯美表现纯情，似乎与现实世界相距遥远，而不少观众能经此"纯情"的洗濯，消融了现实世界的不安与躁郁，则艺术之为用，正在其直指人的心灵深处，以纯情的永恒化解了短暂的爱憎。

陈寅恪另有一诗赠吴宓："等是阎浮梦里身，梦中谈梦倍酸辛。青天碧海能留命，赤县黄车更有人。世外文章归自媚，灯前啼笑已成尘。春宵絮语知何意，付与劳生一怆神。"这首诗也是为了二人讨论《红楼梦》而作。大观园中是一梦，《牡丹亭》下也是一梦，我们在梦外论梦，也不过是梦中谈梦，梦里寻梦。梦耶？真耶？何尝不是又一番梦话！

中国和美国
——全球化时代昆曲的发展

· 白先勇

青春版《牡丹亭》总制作人暨艺术总监

· 吴新雷

南京大学文学院教授

为纪念明代戏曲大家汤显祖逝世三百九十周年，苏州昆剧院青春版《牡丹亭》剧组在旅美学人白先勇教授（以下简称白）的统筹下，于二〇〇六年九月到美国巡回演出。恰好南京大学吴新雷教授（以下简称吴）应伯克利、洛杉矶加州大学之邀，赴美参加《牡丹亭》的学术研讨会。《文艺研究》编辑部特邀吴新雷先生访问了白先勇先生，就昆曲在全球化时代"走出去"的国际动态及昆曲艺术的发展等课题，进行了多次对谈。

吴：白先勇教授，您好！《文艺研究》编辑部邀我寻找机会访问您，一起谈谈中国昆曲艺术的发扬，以及走向国际、推向世界等课题。碰巧二〇〇六年是《牡丹亭》作者汤显祖逝世三百九十周年，中国的抚州、遂昌和美国的加州都举行了相关的纪念活动。我很荣幸地得到伯克利、洛杉矶加州大学和美中文化协会的邀请，参加了"《牡丹亭》及其社会氛围——从明至今昆曲的时代内涵与文化展示"学术研讨会。使我喜出望外的是在这里与您不期而遇，真是无比欣慰！在您的精心策划下，苏州昆剧院青春版《牡丹亭》剧组热演于海峡两岸及港澳地区以后，如今走出国门，不远万里而来美国演出，这引起了海内外文艺界人士的极大关注。回顾过去，展望未来，我想和您畅谈古今中外，不知您在百忙之中能惠予赐教否？

白：吴教授好！我和您神交已久，您我都是昆曲艺术的热爱者，过去虽然互不相识，但因为关心昆曲的前途，居然走到一起来了。年前在苏州、在南京，我俩已经多次见面，我当然是很乐意和您叙谈的。您讲讲，咱们从何说起？

吴：我国自加入世界贸易组织后，已经步入了全球化之中，伴随着与国际接轨的声浪，全球化格局必然影响到我们的文艺生活。我知道，早在二〇〇二年十二月，白先生在香港曾发表"昆曲是世界性艺术"的演说，这次又把苏州昆剧院推介到美国来，巡演于伯克利、尔湾、洛杉矶和圣芭芭拉，在美国观众中引起了强烈的反响。所以我们不妨以"全球化时代昆曲的发展"作为总题目，分几个层次来谈谈，不知是否可以？

白：好的，全球化是文明的必然进程，这题目很有意思。

全球化视野中的昆曲

吴：自从二〇〇一年五月联合国教科文组织把我国的昆曲艺术评为"人类口头和非物质遗产代表作"以来，作为中华传统文化的瑰宝，昆曲的艺术价值得到了世界公认。昆曲立足于国内，但又必需扩展视野，放眼全球。这次您请苏州昆剧院到美国来演出，得到加州大学校区伯克利和洛杉矶校区的呼应，特地举办了有关昆剧《牡丹亭》的学术研讨会，体现了全球化时代昆曲的国际地位，这是令人欢欣鼓舞的。而青春版《牡丹亭》的访美巡演活动，全是您一手操办的。我想请您讲讲，您是怎样统筹和运作的？

白：我动员海峡两岸的文化精英和苏州昆剧院密切合作，共同打造了青春版《牡丹亭》，已在全国各地和八大名校演出了七十五场，观众总数达十万人以上，而且百分之七八十是年轻人，以大学生居多，这打破了以往青年人不要看戏的说法。为此，我一直在琢磨着：怎样能扩大范围、张扬影响，把昆曲介绍到国际上，首先是推向美国来。这次的行动，已准备一年多时间了。我联络了加州大学的四大分校，策划四个校区联合大公演，共演四轮十二场，大造昆曲的声势。既然联合国教科文组织认为咱们的昆曲是人类共同的文化遗产，那就走出来试试看，让国际上来评定，从而证明联合国教科文组织的论断是完全正确的。

吴：那么，四个大学的校长是否都赞成、都支持？

白：当然是一致赞成、共同支持！特别是我本人所在的圣芭芭拉分校，校长是咱们华人杨祖佑教授，他虽然是学理工科出身，但对于民族文化的宣扬特别起劲。他被昆曲之美深深折服，竟成了青春版《牡丹亭》的超级推销员。"青春版"能进入北大和南大演出，就是杨校长专门致函游说促成的。二〇〇六年七月，上海举办第三届中外大学校长论坛，杨校长应邀出席，他在五十分钟的发言中竟特别介绍我策划的青春版《牡丹亭》，还当场放了一段电视录像，甚至以此作为校际交流的条件：如有哪个学校想和圣芭芭拉挂钩，这个学校就应上演苏昆的《牡丹亭》。这次在他的鼓动下，当剧组于十月初到达圣芭芭拉时，市长布鲁姆（Marty Blum）宣布十月三日至八日为全市的"《牡丹亭》周"，街上挂满了《牡丹亭》的彩旗，彩旗印上了演员的头像。

吴：这真是史无前例的创举，好比是盛大的节日了。那么，我又要问了，为什么"青春版"首演不放在圣芭芭拉而放在伯克利呢？

白：要知道，伯克利加州大学是"龙头老大"，除了哈佛等私立大学以外，在美国的公立大学中，伯克利加大是排名第一的，它先后出了十七个诺贝尔奖得主。伯克利还设有加州的表演艺术中心（Cal Performances），有泽勒巴克大剧院（Zellerbach Hall），拥有两千个座位。这剧院是向国际上开放的！伯克利附近有旧金山和奥克兰两个国际机场，观众来往便捷。再说伯克利加大实力雄厚，有中国研究中心，有东方语言系（内有中文专业），有音乐系，还有艺术表演系。他们要主办研讨昆曲《牡丹亭》的国际大会，在学术界走在前沿，与演艺界互相呼应。

吴：我懂了！伯克利加大是美国研究《牡丹亭》的学术重镇，汤显祖《牡丹亭》原著的英文本就是该校东语系的白之（Cyril Birch）教授翻译出版的，青春版《牡丹亭》剧本的整理人之一、台湾中研院文哲所的华玮研究员便是白之教授的高足。九月十五日开会时，华玮博士专门介绍我访问了他，会上我讲了《牡丹亭》工尺谱的源流，得到了他的称赏。

白：正因为伯克利在美国的学术界、演艺界有广泛的影响，所以开幕首演要放在伯克利，然后巡回到尔湾和洛杉矶，最后在圣芭芭拉唱压台戏，达到高潮而落幕。

吴：请问这是商业性演出吗？

白：是的。因为四大校区的演出是由剧场方面来具体安排的，美国的剧场经理都很厉害，他们搞市场经济都是做生意的老手，除了场租保本外，是要赚钱的。他们完全是商业操作，公演售票，只赚不赔。去年跟泽勒巴克大剧院的老总刚开始接洽时，他因不久前一个歌舞团的票房惨遭滑铁卢，对于昆剧演出便面露难色。他怕卖不出票，赔钱亏本，于是提出先要交保证金打底。如今场场满座，剧场方面赚了大钱，进账全收，他就喜笑颜开，承认昆剧在美国是有看点、有卖点的。

吴：白先生，这里面我又不懂了，怎么商业演出的赚头全被剧场拿去了，那您怎么能安排"苏昆"剧组飞来飞去的呢？

白：要知道，你不让剧场方面赚钱，咱们的昆剧就根本进不来。为了保证青春版《牡丹亭》能飞进美国，我便动脑筋拉赞助。我这个人活了一辈子，从来没有向人家伸手要钱，但现今为了发展昆曲事业，为了青春版《牡丹亭》，竟做起了"托钵化缘"的行当。在国内排演的时候，我早就开始募款啦。到北京大学、南开大学去演出，我也是拉了赞助的。去年我回美国接洽，泽勒巴克大剧院狮子大开口，要先付十万美元做保证金。其实，场租不需那么多钱，他们主要是担心"苏昆"的费用。这问题，除了苏州方面曾拨出一定的经费以外，我便跟台大的校友商量。结果，香港报业集团主席刘尚俭先生和台湾趋势科技股份有限公司文化长陈怡蓁女士慷慨地伸出了援手，他俩和我都是"台大人"，捐助了巨款。他俩做后台老板，承担了苏州昆剧院"青春版"剧组飞美演出的一切费用。

吴：这真是"腰缠十万贯，骑鹤上加州"了。

白：不是的，不止此数！他俩资助的是一笔大数目。要知道，剧组是团队，不是两三个人；来加州不是一天两天，而是一个多月；不是只在一个地方演，而是巡回四市，你说十万元就够了吗？再说"苏昆"演职人员来了八十五位，还从江苏省昆剧院请来了张继青老师，从浙江昆剧院请来了汪世瑜老师，随时随地为剧组作艺术指导。

吴：原班人马都来了，真是浩浩荡荡的大队伍！

白：为了保证演出的质量，我把"青春版"剧组的演员、乐队和工作人员全都请来了，原来在苏州演出时是哪些人，这次全是那些人，一个也不能少。办理飞美签证时，曾有两位执掌鼓板的人遭到拒签，我考虑到别人虽能代劳，但不可能有原班两人那样熟练，所以我还是想方设法，拜托加州的参议员跟美国驻上海总领事馆沟通，说明情况，终于得到补签。还有上、中、下三本戏，也完全按照在北京、南京公演时的原样，不能为了省事就精简成两本或一本。其中还包括服装道具、衣箱布景等所有物件，全都跟上飞机统统运来，把昆剧漂亮的行头照原样搬上美国的舞台。

吴：您为了昆曲演出的尽善尽美，一丝不苟，不辞辛劳。在艺术与商业有抵触时，宁可以艺术性为要务，而把经济账放在第二位，真是了不起的大手面、大作为。

白：我是文人，不懂生意经。经济账怎么算，要去问陈怡蓁女士，她不但捐助巨资，而且运用跨国公司在国际间做生意的丰富经验，很好地协调了"苏昆"团队与加州四个剧场的关系，签订了演出合同。票房盈利归剧场，不去拆账分肥。"苏昆"团队的进账，演职员每个人的收益，以及来回飞机票、旅车、食宿、广告、印刷品等费用，有了百万赞助款就不愁了。这样使剧场有了赚头，"苏昆"有了收入，做到了皆大欢喜，保证了演出的顺利进行。我们对剧场方面是提出要求的，既然票房收入给了他们，互惠双赢的条件就是每个剧场必须让"苏昆"团队进驻七天。前四天作准备、装台、走台，让演员熟悉舞台环境，从容不迫。后三天要求剧场必需排出最佳的演出时间，伯克利泽勒巴克大剧院（Zellerbach Hall, UC Berkeley Campus）排在九月十五日至十七日，尔湾巴克雷剧场（Barclay Theatre）排在二十二日至二十四日，洛杉矶罗伊思大剧院（Royce Hall）排在二十九日至十月一日，圣芭芭拉路培劳剧场（Lobero Theatre）排在十月六日至八日，都是周末星期五至星期日的黄金时段，这样做的目的，就是方便观众看戏，希望通过青春版《牡丹亭》的顺利展示，使中国的昆曲艺术真正成为世界人民共同欣赏的文化遗产。

吴：这样做当然很好，非常有利于昆曲的输出，但负担太重，您这个昆曲的"义工"太累了。我想，有没有不拖累的办法呢？

白：当然也有省事省力的办法，那就是寄希望于演出公司来操办，现今欧美各国都有专门承包国际演出的经纪商。

吴：好极了，那样的话，国内的剧团都可以转上国际舞台，就用不着到处奔走拉赞助了。

白：好是好，但经纪商肯不肯来请啊！如果坐在家里盼着他来请，等于是守株待兔，等呀等呀，等到何年何月？说不定等了三年四年，望穿秋水，他还没有来。要知道，承包演出的经纪商都是要赚钱的，是不肯做蚀本生意的，如果无利可图，他就根本不来搭腔！即使你把他拉来了，也必得听他指挥摆布，还不知他会把昆曲演出弄成什么样子呢！说不定他把"青春版"变成了"简装版"，你也无可奈何。所以咱们必需变被动为主动，不失时机地自己来搞，只是做得很吃力，很累。

通过社会运作在美国形成昆剧的观众群

吴：白先生，您为了打造青春版《牡丹亭》，为了邀请苏州昆剧院飞进美国演出，确实费尽心思，再苦再累也甘心，就不知美国的主流社会和主流媒体对昆曲的态度怎么样？

白：昆曲要打进美国的主流社会是不容易的，这就需要进行社会运作，主动深入地去做工作，发动主流社区来关心昆曲的演出，重点是学界和侨界。我的策划是：这次"苏昆"出国，是以商业演出结合社会运作的方式走向国际的。当"苏昆"九月来美之前，我提早在七月中就到旧金山、洛杉矶等地区做宣传，主要是在学校里为师生义务开讲座，到华人社区为侨胞导读。我的信念是：青春版《牡丹亭》到美国不是为演出而演出，而是希望从加州发端在美国带动一股了解昆曲、欣赏昆曲的风气，从而培植并形成昆剧的观众群，扩大昆曲的观赏人口，张扬中国昆曲艺术在国际上的影响。否则，我何苦花这么大的力气来搞什么社会运作呢！幸好我的心血没有白费，结果是起到了良性互动的作用。先是在北加州，伯克利加州大学于八月底新学年开学时，破天荒地开设了昆曲的公共选修课，聘请青春版《牡丹亭》字幕的英译者李林德教授任教，一方面教唱，一方面示范表演。这在美国高等学校的历史上是从来没有的课程，吸引了一大批青年学子，而且课上的同学到时候都来买票看戏了。在南加州，我也开展了导读、示范活动，吸引青年人参与。当"苏昆"剧组于九月十九日抵达南加州以后，又先后为尔湾和洛杉矶等地社区人士举办了演员和群众的见面会。这一系列活动引起了主流媒体的关注，美国三大电视网之一的哥伦比亚广播公司（CBS），特地为"苏昆"向全美发播了录像的电视新闻。从东海岸的《纽约时报》到西海岸的《旧金山纪事报》和《洛杉矶时报》，也都纷纷作了昆曲报道，有了这三大报业集团带头，其他报刊也就跟上来了。不知您有没有注意到？

吴：我因为英语水平不行，只能看中文报纸。我看到九月十六日和十八日的华文版《世界日报》，连续刊载了多篇报道，最醒目的一篇是《青春版〈牡丹亭〉美国首演，美不胜收—柏大登场，词美、舞美、乐美、人美、腔美、台美，中西观众赞不绝口》，另一篇是《〈牡丹亭〉美国首演成功，观众反应强烈，有人感动落泪》。有一篇题为《中国输出文化》，还有一篇题为《〈牡丹亭〉热，中外学者谈昆曲：伯克利加大一连三天举办讲习班，探讨〈牡丹亭〉及其社会氛围》。我抵达洛杉矶以后，看到洛杉矶电视台第十八频道每晚都播映"青春版"的宣传镜头，又见到《世界日报》发表了《青春版〈牡丹亭〉轰动尔湾加大》，后来一篇《〈牡丹亭〉虏获主流观众》的时评说："美国主流社区，对青春版《牡丹亭》制作和演出团队把如此优美的中国传统戏剧带到这里，与美国观众分享，这份弘扬中华文化、促进中美文化交流的用心和努力，获得了美国政界的高度赞赏。"记者的评论，说到点子上来了。

白：青春版《牡丹亭》飞进美国，还得到中国驻旧金山、驻洛杉矶总领事馆的大力支持。当演出团队于九月十日到达伯克利后，驻旧金山总领事彭克玉先生和文化参赞阎世训先生特地出面举行了欢迎会，又安排旧金山亚洲艺术博物馆为开场首演举行了新闻发布会，邀请社会名流参与。到了洛杉矶以后，洛杉矶总领事馆于九月二十五日也为"苏昆"举行了欢迎招待会，学界、侨界和新闻界人士也都来了，我那天不是看见您到场的吗！

吴：这也是巧合，因为洛杉矶美中文化协会监事长吴琦幸博士约我讲讲"如何欣赏《牡丹亭》"及"昆曲之流变"。而理事长饶玲先生又陪我到《侨报》活动室义务为侨胞拍曲教唱，所以一起到了领事馆。恰好总领事钟建华先生的父亲就是南大人，夫人陆青江女士又是南京大学外文系毕业的，见面交谈，倍感亲切。

白：钟建华总领事对"苏昆"来美的活动非常重视，认为是中美文化交流史上的大事。他早在九月初就和我会晤，表达对青春版《牡丹亭》来南加州公演的关心和支持，不仅把演出信息通报了各华侨社团，甚至还资助留学生开展观摩活动。有了他的热心倡导，华人社团"倾巢"而出，都来买票看戏了。

吴：您策划社会运作的幅度既深且广，前期准备和后期结局的工作做得十分扎实。您千方百计，灵活运用，甚至还有一些创造性的名堂。

白：您指的是什么？

吴：根据我的观察，您开展了两项别出心裁的社交活动。一是组织大型的昆曲沙龙，让观众与观众进行交流；二是特办庆祝《牡丹亭》演出成功的盛宴，让观众与演员进行交流。

白：您不知道，这不是我搞的，是本地的企业家搞的。组织这些活动是要花钱的，要有人投资才能办得起来。当然，他们要我出来主持一下，和大家见见面，但钞票不是我出的。这里您既然打开了话匣子，我倒想听您讲讲，从您的角度着眼，究竟看到了什么新鲜事？

吴：九月二十八日傍晚，我在洛杉矶加州大学座谈"《牡丹亭》对曹雪芹创作《红楼梦》的影响"以后，由座谈会主持人颜海平教授带我到了罗伊思大剧院。座客都是准备在二十九日看戏的观众，是超前一天邀来热身的。我看到应邀者都是有声望的代表人物，如哈佛图书馆馆长、洛杉矶市长特别助理、加大影视剧学院院长、中国研究中心主任、苏珊（Susan）女士、史嘉柏（David Schaberg）博士、社会贤达李炳棠伉俪、CNI公司总裁孙以伟伉俪，以及好莱坞电影明星卢燕女士等一百多人。那晚您用极其流利的英语介绍了昆剧《牡丹亭》，这是您的优势。听完您的讲话后，由"苏昆"同仁示范演唱了一段，然后是参观场子。这个罗伊思大剧院金碧辉煌，璀璨壮观，据说是一九二六年仿意大利歌剧院的格局建造的，上下两层共一千八百个雅座。看完场景后，大家便到嘉宾厅聊天，长桌上摆满了西式茶点和香槟美酒。众人或坐或立，三五成群；自由组合，随意攀谈。别后重逢的，借此机会问长问短；素昧平生的，则交换名片，结为曲友。这边的人谈得差不多了，又跑到那一边去招呼。鬓影衣光，觥筹交错；评曲论戏，谈笑风生。我跟卢燕女士讲，一九八五年五月，我曾在上海艺术剧场（即兰心大戏院）看了她主演的《游园惊梦》，那时她扮演的杜丽娘也是青春靓丽的。她听了我怀旧的话很高兴，共同回顾了二十年前俞振飞先生主持上海昆剧精英演出的往事，不胜今昔之感。这时候，我看到来宾们围着您谈兴正浓，直到九点多还没有停歇。这种沙龙式的畅叙，我觉得很有意味。

白：还有庆祝演出成功的宴会哩，不知您有没有去参加？

吴：白先生，请您先讲讲庆功宴的来头。

白：为了办庆功夜宴，《牡丹亭》下本特地排在星期天下午演出。这个创意是旧金山利丰集团董事长李萱颐先生提议的，他七岁从台湾来美国，对中华传统文化疏离已久，很想再找回失去的民族记忆，这次正好碰上"苏昆"剧组来美，他特别亲近，除了看戏外，自愿出资为"苏昆"庆功，但考虑到单是请演员吃饭太一般化了，便扩大范围，有计划地邀请二百位幸运观众，让曲迷追星族也参加进来。庆功宴一头一尾办了两次，第一次是九月十七日在北加州伯克利演出散场后，由李先生在东海酒家摆了二十六桌筵席，十人或十二人一桌，每桌都有演员同座，这样便起到了观众和演员零距离交流的作用。第二次是十月八日在南加州圣芭芭拉第四轮演出结束后，由当地企业家张春华女士资助，邀请有代表性的观众为"苏昆"饯行送别，规模超过了第一次。吴老师，您参加了哪一次？

吴：我是参加了九月十七日的那一次"牡丹亭夜宴"，是跟着伯克利加州大学中文专业负责人朱宝雍等先生一起去的。我看见鼓乐队敲锣打鼓，迎接您和蔡少华院长带领演员们进入宴会厅，追星族则夹道欢呼。这些追星曲迷刚从《牡丹亭》的唯美情境中走出来，其中有不少是崇拜中华文明的洋人，兴奋、喜悦、激动的心情，尽露在他们的脸上。我看见你身穿绛红色唐装，手里拍着两片铜钹，钹声与鼓声相应，热烈的气氛达到了顶点。追星族拉着您和汪世瑜、张继青、沈丰英（饰杜丽娘）、俞玖林（饰柳梦梅）等，纷纷要求签名、合影。知音同好，乐不可支。但是我们桌上的美国学者约翰·格罗切维茨偏偏对我说，他喜欢小春香的演艺，我便到别的桌子上把春香扮演者沈国芳请来，约翰先生对天真烂漫的春香大大地夸奖了一番，又是敬酒又是拍照。这种观众和演员在一起为昆曲祝福的独特场面，如果不是我亲身经历，说起来谁也不信。

白：这一系列社会运作的结果，确实是扩大了昆曲在美国主流社会的影响，让美国人不要老是讲西方英国的莎士比亚，而要他们知道，东方中国有汤显祖的《牡丹亭》，比《罗密欧与朱丽叶》出色得多。

吴：白先生，您真有鼓动人气的本领！记得上世纪九十年代，大陆昆剧院团访台演出，您特地从美国越洋返台，为昆曲在台湾的传播大力鼓吹。我还记得台北《民生报》的评论曾说："台湾今日能有渐具规模的昆剧观赏人口，白先勇扮演了关键角色。"以至于产生了"最好的演员在大陆，而最好的观众在台湾"的说法。去年您在大陆奔走于大江南北，像一阵旋风一样，把昆曲吹进了八大名校，鼓励青年学生观赏青春版《牡丹亭》，造就了最好的观众还是在大陆。如今您在海外鼓吹，又形成了新的观众群，扩大了美国的昆剧观赏人口，为昆曲的全球化发展作了新贡献，功德无量呵！

　　白：我也不能说有什么功德，我只是尽了自己的一份心意。民间的、个人的力量是有限的，昆曲事业必须大家一起来做。根本上还得依靠我们的国家，依靠我们的政府。

"走出去"的昆曲展示和播种之旅

　　吴：说到这里，有一件最新消息要告诉白先生。九月十四日我乘飞机来美国那天，国内各报都登载了新华社九月十三日的电讯，《人民日报海外版》头版头条的标题是：中国发布《国家"十一五"时期文化发展规划纲要》，《纲要》确定了六大重点，宣告我国的文化发展迈入了新的起点。这张报纸我带来了，其中第五项重点是："抓好文化'走出去'重大工程、项目的实施，充分利用国际、国内两个市场、两种资源，主动参与国际合作和竞争，加强对外文化交流，扩大对外文化贸易，拓展文化发展空间。"那天我在飞机上就仔细阅读了这个文件，脑子里想：白先勇先生把苏州昆剧院请到美国，九月十五日就要在伯克利首演，正好与文件的精神合拍；苏州昆剧院可说是打出了"走出去"的先鞭，拔得了头筹。

　　白：过去南昆、北昆、湘昆等院团都到欧美各国演过，只是未曾明确"走出去"的全球化的理念。如今有了"走出去"的文件，这对演艺界是莫大的鼓舞。去年我曾应文化部之邀去作过昆曲讲座，得到部里首长的盛情接见，对我为策划青春版《牡丹亭》所作的努力深表赞许。我这次筹划苏昆走向世界，深知商业化竞争必须要有品牌意识，所以我是打着"青春版《牡丹亭》"的品牌，找到了一个突破口，在使昆剧打进国际市场方面取得了成功。我这样做只是一种尝试，是否对路，有待大家讨论。

　　吴：我认为，经过联合国教科文组织评定后，昆曲成了大名牌，其资源库中具体的剧目品牌则是中国昆曲史上的名著。如《浣纱记》《南西厢》《玉簪记》《长生殿》《桃花扇》《雷峰塔》等传统戏，也都可以作为突破口打出来。当然，要让世界了解中华民族的戏曲艺术是不容易的，但全球化趋势提供了可能性机遇。最近，《纽约时报》专栏作家托马斯·弗里德曼的新书《世界是平的》译成中文后，湖南科技出版社和东方出版社争相出版。该书宣扬全球一体化，指出国际贸易的加速发展促使世界变得平坦了。从这个观点来看，全球性平台的出现，将使更多的艺术形式能够走进走出，昆曲"走出去"的机遇在理论上就有了可行性依据。我听说，美国的卡尔演出公司对昆曲颇感兴趣，《世界日报》还报道纽约的经纪商赫曼（Jane Hermann）跑来洛杉矶看了青春版《牡丹亭》以后表示："精美的艺术是世界性的，虽然绝大部分美国观众都是首次接触中国传统戏曲，《牡丹亭》优美的唱腔、漫动的舞姿、悠扬的音乐、充满象征意义的淡雅服饰、具备浓郁东方韵味的舞台设计，令美国观众惊叹不已。从每场演出中观众对幽默剧情的热烈反应，演出完毕后全场起立经久不息的掌声，就可以看出，美国观众不仅看懂了，而且很喜爱。"这是对苏昆演出的高度赞扬，是昆曲能够为美国观众接受的肯定性评估。白先生，您是统观全局的，请您讲讲总的情况怎么样？

白：这次苏昆来美国西海岸展示巡演，美国观众原本对昆曲并不了解，三天九小时的大戏，容易令人望而却步；伯克利的戏院有两千个座位，三天六千张票全要卖出，谈何容易！票房价值怎么样？演出效果怎么样？谁也不能打包票，谁也无法估计。何况伯克利地灵人杰，是美国文艺思潮的尖端地带，卧虎藏龙不少，他们的眼界很高。青春版《牡丹亭》在伯克利首演，确实是对昆曲美学的一大考验。咱们有六百多年悠久历史，代表中华文化精髓的古老剧种，在二十一世纪美国现代化国际舞台上，真能大放异彩，使西方观众惊艳佩服吗？在首演前，我向苏昆演员们精神喊话："这是你们最严格的一次考验，一定要争气，把你们的绝活儿都亮出来！"好在我提早搞了社会运作，做了"开讲座、广宣传"等前期准备，终使票房飘红；好在咱们的演员个个争气，满台生辉，一炮打响。泽勒巴克戏院虽大，但人气十足，场面爆满。观众三分之二是美籍华人，非华裔的美国人占三分之一，也就是说洋人来了六七百，这就不简单了。而且洋人中都是学术界、音乐界、戏剧界的文化名流，以及加州大学的师生，连斯坦福大学戏剧系主任麦克·伦斯也来了。此外来客还有马里兰大学历史系的郭安瑞（Andrea S.Goldman）、密歇根大学亚细亚语言与文化系的陆大伟（David Rolston）、匹兹堡大学东亚语言与文学系的凯瑟琳·卡利茨、夏威夷大学戏剧与舞蹈系的"洋贵妃"魏莉莎、加拿大不列颠哥伦比亚大学亚洲学系的史恺悌（Catherine Swatek）等。笛声扬起，两千位观众一下子便被引进了四百年前玉茗堂前那座绮梦连绵的牡丹亭中，三个钟头下来，台上水袖翻飞，台下如痴如醉，笑声掌声没有断过。

剧终谢幕，观众全体起立喝彩，哇！那反应比在国内还要热烈，吴老师，您那天在场看到了吧！

吴：这次我好比是做了个观察员，观察了演出的全过程。这场面我是亲眼目睹，观众反应热烈，无与伦比。大家欢呼起立，老话叫做欢呼万岁，这万岁是昆曲万岁！

白：这是昆曲本身的艺术魅力引发的。现场的反应，我可以用"惊艳"二字来形容。不要以为洋人不懂，真正的艺术是超越国界的。有位洋人看戏后跷着大拇指对我讲，了不得，了不得，本来以为你们东方人只会演跌打跳跃的猴戏、武戏。如今才知道还有这样高雅细腻的歌唱和表演！有位观众跟我称赞昆曲之美，说是美得要哭，美得掉泪！这是为苏昆演员精湛的演唱艺术感染的，是汤显祖《牡丹亭》的情深、情至的最好诠释，归根结底，是美国观众对中国昆曲艺术的最高敬礼。第二、第三天，戏愈演愈好，下本《圆驾》结束，观众掌声雷动，一片欢呼，久久不肯散场。伯克利首演后，剧组移师南下，到加大尔湾校区、洛杉矶校区，最后到圣芭芭拉校区。每到一处，伯克利谢幕的热烈景象又重现一次。圣芭芭拉的观众有百分之七十是洋人，而且大多是圣芭芭拉歌剧院、西部音乐学院的成员及加大师生，欣赏水平高。青春版《牡丹亭》在圣芭芭拉路培劳戏院的大结局（Grand Final）令人难忘。有一位老观众说，她在路培劳剧场看了五十年的戏，没有看过这样好的演出，观众起立喝彩，长达如此之久。

吴：白先生，您对这样的轰动现象有什么体会？

白：这次青春版《牡丹亭》来美国西部巡演，取得了意想不到的轰动效果，有几点颇为特殊，值得探讨。令人欣慰的是，昆曲进入了美国主流，观众大多是高文化水平的精英分子，有大批的洋人，并不限于华人圈子。还有一批小青年，本来都是电玩族、奔奔族，是不耐烦坐下来的，却不料这一回也能一连看上中下三场九个小时，而且听唱也听得津津有味，表示他们完全能接受这项有六百多年历史的中国演唱艺术。我私下跟一些美国观众谈论，他们除了赞叹昆曲之美以外，对昆剧的技术层面，如四功五法、水袖动作、音乐唱腔都产生了浓厚的研究兴趣。他们从戏剧、音乐文学的专业角度，提出许多颇有深度的看法及批评。很多专家欣赏我们抽象简约的舞台设计、书法古画背景，以及淡雅的服饰。当然最后都为汤显祖《牡丹亭》中的至情所深深感动，认为那是人类普世的价值。这次青春版《牡丹亭》来美国首演，可能对美国学界产生深远的影响，启发一些学者开始把昆曲当作专门的学问来研究。这次巡演，关键是得到学界、侨界和领事馆等各方面人士的帮助，没有他们协调，社会运作是搞不起来的。还要感谢生活在美国的华人观众，他们跟着我做"义工"：台大校友会、一女中校友会、美西华人学会、美中文化协会、北大校友会都出力相助，帮忙宣传、售票。苏州昆剧院的剧组到达后，各区华人对演员的招待照顾，无微不至。很多华人观众是从外州来的，远自得克萨斯州、纽约、波士顿、西雅图，纷纷赶来。华人观众看戏，大多不禁落下泪来，泪水中蕴藏着多少说不清道不明的情感：感动、感伤、感触，是中国人久居美国郁积在内心中的一缕文化乡愁，被这个戏挑动起来了。看完了，很多人说，这是中国文化的光辉！这是中国人的骄傲！中国的表演艺术，能搬到国际舞台上，让世人都能欣赏的并不多，而昆曲却是其中之一。这次巡演之获得成功，与美国主流媒体和评论家的热情揄扬是分不开的，除了前面说过的三大报业集团、CBS电视台以外，还有许多地方报纸、杂志都有大幅报道及剧评。当然，华文媒体如《世界日报》《星岛日报》，简直每天都有图片新闻。其他各电视台，如KQED公共电视台、凤凰卫视、中天、中央电视台、天下电视，统统没有停过。媒体的影响，几乎是"无远弗届"，替咱们的昆曲大大地宣扬了一番。戏剧评论家史蒂芬·韦恩说："一九三〇年，梅兰芳剧团把京剧带来了美国，二〇〇六年，苏州昆剧院青春版《牡丹亭》团队又把昆曲带来了美国。这次昆曲在美国的轰动，以及昆曲美学对美国文化界的冲击，是一九三〇年梅兰芳访美以来规模最大和影响最大的一回。"我这次策划"苏昆"访美，不是为了赚钱，而是为了远播中华文明。商业演出是营销手段，展示昆曲艺术才是根本目的。我认为，要专门靠昆曲赚钱是不行的，也不能把昆曲完全推向市场，主要着眼点是中外文化交流。这次的作为，正好符合"走出去"的文件精神，是令人欣慰的。我想，"苏昆"剧组回到祖国后，留给美国的影响不能就此风流云散，一定要使美国观众对昆曲美好深刻的印象保留下来，要使他们回味无穷，念念不忘。"苏昆"去后，德泽尚存，可为今后各昆团访美演出打下一定的观众基础。要达到这个目的，就必须播下昆曲的种子。所以这次青春版《牡丹亭》的访美演出，可以称为"走出去"的昆曲展示和播种之旅。

昆曲兴亡的文化责任感和使命感

吴：白先生，咱们只管说得高兴，但也不能报喜不报忧。我此刻要回过头来，谈论昆曲之忧。上世纪末，在社会转型期商品经济和市场化大潮的迅猛冲击下，在流行歌曲、计算机网络和电视作秀等多种大众文艺多元化竞争中，中国传统戏曲的观众大量流失，面临着生存危机，评论界出现了"戏曲夕阳论""昆曲消亡论"。联合国教科文组织评定昆曲艺术是人类精神文化的"遗产"，喜的是认证了它的艺术价值，忧的是它已濒临衰亡亟须抢救保护。白先生，您抱着一颗振兴昆曲的雄心，为苏州昆剧院出谋划策，募集资金，制作了青春版《牡丹亭》上、中、下三本，得到观众的热情赞扬。这对昆曲的发展，当然是起了很大的推动作用。不过，持续的前进，还得不断克服困难，真是任重而道远呵！记得去年五月在南京演出时的座谈会上，我听到青年学生在发言中以您姓名中的"白"和"勇"来立论，一方面敬佩您大力支撑昆剧事业的勇气，把"青春版"称赞为"白牡丹"，一方面又认为振衰起敝的难度很大，担心您的负担太重吃不消。作为一介书生，您在加大凭退休后的养老金吃饭，并非财主；为了制作"青春版"，您一手抓戏，另一手还得奔波于海内外托钵化缘。有一位学生把您比作西班牙塞万提斯小说中的游侠骑士堂吉诃德，单枪匹马，知其不可而为之，结果是弄得焦头烂额，吃足苦头受尽累。您听了他的发言后不以为忤，反而高兴起来。您说很乐意为昆曲的振兴充当堂吉诃德的角色，不知您是怎样思考这个难题的？

白：抗日战争胜利那年，我在上海看到了梅兰芳和俞振飞联袂演出的《游园惊梦》，从此便深深地爱上了昆曲艺术。一九八七年四月，离别祖国将近四十年的我，从美国回归大陆，到上海昆剧团看了蔡正仁的演出，到江苏省昆剧院看了张继青的演出，重睹芳华，再温兰馨，陶醉在民族艺术的最高境界中。但环顾昆曲现状，我感到的危机是"文革"造成的传承断层和观众断层。政府当然很重视扶持工作，拨乱反正以后，形势大好。不过，在商业利益的对比中，昆曲的演出市场不景气；演员的报酬太低，与歌手影星的收入相比，差距太大。好不容易花了大力气培养出来的一批新人，受到功利社会的刺激，很想改换门庭，难以留住。自海峡两岸开放文化交流以来，我奔走其间，与台湾文化界人士共同努力，为各地昆团访台演出做了些牵线搭桥的工作，还请昆剧名旦华文漪和台湾女小生高蕙兰合作,到美国、法国演出了一本头的《牡丹亭》。在积累了十多年的昆曲互动经验之后,我开始策划青春版《牡丹亭》的制作,通过具体的实践,想闯出一条发展昆曲的新路。我的思考有两个层面,第一个层面是让老中青演员传、帮、带,培养接班人才;第二个层面是打出"青春版"的品牌进入校园,对大学生进行传统文化素质教育,同时进入市场,总的目标是培养青年观众,有了青年一代的昆曲爱好者,昆曲才能流传下去。适逢苏州"小兰花班"出了一批新秀,我便动员老辈艺术家的传人蔡正仁、张继青、汪世瑜三位梅花奖得主来苏州授徒传艺。刚开口时,他们都有顾虑,不肯出来。我以私人之谊,动之以情,晓之以理,好不容易说动了。在"文革"中,极左思潮是不许"拜师"的。但我认为师徒传承是社会责任心的体现,是口头文化遗产得以代代相传的有效方式。二〇〇三年十一月十九日,我在苏州主持了拜师的古礼仪式,三位师傅收了七个徒弟。我还资助其他小青年到上昆向岳美缇和张静娴学生旦戏,到北昆向侯少奎学红净戏。在《牡丹亭》剧组中,我请张继青教沈丰英演好杜丽娘的角色,请汪世瑜教俞玖林演好柳梦梅的角色。就这样,我把排戏的事拉了起来,把观众看客拉了起来。我的计划得到苏州市委宣传部的大力支持,得到苏州昆剧院的亲密合作。海外的好多朋友,理解我为昆曲做实事的真心,纷纷加入了义工队伍,我等于是做了义工大队的大队长,所以我已经不是单枪匹马的堂吉诃德了。

吴:看得出来,您是以振兴昆曲为己任,主动把重担扛在自己的肩膀上,自愿做昆曲的传道者。这又应了先哲之言,叫做"得道者多助"。开始的时候,您一个人到处奔忙,现在是海峡两岸的友人都赞成,那便是"此道不孤"了。

白:我是动员了一切可以动员的力量,包括师生故旧,挚友亲朋,我等于开人情支票拉成了"义工大队",他们出钱出力,任劳任怨。我把募来的钱,全都抛注到昆曲里面,给师徒发津贴,给剧组发报酬。作为"义工",我个人分文不取,即使是来往行旅,都是自掏腰包。这一年多来为了联系青春版《牡丹亭》赴美演出,单是每天给各方面人士打出的手机和越洋电话费,累计起来已超过一万多元了。

吴:白先生,我说句笑话,有没有什么地方可以报销的呵?

白:哎呀!向谁去报销呵?谁也没有分派任务叫我搞昆曲,尽是我自己要搞的,是自找麻烦,自讨苦吃。您说,叫我找谁去算账?如果要报销,那就自己找自己报销呗!

吴：您从二〇〇三年初到苏州开始策划"青春版"，到二〇〇四年四月排演成功，然后巡演于海峡两岸，这样繁重琐细的特大工程，每走一步，您都倾注了心血，忙得废寝忘食，无以家为。看样子，您把昆曲事业当作了自己的"身家性命"了，您真正成了昆曲的"情痴"了。

白：我看到昆曲艺术这么美，但又看到它亟须抢救保护，我便有一种文化责任感和文化使命感，要为中华传统文化的发扬出一点力。我心里明白，单靠我一个人是搞不成的。我向海内外的良朋好友喊话，向苏昆的同仁喊话，把他们的文化使命感也调动起来，群策群力，才能众志成城。

吴：《世界日报》报道，您曾把后人所归结的清初民主主义思想家顾炎武的名言"天下兴亡，匹夫有责"，化用为"昆曲兴亡，国人有责"，"拯救昆曲，国人有责"。您说，昆曲既然是中华民族的国之瑰宝，那么，国人就应该来关注它的前途，业内人士就应肩负救护发扬之责。白先生，我告诉您，国内的有识之士，早就发出了多次呼吁。而且文化部成立了"振兴昆剧指导委员会"。这里由于时间关系，过去的事来不及细说，就说二〇〇四年三月，中央领导批复了《人民政协报》送的《关于加大昆曲抢救和保护力度的几点建议》，请国家财政拨款，"提高昆曲演职人员的生活待遇"，"培养昆曲艺术的后继人才"。

白：这是多么英明的议案呵！

吴：政协的建议还说："我们深感昆曲艺术一方面正面临着一个很好的发展机遇，另一方面也存在着重大的危机。"主要表现是："昆曲演出市场不断萎缩，上演的剧目急剧减少，历史上昆曲剧目可考的有三千多个，到'传字辈'演员还能演六百个，在那之后每一代大约减少三分之一；演员、编导和作曲队伍后继乏人，现有人才流失严重。""为了解决昆曲面临的危机，应该确立由国家扶持昆曲事业的方针。因为像昆曲这样世界级的艺术经典，对它的抢救和保护必须保持它纯正的经典品位。""动用国家的力量来维护民族文化的传统和维护民族文化经典的尊严，这是极其必要的。在经济全球化的形势下，这一举措对于保持民族文化的独特性，对于增强我们民族的生命力、创造力、凝聚力，有着十分重大的象征意义和现实意义。"根据中央首长的这个"批件"，有关部门商定，从二〇〇五年至二〇〇九年，国家财政每年投入人民币一千万元来抢救保护和扶持昆曲。这对昆曲界来说，简直是天大的喜讯，所以这几年来，各昆团喜气洋洋，干劲十足。

今年八月五日的《中国文化报》已报道了有关部门主持各项昆曲工作取得的巨大成就。不过，在充分肯定主流成绩的同时，对"遗产"怎样创新的问题却出现了争议，有些意见相当尖锐。如六月号的《北京纪事》，发表了张卫东的《写在遗产日之时——昆曲的后事怎么办》说："在苏州举办第三届昆剧节的剧目都是新编改良戏……昆曲照现在这样走下去必然灭亡。"八月号的《南风窗》，发表刘红庆的《昆曲艺术节，创新还是灭杀》说："国家拿出上千万元来扶持世界非物质文化遗产的昆曲，不懂得昆曲的行政干部却提出'创新'才是出路的主张。由于错误的导向，致使大家拿传统乱开刀。"这批评了"行外人"不顾"批件"的瞎指挥作风，明明是政协呼吁以抢救保护为当务之急的拨款，却变成了申报创新项目才能获得款项的规定。文中指出，遗产将不成其为遗产，现今已不是"保护昆曲"的问题，而是到了"保卫昆曲"的关头。至于观众对"新概念昆剧"的不满，则转而批评有些"行内人"中的跟风者，八月二十二日有一位曲社里的曲友"昆虫"（昆曲迷的谑称）在《西陆》网站上发布了《但愿昆曲不要葬送在昆曲人手里》的帖子说："记得北昆的张卫东先生曾预言正宗的昆曲必然灭亡，而且'最后很可能是昆曲的行内人士把真正的昆曲给葬送了'。当时我对这种说法很不以为然，暗中还骂这张乌鸦嘴迟早会把昆曲'唱衰'。最近听到网友对本届昆曲艺术节的种种评论之后，我又重读了张先生的采访文章，觉得他的话虽然貌似偏激，但与其说是危言耸听，不如说是表达了一些昆曲人对昆曲现状与发展前景的深切失望和忧虑。我想，各昆剧团的业内人士若能透过舞台上一片表象看到正宗昆曲'大厦将倾'的潜在危机，加深忧患意识，顶住来自各方面的压力与诱惑，为'保卫昆曲'的艰难事业贡献一份力量，进而使张先生的预言成空，则普天之下仰赖昆腔如甘霖的昆虫众生又何其幸也！"白先生，这些事情不知您晓得不晓得？

白：我都晓得的。

吴：今年（二〇〇六年）您人在美国，怎么会晓得的呢？

白：要知道，我是人在美国，梦在中国；身在加州，心在苏州的呵！您想，我请苏州昆剧院到美国来，能不关心苏州的事情吗？您不是说现今是全球化时代嘛，全球化的标志之一就是信息快速，国际间的互联网上什么消息都有，除非你漠不关心，两耳不闻窗外事，那当然就不知晓；只要你稍为关心一下，就什么都晓得了。

吴：您真是秀才不出门，能知天下事呵！既然如此，我就不必再讲上述那些事情了。这样，能不能客观地做点儿探讨，把"昆曲的继承与创新"完全作为一个纯学术问题，我想向您请教，想问问您有何高见？

白：不，吴老师不要客气，我倒是想听听您的高见，请您先讲。

吴：我是搞研究工作的，只会讲考证、谈理论——这个问题么，说来话长，自从一九五六年《十五贯》一出戏救活昆剧以来，关于继承传统与改革创新的议题，一直争论不休。二十世纪中叶，为了反对"话剧加唱"式的创新，戏曲界曾有过"京剧姓京""昆剧姓昆"的热烈讨论。时至今日，不管怎么改，怎么创，昆剧姓昆的原则是一定要坚持的。昆曲之所以衰而未亡，是因为它是中华传统文化的结晶，艺术底蕴深厚，但是怎样来抢救、继承这笔遗产，怎样来处理好继承与创新的关系，却是众说纷纭，莫衷一是。在当前商品经济的功利化趋势下，搞昆曲无功利可言，昆曲的生存确实成了问题，是把它送进博物馆呢，还是闯向市场，力图发展呢？真是面临进退两难的境地啊！我认为，任何艺术形式的成长和发展，由于时代社会的变化，经济形势的差别和大众审美观念的歧义，就必然有兴有革。所以"振兴昆剧指导委员会"曾制订了"保护、继承、创新、发展"的八字方针，大家都是遵奉执行的，但不知为何，忽然变成了创新为先。而在第三届昆艺节上，奇怪的是"昆指会"却没有出面，销声匿迹，不知到哪里去了，叫人家想问也没处问。对于"昆指会"的八字方针，我们的理解是要辩证地以继承为先，必须在继承传统的基础上进行创新。我们认为，不能把遗产创新跟日新月异的科技创新相比，应视对象之不同区别对待，具体情况要具体分析，不可眉毛胡子一把抓。昆剧创新要把握一个"度"，适度的改革和创新是要的，但不能过度，不可大刀阔斧，伤筋动骨。否则，将创成一个非驴非马的新歌剧。这次伯克利研讨会在九月十七日上午涉及创新的议题时，旁听席上有位洋人突然举手发问，他说："中国戏曲的剧种太多，什么 Kun Opera（昆剧）、Peking Opera（京剧）、Cantonese Opera（粤剧）等数百种，把头脑都闹昏了，能不能创新？把 Kun、Peking Cantonese 之类的头衔全都去掉，创造一个全新的剧种，一统天下，就叫做 Chinese Opera（中国式歌剧）？"此言一出，引得哄堂大笑！主持会议的人诧讶莫名，只得连声回答说："No（不行）！No（不行）！No（不行）！"因为这位洋人不了解中国戏曲的声腔特征，不懂声腔是剧种的命根子，以为声腔可以随意拿捏创新，所以才引发出这个笑谈。我是个书呆子，只会坐而论道，只会纸上谈兵，讲不好。白先生，您如今制作了"青春版"，有了实践经验，还是请您讲吧！

白：围绕昆曲继承创新的争论，一直是在打圈圈，简直是陷入了一个怪圈，要解脱也难。这个问题，如果您一定要问我，我可以讲讲个人的认识，不一定对头，请批评指正。我认为，所有的表演艺术都是要发展的，都是继承中有创新，创新中有继承，既是继承，又是创新，继承与创新是一体的，不能割开来讲，按照美学原理，就是"你中有我，我中有你"。我赞成原生态的原汁原味之说，但我同时也赞成创新。昆剧需要创新才能生存，这是时代社会的变化决定的。明朝那个时代没有电灯，唱戏是点的蜡烛。舞台调度没有条件，只能是一桌二椅。那我们现在演戏总不能仍旧点了蜡烛上台，现代化技术声、光、电是可以利用的，舞台创新时加一点灯光布景等现代化元素还是可以的，当前高科技已发展到用电脑自动化控制灯光的水平，总不能弃之不顾。但剧种的声腔和核心元素不能乱改，眼睛里揉不得半粒沙子，一定要维护原有的艺术特征，尤其是唱腔和表演，绝对不能搞成话剧加唱。至于原汁原味，也不是死水一潭，而是鲜活灵动的。所以我们不要说"一动也不许动"，只能说是尽量保护好传统的家底子，不要把"遗产"吃光了。在制作青春版《牡丹亭》的过程中，我是抱着诚惶诚恐、战战兢兢的态度来面对继承与创新的难题的。我的原则是要做到正宗、正统、正派，让昆曲的古典美学与现代化剧场互相接轨，让传统与现代的文化对接。尊重传统而不因袭传统，利用现代而不滥用现代；古典为体，现代为用。剧本不是改编，只是整理，保留原著的精髓，只删不改。唱腔原汁原味，全依传统，只加了些烘托情绪的音乐伴奏。服饰布景的设计讲求淡雅简约，背景采用书画屏幕，留出足够的空间便于演员表演，绝对不把话剧里写实的布景或者西方歌剧音乐剧里热闹的东西用到昆剧上来。昆剧美学跟西方是不一样的，咱们的美学是线条的、写意的，不是块状的、写实的。

吴：关于这一点，《世界日报》报道，洛杉矶的两位专家看了"青春版"以后还发生了争议。《洛杉矶时报》的评论家史维德（Mark Swed）认为布景还没有达到大制作的水平，太简化，要求再下功夫。但加州大学东亚语言文化系教授宣立敦（Richard E.Strassberg）理解昆剧舞台不能太实，认为目前的布景水平已经够了，不需要多下功夫。他称许"青春版"淡雅的舞台背景极有品位，尤其赞赏高悬在天幕上的巨幅中国抽象水墨画和书法屏幕——宣立敦教授是我二十五年前的老朋友，他早年在耶鲁大学时曾跟旅美昆曲家张充和先生学唱昆曲，为了研究俞派唱法，于一九八一年七月到南京大学访我，我介绍他到上海拜访了俞振飞先生。他把俞老的《习曲要解》翻译成英文介绍到美国，成了中美昆曲交流的一段佳话。

白：这件事很有意思！他俩的交锋我很感兴趣！"青春版"还有不少可以改善的地方，欢迎大家提出不同的意见，以便做到集思广益，精益求精。

吴：我去年在南京曾写了三条意见，您不介意吧。这次到美国来，我因为提过"青春版"的意见，担心您要不高兴，说不定您就不再理睬我了。

白：说哪里话来！我也不至于那样小心眼、小肚量，咱们搞昆曲的同道，应该兼容并包，心胸要开放，不要容不得一点批评意见。大家都是为昆曲好嘛，应该团结向前。

吴：请问白先生，今后有没有什么别的打算啊？

白：十月十二日"青春版"剧组回苏州后，十一月中准备到我的故乡桂林去演，再到广州、珠海、厦门演出。明后年还要"走出去"，美国东海岸的耶鲁大学和纽约林肯艺术中心已发来邀请；另外，还要到日本、加拿大、澳大利亚或英国去巡演，把昆曲的声音在全球范围内送得更远些。至于将来嘛，常言道"年岁不饶人"，我也不可能永远健康。去年在大陆跑了六七个地区，累得犯病了，血压又高了。朋友们劝我不要再跑了，赶紧回家养息吧。我回到美国圣芭芭拉家里，听医生的话，减轻心脏负担，好不容易把血压降下来了。我知道苏州人心灵手巧，以擅长栽养盆景闻名于世，我制作的"青春版"，好比是跟"苏昆"共同栽培了牡丹盆景，今后我想把这开出花朵的牡丹盆景上交给苏州市政府。这意思就是前面说的，个人的力量是有限的，归根结底还得依靠政府——我的打算如此而已，岂有他哉！

吴：我晓得，您的正业还是要从事小说创作，还要为尊翁白崇禧将军写完家传，实在忙不过来。我看到《环球时报》驻美国特派记者李文云写了一篇报道，打出的旗帜是"七十岁的白先勇，四百年的《牡丹亭》"，其含义是祝贺"白《牡丹》"访美演出成功，并祝你七十大寿，祝颂你老当益壮。吾辈均已退休，但您如《论语》所说"乐以忘忧，不知老之将至"，仍然是"志在千里""志在万里"，憧憬着昆曲美好的前程。我没有什么本领，想做义工而缺乏能量不够格，只能做一个义务宣传员，宣传昆曲不会亡！我认为，只要各昆团的传人尚在，只要各曲社的能人还在，传统折子戏和传统曲目就能得到活体传承，昆曲的本体生命就不会亡故。先哲有言："善歌者使人继其声，善教者使人继其志。"（《礼记·学记》）我相信，各昆团的艺术家都是有责任心和使命感的，他（她）们肯定愿意把演唱艺术传下来，让昆曲的声教播扬海峡两岸，正如您前面引用《书经》所言"无远弗届"，定能远渡重洋，走向全球！

二〇〇七年三月

· 何西来

中国社会科学院文学研究所原副所长

传统与现代的审美对接
——论白先勇青春版《牡丹亭》的成功演出及其意义

    我看白先勇的青春版《牡丹亭》演出，是二〇〇五年四月，在北京大学。上、中、下本分三日演出，演出非常成功，观众反响强烈。走出剧场，我想了许多问题，思绪翻涌，久久无法平静。后来，我曾有机会就自己的一些看法，与白先勇较为深入地交换了一些意见，进行了沟通。因为我的某些看法，窥见了他的初衷，揣摩到他在艺术上精益求精的良苦用心，包括某些细节打磨上尽善尽美的不倦追求，他以为"于我心有戚戚焉"。在这篇文章中，我想谈三方面的问题：白先勇是青春版《牡丹亭》的灵魂；青春版《牡丹亭》的艺术特色；青春版《牡丹亭》成功演出的意义。

白先勇是青春版《牡丹亭》的灵魂

    青春版《牡丹亭》的创意，源于白先勇的青春梦，源于他对汤显祖《牡丹亭》原作的会心，源于他对中国昆曲艺术的热爱与痴迷，源于他的生命价值观，源于他对青春、对爱情的诗意想象与膜拜。

    《牡丹亭》的原创属于明代的汤显祖。四百余年来，历演不衰。白先勇的青春版

《牡丹亭》，是他和他的创作群体对汤显祖原作重新解读后所做的现代阐释和现代呈现，赓续和承传了前辈昆曲艺术家所积累的具有恒久生命力的艺术经验与成果。从文化精神来看，它既是传统的，也是现代的。作为传统，在汤显祖原创的年代，剧作家以对人的情感和爱的欲望的合理性的讴歌，揭起了带有深刻启蒙性质的大旗，向以宋明理学为标志的僵硬的名教藩篱进行了义无反顾的冲击，在晚明以及明清易代之际的先进思想潮流，起到了积极的推动作用。《牡丹亭》的故事，是一支生命的凯歌，震聋发聩，响彻天宇，代表了中华传统文化精神中最有价值、最具活力的一脉。而现代文化精神的注入，则是白先勇的贡献。

白先勇是汤显祖的异代知音。在投身青春版《牡丹亭》的制作之前，他就写过《牡丹亭》的话剧剧本。李白在《金陵城西楼月下吟》里曾有"月下沉吟久不归，古来相接眼中稀"的感慨，谈的是古今异代知音的难逢。白先勇就是汤显祖的这种眼中稀见的相接者、相知者。他不是把汤显祖的原作当成自己先在的主观理念的传声筒，随意剪裁与切割，而是在充分尊重原作的总体精神与价值倾向的前提下，做必要的浓缩与剪接，寻求异代创作主体之间的共振点与对接点。不另造新语，不取代古人而自做文章，也绝不把今人的话语、意念和价值观等强加于古人。他说："《牡丹亭》可以说是一部有史诗格局的'寻情记'，上承'西厢'下启'红楼'，是中国浪漫文学传统中一座巍巍高碑。"正是从这样一个基本认识出发，白先勇创造着自己青春版的现代舞台的《牡丹亭》。在台北演出的成功，使他欣喜不已。他说："十六世纪末，汤显祖弃官返乡临川，写下旷世杰作《牡丹亭》，曾经世世代代撩动过多少中国青年男女的春心。未料四百年后，在台北的舞台上又一次展现了它无比的魅力，深深打动了二十一世纪的年轻世代。"他甚至感觉到，这"很可能在昆曲演出史上，已经竖立了一道新的里程碑"。穿越历史的长空，他以此里程碑，响应那座汤显祖的"巍巍高峰"。

作为青春版《牡丹亭》的组织者、主事者、制作人，白先勇不仅提出创意、邀聘名家，组织人马，选演员，跑关系，募赞助，而且参与和领导了剧本的整理，甚至两位主要演员按照古礼拜师的仪式，也是依照他的意见举行，并由他亲自主持的。他不是导演，也不是演员，但是却自始至终参加了青春版《牡丹亭》艺术创作的全过程，舞美、作曲、配器、化妆、服装设计、灯光等。每一个环节，每一个细部，都能看到他的影子，都注入了他的心血。

与他一道做制作人的樊曼侬女士说，要贯彻"白先勇当初制作青春版《牡丹亭》

的雄心壮志：'让全世界的人，看到中国最美的东西。'"汪世瑜与张继青负责向新一代演员传艺，张继青说："白先生除了有一个全局思维，对工作的几个主要方面，也想得比我们深细。"对于王童的服装设计，白先勇说："嗯，要娇、要淡、要清、不要浓，旧式服装有些颜色太强烈了，有时太强烈会显得老气。"王童说，他就是贯穿了白先勇以"青春"为主旨的设计原则，以浅蓝、浅绿、浅粉的掺灰色调为主，满台清新、稚嫩。至于两位演员，扮演柳梦梅的俞玖林说，白先勇"经常给我与女主角打电话，询问一些问题，给我讲解剧中人物的性格，对剧本如何理解，还有唱词的剖析"。凡此种种都当得个呕心沥血的评价。

如果用带兵打仗作比喻，他在青春版《牡丹亭》的制作中，组织了一支第一流的队伍，一个第一流的艺术军团，文化军团。他们由两岸三地的艺术精英和文化精英组成，打了一个胜仗、硬仗、攻坚仗，完成了一次昆曲艺术的历史传统和现代文化精神的承前启后的辉煌对接。如果说一支军队的风格，就是其指挥员的风格，那么，白先勇就是青春版《牡丹亭》当之无愧的指挥员，是它的灵魂。这是一次历史的还魂。《牡丹亭》又名《还魂记》，说的是剧中人杜丽娘为情而生，缘情而死的生死还魂。这个《牡丹亭》，作为四百多年前的剧作，通过白先勇的灵魂注入，唤回了青春，重新激活了汤显祖写作时的主体魂魄，从而完成了它的现代还魂。难怪白先勇兴高采烈地说："舞台上，二十一世纪的一对新柳梦梅和杜丽娘终于诞生了，四百年前玉茗堂前的那棵牡丹，历尽生生死死，再次还魂，而且开得如许姹紫嫣红。"青春版《牡丹亭》的舞台呈现是综合的，当然有原作者汤显祖的风格因素在，也综合了导演、演员以及其他参与创作的人员的风格因素，但是，就其整体而言，就其主导面而言，体现的却是经过白先勇整合后的风格特色。

白先勇以作家、小说家而名世，在去年北京举办的首届文学节上，他被投票选为北京作家"最喜欢的华文作家"。尽管过去他也写过一些剧本和电影文学剧本，如《游园惊梦》《玉卿嫂》《金大班的最后一夜》《孤恋花》《最后的贵族》等，也写过不少戏剧评论，还组织过几次《牡丹亭》的片段演出，但是直到青春版《牡丹亭》这次成功演出，他才得以在北京文化人和广大观众中确立了自己作为戏剧艺术家的地位。这个戏的制作，是他文学创作和剧本创作的成功延伸，而这个戏的艺术风格，也在他整个文学和戏剧创作的延长在线。

青春版《牡丹亭》的艺术特色

青春版《牡丹亭》排得青春、靓丽、优雅，回响着活泼的生命律动，充溢着青春的气息，"便觉眼前生意满，东风吹水绿参差"。这既表现为它的艺术特色，也表现为它的艺术风格。在这个题目之下，可做的文章很多，我想主要谈谈以下几点：

一、先从白先勇为演出版本定位的"青春"谈起

青春是指人类个体生命行程的一个具体阶段，是人生的花季，借用四时的第一个季节而名之。青春是人生多梦的年龄段，青春绮丽、活跃的阶段。白先勇的青春梦，会合了、放大了汤显祖的青春梦。离魂、还魂，主人公年轻、充满活力的生命，超越了生死、人鬼、阴阳的界域，自由翱翔，联翩起舞，营造出离奇的，然而又是迷人的情境。《牡丹亭》是年轻人的戏，饰演杜丽娘的沈丰英，饰演柳梦梅的俞玖林，扮相靓丽，声腔甜美。女有内敛的风韵，丰姿绰约而深藏坚毅；男显英锐之气，敢爱敢恨而丰神俊逸。白先勇以伯乐的眼光，百里挑一，起沈、俞于草芥之中，寄予厚望，延名师而做"魔鬼式训练"，放手让他们去完成自己的青春之梦。他和他的艺术团队成功了，把青春版《牡丹亭》作为一首青春之诗、一支青春之歌、一场青春之梦，长久地留在新一代观众的心里，遂使青春的旋律成为他的青春版《牡丹亭》头一个也是最重要的整体性艺术特色。

然而，为什么白先勇要制作青春版《牡丹亭》？我看至少有两方面的原因：一是出于弘扬中华民族文化的使命意识，二是圆一个自己青春之梦。关于第一方面的原因，他回答道："因为昆曲演员老了，昆曲观众老化了，昆曲本身也愈演愈老，渐渐脱离了现代观众的审美观。制作青春版《牡丹亭》的目的就是想做一次尝试，借着制作一出昆曲经典大戏，举用培养一群青年演员，而以这些青春焕发、形貌俊丽的演员来吸引年轻观众，激起他们对美的向往与热情；最后，将昆曲古典美学与现代剧场接轨，制作出一出既古典又现代，合乎二十一世纪审美观的戏曲。换句话说，就是希望能将有五百年历史的昆曲剧种振衰起敝，赋予新的青春生命。"在白先勇的意念里，古老中国文化最典型、最集中的表现，就是有五百年历史的昆曲。而他之喜欢昆曲，是与他在中学时代读《红楼梦》中林黛玉听《牡丹亭》里"原来姹紫嫣红开遍，似这般都

付与断井颓垣"那段唱词的描写有关。他也像年轻的林黛玉一样，喜欢上柳梦梅和杜丽娘浪漫的生死情恋。等到看了《游园惊梦》的昆曲演唱之后，他便深深爱上了昆曲这种古老的戏曲形式。他说，他"深深感觉昆曲是我们表演艺术最高贵、最精致的一种形式，它辞藻的美、音乐的美、身段的美，可以说别的戏曲形式都比不上，我看了之后叹为观止"。这仿佛形成了一个情结。他尝试着把他体验到的这种意境写进自己的小说里去。这就是他的小说《游园惊梦》，以及后来同名话剧的创作缘起。然而，如此之美的昆曲，竟走向式微。他无法接受这个现实，他要扛起让昆曲"振衰起敝"的重任。为此，他甚至放下了使他赢得才名的小说创作，而差不多全力以赴地投入非常繁难，在常人看来甚至是吃力不讨好的青春版《牡丹亭》的制作中，投入得那么专注，那么兴奋，那么灵感云集，数年如一日，不分昼夜。他如醉如痴、如癫如狂地要去圆一个他自己的青春之梦。他已经步入了人生的晚境，他要在明丽的晚霞中，追忆、留住似乎在远去的如诗如梦的朝霞。我甚至以为，这是全部青春版《牡丹亭》美丽的主体根源。

二、情的灌注和情的升华

这个情，是情爱之情，情欲之情，是人间的至情。这既是汤显祖在彼时彼地对象化在《牡丹亭》里的至情，更是白先勇在四百余年后的此时此地，通过他和他的艺术团队同心协力而物化于青春版《牡丹亭》里的至情。汤显祖在《牡丹亭·题词》里说："如丽娘者，乃可谓之有情人耳。情不知所起，一往而深，生者可以死，死可以生。生而不可与死，死而不可复生者，皆非情之至也。"有人以一个"情"字概括《牡丹亭》的全部思想价值，也许不无绝对之嫌，但情天欲海，总是此岸的、人间的、人性的根本。汤显祖以戏曲文学的形式，标举情和欲的大旗，对抗与冲击被宋明理学和专制制度用"存天理，灭人欲"的教条禁锢、阉割得昏死的人性，实在是伟大的反叛。而在白先勇，他的青春梦的本质，其实也是一个"情"字，一位现代作家的真情和至情。他说："我们将《牡丹亭》定调为'爱情神话'，所以我们编剧的主轴便完全围绕着一个'情'字在下功夫。"导演在具体的排演和舞台呈现上，又将上、中、下三本分别解析为"梦中情""人鬼情"和"人间情"。演员表演，也能以真情演之，无论是沈丰英，还是俞玖林，一上舞台，便来精神，很快进入角色，进入规定情境，如电光石火，能发真情，以情感为动力，在情感的律动中形成并充实一个个细部表演。充实之谓美，有了充溢的真情，哪怕是很慢的节奏，很长的独白性的独角戏场面，都能始终吸引观众的注意力，使之因为有玩意儿可欣赏而兴味盎然。这就是演出的魅力所在，也就是黑格尔《美学》里一再强调的动情力。

但青春版《牡丹亭》里的情，不是粗鄙的、粗暴的、非理性的情，而是经过充分审美升华和净化了的情。白先勇说："《牡丹亭》风格的基调是抒情的。因此我们制作的一切方向都朝着抽象、写意、抒情、诗化的美学进行。"这"一切方向"，包括编剧、导演、表演、舞台配置以及剧情发展的每一个局部。比如，导演汪世瑜在中本《幽媾》《冥誓》和下本的《如杭》中，就对杜、柳之间的情感戏做了细化和诗化的构思和提升。他说，"我是这样想的：《幽媾》和《冥誓》是属于'人鬼情'的部分，它的气氛、风格是半虚半实；《如杭》写的是'人间情'，它给观众的感觉应该是明亮、踏实、欣悦，以实为主。其中《幽媾》和《冥誓》也有差别；《幽媾》是虚实相当；《冥誓》已由虚转实，实已偏重了。在《幽媾》中，杜、柳二人的心情是不一样的：杜丽娘虽是个鬼魂，心中却是踏实的，因为她已在现实中找到了她的梦中情人了；反过来柳梦梅虽是有血有肉之躯，对梦中情与梦中情人的存在，感觉上依然是恍恍惚惚、若即若离，换言之，还是虚的。"虚与实，是中国传统美学中一对相生相克、相反相成的审美范畴，汪世瑜在他的艺术构思与排演实践中，特别从这个角度来处理杜、柳二人在人间和鬼蜮的生死痴情，使之细化、诗化，进退有据，显出情感碰撞、契合的内在逻辑来。他是这样处理《幽媾》一场戏中二人的情感预演关系的："排这一场戏，我们必须把两人的内心反应的差别挖透，也要利用这种差别的互动去推动戏剧的发展。当柳梦梅面对一个午夜到访的美女，先是'惊'，接着是'疑'，然后是'喜'。但'疑'是主要的，他要探问，要弄清楚眼前美女来访的原因、动机；从探问的过程中，再联想到梦中人、梦中情，引起一阵期待的喜悦。总的来说，柳梦梅的表演，要有三个层次，要演出他那种模糊、恍惚的心理状态。但杜丽娘的思想却是明朗而清晰的，她要采取主动和柳梦梅交往，'完其前梦'。但她也不能操之过急，因为现实中的柳梦梅和梦中的柳梦梅，其性格、人品究竟是否一样？她这分热切的投怀送抱，也可能弄巧成拙。所以在这出里，杜丽娘的主动、积极也有一定的分寸。她不能单刀直入，只能用试探、暗示、提醒的方法来表达自己的目的。"汪世瑜在这里突出把握的是人物在规定情境下，由于自身处境和性格的不同而形成的情感反应差异，并且根据人物性格的逻辑，而分析出各自情感运动的层次来。

有了差异与层次，情感便被细化了，丰满了，具体了。这就是昆曲研究家古兆申所谈的戏的"饱满"与"到位"。观众不仅能够被感动，而且会觉得，如嚼橄榄，愈嚼愈有味道。诗意，在感情的晕染，更在回味之中。余味无穷，才见诗意；一览无遗，味同嚼蜡，也就余韵荡然了。

三、全剧优雅的艺术特色

优雅，是一种意境，一种风格，一种高品位的艺术色调或审美气韵。优雅风格，在诸多风格范畴中，处于更高一级的界域，只有为数不多的中外艺术家可以达到。因此，在我的文艺批评活动中，一向少用这个风格范畴去评定作家和艺术家，在当代作家中，我只用它解析与评说过宗璞。白先勇在艺术气质上与宗璞颇有近似之处，优雅气韵是青春版《牡丹亭》艺术要素和思想要素经过真情灌注并经过审美升华的结果。再说，昆曲作为一个承传久远的东方剧种，本身就带有显著的东方文化传神的优雅特征。还有，《牡丹亭》的文辞，优美而雅洁，于缠绵悱恻和委曲婉丽中，营造出一种优雅柔美的境界。优雅不仅贯穿于男女主人公的行腔运气、表情达意之中，而且人物的眼神、步态、手势，一颦一笑，一动一静，甚至环境氛围的烘托，都无不表现出这样的特色。优雅，本是白先勇小说创作风格的因素之一，在青春版《牡丹亭》的打造中，他这种在风格创造上的审美心理定势，起了很大的作用，并被延伸与移置，应该说是自然而然的取向。

如果把风格看作艺术家主体人格外化的表现，那么，优雅的风格一定联系着艺术家的气质与品性。因此，青春版《牡丹亭》的优雅特色，首先是作为它灵魂和主脑的白先勇的内在气质表现。这种气质决定了他对外部世界非常细致的感受方式和观察角度，使得他在青少年时代阅读《红楼梦》时，就特别为"良辰美景奈何天，赏心乐事谁家院"所感动，这段曲词像令情感纤细的林黛玉心动神摇、不能自已一样，也拨动了白先勇心灵深处那一根最纤细的弦，引致了相同心理气质之间的共鸣。他爱上了昆曲。他的爱昆曲，正如他之爱《牡丹亭》的曲词。如果说，"良辰美景奈何天"的共鸣，发生在他与《牡丹亭》作者汤显祖之间，那么他与昆曲的共鸣，则发生在中华民族承传不息的优雅文化精神和这个民族的个体成员之间，而这个成员又属于这个民族最敏感的部分，他是作家、艺术家。这种源于挚爱的共鸣，其实是一种文化精神的皈依。能够窥见白先勇灵魂深处那一抹挥之不去的乡愁，淡淡的、同时也是浓得化解不开的乡愁。这就是我解读白先勇打造出青春版《牡丹亭》优雅特色的根据。优雅的昆曲，优雅的青春版《牡丹亭》，是优雅的白先勇为他自己建构的精神家园，正像当年优雅而又浪漫的汤显祖把原创的优雅《牡丹亭》搭建成自己的精神家园一样。

青春版《牡丹亭》成功演出的意义

无论就《牡丹亭》这出中国戏曲经典的阐释史和演出史来说，还是就昆曲乃至中国戏曲的发展历史来说，白先勇青春版《牡丹亭》的成功演出，都带有里程碑的意义，值得认真总结和思考。我想，至少有几点值得研究：

第一，在中国戏曲史上，昆曲发展会经历了自己的辉煌期和鼎盛期，出现了魏良辅、梁辰鱼这样有代表性的大艺术家。但是，自清代中、晚期之后，日渐式微。一九五〇年代，昆曲《十五贯》演出成功，轰动一时，被称为"一出戏救活一个剧种"。但是到了世纪末，昆曲也像其他戏曲剧种一样，掉进低谷。为了振兴昆曲，从业人士做过多种尝试，以摆脱困境，走出低谷，很带几分悲壮，但收效甚微。所以，白先勇说他和他统率的军团，从事青春版《牡丹亭》的制作，"都有一分兴灭继绝的使命感，做昆曲义工，也就甘之若饴了"。他说的是实情，着实让人感动。他成功了。这是兴灭继绝的成功，也是对联合国教科文组织在二〇〇一年将昆曲评为"人类口述非物质文化遗产"的有力回应，说明昆曲还活着，并且有着久远的生命力。这也证明那些投票使昆曲居于人类遗产榜首的专家们眼光确实厉害。从这一点看，我们称白先勇为中国昆曲和中华民族文化的功臣，一点也不为过。

"戏剧危机"之议，自一九八〇年代中期以后，就不绝于耳，有时甚嚣尘上，至今亦未稍歇。话剧不说，单就戏曲而论，现状低迷，观众锐减，队伍流失，前景堪忧，已是不争的事实。业内有识之士忧心如焚，也颇想过些办法，采取了一些措施，如西北五省不久之前大规模评选秦腔"四大名旦""四小名旦"，如举办戏曲艺术节等，不能说没起作用，但就戏曲发展的总体而言，只能说收效甚微。问题是，我至今很少看到有如白先勇这样扑下身子，全力以赴，宵衣旰食，不惜工本，务求尽善尽美的人。

排出了青春版《牡丹亭》固然可贵,但更为可贵的是白先勇这样兴衰振敝的精神,面对这种精神,业者难道不该稍有自省吗?

第二,白先勇称其青春版《牡丹亭》的制作为"文化工程",他是这项工程的总指挥和总设计师,他以自己的智慧和人格魅力,延聘了台、港、大陆两岸三地第一流的精英,加以协调整合,组成一个文化军团,打了一场漂亮的胜利战役,战功卓著。樊曼侬说:"白先勇既聪明绝顶,也很强势,喜欢发号施令,他被称为昆曲界的'总司令''白将军'。"他自己也说是"要使出调和鼎鼐的功夫,博采众长"。我想,这项工程的成功告竣,它的组织方式及其意义,恐怕已远远超出昆曲,而为重振中华民族文化的声威提供了非常难得的经验。

港、澳、台、大陆,同属中华民族,文化同宗、同源,过去、现在和未来都有着共同的命运,有些些事情,完全可以携起手来,两岸四地共同来做。重振昆曲,只是重振中华,重振中华民族文化声威的一个方面、一件具体的事情。具有五千年传统的中华文化,源远流长,但是自鸦片战争以来的百余年间,中国人受尽了列强的侵凌与欺辱,民族文化也被边缘化了,有些时候,有些地方,甚至面临着被同化、被消灭的危险,如一八九五年之后的台湾,一九三一年之后的伪满,日本人在那里强势推行"皇民文化"便是证明。然而,只要中国人不屈服,民族文化就不可能被消灭。如今,中华民族面临着重新振兴、重新崛起的难得机遇,炎黄子孙,特别是精英们都应携起手来,继承和建立自己的民族文化,加入到全球化的大潮中去,对人类文化做出贡献,而不是被别的强势文化给吞没。从这一点看,白先勇实为先知先觉者、先行者,他为我们做了很好的榜样。

第三,青春版《牡丹亭》起用了一批非常年轻、非常有潜力、有前途的新一代演员,并由他们担纲主演,而这个戏在台北、在昆曲发祥地苏州,在北京、上海、香港,特别是在包括北大在内的一流大学中演出的成功,在他们中间培养新一代有文化、会欣赏的观众,更是具有深远的战略意义。长江后浪推前浪,一代新人换旧人。毕竟一代演员,有一代观众。这才是兴灭继绝的根本之道。这也为其他戏曲剧种走出困境,提供了经验与实证。

无论哪一个戏曲剧种,要走出困境,都要有自己年轻一代的演员,都要有自己新一代的"名优""红伶"。因此,在"白司令"的眼里,年轻演员的遴选与培养是头一个要解决的问题。在青春版《牡丹亭》的制作中,主要是男女主人公的选择。他说:

"我当初千挑万选相中俞玖林、沈丰英，不是没有担风险的。两人的天赋条件的确不错，俞玖林的扮相有古代书生的俊逸之气，最难得的是他天生一副巾生嗓子，音质清纯，高音拔起来嘹亮悦耳。沈丰英沉稳内敛，身段婀娜多姿外，又有一股眼角含情的内媚之态。在台上，俞玖林'痴'中带'耿'，沈丰英柔中带刚，正是柳梦梅与杜丽娘的特性。这两块璞玉，我替他们找到昆曲界两位久负盛名的老师傅汪世瑜和张继青来磋磨。"好"两块璞玉"，这该要怎样的眼力才能从"千挑万选"中拣拔出来！我们从后来演出的成功中不能不佩服"白司令"之识人，之为伯乐。"千里马常有，而伯乐不常有。"然而更难得的是他亲自为他们延师执教，下功夫切而磋之，琢而磨之。总之，我们想要有牙口小的千里马上道，还得首先要有白先勇式的伯乐。

第四，《牡丹亭》是古老的剧目，昆曲是古老的剧种，但在青春版的制作中，既承续了传统，又融进了现代人的审美精神，以现代的舞台装置和艺术方式把它呈现在舞台上，取得了整体上的和谐、流畅和细部的尽可能完美。总之，在白先勇的强势整合下，找到了传统与现代的成功对接，这里有深刻的文化课题和美学课题可供研究与探索。

白先勇是完美主义者。他自己这样自命，与他共同打造青春版《牡丹亭》的朋友们也这样看他。看了戏，你就会感到，它的每一个细部都是精心、反复打磨出来的。在小说写作中，他特别看重技巧与形式，他的小说，在形式和技法上都极讲究。他不算高产，但却写一篇成一篇，总要打磨得满意了，才出手。他是用写小说的水磨工夫，来对待青春版《牡丹亭》的操作的。因为每一个细节都讲究，都经过了打磨，都经得起细心、乃至挑剔的观众去琢磨。另外，整部戏的和谐、流畅，也正是在这个基础上打磨出来的。它的一举手、一投足，一线光波、一串音符，都不是孤立的，都有白先勇的气血贯通。

随着时光的流逝，白先勇青春版《牡丹亭》的价值和意义，将会被更多人所认知，所探讨。对此，我深信不疑。

· 宁宗一

南开大学东方艺术系荣休教授

重新接上传统的慧命
——从古典版《牡丹亭》到青春版《牡丹亭》

白先勇先生的青春版《牡丹亭》在国际上获得了赞誉，于是很多评论都试图解读这种成功背后的含义。我的这篇不成熟的小文就是为了参与这种解读活动而写的。

一

可能我们早就感受到了中国好的遗存，是作为史学大国的标志—廿五史，甚至有人说，历史就是中国人的宗教。但是，我们是不是也应看到中国最好的遗存，是那更加闳富的文学艺术遗产和那么多"另类"的野史杂记？王国维、梁启超、胡适、鲁迅、闻一多、钱穆、陈寅恪、钱锺书、饶宗颐等文化巨擘，不就是从失意与得意的文人的文字里发现了几近泯灭的性灵吗？于是我们又一次印证了一个真理：文学艺术是一个民族、一个国家的灵魂。反过来说，一种美好的精神产品的消失，是最大的哀痛，而保留不下祖先曾有过的思想闪光和艺术智慧，比毁弃无数个古城更使我们感到痛惜。于是一代一代有识之士才用毕生之心血去试着重新接上传统的慧命，其中，当然包括作为人类口头和非物质文化遗产的昆剧艺术的慧命。

二十世纪五〇年代，面对早已式微的昆剧艺术，一部分具有远见卓识和高度审美力的文艺工作者抱着一份雄心，一份使命感，希望重新接上昆曲的慧命。于是经过半个多世纪不遗余力的精神劳动和智慧创造，曾不同程度地掀起过几次整理、改编和演出的高潮。受我过度狭小的观赏与阅读空间的局限，我个人感受最深的有三次：第一次是一九五六年由浙江省《十五贯》整理小组根据清初朱素臣同名传奇改编、陈静执笔，浙江省昆苏剧团演出的《十五贯》作为标志。这是昆剧艺术在艰难的文化困境中的新生和突破，也是艺术王国的一线光明。它的上演引起了当时最高领导人的重视，为此《人民日报》特意发表了一篇社论——《一出戏救活了一个剧种》。然而它的命运却很快被遗憾地定格在政治意涵和政策需要之下，《十五贯》成为反对主观主义的活教材。而昆剧艺术的美学价值，剧作的更深层次的内涵以及表演艺术的出类拔萃皆未能彰显，反而一一被政治化的评判所消解。第二次是一九八六至一九八七年以上海昆剧院唐葆祥、李晓改编的《长生殿》的上演作为标志。对上昆版我情有独钟，而且就是在上个世纪的一九八七年，我们正聚集在中山大学由王季思先生领衔对《长生殿》进行了热烈讨论，后经文化艺术出版社出版了《〈长生殿〉讨论集》一书。这次研讨会对上昆版《长生殿》后来的演出是起了促进作用的，一时间好评如潮。但受地域性的限制，以及剧作本身内涵张力的限制，它的影响力也并不尽如人意。第三次高潮就是以白先勇的青春版《牡丹亭》的上演为标志。青春版《牡丹亭》的轰动效应源自于白先勇的个人魅力，即他与《牡丹亭》共魂魄的精神，他对昆曲的痴迷、热爱以及特有的审美感受；源于苏昆团队的艺术创造。两股精神的合力，使"青春版"达到了心灵的诗性与剧诗形式美的高度契合，这才诞生了具有划时代意义的"青春版"，这才使《牡丹亭》享誉国际舞台，昆剧艺术终于走向了世界。今天，它得以代表昆剧艺术的最高水平走进刚刚建成的国家大剧院就是明证。而我则又把青春版《牡丹亭》看作是在多元文化脉络中能以特异的姿态重新接上传统昆剧艺术慧命的标志。

二

历史的《牡丹亭》和《牡丹亭》的历史是一幅绵长的斑驳陆离的图景。在众说纷纭中我们看到了它的说不尽。这就应了歌德在谈到莎士比亚的不朽时说的："我们已经说了那么多话，以至看来好像再没有什么可说的了；可是精神有一个特性，就是它永远对精神起着推动的角色。"（参见《莎士比亚评论汇编》上册，中国社会科学出版社，一九七九年十二月第一版，二九七页。）以此来观照《牡丹亭》，一方面是，作为戏曲艺术的本体特征是由于它是以血肉之躯来和观众直接面对和交流，在传播过程中具有直观性；另一方面，也是极为重要的一点，那就是《牡丹亭》所具有的特殊的心灵史内涵，而心灵的力量是很难言说的。因为剧作本身的潜质和艺术张力给它的观众和改编者都提供了丰富的想象空间。事实是，《牡丹亭》的一切都是虚构的，一切又都不是虚构的；是故事，可也不只是故事。在《牡丹亭》中，"真实的"世界是一种幻象涌动中被创造出来的。它的独创性在于，它的关目推进的方式是生死两界中杜丽娘与柳梦梅的灵魂与躯体始终在俗人无法攀登的高峰中穿行，这是一次异乎寻常的精神历险。也许是这部惊世骇俗之作帮着人们寻求到生活中的另一部分，才促使一代代青年男女和心灵丰富的人群对自身心灵进行反思，为自己的爱情、青春而思考着如何把自己的理想坚持到底。至于它的审美格调，它的美质与大气是爱意里展现了袅娜，在灵动中洋溢着春光，这种审美感受几乎是每一位观众和读者都能认同的。正因为《牡丹亭》的魅力，所以对于一切处于青春期或从青春期走过来的人，都不能否认，《牡丹亭》曾是他们隐形的精神摇篮。

正是基于诸多心理因素和昆剧艺术自身的美学力，《牡丹亭》才能对中国戏曲艺术的整个天地进行了一次激情的超越。

《牡丹亭》的生命力，从昆剧传播史和接受史的角度观照，它始终被评论与改编两翼给予特殊的关注。从评论角度来说，前面已提到，它是在"说不尽"中流动，无论是肯定还是否定，抑或激烈的争议，但从品评到戏曲史都无法迈过《牡丹亭》而进行研究。时至上世纪八〇年代初钱锺书先生在《管锥编》中还是要提到《牡丹亭》。钱锺书引沈起凤《谐铎》卷二《笔头减寿》语云："世上演《牡丹亭》一日，汤显祖在地狱受苦一日。"而西方也扬言："世上纪念莎士比亚生辰，地狱中莎士比亚正在受罪。"（见《管锥编》二下卷，三联版，五〇四页）钱先生引卫道士的言论，是要告之公道的后人，这恰恰是对经典的赞扬，于是钱先生感慨系之地说："宁与所欢同入地狱，不愿随老僧升天；地狱中皆可与才子、英雄、美妇，得为伴侣。"诚哉斯言！

至于《牡丹亭》的改编，由于我的知识积累的欠缺，知之甚少。但有一则还未被普遍了解的《牡丹亭》改编史上的故实，我想借此机会略作介绍：

我的授业恩师华粹深先生在一九五六年为了一九五七年纪念汤显祖逝世三百四十周年，整理改编了《牡丹亭》，再由华先生的业师俞平伯先生亲自校订。这本改编本收入于中国戏剧出版社一九八二年出版的《华粹深剧作选》中。关于华粹深先生的改编本的意义，在一九八一年第十一期《人民戏剧》上有陈朗先生写的一篇谈到北方昆曲剧院新排《牡丹亭》的文章，其中就公正的提到了这样的事实：

> 把《牡丹亭》压缩成为一个晚会演出，解放后并不始于今天的北昆剧院。一九五七年北京昆曲研习社就曾排演过，本子是经华粹深先生整理和该社社长俞平伯先生校订的。当时还特地从上海请来了朱传茗、张传芳、沈传芷、华传浩四位老师，来为社友们排戏。参加演出的有袁敏宣、周铨庵、张允和、范崇实等。那次是为了纪念汤显祖逝世三百四十周年而演出，也可以说是一次盛举。当时只作为内部观摩，曾在文联礼堂等处所先后演出过好几场。一九五九年为建国十周年献礼时，又在长安戏院公演过两场，接着，上海戏校由俞振飞、言慧珠两位校长率领师生们到北京也演出过，所演的即是部分参考了华、俞整理本。

引用陈朗先生的这段记述，意在说明，《牡丹亭》在过去舞台上的演出多是选择几出精彩片段，而《游园惊梦》也就成了经典中的经典。至于能够在一个晚会上演绎一段爱情故事，领略杜、柳生死恋情的全貌，华、俞两位先生的整理改编本还是功不可没的。时至今日，整整过了五十年，而恩师华粹深先生已谢世二十六年了，俞平伯先生也于十七年前仙逝。现在重提此事，我想，在《牡丹亭》的改编史上还是不能忽略前人走过的探索的道路，现在还是应当为他们筚路蓝缕的功绩记上一笔的。走笔至此，我的心情极为复杂。真的，如果俞、华两位先生九泉之下有知，昆曲艺术已列为联合国教科文组织评定的人类口头与非物质文化遗产第一批十九项中的第一位时，对他们真是最大最大的安慰。但永恒遗憾的是他们毕竟无缘无故目睹这"牡丹盛事"了。

石破天惊！新世纪之初，白先勇先生的青春版《牡丹亭》辉煌面世，这更是《牡丹亭》传播史和接受史上的大事。青春版《牡丹亭》正是准确地把握到了古典版《牡丹亭》固有的潜质，独具慧眼地发现《牡丹亭》的心灵诗性和精神内涵，并从原作内部艺术地提炼出传统与现代、历史与现实相契合的生命精神与情志的核心：关于青春与生命的思考。在面对当下的观众群的特定文化脉络里，清晰明快地体现出青春无悔、拒绝既定命运的安排和追求心灵自由的命题，这才使《牡丹亭》进入到了一个新的思想境界，也才使青春版获得了"美到无法抗拒"和"曲高和众"的美感价值。

三

　　事实证明，作家的生命在于作品，也在于后人反复的观赏、阅读、阐释，乃至于改编、整理，从而赋予作品以新的质素，让宝贵的精神遗产得到激活。《牡丹亭》《长生殿》和《桃花扇》都是昆剧艺术中的经典，而且应归属"核心经典"的范畴，即经典中之经典。然而要想真正进入经典的精神和思想世界是很困难的，而艺术，包括整理、改编的艺术，恰恰就是对困难的克服。这里需要的是思想、情志、灵性、技巧以及对经典艺术的特有的感悟力以及百倍的坚韧，同时更加需要一种说不清的灵犀相通的缘分。用当代作家刘震云最近的一次谈话节目中说的一句话：一个作家的创作，对于他写的人物，那是需要一种缘分的，没有这种缘分，你是写不好这个人物的。从中我领会到一位作家改编一部作品，也是需要一份缘分的。

　　如果说汤显祖是用心灵写作，那么白先勇则是用心灵去感悟。白先勇改编《牡丹亭》在意境上，美学上是有一套完整的构思与设计的，经长期酝酿、思考，是烂熟于心的结果。而且他不断地更新、反思他的改编过程。因此他的青春版《牡丹亭》才完美地体现出他对人生的独特观察，也体现了他对人生审慎的乐观，在理想主义的光照下让这个世界融合于每一天的阳光和月光中，尽管这一切是那么艰难。事实上，在改编过程中，白先勇把他的才情、情怀、气质、美感如此自然、如此和谐地潜入笔墨间和舞台上，那是他生命精神的一次大投入。这种诗意的灵性，这种献身于自己酷爱的艺术的心智，很值得我们一步一步深入地玩味。

　　为了探索如何更好地接续上昆剧艺术之慧命，我想把自己接触过的上昆版《长生殿》和青春版《牡丹亭》作一粗疏的比较。

　　上昆版《长生殿》大约诞生于一九八六年至一九八七年改革开放的语境中；而青春版《牡丹亭》似诞生于世纪初多元文化冲突与抉择的语境中。它们给我的共同印象是：都忠于原著，都紧紧依托于第一文本的内蕴，都不改变第一文本的主旨，尊重文本的情节逻辑和人物的心灵历程。但在二度创作时，即在人们看到第二文本时，我们会发现，从剧情到人物再到视觉效应，却都不同程度地变革了昆曲的语态，并积极地尝试一种新的叙述方式。人们从一贯典雅精致乃至过分程序化的舞台上看到了民众可以理解、把握的话语的鲜活（不仅仅是借助于字幕），看到了冲突的故事和人物的命运，而故事与人物命运似又与我们的心态息息相关。这种语态和舞台意象的转变，具体表现是：在表层上都是采用传统的结构法，注意立主脑，减头绪，注意有头有尾、情节跌宕多姿、明快清新等等，但主要人物之间的矛盾、悬念和戏剧性冲突却大大强化了且更富于节奏感。但在深层文化—心理结构上，却不露痕迹地关注现代性的转换，它们都在原作内部发掘、提炼出历史与现实、传统与现代相契合的生命精神和情态。这种深层透视与思考，对改编者来说，必然有一个精神世俗化的过程，即必然地考虑戏曲本体的过程。这是一个无需回避的价值普及化的过程，当然也是精英文化走向大众化的过程。因为任何人无法否认，只要是改编，就必然是面对当下的观众群，就必然地朝着"曲高和众"的境界去奔走。而青春版这种着意的特殊的题名本身就是面对青年以及富有人生活力、尊重生命精神的人群的。

具体到上昆版《长生殿》，它所传达的是人生的永恒遗憾。人生的永恒遗憾是我国戏曲艺术中常出现的一个母题：即爱而不得其所爱，然而又不能忘却这种爱的悲哀与痛苦。这是人间的一种不朽的恋情，也是一种人间不可摧毁的精神力量。它昭示，人的肉体可以分离，但心灵的追求可以得到更高意义上的契合。是的，原著中的"弛了朝纲，占了情场"是作家命意所在，然而又不尽然，因为改编者钩稽了使我永难忘记的那"雨梦"一场。结尾处〔幕后合唱〕："天长地久有时尽，此恨绵绵永难偿，永难偿！"好一个"永难偿"！"卒彰显其志"，改编者宣叙的正是一种永恒的遗憾的情志和情思。至于"情缘总归虚幻"也是多层面的，而上昆版则是突显其"沧桑之感"，如果说"弛了朝纲，占了情场"的政治意味在尽量消解中，那么这里是尽可能地摒弃原作中过分虚幻的色彩，留给人们的是，此恨绵绵的人生的永恒遗憾，这是一种悲剧心理和悲剧意识的升华。于是上昆版《长生殿》获得了一种象征意蕴，它的超越就在于它把政治意味的东西和虚幻的东西转换成为人性的东西，是一种普遍的人性美。于是它才有了新意，有品头，有回味！

白先勇的青春版《牡丹亭》更不是因为尊重原著而被古典版的无形之手束缚住自己的性灵。三个晚会观赏下来，你会清晰地看出，青春版不是简单地复制原著，而是一次重新的感知，他不是删繁就简，重新安排关目，所以它绝非原地踏步，只是搞一个缩写本，它的主观命意，我认为是作者对天地奥妙与人间玄机的参悟并展现其过程，这也许才是它的魅力所在。因为自由、天然、青春是上苍恩赐给人类，特别是赐给青年的，而把握青春的鲜活应是人的本能，但又常常被人轻易放过，所以改编者才警示人们必须对青春、天然与自由给予深深的感激，必须理解她总是轻轻地来，悄悄地走，再回首，才知道她来过，所以，把握这美好的时机是最关键的。这就是我们通常所说的，故事虽然是虚构的，但精神则是真实的吧！

基于这种认识，我们再回过头来观照"青春版"的突出贡献。白先勇的功力在于他从古典版中深刻地提炼出生动而又新颖的思想和情志，并以它为作品的生命、为脉络、为焦点来进行作品的艺术构思。在这种再创造的过程中，作者赋予作品的是时代的亮点，而这亮点又是人类的普遍感情，所以从潜隐层次观照，"青春版"不仅仅是如过去人们面对汤显祖经典版《牡丹亭》所解读的那样，是对宋代理学"存天理，灭人欲"的反拨。"青春版"则强化的是青春无悔，是抗拒既定命运，是呼唤心灵自由。这是一种生命价值的根本转换。所以我说，白先勇的"青春版"如临帖与读帖之别一样，临帖只能取其形，而读帖则是取其神。白先勇是属于"读帖派"，"青春版"正是对古典版的神韵给予了精辟的阐释与彰显。因此它是汤显祖的，又是白先勇的。

白先勇智慧地感悟到，愈是灵魂不安的时代愈需要文学艺术的安慰，因为他深刻认识到艺术是捍卫人性的。因此在观照原剧时，他紧紧把握和突显的两个关键词正是天然、自由。白先勇那直视心灵的勇气，让我们体验到真正的爱必然从心灵开端。一颗勇敢的心，一个勇于坚持的自我，胜过一切说滥了的教条。我想，改编者内心翻腾的和关注的就是人的心灵自由，以及自己掌握自己命运的命题。我说这是一种情怀，一种人间情怀，所以他能神交古人，又能为天地立心。至于"青春版"在形式美上的冲击力，穿透力，以及优美而又强烈的视觉效果，则明显地比上昆版《长生殿》技高一筹。一言以蔽之，"青春版"没有复制同一种视觉美，它的视觉美是白先勇和苏昆团队的诗性、哲思和妙想的综合体现。所以，它真的是"美到无法抗拒"！

今天，青春版《牡丹亭》正作为试演剧目中唯一的昆曲在国家大剧院上演，以及伴随此次"牡丹盛会"的连续三天举行的"面对世界——昆曲与《牡丹亭》国际学术研讨会"和同时首发的《牡丹一〇〇——青春版〈牡丹亭〉》DVD以及《春色如许——青春版昆曲〈牡丹亭〉人物访谈录》都印证着许多海外华人的美誉：青春版《牡丹亭》是"中华文化复兴之作"。

总之，把青春版《牡丹亭》和上昆版《长生殿》综合地观照，它们都体现了改编者直视心灵的勇气，都有一份宝贵的人间情怀，它们都体现了心灵的诗性，它们都体现了剧诗的内涵。然而，从生命价值观和视觉效果来看，青春版《牡丹亭》的当代性更具有文化诗学的意味。如果像人们所说，"青春版"是一首青春颂的话，那么上昆版《长生殿》则是成人在步入晚景时对永恒遗憾的人生况味的反复咀嚼和低沉的叹息。一个是通体回响着青春、自由之声的天籁，一个则是沧桑之感或曰感伤成了它的主旋律。两者相互映照、比对，我们会看清青春版《牡丹亭》那活力无穷的更为积极的贡献：它的精神力量正像我们仰望苍穹时心中不再怅然，因为人们知道黑夜有了繁星和月亮，所以才美丽。青春需要心灵的创造和体会才能灿烂、无悔。于是我们也从昆剧剧坛上认知到创作题材上已经完美地构成了那刻骨铭心的形象的爱情谱系；而在生命精神的价值系统上，我们又看到了人性发展的经络和心律的脉动。

戏曲的演变史是人的精神成长的象征，也是人自身存在的证明。在昆剧艺术走向世界的时候，让我们共同努力，重新接上它的慧命，让最美的艺术更富于魅力，让我们的生命精神更加富有！

青春版《牡丹亭》的三重意义
——在"白先勇的文学与文化实践暨两岸艺文合作学术研讨会"上的致辞

· 王文章

中国艺术研究院前院长

尊敬的白先勇先生、各位与会学者：

"白先勇的文学与文化实践暨两岸艺文合作学术研讨会"召开之际，谨表示热烈的祝贺。中国社会科学院文学研究所在台湾文学研究方面人才辈出，成果显著，相信通过这次研讨活动，肯定能够推动中国文学界对于白先勇先生更深入的研究，推动进一步加深对台湾文学的理解。

白先勇先生以文学和艺术创作享誉海内外。他以众多优秀的文学作品写出了其父辈一代在台湾的生活以及台湾的世相，他积极实践现代派的创作手法，开启了文学新风尚。白先勇先生还与其同仁们创办了《现代文学》杂志，介绍西方现代派文学，开启了新的文学范式，推动形成新的作家群。白先勇先生的文学创作，以语言叙述方式的探索令人瞩目，更以真实的描写定格了一个时代特定人群的生存状态，他的文学创作影响是深远的。

就我个人与白先勇先生的接触而言，尤其他在推动昆曲艺术的当代继承与舞台创新方面作出的努力，令人钦敬。二〇〇四年，白先勇先生亲手改编整理戏曲文学经典《牡丹亭》，他把剧本送我的时候，也满怀激情地谈了要以"青春版"的形态重新把剧作搬上舞台。近三十多年来，我看过不少不同整理本的《牡丹亭》舞台演出，它们都以整理者不同的着眼点诠释着这部经典，虽然大都抓住了柳杜爱情及其对封建礼教虚伪腐朽的揭露，但汤显祖原著丰厚的社会内容流失了，筋骨在而血肉薄。当时听了白先勇先生的"畅想"，也被他感染，但到底会是一个什么样子的舞台呈现？在不确定的疑问中等到了青春版《牡丹亭》的上演。它的首演即引起震撼，并一直产生着持续而热烈的反响。这么多年来，还不曾有一部像青春版《牡丹亭》这样整理的古典戏曲得到这么大的成功，它在中国台湾、中国大陆和世界巡演，都得到中外观众的热烈欢迎。我曾先后看过六场该剧的演出，不仅是为杜丽娘"生者可以死，死可以生"惊心动魄，也为青春版《牡丹亭》虽经取舍，但却完整而又充分地表现了汤显祖赋予该剧的丰厚内涵的巧妙整理而折服。我觉得青春版《牡丹亭》的演出有三个方面的重要意义：

一是尊重原著，力争把原著的整体蕴含全面展现出来。《牡丹亭》这一类的经典作品，既是作者独特性创作的成果，也是人类智慧的结晶，其思想启示的意义与社会、人生认识的意义，只有"历史性"地展现，才更会具有今天的价值。那种从概念性的观念出发，为服务于某种主题而对经典进行取舍的现代化改编是要不得的，那只会概念化地演绎人物关系，使经典无尽的丰厚内涵狭窄化和浅薄化。青春版《牡丹亭》在改编的取舍上小心翼翼，有删减调整，但仍然是"浅深、浓淡、雅俗"独得三昧，无境不新，却对筋骨、血肉纤毫无伤。

二是在舞台表演上，全盘继承昆曲的表演精粹。该剧大胆起用了沈丰英、俞玖林两位青年主演。年轻演员有朝气，会更好地表现原作的情境，但缺陷是表演技能有所欠缺。白先勇请来汪世瑜、张继青两位名满昆曲舞台久负盛名的表演艺术家，从基本功到剧中人物表演的一招一式开始，向两位青年主演传授表演技艺。教的严格，学的认真，传统表演技艺的传承也在青春版《牡丹亭》的排演中完成了。今天我们看沈、俞两位青年演员的表演，唱作沉稳，舒缓有致，情绪饱满，情动于中而形于外，演出百场，纯熟的表演已进入忘我之境。他们的表演是以厚实的传统表演技艺为功底，昆曲的韵味和青年演员无形中赋予表演的符合时代审美趋向的新元素，也使青春版《牡丹亭》真正具有了青春的气息和活力。该剧在各个大学的演出气氛热烈自不待言，在剧场的演出也同样吸引了那么多年轻人观看，剧本整理的把握、青年演员担纲以及舞美等的革新都是产生艺术魅力的综合因素。该剧的排演模式，为作为非物质文化遗产的昆曲的当代传承提供重要借鉴。

三是该剧由著名作家白先勇先生策划，白先勇先生本身即具备"品牌"意义，海峡两岸的诸多专家、艺术家共同参与，由苏州昆剧院作为主体进行演出，这种机制是灵活和有效力的。同时，白先勇先生亲自参与该剧的宣传和出面争取社会资金的支持，民间资金的投入，保证了该剧在国内外演出的持续进行。我深知此中有很多的艰难，但以白先勇先生的坚韧，使青春版《牡丹亭》的演出愈来愈有影响，使中华民族值得骄傲的民族传统表演艺术形式昆曲更放异彩。在推动中华民族非物质文化遗产的传承和戏曲经典的继承创新上，白先勇先生是一位榜样。

我因出差不能莅会，谨以此简短的感想，表达对白先勇先生的敬意。

最后，祝中国社会科学院文学研究所主办的"白先勇的文学与文化实践暨两岸艺文合作学术研讨会"圆满成功！

昆剧生态环境的重建
——青春版《牡丹亭》的珍贵经验

· 古兆申

诗人，香港大学中文学院前名誉讲师

教科文组织对保护非实体文化的指引

像昆剧这样的"口传非实物人文遗产"，究竟属于什么性质？在今日，其文化意义在哪里？为什么要加以保护？要怎样保护？只把昆剧当作一个商业品牌来炒卖的人，是不会理会的。我们却有必要在这里重申。

先看其性质。联合国教科文组织二〇〇一年有关公告这样描述：

> 各民族所传承的各种文化程序；由各民族继续发展与这类文化程序相关的知识、技能和创造力；这类文化程序的创造成果以及为使此类文化程序得以继续保存而需具备的各种资源、空间和社会与自然条件。[1]

这段描述的关键词是"文化程序"（法文文本作 les processus，英文文本作 processes），指的各种口传心授的非实物文化创造方法。这类程序，创造出语言、诗歌、音乐、戏剧、舞蹈、其他表演或工艺等作品，是每一代人透过创造实践不断总结出来的规律。程序是非实体文化最重要的部分，其次是据此以创造的成果及使其能继续发挥、发展创造功能的生态环境。

其文化意义在哪里？公告说：

> 此类文化程序，使现存社群对历代先辈产生一种连结延续之感，是文化认同的重要因素；对保障人类文化的多样性和创造性也同样重要。

其意义分两层：就一国（或一民族／一社群）而言，是文化身份的认同；就国际（或全球）而言，是人类文化多样性与创造资源丰富性的保存与展示。

这类文化程序、其所创造的成果及其赖以存活发展下去的生态环境为何需要加以保护？公告说：

> 口传非实物遗产作为文化认同、推进创造力及维持文化多样化的一项关键性元素，已获得国际认可。它在一国层次与国际层次的发展，在不同文化的包容与互动中，扮演着主要角色。在全球化的时代，无数不同形式的此类文化正面临消失的危机：受到文化标准化（按：就当代情况而言就是美国化）、武装冲突、大众化旅游造成的损害；工业化、农村人口流失、人口迁移及环境破坏的威胁。

至于如何保护，公告也有方向性的指引：

> 引起关注。认识口传非实物遗产的重要性，知道要加以守卫并使其复苏。
> 评估及清点世界的口传非实物遗产。
> 鼓励各国整理本国口传非实物遗产清单，并制定法律保护措施。
> 推动传统艺人及本土创作人参与认证非实物遗产并使其获得新生。

对于一国（或一民族／一社群）来说，除了第二点，都是必须做的事。第三点是非常具体的。立法保护，可交由国家的立法部门处理；在整理遗产清单上，也许有认证上种种困难，但如有适当的专业人才参与，也不难办到。比较复杂的是第一点所说的"守卫"与"复苏"及第三点提到的"使其获得新生"。

如何守卫？守卫些什么？说"复苏"，表示这类文化是具有生命力的。如何使它从濒危的边缘活过来,"获得新生",这也可引发许多争论。但每种事物,总是有自身的规律,要使非实物文化复苏,也必须按其自身的规律办事。

守卫什么?当然就是非实体文化的文化程序、其创造成果及其赖以存活、发展的生态环境。如何能改变此类文化濒危的处境,使其复苏?我们认为第一件要做的事就是:找回或再创造其赖以存活、发展的生态环境。

昆剧成长的生态环境

昆剧的生态环境,就是我们前面所说的文人阶层。孕育这个剧种的是文人的家班。胡忌、刘致中《昆剧发展史》说:

> 家庭戏班,是由私人购买置办的家乐,是专为私人家庭演出的。它是昆剧非常重要的演出形式,对昆剧的唱腔艺术及剧本创作都产生过重大影响……嘉靖、隆庆以后……士大夫之家购置家庭戏班在当时已是"俗所通用"了……明代有一群家班主人有较高的文学艺术修养,通晓曲律,这些家班的教习也都是较有名的老一辈的昆曲艺人。家庭戏班的女伎和优童,在前辈昆剧艺人的教导下,在家班主人严格要求监督和教导下,含辛茹苦地辛勤苦练,有不少人的演唱技艺达到很高的水平。他们透过长期的艺术实践,一代一代地继承并发展前辈艺人的技艺,把昆曲演唱水平推进到一个相当的高度,在昆剧发展史上作出很大的贡献。[2]

这段话很清楚地为我们介绍了文人家班对昆剧艺术的成长所起的重要作用,也指出了文人在昆剧的发展与创造上所扮演的主导角色。

从历史上看,昆剧的兴衰,和文人阶层的关切有很大关系。由明入清,战乱、皇朝的兴替,造成明代文人阶层的瓦解,也使蓄养家班的风气没落,对昆剧艺术是很大的打击。幸得清初帝王喜好,在宫廷的保护和提倡下,昆剧可以继续发展、创造。但蓄养家班的风气已大不如前。虽然江湖上职业班子(不少由解散了的家班艺人组成)相对多了,但因为要参与花部剧种的市场竞争,为了讨好观众,加上没有文人的指导、提高,其艺术水平无可避免地要下降。清中叶以后昆剧所以走向式微,主要是渐渐失去了文人阶层这个生存土壤，而又无法适应市场生态的缘故。到了上世纪初，昆剧已到了奄奄一息的境地。但由当时曲家俞粟庐、徐凌云、贝晋眉、张紫东、徐镜清、实业家穆藕初等创办著名的昆剧传教所，由孙永雩出任所长，却培养了"传字辈"一代昆剧艺人，文人又一次挽救昆剧于垂危。[3] 上世纪五〇年代，在政治挂帅的气氛下，昆剧得到国家最高领导人毛泽东、周恩来的赏识，把《十五贯》的改编，视为戏曲改革的典范。昆剧乃得到国家的保护，发展出六大昆班的局面。国家保护的力道，当然比民间力量大得多。但不要忘记：毛、周也是大文人，没有他们的眼界和视野，昆剧可能已被教条主义者看作靡靡之音（江青就是这样看的），早就给取缔了。再者，五六十年代文化部领导人物诸如郑振铎、茅盾、夏衍、欧阳予倩等都是大学者、大作家、大戏剧家、大戏曲家，在他们推动下，在政府的上层、中层以至民间，也形成了一片文人土壤，六大昆班建立，曲社并起，使昆剧得到新生。可惜好景不长，"文革"十年，政治的风雨，把这片土壤冲刷殆尽。[4] "文革"结束后，正待重整故地，却又面临改革开放的大潮流。

　　改革开放大潮流的核心就是经济挂帅。经济挂帅意味着一切走向市场。昆剧虽然在历史上屡次证明无法在市场上存活，我们的文化官员却并无这种认识。打上世纪八〇年代末以来，他们花了不知多少心思气力，浪费了不知多少国家资源，试图把昆曲推向市场，结果都是一次又一次失败。二〇〇四年，政协由已故副主席王选及政协京昆室副主任叶朗执笔撰写的建议书[5]，对这种盲目乱闯的做法，有一定的矫正。但尽管这个建议书获得最高领导人的签名支持，文化官员的"市场"观念还是一点没有动摇，对昆剧所做的种种"扶助"还是往市场方向走。演出制作投资，评奖活动，奖金鼓励，宣传炒卖，都依然标示着这个方向。甚至昆曲界因政协建议书而获得的额外资源，也大部分用在这个方向的工作上。[6]

　　二十多年失败的教训，教科文组织有关保护非实物文化的指引，以至最高领导人批准的政协建议书，都无法把实际执行昆剧保护政策的文化官员带出误区。原因究竟在哪里，很值得探讨。

　　但昆剧已危在旦夕。二〇〇一年，昆剧获得教科文组织"口传非实物人文遗产杰作"荣衔后，被官员们当作一个国际品牌来炒卖，而实际做出来的事却刚好与教科文组织有关公告的指引背道而驰。这就使昆剧的处境更艰难。海内外关切此一文化国宝存亡的人士，尤其是文化界（当代的文人阶层），无不忧心忡忡。文化界更有这样的共识：我们必须坐言起行，为昆剧重建应有的生存空间——由文人阶层构成的生态环境，尽一己之力。

昆剧生态环境重建第一步：年轻人的昆剧教育

白先勇在《我的昆曲之旅》说：

> 二十世纪的中国人，心灵上总难免有一种文化的飘落感，因为我们的文化传统在这个世纪被连根拔起，伤得不轻。昆曲是中国现存最古老的一种戏剧艺术，曾经有过辉煌的历史。我们实在应该爱惜它，保护它，使它的艺术生命延续下去，为下个世纪中华文化全面复兴留一火种。

白先勇的文章，发表于一九九九年，在昆曲获得"口传非实物人文遗产杰作"荣衔前两年。其实这也代表了八〇年代以来，海内外许多关切昆曲以至中国文化的文化人的心声。我们都有心像清末以来的文人那样，为昆剧重建其生态环境——也就是由文人形成的艺术土壤——尽一己之力。但这讯息由白先勇提出来却显得更有分量。因为他是国际知名的中国作家，读者众多，又长居国外，研究外国文学，见多识广，他的话对于年轻一代的中国人来说，无疑更具说服力。在台湾，白先勇宣传昆曲多年，他的许多读者，都因为听了他的演讲、看了他的文章而迷上了昆曲。当学贯中西的白先勇说："昆曲是最能表现中国传统美学抒情、写意、象征、诗化的一种艺术，能够把歌、舞、诗、戏糅合成那样精致优美的一种表演形式，在别的表演艺术里，我还没看过，包括西方的歌剧、芭蕾。歌剧有歌无舞，芭蕾有舞无歌，终究有点缺憾。昆剧却能以最简单朴素的舞台，表现出最繁复的感情意象来。"[7] 年轻人便无法不感动，无法不心向往之。

于是我想到要邀请白先勇来香港向我们的年轻人宣传昆曲。

白先勇跟香港有一段情缘：他在香港念过小学和初中，至今仍能听、讲广东话；我们香港有好几代他的读者；将他的小说《游园惊梦》第一次改编成话剧演出的是香港人；在香港的中学国文课本中，选有他的散文作品。因此，他要是能来港宣传昆曲，对我们年轻的一代，肯定会产生很大的作用。

我打电话向他发出邀请，他欣然答应了。但要求我提供年轻貌美的昆剧演员作示范演出，配合他的演讲。那是二〇〇二年，我正策划苏州昆剧院（以下简称"苏昆"）来港演出，去苏州看彩排时看过苏昆年轻一辈的戏，其中俞玖琳、沈丰英、周雪峰、顾惠英等给我留下了印象。于是跟刚上任的蔡少华院长商量，他乐于配合。我们得到港府康乐文娱署及香港大学中文系和校友会的支援，在沙田大会堂音乐厅和港大陆佑堂举办了四场演讲。一千两百座位的沙田大会堂，和七百座位的陆佑堂均座无虚席，还有不少人向隅。除了一场是公开售票之外，其中两场专为中学生而设；陆佑堂一场除为港大师生外也欢迎各界人士参加，结果也来了许多中学生。白先勇讲了两个题目：一个是《昆剧中的男欢女爱》，另一个是《昆曲：世界性的艺术》。苏昆来了五位中、青演员：杨晓勇、俞玖琳、吕佳、沈志明；沈丰英原要来的，但因生病由另一同辈演员代替。他们和白先勇的演讲配合，演出了《游园惊梦》《佳期》《琴挑》《秋江》《下山》《弹词》等六个折子戏，许多第一次看昆剧的年轻人，竟看得如痴如醉。

白先勇昆曲讲座的成功，说明透过引导，即使是长期在殖民地洋化文化氛围下成长的香港青年，也一样可以欣赏昆曲。于是我们想到，凭借教育方式，可以培养年轻一代观众，为昆曲重新创造存活和发展下去的土壤。这样，白先勇便有了制作青春版《牡丹亭》的设想。

为什么想到参与昆剧的制作呢？原因是我们都看到近年大部分由文化官员主导的昆剧制作，其方向多与教科文组织有关指引不合。美其名为"改革创新"，实际做法却是以西方话剧、百老汇音乐剧或艺术层次更低的港、台美式流行音乐舞台的概念去改造昆剧。这正好违反了教科文组织有关指引。"指引"要我们保护这类文化遗产，使其免于被"标准化"，以保持全球文化的多样性，而官员们的做法，却是尽量向以美式文化为模范的标准靠拢。这不是倒行逆施吗？

如果我们要向年轻的一代进行昆剧教育，我们绝对不能让他们看这样似是而非的"昆剧"。政协的建议书说："像昆曲这样世界级的艺术经典，对它的抢救和保护，必须保持它的纯正的经典品位。"我们向年轻一代宣传、介绍的，也必须是有"纯正经典品位"的昆剧。用白先勇的话说，就是让他们看"正宗、正派"的昆剧。亦即有传承、有传统底子的昆剧。我们要以昆剧特有、本有的艺术魅力去吸引他们。年轻一代只有在为这种艺术魅力倾心的时候，才会对昆剧产生民族文化的自豪之感。

在今日的文化大气候下，这样有传承有传统底子的昆剧已不多见。所以我们有必要去参与制作。

我们几乎放弃了博大多彩的文化传统

历史告诉我们，昆剧存活的土壤是文人阶层，而今天已没有传统意义的文人阶层了。但无可否认，现代中国的正规教育，已比传统社会普及得多。经历了一个多世纪的现代化运动，我们拥有了为数不少的知识分子，这也就是现代化了的文人阶层。遗憾的是：五四运动以来，矫枉过正的西化主义，早晨传统文化的教育，或扭曲了其教育的方向。白先勇在香港的讲座感慨地说："自五四以来，我们从小学开始，受的都是西方式的教育。美育方面，美术是西方的素描、水彩、油画、雕塑；音乐学的是五线谱、西方乐理、西式艺术歌曲；戏剧学的是话剧、歌剧。中国传统美术与表演艺术，几乎没有任何一项被纳入正规的基础教育课程。"这种情况直到今天仍没有多大的改变。这就难怪我们的学生只知有米开朗琪罗，有歌德，有罗丹，有毕加索，而不知有董源，有范宽，有八大山人，有齐白石；只知有巴赫，有贝多芬，有柴可夫斯基，而不知有伯牙，有嵇康，有魏良辅，有徐大椿，有俞粟庐、俞振飞父子；只知道有莎士比亚，有莫里哀，有易卜生，有斯坦尼拉夫斯基，有普希尼，有比才，而不知道有王实甫，有高明，有梁辰鱼，有汤显祖，有洪升。这是多么可悲的事？

整整一个世纪，中国的现代化运动出现了很大的偏差——过度的西化、一切以西方文化的价值观为标准的西化主义。这种偏差，使我们几乎要放弃我们累积深厚，博大多彩的中国文化，而这一笔丰富的文化遗产，对中国人以至全人类都有过并仍可能有巨大的贡献。一个世纪之后，我们的文人阶层，变成了一个西化思维主导的知识分子阶层。文人／知识分子阶层，是文化创造的核心力量，如果连这一阶层都放弃了自己的民族文化传统，这个国家还有什么民族的尊严可言？这个国家，这个民族，还有什么前途可言？政协的建议书有一段值得深思的话：

> 确立由国家扶持昆曲事业的方针，本质上就是动用国家的力量来维护民族文化的传统和保护民族文化经典的尊严。这是极必要的。在经济全球化的形势下，

这一举措对于保持民族文化的独特性，对增强我们民族的生命力、创造力、凝聚力，有着十分重大的象征意义。[8]

说得太好了，保护民族文化的经典尊严，保持民族文化的独特性，应该是每个国家应有的国策。但执行政策的是人，如果人的思维不正确，政策也必然被歪曲。而执行国家文化政策的人正是知识阶层，如果他们对传统文化价值没有正确的认识，保护的目的还是无法达到的。

因此，我们认为：保护昆曲，正如保护其他实物或非实物文化遗产一样，应从知识阶层的反省和再教育开始。

让年轻一代看怎样的昆剧

就民族文化而言，知识分子／文人的反省与再教育的焦点，就是重新认识本民族文化传统的价值——其在全球文化中的独特性，对全球文化创造在过去、现在和将来有过和可能有的贡献，作为全球文化经典一部分的品位与尊荣。就昆剧来说，就是必须让当代知识分子／文人认识到它作为我们民族戏剧范式的独特性与经典性，让他们充分了解到昆剧作为一种戏剧文化的普世意义。因此，在构思制作青春版《牡丹亭》时，白先勇一直强调"正宗、正派"的方向，即希望能制作一出可以展示出昆剧的经典意义的作品。

中国戏曲艺术，以演员的表演为核心。昆曲作为戏曲的典范，更鲜明地表现出这个特质。戏曲简约、写意的舞台美学，其目的即在突显这种以人为本的演出体系；戏行中有"戏以人传"的说法，也是为了强调每一代艺人对戏曲表演艺术口传心授的重要性。这种艺术，只能借人身而存活，由一代又一代艺人身体力行地传下去。因此，昆剧经典性的主要部分，并不承载在昆剧的文本上，而在演员的表演上。我们并看看二十世纪昆剧最重要的传人之一周传瑛的说法：

> 大家都知道，几百个折子戏是昆剧艺术的精华。我们说抢救、保存或继承昆剧艺术，其具体内容就是要把这批折子戏继承并流传下来。而折子戏要能继承和

流传，这就有个先决条件，那便是首先要让演员熟悉它们。[9]

所谓"让演员熟悉它们"，意思就是要把这些戏教给演员，让他们演练熟习，把表演艺术的精华留在他们身上。所以要做一套有经典意义的《牡丹亭》，必须先找到《牡丹亭》折子戏的当代传人，为主演的年轻演员传艺。

白先勇邀请的张继青和汪世瑜，无疑是最适合的人选。在张继青身上，有晚清昆剧老艺人尤彩云和"传字辈"昆剧艺人姚传芗的传承；在汪世瑜身上，有"传字辈"昆剧艺人周传瑛和昆曲大师俞振飞的传承。张继青的唱曾得过曲家俞锡侯的指导；就折子戏的传承来说，杜丽娘的戏，张继青有尤彩云亲授的《游园》《惊梦》，有姚传芗亲授的《寻梦》（姚传芗则由晚清昆剧艺人钱宝卿所传）及创排并亲授的《写真》《离魂》。姚传芗与学者胡忌将此五折戏连成以杜丽娘叙事观点呈现主题的一晚本《牡丹亭》，上世纪在国内外演出均引起轰动。可见不但从晚清艺人传承的《游园》《惊梦》《寻梦》经得起时代的考验，姚传芗创排的《写真》和《离魂》也一样能立足当代舞台。汪世瑜的唱曾得到俞振飞的指导；折子戏方面，柳梦梅的戏有周传瑛亲授的《惊梦》《拾画》《叫画》和《硬拷》。汪世瑜在二〇〇〇至二〇〇一年曾与浙江昆剧团的"世字辈"及"盛字辈"同门，排演了《牡丹亭》上、下本，上本除继承了姚传芗传授的各折外，二〇〇一年在香港演出的版本增加了《闹学》和《言之怀》（与《怂眺》合成）两折，下本有《花判》《玩真》（合《拾画》《叫画》两折）、《魂游》《幽欢》（即《幽媾》）、《冥誓》（与《欢挠》合成）和《圆梦》（即《回生》）。下本除《花判》及《玩真》是传统折子戏外，其余均重新创排，但表演全按"四功、五法"规律[10]，演出效果甚佳，近年已成为受欢迎的新折子戏。汪世瑜担任艺术总监的《牡丹亭》上、下本在两岸三地演出，均十分成功，与张继青的一晚本一起，成了当代《牡丹亭》演出的新传统。以传统折子戏重组成可展现主题的整本戏，是昆曲舞台经典性的一种新发展。张继青和汪世瑜是《牡丹亭》这种经典性的主要建立者。青春版《牡丹亭》有这两位当代昆剧传人把关，其经典意义便有了保证。

青春版《牡丹亭》的台本及表演，可以说是在张继青版《牡丹亭》和汪世瑜版《牡丹亭》的基础上发展成的。其中有晚清的传承，也有二十世纪以至本世纪初的传承。这又是一百多年的传承累积，现、当代的昆剧艺人和文人都作出了贡献。这的确是"正宗、正派"的传承，其经典性是丰厚的，故能立于不败之地，历演三年而不衰。它必然能继续演下去，成为新传统中的一个保留剧目。

当然，青春版《牡丹亭》并不是完美的。它对昆剧在现代大剧场演出的探讨还未算完成。它的舞台装置、灯光设计以至背景音乐的编写都仍有很多可议处。那就需要在演出告一段落后作进一步的思考、摸索。

重建昆剧的文人土壤

青春版《牡丹亭》的制作，我认为最大的意义是对昆剧文人土壤——也就是昆剧应有的生态环境——的重建，作一示范：昆剧观众是文人，它的创编必有文人的参与；它的传统，必须由文人来守卫，使其朝正确的方向继续发展。昆剧是可以普及的，但要透过教育而不是媚俗的手段；昆剧也需要宣传，但切勿作假、大、空的商业炒卖。只有文人锲而不舍地努力下去，我们才有可能重建昆剧的文人土壤。

青春版《牡丹亭》所做的，毕竟只是一个示范。这是当代民间文人／知识分子仅可做到的事。正如政协建议书所说："为了解决昆曲面临的危机，应该由国家扶持昆曲事业的方针。"文人土壤的全面重建，只有国家才可办得到。而建议书的另一段话对昆剧文人土壤重建的长期发展，更是非常重要的：

> 从各昆曲院团的经验看，加强昆曲院团与大学的联系和合作，可能是抢救、保护和发展昆曲艺术的一个非常关键的措施。这里面包括两个面向。一方面是联合、借助大学的力量，举办昆曲的大专班、本科班、研究生班和各种研修班，培养昆曲的演员、编剧、导演、作曲和理论研究人才。另一方面是培养新一代的昆曲观众……昆曲院团应该建立定期到大学巡回演出的机制，大学也应该开设有关昆曲的课程和专题讲座，使一大批大学生在校期间受到昆曲艺术的熏陶。这些大学生将来分布到各行各业，他们的影响，可以为昆曲争取更多的观众。[11]

这其实也应该是白先勇和参与制作青春版《牡丹亭》的海内外文人及热心人士期待国家能做到的。政协的这些建议如果能具体认真落实，则昆曲文人土壤的重建，昆曲的真正复兴，便有希望了。

注释

1. 引自郑培凯主编《口传心授与传承》(桂林：广西师范大学出版社，二〇〇六年)，二〇页。古兆申、雷竞旋译《联合国教科文组织口传非实物人文遗产杰作国际荣衔公告》。该文参照英、法两个官方文本译出，本文作者引用时又略作修订。以下索引公告为同出一处者，不另注。

2. 见《昆剧发展史》(北京：中国戏剧出版社，一九八九年)，一八八页—二〇二页。

3. 同前注，六五三页。

4. 详情参看《昆剧发展史》及周传瑛《昆剧生涯六十年》(上海：上海文艺出版社，一九八八年)。

5. 王选、叶朗建议书原题为《关于加大昆曲抢救和保护力度的几点建议》，该文献收入《口传心授与文化传承》书中，五七页—六一页。

6. 参看拙作《昆曲五年计划的第一年》，收入《口传心授与文化传承》，二二八页—二三〇页。

7. 白先勇：《我的昆曲之旅》，发表于一九九九年十一月二十一日《联合报·联合副刊》。

8. 参看注5。

9. 引自周传瑛《昆剧生涯六十年》，一一五页。

10. 戏曲艺术对表演艺术规律的总结："四功"指唱、念、做、舞；"五法"指手、眼、身、步、法。这是戏曲演员必须学习的基本功，也是他们创造舞台形象的主要手段。

11. 参看注5。

戏曲美学的传承与超越
——青春版《牡丹亭》演出的启示

· 黄天骥

广州中山大学中国语言文学系前主任

青春版《牡丹亭》的演出，轰动海内外。

去年，我有幸在广州中山大学大礼堂欣赏观摩，一连三晚，观众万头攒动，沉醉感动，掌声雷动，谢幕时观众起立欢呼达几分钟的热烈情景，至今依然历历在目。要知道，广州的大学生对戏曲并不熟悉，对昆曲更不熟悉，但是，他们对青春版《牡丹亭》的喜爱，和京津、江浙等地的青年完全一样。走出大礼堂，我听到观众异口同声地赞叹："太美了！"

太美了，这三个字，引起我一连串的思考。

不可否认，从二十世纪八〇年代以来，曾经盛行了几百年，被国人引以为骄傲的戏曲，包括昆曲，在城市的演出，逐渐走向衰微，尽管有关方面对戏曲努力扶持，但戏曲演出至今还未能走出尴尬的局面。我想，这原因是多方面的。但，包括戏曲在内的舞台艺术，如何适应今天观众特别是青年观众的审美需要，是解决困局并且让传统艺术继续发展，乃至走向世界，成为全人类文化瑰宝的关键。在这方面，青春版《牡丹亭》演出的成功，给了我们有益的启示。

一

四百多年前，当汤显祖搁笔和墨创作《牡丹亭》的时候，在西方，莎士比亚也写出《罗密欧与朱丽叶》。这两部伟大的剧作，东西辉映，照亮了世界剧坛。《罗密欧与朱丽叶》和《牡丹亭》，均写爱情的真挚伟大，男女主角为了爱情，可以出生入死，感动了几百多年的观众。然而，这剧坛的双璧，尽管写一样的题材，但它们所表现出的审美观，却截然不同。这不同，正好是东西方不同文化在美学范畴的呈示。

莎士比亚写罗密欧与朱丽叶一见钟情，他们排除万难，爱得十分炽热，那缠绵的情话，热烈的拥吻，乃至后来罗密欧自刎殉情，朱丽叶"死"而复生，又用罗密欧的匕首插向自己胸膛的场景，使人大喜大悲，心魂震撼。它那激烈的戏剧冲突，奔放的文学风格，鲜明地体现出西方人的美学理想。这部戏，也为世界人民喜爱接受，成为不朽的历史名著。

有人说：西方人像一玻璃瓶，瓶里装的是开水，那么，瓶子也是滚烫的，不能触手。他们的性格，往往是奔放的、外露的。反映审美观念上，人们更多是崇尚直观的真实性，崇尚表现激烈的矛盾冲突，崇尚浓烈的色块组合，强烈的音色对比。而东方人特别是中国人，则像是保温瓶，尽管瓶里的水是炽热的，但瓶子外却绝不烫手。中国人的性格，往往是委婉的、内敛的。反映到审美观念上，人们更多是崇尚写意，崇尚虚实的结合，崇尚线条的流转，情景的交融。显然，东西方的美感观念，各有特色。时代越进步，世界越发展，人便越尊重与喜爱来自不同民族的文化艺术，彼此在交流中相互借鉴融合，又分别走向更高的发展阶段。

在四百年前，汤显祖的《牡丹亭》，便典型地呈现出东方文化的特征了。和《罗密欧与朱丽叶》一样，《牡丹亭》也写男女青年对爱情的炽热追求。汤显祖说："情不知所起，一往而深。生者可以死，死可以生。生而不可与死，死而不可复生者，皆非情之所至也。"于是，他写杜丽娘梦中追求爱，死去追求爱，回生后经历万劫千磨坚定地爱，在他的笔下，杜丽娘的心，就像一团没有露出火焰而一直在炽热燃烧的煤球。值得注意的是，《牡丹亭》写男女的爱，并不是抽象的，它直接地把爱与欲联系在一起，且不说剧本写出了"恨不得肉儿般连成片"等刺激官能的词语，写到了"游园""幽媾"所暗喻的交欢场面，就连剧本取名为《牡丹亭》，本身就有情欲的含义。

牡丹亭，是杜丽娘在梦中与柳梦梅"共成云雨之欢"的地点，汤显祖以此为题，当然有画龙点睛的意思。别以为牡丹亭只是一个栽种牡丹花的普通亭子，其实，以此为名，是意味深长的。汤显祖在《圆驾》的下场诗里，引用了白居易的诗句"春肠遥断牡丹亭"，可见，唐人已把牡丹亭视为与情爱有关的场所。元代乔梦符的杂剧《李太白匹配金钱记》写韩飞卿和柳眉儿在梦中相见，幽会处也称"牡丹亭"，显然，长期以来，人们便把牡丹亭视为与情爱、欢媾有关的符号。汤显祖敢于以这具有特殊意义的符号作为剧名，这既说明他在当时思想解放到何等程度，更说明他清楚地揭示青年男女对情爱的炽热追求。就对情与欲的渴望而言，杜丽娘内心的炽热，与西方的少女别无二致，然而，她的举止，表现出东方人特有的含蓄与矜持。她的火热的心，像是用冰绡包裹着的；她对束缚她自由和生命的现实，有强烈的抵触情绪，并且在灵魂深处作出反抗，但外表，她像是个听话的"乖孩子"，最多是以自艾自怨地表达内心的痛楚；她强烈地追求爱，但汤显祖写她只在迷离的睡梦中和灵魂的飘荡中，表达爱的理想、追求，后来才得到了爱的归宿。这一切，虚虚实实，亦虚亦实，真个是"近睹分明似俨然，远观自在若飞仙"。与此相联结，汤显祖《牡丹亭》整个戏的题旨，乃至人物性格、艺术风格，既是清清楚楚的，又是不可捉摸的。它有时是工笔细描，有时是水墨写意，总之，《牡丹亭》把冷与热，虚与实，张扬与内敛，激烈与含蓄婉转，统为一体，完整地显示出我国传统戏曲特具的美感，展现东方文化独特的个性。

　　青春版《牡丹亭》成功之处，很重要的，是忠实地诠释原著的精粹，尽可能保持原著优美的脍炙人口的唱词唱段，把原著所表现的东方之美，透过边歌边舞，节奏舒徐，具有柔美个性的昆曲艺术，充分地表现出来。同时，又让原著隐藏较深或处理未周的意蕴，更鲜明地呈现出来，让今天的青年观众乐于接受，能够理解。

　　特别要指出的是，青春版《牡丹亭》以昆曲演唱，在我国的戏曲各个剧种中，昆曲经过长期的流传、雅化，经过历代文学家、戏剧家在唱、作、念、打各方面的锤鍊磨合，它已成为我国最具古典美，最能表现中华民族优雅蕴藉的性格内涵的戏种，因而它最早地代表我国被选入世界的非物质文化遗产。青春版《牡丹亭》以昆曲为载体，确能让今天的青年看到我国古典艺术的精华，也能走向全世界，让世界人民对我国民族艺术的博大精深，有更真切的认识。不可否认，由于时代的限制，汤显祖原著将杜丽娘性格中青春火热的一面，隐藏较深。当然，对当时的观众来说，《牡丹亭》的题旨和杜丽娘的行为，已有足够的启发了，但对今天的观众而言，还需要有所超越。在这方面，青春版《牡丹亭》作了大胆的而又合适的补充。例如，加强柳梦梅的戏份，便是强化整个戏在表现激情、炽热方面的明智选择。也无可否认,《牡丹亭》原著虽然塑造了一个有别于一般儒生的"岭南才子"的形象,但由于汤显祖一直把注意力放在杜丽娘的身上,对柳梦梅形象的塑造,则相对较弱。在这方面,青春版《牡丹亭》努力加强了对柳梦梅的刻画。它非常注意突出柳梦梅执着地爱、大胆地爱、坚定地爱的性格特征,甚至让戏中出现"男游园"一段。这样的处理,不仅让杜丽娘的追求得到合适的对应,而且大大加强整个戏"热"的方面的展现,或者说,让杜丽娘内心的炽热,得到了支撑点和反射面。白先勇先生强调,在《惊梦》一场中,要加强杜、柳的奔放,热烈表现情、表现性,表现青年男女在"存天理、去人欲"的环境中冲破封建束缚的要求。因此,戏中除了有"合扇"等传统程序以外,还有让杜丽娘斜躺在柳生怀中,柳生则用嘴巴贴近杜丽娘耳际的亲昵举动。这些,无疑很能表现戏中人热情的喷发,增加整个戏的"热"的能量。

在这里,我还想稍稍论及对青春版《牡丹亭》色彩处理的感受。正如导演汪世瑜先生在《青春版〈牡丹亭〉舞台总体构想》中指出,这个戏的舞台设计,增加了水墨画的内容和背景,风格雅淡;而服装设计,也是雅淡、柔嫩,按照白先勇先生提出的"要淡、要娇"的原则施行。因此,我们看到舞台上出现的色彩,多是藕白、嫩黄、淡蓝和浅绿,这既符合戏曲的传统,也洋溢着青春的气息。并且,与我国传统的雅文化的气度相一致。但是,我还留意到,青春版《牡丹亭》有些色调的运用,却非常大胆的,像李全、杨婆的衣装,便绚烂非常。特别值得一提的是,当杜丽娘离魂之际,她披着、拖着猩红的斗篷,冉冉地走向舞台深处,就像是一团烈火,渐渐地升入天际。这红斗篷,在戏中出现了四次,而柳梦梅也在《幽媾》和《圆驾》中披红上场。在戏里,每次红色的出现,都给人以火辣辣的震撼心魂的感觉。我认为,在以雅淡为主体的格调中,出现鲜红,这不仅是色彩冷热浓淡平衡调剂的问题,更重要的是,这样的处理,还揭示出青年人炽热追求理想的内心世界。而这雅淡从中几处鲜红的巧妙映衬,又正好展示出《牡丹亭》含蓄与张扬结合的意蕴,体现出东方人外冷内热的性格和传统的审美观。

从青春版《牡丹亭》对原著格调的把握中,我们清楚地看到,它传承了传统的审美观,又有所超越。它是传统的,又是现代的,它让人感受到并领悟到鲜明的民族特色。中华民族为全人类创造了无比优秀的文化遗产,我们这一代人,有责任认真整理,让它成为世界人民的财富。作为艺术作品,我们只有让它充分展现民族的审美观,才会得到世界人民的尊重、认同，才能让它走向世界。

二

汤显祖的《牡丹亭》，写的是"生可以死，死可以生"的至情，然而，汤显祖又非常清醒地知道，在他所处的年代，年轻人追求爱情自由的理想，是不可能实现的，这就是为什么汤显祖在戏的开场后，便提出"世间只有情难诉"的命题。但是，汤显祖又必须让自主的爱情得到实现，解决的办法，则是告诉观众；杜柳的婚姻，是注定要成功的。所谓"牡丹亭上三生路"，就是要说明这一切，早就为前生、今生、来生所决定。既然它是前世注定，因此，无论是冥间判官、皇帝老子，都只能成全他们，只能让杜丽娘回生，让杜柳正式圆婚。为了强调这种宿命存在的可能性，汤显祖在《题词》中，还提到"晋武都守李仲文、广州守冯孝将"以及"汉睢阳王收考谈生"等三个故事，说明"还魂""回生"，乃是真实可信的事。

汤显祖写杜丽娘的超越生死，固然是浪漫的想象，但在当时，一般的观众，特别是汤显祖自己，却并未把"魂""梦""回生"等幻景视为虚假，这一切，他认为属真实的存在。我们在《汤显祖全集》里可以看到，他写了许多纪梦的诗，有些梦，他视之为预感，像他梦见其子汤士蘧得玉床，以为不祥，后来其子真的死了，他便确信这是注定的命运的安排。显然，汤显祖也和许许多多对自己的命运未能掌握的人一样，会真诚地、不理智地相信虚幻和宿命的存在。像对鬼神、魂梦，人们往往是"心知其妄而口竟传之，且知其非而暮引用之"。你若说他绝对相信鬼神吗？也不全是；你若说他不信鬼神么？则更不是。老实说，像汤显祖那样内心充满矛盾，无法左右自己命运的人，在潜意识里，对神呀鬼呀，倒是相信的多。

汤显祖写杜丽娘的还魂、回生，固然一方面要表达情之所至，金石为开，生可以死，死可以生的"至情"，另一方面，很重要的是，他要表明并且让观众相信，在杜丽娘身上发生的一切，都是真实的，绝不是魂呀梦呀的幻景。因此，汤显祖在写杜丽娘回生以后，经历了种种磨难。首先，她害怕柳梦梅被告发掘墓之罪，赶紧逃亡；不久发生战乱，一家失散；柳梦梅中了举，可又流落街头；往杜宝处认亲，反遭吊打等等。若就汤显祖的《牡丹亭》创作技巧而言，其下半部，是拖沓的，王骥德说它"腐木败草，时时缠绕笔端"，也确是事实。以汤显祖的艺术水平而言，如果单是为了表现杜丽娘爱情理想最终得以实现，他大可以像后来的《审音鉴古录》等选本那样，只用《学堂》《劝农》《游园》《堆花》《惊梦》《寻梦》《离魂》《冥判》《圆驾》几出，就够了。可是，汤显祖却不惮其烦地写杜丽娘在《回生》后经历种种曲折，这无非是要说明，回生后的杜丽娘，她是确确实实、真真切切地生活在人世上的，这一切，绝非幻景、虚景。在汤显祖看来，悲欢离合，荣辱冷暖，就是人世。他在《牡丹亭》写杜丽娘回生后的种种曲折，是他所理解的人世的缩影，他要向观众展示，什么是切切实实的人世。人世，不是虚无缥缈的魂与梦，而是包含着悲欢离合和荣辱冷暖的现实。是为了证明，回生后能够感受到这一切的杜丽娘，乃是真实存在着的有血有肉的人。

　　青春版《牡丹亭》也用了三分之一的篇幅，写到杜丽娘回生后的种种遭遇，也给人以爱情战胜死亡，有情人终成眷属的强烈感受，但是，它并非要像汤显祖那样，证实"下本"所发生的一切，都不是虚景。因为，青春版《牡丹亭》，是要让今天的青年观众看的。今天的观众，不需要证实什么鬼魂、三生之类的问题，今天的现实，也大不同于"世间只有情难诉"的时代。因此，青春版《牡丹亭》没有必要像汤显祖那样，以大量笔墨触及人世的冷暖荣辱，来证实杜丽娘确实是个真实的血肉之躯。然而，青春版《牡丹亭》的下本，却能牢牢地吸引观众，使人心灵震撼，原因在于，下本是在原著的框架上，突出地强调，要表现出"人间情"。人间情，当然包括爱情，却不只是爱情。青春版《牡丹亭》的下本，依然以杜柳之情为主体，但这"情"，还包括夫妻关系的坚持，责任的承担，义无反顾地为对方作出的牺牲。在这里，爱，升华为义，升华为超越情爱的人的善良的本性。此外，环绕着人世的描写，青春版《牡丹亭》还写到母女之情，父女之情，主仆之情；写到杜宝、杜母在兵乱分手时老夫老妻的牵挂之情；甚至写到贼寇李全夫妇的调情。这一切，都是"人间情"，因此，当观众看到青春版《牡丹亭》的整个演出，领悟到的是"情"的深化，感受到真情作为人的本性，是人世间的普遍存在。我认为，强调"人间情"，强调情是人类的本质的普世性，这是以白先勇先生为代表的剧组，在原著基础上对"情"的意义，所出的创造性的发展。

　　其实，汤显祖的《牡丹亭》，也不是没意识到"情"乃是涉及人的本性和心灵自由的问题。当他写杜丽娘在《寻梦》一出时，突然让她向春香发问："为人在世，怎生叫做吃饭？"小春香自然莫名其妙，但是，这发问，在当时则有振聋发聩的效应。

因为，汤显祖正是在戏台上，与被视为异端的思想家李卓吾互相呼应。李卓吾曾说："穿衣吃饭，即是人伦物理，除却穿衣吃饭，无伦物矣。世间种种皆衣物类耳，故举衣与饭，而世间种种在其中，非衣饭之外更有种种绝与百姓不相同者也。"按李卓吾的看法是，吃饭穿衣，是人生在世最基本的生存问题，是本能的需要，而这，也就是"人伦物理"。显然，它与道学家所谓理性之学，大不相同。汤显祖在戏中的提问，其实是涉及人生的意义问题。人生是什么？在汤、李看来，无非按人的本能、本性，率性而为。换言之，心灵自由，就是"人伦物理学"。所以，汤显祖让杜丽娘唱道："似这般花花草草由人恋，生生死死遂人愿，便酸酸楚楚无人怨。"可见，汤显祖已经影影绰绰地接触到自主支配以及心灵自由的问题，而并非仅仅是婚姻爱情而已。

我认为，汤显祖的想法，在《牡丹亭》中只微露端倪，而且，由于他为了证实"回生"并非虚假，也过多地牵扯人世的琐杂，于是，"腐木败草"的确掩盖了弥足珍贵的思想闪光。而青春版《牡丹亭》不仅删去了原著的腐木败草，更重要的是，它突出了"人间情"，让真情笼罩人间，统摄人间，贯串人间，把爱情理想，提升为人类追求心灵自由的本质，这就扩展了《牡丹亭》"情"的意义，从而让剧中人包括杜宝夫妇、李全夫妇的真情，亦即心灵中的美好成分，都呈现在观众面前。于是，青春版《牡丹亭》上中下三本连贯着的"情"，逐步深化，逐步升华，和今天的观众心灵交融互动。舞台演出的张力，便使整个戏具有强烈的当代性意义。

据白先勇先生指出，青春版《牡丹亭》对原作的整编，原则是只删而不增，只调整而非改编，尽可能保持原作优雅的文学性和传统昆曲优美的唱腔。这一来，传统的精华，因删去腐木败草而得到显彰；而场次的适当调整，既突现人物的性格和精微的内心世界，也符合今天剧场演出的需要。继承传统而又超越传统，这使青春版《牡丹亭》的演出，呈现出创造性的光辉。

三

我国传统戏曲的演出，非常注重剧场性，既考虑人物、情节的安排，更注意表演技艺的呈示。后一点，成为我国戏曲艺术的美学特征。

在我国，戏曲是在歌、舞、杂耍百戏诸般技艺的基础上发展而成的。宋元之际，戏曲被视为"杂剧"。所谓杂,是它包括了歌、舞、杂耍等泛戏曲形态,其后又和叙事性文学结合,始而"杂",后而"剧";既有"杂",又有"剧",故谓之杂剧。为了适应观众喜爱技艺表演的美学特性,元代杂剧甚至在"折"与"折"之间,安排了与故事情节无关的歌、舞、杂耍。至于南戏,同样是在情节中见缝插针地安排大量杂耍、噱头,我们只需翻翻《张协状元》《琵琶记》等剧本,便不难发现这种现象的普遍存在。

其实,就连汤显祖的《牡丹亭》,也不惜加插与故事情节或人物性格没有直接关联的杂耍,加强技艺表演,诸如《劝农》一出的几套小歌舞,《道觋》一出石道姑的那首《千字文》,《冥判》一出判官与花神那套《后庭花滚》"数花",实在没有多少意义。可是,汤显祖却毫不惮烦地把这些鸡零狗碎搬上舞台。你能说大作家不懂简练剪裁之道吗?肯定不是。关键在于,当时的观众,就是喜欢观看这种杂七杂八的技艺表演,并且长期以来形成戏曲的美学传统。

即使在今天,戏曲观众依然是喜欢观看技艺表演的,只要看看人们多么爱看"变脸"和"喷火",多么习惯于看那些不问情节、只求表演某方面技艺的"折子戏",就可以知道,传统审美的遗传基因,依然影响着我国今天的戏曲观众。因此,今天的戏曲,之所以为"戏曲",它的演出,应该结合故事情节和人物的塑造,综合展现唱、做、念、打各个方面的技艺。如果把戏曲弄成为"话剧加唱",那并不是戏曲观众们所喜闻乐见的艺术样式。

青春版《牡丹亭》以昆曲为载体,戏曲要求表现唱、作、念的技艺,剧组自然可以充分运用昆曲载歌载舞的特色,加以解决。至于如何表现"打"和诸般杂耍,则既要结合剧情,让它成为情节有机的组成部分;又要考虑如何适应现代观众的审美心理。在这方面,青春版《牡丹亭》充分地利用了一些场面,很好地给予解决。

青春版《牡丹亭》的几处排场,给观众留下深刻的印象,特别是花神的几次出现,《冥判》的排场,《移镇》的官船行进,《索元》时郭陀被众差役用驾牌抬了起来等等。这些"场面"美不胜收,每次演出,观众掌声雷动,赞叹不已。我认为,青春版《牡丹亭》中排场的成功,也不仅是冷热调剂安排得宜的问题,更重要的是,它解决了戏曲表演如何运用传统程序,如何呈现技艺性表演,如何适应现代观众审美心态之类的难题。

我们知道,传统戏曲的场面,都是程序化的。程序,有严格的规范,但其审美的本质，则是假定性的，写意性的。青春版《牡丹亭》的场面安排，既注意对传统程序的运用，特别是注意结合现代舞台的审美要求，给予创造性地运用。例如李全夫妇一起下场，竟使用类似芭蕾舞的"托举"；《冥判》的判官和鬼卒，在跳趴奔腾中，又作出"叠罗汉"式集体亮相；《移镇》的船队，打破了乘船者在前，划桨者在后的格式，而采用多位船夫在舞台上或纵或斜，乘船者甚至出现在两行中间的队列。不错，这些场面的安排，不尽同于传统，但今天的观众，却能完全接受理解，并从中得到了美的享受。

在我撰写这篇文章的时候，距观看青春版《牡丹亭》演出的时间，足足超过一年多了，但是，当时杜丽娘有两次下场的情景，仍一直历历在目。按照旧戏传统，人物上下场有一定的规矩。一般来说，角色退场，应该从观众右边的"下场门"离去。但是，青春版《白丹亭》在处理杜丽娘"离魂"的场面时，却突破传统，采用了非常大胆的手法。当杜丽娘唱到"但愿见月落重生花再红"的时候，她在舞台正前方，背向观众，冉冉地直向舞台正后方的高处走去：她那大红色的斗篷，特地加长，裙楼左右铺开，拖到台沿。随着杜丽娘走向舞台深处，连接在她身上的红裙，越拖越长越大，最终形成鲜红色的三角形锐角。众位花神，则分列在舞台两侧，以"卧鱼"的姿态，仰视杜丽娘在灯影里消失。这样的下场场面，无疑是吸收了现代舞台艺术的表现手法，打破了旧的程序框框，但那完美的构图和独特的象征意义，却远远超越程序，从而深深地印在观众的心坎里。

再如在《回生》一场，按照传统的程序，回生后的杜丽娘自然是从左方的"上场门"进入舞台。但青春版《牡丹亭》的处理是，当柳梦梅挥锄之际，众花神走着圆场，翩翩起舞，最后拥簇到舞台正后方，跟着一声响亮，一阵烟火，杜丽娘从后台正中，披着红色斗篷冉冉升起。这时，观众掌声如雷，这掌声，既是庆贺杜丽娘的回生，也是对舞台出现的奇丽构思给予热烈的赞赏。

此外，在《冥判》一场，杜丽娘上场后鬼卒追捕。当时，杜丽娘两手分别被左右两边的鬼卒扯住，雪白的特地加长了的水袖，直直地长长地向左右平伸，在舞台上形成了又长又直的"十"字图案。这奇异的造型、身段，在传统的程序中不可能出现，但观众却从这突破传统程序的身段和场面，感受到杜丽娘作为弱者的艰辛，感受到地府的奇诡，也感受到真和美。这样的安排，突破了旧的程序，却又在继承传统审美观的基础上，有所发展，有所超越。

四

我认为，青春版《牡丹亭》演出的成功，原因是多方面的，而对戏曲审美观的传承和超越，乃是它取得卓越成就的关键。这经验，对我们今后如何对待戏曲创作、改编和演出问题，很有启发。

每一个民族，在千百年发展中，形成了自身的美感观念。这观念，既包含历史的沉淀，民族的基因，也是一定历史时期物质生活和时代精神的折射。作为传统，它植根于民族的灵魂深处，不以个人的意志为转移；而历史在发展，时代在前进，人们的观念，包括对戏曲的审美观念，如果不在传统的基础上更新，不能与时俱进，那么，它必然会被时代所抛弃，最终导致传统的消亡。

文学艺术，以及贯串于其中的审美观念，是会和一定时期生产力和物质生活的发展，有着密切联系的。试看欧洲十八世纪工业发展，出现了钢琴，这导致了整个西方音乐美学观念的变化。在当代，信息产业迅速发展，特别是电视机的出现，改变了整个文艺事业的格局。舞台艺术，包括戏曲，受到了强烈的冲击。与此相联系，人们的美学也在发展。这潮流，无法阻挡，问题是采取顺流而动，让戏曲继续生存、发展，还是无所作为，抱残守缺，任由大浪淘沙，充其量是让它作为非物质文化遗产，走进历史博物馆。

青春版《牡丹亭》整编的经验告诉我们，必需继承传统。没有传统，就没有民族特色，就没法自立于世界民族之林，就谈不上走向世界。

戏曲，作为中华民族千百年的文化瑰宝，目前，不可否认，它出现了危机，但绝不能让它在我们这一代中消亡。从青春版《牡丹亭》演出成功特别是受到青年观众热烈欢迎的情况看，戏曲包括昆曲，不仅不会消亡，而且还能发展、提高，能够让戏曲的舞台，不为电视机所取代。问题在于如何处理好传承传统而又超越传统这两者之间的关系。

所谓继承传统，是既要让年轻演员向老演员学习一招一式、一腔一调；更要在熟悉运用戏曲程序的基础上，掌握传统戏曲的审美观，包括传统优秀剧目的思想精华，戏曲的美学观念，乃至不同剧种的个性。然而，仅仅继承，是不够的，因为演出传统戏曲，不同于陈列旧照片，不同于展览老古董。要让今天的观众喜爱戏曲，就不能照搬旧作，不能简单复原。当然，我们也不排斥原汁原味地借鉴、观摩，但更主张在继承传统的基础上超越。

　　事实上，所谓"原汁原味"继承，无非是要解决唱腔的问题。我国有众多的方言区，方言的不同，决定了各地戏曲有不同的唱腔。而不同的唱腔，则是区分不同剧种的主要依据。人们常说剧种的"味"，其实就是不同方言不同唱腔的"味"。而唱腔，实际上也可以变化的，只要保持主要曲调的旋律、节奏及其旋法，也就是保存了原味了。有些剧种，甚至把南腔北调放在一起，像京剧，主要唱腔属板腔体，但也可以加插《新水令》等曲牌。观众听惯看惯了，便和成一味了。至于伴奏乐器的加减变化，只要不掩盖唱者的声腔，不影响主旋律的进行，那么，是不存在变味的问题的。而一旦能保持了唱腔的原味，继承传统的问题，便比较容易解决。

　　所谓超越传统，是在整编、演出的过程中，融合现代性，包括融合现代的审美观乃至当代舞蹈、音乐、美术诸般新手段和新语汇。我认为，能做到这一点，正是青春版《牡丹亭》的演出产生轰动效应的原因，是它比近年来多种版本的《牡丹亭》，更受青年观众欢迎的原因。

　　戏曲美学的传承与超越，是戏曲艺术生存发展的必经之路。从我国戏曲史来看，由诸宫调发展而来的元代"北杂剧"，全剧一人主唱，这是由元代北方观众特定的审美观念决定了的。稍后在南方流行的南戏，由于南方商业经济相对发达，人的个性相对受到重视，戏曲的审美观便有新的发展，生、旦、净、末、丑都可以唱，特别是生与旦都能独当一面。至于情节发展，也可以双线或多线进行。很明显，南戏（包括明代传奇）正是融合了属于当时的新的审美观念，超越了"北杂剧"，才能使戏曲得以生存，继续发展。

　　事实上，在电视机出现以后，一切舞台艺术，甚至连电影艺术，都有着如何处理传承传统而又超越传统这一个涉及生存的问题，只不过戏曲艺术，对此更加需要迫切解决而已。青春版《牡丹亭》的成功经验，值得我们认真研究、吸取。